KB125829

전쟁과 사랑

전쟁과 사랑

박도 장편소설

눈빛

박 도(朴鍍)
호 설송(雪松). 1945년 경북 구미에서 태어나다. 구미초등학교, 구미중학교, 중동고등학교, 고려대 국문학과를 졸업하다. 학훈단(ROTC) 7기로 육군 소위에 임관, 전방 소총소대장으로 복무하다. 한국작가회의 회원이다. 여주제일중학교, 오산(五山)중학교, 중동고등학교, 이대부속고등학교에서 33년간 교사생활을 하다. 지금은 강원도 원주 치악산 밑에서 글쓰기에 전념하고 있다. 작품집에는 장편소설 『사람은 누군가를 그리며 산다』『용서』『허형식 장군』『약속』 등이 있고, 산문집 『비어 있는 자리』『일본기행』『안흥 산골에서 띄우는 편지』『그 마을에 살고 싶다』『카사, 그리고 나』『백범 김구 암살자와 추적자』『어느 해방둥이의 삶과 꿈』 등이 있다. 역사유적답사기로 『항일유적답사기』『누가 이 나라를 지켰을까』『영웅 안중근』 등을 펴냈다. 이밖에도 엮은 근현대사 사진집으로 『지울 수 없는 이미지 1·2·3』『나를 울린 한국전쟁 100장면』『사진으로 엮은 한국독립운동사』『일제강점기』『개화기와 대한제국』『미군정 3년사』 등과 어린이 도서로 『대한민국의 시작은 임시정부입니다』『김구, 독립운동의 끝은 통일』『독립운동가, 청년 안중근』 등이 있다.

전쟁과 사랑
박도 장편소설
초판 2쇄 발행일 — 2023년 6월 5일
발행인 — 이규상
편집인 — 안미숙
발행처 — 눈빛출판사
서울시 마포구 월드컵북로 361 14층 105호
전화 336-2167 팩스 324-8273
등록번호 — 제1-839호
등록일 — 1988년 11월 16일
인쇄 — 예림인쇄
제책 — 일진제책
값 16,000원
ISBN 978-89-7409-979-4 03810

추천사

인간생명의 존엄성에 대한 증언

염무웅

남북이 분단된 지 70년 넘었는데도 통일의 꿈은 멀고, 전쟁의 포성이 멎은 지 60년이 지났는데도 평화는 요원하다. 오늘도 현실은 지뢰밭을 걷는 듯한 불안에 싸여 있다. 대체 왜 우리는 악몽의 그늘에서 벗어나지 못하는 것인가.

박도 선생의 장편소설 『전쟁과 사랑』은 이 무거운 주제를 뿌리에서부터 살펴보고 있다. 하지만 이 작품이 나에게 특별한 울림으로 다가오는 것은 그런 문제의식 때문만은 아니다. 38선 이북 강원도 어촌에서 태어나 경상도 산골에서 6·25를 겪은 나 같은 사람의 가슴에는 늘 '피란민'의 정서가 깔려 있는데, 그렇기 때문에 주인공의 기구한 삶의 역정은 단지 소설적 허구로만 읽히지 않는 것이다.

주인공 김준기는 시인 김소월이 "영변에 약산 진달래꽃"이라고 노래했던 그 평안도 영변 출신으로서, 중학생 때 6·25전쟁이 발발하자 말단 위생병으로 낙동강전선에 투입된다. 생사를 넘나드는 전장 한복판임에도 분홍빛 사랑을 만나고, 그 인연으로 도망병이 됐다가 여러 번 죽음의 고비를 넘긴 끝에 포로수용소에서 석방된다. 그가 도망병으로, 또 이북 출신 외톨이로 수십 년 겪어야 했던 고초는 이루 말할 수 없는 것이었다. 그러나 그는 모든 난관을 극복하고 헤어진 여자를 만나며, 미국 시민권자로서 고향 어머니를 찾아가 마침내 감격의 상봉을 한다.

하지만 이 작품의 훌륭한 점은 그런 상투적인 성공 스토리에 있는 것이 아니다. 이념적 편향에 사로잡히지 않는 공정한 시선을 통해 전쟁의 실상에 더 가까이 접근하고자 시도한 것, 그럼으로써 남북 정치체제의 모순을 더 신랄하게 비판할 수 있었던 것, 그리고 이를 통해 체제의 논리를 넘어선 민족통일의 가능성을 암시하고 인간생명의 존엄성에 대해 증언한 것이야말로 이 작품의 진정한 미덕이다. (문학평론가)

차례

『전쟁과 사랑』 창작 계기가 된 한 장의 사진 - 6·25전쟁 초기 가장 나이 어린 인민군 전사(왼쪽)가 포로로 잡힌 뒤 미8군 취조관(오른쪽)에게 심문을 받고 있다. 가운데 여성은 통역이다. 1950. 8. 18. 촬영. 저자는 미국 문서기록관리청(NARA)에서 이 사진을 보는 순간 어린 시절 고향에서 본 인민군 출신 한 아저씨가 떠올라 이 작품에서 그를 주인공으로 그렸다. © NARA

여는 장

인천행 여객기

나는 미국에 머물렀던 열하루 동안 6·25전쟁 포화 속에서 그려진 한 편의 순애보를 읽었다. 또한, 분단의 컴컴한 긴 터널 속에서 통일에 이르는 한 줄기 빛도 볼 수 있었다. 이제 그 아름다운 이야기를 지금 시작한다.

2007. 3. 10. 13:00, 나는 워싱턴 D. C. 덜레스국제공항 터미널에서 인천행 여객기에 올랐다. 만석이었다. 기내 혼잡과 열기로 숨이 막혔다. 다행히 내 좌석은 창가였다. 하지만 잠시 뒤 오른편 옆자리에 비만한 서양인이 앉았다. 그의 육중한 체구를 바라보자 더욱 숨이 막히는 듯했다.

13:30, 여객기가 이륙한 뒤 눈을 감았다. 이내 깊은 잠에 빠졌다. 미국 방문으로 쌓인 짙은 여독이 해일처럼 밀려왔기 때문이다. 얼마를 잤을까, 상큼한 향수 냄새와 속삭이는 듯 상냥한 여승무원의 우리말 목소리에 잠에서 깼다.

"고객님, 식사 시간이에요."

그는 기내 통로에서 미소를 띠며 내게 말했다. 그의 미모와 미소에 잠이 번쩍 달아났다. 나는 그에게 고맙다는 손짓과 함께 목례를 보냈다. 그도 손을 가볍게 흔들며 뒷자리 승객에게로 옮겨갔다. 나는 그제야 두 팔을 내뻗고 기지개를 켰다. 그러자 팔목에서 '뚝' 하는 소리가 났다. 다리운동을 겸하여 화장실에 다녀왔다. 한결 가뿐하고 상쾌했다. 배설은 카타르시스란 말을 절감케 했다.

기내 앞 스크린의 비행항로 표지판을 보았다. 그새 여객기는 미주 대륙 알래스카와 베링해를 지나 러시아 캄차카반도로 접근하고 있었다. 내가 잠든 새 여객기는 항로의 절반 이상을 날았다. 아주 횡재한 기분이었다. 만석의 기내에서 따분한 비행시간 대부분을 단잠으로 보냈기 때문이다. 그새 여객기는 날짜변경선을 지났다. 나는 손목시계를 푼 뒤 서울 시간으로 맞췄다.

그런 새 승무원은 카트에서 꺼낸 비빔밥과 스테이크 두 메뉴를 말없이 보여주었다. 나는 비빔밥을 가리켰다. 내 나라를 벗어나면 한식이 더 좋았다. 그가 준 비빔밥 용기를 받은 뒤 생수로 목을 축이면서 포장지를 끌렀다. 비빔밥 세트에는 물티슈, 그리고 플라스틱 숟갈과 포크, 튜브로 된 고추장, 밥과 나물 등이 나왔다. 모두가 소꿉놀이 그릇처럼 앙증맞았다. 앞 의자에 달린 간이탁자를 편 뒤 물티슈로 손을 닦았다. 그런 뒤 나물을 담은 플라스틱 그릇에 밥과 고추장을 넣고 플라스틱 숟갈로 비볐다. 비빔밥은 기대 이상으로 맛이 있었다. 식후 기내식 포장용기를 거둬가는 승무원에게 커피를 청해 마셨다. 그러자 입안이 한결 개운했다. 그와 함께 기분도 한결 상큼했다.

나는 그제야 덜레스공항 출국장에서 용문옥 지배인이 건네준 쇼핑백이 생각났다. 탑승한 뒤 의자 아래에 뒀다. 그 쇼핑백을 간이탁자 위에 놓고 열어보았다. 포장된 스카프 한 장과 두툼한 흰 봉투가 들어 있었다. 그 흰 봉투의 스카치테이프를 뜯자 일백 달러짜리 빳빳한 지폐가 가득했고, 그리고 편지도 나왔다. 나는 지폐를 얼른 지갑에 넣었다. 옆 좌석의 서양인이 무척 부러운 표정으로 나를 쳐다봤다. 나도 그를 바라보며 싱긋 웃은 뒤 지갑은 안주머니 깊숙이 넣고, 봉투 속의 편지를 꺼냈다.

박상민 선생 보시오.
천만 뜻밖에도 미국 땅에서 박 선생을 만나 반가웠소. 코흘리개 소학생이 그새 50여 년 세월이 흘러 학교 선생에, 작가 선생으로 발전한 모습을 보고 무척 반가웠소. 박 선생이 미국 국립문서보관소(문서기록관리청)에서 찾은 6·25전쟁 사진들을 보고 새삼스레 지난 세월의 추억을 차근차근 되새겨보았소. 이번에 박 선생을 만나 가슴속에 쌓였던 내 지난 삶의 응어리들을 모두 다 쏟아놓았소. 그러자 마치 수십 년 묵은 체증이 한꺼번에 쑥 내려간 듯 시원했소. 간밤에 박 선생과 헤어진 뒤 이런저런 생각을 하다가 차마 면전에서 미처 말하지 못한 게 있어 이 편지에 담소.

사실 나는 그때 전선에서 도망한 비겁자요, 조국과 동지를 배반한 죄인이외다. 물론 비 오듯 쏟아지는 폭탄과 포탄 속에서 나만 그랬던 것은 아니라고 그동안 자위하며 살았소. 하지만 많은 전우들이 조국해방 전쟁터에서 비참하게 죽어가는데 어쨌든 전선을 도망친 것은 부도덕한 일로 매우 부끄러운 일이오. 여기 부인에게 드리는 스카프 한 장과 약간의 노잣돈을 동봉하오. 앞으로 책을 내거나 자료수집에 보태 쓰시오. 그럼 다시 만날 날을 학수고대하면서.

2007. 3. 10. 김준기 씀

나는 편지를 다 읽은 뒤 봉투에 접어넣고 스카프를 펴보았다. 다행히 아내가 가장 좋아하는 보랏빛이었다. 다시 원상대로 접은 뒤 쇼핑 속에 넣었다. 그 쇼핑백을 원래 자리 의자 밑에 둔 뒤 기내 창 덮개를 내리고 바깥을 내다보았다. 깜깜한 밤하늘에 별들이 반짝였다. 이제까지 본 별빛 가운데 가장 투명하고 초롱초롱했다. 그 별들 사이로 문득 할아버지 얼굴이 떠올랐다.

1953년 7월 27일, 지루한 장마처럼 질질 끌던 6·25전쟁 정전회담이 체결됐다. 그해 나는 아홉 살 소년으로 구미초등학교 2학년생이었다. 그 무렵 구미역 화물야적장 빈터에 미군 막사가 세워지고 금오산 정상에는 탐조등이 밤이면 하늘을 갈랐다.

우리 악동들은 미군 막사 언저리를 어정거리거나 경부선 철길 근처에서 미군 열차가 지날 때면 손을 마구 흔들었다. 그러면 미군들이 '헬로우 보이즈!'라고 소리치면서 시레이션 깡통이나 초콜릿, 껌 등을 던져주었다. 우리 악동들은 그걸 줍고 마냥 좋아했다. 하지만 할아버지는 나에게 그런 곳은 얼씬도 못하게 했다. 하교 후면 날마다 당신 사랑에 들게 한 뒤 그 짜증나는, 퀴퀴한『동몽선습』과『명심보감』같은 고서를 펴고 '공자 왈 맹자 왈'을 강독했다. 나는 그게 싫어 한눈을 팔면 할아버지는 목침 위로 올라 바지를 걷게 한 다음 버드나무 회초리로 종아리를 쳤다.

"군자는 식무구포(食無求飽)요, 거무구안(居無求安)이라."

"군자는 식무구포요, 거무구안이라."

"군자는 먹는 데 배부름을 구하지 않고, 사는 데 편안함을 구하지 않는다."

"군자는 먹는 데 배부름을 구하지 않고, 사는 데 편안함을 구하지 않는다."

"……."

나는 할아버지 강독을 앵무새처럼 따라 외웠다. 그런 가운데 할아버지의 폭음은 날로 늘어갔다. 어느 날 할머니는 폭음으로 쓰러진 할아버지를 사랑으로 모신 뒤 긴 한숨과 함께 나에게 한 말이었다.

"지난 전쟁 때 같은 조선 사람끼리 서로 총질하는 걸 보고 속이 상한 나머지 약주를 많이 드신 모양이다."

할아버지가 돌아가시기 며칠 전 어느 날이었다.

"상민아."

"예, …."

"왜놈들한테 해방이 되었으면 어째든동(어쨌든), 남과 북이 서로 손잡고 쪼개진 나라를 하나로 합칠 생각은 하지 않고, 양쪽 모두 미국놈 소련놈 무기 마구재비로 끌어다가 애꿎은 조선 백성들 마이(많이) 죽였다."

"……."

1. 한 장의 사진

미국 국립문서기록관리청(NARA, National Archives and Records Administration)은 워싱턴 D. C. 내셔널몰에도, 메릴랜드주 칼리지파크의 깊은 숲속에도 있었다. 워싱턴 D. C. 내셔널아카이브I에는 미국 독립선언서, 헌법, 인권에 관한 문서 등, 주로 자국의 소중한 문서들이 소장돼 있었다. 그런 반면, 미국 메릴랜드주 칼리지파크의 내셔널아카이브II에는 세계 여러 나라의 각종 문서들이 엄청나고 다양하게 갈무리돼 있었다. 미국은 유럽의 영국이나 프랑스에 견주면 그 역사가 짧다. 그러기에 미국인들은 이를 만회하려는 듯 세계 각국의 근현대사 자료를 열심히 긁어모으고 있었다. 내가 찾고자 하는 한국근현대사 및 6·25전쟁 사진자료는 대부분 내셔널아카이브II(이하 아카이브) 수장고에 소장돼 있었다.

나는 2007년 2월 27일, 한국현대사 자료를 수집하고자 3차 미국으로 출국했다. 그날 워싱턴 D. C. 덜레스국제공항으로 입국한 뒤 현지사정에 밝은 재미동포 고동우의 주선으로 이전과 같은 메릴랜드주 칼리지파크의 아카이브 어귀에 숙소를 정했다. 아카이브로 출근한 이튿날(3월 1일)이었다.

그날도 이른 아침 숙소로 찾아온 고동우의 승용차를 타고 아카이브로 출근했다. 워싱턴 D. C. 일대는 서울보다 위도가 약간 높았다. 그런 탓인지 3월 초순이지만 날씨는 몹시 차가웠다. 우리는 아카이브 출입문에서 1차 검색을 마친 뒤 지하 라커룸으로 내려갔다. 그곳 옷장에 겉옷(외투)과 가방을 넣었다. 그런 다음, 1층 자료실 출입문 앞으로 가서 대기했다. 9시 5분 전 그곳 관리에게 2차 정밀검색을 받았다. 2차 검색은 1차보다 까다로웠다. 조사자의 소지품을 일일이 살폈다. 노트북 사이에 낀 종이 한 장도 허용치 않았다. 조사자는 필기구를 일체 지참할 수 없었다. 대신 아카이브 측에서 연필과 용지를 나눠줬다. 이는 보관문서에 대한 낙서나 부정 유출을 방지키 위한 사전 조치로 보였다.

우리는 예삿날과 마찬가지로 정밀검사를 마친 뒤 승강기를 타고 5층 사진자료실로 갔다. 그곳 문헌관리사(Archivist) 브라운과 제니는 우리를 보자 예삿날처럼 손을 흔들며 경쾌한 목소리로 아침 인사를 했다.

"안녕하세요, 고 그리고 박 씨.(Good Morning Mr. Go and Park.)"

고동우가 손을 흔들며 그들에게 답했다.

"안녕하세요, 브라운 그리고 제니.(Good Morning Ms Brown and Jenney.)"

나도 서툰 영어로 짧게 답했다.

"안녕!(Good Morning!)"

우리는 곧장 자료실 지정좌석에 앉았다. 그러자 미즈 브라운이 문서상자 카트를 밀고 우리 자리로 왔다. 그는 전날 우리가 신청해둔 문서상자를 건네면서 말했다.

"행운을!(Good Luck!)"

"감사합니다.(Thank You.)"

고동우는 인사와 함께 문서상자를 인계받았다. 브라운은 손을 가볍게 흔들면서 빈 카트를 밀고 데스크로 돌아갔다. 고동우는 데스크에서 나눠준 흰 면장갑을 끼고 매우 숙달된 솜씨로 아카이브 문서상자의 사진을 꺼내 가지런히 추슬렀다. 그는 나의 1차 아카이브 방문 자료수집 때부터 줄곧 도와주었다.

그와 나는 지난날 한때 서울의 한 고교에서 영어교사와 국어교사로 10여 년을 함께 근무했던 동료지간이었다. 그는 나보다 4년 연상으로 1990년대 초에 미국으로 이민을 간 뒤 그 무렵 메릴랜드주 락빌에서 꽃가게를 운영하고 있었다. 영어에 서툰 나는 미국 아카이브를 갈 때마다 그의 도움을 받았다. 그날 그가 예삿날처럼 문서상자 속의 여러 사진을 추스르다가 그 가운데 한 장을 나에게 건네며 말했다.

"박 선생, 이 사진 좀 봐요."

나는 노트북과 스캐너의 전원 연결을 멈추고 그 사진을 건네받았다. 그 순간, 사진 속의 인민군 포로가 무척이나 어린데 적이 놀랐다. 고 선생도 그랬기 때문에 유독 그 사진을 먼저 뽑아 나에게 건넨 듯했다. 나는 그동안 '소년 인민군'이라는 말은 여러 번 들어보았다. 하지만 그 '소년 인민군'이 이렇게까지 어릴 줄은 미처 몰랐다. 사진 속의 인민군 병사는 15, 6세 정도로, 미군 포로심문관 앞에 부동자세로 서 있었다. 나는 그가 마치 교단 첫해에 담임을 했던 중1 학생처럼 보였다. 그때 중1 교무실에는 수업시간에 장난치다가 선생님에게 걸려온 개구쟁이들로 붐볐다. 그들은 교무실 한구석에서 회초리로 종아리를 맞거나 꿇어앉는 벌을 서곤 했다.

나는 다시 사진 속 어린 인민군 포로를 뚫어지게 살폈다. 그러자 어린 인민군 사진 위에 개구쟁이 옛 제자들의 얼굴과 함께 웃음이 피식 났다. 아마 그들은 지금 모두 쉰을 넘긴 나이로 흰 머리칼이 불쑥불쑥 솟아났을 게다. 그 녀석들을 떠올리면서 미소를 지었다. 그 순간 불현듯이 그 어린 인민군 포로의 얼굴 위에 갑자기 김준기 아저씨가 겹쳐졌다. 그 아저씨는 큰고모네 집 앞 구미가축병원의 조수였다. 아카이브 사진자료실에서 찾은 한 장의 사진은 잠시 나를 50여 년 전 동심의 세계로 빠트렸다.

1950년 6월 25일, 전쟁이 발발했다. 그 전쟁은 3년 남짓 지루하게 계속되다가 1953년 7월 27일에야 정전협정 체결로 전선에서 총성이 멈췄다. 전쟁 초기 낙동강 인접 구미 일대는 전쟁의 광풍이 한바탕 휩쓸고 지나간 탓으로 그 흔적들이 마을 곳곳에 마마자국처럼 덕지덕지 남아 있었다. 구미역 앞 공단은 미 공군기의 폭격으로 흔적도 없이 사라졌다. 그곳뿐 아니라 면사무소, 학교 등 공공기관과 마을의 집들도 전란으로 거의 폐허가 됐다.

1950년 9월 하순, 유엔군의 인천상륙작전으로 낙동강 일대에서 인민군이 죄다 물러가자 그제야 마을사람들은 피란지에서 꾸역꾸역 돌아왔다. 하지만 끝내 돌아오지 않은 이도, 팔다리가 잘린 장애인도 숱하게 많았다. 전란에 부서지거나 불타버린 관공서들은 자취도 없이 사라졌거나 흉물스럽게 방치돼 있었다. 마을 사람들은 우선 사는 집만은 임시변통으로 고쳐 살았다. 또 마을에는 전쟁이 끝나도 자기네 고향으로 돌아가지 못한 일부 피란민은 방천 밑 빈터에다 움집을 짓고 살았다. 그들 대부분 북쪽에서 내려온 피란민이었다.

그 무렵 낙동강 일대의 산이나 들, 그리고 마을에는 총알껍질인 탄피가 지천으로 곳곳에 널브러져 있었다. 그때 우리 악동들은 그 탄피를 주어다가 고물장사에게 팔 줄도 몰랐다. 또 고물장사들도 그것을 애써 사지도 않았던, 참 어수룩한 시절이었다. 심지어 마을 밖 들판에 미군 폭격기의 폭탄 세례로 된통 부서진 인민군 소련제 T-34 탱크 근처에는 전쟁이 끝난 지 몇 해가 지나도록 누구 한 사람 얼씬도 하지 않았다. 아마도 그때 마을사람들은 탱크에 대한 무서움 때문이었나 보다. 그런 어수룩한 시절이다 보니 마을 곳곳에 지천으로 널브러진 게 탄피였다. 그 시절 마땅한 놀잇감이 없었던 우리 악동들에게 그 탄피는 아주 좋은 장난감이었다.

우리 집은 금오산이 정면으로 빤히 바라보이는 구미면 원평동 장터마을이었다. 나는 어린 시절 조부모님 품에서 자랐다. 그런데 우리 집 이웃에는 내 또래 아이들이 별로 없었다. 나는 학교에서 돌아오면 거의 날마다 책보를 마루에 팽개치고 할아버지 눈을 살금살금 피해 큰고모 집으로 달려갔다. 그때 할아버지한테 붙들리면 지겨운 한문 강독을 받아야 했기 때문이다.

큰고모네는 우리 집에서 오백 미터 정도 떨어진 상구미 방천 밑에서 살았다. 방천 밑 마을에는 고종사촌 형제뿐만 아니라, 내 또래 친구들이 많았다. 나는 그들과 함께 동네 빈터에서 주로 탄피 따먹기나 자치기 놀이를 했다. 우리 악동들이 그런 놀이에 한창 빠졌을 때 이따금 고모네 집 앞 구미가축병원 쪽에서 암퇘지가 '꽥 꽥' 멱따는 듯 소리를 질렀다.

"야! 돼지 빠구리한다."

한 악동이 소리치며 가축병원으로 달려갔다. 그러자 나머지 녀석들도 하던 놀이를 팽개친 채 잽싸게 그곳으로 달려갔다. 악동들이 헐레벌떡 돼지우리에 이르면 가축병원에서 기르는 씨돼지(종돈, 種豚) 바크서가 접을 붙이려고 찾아온 암퇘지를 구석으로 몬 뒤 한창 어르고 있었다. 암퇘지는 저보다 몸집이 두어 배나 더 큰 씨돼지의 우람한 덩치에 놀란 눈으로 계속 멱따는 소리를 '꽥! 꽥!' 질렀다.

수퇘지가 아주 능란한 솜씨로 암퇘지를 어르면 곧 멱따는 소리가 슬그머니 잦아졌다. 그러면 바크서는 입을 헤벌린 채 암퇘지 등을 올라타고 꼬불꼬불한 낭심(수컷 생식기)을 꺼내 암퇘지 밑구멍에 잽싸게 집어넣었다. 그 장면은 마치 할디비(나선형 목공기구)로 널빤지를 뚫는 것과 비슷했다. 우리 악동들은 숨을 죽이며 돼지우리 나무말뚝에 올망졸망 턱을 괸 채 그 광경을 신기한 눈으로 지켜보았다. 그러면서 악동들은 한 마디씩 내뱉었다.

"저 바크서 좆 봐라. 꼬불꼬불 할디비 같다."

"암퇘지 밑구멍으로 기똥차게 들어가네."

씨돼지 바크서는 매우 만족한 표정으로 입을 헤벌린 채 씩씩거렸다. 그럴 때면 암퇘지는 다시 멱따는 소리를 질렀다.

"저 암퇘지 진짜로 아파서 소릴 지를까, 좋아서 지를까?"

"지(저)보다 몸집이 억시기(억세게) 큰 놈이 마구잡이로 올라타니까 힘에 버거워 지르는 소릴 끼다."

"아이다(아니다). 꼬불꼬불한 게 밑구멍을 막 후비며 들어오니까 디기(몹시) 아파 지르는 소리다."

"마, 지도 인자(이제) 시집간다고 좋아 지르는 소리다."

악동들은 저마다 한 마디씩 뱉으면서 키득거렸다. 그럴 때면 돼지우리 안에서 접붙이는 일을 돕던 준기 아저씨는 종돈 바크서 다루던 버드나무 회초리로 아이들을 쫓았다.

"야! 시끄러워. 쪼그만 너들(너희들)은 보는 게 아냐. 저리 가디들 못해!"

악동들은 그 말에도 못 들은 척 계속 히죽거리며 계속 입방아를 찧었다.

"그 바크서 팔자 한 번 좋네. 접을 붙일 때마다 돈도 받고 색시가 바뀐다 아이가."

"저 팔자가 뭐가 좋냐. 두고 봐라 지(제) 명대로 몬(못) 살 끼다."

돼지우리 한 모서리에서 잠자코 지켜보던 곰배라는 여자아이가 눈을 흘긴 뒤 입을 삐쭉이며 한 마디를 했다. 그 말에 한 악동이 대꾸했다.

"가재는 게 편이네."

그 말에 돼지우리를 둘러싼 악동들이 까르르 웃었다. 그러자 곰배는 눈알을 흘긴 채 입을 삐쭉거리며 돼지우리를 떠났다. 준기 아저씨가 크게 소리쳤다.

"야, 너들 저리 가디들 못해!"

그 말에도 악동들은 여전히 꿈쩍 하지 않았다.

"아새끼들이 발랑 까뎌(까져) 못하는 말이 없어 야!"

준기 아저씨는 더 이상 참을 수 없다는 듯, 회초리로 돼지우리 말뚝에 턱을 괸 악동들의 머리나 어깨를 후려쳤다. 그제야 악동들은 그 회초리를 피하며 후다닥 자리를 떴다가 잠시 후 다시 몰려들었다. 그 바람에 씨돼지도 놀라 암돼지 등에서 후딱 내려왔다. 그러자 씨돼지 낭심에서 허연 쌀뜨물 같은 정액이 뚝 뚝 떨어졌다.

"아새끼들 등쌀에 수퇘지가 놀라 덥(접)이 제대로 붙여딘디 모르가서(모르겠어)."

준기 아저씨는 분을 참지 못하고 바크서처럼 씩씩거렸다. 눈알을 부라린 채 돼지우리 안에서 회초리를 휘두르면서. 회초리를 맞은 악동들은 준기 아저씨에게 소리치며 도망쳤다.

"인민군!"

"괴뢰군!"

"북으로 돌아가라!"

악동들은 신기한 구경꺼리를 다 보지 못하고 쫓겨난 아쉬움과 회초리에 맞은 분풀이로 뱉는 말이었다. 준기 아저씨는 그 말을 가장 싫어했다.

"쌍노무 아새끼들!"

준기 아저씨는 화가 머리끝까지 치솟아 고래고래 소리치며 돼지우리 밖으로 뛰쳐나왔다. 그는 바크서처럼 계속 식식거리며 회초리를 들고 골목으로 흩어진 악동들의 뒤를 쫓았다.

"야, 이놈들 게 서디들 못해!"

아카이브 자료실에서 사진수집을 하던 나는 잠시 어린 시절을 떠올렸다. 그러면서 그 사진을 노트북에 저장하고자 고 선생에게 말했다.

"좋습니다. 번역해주세요."

그는 사진 뒷면의 영문 캡션을 훑은 뒤 내가 받아쓰기 좋도록 천천히 번역했다.

"사진촬영일은 1950년 8월 18일, 장소는 'Somewhere'로 미상입니다. 사진 왼편 사람은 이제까지 사로잡은 포로 가운데 가장 나이가 어린 인민군으로 이름은 '김태수'이고, 가운데 사람은 이름이 '이수경'으로 'Female Secretary', 곧 여비서라고 적혀 있네요. 오른편 사람은 이름도 직책에 대한 아무런 설명이 없는데 군복 팔뚝의 군장마크로 보아, 미8군 마스터 서전트(Master Sergeant) 곧 육군 상사로 포로심문관입니다."

나는 아카이브에서 나눠준 노트용지에다 고동우가 불러준 캡션 번역문의 요지를 연필로 받아 적었다. 그러자 고동우는 그 사진을 다시 나에게 건넸다. 나는 그 사진을 막 전원에 연결한 스캐너 유리판 위에 올렸다. 그런 뒤 스캐너 덮개를 덮고 마우스로 노트북 화면의 스캔 표지에 클릭했다. 그러자 곧 화면에 "문서 덮개를 열지 마십시오"라는 메시지가 뜨고, 곧이어 '잉' 하는 스캐너 작동소리와 함께 스캔 진도 눈금이 금세 빈 칸을 메웠다. 마침내 아카이브에 소장된 6·25전쟁 당시 어린 인민군 포로 사진 한 장은 내 노트북에 저장됐다.

"오늘 사진들은 6·25전쟁 초기라 그런지, 'Somewhere(장소 미상)'가 많습니다."

고동우가 문서상자의 사진을 계속 꺼내 추스르면서 말했다.

"그때 유엔군 종군기자들이 한국에 온 지 얼마 되지 않아 지명이 어딘지 잘 몰랐기 때문일 겁니다."

나는 그 말에 대답했다. 그랬다. 아카이브에 소장된 6·25전쟁 사진 캡션에는 특히 전주와 진주, 그리고 충주와 청주 등의 지명을 혼동한 게 많았다. 그뿐 아니라 피사체 설명도 잘못된 것이 더러 있었다.

한 예를 들면 그들은 우리나라의 연자방앗간이나 초가집을 듣지도 보지도 못했을 테다 그래서 'Barn', 곧 외양간으로 기록해 놓기도 했다. 우리는 이런 잘못된 영문 캡션이 나올 때마다 사진을 골똘히 살핀 뒤 그때의 사물 정황에 맞게 고쳐 기록했다. 당시 종군기자들에게 한국은 매우 낯선 나라였다. 당시 그들의 눈에 한국은 가난하고 더러운, 거지들이 지천으로 많은 저개발국으로 보였을 게다. 사람들이 길가 전봇대, 배추밭 등에 함부로 용변을 보고, 일부 부녀자들은 아무데서나 아이에게 젖을 물렸다.

그 무렵 나도 대구나 부산 시내 미군부대를 지나다가 본 장면이다. 미군부대에서 쓰레기통이 나오면 사람들이 우르르 몰려들었다. 사람들은 그 쓰레기통을 뒤져 유통기간에 관계없이 미군들이 버린 부식품을 아귀처럼 가져다가 찌개를 끓여 먹곤 했다. 오늘의 시점에서 보면 호랑이 담배 먹던 시절 얘기로 그 시절의 우리나라 사람들은 엄청 가난했다. 그런데다 한국과 미국은 생활풍습이나 문화의 차이로 오역이 많았다. 어느 미국영화에서 보니까 우리나라의 숭늉을 '코리언 커피'라고 번역하고 있었다. 나는 스캔이 끝난 사진을 꺼내 다시 한 번 사진 속의 인물들을 살펴보았다. 옆자리의 고동우도 하던 일을 멈추고 내 쪽의 사진을 바라보며 말했다.

"몇 살쯤 되어 보입니까?"

"글쎄요. 열대엿 살? 아직도 입에서 젖내가 나는 듯합니다."

"그때 저 친구가 장총(원명 Mosin-Nagant M-1891)을 멨다면 땅에 닿았을 겁니다."

"제 눈에는 수업시간에 장난치다가 교무실로 불려와서 주의를 받는 중1학생처럼 보입니다. 수화기를 든 채 포로를 노려보는 미군 포로심문관이 마치 호랑이 학생부장 선생님 같고요."

"피차 전직은 속일 수 없네요. 나도 그렇게 보았습니다. 저 어린 친구가 뭘 알고 참전했겠습니까. 대부분은 학교에서 비상소집한 학생들을 운동장에 모아놓고 붉은 완장을 두른 이들이 '미 제국주의로부터 조국을 해방시키자'는 선동에 휩싸여 '남이 장에 간다고 하니까 거름지고 나서듯' 입대했거나 아니면 길거리에서 붙잡혀 거의 강제로 입대한 친구들이 많았답니다."

그때는 그런 일이 숱했다. 그저 이 땅의 대부분 백성들은 공산주의나 자본주의 이념이나 사상이 뭔지도 잘 모른 채 그들 추종자의 선동에 놀아났다. 고동우가 물었다.

"신용균 교감선생 아시죠?"

"그럼요. 별명이 컴퍼스였지요."

그는 컴퍼스 기구도 없이 백묵으로 칠판에 원을 기똥차게 잘 그려서 학생들이 붙인 별명이다. 고 선생이 전한바, 신 선생은 6·25전쟁 당시 평택의 한 중학교 학생이었다. 그는 전쟁 발발 며칠 후 '인민군 남침규탄대회'를 연다고 학교에서 비상소집하기에 등교했다. 그랬더니 그 전날 밤 인민군이 진주하여 막상 소집 당일은 '인민군 평택입성환영대회'를 열었다고 했다. 그 당시 우리 정부에서는 전황을 사실대로 알려주지 않고 마냥 쫓기는 처지라 빚어진 해프닝이었다.

6·25전쟁 발발 후 이승만 대통령을 비롯한 고위층들은 당신들만 남쪽으로 몰래 도망치듯이 피란을 갔다. 그런 뒤 마치 경무대에서 평상시와 같이 집무하는 것처럼 위장하고는 양치는 소년처럼 "군과 정부를 신뢰하고 조금도 동요치 말라"고 대전방송국에서 녹음한 것을 서울중앙방송국에서 그대로 방송한 결과이기도 했다. 그 방송은 인민군들이 서울에 입성한 뒤에

도 앵무새처럼 흘러나왔다. 더욱이 '인민군 서울입성환영대회' 행사장에는 어느새 붉은 완장을 두른 세포들이 나타나 학생들을 선동하여 그 자리에서 의용군에 지원 입대케 했다.

고동우는 아카이브 문서상자의 사진을 추리면서 계속 당신이 겪은 그 시절을 얘기했다. 그는 6·25전쟁 당시 열 살로 재동초등학교를 다녔다는데 그의 집은 계동 휘문중학교 바로 앞에 있었다. 이웃집에 휘문중학교에 다니던 한 형도 비상소집으로 학교에 간 뒤 머리에 붉은 띠를 두른 채 입대했다. 그러자 그 형 어머니가 전선으로 가는 아들의 뒷모습을 지켜보다가 그 자리에서 까무러치는 걸 본 적도 있었다고 했다.

"그 당시 중학생(당시 6년제)이나 대학생들을 비롯한 젊은이들의 인민의용군 입대는 피할 수 없었던 일이었습니다."

당시 자료에 따르면, 6·25전쟁 발발부터 그해 9·28 서울수복까지 남녘에서 의용군 입대자를 최소 15만 명에서 최대 40만 명으로 추산했다. 나는 2005년 남북작가회의 때 백두산 가는 길에 갑자기 내린 소나기를 피하고자 한 건물 처마 밑으로 들어갔다. 거기서 뜻밖에도 북한의 한 시인을 만났다.

그는 오영재로 6·25전쟁 발발 당시 전남 강진중학교 2학년생이었다. 1950년 7월 하순에 인민군이 강진에 진주하자 곧장 의용군에 입대했다. 현지 인민군부대에서 고작 일주일 남짓 군사훈련으로 주로 소총사격술을 교육받은 뒤 바로 낙동강전투에 배치됐다. 그러다가 유엔군의 인천상륙작전으로 북상 후퇴하여 줄곧 북한에서 살고 있다고 했다. 그는 의용군에 입대한 뒤 끝내 고향에 돌아가지 못했다. 그런 가운데 늘그막에 남쪽 작가들을 만나자 빗물인지 눈물인지 온통 얼굴이 젖어 있었다. 그는 그때 당신의 체험과 어머니에 대한 그리움들을 피를 토하듯 시로 쏟아 북한에서 계관시인이 됐다.

또, 내가 1차 미국 방문 때 만난 『상록수』의 작가 심훈 막내아들 심재호 씨도 그와 비슷한 이야기를 했다. 당신 큰형도, 작은집 사촌형들도 충남 당진군 송악면 부곡동에서 마을청년들과 함께 한 무더기로 머리에 붉은 띠를 두른 채 의용군에 나간 뒤 끝내 고향에 돌아오지 못했다고 말했다.

내 외가 경북 김천시 어모면의 한 아저씨는 6·25전쟁 때 양쪽 군대의 병사로 참전했다. 1950년 7월 하순, 어느 날 갑자기 인민군 세상이 되자 붉은 완장을 휘두른 이들의 선동에 의용군으로 나갔다. 그해 9월 하순, 낙동강전선에서 후퇴할 때 북으로 탈출하지 않고 당신 집에 돌아와 다락방에 내내 숨어 지내다가 이웃의 밀고로 지서 순경에 붙잡혔다. 그 부모가 밭 한 뙈기 값을 지서주임에게 뇌물로 바친 뒤 그는 다시 국군에 입대했다. 이런저런 내 얘기를 듣던 고동우가 말했다.

"그런 어처구니없는 일들도 더러 있었을 겁니다."

배우 최은희 얘기도 했다. 그는 6·25전쟁 당시 양쪽으로 끌려다니며 선무공작을 했다. 그런 가운데 한 국군 헌병대장의 총구 앞에 어쩔 수 없이 치마를 벗었다. 정전 후에는 납북됐다가 탈출하는 등, 당신의 삶조차도 한 편의 영화와 같은, 마치 악몽의 연속으로 파란만장의 삶이었다고 고백한 바 있었다. 그래서 한 시인은 그때 '살아남은 자는 모두 다 죄인이다'고 시대의 아픔을 토로했다.

"제 아버지도 '민족의 양심을 가진 사람은 그 시절 거의 다 저세상 사람이 됐다'고 늘 말씀하셨지요."

내 말에 고 선생님이 호응했다.

"혼란의 시대랄까, 혼돈, 아니 회색의 시대였습니다. 그 시대 지식인들 가운데는 말 한 마디 잘못했다가 산골짜기로 끌려가 처형당했지요."

"어떤 집 맏아들은 국군에, 둘째아들은 의용군에 입대하여 부모가 어느 편을 들어야 할지 난감했답니다. 전쟁 기간 중 대부분 젊은이들은 이쪽, 아니면 저쪽으로 같은 전쟁터에 내몰렸습니다."

나의 말에 고 선생은 그래도 남자들은 전쟁터에서 전사하면 훈장을 받거나 연금도 받고 국립묘지에 묻혔다. 하지만 여자들의 삶은 비참했다. 총구 앞에서 강제로 능욕을 당하거나, 늙은 부모와 어린 아이들과 먹고살기 위해 자기 스스로 치마를 벗기도 했다.

그날 나는 고동우가 추려 건네준 6·25전쟁 사진 가운데 마흔 장 가량을 골라 스캔하여 노트북에 저장했다. 작업 중에도 줄곧 머릿속에는 어린 시절에 본 구미가축병원의 김준기 아저씨 얼굴이 지워지지 않았다. 가축병원 뒷집에 살았던 큰고모는 늘 김준기 아저씨를 가엽게 여겼다.

"김 조수는 남쪽에 피붙이 한 사람도 없이 혼자 산다 아이가. 저 나이에 부모가 얼매나 보고싶겠노. 아이고, 불쌍해라."

준기 아저씨는 자그마한 체구에 왕방울 같은 두 눈을 껌벅이며 말없이 일만 했다. 그는 "기러지 말라우." "이 보라우." "메라구?" "일없습네다." 따위의 평안도 말을 자주 썼다. 우리는 이따금 그 말씨를 흉내 내기도 했다. 동네 아낙네들은 준기 아저씨가 한 여인 때문에 남쪽에 남았다는 얘기를 귀엣말로 몰래 소곤거렸다.

그 김준기 아저씨는 마침내 그 여인을 만났을까? 그 아저씨는 지금 어디에 살고 있을까? 그런 궁금증이 꼬리를 물었다. 하지만 나는 고향에서 중학교를 졸업한 뒤 서울의 고교로 진학했다. 그 뒤로 김준기 아저씨의 후문을 전혀 듣지 못했다.

2004년 2월, 나는 서울의 한 고교 교사직에서 조기 퇴직하고 곧장 강원도 두메마을로 내려와 얼치기 농사꾼이 됐다. 집 뒤꼍에 딸린 텃밭에 오이, 호박, 상추, 가지, 무, 배추 등 여러 남새를 가꾸거나 내가 거처하는 아래채 글방 아궁이 군불용 땔감을 마련코자 뒷산에 올라가 삭정이를 주워다가 도끼질로 소일했다. 그런 가운데 어느 날 한 월간잡지사로부터 '내가 겪은 6·25전쟁'이라는 원고를 청탁받았다. 나는 어린 시절에 겪은 6·25전쟁의 기억을 더듬어 한 편의 동화처럼 써서 보냈다.

그 얼마 뒤 이 글을 본 한 출판사 대표가 뜻밖에도 나에게 잡지사를 통해 전화번호를 알았다면서 만나자고 했다. 나는 마침 다른 볼일도 있기에 오랜만에 서울로 간 뒤, 마포구 서교동의 한 커피숍에서 그를 만났다. 그는 사진전문출판사 이호선 대표로 특히 근현대사 사진마니아였다. 그는 나에게 아주 엉뚱한 제의를 했다. 자기가 들은바, 미국 국립문서기록관리청에는 6·25전쟁 사진자료가 대단히 많이 소장돼 있다는데, 나에게 그 사진을 수집해올 수 없느냐는 의사를 타진했다. 그는 6·25전쟁을 체험한 이들은 대부분 고령으로 그 시절에 대한 감각이 살아있는 이를 찾기도 힘들다고 했다. 그런 터에 내 글을 보니까 문득 자기가 찾던 적임자라는 생각이 문득 들었단다.

"선생님께서 현대사 사진을 복원한다는 사명감으로 아카이브에서 6·25전쟁 사진을 수집해오십시오."

그는 오랫동안 자리를 비워둘 수 없기도 하거니와 전후세대로 전쟁을 체험하지 않았기 때문에 적임자가 아니라고 말했다. 그러면서 여비 일부는 출판사 측에서 선인세로 부담하겠다는 말도 덧붙였다. 나는 그의 뜻밖의 제의가 무척 황당했지만 딱 끊지 않고 생각해보겠다고 대답했다.

나는 집에 돌아온 뒤 마침 같은 학교에서 동료로 지내다가 오래 전에 미국으로 이민을 간 고동우 선배에게 이메일로 공동작업 의사를 타진했다. 물론 미국 사회는 '시간이 돈'이기에 하루 100달러 정도의 일급을 챙겨주겠다는 말도 빠트리지 않았다. 그러자 곧 그는 마침 아카이브와 그리 멀지 않는 메릴랜드주 락빌에 살고 있는데, 이즈음은 가게 일을 부인에게 맡긴 채 별일이 없다고 흔쾌히 수락했다. 나는 고 선배의 말에 용기를 얻어 이호선 대표의 제의를 수락했다. 이 일감에 아내는 나보다 더 좋아했다. 늘그막 부부의 적당한 별거는 부부해로하는 보약이었다.

그날 오전 아카이브 자료실에서 본 사진은 RG(Record Group, 문서군) 186, 192, 195 문서상자로 대부분 6·25전쟁 당시 포로수용소 사진이었다. 이곳 자료실에 소장된 6·25전쟁 사진들은 대부분 흑백으로 인화를 한 지 50년이 넘었기에 빛깔은 누렇게 바랬고, 또 동그랗게 오그라져 있었다. 아카이브 자료검색자는 반드시 흰 면장갑을 낀 뒤에야 이들 사진을 만질 수 있었다. 이 낡은 사진들을 면장갑을 낀 채 한장 한장 일일이 들추며 쓸 만한 사진을 고르는 일이 수월치 않았다.

오전에 살펴본 수천 장의 사진 중 컴퓨터에 저장한 것은 모두 22장이었다. 이들 가운데는 미군이 총을 겨누자 세 명의 인민군이 손을 번쩍 들고 투항하는 장면(12. Aug. 1950), 옥수수밭 빈터에서 아홉 명의 인민군들이 일렬로 벌거벗긴 채 검색당하고 있는 장면(20. Sep. 1950), 속곳만 입은 인민군이 서너 명씩 열을 지어 임시포로수용소로 끌려가는 장면(22. Sep. 1950), 부산 임시포로수용소에 수용된 여자포로(12. Jan. 1951) 등이었다. 이런 사진에는 대부분 모서리에 'CONFIDENTIAL(3급 비밀)' 또는 'SECRET(2급 비밀)'라는 미국정부 기밀문서 분류등급 스탬프가 찍혀 있었다.

그날 오전 작업을 마친 뒤, 우리는 아카이브 구내식당에서 패스트푸드로 점심을 때웠다. 식사 후 아카이브 경내를 산책했다. 아카이브는 숲속에 파묻힌 건물로 언저리가 대단히 쾌적했다. 아마도 조사자들이 산책을 하면서 피로를 씻게 배려한 조치로 보였다. 곧장 오후 작업에 들어갔다.

그날 오후에 스캔한 사진은 모두 21장이었다. 이들 가운데는 부산포로수용소(18. Aug. 1950)와 거제포로수용소 천막막사 사진(7. May. 1951)도 볼 수 있었다. 거제포로수용소 사진 위에는 보도제한을 뜻하는 'RESTRICTED(대외비)' 미 정부의 기밀문서 분류등급 스탬프가 찍혀 있었다. 고동우가 이곳 문헌관리사에게 물어보자 미 정부의 기밀문서 등급은 Top Secret(1급), Secret(2급), Confidential(3급) 등으로 분류하는데, 이밖에도 대외비 정도의 'Restricted', 또는 기밀로 분류되지 않는 'Unclassified' 등으로도 분류한다고 친절히 알려주었다.

그날 본 수천 장의 사진들은 날짜나 장소가 뒤죽박죽이었다. 하지만 여러 상자의 사진을 종합해보니까 당시 포로들의 수용소생활 전모가 그대로 담겨 있었다. 포로의 투항에서 검문검색·인솔·포로수용소 입소·증명사진 촬영·포로수용소 내무반·포로들이 'PW(Prisoner of War, 포로)'라고 검은색 또는 흰색페인트로 쓴 옷을 입고 배식 받는 장면, 심지어 유엔군 포로감시병이 대형 분무기로 포로의 몸에 디디티(DDT)를 뿌리는 장면 등이었다. 이날 스캔한 작업량은 모두 43장으로 사진의 해상도도 1, 2차 검색 때보다 훨씬 더 좋았다. 나는 이들 사진파일을 노트북에 저장할 때마다 마치 월척을 낚은 낚시꾼처럼 짜릿한 손맛을 맛보았다.

고동우는 내 숙소를 이전 방미 때처럼 아카이브로 가는 어귀에 얻어두었다. 메릴랜드주 칼리지파크 볼티모어가(街) '데이즈인(Days Inn)'이라는 이 대학촌 숙소는 값이 쌌고, 바로 옆에 '이조'라는 한인식당이 있었다. 그래서 나에게는 안성맞춤이었다. 나는 퇴근길에 숙소까지 데려다주고 당신 집으로 떠나려는 고동우를 붙잡았다. 우리는 '이조'에서 한식으로 저녁을 먹으면서 18개월 만에 다시 만난 회포를 풀었다.

그날 밤, 나는 고동우가 떠난 뒤 숙소로 돌아와 샤워를 하고 다음날을 위하여 곧장 잠자리에 들었다. 몸은 몹시 지쳤지만 시차 부적응으로 눈은 말똥말똥한 게 쉬이 잠이 오지 않았다. 서울과 메릴랜드주는 14시간 시차로 밤낮이 정반대였다. 나는 잠자리에서 일어나 노트북을 켜고 그날 입력한 사진 캡션을 가다듬어 저장했다.

그 일을 다 마무리했는데도 잠은 오지 않았다. 나는 이메일함에 그새 도착한 사연들을 읽고, 일일이 답장을 한 뒤 인터넷상의 이런저런 뉴스를 살폈다. 이상하게도 국내 뉴스는 해외에 나가면 시들했다. 여야 정객들은 서로 상대방 대표를 친일파 후손이라고 손가락질을 하고 있었다. 제3자가 냉정히 살펴보면 양측 모두 친일파 후손이었다. 그런데도 서로 상대를 손가락질을 하는 블랙코미디를 연출했다. 또 29만 원밖에 없다는 한 전직 대통령은 여전히 거드름을 피우며 당신 똘마니들을 데리고 전국 골프장을 누빈다는 보도 등이었다.

나는 노트북을 끈 뒤 다시 잠자리에 들었다. 하지만 내 눈은 여전히 말똥말똥한 채 도무지 잠이 오지 않았다. 아무래도 술기운을 빌려 잠들어야겠다는 생각이 들었다. 벗어놓은 겉옷을 걸쳐 입고 밖으로 나갔다. 숙소 건너편 슈퍼로 갔다. 와인 한 병을 집은 뒤 안줏감을 찾는데, 유독 '릿츠' 비스킷과 '허쉬' 초콜릿이 눈에 번쩍 띄었다. 나는 어린 시절 이들 상표를 경이의 눈으로 처음 보았는데 아직도 옛 모습 그대로였다. 무척 반가운 마음에 릿츠 비스킷 한 상자와 허쉬 초콜릿 세 개를 집었다. 그 시절 우리 악동들은 이 비스킷과 초콜릿 맛을 보고 그만 넋을 잃을 만큼 환장했다. 그래서 우리 악동들은 그 맛을 못 잊어 미군 지프차나 군용트럭 꽁무니를 졸졸 따라다니거나 미군 열차가 지나는 시간에 맞춰 경부선 철길로 달려가 미군들에게 손을 흔들곤 했다. 나도 이따금 할아버지 몰래 그 대열에 꼈다.

"헬로우, 기브 미 초콜릿!"

"시레이션(전투비상식량), 츄잉 껌 기브 미!"

운수 좋은 날은 미군들이 우리 악동들에게 초콜릿이나 비스킷 또는 껌이나 깡통을 던져주었다. 우리 악동들은 길바닥에 떨어진 걸 줍고는 흙먼지와 함께 사라지는 차를 향해 의미도 잘 모른 채 주워들은 '댕큐, 베리 마치' '베리 굿' '예스, 오케이!' 따위의 말을 냅다 질렀다. 하지만 미군 트럭이나 지프차가 흙먼지만 뿌옇게 날리며 입술연지를 새빨갛게 칠한 누이들의 허리를 껴안은 채 씽씽 지나가면 우리 악동들은 손짓이나 발짓으로 욕을 한 뒤 역시 주워들은 '양키, 갓 댐!' '양키, 고 홈!' 같은 말이나 그들이 알아들을 수 없는 우리말 쌍욕을 냅다 뱉었다.

나는 숙소로 돌아온 뒤 와인을 조금씩 마시면서 안주로 '릿츠' 비스킷과 '허쉬' 초콜릿을 씹었다. 그새 50여 년이 지났지만 아직도 옛 맛 그대로였다. 그 맛과 함께 6·25전쟁 당시 미군 쌕쌕이(제트기)의 요란한 굉음이 고막을 때렸다. 그와 함께 어느 겨울밤 수길 고종형이 들려준 준기 아저씨의 인생유전 이야기도 새록새록 되살아났다.

1950년 6월 25일 새벽, 38선에 배치된 인민군 야포들은 포문을 남쪽 국군 방어진지를 겨냥한 채 '쾅 쾅' 마구 쏘아댔다. 그 포성은 6·25전쟁 발발 첫 신호였다. 사실, 그 이전에도 38선 부근에서는 남북 간에 크고 작은 군사 충돌이 잦았다. 하지만 본격 전쟁은 이날 새벽 인민군 야포들의 포격에 이은 대규모 기습 남침으로 시작됐다. 그래서 이날을 되새기고자 '6·25전쟁', 그밖에도 나라마다 '조국해방전쟁(북한)' '조선전쟁(일본)' '항미원조전쟁(중국)' '한국전쟁(미국·유럽)' 등으로 부르고 있다.

6·25전쟁은 수백만 명에 이르는 동족상잔의 사상자와 일천만 이상 이산가족을 양산했다. 또한 이 전쟁은 휴전(정전)한 채로 끝내 승자도 패자도 없는, 또한 서로가 승자라고 우기고 있다. 그러면서도 '끝나지 않은 전쟁' 또는 '잊혀진 전쟁'으로도 불린다. 유엔군, 공산군 양측은 이 전쟁을 멈추기 위한 정전회담을 하면서도 전선의 병사들이야 죽든 말든 자기네의 체면을 살리고자 계속 전투를 벌였던 매우 '더티(Dirty, 지저분한)한 전쟁'이었다.

전쟁터에서는 숱한 병사들이 죽어가고, 일천만 명이 넘는 피란민들은 움집이나 천막촌에서 초근목피로 겨우 연명하는 데도 또 다른 한편에서는 전쟁을 계속해야 된다고 휴전반대 관제데모를 했다. 거기에는 어린 여학생들까지도 앞장세웠다. 정전회담장에서는 포로교환 문제로, 살아 있는 포로보다 더 많은 병사들을 죽음의 계곡으로 몰아넣은 도무지 이해할 수 없는 전쟁이었다. 아무튼 6·25전쟁은 1950년 6월 25일에 발발하여 1953년 7월 27일, 정전회담 체결로 마침내 전 전선에서 총성이 멎었다.

남북 양측은 숱한 목숨을 제물로 바쳤다. 그토록 희생이 컸지만 국토를 가르는 분단은 끝내 해결되지 않았다. 일직선 북위 38도 군사분계선은 정전회담 뒤 굴곡이 심한 휴전선(DMZ, 군사분계선, 곧 비무장지대)으로 변모했다. 한반도는 새로운 휴전선이란 이름으로 여전히 허리를 싹둑 잘랐다. 새로 생긴 휴전선은 다시 철조망을 더욱 두텁고 높게 두른 채 줄곧 우리 겨레의 창자를 자르는 '단장의 선'으로 남아 있다. 그 원한의 휴전선(군사분계선)은 오랜 세월이 지나도 여전히 우리 겨레를 두 쪽으로 가르고 있다.

1950년 6월 25일 새벽, 인민군 야포의 포성이 멎자 38선에 전진 배치된 인민군 전 병력은 소련제 T-34 탱크를 앞세우고 폭풍처럼 남으로 밀고 내려왔다. 그러자 북한 전역은 이날을 손꼽아 기다렸다는 듯이 곧 전시체제로, 거대한 병영처럼 돌변했다. 평양방송 아나운서는 우렁찬 목소리로 외쳤다.

"오늘 새벽 1시 남조선 국방군(국군)이 38선을 넘어 우리 공화국을 침범하였다. 위대하신 김일성 수령께서는 김책 전선사령관에게 6월 25일 04시를 기하여 남반부 국방군놈들을 더욱 가열하게 반격하라는 명령을 내리시었습니다."

평양방송은 정규방송을 아예 중단하고, 전시체제로 돌입하여 군가와 행진곡을 줄곧 쏟아냈다. '용진가'에 이어 '조선인민군 행진곡' '적기가' 그리고 '김일성 장군의 노래' 등을 하루 종일 반복하여 내보냈다. 군가와 행진곡이 방송되는 중간중간 아나운서는 결기에 찬 목소리로 핏대를 세웠다.

"령용한 우리 인민군 전사들은 북침한 남조선 국방군 괴뢰들을 전 전선에서 가열하게 물리치고 있다. 원쑤의 무리들을 이 땅에서 몰아내자!"

그날 이후 날마다 평양방송은 대한민국 정부에 적개심을 불러일으키는 구호를 마구 쏟았다.

"모든 힘을 우리 인민군대와 전선을 원조하는 데 돌려라!"

"모든 힘을 적 소탕하는 데 돌려라!"

"조선민주주의인민공화국 만세!"

북한 인민들은 아나운서의 우렁찬 구호와 군가, 그리고 인민군이 38선 이남 남조선의 옹진, 연안, 개성, 배천, 등 여러 도시를 해방시켰다는 전황 보도에 들뜨기 시작했다.

2. 입대

김준기는 6·25전쟁 발발 당시 평안북도 영변군 용산면 소재 룡문(용문)중학교 4학년이었다. 전쟁이 일어난 다음날 등교하자 예삿날과는 달리 학교 본관 스피커에서는 행진곡이 울렸다. 그 며칠 후 아침 운동장 조회시간에는 예사 날과는 달리 국방군 침략자 규탄대회가 열렸다. 학생회 간부들은 머리에 붉은 띠를 두르고 연단에 올라 주먹을 휘두르며 구호를 외쳤다.

"미 제국주의자들을 이 땅에서 몰아내자!"

"매국역적 리승만 괴뢰도당을 타도하자!"

일부 학생들은 단상으로 달려 나아가 이빨로 약지를 깨물어 붉은 피로 혈서를 썼다. '조국통일' '남조선 해방' '조선민주주의인민공화국 만세!' '영명한 지도자 김일성 장군 만세!' 등의 문구였다. 그 혈서를 단상에서 펴 보이면 학생들은 박수를 치면서 환호했다.

개전 사흘 후인 6월 28일, 인민군이 서울을 해방시켰다는 평양방송의 전황 보도에 북한 주민들은 열광했다. 곧이어 인민군은 7월 3일과 4일 수원과 인천을 점령했다. 7월 5일에는 인민군이 오산 죽미령에서 미군 스미스부대를 단숨에 격파했다는 전황 보도가 이어졌다. 이 승전 보도에 평양방송은 마치 조국해방이 바로 눈앞의 닥친 것처럼 법석을 떨었다. 북한 전역은 승전 분위기로 들떴다. 전쟁 발발 이후 북한 주요도시 시청이나 역 광장에는 남조선 지도를 그려놓고 인민군이 날마다 새로 점령한 도시에는 인공기를 꽂았다. 그 언저리에는 확성기로 군가와 행진곡을 크게 틀어 승전 분위기를 한층 드높였다.

1950년 7월 1일, 북한 당국은 주민들에게 전시동원령을 내렸다. 그러자 18세부터 36세에 이르는 젊은이들은 다투어 인민군에 입대했다. 각 직장과 학교에서는 인민군 지원 열풍이 몰아쳤다. 중학생 대부분은 전시동원령에서 제외된 나이였다. 하지만 전쟁 발발 열흘이 지나자 젊은 교원은 물론 나이 많은 교원들조차도 자원입대자가 속출하는가 하면, 중학교 상급 학생 대부분은 인민군에 자원입대했다. 그들은 머리에 붉은 띠를 둘렀다. 이들은 여러 선생님들과 후배, 인민들의 열렬한 환송을 받으며 남행열차를 타고 전선으로 떠났다.

김준기는 6·25전쟁 발발 당시 16세로 징집연령 미달이었다. 하지만 언저리의 뜨거운 열기에 휩싸여 그도 인민군에 지원했다. 그 무렵 북한에서는 조국해방전쟁(북한에서 일컫는 6·25전쟁)에 참전하지 않으면 두고두고 사람 축에 들어가지 못할 분위기였다. 준기는 그 분위기에 휩싸여 부모님에게 입대의 뜻을 밝혔다.

"부디 몸 성히 돌아오라."

용문탄광 책임비서인 준기 아버지 김만돌은 딱 한 마디만 했다. 하지만 준기 어머니 강말순은 눈물어린 눈빛으로 걱정이 이만저만 아니었다.

"머이! 네 어깨에 총이나 멜 수 잇갓네?"

그러자 준기는 큰소리로 말했다.

"내레 이번 조국해방전쟁에 나가 꼭 영웅훈장을 따오갓시오."

"야, 네 어깨에 총을 메믄 땅에 닿가서. 그만 주저앉으라."

"오마니! 사나이가 이미 입대하기루 약속한 이상 기럴 순 없습니다."

"이 오마니는 훈장보다 기저 무사히 돌아오기만 빌가서."

"걱정 마시라요. 내레 꼭 살아 돌아오갓시오."

"무사히 돌아올래믄(돌아오려면) 아무튼 전쟁터에서 입이 바우터럼(바위처럼) 무거워야 돼. 약속하갓네?"

"네, 오마니. 명심하가시오."

"이 오마니는 눈을 감을 때까디 너를 기다리가서."

"네, 오마니. 안심하시라요."

인민군 초모(招募, 모병) 군관 지동수 상위(국군 위관 계급)가 김준기의 입대지원서를 접수한 뒤 자그마한 체구와 지원서를 번갈아 보며 고개를 갸우뚱거렸다.

"김 동무는 나이도 어리고, 몸집도 작아 령룡한 우리 인민군 전사로는 좀 기렇구만(그렇구먼)."

"군관 동무! 프랑스 나폴레옹은 체구가 작아도 최고사령관이 됐다구 하더만요."

"내레 그걸 미처 몰라서(몰랐어). 기럼, 작은 고추레(고추가) 더 맵디(맵지)."

지 상위는 큰 인심을 쓰듯이 김준기의 입대지원서에 허가 도장을 '쾅' 찍어주었다.

1950년 7월 10일 아침, 준기는 여러 친구들과 함께 머리에 붉은 띠를 두르고 고향 구장역에서 남쪽으로 가는 입영열차를 탔다. 만포선 구장역 플랫폼에는 인공기가 나부끼고 각종 군가와 행진곡이 울려퍼졌다. 그런 가운데 용산면 인민들과 관리들이 플랫폼에 나와 전선으로 떠나는 입대자들을 환송했다. 구장역 안팎에는 장대에 입대자의 이름과 무운장구를 기원하는 걸개 글로 뒤덮었다. 이윽고 남행 기관차가 긴 기적을 울린 뒤 증기를 내뿜으며 천천히 움직였다. 플랫폼에서 준기 아버지가 소리쳤다.

"령용한 인민군 전사가 되라."

준기 어머니는 손수건으로 눈물을 훔치면서 손을 흔들었다.

"아바지 오마니! 부디 건강하시라요. 내레 꼭 살아 돌아오가시오."

"준기야 …."

어머니의 작별인사가 곧 기적 소리에 묻혔다. 객차 내 입대자들 모두 차창으로 얼굴을 내민 채 부모형제들과 고향 주민들에게 작별인사를 나눴다.

1950년 여름 한반도는 최악의 가뭄이었다. 30년 만의 가뭄이라고 했다. 6월이 되자 논바닥은 거북등처럼 쩍쩍 갈라졌다. 이미 모를 낸 논바닥도 벼 포기들이 비실비실 타들어가고 있었다. 농사꾼들은 그저 하늘만 쳐다보며 시름이 깊어만 갔다. 그해 6월 25일은 전날 밤부터 모처럼 하늘을 뒤덮은 검은 구름이 마침내 반가운 비를 뿌렸다. 그날 이른 새벽에 굵은 빗줄기는 잠깐 새 가랑비로 변했다.

새벽 4시, 38선 일대에서는 갑자기 포성이 천둥처럼 울렸다. 하지만 그 시간 38선 50킬로미터 남쪽 서울시민은 대부분 잠을 자고 있었다. 국군 수뇌부조차도 대부분 만취한 상태로 깊은 잠에 빠져 있었다. 그 무렵 육군본부 정보부는 인민군 대규모 병력이 38선에 집결, 남침 위협이 짙다는 정보를 상부에 보고했다. 하지만 국군 수뇌부는 이를 무시한 채 전쟁 발발 보름 전인 6월 10일, 대규모 군인사이동을 단행했다. 이로써 부대장들은 부대 장악도 제대로 하지 못한 채 6·25전쟁을 맞았다.

더욱이 육군본부는 전쟁 발발 전날인 6월 24일 자정부터 비상경계령을 해제하면서 농촌의 가뭄 해소와 모내기를 도우라고 병사들에게 2주간 특별휴가를 주었다. 그뿐 아니라, 6월 25일은 일요일로 부대 병력의 절반이 외출했다. 그런데다 전방부대장들도 6월 24일 저녁 서울 용산에 새로 생긴 육군본부 장교클럽 낙성파티에 대부분 참석했다. 이날 군 수뇌부들은 밤새 술판을 벌였다.

6월 25일 새벽 2시, 대한민국 국방 최고책임자인 채병덕 육군참모총장은 술이 잔뜩 취한 채 갈월동 총장공관에 도착하여 그대로 곯아떨어졌다. 그날 새벽 5시 10분, 춘천 7연대장은 인민군 남침을 급히 보고하고자 총장공관으로 전화를 걸었다.

"총장 각하께서는 지금 취침 중이십니다."

미처 잠이 덜 깬 부관의 짜증스런 목소리와 함께 전화는 끊어졌다. 그러자 7연대장은 육군본부 일직사령에게 보고했다. 일직사령은 다급한 나머지 총장공관으로 직접 달려왔다. 그제야 잠에서 깬 채 육군참모총장은 인민군 남침 급보를 받고, 각 참모들에게 비상소집 명령을 내렸다. 하지만 회의를 하려 해도 참모들도 대부분 술에 취해 곯아떨어진지라 소재조차 제대로 파악되지 않았다. 육군본부 일직사령은 신성모 국방장관에게 직접 보고하고자 공관으로 전화를 걸었다. 하지만 비서실장의 볼멘 대답이었다.

"장관 각하께서 일요일에 그 누구도 만나지 않고, 전화도 받지 않습니다."

그 시각 인민군은 소련제 탱크를 앞세우고 수도 서울을 목표로 거침없이 남하하고 있었다. 6월 25일 늦은 아침, 서울중앙방송은 38선 일대의 포성 소식을 전했다. 하지만 그 방송에도 서울시민들은 크게 놀라지 않았다. 이전부터 38선 일대에서는 소규모 군사충돌이 잦았기 때문이다. 곧이어 서울중앙방송은 38선 일대의 군사충돌에서 국군이 인민군을 물리쳤다는 승전보를 전했다.

그날 아침, 이승만 대통령은 창경궁 비원 연못에서 낚시를 즐기고 있었다. 오전 10시 10분, 이 대통령은 비서로부터 인민군의 남침 사실을 보고받았다. 그러자 이 대통령의 지시로 긴급 비상국무회의가 소집됐다. 그 자리에서 채병덕 육군참모총장은 전방 상황과 전혀 다른 보고를 했다.

"적의 공격은 전면 남침이 아니라, 서대문형무소에 갇혀 있는 공산주의자 이주하와 김삼룡을 살려내기 위한 책략 같으며, 우리 군을 즉시 출동시켜 침략자들을 일거에 격파하겠습니다."

그날 정오부터는 마이크를 단 군용 지프차가 서울 도심지를 질주하면서 다급하게 방송했다.

"3군 장병들은 지금 즉시 원대복귀하라."

그제야 일부 서울시민들은 조금 동요하기 시작했다. 그때까지도 대부분 서울시민들은 38선 일대에서 전면전이 일어난 줄은 까마득히 몰랐다. 그 무렵 대한민국 국민들은 38선에서 우리 국군이 월등히 우세한 전력으로 인민군을 제압하고 있다고 굳게 믿었다. 왜냐하면 이승만 대통령을 비롯한 군 수뇌부는 국민들에게 걸핏하면 '북진통일'을 외치며, 국군의 전투력을 과장하는 허세를 부리거나 허풍을 쳤기 때문이다.

"우리는 3일 내로 평양을 점령할 수 있다."

이 대통령과 군 수뇌부의 이런 허세와 허풍은 막상 전쟁이 일어나자 양치기 소년의 말처럼 곧 부메랑이 되어 돌아왔다. 전쟁 발발 이튿날인 6월 26일 오후, 채병덕 육군참모총장은 국회에 출석하여 전방의 상황과 달리 '서울 사수'를 공언했다.

"이미 우리 국군은 해주에 돌입했고, 의정부 북쪽에서 적을 제압하고 있습니다. 대통령 각하의 명령만 내리면 사흘 안에 평양을 점령할 만반의 준비가 돼있습니다."

국회의원들은 육군참모총장 호언장담에 격려의 박수를 쳤다. 그 시간에도 국방부에서는 민심을 진정시키고자 선무방송 지프차가 서울 시가지를 누볐다.

"국군은 38선 이남으로 내려온 적을 모두 격파했습니다. 평양은 내일 중에 함락될 것입니다. 서울 시민들은 안심하십시오."

하지만 전방 전황은 전혀 달랐다. 그 시간 탱크를 앞세운 인민군은 국군을 매섭게 몰아붙이며 서울을 주 공격방향으로 거침없이 내려왔다. 6월 25일 낮에는 인민군 야크기 두 대가 서울에 날아와 여의도비행장을 공습하고 돌아갔고, 26일 아침에는 인민군 탱크가 포천을 거쳐 의정부 부근까지 육박해 왔다. 그런데도 신성모 국방장관은 6월 26일 서울중앙방송국 마이크 앞에서 호언장담의 선무방송을 했다.

"어제 새벽에 침입한 적은 우리 국군의 반격으로 지금 후퇴하고 있습니다. 우리 국군은 총반격을 개시, 이참에 압록강까지 진격하여 우리 민족의 숙원인 국토통일을 완수하고야 말 것입니다."

그 방송이 나가는 순간 경기도 동두천, 포천, 의정부 일대와 강원도 강릉은 이미 인민군 수중에 들어갔다. 인민군은 계속 거침없이 남침해 왔다. 38선 일대를 방어하던 국군은 탱크를 앞세운 인민군의 총공격을 견디지 못하고, 마치 홍수에 둑이 무너지듯이 그대로 허물어졌다. 그날 밤 인민군은 의

정부 부근에서 곧 서울에 진주할 채비를 서두르고 있었다.

그날 그 시각, 신성모 국방부장관은 긴급히 육·해·공군 총참모장들과 비상대책회의를 열었다. 이 회의에서 초기 전투 패배에 따른 대책을 논의한 끝에 결론은 '수도 이전'이었다. 이 비상대책회의에 이은 6월 27일 새벽 1시 긴급 비상국무회의가 소집됐다. 이 국무회의에서 수도 천도가 확정됐다. 하지만 당시 150만 서울 시민의 안정과 민생, 그리고 피란대책은 전혀 고려되지 않았다. 시민들이 정부의 수도 천도를 알면 걷잡을 수 없는 혼란을 초래하리라는 판단 때문이었다.

이 회의가 끝나자마자 곧 이승만 대통령은 다급하게 경무대를 빠져나와 서울역에 대기 중인 특별열차에 올랐다. 이날 새벽 3시 무렵, 이 대통령을 태운 열차는 서울역을 떠났다. 결국 이승만 대통령은 시민들을 적지에 고스란히 둔 채 줄행랑하는 꼴이 됐다. 1592년 임진왜란 당시 백성들을 팽개치고 몽진을 떠난 선조 임금의 재판이었다.

6월 27일 오전, 국회의원들은 정부의 수도 천도 결정도 모른 채 본회의에서 '서울 사수'를 결의했다. 그런 뒤 곧장 의원 대표들이 경무대를 방문했다. 그제야 의원들은 이승만 대통령이 이미 서울을 떠났다는 말을 듣고, 참담하게 발길을 돌렸다. 대통령이 서울을 떠난 그날 밤에도 서울중앙방송에서는 '서울 사수'를 호소하는 이 대통령의 담화가 전국에 울려퍼지고 있었다.

"정부는 대통령 이하 전원이 평상시와 같이 중앙청에서 집무하고, 국회도 수도 서울을 사수하기로 결정하였으며, 일선에서도 충용무쌍한 우리 국군이 한결같이 싸워서 오늘 아침 의정부를 탈환하고, 물러가는 적을 추격 중입니다. 국민 여러분은 군과 정부를 신뢰하고, 조금도 동요함이 없기를 바라는 바입니다. 나 리승만은 …."

이 녹음방송은 인민군이 서울에 입성한 뒤에도 앵무새처럼 흘러나왔다. 이 대통령의 육성방송에도 북쪽에서 대포소리가 들려오는 등, 전황이 심상치 않음을 알아차린 일부 시민들은 그날 밤늦게야 허겁지겁 피란봇짐을 싸들고 한강 인도교로 달려갔다.

한편 채병덕 육군참모총장은 전쟁 발발 사흘째인 6월 28일 새벽 1시 무렵, 인민군 탱크가 서울 미아리 방어선을 막 돌파하였다는 보고를 받았다. 곧이어 45분 뒤에는 인민군 탱크들이 서울 시내에 진입하였다는 급보가 날아왔다. 그는 후퇴 중인 부하들을 살려야겠다는 생각보다 일단 인민군의 남하를 한강 이북에서 저지해야겠다는 생각이 앞섰다. 그는 즉시 공병감 최창식 대령에게 한강교 폭파 명령을 내렸다. 공병감을 비롯한 공병들은 한강교 곳곳에 미리 폭약을 장진해 둔 채 발파 명령을 기다리던 중, 그 명령이 내리자 즉각 폭파 버튼을 눌렀다. 그러자 한강대교를 비롯한 3개의 철교는 큰 폭음과 함께 일부 교각이 폭삭 주저앉았다.

한강교 폭파 시간은 1950년 6월 28일 새벽 2시 30분 무렵이었다. 한강교 폭파로 현장의 약 800여 명 피란민들은 그 자리에서 거대한 폭음과 함께 즉사하거나 수장, 또는 큰 부상을 입었다. 그들은 대부분 허겁지겁 피란봇짐을 싸들고 한강 인도교 위에 몰려든 피란민들이었다. 그러자 한강교 일대는 아수라장이 됐다.

한강교 조기 폭파로 후퇴 중인 국군은 퇴로를 잃게 되어 개전 당시 10만여 명이었던 병력과 장비가 절반 이하로 줄어드는 치명적인 손실을 입었다. 한편, 그 시각 서울 미아리고개 일대 시민들은 인민군이 몰고 내려온 탱크의 바퀴(캐터필러) 소리에 놀라 잠에서 번쩍 깨어났다. 서울시민들은 그제야 인민군의 전면적인 남침인 줄 알고 피란길을 서둘렀다. 하지만 이미 한강다리가 폭파된 뒤라 속수무책이었다. 그날 이후 서울시민들은 독 안의 쥐처럼 옴짝달싹 못하고 석 달간 인공치하에 살았다.

1950년 6월 28일 오전 11시 30분, 국군의 수도 서울 최후저지선인 홍릉과 미아리 방어선을 돌파한 인민군 선발대는 그날 오후 3시에 중앙청을 점령했다. 서울에 진주한 인민군은 가장 먼저 서대문형무소와 각 경찰서에 수감된 4천여 명의 정치범들을 석방시키고, 즉각 인민위원회를 설치했다.

세상은 삽시간에 180도로 달라졌다. 어느새 붉은 완장을 두른 젊은이들이 거리를 뛰어다니며 "인민공화국 만세!, 조선인민군 만세!"를 연호하며 막 서울에 진주한 인민군을 향해 환호했다. 그날 인민군의 서울 진주가 끝나자 김일성 인민군총사령관은 즉각 서울 점령 축하연설을 방송한 뒤 서울시인민위원회 위원장에 북한 내각 사법상 이승엽을 임명했다. 대한민국 수도 서울은 불과 사흘 만에 전혀 다른 세상으로 바뀌었다. 미처 피란치 못한 일백여 만의 서울시민들은 좋든 싫든 새로운 세상, 곧 인공치하에 적응하하면서 새 질서에 순응해야 했다.

6·25전쟁이 일어날 당시 최순희는 18세로 서울적십자간호고등기술학교 졸업반이었다. 그는 이발사 최두칠의 사남매 가운데 맏딸이었다. 최두칠은 서울 창덕궁 옆 원서동 남의 집 문간방을 사글세로 빌려 살면서 한편에다 무허가 간이이발소를 차려 운영하고 있었다, 남편의 이발 수입으로 살림이 벅차지자 그의 처 오금례는 이웃집 빨래나 김장, 삯바느질 등 허드렛일 품삯으로 살림에 보탰다.

1950년 6월 28일 아침, 최순희는 밤새 북쪽에서 들려오는 대포소리를 듣고 조금 두려웠다. 하지만 그날도 예삿날처럼 서대문네거리에 있는 적십자병원 구내에 있는 학교로 갔다. 그날 오후 수업이 막 시작할 무렵 갑자기 비상종을 울렸다. 그 종소리에 따라 전교생이 강당에 모였다. 그 시각 어디선가 '두두두…' 하는 인민군 따발총소리가 울렸고, 적십자병원 일대에는 매캐한 화약 냄새도 났다. 병원장 겸 교장선생님은 단상에서 다소 떨리는 목소리로 말했다.

"당국의 긴급 지시로 오늘 이 시간부터 임시 휴교한다. 모든 학생들은 이 시간 이후 즉각 학교를 떠나라. 등교 날짜는 비상연락망을 통해 알려주겠다."

순희가 허겁지겁 집으로 돌아오는데 벌써 중앙청 국기게양대에는 태극기 대신에 인공기가 펄럭였다. 중앙청 광장에도 난생처음 보는 인민군 탱크가 풋나무를 잔뜩 꽂은 채 요란한 엔진소리를 내며 줄이어 들어가고 있었다.

순희가 안국동네거리에 이르자 그새 인공기를 들고 거리에서 "조선민주주의인민공화국 만세!"를 부르는 사람도 있었다. 순희가 재동네거리를 지나 원서동 어귀 돈화문에 이르자 몇 청년들은 붉은 완장을 차고 거리를 바삐 오갔다. 이튿날 저녁에는 붉은 완장을 두른 그 청년들은 장총을 메고 집집마다 돌아다니며 식량 보유량을 조사한 뒤 쌀을 거둬가면서 말했다.

"매국역적 리승만 괴뢰도당의 학정으로 선량한 인민들이 굶어죽을 지경에 놓여 있으니 우선 가진 것을 다 같이 나눠먹어야 합니다. 인민공화국에서는 1주일 안으로 식량을 넉넉히 배급해줄 겁니다."

순희 어머니는 말없이 쌀뒤주에 남은 쌀 가운데 절반 가량을 청년들이 끌고온 리어카 쌀가마니에 부어주었다. 대한민국 시절 서울시민들은 쌀 한 가마니 값이 2천 원을 넘었다고 행정당국에 아우성을 쳤다. 그런데 인민군이 들어온 뒤 쌀값이 천정부지로 치솟아 일주일 만에 한 가마니에 일만 원에 이르렀다. 그래도 드러내놓고 불평하는 사람이 없었다.

대부분 서울시민들은 전쟁 중이니까 모두가 그럴 것이라고 체념한 모양이다. 그들은 먹을거리를 구하고자 장롱 속 갖가지 패물이나 옷가지를 들고 나가 서울 근교에서 시골사람들과 물물교환으로 양식을 구해오는 집들이 늘어났다. 그도 저도 형편이 안 된 집들은 사대문 밖 여기저기서 푸성귀를 뜯어다가 쌀이나 보리를 한 줌 넣고 멀건 나물죽을 끓여 배를 채웠다. 미처 피란하지 못한 대부분 서울시민들은 새로운 생존법칙에 순응하고 있었다. 거리에는 이따금 "조선민주주의인민공화국 만세!" "조선인민군 만세!" "김일성 장군 만세!" "박헌영 선생 만세!"와 같은 군중 외침이 울렸고, 인도에 늘어선 사람 가운데는 급하게 만든 인공기를 흔드는 사람도 있었다.

서울시청 광장과 국회의사당에서는 사회 각계 인사들이 참여한 가운데 서울시민 인민군환영대회가 열렸다. 서울시내 대로에는 스탈린과 김일성 사진이 날로 늘어만 갔다. 서울 곳곳에 갑자기 세워진 인민위원회는 무소불위의 힘으로 '반동' 즉 친일파, 민족반역자, 경찰, 군인, 관료를 찾아내 연일 인민재판에 회부했다. 대부분 서울시민들은 이런 변혁에도 입을 닫은 채 새로운 세상에 숨을 죽이며 살아갔다. 인공치하 서울에는 거리마다, 집집마다 인민공화국기가 나부꼈다. 최순희도 집 앞에 인민공화국 국기를 달고자 문방구점에서 붉은 잉크를 사온 뒤 집에 있는 푸른 잉크를 꺼내놓고 흰 천에다 인공기를 그렸다. 순희는 혹시나 인공기를 잘못 그릴까 불안하여 동 인민위원회에 걸린 것을 눈여겨보고 온 뒤 그대로 그렸다.

그 무렵 서울시내 집집 대문에는 "조선민주주의인민공화국 만세!" "영명한 지도자 김일성 장군 만세!"와 같은 구호를 적은 글들이 덕지덕지 붙었다. 동네마다 붉은 완장을 차고 다니는 사람들도 늘어났다. 그 완장에는 'ㅇㅇ동 인민위원회' 등 뭐라고 쓴 것도 있었으나 그저 붉은 헝겊조각을 팔에 두르고 다니는 사람도 있었다. 그 시절 '붉은 완장'은 권력의 상징으로 일반시민들은 그 붉은 완장에 잔뜩 주눅이 들었다.

최순희는 임시휴교 닷새 만에 비상연락을 받고 등교했다. 그날 학교 교문에는 장총을 멘 인민군이 보초를 서고 있었다. 오랜만에 만난 친구들은 그동안 얘깃거리도 많았을 테다. 하지만 모두들 표정이 굳은 채 좀체 입을 열지 않았다. 학교는 다시 문을 열었으나 어딘지 모르게 썰렁했다. 어느 대학교나 중학교에서 몇백 명, 심지어 동덕이나 숙명, 이화 같은 여학교에서조차도 수백 명 학생들이 인민의용군에 지원했다는 얘기가 나돌았다.

최순희가 등교한 그날은 아침부터 수업을 전폐하고 강당에서 미 제국주의와 리승만 괴뢰도당 규탄대회가 열렸다. 적십자병원 강당 이곳저곳에는 이런저런 붉은 구호들이 붙어 있었다. 그새 새로 생겨난 여맹 산하 세포위원과 인민위원회에 포섭된 몇 선생님은 붉은 완장을 두르고 그날 강당을 메운 학생 사이에 서성거렸다. 규탄대회가 시작되자 완장을 두른 이들이 번갈아 등단하여 외쳤다.

"조국과 민족의 자주독립을 위하여 우리는 악랄한 미제국주의와 그 주구인 매국역적 리승만 괴뢰도당들을 쳐부숩시다!"

"영광스러운 인민의용군 대열에 우리도 동참합시다!"

"미제와 그 앞잡이 주구들을 이 땅에서 몰아냅시다!"

태평양전쟁이 한창일 때는 일제의 홍보로 '귀축미영(鬼畜米英)'이라고 부르던 그 '미국(米國)'을 해방이 되자, '해방의 은인'이라는 최대의 찬사와 함께 쌀 '미(米)' 대신 아름다울 '미(美)'로 바꿔 '미국(美國)'으로 불렀다. 그런 가운데 인민군이 수도 서울을 점령하자 순식간에 다시 '미국(米國)'으로 바뀠다. 붉은 완장을 두른 이들이 단상에서 '미제' '강도 미제국주의' '침략자 미제' 등으로, 이승만 대통령은 '매국역적 괴뢰 리승만'으로 부르는 등, 가장 험악하고 야비한 말로 마구 비난했다.

대부분 서울시민들은 하루아침에 180도로 달라진 염량세태에 얼떨떨했다. 그들은 다만 변함없는 북한산을 쳐다보며 탄식했다. 그야말로 두보의 시 「춘망(春望)」의 한 구절처럼 '나라는 망했으나 산하는 그대로(國破山河在)'였다. 그때 서울은 온통 붉은 물감으로 한창 채색되고 있었다.

참 간사한 게 사람들의 삶이요, 마음이었다. 대부분 시민들은 새로운 체제에 적응하려는 그런 분위기였다. 그날 단상의 붉은 완장들은 '강도미제', '매국역적', '괴뢰도당' 등 이런 말들을 거침없이 뱉으며 주먹을 마구 휘둘렀다. 그러자 곧 장내 분위기는 금세 후끈 달아올랐다. 이때 단상에서 붉은 완장을 두른 이가 단하의 학생들에게 부르짖었다.

"우리 모두 조국해방전쟁을 수행하는 용감무쌍한 인민의용군 대열에 지원합시다!"

단 아래에서는 그 선동에 호응하는 소리가 여기저기서 터져나왔다. 그들은 주로 세포위원이거나 이미 그들에게 포섭된 이들이었다.

"찬성이요, 찬성!"

"찬성이오!"

그 호응에 붉은 완장을 두른 이는 의용군 입대지원서를 쳐들고 외쳤다.

"그럼, 찬성하는 사람은 여기 나와 의용군 입대지원서에 서명하시오. 우리 적십자간호학교 학생들은 총을 들고 싸우는 게 아닙니다. 여러분은 전후방에서 영용한 조선인민군 부상병을 치료하는 거룩한 일을 합니다. 이는 적십자정신에 맞는 일로 이 얼마나 영광된 일입니까? 우리는 조국해방 간호전사로 동참합시다!"

서울시인민위원회에서는 유독 적십자간호학교 학생들의 인민의용군 입대를 독려했다. 적십자간호학교 학생들은 간단한 교양교육 이수 후 별다른 주특기 교육 없이 곧바로 실전 간호병으로 투입할 수 있다는 이점 때문이었다.

한 학생이 앞에 나가 연단 위에 놓인 인민의용군 입대지원서에 이름을 쓰고 손도장을 찍었다. 그러자 붉은 완장을 찬 이는 그를 연단 위로 오르게 한 뒤 '영용한 인민의용군 전사'로 잔뜩 추켜세웠다. 그러자 다른 학생들도 입대지원서를 쓰고자 나갔다. 시간이 지날수록 지원자가 점차 늘어났다. 곧 긴 대열을 이루었다.

최순희는 잠시 생각에 잠겼다. 그 순간 얼마 전에 읽은 나이팅게일 전기에서 '위험이 있는 곳에 기회가 있다'는 말이 머리에 떠올랐다. 또한 나이팅게일은 크림전쟁에 참전하였기에 '백의의 천사' 칭호를 받았다고 했다.

'그래 지금이 기회야.'

순희는 그런 생각이 퍼뜩 들었다.

'조국해방전선에서 공을 세우고 돌아온다면 나의 앞길은 저절로 열릴 거야.'

그런 판단이 섰다.

'그래, 도전해보는 거야. 이 최순희가 가난한 이발사의 딸로 그저 그런 간호사로 평생 썩을 순 없지.'

순희는 그런 생각이 미치자 연단 앞으로 나가 의용군 입대지원서에 이름을 쓰고 손도장을 찍었다.

이튿날 순희가 의용군 지원병 소집장소인 용산 집결지로 가는데 아버지와 어머니가 굳이 배웅했다. 순희는 절름거리는 아버지가 가여운 나머지 집 앞에서 부모님에게 작별인사를 했건만 굳이 종로2가 전차정거장까지 따라왔다.

"내 입때까지 계집애가 군대 간다는 이야기는 못 들어봤다."

"어머니, 인민공화국은 모든 사람이 평등한 세상으로, 남녀가 따로 없대요."

"얘, 뭔 귀신 씨나락 까먹는 소리를 하니?"

"정말이에요."

"뭐? 남자와 여자가 똑같은 세상이 온다고, 아이고 세상에 … 아무튼 천지개벽할 소리다."

"어머니, 정말이에요. 그리고 저는 전쟁터에 나가도 부상당한 인민군 전사들을 치료하는 간호병으로 가요. 그래야 나중에 큰 병원에 취직도 할 수 있을 거예요."

"하긴 그렇다. 우리 같이 돈도, 백도 없는 사람은 아무 공도 없이 좋은 직장에 취직할 수 없을 거다. 세상에 공짜는 없으니까."

"조금도 걱정하지 마세요. 이번 조국해방전쟁은 올 8월 15일 안으로 끝난대요."

"이것아. 아무튼 꼭 살아와야 해."

"알았어요. 어머니."

그새 동 인민위원으로 뽑혀 붉은 완장을 두른 아버지가 뒤따르며 말했다.

"얘, 순희야. 이 몸이라도 인민군대에서 받아준다면 의용군으로 나가 주먹밥이라도 만들고 싶다."

"아버지는 역시 인민의 편이에요."

"그럼, 누구나 다 잘사는 평등한 세상이 온다는데 이 얼마나 좋으냐? 인민공화국에서는 그동안 소작하던 농사꾼들에게 땅도 거저 나눠준다고 하더구나. 우리나라 역사 이래 이런 일은 처음이다."

"여보! 그만 좋아하시구려. 좋은 일에는 화가 따라요."

"임자는 우리가 그동안 무식하고 가난하다고 구박받고 살아온 게 억울치도 않소!"

순희 아버지 최두칠은 역정을 냈다.

"이 난리 통에는 쥐 죽은 듯이 엎드려 있는 게 상수랍니다."

순희 어머니 오금례가 남편에게 한 마디 뱉고는 딸을 불렀다.

"애, 순희야. 너, 나 좀 보자."

"네, 엄니."

순희 어머니는 낙원동 좁은 골목길로 순희를 데리고 가더니 속곳 주머니에서 자그마한 비단주머니를 꺼냈다.

"이거 내가 시집올 때 네 외할머니가 주신 거다. 이거 너 줄 테니 몸에 잘 지니고 있다가 네 목숨이 위태할 때 요긴하게 쓰라."

순희가 비단주머니 속에 것을 꺼내자 쌍 금가락지가 나왔다. 순희는 눈이 휘둥그레지며 말했다.

"엄니! 나 그런 것 필요 없어요."

"아니다. 잔말 말고 받아 잘 간수해라. 네 외할머니가 나 시집 올 때 이걸 주면서 '사람이 살다보면 죽을고비가 몇 차례 있다'고 하였다. 그때 요긴하게 쓰라고 하더라."

오금례는 여태 이걸 그대로 지니고 있었다. 그런데 딸이 전쟁터로 간다니까 그걸 전하고자 했다. 오금례의 친정어머니는 늘 '황금은 귀신을 부려서 맷돌도 돌린다'는 중국 사람들의 말과 서양 코쟁이들이 '돈을 가지고 문을 두드리면 굳게 닫힌 문도 활짝 열리게 마련이다'는 말을 자주 했다.

"아이, 엄니도…. 저는 그런 일은 없을 거예요."

"아니야. 이것아, 한 치 앞을 모르는 게 사람 팔잔겨. 전쟁 때 군인들이 총을 드밀면 사람 목숨은 파리목숨이다. 그래도 이 금붙이라도 지니고 있으면 때로는 생명줄이 될 수도 있을 거다."

"그렇다면 엄마가 더 필요할 거야요."

"아니야. 전쟁터로 나가는 네가 더 필요해. 그리고 말이다. 세상에 가장 중요한 게 목숨이다. 그 다음이 정조인 겨. 넌 어떤 경우든 넌 꼭 살아 돌아와야 한다."

순희는 대답 대신 고개를 두어 번 끄덕였다.

"목숨보다 더 소중한 게 없어!"

순희 어머니는 다시 다짐했다.

"알았어요, 엄니!"

종로2가 전차정거장에서 순희 어머니는 막 도착한 전차에 오르는 딸에게 새벽에 일어나 지은 찰밥을 싼 보따리를 건네주며 훌쩍거렸다.

"순희야, 아무튼 총알 요리조리 잘 피하고 몸 성히 돌아오너라."

"잘 알았어요, 엄니. 이제 그만 돌아가세요."

"얘, 순희야. 너 참 장하다. 어이 몸성히 다녀오너라. 네 덕분에 우리 집은 자랑스러운 인민의용군 용사의 집이 될 거다. 최순희 만세다!"

최두칠은 전차정거장에서 두 손을 번쩍 치켜들며 전차를 타고 떠나는 딸을 환송했다.

"아버지, 어머니! 안녕히 계세요."

순희는 전차 안에서 아버지 어머니가 보이지 않을 때까지 손을 흔들었다.

개전 후 인민군은 다섯 시간도 채 안 돼 개성을, 사흘 만에 서울마저 점령했다. 당시 서울 주공 인민군 6사단장 방호산은 항일유격대 출신인 반면, 국군 서울지구 방어부대 제1사단장 백선엽은 공교롭게도 위만국(괴뢰 만주국) 간도특설대 출신이었다. 일제 패망 후 두 사람은 군복을 바꿔 입고 서울 침공과 방어전선에서 서로 맞부딪혔다. 이는 아이러니한 대결로 국군 제1사단은 장비도 열세였지만, 병사들의 사기 면에서 상대가 되지 않았나 보다. 그런 까닭인지 1사단의 서울방어선은 모래성처럼 무너지고 말았다.

서울에 진주한 인민군들은 사흘이나 머물렀다. 그들이 전쟁 초기 금쪽 같은 사흘을 서울에 머문 데는 여러 가지 설이 있다. 그 하나는 미처 예상치 못한 국군의 한강다리 폭파 때문이라는 설, 그 둘은 애초부터 인민군은 서울만 점령하려 했다는 제한전쟁설, 그 셋은 인민군이 서울을 점령하면 남한 곳곳에서 일제히 봉기가 일어날 것으로 판단했다는 설 등이 있다. 곧 인민군이 38선을 돌파하기만 하면 남한 곳곳에서 남로당이 주축이 되어 인민군을 환영하는 봉기가 순식간에 일어나리라고 북한 지도부는 판단했다 한다. 하지만 이는 북측의 중대한 판단 착오로 이승만 정부는 전쟁 이전에 그런 싹인 좌익사범들을 전국 곳곳에서 무참하게 처형해버렸다. 그래서 인민군들이 남침했어도 대대적인 민중 봉기는 일어나지 않았다.

또 하나 다른 설은 인민군의 작전 실패로 서울에서 사흘을 머물 수밖에 없었다는 상황이다. 인민군의 초기 작전계획은 서부전선 부대와 함께 중부전선으로 남하한 인민군 제2사단과 제7사단이 한강이남 지역을 봉쇄함으로써 후퇴하는 국군과 남한 정부 고위 관계자들을 모조리 포위하여 사로잡는다는 전략이었다. 그런데 중부전선 춘천을 지키던 국군 제6사단의 저항이 예상 외로 강했다. 그리하여 인민군은 홍천을 점령하기로 했던 제7사단을 투입한 뒤에야 춘천을 점령할 수 있었다. 여기에 약 3일간이 소요돼 애초 국군 수뇌부와 남한 정부 관계자들을 서울 탈출 전 사전에 포위한다는 작전이 실패했다는 것이다.

인민군 수뇌부는 서울에서 사흘간 머물면서 전황을 관망했다. 그런 뒤 곧장 한강 도하작전을 감행하여 7월 3일 국군의 한강방어선을 돌파했다. 그와 동시에 그날 수원과 인천도 점령했다. 인민군이 이 두 도시에 진주했을 때 주민들은 모두 피란을 떠나 유령의 도시처럼 텅 비어 있었다.

한편 국군은 전 지역에서 인민군에게 제대로 대항치도 못한 채 후퇴하기에 급급했다. 그즈음 국군 수뇌부는 인민군이 감히 전면으로 남침해 오리라고는 전혀 예상치 못했다. 세계 최강 미국이 국군 뒤에 있다고 믿었기 때문이다. 미군도 마찬가지였다. 그들은 애초부터 인민군을 한낱 '농민군' 정도로 형편없이 깔보았다. 그들은 오산에서 최초 교전에 앞서 인민군들은 전선에서 미군을 보기만 하면 지레 겁먹고 도망갈 것으로 착각했다. 그 당시 미군은 세계에서 가장 악독한 독일군과 일본군을 물리쳤다는, 이제는 그들이 세계 최강이라는 자만심에 한껏 빠져 있었다.

7월 1일 미 제24사단 예하 제21연대 제1대대장 찰스 스미스 중령은 일본 후쿠오카에서 부산에 도착한 뒤 열차로 대전으로 이동한 다음 7월 5일 오산 북쪽 죽미령전투에 투입됐다. 그 부대는 대대장 이름을 따른 '스미스부대'라 불렀다. 부대장 스미스는 전투에 앞서 큰소리를 쳤다.

"인민군 따위는 문제도 안 된다. 우리 부대는 오늘밤에 수원까지 진격하겠다."

하지만 스미스부대는 단 한 차례 전투에서 540명 병력 가운데 150여 명의 사상자를 냈고, 박격포 등 주요 공용화기를 잃었다. 미군은 인민군과 첫 전투에서 참패로 끝났다. 미군의 이런 졸전은 오히려 인민군들의 사기만 한껏 높여주었다. 이 전투로 인민군은 미군에 대한 공포감에서 말끔히 벗어났다. 그때부터 인민군은 국군에 이어 미군도 우습게 여겼다. 피차 상대를 깔보는 교만은 곧 더 큰 재앙을 몰고오기 마련이다. 첫 교전에서 망신을 당한 미군은 그제야 비로소 인민군에 대한 전력을 제대로 파악하기 시작했다.

6·25전쟁이 발발하자 미국은 이를 기다리고 있었다는 듯 재빨리 대응했다. 이는 공산군의 남침을 마치 낚시 줄에 매단 찌가 물속으로 들어간 것으로 보았다. 애치슨 국무장관은 미국시간으로 6월 25일, 트루먼 대통령의 승인을 받아 유엔에서 한국(6·25)전쟁 문제를 논의할 것을 결정하였다. 그리고 곧바로 유엔안전보장이사회에 제출할 결의안을 작성하였다. 그 내용은 북한이 평화를 파괴하고 있으며, 적대행위를 즉각 중지하고, 남침한 인민군을 38도선 이북으로 철수시키라는 것이었다. 이때 이미 북한은 국제적으로 침략국으로 규정되었으며, 미국을 비롯한 우방국은 유엔군을 조직할 명분을 마련했다.

6월 27일에 긴급 소집한 유엔안전보장이사회의 결의에 따라 7월 7일 유엔군사령부가 창설됐다. 그런데 소련은 유엔안전보장이사회의 상임이사국인데도 이사회에 참석치도 않았고, 북한의 남침에 반대하는 유엔 결의안에 거부권을 행사치 않은 점이 미심쩍었다. 그토록 중요한 회의에 소련 대표가 참석치 않은 것은 한국전쟁의 후원자, 또는 북한과 공동의 전범으로 몰릴 수 있었기 때문이라는 점과 미국을 극동에 묶어둠으로써 유럽에서 소련의 처지가 유리하다는 판단 때문일 것이라고 서방측은 추측했다.

또 하나 이유는 1950년 초부터 소련은 유엔안전보장이사회의에 참석을 거부하고 있었다. 그 까닭은 소련은 중국에서 공산주의 혁명이 성공하자 유엔안전보장이사회의의 중국 대표를 국민당에서 공산당으로 바꿔야 한다고 주장했기 때문이다. 따라서 소련은 그때 자신들의 의지를 관철코자 유엔안전보장이사회의 참석을 거부할 즈음이었다. 아무튼 유엔에서 이루어진 소련과의 첫 대결에서 승리를 거둔 미국은 기세등등하게 주일 미군의 한반도 파견을 즉각 결정했다. 주일미군 스미스부대의 한국전 파견은 유엔군이 결성되기 전에 이루어졌다.

1950년 7월 7일 유엔군사령부가 창설되자 미국은 유엔군사령관에 미극동군사령관 맥아더 원수를 임명했다. 곧이어 자유진영 연합국의 병력들이 속속 한국에 도착하여 마침내 유엔군이 편성됐다. 유엔군에는 미국을 비롯한 호주·벨기에·캐나다·콜롬비아·프랑스·영국… 등 16개국 군대가 참가했다. 유엔군 가운데 공군의 98퍼센트, 해군의 83퍼센트, 지상군의 88퍼센트가 미군이었다. 미국을 제외한 다른 참전국 병력은 유엔군에 배속되면서 유엔군사령관 맥아더 원수의 지휘를 받았다.

그 무렵 대한민국 정부는 유엔군의 원활한 작전수행을 위한다는 명분으로 국군의 작전지휘권을 유엔군사령관에게 넘기는 것을 논의하기 시작했다. 1950년 7월 16일, 국군이 계속 인민군에게 밀려 지리멸렬 후퇴를 거듭하자, 이승만 대통령은 국군 작전지휘권을 즉각 맥아더 유엔군사령관에게 넘겼다. 우리 국군의 자주성을 작전 효율성이라는 명분 아래 결과적으로 우리 스스로 유엔군에게 국군 작전지휘권을 헌납한 꼴이었다.

1950년 7월 20일, 호남과 영남으로 갈리는 교통의 요충도시인 대전은 인민군에게 맥없이 함락됐다. 대전전투는 유엔군에게 뼈저린 패배였다. 대전

전투에 참가한 미 제24사단 3900여 명 가운데 1100여 명이 전사하거나 포로가 됐으며, 대부분 군장비도 빼앗겼다. 더욱이 사단장 윌리엄 딘 소장마저도 포로가 됐다. 인민군은 대전을 점령한 뒤 다시 파죽지세로 남하를 계속했다. 7월 말에 이르러 대구와 부산을 중심으로 한 경상도 일대만 조금 남겨두고, 남한 전 지역의 약 90퍼센트를 점령했다.

그 무렵 한반도의 지상은 인민군이 주도권을 잡고 있었다. 하지만 하늘과 바다의 사정은 달랐다. 미군은 제공권과 제해권을 확실하게 쥐고 있었다. 특히 개전 초기부터 미 폭격기들은 한반도 전역을 자기네 안방처럼 누볐다. 미군 폭격기들은 전방 전투지역뿐 아니라, 후방 깊숙한 북한의 흥남비료공장, 평양철교를 비롯한 철도시설, 원산, 함흥 등지의 공장 및 항만시설들을 무차별로 폭격했다. 그들은 서울에서 낙동강에 이르는 300여 킬로미터의 인민군 병참선을 모조리 끊다시피 날마다 하늘을 휘젓고 다녔다.

김준기는 황해도 해주 인근 인민군 신병교육대에서 2주 동안 기초전투교육을 받았다. 교관들은 미군기들의 공습에도 까딱치 않고 신병을 가르쳤다. 그는 기초전투교육이 끝나자 나이도 어리고 체구가 작다는 이유로 위생병 병과를 배정받았다. 다시 단기 주특기 위생병교육을 받았다. 그 교육이 끝나자 다른 병과 신병들과 함께 그날 밤 전선부대로 떠났다. 그들은 미군 폭격기의 공습을 피하기 위해 주로 야간에만 이동했다.

5백여 명 신병들이 대전에 이른 것은 7월 31일 새벽이었다. 대전에 있었던 인민군전선사령부는 신병 오백여 명 가운데 사백 명을 주공격선인 낙동강전선에 투입했고, 나머지 일백여 명은 호남 쪽으로 진격 중인 인민군 제4사단과 제6사단에 각각 배치했다.

대전역 이남은 철도 파괴가 매우 심한 탓에 낙동강전선으로 가는 신병들은 1950년 8월 1일 밤 황간까지는 트럭으로 이동했다. 하지만 그곳 이남은 야간 트럭 이동도 매우 위험하다고 한밤중에 행군으로 남하했다. 신병들은 추풍령을 넘어 이튿날 새벽녘 김천에 닿았다. 김천 시가지 밖 김천중학교에는 그 무렵 인민군 임시전선보충대였다. 신병들은 그 보충대에서 이른 아침밥을 먹은 뒤 각 교실로 흩어져 밤샌 행군으로 못 잔 잠을 보충했다. 그날(8월 2일) 오후 4시에 기상하여 이른 저녁을 먹은 뒤 다시 배치 받은 전방부대로 출발했다.

그곳 임시 전선보충대에서는 상주 방면의 제13사단, 선산·해평 방면의 제15사단으로 각각 100명씩 배치했다. 나머지 200명은 가장 병력 손실이 많았던 낙동강 최전선 왜관에서 전투 중인 제3사단으로 배치했다. 김준기는 제3사단 야전병원에 배치됐다. 제3사단본부 인사담당관 마두영 상사가 신병들을 인솔했다. 신병들은 행군 중 접적지역이라 긴장했는지 어느 누구도 입을 열지 않았다. 1950년 여름은 30년 만의 가뭄이요, 더위라고 했다. 뜨거운 뙤약볕 열기와 미 공군 전투기를 피한 오후 늦은 행군이었지만 김천시가지를 벗어나자 땀으로 등허리가 흥건히 젖었다. 마 상사는 행군 중 휴식시간에 온몸을 푸나무로 위장하라고 지시했다.

"미제 쌕쌕이에 살아남으라믄 철저히 위장하라우!"

"네! 알갓습네다."

신병들은 그 말에 복창하고는 도로 가까운 산으로 달려갔다. 하지만 벌거숭이 산인 데다가 가뭄으로 메마른 산이라 위장할 푸나무도 마땅치 않았다. 야트막한 산을 한참 헤맨 뒤에야 칡넝쿨을 구해 온몸을 칭칭 감았다.

김천에서 구미로 가는 도로 언저리에는 대부분 나무가 없는 시뻘건 민둥산이었다. 8·15해방 후 너도나도 마구잡이로 벌채한 결과였다. 그 민둥산은 바라보기만 해도 한여름의 더위에 숨이 막힐 지경이었다. 그러다 보니 인민군 전사들은 행군 중 수통이 금세 바닥났다. 그들은 쉬는 시간이면 길섶 도랑의 바닥에 괸 물을 수통에 담고 그때마다 소금을 조금 넣은 뒤 흔들어 마셨다. 일사병 방지에는 소금물이 특효약이었다. 그새 신병들의 전투복은 땀이 말라 생긴 소금자국으로 하얗게 얼룩이 졌다. 마 상사는 행군 중 이따금 뒤를 돌아보며 신병들에게 큰소리로 주의를 줬다.

"미제 쌕쌕이들이 언제 동무들에게 달려들디 몰라. 기저 멀리서라도 쌕쌕이 소리가 들리믄 행군 둥(중)이라두 별명 없이 재빨리 용수털터럼(용수철처럼) 튀어 아무데나 엎드려 숨어라야."

"알갓습네다."

행군하던 신병들은 복창했다.

"더(저) 미제 쌕쌕이만 아니믄 우리 조선인민군은 발쎄 대구까지는 밀구 내려가서야. 행군 중 서너 걸음씩 떨어디라(떨어지라). 우리 동무들이 요기로 내려오는 둥에 미제 쌕쌕이를 만나 도락구(트럭)채루 떼죽음을 당한 게 한두 번이 아니었디(아니었지)."

마 상사의 말에 신병들은 잔뜩 긴장을 하고 이따금 하늘을 쳐다보며 발걸음을 떼었다. 도로 곁에는 폭격을 맞아 부서진 인민군 트럭이나 탱크도 보였다. 김천에서 구미까지는 20킬로미터 남짓했다. 도중에 틈틈이 쉬고 전투기를 피하느라 그날 밤 늦게야 구미초등학교에 도착했다. 그 무렵 구미초등학교는 인민군 제3사단 보급기지 및 임시보충대로 쓰이고 있었다.

3. 야전병원

그때까지 구미 시가지는 전쟁 초기라 별다른 전쟁 피해가 없었다. 구미 초등학교에 주둔한 인민군 3사단 보충대 막사는 교실과 상당히 떨어진 운동장 한편에 있는 큰 미루나무 아래에다 천막을 치고 있었다. 그러고도 천막 위는 푸나무로 잔뜩 덮어 위장을 했다. 아마도 미 전투기의 공습을 피하고자 그런 모양이었다.

이튿날은 1950년 8월 3일로 아침식사가 끝나자 신병들은 다시 각자 배치된 전방 전투부대로 떠났다. 신병들은 마 상사의 인솔로 인민군 3사단 전방부대로 곧장 떠났고, 다만 위생병 김준기 전사와 남포중학교에서 입대한 손만호 전사만 보충대에 남았다. 이들도 곧 야전병원 소속 장남철 상사에게 인계됐다. 아침나절인데도 불볕 더위였다.

"동무들, 요긴 날씨가 갠 날은 미제 쌕쌕이들이 시도 때도 없이 날아오니까 걸어가는 게 더 안전하디. 동무들 개인 배낭은 보충대에서 오늘 저녁 도락구로 보내줄 거니까 요기다 두구 단독군장으로 나를 따르라."

장 상사는 뙤약볕 속에 신병들을 도보로 인솔하는 게 미안한 듯 출발에 앞서 친절하게 그 까닭을 말해주었다. 두 전사는 장 상사를 따라나섰다. 그들이 곧 구미시가지를 벗어나자 미루나무 가로수가 곧게 뻗은 도로가 나왔다. 도로 중간 중간에는 '대구 42Km' '대구 41Km'라는 나무막대에 쓴 이정표가 나왔다. 그 도로 곁 미루나무 가로수에 붙은 매미들이 발악을 하듯 울어댔다.

오른편 하늘에 우람한 산이 우뚝 서 있었다. 산봉우리가 마치 누워 있는 사람의 모양이었다.

"더(저) 산 이름이 뭡네까?"

손 전사가 그 산을 손가락으로 가리키며 물었다.

"이곳 인민들은 금오산이라구 하드만. 왼편 사다리꼴 모양으루 산 봉오리가 넓적한 산은 천생산이구, 거기서 오른쪽으루 조금 떨어진 산이 바루 유학산이야."

"그 금오산 산세 한 번 좋네요."

장 상사와 손만호 전사는 행군 중 이런저런 얘기를 주고받았다. 하지만 김준기는 일체 입을 열지 않았다.

"긴데, 김준기 동무는 벙어리인가?"

"아닙네다. 다 듣고 있습네다."

"하긴 사내자식은 입이 무거워야 돼. 주둥이를 함부로 놀리믄 데(제) 혓바닥에 휘감겨 뒈디기도(죽기도) 하디."

도로에는 자갈이 많았다. 그들은 발걸음을 떼어놓을 때마다 그 자갈로 발바닥이 아팠다. 곧 등줄기에서는 땀이 주르르 계속 흘러내렸다. 구미에서 대구로 가는 도로 언저리에는 드문드문 사과밭이 있었다. 사과밭 그루 사이에는 인민군 T-34 탱크와 122미리 곡사포, 120미리 박격포 등이 풋나무가 꽂힌 위장망을 잔뜩 뒤집어쓰고 포문을 남쪽으로 향하고 있었다. 하늘에서 비행소리와 함께 미 공군 전투기 편대가 저공비행으로 접근했다. 그때 세 사람은 각자 도로에서 사과밭으로 튀어 숨었다. 전투기가 사라진 뒤에 세 사람은 다시 도로로 나왔다.

"동무들 환영 인사야."

장 상사는 하늘을 쳐다보며 말했다. 그는 군복에 묻은 흙을 턴 뒤 다시 앞장섰다. 그들 세 사람은 무더운 날씨에다가 미 공군 전투기의 잦은 출몰로 늦은 점심때에야 구미 임은동 낙동강 기슭 대나무 숲으로 가려진 인민군 제3사단 임시야전병원에 도착했다.

인민군 제3사단 야전병원은 구미면 임은동에 있었다. '임은동(林隱洞)'은 동네이름 그대로 낙동강 옆 수풀에 폭 파묻힌 마을이었다. 겉으로는 숲에 가려 드러나지 않는 마을로 야전병원 입지에 걸맞은 천연 지형이었다. 마을 가운데 대나무 숲에 싸인 오래 된 기와 한옥은 구한말 13도 창의군 군사장 왕산 허위 선생 생가였다. 6·25전쟁 초기 그 집은 야전병원 본부 겸 외과 수술실이었고, 이웃 초가들은 환자 회복실 겸 야전병동이었다. 장남철 상사는 흰 가운을 입은 인민군 중좌(국군 영관급) 문명철 병원장에게 귀대 보고를 했다. 그런 뒤 김준기와 손만호 전사에게 부대 전입을 신고하게 했다.

"전사 김준기는 …."

"전사 손만호는 …."

"고만 돼서."

두 전사가 잔뜩 겁먹은 채로 얼더듬으며 신고를 하는데 문명철 중좌가 미소를 띠며 만류했다.

"동무들, 먼 길 오느라구 수구(수고)해서. 요긴 최전선인 낙동강이야. 강 건너 산 너머에는 국방군과 미제놈들이 개미떼처럼 우글거리고 있디. 포탄이나 쌕쌕이 폭탄이 언제 떨어딜디(떨어질지) 모르는 곳이야. 늘 정신 바짝 차리라."

"네, 알갓습네다."

두 전사는 합창하듯 대답했다.

"우리는 영광스럽게 조국해방전쟁의 전사로 요기꺼디 와서. 내레 두 동무의 무운장구를 빌가서. 꼭 살아서 고향에 돌아가라우. 아무토록 부상당한 인민군 동무들의 생명을 많이 살레내구."

"네! 알갓습네다! 명넝(명령) 잘 받들갓습네다."

두 전사는 부동자세로 함께 큰소리로 대답했다.

"김준기 동무는 최순희 동무 조수로, 그리고 손만호 동무는 장 동무를 보좌하면서 행정반 일을 보라."

문명철 병원장은 즉석에서 두 신병에게 보직을 주었다.

"이봐, 최순희 동무!"

문명철 중좌가 야전병원 수술실을 향해 소리쳤다.

"예."

빨간 위생병 완장을 팔에 두른 한 여 간호전사가 수술실에서 재빨리 달려왔다.

"김준기 동무를 최 동무 조수로 발령을 냈으니께 잘 알퀘(가르쳐)주라우."

"예! 알겠습니다."

"그동안 혼자 수고 많아서."

"예! 감사합니다, 병원장 동무!"

최순희가 문명철 병원장에게 거수경례를 한 뒤 대답하는 말씨가 서울말이었다. 준기가 그 얼마나 동경하고 듣고 싶었던 서울 말씨인가. 최순희 동무는 곱상한 얼굴에 몸매가 날렵한데다 아주 당차 보였다. 그 순간 준기는 숨이 막힌 듯하고 심장은 쿵쿵 마구 뛰었다.

"두 사람이 멀거니 처다보디만 말구 김 동무가 최 동무에게 먼저 신고하라. 최 동무는 김 동무보다 일주일 먼저 입대한 선임이다."

"기건(그건) 기래. 오뉴월 하루 볕이 어딘데. 최 동무는 우리가 대전에 있을 때 전입해왔다."

장 상사의 말에 문명철 병원장이 훈수하듯 말했다.

"…김준기 전사, … 전입 … 신고 드립네다."

김준기는 얼굴이 붉게 물든 채 최순희 간호전사에게 거수경례를 하며 떠듬거렸다.

"반갑습니다. 최순희 전사예요."

최순희는 싱긋 미소 지으며 거수경례로 답례하며 대꾸했다.

"펭안도(평안도) 넹벤 촌놈이 서울 아가씨 앞에서 아주 단단히 얼어버렸구만."

장 상사의 말에 김준기의 얼굴은 더욱 새빨갛게 물들었다.

"잘 … 부탁드립네다."

"예, 수고해주세요. 오히려 제가 잘 부탁드려요."

두 사람의 눈길이 다시 마주쳤다. 순간 서로 멈칫 놀라는 눈치였다.

'저 쪼그만 어린 동무가 어쩌다가 여기까지 왔을까?'

'숨이 막힐 듯 깜찍하게 예쁜 더 서울깍쟁이 아가씨를 최전선 낙동강 야전병원에서 만나다니….'

서로 간 연민과 놀람의 눈빛이었다. 장 상사와 문 병원장은 두 전사의 첫 인사하는 모습을 흐뭇하게 바라보았다.

손자병법에는 "적을 알고 나를 알면 백 번 싸워도 위태롭지 않다"고 전쟁의 기본전략을 말하고 있다. 그런데 6·25전쟁 당시 남북 양측은 이 병법을 역행한 채 상대를 오판하여 전쟁기간 내내 피차 많은 시행착오를 거듭했다. 먼저 이승만 대통령을 비롯한 남한의 국군 수뇌부는 인민군의 전력을 과소평가한 채 시시때때로 걸핏하면 '북진통일'을 외쳐댔다. 사실 당시 국군보다 인민군의 전력이 훨씬 막강한 것도 모른 채 '양치기 소년'과 같은 망발을 쏟았다. 1949년과 그 이듬해인 1950년에 북한 김일성 군사위원장은 소련을 두 차례나 방문하여 스탈린 서기장에게 '해방전쟁'을 일으키겠다며 이를 승인해달라고 간곡히 요청했다. 하지만 스탈린은 1차 방문 때 다음 세 가지 이유를 들어 반대했다.

그 첫째는 인민군이 국군보다 압도적으로 우월치 못하다는 점이요, 그 둘째는 남녘에 미군이 남아 있다는 점이요, 그 셋째는 38선에 관한 미소협정이 아직 유효하다는 이유를 들어 때를 기다리라고 충고했다. 이에 김일성은 소련으로부터 지속적인 원조를 묵묵히 받으며 착실히 군비를 증강하면서 호기탐탐 남침 기회를 노렸다. 그런 가운데 1949년 6월 29일 오매불망 기다리던 미군이 남한에서 철수했다.

마침내 이제야말로 조국해방전쟁의 호기를 맞았다고 판단한 김일성은

1950년 3월에 다시 모스크바로 갔다. 이에 스탈린은 1차 방문 때와는 달리 김일성에게 두 가지 조건을 내걸며 승인하였다. 그 하나는 미국이 개입치 않는다는 확실한 보장과 그 둘은 중국의 승인이었다. 소련에서 돌아온 김일성은 곧이어 중국을 방문하여 마오쩌둥 주석을 만나 스탈린의 의도를 전달하였다. 이에 마오쩌둥은 스탈린 의도에 대해 직접 확인을 요청하자, 스탈린은 이를 문서로 작성한 뒤 발송했다. 이를 확인한 마오쩌둥은 김일성의 계획에 동의케 됐다. 더욱이 이미 미국은 한국에서 철수한 뒤 애치슨라인을 발표하여 공산 측을 오판케 했다.

이 '애치슨라인'은 1950년 1월, 미 국무장관 애치슨이 발표한 것으로 미국의 극동 방위선은 알류산열도와 일본열도, 그리고 필리핀열도를 연결하는 선으로, 한국과 대만은 이 방위선에서 제외한다는 것이다. 김일성은 이를 확인한 뒤 당시를 호기로 삼아 모스크바, 베이징을 오가며 비밀리에 군사원조를 받으면서 전쟁 준비를 매우 치밀하게 착착 진행하고 있었다. 그런데 남녘의 수뇌부는 그런 사실도 제대로 파악치 못한 채, 군사력도 북한에 훨씬 뒤지면서도 상대를 아주 깔보고 계속하여 북진통일론 망언을 쏟아냈다.

북한 수뇌부 역시 남녘과 미국에 대한 정세 판단을 제대로 하지 못했다. 그들은 인민군이 남으로 밀고 내려오면 남한 전역에서 지하남로당 주도로 민중봉기가 일어날 것이라고 판단했다. 하지만 그것은 오판이었다. 남한에서는 6·25전쟁 전에 이미 그 싹을 무자비하게 싹둑 잘라버렸다. 그때 미처 자르지 못한 좌익 혐의자들은 '보도연맹'이라는 족쇄를 채워 꼼짝 못하게 했다. 그들 가운데 일부는 형무소에 가둬두고 있었는데, 6·25전쟁이 일어나자 전국 곳곳에서 이들을 골짜기로 데려가 집단으로 처형해 버렸다. 그래서 그 무렵 생긴 당시 유행어가 '골로 가다'였다. 곧 좌익 혐의자들을 쥐도 새도 모르게 처형한다는 말이었다. 게다가 북한은 미국의 새로운 극동 방위선 곧 '애치슨라인'을 곧이곧대로 믿었다.

공산 진영에서는 미 국무장관 애치슨의 발표를 스탈린과 마오쩌둥의 영토적 야심을 저지하기 위한 미국의 고도 술책으로 해석치 않았다. 그들은 한반도에 전쟁이 일어나도 이미 철수한 주한미군은 다시 한국에 개입치 않으리라고 판단했다. 이 역시 큰 오판이었다. 미국은 태평양전쟁에서 악독한 일본과 숱한 희생을 치르며 얻은 한반도 남쪽을 그들이 그렇게 쉽게 포기하겠는가. 더욱이 한반도는 대륙 진출의 교두보가 아닌가. 미국은 이전부터 태평양을 자기네 내해로 여기고 있었다.

그런 미국이 한반도에서 철수한 뒤 멀리서 소련의 팽창 남진정책을 두 눈을 뜨고 멀뚱히 쳐다볼 수 없었을 것이다. 게다가 당시 한반도 민심의 추는 사회주의 쪽으로 기울어지고 있었다. 이런 위기의 상황에 미국은 애치슨라인이라는 미끼를 낚싯대에 달아 태평양 한반도 근해에 던진 뒤 소련이나 중국이 덥석 그걸 물면 이를 빌미로 그들의 한반도 재상륙이라는 큰 고기를 낚으려는 고도의 노림수였을 것이다. 그리하여 대륙 진출의 교두보를 마련한다는 전략이었다.

북한은 6·25전쟁 개전 초기에 천안에서 미 스미스부대를 격파한 뒤로 미군의 전투력을 아주 우습게 여겼다. 스미스부대의 패전은 인민군 장비에 대한 정보 부족으로, 곧 대전차 공격용 무기를 전혀 대비치 않은 게 가장 큰 실책이었다.

아무튼 북한은 개전에 앞서 미국의 각종 무기 등 거대한 군사력을 과소평가했다. 특히 미 공군력에 대한 대비는 거의 무방비 상태요, 무대책이었다. 게다가 북한은 전쟁에서 가장 중요한 군수품 보급로는 생각지도 않고 속도전으로 계속 물밀 듯이 삽시간에 낙동강까지 남하했다.

이는 결과적으로 유엔군 측의 고도 전술전략에 말려든 꼴이 되고 말았다. 곧 유엔군은 인민군의 전선을 길게 늘어뜨려 놓은 뒤 전폭기로 전후방의 보급로를 차단시켜 전방의 전투력을 고갈시키는 전술전략을 쓰고 있었다. 이는 제2차 세계대전 당시 독일의 롬멜 전차군단이 아프리카 전장에서 본국의 군수보급지원을 받지 못해 영국군 앞에 자멸하다시피 패전한 졸전을 유엔군 측은 원용한 듯했다.

인민군은 6·25전쟁 발발 한 달 후인 7월 말에는 부산, 대구 일대를 제외한 남한의 나머지 전 지역을 점령했다. 인민군 군사위원장 겸 최고사령관 김일성은 단시일에 이룬 그들의 전과를 직접 확인하고자, 두 차례나 비밀리에 남한 점령지를 순시했다. 그런 뒤 남한을 더욱 속전속결 해방하라는 지령을 내렸다.

"8월을 해방의 달로 하여야 한다. 해방 5주년을 기념하는 1950년 8월 15일까지 남조선 모두를 해방시키자. 우리의 승리는 이제 바로 눈앞에 있다. 최후의 승리를 얻기 위하여 전투에 참가한 것은 동무들의 영광이다."

이 지령에 따라 인민군은 전 전선에서 총공세로 나왔다. 그 무렵 북한 문화선전성은 남한의 전 점령지에 선전벽보를 덕지덕지 붙이며 독전했다.

"부산으로! 진해로! 최후 승리를 향하여 번개같이 진격하자"
"동무들, 적들을 일층 무자비하게 소탕하라! 부산과 진해는 지척에 있다. 승리의 깃발 높이 들고 앞으로! 앞으로!"
"조국을 위하여 모두 다 전선에로!"
"전선을 위하여! 여름날 흘리는 땀은 가을에 오곡으로 열매 맺는다."
"공화국 남반부지역에서 실시되는 인민위원회선거 만세!"

북한 수뇌부는 인민군에게 남반부 전 지역의 빠른 해방을 독려했다. 이런 분위기에 편승하여 인민군의 총공세는 사뭇 거침없었다. 하지만 유엔군은 개전 초기와 달리 계속 당하지만은 않았다. 유엔군은 작전상 후퇴 중에도 '최후의 보루'인 부산과 대구를 지키고자 적절한 지연작전을 썼다. 그 작전의 하나로 유엔군 측은 인민군 주력 일부를 호남지방으로 끌어 들였다. 이에 인민군 제4사단과 제6사단이 대전에서 서남방으로 우회하여 전북과 전남을 휩쓸며 남하한 뒤 진주, 마산 방면으로 동진했다. 이는 결과적으로 유엔군의 양동작전에 말려든 셈이었다.

유엔군은 6·25전쟁이 발발한 지 한 달이 지난 1950년 7월 말에는 남한의 대부분을 인민군에게 빼앗겼다. 부산과 대구를 비롯한 낙동강 동쪽 일부만 대한민국 영토로 남아 있었다. 유엔군은 더 이상 밀릴 수 없었다. 그리하여 8월 1일 저녁, 군 수뇌부 합동작전회의에서 부산과 대구를 교두보로 하는 최후의 방어선인 '워커라인'을 만들었다. '워커'는 한국전 전선작전권을 쥐고 있는 미8군 사령관 월튼 H. 워커 중장으로 그의 이름을 붙였다.

이 '워커라인'은 남북 약 135킬로미터, 동서 약 90킬로미터의 네모꼴이었다. 마산 서남쪽 진동을 기점으로 시작하여, 낙동강과 남강이 합류하는 경남 창녕군 남지읍을 거쳐, 낙동강을 거슬러 올라 경북 왜관, 거기서 안동, 동해안 영덕을 잇는 선이었다. 이 방어선이 인민군에게 뚫리면 대구와 부산은 순식간에 점령당할 처지였다. 유엔군은 이 '워커라인'을 대한민국의 명운이 걸린 최후의 보루요, 방어선으로 여기에다 사활을 걸었다.

1950년 8월 초순에 이르자 낙동강을 사이에 둔 낙동강 북쪽 상주, 선산, 구미 일대의 인민군과 낙동강 남쪽 왜관, 다부동, 군위 일대의 유엔군은 전 병력을 총집결하여 양측이 대대적인 공방전을 벌였다. 인민군은 이 '워커라인'을 뚫어야 대구과 부산을 점령할 수 있었다. 반면 유엔군은 이를 지켜야만 대한민국을 지킬 수도, 반격의 교두보를 마련할 수 있었다. 인민군은 2개 군단의 5개 사단 병력으로 이를 돌파하는 남하작전을 폈다. 그에 맞선 유엔군도 미 제8군 4개 사단, 국군 6개 사단 병력으로 이를 방어하는데 총력작전을 펼쳤다. 그러자 낙동강을 사이에 둔 강변 인접 낙동, 선산, 구미, 해평, 산동, 왜관, 약목, 다부동 일대에는 양측 병력이 구름처럼 집결했다.

8월 4일 새벽, 유엔군은 이 '워커라인' 방어선을 사수코자 낙동강 모든 다리들을 폭파시켰다. 하지만 이튿날 인민군은 총탄이 빗발처럼 쏟아지는 가운데서도 낙동강 도강을 감행하여 유엔군의 '워커라인'을 압박했다. 그러자 유엔군은 낙동강 남쪽 강둑에 기관총을 걸어놓고 결사적으로 강을 건너오는 인민군을 향해 무차별 난사했다. 인민군 전사들은 빗발치는 총탄에 도강치 못하고 북쪽으로 일단 후퇴했다.

그때 미군 전투기들은 낙동강에다 휘발유를 쏟아붓은 뒤 거기다가 네이팜탄을 쏘아댔다. 그러자 강물은 삽시간에 온통 불바다로, 인민군들은 우왕좌왕 강물 위에서 화마를 입는 생지옥 속에 수장됐다. 하지만 인민군은 유엔군의 그런 불벼락 작전에도 계속 도강을 포기치 않았다.

인민군은 지난날 소련군이 썼던 전법으로 낙동강에다 유엔군이 미처 예상치 못했던 수중교를 가설했다. 그들은 유엔군의 공습이 없는 야간에 수심이 얕은 낙동강 마진나루에다 모래를 넣은 가마니와 드럼통 등으로 강물 속에 다리를 만들었다. 이 수중교는 탱크까지도 건널 수 있게 만든 일종의 부교였다. 그들은 이 부교로 도강을 감행했다. 하지만 유엔군은 뒤늦게 이를 알고 전투기 등, 온갖 포의 화력을 이곳에 집중시켜 낙동강 남쪽으로 건너온 인민군을 다시 강북으로 밀어냈다.

유엔군과 인민군은 낙동강을 사이에 두고 연일 밤낮을 가리지 않고 공방전을 벌였다. 이 공방전을 '다부동전투'라고 불렀다. 8월 초순까지 지상전의 주도권은 주로 인민군이 쥐고 있었다. 하지만 그 이후 한동안 양측의 전투력은 서로 팽팽히 맞서다가 날이 지날수록 화력이 우세하고 군수 보급이 원활한 유엔군 측으로 점차 승리의 추가 기울어져갔다. 인민군은 낙동강전선까지 내려오는 동안 약 5만 6천명의 병력손실과 그들이 소유한 소련제 탱크의 8할을 잃어버리는 피해를 입었기 때문이다.

구미 임은동 인민군 야전병원에서는 부상자 후송 숫자로 그날 전투의 강도를 판가름했다. 초기 전투에서는 후송 환자들이 대부분 경상자로 그 수는 적었다. 하지만 낙동강 유역 천생산, 유학산, 수암산 등지에서 치열한 고지 쟁탈전이 벌어지자 부상자들은 부쩍 늘어났다. 그 가운데 팔다리가 잘려나가거나 가슴에 총상을 입은 중상자가 부지기수로 쏟아지자 야전병원은 간이병동조차도 부족했다. 다행히 여름이라 야전병원에서는 수풀 속에 천막을 친 뒤 가마니를 깔아 임시병동을 급히 만들 수 있었다. 하지만 부상자들이 나날이 넘쳐나자 야전병원 의료진이 턱없이 부족했다. 게다가 유엔군 공습으로 보급선이 끊어지는 바람에 의약품도, 심지어 환자 급식용 식량조차도 부족했다.

전투의 시작은 인민군과 유엔군이 달랐다. 인민군은 야포의 포격으로부터 시작했다. 하지만 유엔군은 정찰기의 '윙' 하는 비행소리가 전투 개시 전주곡이었다. 유엔군은 야포 포격에 앞서 먼저 정찰기를 띄워 적정부터 살폈기 때문이다. 양측은 보병 공격에 앞서 포병들이 적진지에 야포 포탄을 30분 내지 한 시간씩 마구 퍼부었다. 그런 뒤 인민군은 탱크를 앞세워 적진지로 돌진했고, 유엔군은 다시 폭격기로 적진을 초토화시킨 다음, 뒤따라 보병들이 공격했다. 대체로 공군력과 화력이 앞선 유엔군은 주간전투에 강했고, 지상전에 강한 인민군은 야간 전투에 강했다.

비가 오거나 흐린 날은 유엔군 측 비행기가 뜰 수 없기에 그런 날은 인민군 측에서 더욱 바짝 공세를 취했다. 그래서 6·25전쟁 당시 전방고지는 밤낮으로 주인이 바뀌거나, 그날 날씨에 따라 상황이 달라지기도 했다. 한 차례 전투가 끝나면 최전선 야전병원에는 의료진이 미처 감당할 수 없을 만큼 숱한 부상병들이 쏟아졌다.

김준기는 최순희 위생병 조수로, 병원장 문명철 중좌의 수술을 도왔다. 문 중좌는 경험이 많은 외과의사로 주로 생명이 위독한 중상자 수술을 전담했다. 야전 부상자 대부분은 야포의 포탄이나 폭격기의 폭탄, 수류탄의 파편, 소총이나 기관총 총상 등에 따른 외상이었다. 이들 상처는 세균 감염으로 금세 살이 푹푹 썩어 들어갔다. 그래서 썩은 부위는 곧장 절단해야 목숨을 건질 수 있었다.

초기 야전병원에는 의약품 구색이 갖춰져 수술 전 마취제로 환자의 고통을 덜어줬다. 하지만 미군 전투기의 공습으로 의약품 보급이 끊기고 부상자가 속출하자 마취 없이 수술하는 경우가 많았다. 그러자 환자들이 팔이나 다리 절단 수술을 할 때는 비명을 지르거나 그 공포와 고통에 못 이겨 몸을 뒤틀기 마련이었다. 그때마다 준기는 환자의 상체를 붙드는 역할을 맡았다. 이럴 때는 환자도, 집도의도, 위생병도 죄다 홍역을 치르기 마련이다.

"김 동무, 소(Saw, 수술용 절단기)!"

"……."

전입 초기 준기는 문 중좌가 말하는 의료기구를 몰라 멀뚱히 바라보기가 일쑤였다. 그러면 순희가 외과용 의료기구함에서 날렵하게 수술용 절단기를 찾아왔다. 그런 일이 반복되자 순희는 준기에게 주요 의료기구 이름을 모조리 수첩에 적어준 뒤 죄다 외우게 했다. 일주일이 지나자 준기는 문 중좌가 지시하는 의료 기구를 아주 적확하게 갖다 줄 뿐 아니라, 곧 문 중좌 지시 이전에 미리 의료 기구를 들이밀 정도로 숙달됐다. 어느 하루 수술이 끝난 뒤 쉬는 시간이었다.

"김 동무, 엄마 젖은 떼고 입대했소?"

"메라구? 내레 티꺼워서(더러워서)…."

김준기 전사가 화를 벌컥 냈다. 그러자 순희가 칭찬을 했다.

"김 동무, 머리 회전이 아주 빨라요. 어찌 그리 많은 기구 이름을 빨리 외웠소?"

"머, 이 덩도야…."

준기는 금세 화가 풀렸다.

"김 동무, 어느 학교 다니다 입대했소?"

"펭안북도(평안북도) 넹벤(영변) 농문둥(용문중)학교입네다."

"그 약산이 있다는 그 영변 말이에요?"

"최 동무가 어드러케(어떻게) 우리 고향 넹벤 약산을 다 아십네까?"

"김소월 시인의 '진달래꽃'으로 알지요. '영변에 약산 / 진달래꽃 / 아름 따다 가실 길에 뿌리오리다.' / …."

"와, 최 동무는 문학 소녀이구만요."

"워낙 좋은 시라 아직도 외워지네요."

"시를 외는 위생병 전사는 환자에게는 천사디요. 게다가 얼굴두 마음씨 조차두 이뿌면…."

"좋게 봐줘 고마워요. 그런데 김 동무는 아직도 엄마 품을 찾는 막둥이 같아요."

"기런 말 마시라요. 내레 동생이 자그마치 셋이야요."

"그래요? 내 보기에는 아직도 엄마 품을 찾는 응석꾸러기로 보이는데."

"우리 동네에서는 '그 아바지(아버지)에 그 아들'이라구 소문이 낫시우. 아바지는 왜정 때 독립군 군자금을 운반하다가 왜놈 순사한테 붙잽혀(붙잡혀) 인두루 허벅디(허벅지)를 지지는 고문에두 끝내 동지를 불디 않았다구 하더만요."

"대단한 혁명가입니다."

"지금은 농문(용문)탄광에서 책임비서로 일하고 있습네다."

야전병원 의료진들은 하루 종일 환자를 돌보고 나면 온몸이 땀으로 흥건해졌고 저녁이면 몸이 끈적거렸다. 어느 하루, 후송자가 많아 밤늦게야 부상병 수술이 겨우 끝났다.

"김 동무, 나 낙동강에 멱 감으러 가는데 같이 갑시다."

"메라구요?"

준기의 큰 눈이 더욱 커졌다.

"하루 종일 흘린 땀으로 온몸이 끈적거려 잠을 이룰 수 없을 것 같아요. 내가 멱 감을 동안 김 동무는 곁에서 보초 좀 서주시오."

"쳇! 내레 최 동무 몸종이우?"

"김 동무, 사수의 명령을 조수가 거부한 것은 상관에 대한 명령 불복종이오."

"메라구, 그것두 멩넝(명령) 불복종이라구?"

"군대에서 조수는 사수의 모든 말에 절대 복종해야 하오."

"내레 참, 티꺼워서…."

"그렇다면 김 동무가 먼저 군에 입대하지 그랬소."

"일주일 앞선 입대두 선임이우?"

"'오뉴월 하루 볕도 무섭다'는 병원장 동무의 말을 듣지 못했소."

"……."

"좋소. 그럼 나 혼자 가지요. 대신 내일부터 조수를 바꿔달라고 병원장 동무에게 건의하겠소."

"알갓시오. 앞장 서라요."

그들은 야전병원 후문을 통해 낙동강으로 내려갔다. 참 아름다운 강마을이었다.

"정디(정지)! 동무들 어디 가우?"

후문 보초가 물었다.

"우리 땀 좀 닦으려고 강에 내려가요."

"기럼, 나두 같이 갑세다."

"뭐요! 보초가 복무시간에 … 동무! 정신 있소?"

"……."

최순희의 힐난에 보초가 머쓱해졌다.

"동무! 부대나 잘 지키세요."

"알갓습네다. 날래(빨리) 다녀오시라요."

"수고 하시오."

준기가 보초에게 말했다. 그러자 보초가 부러운 듯이 중얼거렸다.

"아, 김 동무는 도캇다(좋겠다)."

그들은 낙동강 강가로 갔다. 하현달빛이 어슴푸레 강물에 비쳤다. 아름다운 달밤이었다.

"내가 멱을 감는 동안 동무는 멀찍이서 보초를 서다가 서로 임무 교대합시다."

"아, 알갓시오. 날래 멕 감으시라요."

"김 동무는 내가 멱 감을 동안 하늘만 쳐다보세요."

"메라구요?"

"하늘만 쳐다보라고 했소."

"아, 알갓시오."

준기는 사방을 살핀 뒤 곧 하늘을 바라보았다. 은하수의 별들이 금세 쏟아질 듯 반짝거렸다. 순희도 강물 속에서 멱을 감으며 하늘을 쳐다보며 콧노래를 불렀다.

"창공에 빛난 별 물 위에 어리어…."

준기는 그 노래에 맞춰 휘파람을 불었다. 그 순간 그 일대는 전선 같지 않았다.

"이제 동무도 강에 들어와 멱 감으시오. 단, 내 곁 10미터 내로 접근치 마시오."

"알갓시오. 하지만 국방군이라두 일루 오믄 어쩌려구 기러시오(그러시오)?"

"걔네는 야맹증이라 밤에는 꼼짝도 못해요."

"기럼, 왜 보초를 서게 하오?"

"그래도 혼자 오면 무섭기도 하고 … 심심하기도 하고."

"머이오(뭐요). 내레 동무 노리개라는 말이오?"

"김 동무는 사랑스러운 내 조수예요."

"사랑스러운 조수? 나두 용감무쌍한 인민군 전사입네다."

"누가 아니래요."

그들은 강물 위로 고개를 쳐들고 하늘을 바라보면서 소곤거렸다.

"참 아름다운 밤이네요. 물도 맑고 별도 많고."

"내레 고향 녕벤 청천강에서 너름(여름)밤 멕(멱) 감을 때 오늘밤처럼 별들이 찬란햇디요(했지요)."

"그랬어요? 어디나 밤경치가 비슷하구먼요."

"긴데 강물은 우리 고향 청천강이 조선팔도에서 데일(제일)일 거야요. 강물이 어찌나 맑은지 강 이름조차도 맑을 '청(淸)' 자를 썼디요."

"내가 살던 서울 한강도 물이 아주 맑아요."

"우리나라 강은 어디나 다 맑고 아름답디요. 그래서 네(예)로부터 금수강산이라 하지 않았갔소."

"고향 영변 이야기 좀 더 해주세요."

그 말에 준기는 자기 고향 자랑을 신나게 했다. 고향 영변에는 묘향산이 있다. 그 산은 조선 4대 명산이다. 그 산 상원동, 만폭동, 향로봉 일대 풍치는 매우 뛰어나다. 그 산에는 향나무들이 많다. 그래서 향기가 좋다고 '묘향산'이라는 이름을 얻게 됐다. 그리고 영변 약산에는 약수도 있고, 약초도 많은데, 약산 제일봉을 중심으로 기암괴석들이 층층이 쌓여 경치가 매우 좋다. 그 바위 가운데 가장 널찍한 바위가 약산 동대이다. 약산 동대는 예로부터 관서팔경의 하나로 봄에는 진달래꽃, 가을에는 단풍이 일품이다. …
준기의 고향 자랑은 그칠 줄 몰랐다.

"약산은 해마다 두 차례씩 붉게 불타오르디요. 봄에는 진달래로, 가을에는 단풍으로 타오르디요."

"언젠가 꼭 한 번 그 산에 가보고 싶네요."

"기때(그때) 내레 안내하디요. 봄에 오신다믄 진달래꽃 방맹이를 만들어 순희 동무에게 바치디요."

"진달래꽃 방망이라뇨?"

"우리 고당(고장)에서는 총각이 처네에게 바치는 사랑의 증표라요."

"그 아주 재미있는 풍습이네요."

"묘향산에는 전설두 많디요."

"오늘 김 동무는 어찌 이리 이야기도 잘하오?"

"모든 동물은 사랑하는 이 앞에서는 말이나 노래를 많이 하게 마련이디요. 새들도 보라요. 사랑의 계절 봄에는 아주 야단스럽게 지저귀지요."

준기는 그 말과 함께 슬금슬금 순희에게로 접근했다. 순희는 그런 낌새를 알아차리자 뒷걸음치며 말했다.

"뭐예요. 이제는 사수에게 슬그머니 덤비다니 동무를 군기문란죄로 넘기겠소."

"마음대루 하시라요. 기럼, 나두 최 동무레 한밤둥에 낙동강에서 나랑 발가벗구(벌거벗고) 멕 감았다구 동네방네 소문낼 거야요."

준기는 두 손으로 강물을 순희 편으로 끼얹었다. 그러자 순희도 지지 않고 두 손으로 준기에게 강물을 끼얹었다. 두 사람은 서로 상대에게 물을 끼얹는데 달빛에 두 사람의 앞가슴이 다 드러났다. 순희는 그 사실을 곧 알고 화들짝 놀라며 앞가슴을 물속에 얼른 감췄다.
"김 동무! 내가 잘못했어요. 이제 그만 갑시다."
"알갓시오. 기럼, 갑세다. 앞당서라요."
"아니에요. 동무가 먼저 강물에서 나간 뒤 뒤돌아보지 말고 곧장 강둑으로 가세요."
"알갓시오."
준기는 순희가 말한 대로 옷을 입은 뒤 뒤돌아보지 않고 강둑으로 걸어갔다. 순희는 뒤따라 강가 로 나가 옷을 재빨리 입고 준기에게 다가가서 말했다.
"역시 동무는 나의 착한 조수요?"
"메라구?"
"김 동무는 영용한 우리 인민전사라구요."
"체, 아주 가지고 노시라요."

1950년 7월 하순부터 8월 하순까지 낙동강 다부동전선 일대는 이글거리는 태양열로 후끈 달아올랐다. 게다가 야포의 포탄과 폭격기의 폭탄투하 등으로 지상의 열기는 가마솥처럼 더욱 뜨거웠다. 장마라도 지면 더위가 한풀 수그러들 테다. 하지만 그해 여름은 장마는커녕 시원한 소나기조차도 드물었다. 오랜 가뭄으로 낙동강 깊은 곳 수심은 어른 가슴팍 정도였다.
전선은 쌍방의 총탄, 수류탄, 포탄, 전투기 폭탄투하에다 가마솥 같은 더위로 이래저래 숨이 막힐 지경이었다. 인민군은 단숨에 38선에서 낙동강까지 내려왔다. 하지만 8월로 접어든 뒤 유엔군 측이 쳐놓은 낙동강 최후방어선인 '워커라인'을 뚫지 못한 채 더 이상 남하치 못했다. 유엔군 측은 이 '워커라인'을 최후방어선으로 사활을 걸고 물러나지 않았기 때문이다. 그러자 유엔군과 인민군 양측은 낙동강을 사이에 두고 날로 서로 치고받는 지루한 공방전을 계속 벌였다. 그런 가운데 다부동전선은 날이 갈수록 전세는 유엔군 측으로 추가 기울었다. 인민군은 개전 후 속전속결로 낙동강까지 밀고 내려왔다. 하지만 '워커라인'에서 그만 목이 멘 꼴로 되고 말았다. 이는 "급히 먹는 밥은 목이 멘다"는 말처럼 되고 말았다.

낙동강전선에서 양측은 한 달 남짓 서로 한 치 양보 없는 지루한 소모전을 벌였다. 하지만 인민군은 유엔군의 폭격으로 병참선이 단절되는 등, 날이 갈수록 점차 전투력이 뚜렷이 약해져갔다. 반면 유엔군은 병력과 각종 무기 등 보급품이 잇달아 미국과 일본 등, 세계 각지에서 부산항으로 들어와 전선에 긴급 수송되어 전투력이 나날이 증강됐다.

8월 초순부터 미 제2사단, 미 제1임시해병여단 등, 새로운 전투부대가 부산항을 통해 속속 상륙하여 낙동강전선에 배치됐다. 8월 하순에 이르자 유엔군 측 병력은 18만여 명에 전차가 자그마치 600대에 이르렀다. 유엔군은 개전 초보다 두 배 이상 병력이 늘어났고, 그동안 한 대도 없던 전차도 그새 신속한 배치로 인민군보다 훨씬 더 많이 보유케 됐다. 이때부터 개전 이래 한반도에서 무소불위의 맹위를 떨쳤던 인민군 소련제 T-34 전차는 점차 위력을 잃었다. 반면 그 무렵 인민군 병력은 9만8천여 명, 전차 100여 대로 개전 초에 견주어 대폭 줄어들었다. 양측 전력은 날이 갈수록 유엔군 측이 더욱 막강해져갔다. 게다가 유엔군은 미 공군에다가 미 제7기동함대의 한국전 배치로 직접 지원을 받게 되자 하늘과 바다는 그들의 독무대였다.

미 해군 항공모함의 전투기와 미 공군의 폭격기는 한반도 전역을 자기네 안방처럼 누비며 인민군 전후방 거의 모든 군수공장과 전방으로 연결된 병참선을 모조리 끊어버렸다. 미 폭격기들은 후방의 인민군 군수품 공장이나 창고도 용케 찾아 폭탄을 집중으로 마구 떨어뜨렸다. 그러자 인민군은 군수공장이나 보급창고를 지하나 산속에 저장해 두고, 주로 야간에 자동차나 열차로 수송을 했다. 그런데도 미 폭격기들은 이조차도 용케 추적하여 보이는 족족 폭격했다. 그 결과 인민군 전방부대에서는 모든 보급품이 달렸다. 가장 기본인 양식조차도 부족하여 하루에 한두 끼만 급식하는 비상사태에까지 이르렀다. 전방 인민군은 또 하나의 전쟁인 보급전투까지 벌여야만 했다.

구미 임은동의 인민군 야전병원은 의약품 보급을 받지 못해 웬만한 부상병은 응급조치가 고작이었다. 부상자들은 치료 못지않게 영양보충을 해야 상처 회복이 빠르기 마련이다. 그런데 야전병원에서는 세끼 급식을 할 수 없을 정도로 식량사정은 매우 어려웠다. 그러자 장남철 상사는 인민군 점령지에 급조된 인민위원회를 통해 곡식과 가축을 거둬들였다. 처음에는 곡식과 가축을 돈으로 샀다. 하지만 그마저 떨어지자 후불 어음인 '원호증'을 주고 곡식이나 가축을 징발해왔다. 이 원호증은 인민군 제3사단장 리영호 이름으로 발행했다. 이 원호증에는 '환산가격 백미 1두, 또는 소나 돼지 1마리'로 적은 뒤 다음과 같이 기록돼 있었다.

1. 본 원호증은 적 전후방에서 용감하게 싸우는 인민군들에게 물질로써 원조한 애국인민들에게 환산가격에 의하여 수교한다.
1. 본 원호증을 소지한 자는 조국의 해방과 함께 위대한 조국해방전쟁의 공로자로 인정한다.
1. 본 원호증은 타인에게 넘기는 것을 금한다.

장남철 상사는 구미나 고아, 약목, 해평 등 각 마을인민위원장을 앞세워 이 원호증을 주고 일대 마을에서 소나 돼지, 그리고 양곡을 거둬들였다. 장상사가 곡식이나 가축을 거둬온 날이면 야전병원은 순식간에 도살장으로 한바탕 잔치가 벌어졌다. 그런 날이면 오랫동안 굶주린 환자들은 밥과 고기를 배불리 먹고 나면 마치 시든 나무가 단비를 맞은 것처럼 생기가 돌았다. 환자뿐 아니라 의료진이나 행정요원도 마찬가지였다.

임은동 야전병원 일대는 전투가 없는 때면 요란한 매미소리로 예사 강마을이나 다름이 없었다. 하지만 시도 때도 없이 불쑥불쑥 나타나는 미군 폭격기는 강마을의 고요와 평화를 송두리째 앗아갔다. 특히 미군 제트기의 저공비행과 기총소사는 인민군들에게는 공포의 대상이었다. 그래서 야전병원에서는 환자들을 되도록 분산 수용했다. 다행히 한여름이라 중상자가 아닌 경우는 가마니를 깐 야외 천막병동에다 띄엄띄엄 수용할 수 있었다.

4. 다부동전선

개전 초 김일성은 수안보까지 내려와 그해 8월 15일까지 부산을 점령하라고 지령했다. 하지만 뜻하지 않게 미군을 비롯한 유엔군이 조기에 참전했고, 국군은 미군의 군비지원을 받아 낙동강 방어선에서 저항이 예상 외로 완강해졌다. 그런 보고를 받은 김일성은 8월 15일까지 우선 대구만이라도 점령하라고 수정 지령했다. 그러자 인민군전선사령부는 8월 15일을 앞두고 유엔군 진지를 대규모로 공격했다.

양측은 낙동강을 사이에 둔 처절한 혈전을 벌였다. 전선은 피아 근거리로 소총사격보다 총검으로 상대를 찌르고 수류탄을 던지는 백병전 혈투가 밤낮으로 이어졌다. 그러다 보니 다부동 일대는 고지마다 양측 병사들의 시체가 쌓이고, 그 시체를 방패삼아 싸우는 혈전이었다. 그 혈전은 이튿날 새벽까지도 이어졌다. 8월 15일 전투에서 인민군은 마침내 수암산과 유학산 839 고지를 손아귀에 넣은 뒤 다부동까지 밀고 내려왔다.

유학산 정상 839 고지는 대구가 빤히 바라보이는 중요한 지형으로 양측에서 결코 포기할 수 없었다. 유학산 839 고지 쟁탈은 곧 다부동전투의 승패를 가름했다. 왜관에서 다부동에 이르는 다부동전선은 대구와 부산을 점령하려는 인민군의 주공선인 반면, 유엔군에게는 그곳을 지키는 최후의 보루요, 주저항선이었다. 유엔군은 8월 15일 전투에서 유학산 고지를 인민군에게 빼앗기자 미8군사령부에 급히 지원을 요청했다. 이 지원 요청에 따라 미8군사령부는 이튿날 정오 전후로 낙동강전선 전방지역에 융단폭격을 실시한다는 작전계획을 긴급히 내려 보냈다.

이 융단폭격은 폭격 대상을 가리지 않는 무차별 폭격이다. 마치 물뿌리개로 꽃밭에 물을 주는 것처럼 하늘에서 B-29 폭격기가 폭탄을 쏟았다. 이는 제2차 세계대전 당시 연합군이 노르망디 상륙작전에 앞서 프랑스 해안에 쏟아 부은 대폭격 작전을 원용했다. 이 대폭격 작전계획에 따르면, 유엔군 각 전방부대 병사들은 호를 깊이 파고 들어간 뒤 낮 12시 전후에는 절대로 머리를 땅 위로 들지 말라는 별도 지시도 있었다. 하지만 인민군이나 약목과 구미 일대 주민, 그리고 이 지역에까지 내려온 피란민들은 이런 지시를 알 리가 없었다.

1950년 8월 16일 오전, 임은동 야전병원은 전날 치열한 전투로 후송 부상자가 예삿날보다 두세 배나 더 많았다. 의료진들은 꼬박 밤을 새우다시피 부상병들을 응급 치료했다. 인력도, 약품도 달려 정상 치료는 할 수가 없었다. 우선 부상병들의 상처를 소독한 뒤 붕대로 싸매거나, 피가 쏟아지는 상처는 지혈대를 대고 붕대로 감싸는 게 고작이었다. 의료진들은 아침밥도 잊은 채 부상병 치료에 매달렸다. 그날 정오에 이르렀을 때야 응급 치료가 겨우 끝났다. 그날 평소보다 많은 부상병 치료로 아침밥도 먹지 못한 최순희는 의료기구를 닦고 있는 조수 김준기를 불렀다.

"김 동무, 우선 밥부터 먹읍시다."

"알갓시오."

준기도 아침밥을 먹지 못한지라 무척 배가 고파 하던 일을 밀쳤다. 그들이 본부 수술실에서 막 나와 취사장으로 가는데 그 순간 B-29 폭격기의 요란한 굉음이 귀를 때렸다.

"동무우!"

준기는 순희의 팔을 잡아당기고 곧장 야전병원본부 뒤곁 대나무숲으로 뛰어들었다. 잠깐 사이 야전병원 일대에는 미 공군 B-29 폭격기가 폭탄을 마구 쏟았다. 그게 바로 융단폭격의 시작이었다. 1950년 8월 16일 오전 11시 58분부터 오후 12시 24분까지 26분 동안 왜관, 약목, 구미 일대 너비

5~6킬로미터 길이 12킬로미터에 걸친 폭격지점에 B-29 폭격기 5개 편대 98대가 약 960톤의 폭탄을 쏟아부었다. 그러자 그 일대는 지축이 흔들리는 듯 폭풍의 불바다로 변했다.

일본 오키나와 미 공군기지에서 출격한 미 B-29 폭격기 5개 편대 98대가 1950년 8월 16일 낮 11시 58분, 낙동강전선에 이르렀다. 이들 폭격기들은 하늘을 새까맣게 덮은 채 500파운드(약 225킬로그램)와 1000파운드(약 450킬로그램)의 무거운 폭탄을 마치 염소들이 똥을 누는 것처럼 주르르 땅에다 마구 쏟았다. 64톤의 대형 B-29 폭격기 한 대는 약 9톤의 폭탄을 장진하였다. 이날 이들 편대가 쏟은 폭탄은 500파운드 3천여 발, 1000파운드 150여 발로 이는 야포 약 3만 발과 맞먹는 대단한 위력이었다. 이렇게 많은 폭탄을 B-29 편대가 일정지역에 집중으로 마구 쏟자 피폭지점 일대는 폭음과 폭풍, 그리고 검은 연기와 파편으로 하늘조차 뿌옇게 가려졌다. 이 무차별 융단폭격은 오후 12시 24분까지 정확히 26분간 계속됐다.

그날 출격한 98대의 B-29 폭격기들은 960여 톤의 폭탄을 낙동강 서쪽 왜관, 약목과 구미 일대 예상 인민군 최전방 집결지를 목표로 집중 투하했다. 그런데 B-29 폭격기의 폭탄이 떨어진 곳은 인민군 진지만이 아니었다. 하늘에서 무차별 투하한 폭탄이라 인민군 진지 이외의 지역에 더 많이 떨어졌다. 그러다보니 인민군 못지않게 민간인과 피란민의 피해도 매우 컸다.

그 무렵 낙동강 일대는 인민군들이 기습 진주하여 미처 피란하지 못한 주민이 많았다. 게다가 낙동강 철교와 인도교의 폭파로 북쪽에서 남하하던 피란민들이 더 이상 남하치 못한 채 그 일대에 머물렀다. 피폭지점 한복판인 선산군 구미면 임은동, 상모동, 형곡동, 광평동, 사곡동, 송정동 그리고 칠곡군 북삼면 오태동 마을 주민이나 피란민들은 이날 융단폭격으로 떼죽음을 당한 집이 숱하게 많았다.

이날 공습이 끝난 뒤 준기와 순희가 대숲에서 고개를 들자 야전병원 일대는 화산이 폭발한 듯, 산불이 지나간 듯, 그 일대는 온통 잿더미로 변해 있었다. 야전병원 20여 명의 병원 인력 가운데 절반 정도만 겨우 목숨을 부지했다. 그 가운데 다섯 명은 팔다리가 잘려나가는 등 중상을 입었다. 병상에 있었던 100여 명의 인민군 부상병들도 대부분 그 자리에서 폭사했다. 이 폭격으로 문명철 야전병원장과 행정반 손만호 전사는 그 자리에서 전사했고, 장남철 상사는 왼쪽 귓바퀴가 절반 떨어져나가는 중상을 입었다. 김준기와 최순희 전사는 피폭 순간 야전병원본부 뒤 대나무 숲으로 급히 피하여 눈을 감고, 두 손으로 귀를 막았기 때문에 천만 다행으로 약간의 찰과상과 화상만 입었을 뿐이었다.

"준기 동무 아니면 나도 죽거나 중상을 입었을 거예요. 고맙습니다. 생명의 은인이에요."

"아닙네다. 내레 최 동무가 밥 먹자고 하디 않았더라면 수술실에서 꼼짝없이 폭사했을 거야요."

"아무튼 우린 서로 상대를 살린 셈이구먼요."

"나두 기런 생각이 듭네다."

유엔군은 B-29기의 융단폭격이 끝나자 전날의 패배를 만회하기 위하여 대반격 작전을 펼쳤다. 그날 국군 1사단 13연대는 수암산 건너편 328고지를 다시 되찾았고, 1사단 12연대는 다부동까지 침투한 적을 밀어낸 뒤 유학산 8부능선까지 탈환했다. 또 1사단 11연대도 가산 고지를 되찾았다.

그날 융단폭격에 살아남은 임은동 야전병원 요원들은 폭격 뒤 수습으로 꼬박 밤을 새웠다. 살아남은 환자들 가운데 일부 중상자는 후송시켰지만, 남은 부상자들은 응급처치만 했다. 융단폭격에 전사한 시신들이 너무 많아 남아 있는 의료요원으로는 사체 매장은 엄두를 낼 수 없어 군데군데 모아 우선 거적으로 덮었다. 그 대신 의료요원들은 살아남은 부상자 치료에 골몰했다. 융단폭격 이후 임은동 야전병원은 의료진과 의약품 및 장비 부족으로 더 이상 그곳에 남아 있을 수가 없었다. 그즈음 전후방을 가리지 않는 미군 전투기의 맹폭으로 인민군은 병원 장비와 의약품, 인력 보충은 불가능했다.

이런 사실을 간파한 인민군전선사령부는 이동 명령을 내렸다. 1950년 8월 20일, 임은동 야전병원을 폐쇄하고 살아남은 의료요원들에게 야음을 틈타 낙동강 건너 유학산 기슭인 성곡리 마을로 이동케 했다. 의료요원들은 그 명령에 따라 임은동 야전병원을 떠나 다부동 들머리 성곡리 계곡에 터를 잡은 뒤 그곳에다 간이야전병동을 설치했다. 그런 다음 부상자들을 간이병동에 수용했다.

낙동강 방어와 유학산 정상 839고지를 둘러싼 '다부동전투'는 초기 6·25전쟁 중 최대 격전지였다. 1950년 8월 초순에 시작하여 그해 9월 24일에 끝난 50여 일간의 다부동전투에서 유엔군 1만여 명, 인민군 1만7천여 명의 사상자가 발생했다. 이 기간 중, 유학산 839 고지는 무려 아홉 차례나 주인이 바뀌었다. 유학산 능선과 골짜기는 온통 시체로 산을 이루고, 전사자의 피로 시내를 이룬, 문자 그대로 '시산시해(屍山屍海, 시체의 산 시체의 바다)'의 전투가 거의 날마다 이어졌다.

인민군은 8월 18일부터 대구를 점령하고자 거의 매일 저돌적 맹공을 펼쳤다. 그들은 모든 화력을 집중시켜 유엔군 진지를 포격한 뒤 유학산 고지를 향해 미친 듯이 돌격했다. 이에 맞선 유엔군의 반격도 만만치 않았다. 낙동강 일대 최전선은 양측 모두 급히 모병한 의용군이나 학도병, 신병 들이 앞장섰다. 피아 병사들은 수류탄을 너무 많이 던져 어깨가 퉁퉁 부었다.

양측 모두 초기에 투입된 병사들은 그동안 전투로 전사하거나 부상을 당해, 거의 신병으로 교체됐다. 신병 가운데는 미처 제대로 훈련도 받지 못하고 일주일 정도 현지훈련을 받고 전선에 투입된 의용군이나 학도병들도 많았다. 양측 병사들은 고지전투에서 탄알이나 수류탄이 떨어지면 어쩔 수 없이 육박전을 벌였다. 피차 칼을 들고 상대를 찌르는 원시 전투였다. 그러다 보니 전선에서 이탈하거나 돌격조에 가담하지 않는 전사들이 나왔다. 그러자 인민군 지휘부에서는 이를 막고자 독전대를 만들어 전선에 배치 감독케 했다. 이 독전대는 자기 편 전사들을 감시 감독케 했다. 독전대장에게는 전선에서 낙오한 자나 전투에 태만한 자에게는 즉결처분권도 줬다. 그 무렵 인민군 전사들에게 독전대는 저승사자로 공포의 대상이었다.

8월 21일 다부동전투는 개전 이후 최대 격전이었다. 이날 인민군은 '워커라인' 돌파를 위한 벼랑 끝 전술로 전선의 탱크나 야포로 전방을 포격케 한 뒤 돌격을 감행했다. 이에 국군도 뒤질세라 기습에는 기습, 돌격에는 돌격으로 맞받아쳤다. 인민군은 제1열, 제2열, 제3열, 제4열, 제5열까지 각 전열 전후좌우에 독전대를 배치하여 돌격을 감행하자 유엔군 측은 계속 덤비는 적으로 지쳐버릴 정도였다.

이런 전투가 여러 날 계속되자 전선 곳곳에는 피아 병사들의 시체가 산더미로 뒤덮였다. 날마다 전투가 끝나면 어디선가 까마귀 떼가 새까맣게 날아와 사람의 시체를 마구 뜯어먹었다. 누구 한 사람 쫓는 이도 없었다. 심지어 국군 진지에서는 인민군의 시신에 흙을 덮어 연락호를 쌓기도 했다. 날이 갈수록 헤아릴 수 없는 많은 병사들이 채반의 누에처럼 널브러진 채 유학산 일대를 덮었다. 1950년 여름은 그렇게 악몽처럼 깊어갔다.

그 무렵 인민군 야전병동은 유학산 성곡리 계곡 깊숙한 곳에 위치하고 있었다. 야전병동이라기보다 나무 사이에 천막을 친 뒤 가마니를 깔아 만든 부상병들의 임시 피란처였다. 이곳에는 전문 의료진도 없었다, 약품도 부족해 몇 명의 간호전사와 위생병들이 부상병의 상처를 소독한 뒤 붕대를 감아주는 정도가 고작이었다.

8월 25일, 야간 육박전에서 부상당한 윤성오 상등병이 들것에 실려왔다. 그는 대검에 가슴이 찔리고 다리마저 수류탄 파편에 중상을 입었다. 그는 최순희 위생병에게 파편 제거와 가슴 봉합치료를 받은 뒤 그날 해거름 때에야 깨어났다. 그 며칠 후 어느 정도 회복이 된 그는 상처에 빨간 약(머큐로크롬)을 바르고 붕대를 감아주는 준기에게 물었다.

"동무, 어느 학교 댕겻수(다녔소)?"

"넹벤 농문둥(용문중)학교야요."

"나는 펭양(평양)사범학교를 나와 농강(용강)인민학교에서 아이들을 가르쳤디."

그는 주위를 두리번거리더니 가까운 곳에 아무도 없음을 확인한 뒤 김준기에게 소곤거렸다. 그는 간밤에 국군 병사와 육박전을 벌였다. 국군 병사가 윤성오 상등병에게 '인민군 괴뢰 새끼야!'라고 외치면서 대검으로 가슴을 찌르더란다. 그래서 자기도 맞받아 '이 국방군 괴뢰 새끼야!' 하면서 대검으로 국군 병사의 배를 찔렀다. 그런 뒤 정신을 잃었다고 했다.

"호상간(상호간) '괴뢰'라구 부른 거구만요."

"기런 셈이디."

"……."

"조금 전 깨어나니까 가슴에 칼로 찔린 상처보다 간밤에 어린 국방군이 나한테 '괴뢰'라구 한 말이 더 아프게 들레와서(들려왔어). 그래 눠서(누워서) 곰곰이 생각해보니까 호상간 피당파당(피장파장)이더만."

"우리는 그동안 소련제 따발총을 들었구, 남조선 국방군 아새끼들은 미제 엠원(M1)총을 들었으니 기런 셈이디요."

"맞어. 우리 어릴 때 왜놈 총을 들고 설치던 만주군 아새끼들을 인간 말종으로 보구 '위만군(僞滿軍, 괴뢰만주군) 괴뢰'라구 불러서(불렀어). 긴데 이 전선에서는 양측 병사들은 호상간 '괴뢰'라구 부르니 기가 멕힐 노릇이디. 내레 정말 통곡하구 싶어야. 이 전선에서 서루 총질하는 우리들은 한 탯줄에서 태어난 형제일 수두, 같은 마을이나, 같은 학교 동무일 수도 있디."

"기럴 수두 이깟구만요."

"기럼, 내레 미티가서. 그 순간 이번 전쟁은 북남 인민들에게는 아주 잘못된 거라는 생각이 퍼뜩 들더만. 디금은 미소 갸네들이 공짜루 무기를 줘서 우리가 전쟁놀음을 하구 있디. 긴데 세상에 공짜는 없어야. 언젠가는 우리네가 갸네 무기를 아주 비싸게 사다가 호상간 치고받을 거야. 서루 귀한 자식들 죽이구, 피땀 흘려 번 돈을 갸네들 무기 사는 데 다 써버리면 우리 북남 인민들의 삶은 불안해지구 피폐해딜 건 불을 보듯이 분명할 거야."

"기러케꾸만요."

"갸네들은 우리 조선인민이 이뻐서 무기를 거저주디는 않아. 나중에 우리끼리 싸우다가 무기가 떨어지면 상호간 리성을 잃고 웃돈까디 줘가며 사갈 테니까 지금은 거저주는 거디. 아주 그놈들은 백년 묵은 능구렁이 같은 놈들이디."

"……."

"김 동무, 이 전쟁은 쉽게 끝나지 않아. 피차 배후에는 미소 두 강대국이 떡 버티구 있기 때문이디. 와, 우리 조선 속담에 '고래 싸움에 새우 등 터진다'는 말이 있디. 우리 조선인민은 바로 그 새우 꼴이디. 조선인민들은 호상간 티고 받으면서 죽어가는 데 뒤에서 닭싸움 구경하듯 즐기면서 배를 두드린 놈도 있디."

"기런 놈이 누기디오?"

"바루 전쟁을 뒤에서 조동(조종)하는 무기상 놈들이디. 그 자식들은 전쟁 구경을 해서 도쿠(좋고), 저들 무기 팔아 돈 벌어 도쿠. 그야말루 도랑 티구 가재잡기디."

"쉬, 윤 동무. 말조심하시라요. 누가 듣습네다."

"와, 내레 틀린 말했나?"

"우리 오마니는 늘 혀 밑에 죽을 말 있다고 해시우."

"기래서 내레 동무에게만 몰래 하는 말이디."

윤성오 상등병은 조선 북남 전사들은 미국과 소련이 제2차 세계대전에서 남긴 무기들을 소모하는 데 동원되는 불쌍한 이들이라고 말했다. 미소 양국은 세계대전 후 엄청 남은 무기로 골치를 썩이고 있다. 특히 미국은 더 그랬다. 게다가 전쟁노름을 오래 끌 줄 알았던 왜놈들이 그만 원자탄 두 방 맞고 금세 손을 바짝 들자 급히 만든 무기들이 산더미처럼 쌓였다. 그 무기들을 죄다 소모해야만 나라경제가 돌아가고 무기상들이 배를 두드릴 수 있다. 그래서 그들의 무기가 죄다 바닥이 나지 않은 한, 이 전쟁은 쉽사리 끝나지 않는다. 그저 불쌍한 건 우리 북남 조선인민들이다. 이판에 일본은 아주 신날 거다. 태평양전쟁 후 문 닫았던 그들 군수공장은 이즈음에는 밤낮으로 신나게 돌아갈 거라고 먹물 든 학교 선생님답게 소곤거렸다.

"쉿! 누가 듣습네다. 네로부터 낮말은 새가 듣구 밤 말은 쥐가 듣는 대시우."

"알가서. 김 동무 말이 백 번 옳아. 내레 앞으루 말조심하디."

"기러시라요. 기래야 우린 고향에 돌아갈 수 있습네다."

낙동강전선에서 인민군들은 아침이 오는 게 두려웠다. 그 까닭은 날만 새면 유엔군 진지에서 포탄이 날아오거나 하늘에서 폭격기들이 폭탄을 마구 쏟았기 때문이다. 야포의 포탄이나 폭격기의 폭탄 피폭지점은 종잡을 수가 없었다. 상대 적진에 떨어지는 것 못지않게 그 외곽에 떨어진 경우도 흔했다. 그러다 보니 민간인 피해도 엄청 많았다. 전투가 벌어진 도시는 성한 건물이 거의 없었다.

유엔군들은 전투에 앞서 일단 폭탄을 떨어뜨려 도시나 마을을 초토화시켰다. 그런데다 날이 갈수록 유엔군 측 화력이 더욱 막강해졌다. 그러자 인민군 전사들은 미 전투기의 폭격소리와 포탄의 폭발소리에 가위가 눌려 전의를 잃은 전사들이 점차 늘어갔다. 그럴수록 독전대들이 더욱 설쳤다. 그 무렵 유엔군에게 포로로 잡힌 인민군들은 신문에서 이구동성으로 미군 쌕쌕이가, 그 다음으로 독전대가 가장 무서웠다고 말했다. 이들은 이밖에도 항상 배가 고팠다는 것과 보급품 부족을 하소연했다.

낙동강 다부동전투가 장기전으로 이어지자 그 일대 산과 들에는 피아 병사들의 사체가 가을 낙엽처럼 흩어져 있었다. 그 사체들은 8월의 뜨거운 태양 아래 금세 푹푹 썩어갔다. 다부동전선 산야에는 사람의 사체만 널브러진 게 아니었다. 소나 말도 군수품을 산으로 나른 뒤 포탄이나 폭격에 맞아 그 자리에서 죽었다. 사람이나 소와 말의 사체에는 파리들이 새까맣게 달라붙어 피를 빨거나 잠깐 새 구더기가 허옇게 들끓었다. 그 사체 썩는 고약한 냄새가 유학산 일대에 진동했다. 병사들은 전투 중 식수를 현장에서 자급하기 마련이다. 그런데 계곡물에는 사체 썩은 물이 시뻘겋게 흘러 내려

하는 수 없이 그 옆에다 땅을 판 뒤 괸 물을 마셔야 했다. 병사들은 그런 물을 마시다 보니 복통을 앓거나 심한 설사병을 앓았다.

다부동전선 곳곳에는 유엔군 폭격으로 부서진 탱크와 야포들이 흉물처럼 널브러져 있었다. 이런 전쟁터에 날마다 죽어간 병사의 숫자만큼 어린 신병들이 머리띠를 두르고 떼 지어 몰려 왔다. 초기에는 자원입대한 경우가 많았지만 날이 갈수록 거의 강제 징집이었다. 6·25전쟁 기간 동안 젊은 이들은 길거리에서 누구에게 붙잡혔는가에 따라 인민의용군도 되고, 국군도 됐다.

이들 애송이 인민의용군, 국군학도병에게는 무슨 대단한 사상이 있었으랴. 그들은 누구에게 붙잡혀 끌려오느냐에 따라 미제 또는 소련제 총을 잡고, 북쪽으로 또는 남쪽으로 총구를 겨냥하고 방아쇠를 마구 당겼다. 그러다가 다시 총도, 총구도 바꾸는 어처구니없는 일도 벌어지곤 했다.

미 전폭기의 공습이 무서운 것은 인민군만 아니었다. 국군도, 피란민도 마찬가지였다. 한국 지형에 낯선 미군 조종사들은 심심치 않게 아군 전투지역에도, 피란민 움막에도 폭탄을 떨어뜨렸다. 일부 유엔군 가운데는 인민군과 피란민을 구별치 못하고 오인 사격하는 경우도 많았다. 이런 오폭과 오인사격으로 졸지에 부하를 잃은 지휘관들이나 가족을 잃은 피란민들은 그저 애꿎은 하늘을 바라보며 시절을 한탄했다. 특히 전선의 인민군들은 날씨가 흐리거나 컴컴한 밤을 좋아했다. 왜냐하면 그럴 때는 대체로 미군 전폭기나 전투기의 공습이 없었기 때문이었다. 6·25전쟁 당시 미군 전투기 조종사들은 원 없이 폭탄을 한반도에 쏟아부었다.

인민군전선사령부는 다부동전선에서 시도 때도 없이 쏟아지는 유엔군 측의 폭탄과 포탄으로 간이야전병동조차도 제대로 운영할 수 없었다. 거기다가 전선도 뒤죽박죽이었다. 다부동전투가 길어지고 병력 손실이 많아지자 인민군은 병사들은 병과와 주특기 분류조차 의미가 없어졌다. 전선에서 총알, 수류탄, 폭탄과 포탄은 앞에서만 날아오는 게 아니라, 뒤에서도, 옆에서도, 머리 위에서도 날아왔다. 인민군 모든 전사들은 마침내 벼랑 끝 작전으로 주특기 구분 없이 모두 총과 칼, 그리고 수류탄을 들었다. 김준기 위생병도 그때부터 야간돌격조에 차출되어 총칼을 들고 나섰다.

1950년 8월 27일은 음력 7월 14일로 초저녁부터 달빛이 밝았다. 하지만 이날 자정을 넘기자 유학산 일대는 갑자기 짙은 안개로 아무 것도 보이지 않았다. 인민군전선사령부는 그 며칠 전에 혈투로 점령한 유학산 839고지를 이틀 전 유엔군에게 빼앗겼다. 그런 뒤 호시탐탐 재탈환의 반격을 노리던 중이었다. 한밤중 갑자기 안개가 짙어지자 이를 호기로 판단했다. 특히 야간전투에 능수능란한 인민군 지휘부는 이튿날인 8월 28일 새벽 2시 30분, 고지탈환을 위한 돌격명령을 유학산 일대 전 병력에게 내렸다.

그날 새벽 전투는 얼마나 치열했던지 전선의 전사들은 기본 휴대 실탄도, 수류탄도, 모두 다 떨어졌다. 유학산 839 고지를 방어하던 국군도 마찬가지였다. 그러자 유학산 정상 일대는 양측 병사들이 피아를 구분할 수 없을 정도로 서로 뒤엉켰다.

이럴 때는 암구호를 묻고 대검으로 상대를 찌르면 늦었다. 양측 병사들은 뒤엉킨 채 서로 머리를 만져보고 머리털이 손에 잡히면 국군으로, 민둥머리이면 인민군으로 식별했다. 그런 뒤 적군이면 즉각 대검으로 상대 복부나 가슴을 찌르는 백병전이 벌어졌다. 곧 '너 죽고 나 살기' 식의 처절한 원시전이 펼쳐졌다. 김준기는 한 국군 병사와 뒤엉킨 채 육박전을 벌였다. 김준기가 먼저 국군 병사의 가슴을 대검으로 찔렀다. 그러자 또 다른 국군 병사가 대검으로 김준기의 배를 찌른 뒤 벼랑으로 밀었다. 김준기는 '으악!' 비명을 지르며 곧장 절벽에서 떨어졌다.

이튿날인 8월 28일 아침, 인민군 3사단 수색조가 절벽 아래 칡덩굴 위에 쓰러져있는 김준기를 임시야전병원 동굴로 업고 왔다. 높다란 절벽에서 떨어지고도 살아있는 게 기적이었다. 더욱이 김준기는 대검에 배를 찔렸다. 아마도 칡덩굴이 김준기를 살린 듯했다.

"김 동무, 김준기 동무…."

준기는 희미한 의식 속에 누군가 자기를 불렀다. 낯익은 최순희 간호전사의 목소리였다. 준기는 그 목소리에 눈을 번쩍 떴다. 천연으로 위장이 잘된 은폐 엄폐된 어둑한 동굴 속이었다. 준기가 돌격조로 차출된 뒤 새로 찾아 이동한 천연 야전병동이었다. 가마니를 깐 동굴 바닥에는 붕대를 감은 10여 명의 부상병들이 누워 있었다.

"어드러케(어떻게) 요기를…."

"누군가 정화수 떠놓고 김 동무를 위해 빈 탓으로 살아난 것일 겁니다."

"우리 오마니가 기랬나 봅네다. 내레 새벽에 벼랑으로 밀린 것까지는 생각이 나는데 그 다음은 영 기억이 없구만요."

"아무쪼록 살아 돌아가세요."

"고맙습네다. 우리 오마니는 고향집에서 날마다 아들이 무사히 돌아오기를 빌며 기다릴 겝네다. 최 동무, 제발 날 살레주시라요."

"내가 무슨 힘이 있나요."

"내레 잘 압네다. 동무의 상처 꿰매는 봉합 솜씨를…."

순희는 준기의 상처와 밖으로 쏟아져나온 창자를 깨끗이 소독한 뒤 도로 배 속으로 정성껏 집어넣었다. 그런 뒤 수술용 바늘과 실로 준기의 복부를 꿰맸다. 마취 없이 복부를 꿰매는 수술이라 준기는 바늘이 살갗에 들어갈 때마다 눈물을 주룩주룩 흘렸다. 순희는 이미 수술 전 수건으로 준기의 입을 틀어막았고, 팔과 다리를 묶었다. 하지만 준기는 워낙 고통이 심한 탓으로 몸부림쳤다. 그러자 옆자리에 누워 있던 윤성오 상등병은 일어나 준기의 상체를 잡았다.

"김 동무, 참으시오. 기래야 삽네다."

순희는 재빠르게 준기의 찢어진 뱃가죽을 한땀 한땀 꿰맸다. 준기의 비명이 커지며 몸을 뒤척이려 하자 옆의 또 다른 부상자가 달려들어 하체를 껴안았다. 곧 준기는 생살을 꿰매는 아픔에 몸부림을 치다가 지쳐 그만 의식을 잃었다.

낙동강전선의 전세는 날이 갈수록 유엔군 측으로 기울었다. 유엔군은 개전 이래 제공권을 확실히 쥐고 있는데다가 1950년 8월 초순 이후 각종 야포의 화력도 점차 인민군을 크게 앞질렀다. 개전 초 유엔군 측에 한 대도 없었던 탱크도 부산항에 속속 도착하여 그새 인민군의 네댓 배 넘게 각 전선에 배치됐다. 그러자 그동안 무소불위로 전선을 마구 누비며 활개 쳤던 인민군 T-34 탱크는 그만 그 위력을 잃었다. 게다가 미 전투기와 새로 유엔군 측 병사들에게 지급된 3.5인치 대전차 로켓포에 인민군 탱크는 그제야 솔개 앞 병아리 꼴로 맥을 못 췄다.

낙동강전선의 인민군은 무엇보다도 병참선이 끊어진 게 전세가 기울어진 결정타였다. 인민군은 병력이나 장비, 그리고 식량, 피복 등, 모든 보급이 미 공군기의 공습으로 끊어졌다. 그러자 전선의 인민군들은 병력과 물자 부족에 몹시 시달렸다. 전투에서 병참선은 생명선이다. 굶주린 병사가 어찌 용감하게 싸우겠는가. 게다가 전선의 인민군 전사들은 미 공군 쌕쌕이소리에, 대포소리에 주눅이 들고 사기마저 떨어졌다. 날마다 미 정찰기에서 뿌려대는 투항 권유 삐라도 그들 사기 저하에 한몫을 했다. 미군 비행기에서 뿌린 각종 삐라들은 산과 들, 그리고 마을을 하얗게 뒤덮었다.

'안전보장증명서 북한군 장병에게. 살려면 지금 넘어오시오.'
'인민군들은 이미 모두가 포위됐다.'
'이미 연합군 포로수용소에 있는 그대의 전우들은 잘 먹고 행복한 생활을 하고 있다. 또 그들은 재빠른 치료를 받고 있다.'
'일만 명 그대들의 전우가 이미 연합군 포로수용소에 수용되어 좋은 음식과 치료를 받고 있다. 맥아더 장군은 전쟁이 끝나면 그들을 곧 집으로 돌려보내겠다고 성명하였다.'

이런 삐라와 이미 투항한 인민군 병사들의 투항 권고문은 전선에서 사투를 벌이는 인민군 전사들의 마음을 뒤흔들었다. 점차 전선에서는 도망자나 투항자가 생겨났다. 그러자 인민군 독전대는 더욱 혈안이 되어 전사들을 닦달했다. 그들은 인민군 전사의 주머니에서 유엔군 측의 투항권유 삐라만

나와도 즉결처분을 내렸다. 독전대가 독사처럼 무섭게 전사들의 도망이나 투항을 막았지만, 이미 떨어진 인민군의 사기를 되살리지 못했다.

준기는 순희에게 응급치료를 받은 지 일주일이 지나자 상처가 거의 아물었다. 다행히 복부의 상처는 덧나지 않았다. 순희가 소독을 잘하고 상처를 정성껏 꿰맸기에 때문이다. 준기가 봉합수술을 한 지 아흐레가 지난날 순희는 상처의 봉합 실밥을 모두 뽑았다. 다시 사흘이 지난 한밤에 순희는 준기가 있는 간이야전병동으로 찾아왔다.

"김 동무, 이제 걸을 만하오?"

"기럼요, 이젠 살가시오(살겠어요)."

"그럼, 오늘밤 운동 삼아 우리 같이 사과 서리 갑시다."

"머이? 갑재기(갑자기) 웬 사과 서리야요?"

순희는 손가락을 입술에 대고 나작하게 말했다.

"쉿, 오늘밤 배도 출출하고 갑자기 사과가 먹고 싶네요."

준기는 갑작스러운 순희의 제의지만 선뜻 응했다. 그즈음 준기는 순희 말이라면 지옥행도 마다하지 않았을 것이다. 게다가 복부의 상처도 아물었기 때문이다.

"기럽세다(그럽시다). 나두 올해는 입때껏 햇사과를 먹어보디 못해시우."

"요즘 낙동강 갯밭의 풋사과는 한창 제철로 맛이 들었을 거예요. 전쟁 중이라 사과밭에는 지키는 주인도 없을 거구요."

순희도 맞장구를 쳤다. 그날은 그믐께로 밤이 꽤 깊었는데도 달은 떠오르지 않았다.

"나두 사과맛 좀 보여주라요."

옆자리에 누워 있던 윤성오 상등병이 눈을 감은 채 말했다.

"그럼요, 우리만 먹고 오지는 않겠어요."

순희가 찔끔 놀라며 대꾸했다.

"기럼, 잘 다녀오우."

"날래 갔다 오가시우."

준기가 윤 상등병에게 나직이 말했다. 순희와 준기는 성곡리 윗말 간이 야전병동을 나섰다. 거기서 낙동강까지는 4킬로미터 정도였다. 그즈음 구미 왜관 일대 낙동강 갯밭에는 사과밭이 많았다. 그들은 어둑한 산길을 도둑괭이마냥 살금살금 내려갔다. 성곡리 들머리에 독전대 초소가 있었다.

"정지! 손들엇!"

순희와 준기가 깜짝 놀라며 손을 번쩍 들었다.

"누구야?"

"최순희 위생병이에요."

최순희는 아주 태연하게 대답했다.

"어 웬일이우? 최 동무, 이 밤에 어딜 가려구?"

평북 정주 오산학교 출신의 독전대장 남진수 상위였다.

"과수원에 사과 서리 가요."

"뭬라구(뭐라고)?"

"김준기 동무랑 사과 서리 가요."

"이 동무들! 도대체 정신 있간?"

"남 대장 동무, 눈 한번 질끈 감아주세요. 돌아올 때 사과 몇 알 갖다드릴 테니. 며칠 전에 보급투쟁 가면서 봐둔 게 있어요."

남 대장은 잠시 머뭇거리더니 선심을 쓰듯 말했다.

"날래 다녀오라우. 야간에는 그 누구를 막론하구 통행금지인데, 내레 최 동무니까 특벨히(특별히) 봐주는 거우."

"고맙습니다."

그들은 그제야 손을 내린 뒤 독전대 초소를 무사히 통과했다. 한 십분 말없이 걷다가 준기가 순희에게 물었다.

"이 밤중에 독전대가 초소를 통과시켜주다니 어드러케 된 일이야요?"

"지난번 전투에서 남 상위 허벅지에 박힌 수류탄 파편을 내가 꺼내줬지요."

순희가 나직이 말했다. 그때부터는 준기가 앞서고 순희가 뒤따랐다.
"우리 먼저 낙동강으로 가요."
"머이, 낙동강? 이 시간에 멕을 감자는 말이우?"
"아니에요."
"기럼?"
"거기 가서 말할 게요."
준기는 순희의 말에 예사롭지 않음을 느꼈다. 이 밤중에 낙동강으로 가자니. 준기는 뭔가 예감이 이상했다. 마침내 낙동강이 보이는 들길로 성곡리 아랫마을과도 멀찍이 떨어진 호젓하고 컴컴한 곳이었다.
"김 동무, 우리 예서 잠깐 쉬었다가 갑시다."
"기러디요."
뒤따르던 순희가 앞선 준기의 손을 잡았다. 두 사람은 컴컴한 들길 옆 풀밭에 나란히 앉았다. 그 순간 순희는 곧 준기의 가슴에 와락 얼굴을 묻었다.
"어? 최 동무, 군기위반인데."
순희는 속으로 피식 웃었다. 언젠가 자기가 한 말이기 때문이다.
"우리는 인민군 전사 이전에 청춘남녀예요."
"메라구?"
"우리는 꽃다운 이팔청춘의 남녀라고요."
"언젠가는 동무를 사랑한다는 말에두 군기문란죄로 넘기겠다고 하구선."
"그땐 그때고, 지금은 지금이에요."
"머이?"
"우리 유학산에서 이대로 죽을 거예요?"
"메라구?"
"……."
"……."
순희는 와락 준기를 껴안은 채 입술을 더듬었다. 곧 두 사람의 입술이 포개졌다. 순희의 입술은 잘 익은 오디 맛 같기도, 산딸기 맛 같이 달콤했다. 준기는 순희의 뜻하지 않은 입맞춤에 숨이 막히듯 황홀했다. 준기도 순희의 가슴을 감싸 안았다. 그 긴 입맞춤이 끝나자 순희는 준기의 가슴팍에 얼굴을 묻었다.

"김 동무, 나 살고 싶어요. 우리 이 전선을 벗어나 각자 집으로 가요."

"머이! 우리가 이대로 이 전선에서 도망가자는 말이우?"

순희는 준기의 머리를 감싸안으며 말했다.

"준기 동무, 우리 같이 가요."

준기는 순희의 말에 까무러치도록 놀랐다.

"순희 동무, 우리가 요기(여기)를 탈출하자는 말이야요?"

"예, 그래요."

"……."

준기 머리가 복잡해졌다. 문득 고향 집을 떠날 때 아버지 어머니 말씀이 떠올랐다.

'부디 몸 성히 돌아오라.'

'이 오마니는 훈장보다 기저 무사히 돌아오기만 빌가서.'

준기는 부모님의 그 말씀이 환청처럼 들렸다. 순희는 잠자코 준기의 대답을 기다렸다. 준기는 순간 바쁘게 머릿속으로 주판알을 튀겼다. 어느 것이 부모님의 약속을 지킬 수 있는가를. 전선 탈출은 상당한 위험이 따랐다.

"내레 최 동무의 말을 듣디 않은 걸로 하가시오."

"이 전선을 탈출하다가 붙잡힐까 두려워 그런 거지요?"

"기런 것두 잇디만, 내레 조국을 배신한 것 같아…."

"여기 남아 있으면 십중팔구는 곧 까마귀밥이 될 거에요."

"최 동무, 혼자 가시라요."

"……."

그 대답에 순희가 조용히 흐느꼈다. 준기는 순희의 흐느낌에 순간 갈팡질팡 헤맸다. 그런데 준기에게 순희는 자기의 생명을 구해준 사람이 아닌

가. 그리고 그는 곁에 있기만 해도 행복한 사람이 아닌가.

"독전대가 알문 총살감이야요."

"알고 있어요. 하지만 나는 더 이상 이 전선에서 견딜 수가 없어요. 미제 놈들의 쌕쌕이 소리만 들려도 미칠 것만 같고, 총소리, 대포소리, 수류탄 터지는 소리도 이젠 지겨워요. 의약품도 없는데 부상병 치료에도 이젠 아주 진저리가 나요. 나는 살고싶어요. 여기로 온 인민군 전사 가운데 이미 반 이상은 죽어갔어요. 그동안 용케 살아났지만 이제 곧 우리 차례가 올 거예요. 이 길로 도망가요."

"……."

"왜, 무서우세요?"

"무섭기보다 …."

"참호 속에서 무참히 죽어간 전사들을 봤지요. 그건 인권유린이에요. 작전상 불리하면 후퇴할 수도 있는 거예요."

"……."

준기는 깊은 생각에 빠졌다. 그러자 순희가 나직이 말했다.

"조국해방도 그래요. 미소가 그어놓은 38선을 어디까지나 평화적이고, 정치적인 대화로 해결하는 게 옳지요. 무력으로 조국을 해방하자는 것은 무모한 발상으로 이번 전쟁은 서로 이길 수 없는 전쟁이에요. 양측 뒤편에는 미국과 소련이 떡 버티기 있기 때문이지요."

잠자코 듣던 준기가 말했다.

"나두 육박전 때 어린 국방군을 보구 많이 괴로웠수. 그들두 우리와 같은 피를 나눈 김가나 이가, 아니면 박가로 형제인 거디."

"그럼요. 한 핏줄의 형제들이에요. 사실 내일 아침에 준기 동무는 유학산 고지 방어 참호조로 차출될 예정이에요. 오철수 사단작전참모가 나에게 부상병들이 완치되면 즉시 자기에게 보고하라고 했어요. 오늘 오전에 준기 동무의 완치 보고를 하자 곧장 내일 참호조로 투입한다는 얘기를 듣고 이 밤에 찾아갔던 거예요. 동무가 거기로 가면 십중팔구 살아날 수가 없어요."

"메라구?"

"왠지 나는 준기 동무를 살리고 싶어요. 지난번 폭격 때 준기 동무가 나를 살려주었지요. 나도 준기 동무를 꼭 살려주고 싶어요. 그리고 솔직히 나도 살고 싶고요."

"……."

"우리 이 전선을 벗어나 각자 집으로 가요. 지난번 하늘을 새까맣게 덮은 미제 쌕쌕이를 봤지요. 우리가 이 전선에 계속 있다가는 살아 집으로 돌아가는 일은 거의 불가능한 일이에요."

"하디만 요기서 우리 집은 너무 멉네다."

"그렇다고 여기 이 골짜기에서 구더기 밥이 될 수는 없잖아요. 우리 집이 멀더라도 북으로 가다보면 언젠가는 닿을 테지요."

"하긴 기러티."

"난 여기서 이대로 죽긴 싫어요."

순희는 더 이상 말없이 조용히 흐느꼈다. 잠시 후 소곤거렸다. 자기는 이제까지 가난하게 산 것도 억울한데 이 낯선 산골짜기에서 까마귀나 구더기 밥이 되는 건 정말 싫다고. 자기 어머니는 입때껏 한 끼도 하얀 쌀밥에 고기 반찬으로 배부르게 먹지 못했다. 자기는 살고 싶다. 자기가 어머니의 주린 배를 채워드리고 싶다고 말했다. 그리고는 준기 귀에다 다시 속삭였다.

"우리 같이 도망가요?"

준기는 그 말에 마음이 흔들렸다. 그 순간 준기는 어떤 용기가 치솟았다. 그러면서 순희의 말을 따르기로 결심했다. 그러면서 준기는 자신의 결정을 후회하지 않기로, 잠시 흐트러진 마음을 다잡았다. 한참 후 두 사람은 자세를 가다듬었다. 준기가 먼저 침묵을 깼다.

"기럽세다. 나두 진작부터 우리 아바지 오마니가 몹시 보고싶었디요. 하지만 요기를 탈출하려는 생각은 감히 엄두를 내디 못했디요."

"고마워요."

순희가 준기에게 안겼다.

"역시 최 동무는 나보다 깡다구가 셉네다. 기래 우리 요기를 떠납세다. 어디 사람이 두 번 죽나요."

"고마워요."

"뭘요. 나두 항께(함께) 사는 일인데."

순희는 이전에 이미 탈출을 작정한 듯 지형을 익혀 두고 있었다.

"우선 낙동강을 건넌 뒤 철길 따라 북으로 가요. 그러다 보면 대전도, 서울도 나오고, 나중엔 평양도, 영변도 나올 테지요."

"기럼요."

준기가 그 말에 대꾸했다.

"낙동강 마진나루 수중교 일대는 틀림없이 또 다른 독전대가 지키고 있을 거예요."

"기럼, 아무래도 우리에겐 눈에 닉은 임은동 쪽으로 갑세다."

"강이 깊으면 어쩌지요. 저는 수영이 서툴러요."

"내레 걸음마 적 때부터 청천강에서 헤엄을 텟으니까(쳤으니까) 넘네(염려) 마시라요."

"좋아요. 우리 목숨은 어차피 하늘에 달렸을 테지요."

"너무 걱정 마시우. 다행히 올 여름은 가뭄이 심하여 낙동강은 별로 깊지 않을 거야요."

앞장 선 준기의 발걸음이 다부졌다. 그들 머리 위 하늘의 은하수는 황홀찬란했다. 그들이 임은동 건너편 새터 마을에 이르렀을 때까지 음력 7월의 하현달은 솟아오르지 않았다. 무척 다행이었다. 희미한 달빛이 있으면 아무래도 독전대에게 발각될 위험이 높다. 준기는 강가 버드나무에서 가지를 하나 꺾었다.

"순희 동무, 강을 건너는 동안 이 나뭇가지를 절대루 노티디(놓치지) 말구 꽉 잡으라요."

"알았어요. 이제부터 우리 서로 동무라는 말은 쓰지 맙시다."

"알갓시오, 순희 동무."

"동무라는 말은 쓰지 말렸는데…."

"오랜 습관 때문이디요. 기래서 네로부터 팔자 고티기(고치기) 힘들다구 기런 모낭입네다. 긴데, 동무를 메라구 부르면 도캇수(좋겠소)?"

"마음대로 부르세요."

"누이가 어떻갓소(어떻겠소)? 내레 최 동무보다 두 살이나 적으니까."

"좋아요."

곧 그들은 강변 모래톱에 이르렀다.

"자, 순희 누이. 이제부터 아무 말 말라요. 혹 독전대가 요기에 숨어 있을디두…."

"알겠어요."

5. 약속

마침내 준기와 순희는 낙동강을 건너고자 강물 속으로 들어갔다. 준기가 앞서고 순희는 버드나무가지를 움켜잡은 채 조심조심 뒤따랐다. 9월 초순이었다. 하지만 밤 강물은 오싹 뼛속에 스미도록 찼다. 준기는 이를 악물었다. 뭔가 준기의 발에 걸렸다. 곧 강물 위로 떠오르는 걸 살펴보니 사람의 시체였다. 아마도 강 상류에서 떠내려 오는 군인의 시체 같았다. 순희는 '으윽!'하는 가벼운 비명을 질렀다. 준기는 무심코 터져나온 비명조차도 혀를 깨물고 참았다. 순간 순희는 공포감에 준기의 등을 껴안았다.

"무서워요."

"와, 시체가 우리를 해칩네까? 유학산에서 수태 보고서두."

준기는 속마음과는 달리 태연하게 말했다.

"불쌍해요."

"하긴 기러쿠만요."

그들은 어둠으로 희미하게 떠내려가는 시체를 바라보며 잠시 눈을 감았다.

"좋은 곳에 가라고 빌었어요."

"잘해수다. 나두 기러케 빌어시우."

"근데 동생은 어찌 놀라지도 않소?"

"뭐, 이만 일에."

준기는 내심과는 달리 허세를 부리며 대꾸했다. 준기는 수심이 얕은 곳에서는 순희의 손을 잡은 채 강을 건넜다. 두 사람은 찬 강물로 몸이 굳어지자 이따금 서로 껴안고 상대의 체온으로 굳은 몸을 녹였다. 마침내 강 한복판에 이르자 수위가 가슴팍을 넘었다. 그 며칠 전에 비가 두어 차례 내린 탓으로 그새 강물이 많이 불어났다. 준기는 더 이상 순희의 손을 잡고 건널 수 없었다. 준기는 버드나무가지를 허리춤에 묶었다.

"누이, 이제부터는 이 나뭇가지만 잡으라요."

"알겠어요."

순희는 버드나무가지를 꽉 움켜잡았다. 앞장선 준기는 한 길이 넘는 강심 부분을 모재비헤엄으로 건너갔다. 뒤따르는 순희는 나뭇가지를 잡고 준기를 따르다가 그만 꼬르륵 물을 마시며 허우적거리다가 나뭇가지를 놓쳤다. 그 순간 순희는 허우적거리며 강물에 둥둥 떠내려갔다. 준기는 떠내려가는 순희를 재빠르게 왼손으로 낚아챈 뒤 오른손과 두 발로 안간힘을 다하여 헤엄쳤다. 그런데 순희는 두려운 나머지 준기의 몸을 와락 끌어잡은 뒤 거머리처럼 달라붙었다. 그 바람에 두 사람은 물에 꼬르륵 잠겼다.

준기는 그 절체절명의 위기에서 두 사람 모두 물에 빠져 죽는다는 사실을 깨닫고는 발길로 차서 순희를 매정스럽게 떨어뜨렸다. 그러자 순희는 다시 허우적거리며 하류로 떠내려갔다. 준기는 온갖 힘까지 다해 재빠르게 헤엄쳐 다가가 강물에 떠내려가는 순희의 머리끄덩이를 왼손으로 잡았다. 그런 뒤 모재비헤엄으로 강물에 따라 떠내려가며 강심에서 건너편 강가로 조금씩 나아갔다. 하지만 준기도 기력이 딸려 몇 차례 물을 마시고 지친 나머지 모든 걸 포기하고 순희를 껴안은 채 발을 내딛자 다행히 강바닥에 발이 닿았다.

그 순간 준기는 살았다는 안도감으로 크게 숨을 쉬었다. 준기는 순희를 등에 업었다. 순희는 마신 물을 토하며 연신 콜록거렸다. 준기가 순희를 업고 모래톱으로 나오자 순희의 몸은 금세 굳었다. 그새 기절한 듯 순희는 아무 말이 없었다. 준기가 언저리를 살피자 다행히 임은동 마을이 보였다.

준기는 순희를 업은 채 거기서 임은동 마을 외딴 뱃사공 집으로 갔다. 다행히 뱃사공 집은 비어 있었다. 준기는 순희를 안방에 누인 뒤 윗목에서 이불을 꺼내 순희의 체온을 보온했다. 그런 뒤 신병훈련소에서 주특기 교육을 받을 때 배운 대로 순희에게 인공호흡을 시도했다. 준기는 순희를 엎드려 눕혀 마신 물을 토하게 한 뒤 바로 눕혀 입으로 수십 차례 인공호흡을 하자 차차 순희의 의식이 돌아왔다.

준기는 부엌으로 가서 솥에다가 물을 길어다 붓고 불을 땠다. 솥뚜껑 사이로 뜨거운 김이 나올 때까지 불을 땐 다음 뜨거운 물을 밥그릇에 담아 안방으로 가지고 왔다. 준기는 더운 물을 자기 입에 넣은 뒤 그 물을 순희의 입에 조금씩 넣었다. 순희는 따뜻한 물을 마신 탓인지 조금 뒤 차차 의식을 회복했다. 잠시 후 순희는 화들짝 놀라며 주위를 살폈다.

"강을 건넸시우."

"네에! 살았구만요."

순희는 조금 전에 물에 빠진 사람답지 않게 곧 원기를 회복했다. 아마도 강을 건넜다는 말에 새로운 힘이 솟은 모양이었다.

"기래요. 저승 문턱에서 살아난 기분이에요."

순희는 곁에 있는 준기를 꼭 끌어안았다. 잠시 후 두 사람은 뜨거워진 방바닥에다 젖은 옷을 벗어 말렸다.

"동생 덕분에 낙동강을 건넜어요. 정말 고마워요."

"아닙네다. 하늘이 우리를 살레줘시우. 인명은 재턴(재천)이라디요."

"동생, 참 말도 예쁘게 하네요."

젖은 옷이 뜨거운 방바닥에 마른 듯하여 두 사람은 서로 등을 진 채 옷을 입었다.

"동생 뒤돌아보면 안 돼."

"알갓시우."

그들은 곧장 뱃사공 집을 나섰다. 그제야 하현달이 솟아올랐다. 두 사람은 그 달이 반갑기보다 오히려 무서웠다. 그들은 달빛 때문에 가능한 몸을 낮추고 나무 그늘을 찾아 걸었다. 새벽녘이라 날씨가 몹시 찼다. 게다가 옷도 완전히 마르지 않아 온몸이 덜덜 떨렸다. 달빛도 파랬지만 두 사람 입술도 파랬다. 그들은 상모동으로 가는 도중 오태동 산기슭 나무 그늘에서 누가 먼저인지 모르게 서로 껴안았다. 곧 온몸이 데워졌다. 그러자 굳었던 몸이 금세 펴지는 듯했다.

"자, 순희 누이 이제 그만 갑세다."

"동생 고마워요."

"뭘요. 같이 사는 길이디요."

"나 혼자라면 도저히 엄두 낼 수 없었지요."

"나두 마찬가디야요."

순희는 준기의 뒤를 따랐다.

"밤길은 방향 가늠이 어려우니까 일단 경부선 철길을 따라 북극성이 있는 쪽으로 가는 게 가장 좋을 거예요."

"알갓시오. 하지만 털길(철길)은 위험하디요."

"그럼, 철길로 가지 말고, 그 철길 밑 길로 가면 덜 위험할 거예요."

"알갓시오."

그들은 오태동을 벗어나 철길이 있는 상모동 쪽으로 향했다. 그곳에서 북쪽으로 가는 국도가 있었지만 위험할 것 같아 철길 밑 좁은 길을 따라갔다. 하현 달빛은 희미했다. 하지만 초행길인데다가 사방을 경계하면서 걷다보니 걸음 속도가 몹시 느렸다. 그들이 구미 상모동과 사곡동 마을을 지나 간신히 형곡동에 이르자 그새 동녘하늘에 새벽빛이 뿌옇게 밝아왔다.

"날이 밝아오는 게 두려워요."

"우리 어디 가서 낮 시간은 숨어 지낸 뒤 날이 어두워지면 다시 북으로 갑세다."

"그래요. 우리 저기 보이는 저 산 밑으로 가요."

"기럽세다."

그들은 거기서 북행을 중단하고 왼편 금오산 쪽으로 향했다. 순희는 어쩐지 그 금오산이 그들을 숨겨주고 보호해줄 것 같은 예감 때문이었다. 경부선 철길이 가로 놓여 있었다. 다행히 이른 새벽이라 사람이 눈에 띄지 않았다. 그들은 재빠르게 철길을 건넌 뒤 곧 계곡에 숨었다. 그때까지도 옷이 마르지 않았다. 새벽공기가 싸늘하고 배도 고팠다. 가까운 곳에 희미하게 동네가 보였다.

그 마을은 구미 형곡동이었다. 두 사람이 그 마을에 이르자 쉰 채 남짓한 마을 초가집들은 거의 전란에 불타버리거나 허물어졌다. 아마도 지난 융단 폭격으로 그런 모양 같았다. 그런데 동네 어귀 첫 기와집은 행랑채만 조금 부서지고 본채는 멀쩡했다. 준기가 먼저 기와집에 이르러 언저리를 살폈다. 인기척이 없자 손짓으로 순희를 불렀다. 수백 년이 됨직한 고풍스러운 한옥 대문에는 '金廷默(김정묵)'이라는 낡은 문패가 을씨년스럽게 걸려 있었다.

"계세요?"

"계심까(계십니까)?"

준기와 순희가 대문 앞에서 번갈아 나지막이 주인을 불렀으나 인기척이 없었다. 아마도 피란을 간 모양이었다. 그들은 우선 옷을 갈아입는 게 급했다. 옷이 젖었을 뿐더러 인민군복을 벗어 어디에다 감추고 싶었다. 그들은 마당을 가로지른 뒤 본채 안방 문을 열었다. 피란을 간 집치고는 방안이 잘 정돈이 되어 있었다.

"계세요?"

순희는 나지막이 주인을 불렀다. 아무 대꾸도 없었다. 안방으로 들어가 장롱을 뒤졌다. 옷이 반쯤은 차 있었다. 순희는 그들 몸에 맞는 옷을 골랐다. 대부분이 부인용 치마저고리들이었다. 그런데 맨 아래칸 서랍에서 남자 바지와 남방셔츠가 한 벌 나왔다. 준기가 그 옷을 입자 조금 컸지만 그런대로 입을 만했다. 순희는 마땅한 옷이 없자 무명 한복을 한 벌 골랐다. 순희는 건넌방에서 옷을 갈아입고 돌아와 옷맵시를 가다듬으면서 준기에게 물었다.

"나 어때요?"

"새색시처럼 예쁩네다."

"정말?"

"기럼요."

순희의 얼굴이 발그레 물들었다. 준기도 건넌방에서 옷을 갈아입고 돌아왔다.

"잘 맞아요."

"기래요? 헐렁한데."

"그래야 활동하기 좋아요."

그들은 벗은 자기네 인민군복을 뭉쳐 다락 깊숙이 던졌다. 부엌에는 다행히 밥솥도 그대로 걸려 있었고, 찬장에는 밥그릇과 숟가락도 여기저기 흩어져 있었다. 주인이 피란을 떠난 뒤 누군가 이 집을 거쳐간 흔적이 보였다. 아마도 군인이나 피란민들이 이 집에서 밥을 해먹고 간 모양이었다.

온 집안을 샅샅이 뒤지자 쌀뒤주 밑바닥에서 한 됫박 남짓 쌀이 나왔다. 순희가 그 쌀을 모두 씻어 솥에다 안치자 준기가 밖에서 마른 나무를 주워 왔다. 다시 준기는 텃밭으로 갔다. 전쟁 중이지만 남새들은 싱싱하게 자라고 있었다. 준기는 고추와 파, 상추, 쑥갓 등 남새를 솎아왔다. 순희가 뒤곁 장독대로 가보니 간장 된장이 독마다 가득 담겨 있었다. 여러 정황으로 미루어보아 이 집 주인은 먼 곳으로 피란 간 것 같지 않아보였다. 그들은 굴뚝에서 연기가 나는 게 두려웠지만 그렇다고 쌀과 찬거리를 두고서 쫄쫄 굶을 수는 없었다.

"예로부터 '먹은 죄는 없다'고 하였다지요."

"우리 오마니도 기랬시우. '먹는 게 하늘이오, 금강산도 식후경'이라고요."

"남이나 북이나 말은 다 비슷하구먼요."

"기럼요, 우리 민족은 반만 년이 넘는 역사로 5년 전만 해도 한 나라였디요."

"참 그랬지요. 그런데도 아주 오래 전에 분단된 나라 같아요."

"두 편 지도자가 인민들을 서로 한 하늘에서 살 수 없는 원쑤처럼 내몬 까닭일 거야요. 학교에서두 기러케 가르쳤디요."

"참, 교육이란 무섭구먼요. 우리도 학교에서 조회 때는 물론이고, 무슨 행사 때마다 '공산침략자를 쳐부수자'는 '우리의 맹세'를 외치면서 지냈지요."

"북에서도 마찬가디였습네다. 날마다 '야수 미제'니 '남조선 리승만 괴뢰도당을 쳐부수자' '남조선을 해방시키자'는 따위 말을 입에 닉도록 배웠디요."

"말은 사람의 영혼을 지배한댔어요. 그동안 남북 양측 학교에서 가르친 말에는 서로 상대를 철저히 미워하는 증오심뿐이에요. 하지만 우린 서로 미워하지 맙시다."

그들은 부엌에서 밥을 짓는 일이 여간 즐겁지 않았다. 순희가 반찬을 마련하는 동안 준기는 아궁이에서 불을 땠다.

"오랜만에 아침 한 끼 제대로 먹어봅시다."

"도습네다(좋습니다). 네로부터 먹고 죽은 귀신은 때깔도 도타디오(좋다지요)."

그들은 위험을 무릅쓰고 굴뚝에 연기를 피우며 밥을 지었다.

"내가 아궁이 불을 마저 땔 테니 그새 바깥을 한번 돌아보세요."

"알갓시오."

준기는 순희가 밥을 다 짓는 동안 집밖에서 망을 보았다. 다행히 마을에는 인기척이 없었다. 순희는 밥을 다 지은 뒤 바깥에서 망을 보고 있는 준기를 불러들였다. 그새 순희는 안방에다 밥상을 차려두었다.

"앞일이 어떻게 될지 몰라 쌀이 있는 대로 밥을 다 지었어요."

"잘했수다. 우린 쫓기는 처디(처지)라 밥을 자주 지을 수 없디요."

순희는 그새 된장도 끓이고 준기가 텃밭에서 뜯어온 남새로 여러 가지 반찬도 만들었다.

"얼마 만에 맛보는 집밥이야요?"

"그새 두 달이 지났군요."

그들은 참으로 오랜만에 흰 쌀밥을 보자 곁도 돌아보지 않고 아귀처럼 먹었다.

"오늘 아침 우린 횡재한 거예요. 이제는 살 것만 같아요. 그만 이 집을 떠나요. 우리 어머니는 늘 복이 화가 되고, 화가 복이 된다고 했어요."

"기러디요. 오마니가 참 유식하우."

"우리 외할머니가 참 유식했지요."

"와, 그 오마니에 그 딸이란 말이 잇잖수(있잖소)? 기래 누이도 유식한가 보우."

순희가 밥상을 치우는 동안 준기는 마을을 한 바퀴 돌았다. 쉰 채 남짓한 형곡동 마을 집들은 대부분 초가집으로 지난번 융단폭격에 거의 불 타버리고 지붕마저 폭삭 주저앉았다. 하루 낮 몸을 피할 마땅한 집이 없었다. 준기가 돌아오자 순희 손에는 밥과 반찬을 싼 보따리가 들려 있었다.

"남은 밥도 반찬도 모두 쌌어요."

"잘했수. 긴데, 이 동네에서 이 집 밖에는 쉬어갈 집이 없수."

"아마 지난번 융단폭격 때 이 마을도 된통 박살이 난 모양이지요."

"기렇구만요."

"그런데 이 집은 왜 멀쩡할까요?"

"와, 목숨이 긴 사람은 융단폭격에두 살아남디 않았소. 아마 집두 기러켓디."

"참, 우리가 그랬지요."

"기럼요. 빗발티는(빗발치는) 총탄 속에서두 살아남는 사람이 있구, 넷말에 덥시 물에두 닉사한 사람이 있다구 했디. 행랑채가 좀 부서디기는 했디만 그래두 잠시 쉬어갈 만합네다."

순희와 준기는 밥을 싼 보자기를 들고서 그 집 행랑채로 옮겼다. 행랑채는 오래도록 비운 탓인지 안방보다는 더 썰렁했다. 준기는 행랑채의 떨어진 방문을 주워 달았다. 하지만 창호지가 빠끔빠끔 뚫려 있었다. 마을에는 강아지 한 마리도 보이지 않았지만 그래도 불안하여 준기는 방바닥 돗자리를 걷어 방문을 막았다. 그러자 방안이 마치 동굴처럼 어둑했다. 준기는 본채 다락을 뒤져 피란 때 미처 가져가지 못한 이부자리를 가져다가 방바닥에 깔았다. 그들은 간밤에 낙동강을 건넜고, 거기다가 밤새워 걸어왔기에 몹시 지쳐 있었다. 그새 준기와 순희는 옷도 마른 옷으로 갈아입었고, 밥도 배불리 먹은 터라 식곤증으로 잠이 폭포수처럼 쏟아졌다. 그들은 금세 이부자리에 누워 산송장처럼 잠이 들었다.

"윙 윙 … 휙 휙 … 펑 펑 …."

미군 폭격기들이 유학산 일대에다 폭탄을 떨어뜨렸다. 준기와 순희는 그 폭탄의 폭발소리에 놀라 잠이 깼다. 여전히 방안은 어두웠다. 바깥은 방문을 가린 돗자리 틈새로 들어온 햇살로 보아 아직도 한낮이었다.

"펑 펑, … 꽝 꽝."

미군 폭격기들은 지상의 모든 생명체를 몰살시키려는 듯, 하늘에서 폭탄을 마구 떨어뜨렸다. 순희는 그 폭음이 무서웠던지 준기의 품을 파고들었다. 준기는 그런 순희를 꼭 껴안고 눈을 감았다. 한 10여 분 동안 귀청이 찢어지는 비행소리와 폭탄의 폭발소리가 요란하더니 슬그머니 멎었다.

"동생, 고마워요."

순희가 준기 품을 벗어나며 겸연쩍게 말했다. 그 순간 밤나무꽃 향기와 같은 여인의 몸냄새가 확 풍겼다. 그 냄새는 준기의 정신을 마구 뒤흔들었다. 이 세상에 이런 향기도 있다니…. 그 몸냄새는 이 세상에서 가장 향기로운, 준기의 영혼을 황홀경에 빠트렸다.

"고맙기는요. 누이, 우린 같은 처디야요."

준기는 품에서 벗어나는 순희를 끌어안으며 말했다.

"동생, 이젠 무서움도 피로도 한결 가신 듯해요."

"나두 기러쿠만요."

하지만 준기는 순희의 싱그러운 향기에 취해 그만 정신을 깔깍 잃고 있었다.

“참 이상하네요. 이렇게 동생 품에 안기니까 조금도 무섭지 않네요.”

“나두 순희 동무가 곁에 이시니끼니(있으니까) 요기가 전쟁터 같디 않구만.”

“이제 우리 사이 동무라는 말을 쓰지 않기로 했잖아요.”

“습관이란 참 무섭디.”

“그래서 ‘세 살 버릇 여든 간다’는 말이 나온 모양이에요.”

“긴데 품에 안긴 체네(처녀)를 마냥 누이라구 부르기는 기렇구(그렇고).”

“그래도 누인 누이야요.”

“알갓시오. 긴데 내레 사수였던 순희 동무를 품에 품다니. 내레 사수를 하늘같이 우러렀는데.”

“그래서 한 치 앞도 내다보지 못하는 게 인생이지요. 사랑에는 나이도 국경도 없답니다.”

“메라구(뭐라구)?”

“그냥 그런 말도 있다고요.”

“알갓시오. 긴데 우리 학교 생물 선생님이 기러더구만요. 너자(여자)들은 남정네보다 더 오래 사니까 일찍 홀어미가 안 되려믄 한 살이라두 나이 어린 남정과 혼인하라더만.”

“그거 말이 되네요. 대체로 여자들은 남자보다 네댓 해는 더 오래 살지요.”

“내레 누이랑 검은 머리가 파뿌리 되도룩 이렇게 살구 싶수.”

“사나이 소원이 고작 그거예요?”

“지금 소원은 기래요. 내레 솔딕히(솔직히) 기런 욕심 때문에 죽음도 무릅쓰고 앞당 서서 낙동강을 건넷수다.”

“하지만 그렇게 되기까진 쉽지 않을 거예요. 우선 우리가 이 전선을 빠져나가는 일부터 만만찮을 거예요.”

"기럴 테디요. 하디만 네로부터 지성이면 감턴(감천)이라 햇수."

"날이 어두울 때까지는 일단 여기서 잠자코 숨어 있어요."

"기럼, 우린 인민군에게두, 국방군에게두 눈에 띄면 붙잡힐 거이구. 기때 정체가 들통 나면 포로수용소 아니믄 곳당 총살일 거야요. 날이 어둡걸랑 날래 여기를 출발합세다."

준기는 돗자리를 걷고 바깥으로 나갔다. 준기는 우물물로 몸을 깨끗이 닦은 뒤 큰 양푼에다가 마실 물을 가득 담아 방 안으로 들여왔다.

"동생, 아주 잘했어요. 자주 들락날락하기도 위험한데."

준기가 방으로 들어오자 곧 순희도 돗자리를 걷고 바깥으로 나갔다. 꽤 시간이 흐른 뒤에야 돌아왔다.

"나도 우물에서 몸을 닦고 왔어요. 우물물이 아주 차고 시원하더군요."

"몸을 닦자 하늘을 나는 기분이구만."

순희는 보자기에 싼 밥을 폈다. 준기는 방문을 막은 돗자리를 조금 걷었다. 그러자 갑자기 방 안이 환해졌다. 밥맛이 꿀맛이었다. 고추장이 엄청 매웠다. 장아찌는 무척 짰다.

"경상도 사람들은 음식을 맵고 짜게 먹는다더니 정말 그러네요."

순희가 눈물을 글썽이며 양푼의 물로 입 안을 헹궜다. 준기도 땀을 송골송골 흘리면서 양푼의 물을 마셨다.

"반은 남겨뒀다가 이따 밤길 떠나기 전에 저녁으로 먹어요."

"기럽시다."

순희는 남은 밥과 반찬을 다시 보자기에 싼 뒤 윗목에 밀쳐두었다.

"밤새워 가려면 미리 푹 자 두는 게 좋겠지요."

"기러디요. 이 어두운 방 안에서 달리 할 일두 없으니."

그들은 바닥에 깐 이부자리에 나란히 누워 다시 잠을 청했다. 나른한 여름날 오후 긴 침묵의 시간이 흘렀다. 행랑채 옆 가죽나무와 감나무에서 매미가 발악하듯 울었다.

"펑 펑, … 꽝 꽝 …."

다시 유학산 쪽에서 포성이 울렸다. 준기와 순희가 번갈아 돗자리 틈으로 바깥을 내다보았다. 낙동강 건너 유학산 산등성이 쪽에서 흰 화약먼지가 몰씬몰씬 피어오르고 있었다. 유학산 너머 남쪽 다부동 유엔군 측 진지에서 쏜 곡사포 포탄이 유학산 일대에 떨어진 모양이었다.

"미제 대포들이 유학산 일대를 아주 박살낼 모양이에요."

"뭔 포탄이 기러케두 많은디 이러다 아예 조선반도를 포탄으로 덮겠수다."

준기는 바깥 섬돌에 벗어둔 그들의 신발을 다시 방 안으로 들였다. 그리고는 방 밖에서 들어오는 빛조차도 모두 가렸다. 그러자 방 안이 동굴처럼 컴컴해졌다. 잠시 후 미 공군 세이버 제트기 비행소리가 요란했다.

"꽝…."

제트기가 떨어뜨린 폭탄이 형곡동 부근에 떨어졌나 보다.

"으악!"

그 순간 순희는 비명을 지르며 준기의 품에 얼굴을 묻었나. 그들은 그때부터 행랑채 컴컴한 방 안에서 서로 꼭 껴안았다.

"펑 펑, … 꽝 꽝 …."

곧 집이 흔들리는 듯 폭탄의 폭발음과 비행 굉음이 지축을 흔들었다. 두 사람은 방바닥에 엎드려 손가락으로 귀를 막았다. 10여 분간 지속되던 비행소리와 폭발소리가 점차 멎었다. 그 소리가 딱 그치자 순희는 준기의 곁을 벗어나 바로 누웠다.

"동생, 고마웠어요."

"……."

그런데 준기는 아무 대꾸도 없이 끙끙 앓고 있었다.

"동생? 어디 아파?"

"……."

순희는 깜짝 놀라 일어나 머리맡 양푼의 물에 수건을 적셔 준기의 이마를 닦아주었다. 그래도 준기는 계속 끙끙 앓기만 했다.

"동생, 어디 아파?"

"… 머리도 아프구, … 가슴도 답답하구…."

"어거 큰일인데 … 어쩌나 비상약도 없고."

준기의 앓는 소리는 점차 커갔다. 그러자 순희는 준기에게 다가가 살며시 입을 맞췄다. 그러자 준기의 앓는 소리가 점차 잦아지고 대신 준기의 가슴 맥박이 더욱 요동쳤다. 그제야 순희는 준기의 속마음을 알았다는 듯, 싱긋 웃으며 준기를 껴안았다. 준기는 눈을 감은 채 슬그머니 순희의 가슴을 더듬었다. 준기는 잘 익은 복숭아 같은 순희의 젖무덤을 어루만졌다.

"바보처럼 아무 말도 않고 혼자 끙끙 앓기는…."

"……."

준기의 입술은 순희의 입술에서 차츰 아래로 내려가 마침내 젖무덤에 머물렀다. 준기는 어린 시절 어머니의 젖을 빨던 그때처럼 순희의 고운 젖꼭지를 살며시 빨았다. 순희의 젖꼭지는 산딸기 빛깔 같기도, 잘 익은 오디 빛깔 같기도 했다. 잘 익은 산딸기 맛 같기도 하고, 새콤한 앵두 맛 같기도 했다. 아니 준기에게는 그보다 더 달콤한, 이 세상에서 처음 맛보는 짜릿한 황홀함도 있었다. 준기가 며칠 굶주린 아이처럼 순희의 젖꼭지를 마냥 빨았다.

"이제 그만…."

순희는 그 말을 뱉으면서도 준기의 머리를 꼭 얼싸안았다. 순희의 얼굴도 준기처럼 발그레 상기되고 호흡이 점차 거칠어지더니 곧 가벼운 신음으로 변했다.

"음… 음…, 동생, 이제 그만…."

순희는 배꼽 아래로 내려가는 준기의 손목을 꽉 잡았다. 그러자 준기는 다시 끙끙 신음소리를 냈고 맥박은 요동쳤다.

"누이, 정말 미치가서."

"더 이상은 안 돼. 그만!"

순희는 매몰차게 준기를 밀쳤다. 그 순간 준기는 온몸에 경련이 일면서 다시 끙끙 앓았다.

“누이, 미티가서.”

“정말?”

“…….”

준기는 고개를 크게 끄덕였다. 순희가 준기의 이마를 다시 짚었다. 열이 펄펄 끓어올랐다.

“이만 일로…. 동생, 예서 미쳐서는 안 돼. 우린 집으로 꼭 가야 해. 사실 난 동생 때문에 여기까지 온 거야. 이 세상 그 무엇인들 아깝겠어.”

순희는 그 순간 어머니가 한 말이 떠올랐다.

‘세상에 가장 중요한 게 목숨이다. 그 다음이 정조인 겨. 넌 어떤 경우든 넌 꼭 살아 돌아와야 한다.’

순희는 준기가 자기 목숨을 살려줬으니까 그에게 그 무엇을 줘도 아깝지도 않다는 생각이 들었다.

“누이, 내레 오늘 일을 평생 잊디 안카시우.”

“나도 그럴 거야.”

준기는 그 말이 끝나기도 전에 그의 손은 슬그머니 순희의 속곳을 내렸다. 까칠한 순희의 거웃 촉감에 준기는 다시 경련이 일어났다. 준기는 후딱 순희의 벌거벗은 몸 위로 올라갔다. 마침내 준기의 성난 낭심이 순희의 옥문을 거침없이 밀었다.

“아! 아 … 아 ….”

순희는 경련과 함께 가벼운 비명을 지르며 준기의 목을 바짝 끌어안았다. 캄캄한 어둠 속에 태초의 생명 소리가 이어졌다.

‘아, 아’

‘음, 음…’

그들은 낙동강 뱃사공처럼 천천히 열락의 강을 삐거덕 삐거덕 노 저어갔다. 그들의 노 젓는 소리가 차츰 가빠갔다. 두 사람은 한 몸으로 포개진 채 소나기를 맞은 듯 땀을 흘리면서 깊은 열락의 바다로 계속 잠수해 갔다. 순희가 물에 젖은 수건으로 준기 이마의 땀을 훔치고는 더욱 가슴을 껴안았다. 그들은 잠수의 유영을 잠시 멈추자 언저리 매미들은 가는 여름을 아쉬워 발악하듯 울어댔다.

멀리서 '쿵 쿵' 하는 대포 소리가 다시 들려왔다. 곧이어 미군 폭격기의 또 다시 '펑, 펑' 하는 폭탄 떨어지는 소리가 연속으로 들렸다. 그 소리에 놀라 순희는 다시 준기 가슴에 얼굴을 묻었고, 잠시 쉬던 준기의 낭심은 다시 순희의 옥문 속을 더욱 힘차게 자맥질했다. 순희는 짜릿한 아픔에 비명과 함께 준기를 힘차게 끌어안았다.

'쾅!'

'아 앗!'

전투기의 마지막 폭격소리에 그들도 함께 비명을 지르며 그대로 까무러쳤다. 그들의 몸은 온통 땀으로 흥건히 젖어 있었다. 두 사람은 한동안 말이 없었다. 순희는 젖은 수건으로 다시 준기의 이마와 앞가슴 땀을 훔치며 준기를 흐뭇이 바라보았다.

"동생, 아직도 아파?"

"…."

준기는 싱긋 웃으며 고개를 흔들었다.

"바보."

"역시 누이는 훌눙한 간호전사야요? 어드러케 사람의 마음도 기러케 잘 읽수?"

"뭐라고?"

"누이는 내레 병을 단박에 고쳐주는 천사입네다."

"꼭 배고파 젖 달라고 보채는 응석받이 어린이 같아."

"고맙습네다. 내레 이제 이대루 죽어두 좋수."

"여기서 죽으면 안 돼. 우린 꼭 집으로 가야 해."

그 말에 준기가 고개를 끄덕였다. 순희가 속곳을 집자 준기가 그 옷을 뺏어 머리맡에 밀친 뒤 다시 몸을 더듬었다. 그들은 요란한 매미소리를 들으면서 고요한 열락의 강을 다시 서툴게 거슬러갔다.

그 유쾌한 서툰 뱃놀이가 끝나자 순희가 먼저 옷을 입고 우물가로 가서 몸을 닦고 왔다. 준기도 우물가로 갔다. 우물에서 길어 올린 두레박의 샘물을 그대로 뒤집어썼다. 그렇게 시원하고 상쾌할 수가 없었다. 준기는 마치 이 세상을 다 정복한 듯 흐뭇했다. 방안으로 돌아온 두 사람은 다시 서로를 꼭 껴안은 채 그대로 깊은 잠에 빠졌다. 행랑채 앞 감나무와 가죽나무에 붙은 매미들이 가는 여름을 아쉬워하듯 울부짖었다. 긴 여름날 오후는 그렇게 시나브로 저물어갔다.

준기는 심한 갈증에 잠이 깼다. 윗목 양푼의 물을 엎드려 짐승처럼 마셨다. 그 소리에 순희도 잠에서 깼다. 순희도 다가와 두 손으로 양푼을 들고 남은 물을 다 마셨다.

"물이 이렇게 맛있을 줄이야…."

"정말 기러네요."

"동생, 꿰맨 자리 아프지 않았어요?"

"누이가 잘 꿰매준 탓에 일없구만요."

"다행이에요. 조금 전에 동생이 하도 안간힘을 쓰기에 꿰맨 자리가 덧나면 어쩌나 걱정이 되었어요."

"아, 누구 솜씬데…."

두 사람은 준기의 아랫배 꿰맨 자국을 번갈아 만지면서 싱긋 웃었다.

"유학산이 아주 박살이 난 건 아닐까요?"

"길쎄 …."

"거기서 얼마나 살아남을지…. 도대체 누구를 위한 전쟁이에요?"

"우리 인민을 위한 전쟁은 아니우. 미소의 땅따먹기 노름에 어리석은 북남 지도자들이 놀아나고 있디. 해방 후 인민들 사이에 한때 누행터럼(유행처럼) 번졌던 '소련에 속디 말고, 미국 믿디 말고, 조선사람 조심하라'는 말이 틀린 말은 아니야요."

"그래요. 아무튼 이 모두가 힘없는 나라 인민들의 슬픔이지요."

"우리나라가 약소국이 된 것은 그 일차로 우리 인민에게 책임이 이시오(있어요). 세상이 변해가는 데도 미련스럽게 옛날 방식 그대로 살다가 남의 나라 식민디가 된 거디. 찰스 다윈이 그랬다디. '살아남는 종은 가장 강한 종도, 가장 지능이 우수한 종도 아닌, 변화에 가장 빠른 종일뿐이다'라구."

"동생, 상당히 유식하오. 학교에서 공부 꽤나 했나보죠."

"머이. 그저 해마다 우등상은 빠트리디 않았디."

"그래요? 동생이 자랑스럽구먼요. 지난 세월 우리 인민들이 미련스럽게 살았다는 동생의 말은 맞아요. 조선 오백 년 동안 백성들의 의식주 생활은 조금도 변화가 없었지요. 서양은 증기기관차를 타거나 기선을 타고 다니는데, 우리는 기껏 가마나 말, 돛단배를 타는 정도였지요. 그런데다가 세상 사람의 반인 여성의 인권을 전혀 무시했어요."

"기랬디."

"근데, 나 혼자였다면 다부동 유학산을 벗어나지 못하였을 거예요."

"나두 마찬가지디. 어드러케 거기를 감히 나 혼자 도망테(도망쳐) 올 수 있갓수(있겠소)? 누이 아니믄 감히 기런 생각두 못 했디."

"동생, 아무튼 고마워요. 나는 동생이 아니었다면 이미 낙동강에서 물귀신이 되었을 거야요."

"아니야요. 내레 더 고맙수. 누이가 아니었다면 임은동 야전병원에서 폭사했거나 유학산에서 구더기 밥이 되었을 거유, 긴데 간밤에 어드러케 사과서리 가자는 말을 했수?"

"그건 믿음이에요. 준기 동생이 야전병원에 전입해왔을 때 어쩐지 앞으로 인연이 있는 사람으로 느껴지더라고요."

"메라구?"

"그건 육감이랄까 영감이지요. 어느 날 수술이 끝난 뒤 밤새 의료기구를 소독하고 닦는 준기 동생의 그 성실한 모습에도 어쩐지 믿음이 갔고요."

"내레 순희 누이를 처음 봤을 때 그저 숨이 꽉 막히는 듯했수. 그 뒤 다시 보니까 서울깍쟁이로 대가 센 너자(여자)로 새겨뎄디(새겨졌지). 긴데 이리케 항께(함께) 부대를 도망할 줄은…. 아무튼 나를 죽음의 구렁텅이에서 구해줘 고맙습네다."

"내 믿음을 저버리지 않고 낙동강을 건너게 해줘 고마워요."

"내레 순희 누이를 죽도록 잊디 못할 거야요. 이 살냄새와 톡감(촉감)도…."

순희는 땀에 젖은 준기의 얼굴을 수건으로 닦아주며 말했다.

"나를 잊지 마세요."

"기러믄요(그러면요). 내레 오늘 이 순간을 평생 간직하가시우. 기런데, 우리 각자 집까지 무사히 도착할까?"

"쉽지 않을 거야요. 하지만 용기를 잃지 않고, 줄곧 북으로 가면 언젠가는 집으로 돌아갈 테지요."

"내레 학업두 마치구, 직당(직장)두 얻구, 다시 순희 누이를 만나 한평생 항께(함께) 살구 싶구만요."

"나도 그날을 기다릴게요."

"하디만 그날이 쉽디 않을 거야요."

순희가 잠시 생각을 가다듬은 뒤 말했다.

"조금 전 이런 생각이 문득 들데요."

"무슨?"

"예서 서울도 먼 데, 평안도 영변까지는 더 먼 곳이잖아요. 그리고 이 전쟁이 어떻게 끝날지도 모르고요."

"기래서?"

"우리가 계속 북으로 도망가다가 뜻밖에 헤어지면 다시 만나기는 매우 힘들 거라는."

"……."

"다행히 각자 집으로 무사히 돌아가고, 전쟁이 끝나 통일돼 서울과 평안도 영변 간을 마음대로 다닐 수 있다면…."

"……."

"하지만 세상사 우리 맘대로는 되지는 않겠지요."

"기러믄요."

"이건 어디까지나 만일이에요. 우리가 집으로 가는 도중에 국방군이나 인민군에게 붙들려 어쩔 수 없이 헤어지게 된다면, … 그때를 대비해서 우리 다시 만날 약속을 미리 정해둬요."

"어드러케(어떻게)?"

"만일 우리가 서울로 가는 길에 어쩔 수 없이 서로 헤어진다면…. 나는 이 전쟁이 끝난 그해 아니면 그 다음해마다 8월 15일 낮 12시, 서울 덕수궁 대한문에서 준기 동생을 기다리겠어요."

"우리가 거기서 다시 만나자는 말이우?"

순희는 대답 대신 고개를 끄덕였다.

"기거 참 괜찮은 생각이야요. 해마다 8월 15일 낮 12시에 만나자는 말은, 그날이 조국해방기념일로 날짜두 외우기도 도쿠(좋고) 시간두 정오라 기억하기가 도쿠만(좋구먼). 기런데, 내레 서울 덕수궁 대한문은 가본 적이 없는데."

"덕수궁은 서울 한복판 시청앞에 있어요. 남대문과도 아주 가까워요."

"기래요. 기렇다면 아, 서울 남대문 앞 김 서방 집두 찾는다는데, 덕수궁 대한문이야 식은 죽 먹기터럼 쉽게 찾을 수 있갓수(있겠소)."

"그럼요. 대한문은 서울역에서도 그리 멀지 않아요."

"알갓시오. 기렇게 만나자면 조국이 통일된 다음이라야 이루어디가수."

"왜, 싫으세요?"

"기게 아니라 내레 우리 오마니한테 꼭 살아 돌아간다구 털석(철석)같이 약속했기 때문이디."

"그렇다면 나보다 어머니와 한 약속이 더 중요하지요. 그럼 우리 통일이 된 다음, 8월 15일 날 덕수궁 대한문 앞에서 만나요."

"우리 생전에 통일이 되디 않으면?"

"아무렴, 그 전에야 되겠지요."

"하디만 호호 늙어 만나는 것은 싫습네다."

"그럼 어떡해요."

"아무튼 이 전쟁이 끝난 뒤 8월 15일 날 정오에 덕수궁 대한문 앞에서 만납세다. 내레 기때두 북남이 38선으로 가로 맥캤으믄(막혔으면) 우리 고향 청천강 매생이(쪽배)를 타구서라두 몰래 내려와 그날은 대한문 앞에 꼭 나타나가시우."

"정말?"

"기럼, 사나이 약속입네다."

"고마워요. 그럼, 우리 이 자리에서 약속해요."

"알갓시오, 순희 누이."

그들은 왼손 새끼손가락을 걸고 흔들었다. 그런 뒤 다시 그 약속을 확인하듯 긴 입맞춤을 했다.

"긴데 누이의 살냄새와 촉감이 아주 죽여주누만."

"나도 동생의 튼튼한 가슴팍과 땀냄새가…. 준기 동생, 날 잊지마오."

"내레 하고픈 말이야요."

순희가 자리에서 일어나 속곳을 찾고는 주머니에서 자그마한 비단주머니를 꺼냈다. 그리고는 거기서 금가락지 하나를 꺼냈다.

"준기 동생, 이거 가져요."

"머야요?"

"내가 입대하는 날 우리 어머니가 전차정류장까지 따라와 주신 쌍금가락지 중 하나예요."

"머이? 내레 그걸 왜?"

"아무소리 말고 받아요. 동생이 날 구해줬는데 그 무엇인들 아깝겠어요. … .동생이 영변까지 가자면 나보다 더 필요할 거요."

"일없습네다."

"두 말 말고 받아요. 사람의 앞날은 어떻게 될지 몰라요. … 동생, 나중에 더 좋은 것 사주면 되잖소."

"알갓시오. 누이가 필요할 때는 언제든지 말하라요."

"…."

순희는 대답 대신 고개를 끄덕였다. 순희는 늘 차고 다니던 구급대에서 실과 바늘을 꺼내더니 준기 바지의 주머니를 뒤집고는 금가락지를 바지주머니에 실로 꿰맸다.

"역시 순희 누이야요. 매사 야무디고 철저합네다."

"그럼요. 이렇게 꿰매야 산길을 가도 떨어뜨리지 않아요."

준기는 방문을 가린 돗자리를 걷고 밖을 내다보았다.

"아직도 해가 디려면 한참 남아시우."

"우리 한 잠 더 자요."

두 사람이 마주 보며 나란히 누웠다. 준기가 순희의 팔을 벴다. 순희가 준기를 보듬으며 조용히 '뜸북새'라는 노래를 불렀다. 그 순간 두 사람은 전선을 탈출한 전사가 아닌, 소풍을 나온 연인 같았다.

"동생, 자요?"

"……."

그새 준기는 코를 골았다. 순희는 준기의 이마에 가볍게 입맞춤을 하고는 바로 눕힌 뒤 그 옆에 누워 눈을 감았다.

6. 금오산

저녁 땅거미가 안개처럼 내리고 있었다. 준기와 순희는 그제야 잠에서 깨어났다. 그들은 화들짝 놀라 급히 옷을 챙겨 입은 뒤 출발에 앞서 윗목에 남겨둔 밥을 챙겨 먹었다. 그런 뒤 행랑채 방안을 말끔히 치웠다. 출발에 앞서 두 사람은 각자 신발 끈을 바짝 조였다, 그러는 동안 어둠이 온누리에 자욱이 짙어갔다. 야반도주하기에는 안성맞춤이었다.

"날래 갑세다."

그들은 형곡동 마을을 벗어나 경부선 철로로 갔다. 마침 철둑 아래에 좁은 길이 있었다. 그들은 하늘의 북극성 별자리로 북쪽을 가늠한 뒤 준기가 앞서고 순희가 뒤따르며 살금살금 도둑괭이처럼 걸었다. 그 길을 10여 분 걷자 철교가 나오고, 그 아래는 시내였다. 금오산 계곡물이 흘러 내려오는 금오천이었다. 그들은 징검다리로 금오천을 건넜다. 곧 구미 시가지가 나왔다. 그 무렵 구미는 면사무소 소재의 자그마한 촌락이었지만 전란으로 거지반 파괴돼 을씨년스러웠다. 다행히 마을과 거리에는 인적이 없었다. 밤길에 가장 무서운 것은 짐승보다 사람이다. 다행이었다.

구미 시가지를 20여 분 떠듬떠듬 지나자 둑이 나오고 곧 시내가 나왔다. 조금 전보다 더 큰 시내인 대성천이었다. 하지만 징검다리도 없었다. 준기와 순희는 시냇가 모래톱에서 신발을 벗어들고 둘이 손을 잡은 채 건넜다. 밤 시냇물이 차고 시원했다. 시내를 다 건너는 지점에서 순희는 시냇물에 엎드려 얼굴을 씻었다. 준기도 손을 씻으며 한 웅큼 들이켰다.

"시냇물이 아주 시원해요."

"물맛도 좋수."

"하늘 좀 봐요. 별이 찬란하네요."

은하수가 잘 익은 석류 알처럼 금세 쏟아질 것만 같았다. 그들은 시냇가 모래톱에 앉아 신발을 신고 일어섰다. 다시 철길과 나란히 난 도로를 따라 북쪽으로 걷기 시작했다. 거기서부터 길이 넓어 두 사람은 나란히 걸었다. 밤길을 걷는데는 앞보다 뒤가 무서웠다. 초저녁이라 다행히 하현달은 떠오르지 않았다. 그들은 밤하늘의 별빛으로 어슴푸레 짐작되는 길을 타박타박 걸어갔다. 차차 밤길에 익어가자 두려운 마음이 한결 사라졌다. 들판에서는 풀벌레들의 소리가 요란하고 이따금 반딧불이 앞길을 밝혔다.

"무섭디요?"

"아네요. 동생이 옆에 있잖아요."

"앞으로 이 길이 얼마나 순탄할디?"

"설사 위기가 온대도 우리 침착합시다."

"기러디요. 네로부터 호랑이한테 물려가도 정신만 차리면 산댓수."

두 사람은 손을 잡고 걸었다. 야트막한 고갯길이었다. 바짝 긴장하여 걷는데 갑자기 앞에서 군인이 총을 겨누며 불쑥 나타났다.

"정지! 손들엇!"

두 사람이 흠칫 놀라며 두 손을 번쩍 들었다. 한 군인은 계속 총을 겨누고 다른 한 군인이 앞을 막았다.

"이 밤중에 어딜 가오?"

"집에 가요."

순희가 앞장서며 말했다. 준기는 뒤로 처졌다. 준기의 평안도 말씨는 금방 정체를 드러내기 때문이었다.

"동무, 집이 어디오?"

"서울이에요."

"뭐, 서울?"

“예, 그래요.”
“여기서 서울이 어딘데 이 밤중에 걸어간다는 말이오.”
“열차도 다니지 않으니 걸어갈 수밖에요.”
“이 동무들, 정신이 있나? 근데 여기는 어찌 왔소?”
“피란 왔어요.”
“피란? 한강다리도 끊어졌는데 …. 동무들은 반동 아니면 우리 조선인민군 도망병이로구만.”
“아니에요.”
순희는 그 말에 찔끔했지만 천연덕스럽게 단호히 대답했다.
“아무튼 좋소. 동무들은 전투지역에 내려진 야간통행 금지조치도 모르오?”
“미처 몰랐습니다.”
“이 밤중에 다니는 사람은 무조건 체포요. 자세한 사정은 본부에 가서 말하시오.”
“우린 집으로 가야 해요.”
“뭐라고? 이 동무들, 정신 있간!”
총을 겨누던 다른 초병이 총구로 준기와 순희를 초소 옆 간이막사로 내몰았다. 간이막사에는 석유등불이 희미했다. 초병이 말했다.
“여기 얌전히 있다가 본부에 가서 조사를 받으시오. 허튼 수작하믄 즉각 총살이야.”
“…….”
간이막사 근무자가 포승줄로 두 사람을 묶은 뒤 바닥에 앉혔다.
“새벽녘에 본부에서 호송차가 올 거니 그때까지 잠자코 있어.”
준기와 순희에게는 잠깐 새 마른하늘에 벼락 같은 일이 벌어졌다. 하지만 그들은 이미 각오하고 있었던 듯 차분하고 담담했다. 곧 먼 남쪽에서 콩을 볶는 듯한 총소리가 들려왔다. 한밤중이라 칠곡 다부동 유학산에서 나는 총소리가 십여 킬로미터 떨어진 구미 북쪽 부곡동까지도 크게 들렸다.

1950년 9월 초순, 구미초등학교는 전란으로 성한 건물이 없었다. 교실 지붕이 전파 또는 반파된 채 불에 탄 서까래가 여기저기 흩어져 있었다. 학교 운동장에는 푸나무를 잔뜩 뒤집어쓴 천막 막사와 소련제 전차, 그리고 122미리 곡사포 포문이 남쪽을 향하고 있었다. 배종철 상위는 한 천막 막사 책상에 앉은 채 준기와 순희를 앞 의자에 앉히고는 문초했다.

"간밤에 동무들은 야간통행이 금지된 작전지역을 지나가서. 전투 시에는 통행 금지된 지역을 함부루 디난 자는 리유 여하를 막론하고 총살해두 도타는(좋다는) 상부 지시가 발쎄 내렸디. 내레 묻는 말에 동무들이 거짓 없이 바로 답하기오. 알가서!"

"네."

"이름은?"

"최순희입니다."

"또?"

"김준기입네다."

"직업은?"

"학생입니다."

"또?"

"학생입네다."

"어느 학교?"

"서울 적십자간호학교…."

"동무는?"

"넹벤 농문둥학교…."

배 상위는 날카로운 눈빛으로 순희와 준기를 노려봤다.

"서울, 펭안도 학생들이 왜 너기까디(여기까지) 와서?"

"……."

"야! 이 쌍노무 간나새끼들, 날래 신발 벗어!"

갑자기 배종철 상위의 말이 거칠었다. 준기와 순희는 신발을 벗었다.

"이 신발은 모두 우리 조선인민군 군화가 아냐? 내레 더 이상 묻지 안카서(않겠어). 포승 풀어줄 테니 요기 백지에다가 자술서를 쓰라. 너들 태어난 뒤부터 오늘까디 일들을 하나두 숨기디 말구. 김 동무는 이쪽, 최 동무는 데쪽(저쪽)에 가 쓰는데, 서로 묻거나 테다(쳐다)보아도 안 돼. 알가서?"

"네."

"알가시우."

배종철 상위는 준기와 순희에게 종이와 연필을 나눠주었다. 준기와 순희는 그가 지시하는 자리로 가서 자술서를 썼다. 배 상위는 잔뜩 찌푸린 낯으로 큰소리쳤다.

"내레 자술서를 보디 않아두 두 동무가 우리 조선인민군 도망병이라는 걸 알가서!"

준기는 변명이나 거짓 진술이 오히려 비굴하다는 것을 알고 담담히 지난 일들을 모조리 썼다. 순희도 솔직하게 그동안의 일들을 모두 썼다. 잠시 후 배 상위는 두 사람의 자술서를 훑어가면서 물었다.

"왜 전선에서 도망쳤나?"

"미제 쌕쌕이도 무섭고, 배도 고프고, 그저 살고 싶어…."

순희가 담담히 대답했다.

"동무는?"

"마찬가집네다."

"기래? 누가 먼저 도망가자구 했나?"

"제가."

"여성 동무가 꼬리를 쳤구먼."

"아닙네다. 서루 말없이 동의했습네다."

"얼씨구 잘들 노네. 아무튼 누가 먼저 꼬드겼 건 둘 다 부대 탈영죄는 면할 수 없다. 전시에 도망병은 어드러케 되는 건지 너들두 이미 알구 있디?"

"알고 있습니다."

"예, 알구 이시요."

두 사람은 담담히 말했다.

"이 동무들, 간뎅이가 아주 고래등만큼 부엇군 기래. 조국해방전선에서 도망자가 나오다니…. 너들은 총알두 아까워! 기저…."

배종철 상위는 권총을 뽑아들고 준기와 순희의 가슴을 '쿡 쿡' 찔렀다.

"동무들이 간밤에 도망쳤다는 보고는 이미 받아서. 너들이 이 전선을 벗어나면 사는 줄 아는 모양인데, 그동안 도망친 자들은 죄다 붙잡혀 처형했디. 우리 공화국 군대가 기렇게 허술티 않아. '뛰어야 베룩(벼룩)'이란 말 몰라. 이제 곧 너들 부대 장 상사가 올 거야. 두 동무는 원대루 돌아가 여러 동무들 앞에서 곧 처형될 거야."

배 상위는 준기와 순희를 각각 포승줄로 묶은 뒤 막사 좌우 구석 기둥에 다시 묶어놓았다. 그날 오후 느지막이 배종철 상위는 장남철 상사를 데리고 준기와 순희가 묶여 있는 막사로 왔다.

"장 상사, 저 동무들 알디?"

장 상사는 뱀눈으로 준기와 순희를 훑고 말했다.

"네, 잘 압네다. 우리 부대 야전병원 위생전사들입네다."

"둘 다 원대에 데려가 모든 동무들이 보는 앞에서 공개처형하시우. 더 이상 조국해방전선에서 도망치는 전사들이 나오지 않게 말이우."

"알갓습네다."

장남철 상사는 준기와 순희의 몸에 묶인 포승줄을 확인한 뒤 트럭 뒤 짐칸에 태웠다. 그런 뒤 그는 운전병 옆자리로 올랐다. 트럭 짐칸 한편에는 유학산 전방부대로 보내는 양곡과 수류탄, 탄약 등 각종 무기상자와 기타 보급품들이 쌓여 있었다. 준기와 순희는 앞자리와 바로 유리로 통하는 자리에 각각 묶였다. 장 상사는 허리춤에 찬 권총을 두들기며 말했다.

"이동 중에 허튼 수작을 하믄 가다가 차를 세우구 그 자리에서 처티하가서."

"……."

준기와 순희는 고개를 끄덕였다. 장 상사가 탄 트럭은 날이 저물 무렵에야 구미초등학교 인민군 제3사단 임시보충대 겸 보급 창고에서 유학산 쪽으로 달렸다. 장 상사는 미군 폭격기의 공습을 피하려고 일부러 늦은 시간에 출발했다. 구미초등학교에서 유학산으로 가자면 광평과 신평 등 구미평야를 지나고 낙동강 수중교를 건너야 했다.

준기와 순희를 태운 트럭이 막 신평 들판에 들어섰다. 그때 하늘에서 갑자기 비행기 소리가 나더니 F-86 세이버 제트기가 저공비행으로 날아왔다. 운전병은 때 아닌 시간 갑작스런 전투기의 출현에 화들짝 놀라 트럭을 후다닥 길옆 과수원 안으로 돌진시켰다.

장 상사와 운전병은 트럭을 팽개치고 잽싸게 과수원 사과나무 밑 콩밭에 엎드려 숨었다. 준기와 순희는 트럭바닥에 엎드렸다. 전투기가 과수원에 폭탄을 떨어뜨렸지만 그들은 피폭 지점과는 다소 거리가 떨어져 있어 트럭은 흙먼지만 뒤덮어 썼다. F-86 세이버 제트기가 사라진 뒤 장남철 상사와 운전병은 옷에 묻은 흙을 털면서 트럭으로 돌아왔다. 장 상사가 운전병을 향해 혼잣말처럼 말했다.

"더 동무들을 데리구 부대에 가야 골티만 아파. 내레 요기에서 처티하가서."

그런 뒤 트럭 뒤칸에 있는 준기와 순희에게 버럭 소리쳤다.

"야, 날래 내리라!"

준기와 순희는 트럭에서 내렸다. 장 상사가 운전병에게 말했다.

"내레 더 반동들을 과수원 깊숙한 곳으로 데리구가 처티하구 올 테니 그동안 동무는 도락구를 도로로 빼놓구 대기하라."

"네, 알갓습네다. 날래 다녀오시라요."

장남철 상사는 허리춤에서 권총을 뽑아들고 실탄을 장전하며 준기와 순희에게 말했다.

"이 반동들, 날래 과수원 한가운데루 가라야."

준기와 순희는 포승줄에 묶인 채 뚜벅뚜벅 과수원 한가운데로 걸어갔다. 그 뒤를 장 상사가 뒤따랐다.

"어느 나라 군대나 전쟁터에서 도망병은 죄다 총살이디."

준기와 순희는 등 뒤로 곧장 총알이 날아올 것 같았다. 그들은 몹시 긴장한 탓인지 장남철 상사의 식식거리는 숨소리까지도 들렸다. 하지만 그들은 그 순간에도 비굴치 않고 담담히 과수원 한가운데로 걸어갔다. 그새 트럭은 과수원 바깥으로 빠져나간 듯, 차체는 보이지 않은 채 엔진소리만 들렸다. 준기와 순희는 포승줄에 묶인 채 뚜벅뚜벅 과수원 한가운데로 걸어갔다. 뒤따르던 장 상사가 과수원 한가운데쯤 이르자 발걸음을 멈춘 채 권총을 겨누며 고함쳤다.

"동무들, 거기서 십 보 앞으로 가!"

준기와 순희는 서로 마주 보고 고개를 끄덕이며 앞으로 갔다. 아마도 그들끼리 저승에서 다시 만나자는 무언의 약속인 모양이었다.

"이 바보 같은 쌍노무 간나! 도망을 갔으믄 전투가 끝날 때까지 어디 깊은 산속에 들어가 겨울잠을 자는 곰터럼 숨어 지낼 것이디. 겁도 없이 어디메서 빨빨거리다 잽혀! 섶을 지고 불로 들어간 꼴로 뒈지려구 환장했디."

"……."

장 상사가 쇳소리로 명령했다.

"김 동무는 오른편 사과나무에, 최 동무는 거기 왼쪽 나무에다 머리를 박으라야!"

"……."

두 사람은 장 상사가 명령한 대로 과수원 한가운데 좌우 두 사과나무에 각기 머리를 대고 눈을 감았다.

"내레 열을 센 뒤 총을 쏠 거야. 동무들, 죽기 던에 하고 싶은 말 있어?"

"없습니다."

"없습네다."

"이미 죽음을 각오했다 이거디. 알가서. 두 동무 다 독종이군. 기럼 내레 곳당 처티하가서."

장 상사는 그 자리서 선 채 권총 총구를 준기와 순희 등 쪽으로 겨냥했다.

"하나, 둘, 셋 … 열!"

그는 열을 세는 동시에 방아쇠를 당겼다.

'탕!, 탕!'

두 방의 총알이 준기와 순희의 등 뒤에서 한발 한발 잇달아 발사됐다. 순간 준기와 순희는 격발소리에 지레 겁먹고 그 자리에서 픽 쓰러졌다. 그런데 장 상사는 쓰러진 그들의 생사여부도 확인치 않은 채 뒤돌아 뚜벅뚜벅 트럭으로 돌아가 앞자리에 탔다.

"내레 미리 처티해 버렛디. 부대루 데리구가 처티하가간 오히려 다른 동무들 사기만 떨어디디."

장 상사는 운전병에게 묻지도 않는 혼잣말을 내뱉었다.

"야, 날래 가자."

"알갓습네다."

장 상사 말에 대답을 한 운전병은 가속페달을 마구 밟았다. 트럭은 고약한 디젤유 냄새와 검푸른 연기를 남긴 채 과수원을 벗어나 낙동강 쪽으로 사라졌다. 트럭 엔진소리도 잦아지고 헤드라이트 불빛도 두 사람 시야에서 완전히 사라졌다. 그제야 준기는 자기 몸을 이곳저곳 추슬러 봤다. 그런데 몸 어디에도 아무 이상이 없었다. 준기는 일어나 네댓 발자국 옆에 쓰러진 순희에게 다가갔다.

"누이."

"……."

순희가 꿈틀거렸다.

"어데 총 맞은 데는 없수?"

순희도 쓰러진 자리에서 일어나 자신의 온몸을 살폈다.

"아무 이상 없네요. 동생은?"

"나두 일없습네다."

"그래요?"

순희는 한동안 고개를 갸웃거렸다.

"곰곰 생각해보니 장 상사님이 우리를 살려줬나 봅니다."

"아마두 기런 모양입네다."

두 사람은 살아났다는 감격에 포승줄로 묶인 채 서로 몸을 비볐다.

"정말 알다가도 모르겠네요."

"장 상사님은 심디가 깊은 분이야요."

"지난 8월 16일 대폭격 때 내가 장 상사님 찢어진 왼쪽 귓바퀴를 꿰매드렸지요."

"기랬구만요. 아무튼 사람은 도흔(좋은) 일을 많이 해야가시우."

순희가 먼저 이빨로 준기의 포승줄을 풀어주었다. 그러자 준기는 손으로 순희의 포승줄을 풀어주었다.

"갑세다."

"어디로요?"

"우리가 지금 이대루 서울로 가는 것은 무리디. 장 상사 말대로 우선 낙동강전투가 끝날 때까지 어디 깊은 산속에 들어가 겨울잠을 자는 곰터럼 숨어 삽세다. 이즈막에는 서울로 가는 길마다 인민군이나 보안대원들이 쫙 깔려 있을 거야요."

"그럼, 어디로 가지요."

"더기(저기) 더 산으로 갑시다. 요기서 보니까 산 모양이 마치 누워 있는 부테(부처)상으로 우리를 반겨줄 듯 하우. 하늘은 우리를 또 한 번 살레주엇수(살려주었소)."

"나도 그런 생각이 드네요. 오늘 우리가 죽은 목숨이라고 생각하면 앞으로 무엇이 무섭겠어요."

"기럼. 우리 오늘 죽었다고 생각하고 앞으루 열심히 삽세다."

"네, 그래요."

그들은 과수원을 벗어나 서남쪽으로 멀리 보이는 금오산을 향해 뚜벅뚜벅 발걸음을 옮겼다. 이전과는 다른 힘찬 발걸음이었다. 구미 광평 들판에서 바라본 저녁놀에 물든 금오산은 영락없는 사람의 모습이었다. 그 사람은 예사 사람이 아닌 부처나 성인의 모습이었다.

"저 산에 가면 우리가 숨을 곳이 있을 것 같네요."

"네로부터 산은 모든 사람을 다 품어준다고 하더만요."

준기와 순희는 금오산을 바라보며 무턱대고 걸었다. 길가에는 이따금 사람의 시체도, 부서진 자동차와 탱크들도 널브러져 있었고, 철모나 탄피들도 여기저기 나뒹굴고 있었다. 준기와 순희가 철길을 건너자 한 마을이 나왔다. 그 마을은 대부분 초가로 집집마다 대문은 없고 돌담이 둘러져 있었다. 그 마을은 구미면 원평6동으로 별칭 '각산'이었다. 금오산으로 가는 각산마을 갓집 한 곳에서 불빛이 새어나왔다.

"이제부터 당분간 동생은 벙어리가 돼야 해요."

순희는 준기의 억센 평안도 사투리는 이곳 사람들에게는 경계 대상이 될 것 같았기 때문이다. 그들은 집 안으로 들어갔다. 순희가 인기척을 내면서 방문으로 다가갔다.

"계십니까?"

"……."

"계십니까?"

"……."

"계십니까?"

그제야 방안에서 인기척이 났다. 한 할머니가 방문을 반쯤 열고는 말했다.

"이 밤중에 누고?"

"피란민인데 잠깐 쉬어갈 수 있겠습니까?"

"방이 없다."

"그럼, 길 좀 물어보겠습니다."

할머니는 방문을 반쯤 열고 두 사람의 몰골을 훑은 뒤 다소 안심도 되고 연민의 정이 가는지 그제야 방문을 활짝 열었다.

"그라믄 잠깐 들어온나."

"고맙습니다."

준기와 순희는 신발을 벗고 방 안으로 들어갔다. 곧 어둑하던 방안이 눈에 차츰 들어왔다. 아랫목에는 할아버지가 누워 있었는데 이따금 신음소리를 냈다.

"마, 우린 피란 안 갔다. 살 만큼 살았고, 저 영감을 데리고 우예(어찌) 피란 갈 끼고. 마, 그래 내 집에 이대로 주저앉아 지낸다. 그래 어데서 왔노?"

"서울서 왔습니다."

"멀리서 왔네. 그래 둘이 우째 되노?"

"남매간입니다. 동생은 벙어립니다."

준기가 할머니에게 넙죽 절을 했다.

"그래? 인물 아깝데이."

"……."

"그래 저녁은 묵었나?"

"아직…. 할머니, 밥값 드릴 테니 염치없지만 밥 좀…."

"알았다. 두 사람 다 마이(많이) 시장해보인다. 찬은 없지만 내 금방 따신 밥 지어줄게."

할머니는 윗목 쌀자루에서 한 홉 남짓 담아 부엌으로 나갔다. 순희도 할머니를 따라 부엌으로 나갔다. 할머니는 부엌 부뚜막 소쿠리에서 보리 삶은 것을 밥솥 밑바닥에 깔고 그 위에 쌀을 씻어 넣고는 솥뚜껑을 닫았다.

"난리라 카지만 마, 내사 평시와 똑같이 산다. 옛말에도 '인명은 재천'이라 안 카나. 아래구미 송정동에 사는 장천댁 할마이는 늘 발발 떨며 조심해도 지난번 폭격 때 머이(먼저) 가더라."

할머니와 순희는 아궁이의 불을 지피며 계속 소곤거렸다.

"그래 지금 어데로(어디로) 가는 길이고?"

"깊은 산골로 찾아가는 길입니다. 거기 가야 피란하기 안전할 것 같기에."

"그 말은 맞다. 요새 본께로 젊은 사람들은 이쪽저쪽에서 불을 켜고 눈에 띠기만 하면 마구 잡아간다 카더라. 내 손자도 얼매 전에 그래서 잽히갔다 아이가."

"어느 쪽으로 갔습니까?"

"큰 손자는 전쟁 전 함 벌씨로 이승만 군대에 갔고, 둘째 손자는 얼매 전에 김일성 군대에 붙잽히 갔다."

그새 솥뚜껑 틈으로 김이 세차게 나왔다. 그와 함께 밥 끓는 물도 함께 그 틈새로 쏟아졌다.

"넌 불 그만 때고 방에 들어가라. 내 상 채리 갖고 따라 들어갈게."

"예."

순희가 방으로 들어왔다. 잠시 후 할머니가 밥상을 들고 들어왔다.

"마이 시장캤다. 퍼뜩 먹어라. 찬이라고는 김치하고 날된장에 풋고추, 그라고 무시(무) 장아찌밖에 없다."

준기와 순희는 며칠 굶은 사람처럼 후딱 밥을 아귀처럼 먹었다. 할머니는 그 모습을 흐뭇이 바라보며 당신 손자 얘기를 했다.

"우리 손자들도 군대에서 배곯지는 않는지 모르겠다."

"전쟁 중에는 어느 군대나 다 배고플 겁니다."

"시상이 왜 이런지 몰라. 해방 후로 쪼만한(조그마한) 구미바닥에도 조용한 날이 없었다. 밋(몇) 해 전부터 십일사건(1946. 10. 1.)이다 뭐다 해서 똑똑한 사람 마이(많이) 죽었다."

"저희 어머니가 그러시대요. 나무도 곧은 게 먼저 꺾인다고."

"하마. 그 말 참말로 맞데이. 우리 동네에 살았던 박 머시기도 10·1사건 때 밋칠 대장 노릇하다가 충청도에서 내려온 경찰한테 총을 맞고 거적때기에 둘둘 말려 저 건너 산밑 공동묘지로 갔다 아이가. 참 유식하고 인물도 좋아 크게 한자리할 줄 알았는데…."

그 얘기에 아랫목에서 신음하던 할아버지가 버럭 고함을 질렀다.

"마, 타관 애들하고 씰데없는 이야기 고만해라."

"알았소. 우리가 이제 살만 얼매나 살갓소. 우린 평상에 벌벌 떨미 왜놈,

미국놈 밑에 죽어 살았는데 이제는 갈 때도 됐는데 하고 싶은 말을 하고 살아야제 뱃속에서 천불이 안 일어나지. 마, 내사 지금 죽어도 하나도 억울치 않소."

할머니가 한소리하자 할아버지는 더 이상 말이 없었다. 할머니는 혼잣말처럼 중얼거렸다.

"우리 같은 농투사이(농사꾼)들은 평생 할 말도 지대로 몬하고 높은 사람들 시킨 대로 살다보니 늘 그놈들 종살이만 안 했나. 해방 후 이 구미바닥에도 알짜배기 똑똑한 사람들은 거진 다 골로 갔다. 아래구미에 사는 조동팔이라 카는 사람은 왜놈 밑에서 면서기질 하더니 해방되고 미군이 들어오자 갑자기 예수쟁이가 되더라. 그 사람은 늘 왜놈 말만 하디 해방되자 금시(금세) 혀가 꼬부라져 꼬부랑말을 씨부리쌌더라. 그러디 만은 코쟁이한테 잘 비가지고 왜놈 적산 능금(사과)밭을 지가 떡 차지하고 전쟁 나기 전까지 금융조합 이사로 떵떵거리며 살더라. 그래 여기 사람들은 그 사람을 '좆똥파리'라고 수군댄다. 해방이 되도 그런 놈들이 왜정 때보다 활개 치면서 더 잘 사니까 정신 바로 박힌 사람들이 바른 시상(세상) 만들겠다고 설치다가 골로 마이 갔다."

"할머니, 골로 가는 게 뭐예요?"

"경찰이나 군인들이 높은 사람 말 잘 듣지 않는 사람들을 미리 골라놓고 한밤중에 살째기 불러내 산골째기로 델꼬가 지 무덤 파게 한 뒤, 그 자리에서 총 쏴 죽이고, 거기다 바로 묻는 기다."

"네에? 어째 그런 일이?"

"그러니까 허파 터질 일 아이가. 그러니까 요새처럼 소내기가 디기(몹시) 짜들(퍼부을) 때는 잠깐 피하는 게 마 똑똑타. 그럼, 시상이 시끄러울 때는 깊은 산속에 들어가 숨어 사는 게 목숨을 부지하는 상책이다. 그래 니들은 우째(어떻게) 여기까지 피란 왔노?"

"세상 분위기에 휩쓸리다 보니…."

"그 분위기라 카는 바람에 쏠리지 않는 게 젤 힘들다. 사람이 지 줏대를 야물게 갖거나 맴(마음)을 비워야 그 바람에 쏠리지 않는다. 근데 젊을 때는 그게 그리 쉽지 않지. 하마, 그렇고말고."

"할머니한테 인생공부 많이 합니다."

"내 같은 무지렁이한테 멀 배우노?"

"아니에요, 할머니. 예로부터 세 살 먹은 아이들에게도 배울 게 있댔어요."

"아이고 누 집 처잔지 참 똑똑타. 그래, 이 밤중에 길이나 알고 산에 가나?"

"모릅니다. 깊은 산속에 한두 집만 사는 외딴 마을을 좀 가르쳐주세요."

"그라믄(그러면) 어딜 가면 좋겠노…."

할머니는 잠시 생각하더니 입을 뗐다.

"그라믄 금오산 아홉산골째기로 가라."

"여기서 멉니까?"

"멀진 안타만 가는 길이 디기 험할 끼다. 그래도 거기가 피란하기에는 가장 안전할 끼다. 거기 가면 해평 영감 할마이 내외가 살고 있다. 그 영감 할마이 그 골째기에서 배추농사 지으며 도사처럼 산다. 그 영감 할마이한테 잘 말해 거기서 피란 잘하고, 지발(제발) 너들 고향집에 무사히 돌아가라."

순희는 속옷 주머니에서 돈을 꺼내 상 위에 놓았다.

"마, 도로 넣어라. 내 돈 받을라고 너들한테 밥해준 거 아이다."

"할머니, 아주 맛있게 잘 먹었습니다. 적지만 받으세요."

"그만 됐다. 내도, 영감도, 곧 염라대왕한테 갈 낀데, 그때 내 배고픈 이 밥을 주어 아사(餓死, 굶어죽음) 구제한 적이 있다고 자랑할란다. 내 이 돈 받으면 그때 염라대왕님께 자랑 몬한다. 아무 소리 말고 돈 도로 주머니에 넣어두었다가 요긴할 때 써라."

할머니는 개도 물고 가지 않는 돈이지만 사람 사는 시상에는 그게 가장 요긴하다. 예로부터 뱃속 아이도 돈을 보이면 저절로 나온다고 하면서 상 위의 지폐를 집어 순희의 손에 도로 쥐어주었다.

"고맙습니다. 할머니 택호가 뭡니까?"

"그건 알아 뭐 할라고?"

"해평 할머니 만나면 말씀 드리려고요."

"각산에 사는 별남댁이라 카면 잘 알 끼다. 그런데 이 밤중에 아홉산골째기를 너들이 지대로 찾아갈는지 모르겠다. 내 말 단디(단단히) 듣고 가라."

할머니는 그곳으로 가는 길을 자세히 가르쳐줬다. 각산 마을에서 한 오 리쯤 가면 금오산 못(저수지)이 나오고 그 못 오른쪽으로 산 비탈길이 있다. 그 길은 경사가 심하니까 단디 조심하면서 가라고 일러주었다.

"네, 잘 알겠습니다."

"그 비탈길에서 헛발 디디면 바로 금오산 못으로 떨어진다. 거기서 한 십 리쯤 그 까풀막진(비탈진) 길을 더 올라가면 거기가 아홉산골째기다. 어두운 밤이라 길이 잘 보일지 모르겠다만 거기에 해평 영감 할마이 집이 있다. 내 영가하면(말하면) 내쫓지는 안 할 끼다."

"할머니, 잘 알았습니다. 고맙습니다."

"그래, 피란 잘하고 꼭 부모 상봉하거라."

순희와 준기는 두어 번 깊이 고개 숙여 인사를 했다. 준기와 순희는 각산 마을 별남 할머니 집을 나온 뒤 곧장 금오산 아홉산골짜기로 향했다. 어두운 밤길에다 초행길이라 몇 차례 길을 찾지 못해 헤맸다. 그들은 가는 도중에 길이 막히거나 끊어지고, 개울에 빠지거나 바위에 부딪치면서도 끝내 금오저수지 비탈길을 찾았다. 별남 할머니 말대로 아홉산골짜기로 가는 비탈길은 경사가 몹시 심했다. 발아래는 시커먼 저수지로, 발걸음을 뗄 때마다 다리가 후들후들 떨렸다. 두 사람은 컴컴한 밤길에 돌부리에 부딪쳐 넘어지거나 가시나무에 긁히기도 했다. 그들은 가는 길을 잘 몰라 헤매며 개미처럼 엉금엉금 기다시피 금오저수지 비탈길을 지난 끝에 마침내 아홉산골짜기 들머리에 이르렀다. 그들은 그곳 어귀 길가 바위에서 잠시 쉬었다. 그제야 자정이 넘었는지 하현달이 떴다. 그 시간에도 강 건너 천생산, 유학산 쪽에서는 이따금 콩을 볶는 듯 총소리가 울렸다.

뒤따르던 순희가 말했다.

"동생, 벙어리 노릇하느라 고생 많았어요."

"우리가 살아 있다는 게 기덕(기적) 갑구만."

"그래요. 유학산 골짜기에서 미제 폭탄에 구더기나 까마귀밥이 되고 싶지는 않았어요."

"……."

그들은 아홉산골짜기 들머리에서 한 시간 남짓 쉬엄쉬엄 오르자 푸르스레한 달빛에 외딴 억새초가가 보였다. 그 집이 그렇게 반가울 수 없었다. 그들이 마당으로 들어서자 섬돌에는 고무신 두 켤레가 놓여 있으나 방에는 등잔불이 꺼져 있었다.

"계십니까?"

"……."

순희는 다시 좀 더 큰 소리로 불렀다.

"계십니까?"

"이 밤중에 누고(누구요)?"

한 할머니가 방문을 열며 대꾸했다.

"신세 좀 지려고 왔습니다."

"어디서 온교?"

"서울에서 왔습니다."

"뭐라고? 이 밤중에 서울서 여까지…."

"피란을 오다보니 예까지 왔습니다."

"그란데, 이 골째기는 우예 알고 찾아왔노?"

"아랫마을 별남 할머니가 여기를 가르쳐주셨습니다."

"빌남(별남)댁이? 그래 알았다. 쪼매만 기다려라."

그새 해평 할머니는 성냥을 찾아 등잔불에 붙였다.

"누기라(누구요)?"

옆자리에 누웠던 영감이 몸을 일으키며 물었다.

"각산 빌남댁이 보내준 사람들인데 서울에서 피란 왔다카네."

영감은 덮었던 이불을 젖히며 말했다.

"어이 들어오소."

"한밤중에 염치가 없습니다."

"마, 우리는 옛날부터 오는 손 거절치 않고, 가는 손은 붙잡지 않는다. 어이 들어온나."

해평 할머니가 윗목에 널어놓은 고추를 빗자루로 쓸면서 말했다.

"우린 이렇게 산다."

"별 말씀을요."

"내는 빌남댁 말이라카마 팥으로 메주를 쑨다캐도 곧이듣는다. 자세한 이야기는 밝을 때 듣기로 하고 그만 자자. 내 안쪽으로 이불 펴줄게."

해평 할머니는 윗목 가마니 위에서 이불을 내려 잠자리를 폈다. 해평 영감이 한마디했다.

"마, 그래라. 이 금오산은 옛날 임진년 왜란 때도 피란처였다. 이번 난리는 디기 심한가 보다. 서울사람이 이 금오산 아홉산골째기까지 피란을 다 오고."

"하매, 웬 비항구(비행기)가 그렇기도 마이 날아다니는지 어데 인민군들이 살아남겠더나."

해평 영감은 할머니를 툭 쳤다. 그러자 할머니는 금세 화제를 돌렸다.

"처서가 벌써로 지났기에 밤이 마이 길어져 지금 자도 한잠은 잘 끼다. 같이 온 사람은 어예(어찌) 되노?"

"남동생입니다. 근데 말을 못합니다."

준기는 영감 할머니에게 말없이 꾸벅 인사를 했다.

"몸매가 다부져 보이고 인물이 참 좋다."

"저희를 받아주셔서 고맙습니다."

"이만 일에 뭘, 자세한 이야기는 밝을 때 듣기로 하고, 그만 고단할 텐데 … 마, 자자. 등잔 지름(기름) 닳는다."

준기와 순희는 겉옷을 입은 채로 이불 속으로 들어갔다.

아홉산골짜기는 금오산 우측 능선 아래 깊은 계곡으로 이곳에서는 하늘만 빠끔했다. 아침 해는 느지막이 아홉 시 무렵에야 떴고, 오후 네댓 시만 되면 해가 저물었다. 해평 영감 내외는 이 골짜기에서 20년 넘게 살았다. 그들은 봄부터 가을까지 억새초가 집 언저리 텃밭에다 배추를 부지런히 심어 닷새마다 해평 영감이 지게로 구미 장에 내다 팔았다. 배추농사만으로는 생계가 되지 않았다. 그래서 봄 여름철에는 금오산에서 고사리도 꺾고, 송이와 버섯도 따고, 약초도 캐고, 가을철이면 꿀밤(도토리)을 주어다가 꿀밤묵도 만들어 팔았다. 그 돈으로 쌀이나 보리 등 양식이나 소금, 멸치, 석유 등 생필품을 사다 썼다. 해평 영감 아들딸들은 일찍 출가하여 모두 도시로 나가 살고 있었다.

그날 아침, 순희는 해평 영감 내외에게 당분간 피란처를 부탁드렸다. 하지만 그들이 인민군 부대 탈영병이라는 사실과 준기가 벙어리가 아닌 것만은 솔직히 말하지 않았다. 다행히 해평 영감 내외는 더 이상 그들의 전력이나 신상에 대해 꼬치꼬치 캐묻지 않았고, 또한 그들을 의심의 눈초리로 보지도 않았다. 해평 영감 내외는 그들의 청을 흔쾌히 들어주면서 한 방에서 지내다가 난리 끝나면 가라고 했다. 하지만 준기와 순희는 그 댁 헛간을 고쳐 거적을 덧씌운 뒤 임시거처로 만들었다. 그리고 그들은 밥값은 하겠다고 아무 일이라도 시켜달라고 부탁했다.

"험한 일 안 하다가 하겠나. 마, 그만 며칠 푹 쉬었다 가라."

"아닙니다. 밥값은 해야지요. 무슨 일이라도 시켜주세요."

"그라믄 우리 따라 댕기(다니)면서 너들이 눈썰미 있게 보고 해라."

"네, 할머니. 그러겠습니다."

그래서 순희는 해평 할머니를 쫓아다니면서 각종 약초를 캐거나 버섯을 땄고, 준기는 해평 영감을 따라다니면서 나무를 하거나 배추밭을 가꿨다.

"젊은 사람이 눈도 밝고, 심(힘)도 세서 우리가 사나흘 해야 할 일을 하루에 다 하네."

영감 내외는 그들이 일하는 것을 보고 매우 흡족하게 말했다. 순희는 첫날은 할머니의 부엌일을 돕다가 다음 날부터는 아예 도맡았다.

"난리 끝나도 마, 집에 가지 말고 그만 여서(여기서) 우리 아들딸 해라."

"정말 그럴까예."

순희는 금세 배운 경상도 말로 대답했다.

"그라믄 좋지."

"할머니, 사람 앞날이 어찌 될지는 모르지만 여기서 사는 동안은 아들딸처럼 지낼게요."

"그래라. 너들 양식 걱정은 쪼매도(조금도) 하지 마라. 우리 영감이 준비성 하나는 둘째가라면 서러울 기다. 햇곡식 나올 때까지 양식은 벌씨루(벌써) 다 준비해 놨다. 마, 두 입 늘어도 한두 달은 까딱없다."

"고맙습니다. 그렇다면 마음 편하게 지내겠습니다."

"너들이 온 것도 다 금오산 신령님이 점지해주신 기데이. 안 그러만 이 골짜기를 어찌 알고 왔겠노."

"아무튼 할머니, 고맙습니다."

준기는 날마다 나무지게를 지고 금오산으로 올라갔다. 금오산 중턱에 이르면 낙동강도 보이고 천생산, 유학산도 빤히 보였다. 그는 한동안 그곳을 바라보며 깊은 생각에 잠기기도 했다. 때때로 미 폭격기가 유학산 일대에 폭탄을 떨어뜨리고 가는가 하면, 다부동 너머 유엔군 측 진지에서 쏜 포탄이 유학산 정상이나 뒤 능선에 흰 먼지를 폴싹폴싹 일으키며 폭발했다. 그때마다 준기는 고개를 숙였다.

해평 영감 내외는 아침저녁으로 장독대 위에 정화수를 떠놓고 금오산 산신령에게 빌었다. 순희와 준기가 아홉산골짜기로 들어온 지 사흘이 지난 밤, 순희는 잠자리에서 준기에게 그들도 영감 내외를 따라 아침저녁 정화수를 떠놓고 함께 빌자고 제의했다. 준기도 좋다고 고개를 끄떡여 이튿날 아침, 순희는 물그릇을 얻어 정화수를 담은 뒤 그들도 영감 내외를 따라 빌며 기도를 드렸다.

"금오산 산신령님에게 지극 정성으로 빌면 틀림없이 너들 고향집으로 델다줄 끼다."

"하마, 그러고 말고."

그날 아침밥을 먹는 자리에서 해평 영감 내외는 이런저런 얘기를 했다.

"사람에게는 지마다(저마다) 복이 있고, 연이라카는 게 있데이. 아무리 좋은 고대광실도 지(제) 복과 연에 안 맞으면 몬 산다. 우리 식구가 이 답답한 산골째기에 살아도 빌(별) 탈이 없는 기라. 다 산신령님 덕분 아이겠나."

해평 할머니의 말이었다. 순희와 준기는 그 말에 대답 대신 고개를 끄떡였다.

"마, 우리는 아들딸들 무고하고, 우리 영감과 내캉 살만큼 살다가 편안케 죽고 싶은 그런 욕심밖에 없다."

"처음 이 산골짜기에 와서 정화수 떠놓고 산신령님한테 빌 때는 우리 식구들 복 달라고 빌었는데, 차차 나라가 평안하라고 더 마이 빈다. 알고 보면 이 땅에 사는 조선백성들이 모두 편해야 우리도 편한 기라. 너들이 온 뒤는 내 맘속으로 무사히 고향집에 돌아가기를 마이 빈다."

해평 영감 내외는 번갈아 한 마디씩 이야기를 마친 뒤 다시 금오산 쪽을 향해 두 손을 모아 빌었다.

"신령님, 어짜든동 재들이 고향집으로 무사히 돌아가게 해주이소."

"고맙습니다."

순희와 준기는 해평 영감 내외분에게 깊이 고개 숙여 인사를 드린 뒤 그들도 그 기도 소리에 따라 두 손을 모았다. 준기와 순희가 아홉산골짜기로 들어온 지 열흘이 지난 9월 하순부터는 유학산 쪽에서 폭탄소리와 포탄소리가 점차 잦아지더니 며칠 전부터 아주 딱 끊어졌다. 그 대신 미군 폭격기는 계속 북쪽으로 날아갔다. 이따금 정찰기가 금오산 일대를 휘젓고 다니면서 삐라를 뿌렸다. 마침 준기가 금오산 계곡과 집 언저리에 떨어진 삐라 여러 장을 주웠다. 유엔군 측에서 인민군에게 투항을 권유하는 삐라들이었다.

SAFE CONDUCT PASS 안전보장증명서
북한군 장병들에게
살려면 지금 넘어오시오.
1. 밤에 부대를 떠나서 날이 새거든 국제연합군이나 한국군 쪽으로 넘어오시오.
2. 큰 도로나 작은 길을 걸어오시오. 도로나 길이 없으면 들판을 걸어오시오.
3. 손을 머리 위로 들고 이 삐라를 흔들든지, 또는 될 수 있으면 흰 물건을 흔들면서 오시오. 이렇게 하면 국제연합군은 당신이 귀순하는 줄 알고 당신에게 사격을 하지 않을 겁니다.
4. 귀순할 때는 이 삐라를 가지고 오지 않아도 좋습니다.

안전보장증명서 SAFE CONDUCT PASS
북한군 병사들에게!
유엔군은 당신들이 유엔군 쪽으로 넘어오면 병자나 건강한 자를 막론하고 좋은 대우를 할 것을 보증한다. 당신들이 부상했거나, 고통을 받거나, 기타 어떠한 병에 걸려서 신음하더라도 유엔군 쪽으로 넘어오면 당신들은 충분한 치료를 받게 될 것이다. 당신들이 생명과 건강을 귀중하게 생각한다면, 이 좋은 기회를 놓치지 말고 빨리 넘어오라. 좋은 음식과 따뜻한 의복과 맛 좋은 담배가 많이 준비되어 있다.

대한민국 병사에게
이것은 적의 군인으로서 누구나 항복하기를 원하는 자에게 인도적 대우를 보증하는 증명서이다. 이 사람들을 가까이 있는 당신의 상관에게 데리고 가시오. 이 사람을 명예로운 포로로 대우하시오. 맥아더 장군 명령.

북한병사들아!
지금 곧 투항하여 생명을 구하여라.

준기와 순희가 금오산 아홉산골짜기로 피신한 지 보름이 지난 9월 하순 어느 날 밤잠자리에서 준기가 순희에게 소곤거렸다.

“엊그제부터 금오산에 올라 유학산 쪽을 유심히 살폈디. 근데 아주 조용하더만. 포격소리도 총소리도 사라진 걸 보니까 아마도 다부동전투가 끝난 모양이우.”

그말에 순희도 대꾸했다.

“여기에도 숨어 있는 인민군을 소탕한다고 곧 국방군이나 경찰들이 올라올지 몰라요. 그렇다면 영감님 내외분이 우리 때문에 화를 입을 거예요. 우리 이제 그만 이곳을 떠나요. 그게 두 분 은혜에 보답하는 거예요.”

“기럽세다. 나도 이러다간 아주 벙어리가 될 것 같수.”

“그러게요. 근데 벙어리 노릇을 아주 잘해요.”

“아, 갑갑해 미티갓수. 내레 오마니 말을 하루에두 멧 번씩 곱씹으면 다딤하디.”

“잘 했어요. 나랑 이 전선을 벗어날 때까지는 계속 입을 다무세요.”

“알갓시오.”

이튿날 아침, 그들은 금오산 아홉산골짜기를 떠나기로 했다. 그날 밤 두 사람은 계곡에 가 몸을 닦고 온 뒤 임시 거처에서 꼭 껴안았다. 그런 뒤 새벽녘까지 서로의 몸에 탐닉했다. 그새 그들은 상대의 몸을 받아들이는데 상당히 익숙해져 있었다.

이튿날 준기와 순희는 아침상을 치운 뒤 떠날 채비를 했다. 그런 뒤 순희가 해평 영감 내외에게 말했다.

“할아버지 할머니, 이제 그만 산 아래로 내려가렵니다.”

“무신 소리고? 와, 우리가 뭘 서운케 했나?”

해평 할머니가 화들짝 놀라면서 물었다.

“그게 아닙니다. 아주 마음 편케 잘지냈습니다. 이제 전쟁이 어지간히 끝난 모양입니다.”

“바로 가지 말고 좀 더 지내다가 가라.”

“아닙니다. 저희들이 여기 있으면 할아버지 할머니가 다칠지 모릅니다.”

“와?”

"……."

순희가 자세한 이야기를 하지 않아도 그새 영감 내외는 눈치를 챈 듯했다.

"이렇게 갑자기 떠나보내 우야노(어쩌나)."

할머니는 방안으로 들어가 자루에다 쌀을 한 자루 담아왔다. 그새 해평 영감은 짚으로 새끼를 꼬아 멜빵을 만들었다.

"섭섭해 우야노. 내 절마하고는(저 놈과는) 그새 정이 마이 들었는데…."

"……."

준기는 그 말에 고개를 흔들며 두 손을 모았다.

"할아버지, 할머니 주신 양식 요긴하게 아주 잘 먹겠습네다."

"조심해 가라."

"할아버지, 김천 쪽으로 가려면 어디로 가야 빠릅니까?"

"지금은 난리 중이니까 차도 없을 끼고, 걸어가려면 길은 험하지만 금오산 뒤쪽으로 가면 더 가찹다(가깝다). 이 금오산 뒤로 바로 내려가면 수점 마을이 나오고, 계속 서쪽으로 가면 운곡리 마을이 나올 끼다. 거기가면 신작로가 나온다. 그 길 따라 곧장 북쪽으로 가면 김천이 나온다."

준기와 순희는 소지품과 쌀자루 보따리를 바랑처럼 만든 뒤 각자 어깨에 멨다. 그들은 해평 영감 내외에게 고개 숙여 깊이 두세 번 절을 드리고 올 때와는 반대로 집 뒤 계곡 길로 떠났다.

7. 추풍령

1950년 9월 15일, 인천상륙작전이 개시됐다. 전쟁전문가들은 인천상륙작전 성공확률을 오천분지일로 '세기의 도박'이라고 여겼다. 하지만 맥아더의 인천상륙작전은 그들을 비웃기라도 하듯 놀랍게도 성공했다. 이 작전의 성공으로 그동안 방어에만 급급했던 유엔군은 총공세로 전환하는 계기가 됐다. 유엔군은 이 작전의 성공에 따라 낙동강 방어선에서 반격작전으로 인민군을 축출할 경우 예상되던 약 10만 정도의 인명 피해도 줄일 수 있었다.

그동안 유엔군과 인민군은 1950년 8월초부터 1950년 9월 하순까지 다부동 유학산 일대에서 서로 물러날 수 없는 치열한 공방을 벌였다. 이 다부동전투에 유엔군은 국군 제1사단, 제8사단 그리고 미 제1기병사단이 참전했고, 인민군은 제3사단, 제13사단, 제15사단 등 5개 사단이 참전했다.

인민군은 38선에서 낙동강까지는 일사천리로 남하했다. 하지만 그 이후 유엔군의 완강한 방어에다가 식량과 탄약 등 전투소모품을 제대로 보급 받지 못해 다부동전투에서 더 이상 남하치 못했다. 이런 가운데 유엔군은 인천상륙작전이 성공하자 해상에서 대기 중이던 미 제7사단이 9월 17일부터 상륙을 시작하여 수원·오산 방면으로 진격했다. 낙동강 유역의 인민군은 남과 북 양면에서 공격을 받게 되자 그만 전의를 잃고 후퇴하기 급급했다. 이로써 낙동강 다부동전투는 50여 일 동안 양측 3만여 명의 사상자를 낸 채 그 막을 내렸다.

낙동강전선의 인민군 주력 부대는 주로 소백산맥과 태백산맥을 타고 북으로 패주했다. 경상남도와 전라남북도 전선의 일부 인민군은 지리산으로 들어갔고, 남은 일부 인민군들은 지리멸렬 흩어져 북으로 도주하기 바빴다. 이들 도주병 가운데는 피란민으로 위장하기도 했다. 한편 국군과 유엔군은 한 달 전의 후퇴 때보다 더 빠른 속도로 북상해 9월 28일 마침내 수도 서울을 수복했다.

그동안 인민군 점령지에 나부끼던 인공 깃발이 국군과 유엔군의 반격으로 수복되자 삽시간 그 자리에 태극기와 성조기, 또는 유엔기로 바뀌었다. 그와 함께 세상인심도 돌변했다. 9월 29일 정오에 중앙청 광장에서 서울 수도 '환도식'이 열렸다. 그러나 서울 수복의 감격은 잠시뿐, 많은 시민들은 수복의 환멸을 맛보았다. 전쟁이 터지자 빠른 정보로 피란을 갔던 '도강파'는 개선장군처럼 당당했다. 하지만 정부 말만 믿고 피란치 않고 서울에 남은 잔류파들은 빨갱이, 불순분자, 부역자라는 의심을 받으며 혹독한 검증을 받아야 했다.

10월 4일부터 군·검·경 합동수사본부는 부역자에 대한 검거를 개시하여 11월 13일까지 5만여 명의 부역자를 검거하고 재판에 회부하여 160여 명에게 사형을 집행했다. 당국에 인지된 부역자 수는 최종적으로 55만여 명으로 잔류 서울시민 절반 이상이었다. 부역 혐의자에 대한 검거와 재판은 대부분 뚜렷한 증거도 없이 목격자의 구두 진술에 의존하거나 심증만으로 진행하는 경우가 허다했다. 그 결과 사적인 원한 관계로 부역죄가 날조되거나 과장돼 억울한 사람들도 속출했다.

1950년 9월 24일, 준기와 순희는 아홉산골짜기를 떠나 수점 마을을 거쳐 금오산 뒤로 갔다. 이들이 금오산 지봉인 오봉리 뒷산에서 산 아래를 살펴보니 국도에는 북상하는 국군과 유엔군 차량이 번질나게 달리고 있었다. 이미 도로 중간 중간에는 패주하는 인민군을 잡으려는 듯, 검문 검색하는 미군 및 국군 헌병들이 보였다.

준기와 순희는 위험한 도로로 내려가지 않고 곧장 산길을 따라 김천 쪽으로 북상했다. 김천으로 가는 중간에 계곡을 만나면 목을 축였고, 점심때는 등에 진 자루에서 쌀을 꺼내 생쌀을 씹으며 허기를 달랬다. 그들은 그날 저물녘에야 김천에 닿았다. 김천 시가지를 지날 때도 큰 도로로 가지 않고 조심조심 외곽 산길 둘러갔다.

이미 국군이 김천을 수복했지만 그때까지 주민들이 피란지에서 돌아오지 않은 빈집들이 많았다. 준기와 순희는 여차하면 산으로 도망칠 수 있도록 산 아래 한 외딴집을 물색했다. 마침 김천 외곽 산기슭의 한 외딴집을 찾아 인기척을 내도 집안에서 반응이 없었다. 그들은 일단 그 집으로 몸을 피했다. 사람의 훈기가 사라진 집은 어디나 썰렁하고 어수선했다. 준기와 순희는 빈 방으로 들어가 가쁜 숨을 몰아쉬며 언저리를 살펴봤다.

산 밑 외딴집 탓인지 군인들이 거쳐 간 흔적이 보였다. 집안 여기저기에는 M1 탄통이나 탄피들이 잔뜩 널브러져 있었다. 부엌은 누군가 밥을 해 먹은 뒤 치우지도 않고 그대로 떠난 모양으로 지저분했다. 순희는 부엌을 대강 치운 뒤 밥 지을 준비를 하고, 준기는 땔감도 구할 겸 사주 경계로 주위를 맴돌았다. 장독대는 반 이상이 깨어진 채 비어 있었다.

순희는 집안에 있는 우물물을 길어다가 밥솥을 씻은 뒤 자루의 쌀을 꺼내 솥 안에 안치고 준기가 주워온 땔감으로 불을 지폈다. 굴뚝에서 연기가 모락모락 솟아올랐다. 준기는 연기가 솟아오르는 게 두려워 헛간에서 키를 가져다 굴뚝 위를 부쳤다. 하지만 솟아오르는 연기를 아주 없앨 수는 없었다. 그래도 부엌에서 불을 때는 동안 준기는 키로 굴뚝 연기가 빨리 흩어지게 부쳤다.

"오세요, 밥이 다 되었어요."

순희는 매운 연기로 눈을 질금거리며 준기를 불렀다.

"찬이 없어 주먹밥을 만들었어요."

"잘 해시요. 남은 주먹밥은 갖구 다니면서 아무데서두 먹을 수가 있디."

"그러려고 밥을 많이 지었어요. 해평 할머니가 준 쌀이 이렇게 고마울 수가."

"난리 때는 양식이 데일 귀하디. 주먹밥이 아주 꿀맛이군."

그들이 맛있게 허겁지겁 주먹밥을 한참 먹고 있는데 바깥에서 발자국소리가 났다. 순희가 밥을 먹다가 손가락을 입에 대고 준기에게 눈짓을 보냈다. 준기가 찢어진 문틈으로 밖을 내다보았다. 담 너머에서 한 사내가 집안을 노려보고 있었다. 준기가 밖으로 뛰어나가며 고함을 쳤다.

"누구야!"

담 밖의 사내가 화들짝 놀란 채 아래 마을로 튀었다.

"누이, 우리 얼른 갑세다. 아무래두 도망간 자가 이 마을 청년단원 같습네다."

그들은 후다닥 남은 주먹밥을 담은 바랑을 어깨에 메고 뒷산으로 튀었다. 세상의 인심이란 고약했다. 인민군이 진주하면 금세 인공 세상이 되고, 국군이 진주하면 그날로 대한민국 세상이 됐다. 그새 김천도 대한민국 세상이었다. 준기와 순희는 어두운 밤에 산길을 타고 곧장 북으로 향했다. 그들은 밤인데다가 한 번도 밟아본 적이 없는 낯선 산길이라 연신 넘어지고 나뭇가지에 옷이 찢겼다. 달빛이 있어 그나마 다행이었다. 그들은 산길을 밤새워 걸었다. 산이 워낙 험하고 낯선 길이다 보니 새벽녘에 다다른 곳은 겨우 직지사 역 부근의 한 마을이었다.

"준기 동생, 어디서 좀 쉬어가요. 지쳤어요."

"그럽시다. 나두 마찬가지야요."

마침 동구 밖에서 멀찍이 떨어진 한 자그마한 외딴집이 희미하게 보였다. 가까이 가서 보니 상엿집이었다. 그들은 꺼림칙한 생각이 들다가도 그곳이 오히려 더 안전하게 쉬어갈 수 있는 곳 같아 문을 따고 들어갔다. 그들은 거기서 아침밥으로 바랑에 남은 주먹밥을 꺼내 먹었다. 가까운 시내로 살금살금 기어가 물도 마시고 손을 씻은 뒤 다시 상엿집으로 돌아왔다. 상엿집 한편에 세워둔 거적을 바닥에 깔고 그대로 쓰러졌다. 순희는 춥다고 준기 품에 파고들었다.

"우리가 이런 상엿집에서 몸을 피할 줄이야."

"너무 상심치 마세요. 고생 끝에 낙이 온댔어요."

"우리에게도 기런 날이 오가시우?"

"옛말하며 사는 날이 반드시 올 거야요. 우리 함께 그날을 기다려봐요."

"알갓시오."

어느새 순희는 준기 품에서 새근새근 잠이 들었다. 준기는 순희를 꼭 안았다. 곧 두 사람은 거적 위에 서로 끌어안은 채 깊은 잠에 빠졌다. 그들은 상엿집에서 단잠을 잤다. 순희가 먼저 잠에서 깨어났다. 순희는 준기의 품에서 살그머니 벗어나 상엿집 바깥으로 나갔다. 소변을 보고 왔다. 준기도 잠을 깬 뒤 일어나 바깥에 나가 기지개와 함께 용변을 본 뒤 자리로 돌아왔다. 해는 아직 중천에 있었다.

"아직도 저물려면 서너 시간은 더 기다려야 될 것 같아요."

"기러쿠만요."

그때 준기의 배에서 '쪼르륵' 하는 소리가 났다.

"우리 점심 먹어요."

"기럽시다. 내레 배꼽시계는 아주 정확하구만. 이럴 땐 메칠 굶어도 까딱없어야 하는 건데."

"추위와 배고픔 때문에 전선에서 도망간 전사들이 많지요. 이제 그런 전사들이 이해가 되네요."

"아, 기래서 미제놈들은 기런 약점을 알구 비행기에서 뿌린 삐라에도 자기들 편으로 넘어오믄 온통 좋은 음식과 따뜻한 의복과 맛 좋은 담배가 많이 준비되어 있다구 적혀 잇디 않수."

순희가 바랑에서 남은 주먹밥 두 개를 꺼냈다.

"이게 마지막이예요."

준기는 주먹밥을 건네받고 후딱 씹어 삼켰다. 순희가 그 모습을 지켜보더니 반을 남게 준기에게 넘겼다.

"드시라요."

"난 갑자기 배가 아파 더 못 먹겠어요. 이럴 땐 굶는 게 약이에요."

준기는 불안스럽게 순희를 바라보다가 남은 주먹밥을 후딱 삼켰다. 그리고는 바깥으로 나간 뒤 한참 후 약간 깨진 뚝배기 그릇에다가 물을 가득 담아왔다.

"고마워요. 내가 나가 먹어도 되는데…."

"둘이서 들랑날랑 하다가 마을사람 눈에 띠면 국방군이나 마을청년단원에게 붙잡힙네다."

순희가 다시 준기 품에 안겼다.

"배가 아프다고 햇디요?"

"됐어요. 동생이 떠다준 물을 마시니까 금세 가라앉았어요."

순희는 남은 물을 다시 마셨다.

"동생, 잠자코 있으니 심심한데 옛날이야기나 해주세요."

"무슨?"

"아무 얘기나 좋아요. 이렇게 잠자코 있으니까 춥기도 하고 두렵기도 하고 우울해져요."

"기럽세다. 내레 무슨 얘기를 할까? 누이, 금강산 구경을 한 적이 있수?"

"아니요. 남녘사람들은 금강산이 천하제일이라는 말만 들었지 그동안 갈 수도 없었잖아요."

"참, 기러티. 올봄에 우리 농문학교에서 금강산으로 사흘간 원족(遠足, 소풍 또는 수학여행)을 가시우. 그때 안내원한테 들은 얘기를 하디. 금강산 구룡연 계곡의 상팔담과 만물상 가는 길에 있는 절부암 전설을 재미나게 들었디."

준기는 순희를 꼭 껴안은 채 그곳에서 유래된 '나무꾼과 선녀' 이야기를 했다. 순희는 얘기를 듣다가 깜빡 잠이 들었다. 준기도 슬그머니 잠이 들었다. 어느새 날이 저물었다. 그들은 그때까지 서로 껴안고 있었다. 준기가 먼저 깼다.

"자, 누이. 이제 우리 그만 떠납세다."

"그래요."

그들은 그곳 상엿집을 떠나 한밤중에 이른 곳은 추풍령이었다. 순희는 그새 지치고 무릎도 바위에 부딪쳐 절름거렸다. 게다가 밤이 되자 산중 날씨가 차가워 몹시 떨었다. 그들은 그때까지 여름 홑옷을 입고 있었다. 추풍령 고개 마루를 넘기 직전에 등잔불이 빤히 켜진 한 외딴 집이 보였다. 순희가 외딴 집 문밖에서 주인을 불렀다.

"계세요?"

"……."

"계세요?"

한참 뒤에야 방안에서 대답했다.

"누고?"

그제야 방문이 뾰족이 열렸다.

방 안에서 할머니가 두 사람의 몰골을 찬찬히 훑어보았다.

"실례합니다. 하룻밤 쉬어 가고 싶습니다."

"……."

"서울로 가는 피란민입니다."

"……."

"할머니, 하룻밤만 재워주세요."

"어짜겠노(어떻게 하나)? 방이 없다. 다른 집에 가봐라."

할머니는 매섭게 방문을 닫으려 했다. 그 순간 순희는 잽싸게 비상금을 꺼내 얼른 할머니 손에 쥐어드렸다.

"얼마 안 됩니다. 부엌이라도 괜찮아요."

할머니는 등잔불에 돈을 확인한 뒤 얼른 고쟁이주머니에 넣으면서 말했다.

"그만 이 방에서 하룻밤 묵고 가라. 나하고 손자뿐이다."

"네, 감사합니다. 고맙습니다."

순희와 준기는 거듭 고개를 숙였다.

"어이 들어온나."

순희와 준기는 신발을 벗고 방안으로 들어갔다. 순희는 별남 할머니가 "개도 물고 가지 않는 돈이지만 사람 세상에는 젤로 요긴하다"고 하던 말이 새삼 떠올랐다. "돈을 가지고 문을 두드리면 굳게 닫힌 문도 활짝 열린다"고 말씀한 어머니 말도. 그러는 동안 잠자던 손자도 일어났다. 초등학교 상급생으로 보였다.

"내가 본께로(보니까) 두 사람 다 마이 시장한 모양이다. 배고프제?"

그들은 고개를 끄떡였다. 할머니가 윗목에 밀어둔 상을 방 가운데로 당긴 뒤 음식을 차렸다.

"난리 중이지만 그래도 오늘은 명색이 추석날이라 명절 음식이 쪼매(조금) 남아있다. 요기나 해라."

"고맙습니다."

할머니가 차려준 상에는 토란국과 송편 등 한가위 명절 음식이 몇 가지 놓여 있었다. 두 사람은 아귀처럼 후딱 상을 비웠다. 그러자 할머니는 다시 상을 윗목으로 밀었다.

"객지에 나오면 고생이지. 마이 고단한 모양인데 그만 자라."

할머니는 방 바깥쪽을 양보한 뒤 손자와 방문 안쪽에 누웠다. 방바닥이 따끈했다. 그동안 순희는 추위에 몸을 움츠려 떨었고 음식을 먹은 뒤라 식곤증으로 금세 눈이 감겼다. 이따금 끙끙 앓는 소리를 냈다. 준기는 옆자리에 누운 소년에게 연필과 종이 한 장을 얻은 뒤 등잔불을 옮겨놓고 할머니에게 말했다.

"잠시 후 불을 끄고 자겠습네다."

"마, 그라이소."

준기는 호롱불을 바라보면서 깊은 생각에 빠졌다. 여기서 두 사람이 서울까지 검문에 걸리지 않고 무사하게 돌아가는 것은 거의 불가능한 일이다. 설사 준기로서는 서울까지 간다고 해도 문제다. 고향 평안북도 영변까지는 첩첩산중이다. 어쩌다가 자기와 순희는 인민군에게도, 국군에게도 쫓기는 몸이 됐다. 이 난리 중에 두 사람이 검문에 걸리지 않고 각자 집으로 무사히 돌아가는 것은 거의 기적 같은 일이다. 더욱이 여자보다 남자는 검문이 더 심하고, 밥을 얻어먹거나 잠잘 곳을 얻기도 더 어렵다. 더욱이 자기는 평안도 말씨로 전력을 숨기기가 힘들다. 이제부터 자기는 순희에게 짐이라는 생각이 들었다.

아직 스무 살도 되지 않은 그들이 지금 당장 가정을 이루고 산다는 일도 현실적으로 어려운 일이다. 두 사람 모두 여태 학생이다. 더욱이 자기와 순희 집은 서울과 평안도 영변이다. 앞으로 38선이 어떻게 될지도 모른다. 낙동강전선에서 여기까지 서로 의지하며 무사히 도망쳐 온 것만도 하늘에 감사해야 할 일이다. 순희는 이미 그날을 대비하여 후일 다시 만날 약속까지 해두지 않았던가. 진정으로 순희를 위한다면 자기가 순희의 짐이 되지 않고, 그를 자유롭게 놓아주는 게 이 시점에서 참다운 사랑이요, 후일 다시 만날 수 있는 현명한 처사일 것이다. 준기는 이를 악물고 백지 위에 작별 편지를 썼다.

순희 누이에게
삶과 죽음이 한순간에 바뀌는 전쟁터에서 순희 누이를 만나 그동안 행복했습니다. 곰곰이 생각해보니까 이제 내레 순희 누이 곁을 떠나는 게 진정 사랑으로 여겨집니다. 내레 앞으로 순희 누이가 "전쟁이 끝난 뒤 8월 15일 날 서울 덕수궁 대한문 앞에서 만납시다"고 한 그 말을 가슴 깊이 새겨두면서, 언젠가 다시 만날 그날을 기다리며 살겠습니다.
순희 누이가 부디 무사히 부모님 품으로 꼭 돌아가기를 두 손 모아 빕니다. 아울러 우리가 다시 만날 인연도 반다시 이어지기를 간절히 빕니다. 내레 지금 순희 누이에게 줄 수 있는 나의 가장 귀한 선물은 당신 곁을 떠나는 것입니다.
순희 누이, 아무쪼록 서울 집까지 잘 가시라요.

9월 27일 준기 올림

그는 편지를 접어 순희 바랑에 넣고 등잔불을 윗목으로 밀친 뒤 '후' 불어

꼈다. 그리고 곁에 누운 순희를 꼭 안았다. 순희는 그때까지도 이따금 끙끙거렸다. 준기는 순희에게 가볍게 입맞춤을 한 뒤 자기 바랑을 메고 조용히 외딴집 마당으로 나갔다. 보름달빛이 온 세상에 가득했다. 준기는 신발끈을 바짝 조이고는 그 길로 추풍령 외딴집을 떠났다.

유엔군의 인천상륙작전 성공 요인은 상대의 허를 찌르는 틈새공략과 제공권, 제해권의 완벽한 장악, 병력과 화력의 절대 우위 등 치밀한 사전 준비가 있었기 때문이다. 이 상륙작전이 성공하자 1950년 9월 23일부터 국군과 유엔군은 낙동강전선의 방어작전에서 벗어나 인민군을 맹렬히 공격했다. 그제야 인민군들은 후방이 뚫린 줄 알아차리고 후퇴하기 시작했다.

그러자 국군과 유엔군은 후퇴하는 인민군 일대 추격작전을 벌였다. 작전개시 사흘 만에 경기도 오산에서 인천 상륙부대인 미 제7사단 병력과 낙동강전선 부대와 연결할 정도로 초고속 북진을 강행했다. 이렇게 빠른 추격작전이다 보니 남한 지역에 남아 있는 인민군 소탕작전은 제대로 이루어지지 않았다. 국군과 유엔군은 잔적 소탕보다 추격의 기세를 몰아 6·25전쟁을 이 참에 아주 끝장내려는 욕심이 앞섰다. 하지만 일을 빨리 하려고 하면 도리어 이루지 못한다는 '욕속부달(欲速不達)'이라는 한자말이 있다. 그 말처럼 치밀치 못하고 성급했던 유엔군의 추격작전은 승기를 잡고도 끝내 이기지 못한 큰 패착을 저지르고 말았다. 이는 인민군 유엔군이 양측이 똑같이 저지른 시행착오요, 작전 실패였다.

준기는 추풍령 외딴집을 떠나자 곧 경부선 철길과 국도가 나왔다. 한가위 보름달은 전쟁 중임에도 휘영청 더욱 밝았다. 그 밝은 보름달이 준기에게는 마냥 을씨년스러웠다. 아마도 그가 유엔군에게 쫓기는 신세였기 때문에 더 그렇게 보였을 것이다. 달이 하늘 한가운데 머문 것으로 보아 자정 무렵 같았다. 준기는 그곳에서 한동안 지형과 주위를 살폈다. 사방은 고요했지만 국도에는 이따금 지프차와 군인을 태운 트럭들이 계속 북진하고 있었다. 그들은 모두 국군이나 유엔군으로 보였다. 준기는 철길을 따라 가거나 국도를 걸어 북상하는 것은 대단히 위험할 것 같았다.

“부디 몸 성히 돌아오라.”

“이 오마니는 훈장보다 기저 무사히 돌아오기만 빌가서.”

고향 구장 역 플랫폼에서 기차를 타고 떠나면서 아버지 어머니의 당부 말이 환청처럼 울렸다. 그 부모님의 목소리가 준기에게 용기를 북돋아 주었다. 준기는 날렵하게 국도를 가로 질러 건넌 뒤 앞산 골짜기로 재빠르게 몸을 숨겼다. 그에게는 지도도 나침판도 없기에 북극성을 바라보며 계속 북동쪽으로 걸었다. 너무 험한 산길은 피하며 오솔길과 마을길을 따라 걸었다. 새벽녘에 자그마한 산마을 외딴집에 이르렀다. 마침 한 노인이 쇠죽을 끓이고 있었다.

“할아바디, 여기가 어드메요“

“머라꼬?”

“여기레 경상도 땅이야요? 충청도 땅이야요?”

“여긴 경상도 상주군 공성면 신곡리이다.”

“아, 네”

“어데 가는 길이고?”

“고향에 가는 길입네다.”

“고향이 어딘데?”

“펭안도 넹벤이야요.”

“머라꼬? 여서 평안도까지 걸어서 간다는 말이가?”

“아직 다니는 렬차가 없기에….”

“그래 어데서 오노?”

“추풍넝에서 와시오.”

“길도 잘 모르민서 밤새 마이 걸어 왔네. 요새 부쩍 산을 타고 북으로 가는 사람이 많더라.”

준기는 그 말에 뜨끔했다. 하지만 몸은 지치고 눈은 저절로 감겼다.

"아, 네. 할아바디, 내레 좀 쉬었다 가게 해주시라요."

노인은 준기의 몰골을 훑고 언저리를 살피더니 고개를 끄덕였다.

"알았다. 이 방에 들어가라. 내가 거처하는 방인데 지금 막 쇠죽을 끓이느라 불을 때서 곧 뜨뜻할 거다."

"고맙습네다."

준기는 신발을 들고 방안으로 들어갔다.

"누기라?"

할머니의 목소리가 들렸다.

"마, 임자는 모른 척하고 아침밥이나 야무지게 한 그릇 더 채리라."

"영감은 누군지도 모르고."

"부처도 모르고 시주를 해야 복을 받는다. 예로부터 과객에게는 밥 한 끼 멕여 보내는 기다. 그게 사람 사는 세상이다."

"알았소."

준기가 건넌방에서 누워 잠시 눈을 붙이고 있는데 헛기침 소리가 났다.

"자지 않으면 건너온나."

"네, 가디요."

준기가 자리에서 일어나 안방으로 가자 둥근 밥상에 밥이 세 그릇 놓여 있었다.

"마, 따로 상을 채리지 않았다."

"벨 말씀을요."

명절 다음날이라 토란국, 산적 등 별난 반찬이 있었다.

"그래 고향 가는 길은 알고 가나?"

"잘 모릅네다. 좀 알궤주시라요."

"평안도를 가자면 일단 서울로 가야 하는데 서울로 가는 길은 여러 갈래다. 옛날부터 가장 많이 걸어 다니던 길은 상주로 해서 문경새재로 넘어가는 길이다."

"요기서 상주는 얼매나 됩니까?"

"이십 리밖에 안 된다."
"내 말씨를 들은께 북선(북조선) 군인 같다."
영감의 말에 준기는 뜨끔했다.
"…기러습…네다."
준기는 얼더듬으며 대꾸했다.
"마, 내 집에 있는 동안은 걱정마라. 내 같은 무지렁이 농투사니(농사꾼)들은 내 핀(편)도 니 핀도 없다. 우리 조선 백성들이 언제 내 핀 니 핀이 있었나. 다 한 핏줄 조선 사람들 아이가(아니가)."
노인은 무지렁이처럼 보였지만 그 나름대로 세상 보는 눈은 있었다. 준기는 웬지 노인에게 믿음이 갔다. 그래서 마음속에 있는 말을 했다.
"사실이 기러터만요. 전쟁터에서 서로 총을 든 북과 남 전사들이 모두 김씨요, 이씨요, 조씨들이더만요."
"그럼, 그렇고말고."
노인은 이런저런 얘기를 했다. 우리 조상들이 세상 흐름을 모르고 산 탓으로 후손들이 나눠져 백지(괜스레) 서로 원수처럼 싸운다. 양반들하고 벼슬한 놈들이 백성들 볼기짝이나 때리며 등쳐먹다가 나라를 왜놈들한테 빼앗겼다. 왜놈들이 간이 부어 코쟁이들하고 싸우다가 그놈들한테 지니까 통째로 삼켰던 조선 땅을 게워내자 미국놈과 소련놈들이 덥석 반쪽씩 나눠가졌다. 이번 전쟁은 미국놈 소련놈들이 조선반도를 둘이 농갈라(나눠) 먹고 보니 지들 성이 안 차자 나머지도 지 혼자 다 먹겠다고 서로 싸우는 거다. 그 틈에 죽어나는 건 고래싸움에 새우 등터지듯 조선 백성이다. 사실은 당신 막둥이도 김천중학교에 다니다가 의용군으로 끌려나갔다고 말했다. 그 말에 할머니는 수저를 놓고 앞치마를 끌어다 눈물을 닦았다.
"올해 멫이고?"
"열여섯입네다."
"그라만 우리 막둥이보다 한 살 아래다."
"아, 네."

할머니가 울먹이며 말했다.

"날마다 비행구가 하늘이 쪼개듯이 난릴 치고 대포가 천둥을 치듯 짜드라(몹시) 쏘아대는데 그 틈에 걔가 살아있을지 몰라."

곁에서 잠자코 듣던 할아버지가 할머니에게 위로의 말을 했다.

"마, 지 밍(명)이 길면 살아올 끼다. … 죽고 사는 건 다 지 팔자다. 하지만 아침저녁 정화수 떠놓고 비는 할마이 정성에 염라대왕님이 감복해서 돌려보내줄 끼다."

그 말에 할머니가 앞치마로 콧물을 닦으면서 말했다.

"낼은 직기사(직지사)에 가서 한 사흘 불공드리고 와야겠소."

"이번에는 나도 같이 갈까?"

"영감 마음 내친대로 하소."

"그럼, 그라지."

준기가 밥그릇을 다 비우자 할머니는 아랫목에 묻어둔 놋쇠 밥그릇을 꺼내 상 위에 올려놓았다.

"내 밥상머리에 앉아 훌쩍거려 미안타. 이리저리 쫓기다니느라 지대로 조석도 먹지 못했을 텐데 단디 먹어라."

"아녭니다. 되시우."

할머니는 부엌에 나가 따뜻한 국도 다시 한 그릇 떠왔다.

"고맙습네다."

준기는 새 그릇의 밥을 다시 마파람에 게 눈 감추듯 후딱 먹어치웠다.

"우야든동 꼭 부모 상봉하거라. 집에서 마이 기다릴 거다."

"네, 기러겠습네다."

준기는 먼 길을 떠나자면 아무래도 비상식량과 돈이 꼭 있어야 한다는 판단이 섰다. 그 순간 준기는 순희 누이가 준 금가락지가 떠올랐다. 준기는 사랑으로 건너온 뒤 노인에게 자신의 처지를 솔직히 말하고 금가락지 파는 일을 부탁드렸다.

"알았다. 오늘이 마침 상주장이다. 조금 있다가 내하고 같이 장에 가자."

"고맙습네다."

"마, 자네를 본께 우리 막둥이 생각난다. 그놈아가 지금 어데서 지내고 있는지? 이름이나 알아둬라. 조석봉이다. 하늘에 방맹이 매단 얘기지만 혹 오다가다 만나거든 이미애비(어미아비)가 집에서 마이 기다린다고, 어짜든동 꼭 살아 돌아오라고 전해도."

"기러디요."

막상 준기가 장날 장터로 나서려는데 불길한 생각이 들었다. 거기에 가면 아무래도 군경에게 거동수상자로 붙잡힐 것만 같았다.

"어르신, 내레 장에 가디 안카시오."

"마, 알겠다. 잘 생각했다. 요샌 장바닥에도 군인과 경찰이 쫙 깔려 있을기다."

준기는 주머니속의 금가락지 묶은 실을 이빨로 뜯어낸 뒤 노인에게 건넸다. 그런 뒤 그것을 팔아 겨울 내복과 겉옷, 그리고 걸망을 만들기 위한 광목과 운동화 등, 필요한 품목을 장에서 살 수 있도록 종이에 낱낱이 적어드렸다.

"내 퍼뜩 장에 다녀올 테니 어디 나댕기지 말거라. 자네 신발 방안에 들여놓고 여기서 한잠 푹 자라."

"네. 기러가시우."

준기는 노인이 떠난 뒤 신발을 방안 윗목에 들여놓고 뜨뜻한 아랫목에 누워 한잠 늘어지게 잤다. 밤새 걸어온 피로가 가신 듯했다. 그날 오후 느지막이 장에 간 노인이 돌아왔다.

"그 금가락지가 두 돈이더라. 근데 한 돈에 만 원씩밖에 안 쳐주더라. 그래 이 만원 받아가지고 자네가 부탁한 것 이것저것 사고 남은 돈이다."

노인은 1만 3천 원을 건넸다. 준기는 만 원만 받으려고 했다.

"문디 콧구멍에서 마늘을 빼 묵지, 내 그 돈 안 받는다."

"기러시면 그 돈만큼 양식을 주시라요."

"마, 알았다. 내 우리 할마이한테 부탁해서 오늘 떠온 광목으로 자네 걸망을 만들어 거기다 그 돈만큼 쌀을 넉넉히 넣어주라고 할게."

그날 밤 느지막이 준기는 신곡리 노인 집을 떠났다. 바랑 대신 새로 만든 걸망에는 쌀 두어 되와 소금, 미숫가루 등 할머니가 챙겨준 비상식량도 담았다.

"어야든동 살아 집에 가서 부모 꼭 만나거래이."

"시상(세상) 부모 맴은 다 똑같을 기다. 꼭 부모 상봉하거라."

"네, 기러디요. 고맙습네다. 안녕히 계시라요."

할머니가 훌쩍이며 말했다.

"우리 아들 이름 단디 기억했다가 혹 만나거든 집에서 어미애비가 눈이 빠지도록 기다린다고 단디 전해 도."

"알갓시오. 조 석 봉, 잘 외우두겠습네다."

그날 밤 준기는 신곡리를 살쾡이처럼 떠나 노인이 가르쳐준 대로 상주 외곽을 거쳐 문경으로 갔다. 거기서 문경새재를 넘은 뒤, 다시 북동쪽으로 북상했다. 준기는 늘 편한 도로를 걷지 않고 도로 옆 들길이나 산길을 조심조심 걸었다.

유엔군총사령부는 서울을 수복한 다음날인 1950년 9월 29일, 모든 예하 작전부대에 일단 38선에서 진격을 멈추라는 명령을 내렸다. 하지만 이승만 대통령은 이를 묵살한 채 정일권 육군참모총장을 비롯한 군 수뇌부를 경무대로 불렀다.

"우리 3사단과 수도사단이 38선에 도달했는데도 어찌하여 북진명령을 내리지 않는 것인가? 38선 때문인가? 아니면 딴 이유 때문인가?"

이승만 대통령의 노기 띤 목소리였다. 이는 질문이 아니라 꾸중이었다. 정일권 육군총장은 머리를 조아리고 대답을 했다.

"38선 때문입니다."

"38선이 어찌 됐다는 것인가? 무슨 철조망이라도 쳐 있다는 것인가, 아니면 장벽이라도 쌓여 있다는 것인가, 넘지 못할 골짜기라도 있다는 것인가?"

정 총장은 의자에서 벌떡 일어나 바닥에 무릎을 꿇고 대답했다.

"저희들은 대한민국의 군인입니다. 유엔군과 지휘권 문제가 있습니다만 저희들은 각하의 명령을 따라야 할 사명과 각오를 지니고 있습니다. 38선 돌파는 이제 시간문제일 뿐입니다. 각하의 명령만 내리신다면…."

이 대통령은 그 말을 기다렸다는 듯이 책상에서 종이 한 장을 집어 정일권 육군참모총장에게 건넸다. 이미 군 수뇌부를 호출하기 전에 미리 써놓은 38선 돌파 명령서였다.

"이것은 나의 결심이오, 명령입니다."

그 종이에는 붓글씨로 다음과 같이 적혀 있었다.

'대한민국 국군은 38선을 넘어 즉시 북진하라. 1950년 9월 30일 대통령 이승만'

마침내 국군은 10월 1일에는 38선을 돌파했다. 국군 제3사단 23연대가 강원도 동해안 양양지역에서 최초로 38선을 넘어 북진했다. 이날이 나중에 국군의 날이 됐다. 중국 외상 저우언라이(周恩來)는 유엔군의 38선 돌파 긴급 보고를 받고 미국 측에 경고했다.

"중국 인민은 이웃 나라가 제국주의 국가로부터 침략을 받았을 경우 가만히 있지 않을 것이다."

그 이튿날 저우언라이는 베이징 주재 인도 대사를 불러 "만일 미군이 38선을 넘으면 중국은 의용병 형태로 참전할 것이다"고 말했다. 이 말은 곧장 미국과 영국에 전달되었지만 무시당했다. 10월 2일 맥아더는 미8군사령관 워커에게 군사상 추적권은 승자의 당연한 권리라는 논리와 주장으로 유엔군의 38선 돌파 명령을 내렸다. 이에 앞서 맥아더는 10월 1일에 김일성에게 '무조건 항복'을 요구했다. 하지만 별다른 반응이 없자 10월 9일에도 똑같은 요구를 했다. 하지만 10월 11일 김일성은 방송으로 "조국의 촌토를 피로서 사수하자"는 총력전을 전 인민군에게 촉구함으로써 맥아더의 항복 요구를 일축했다.

그 무렵 북한은 물에 빠진 심정으로 소련과 중국에게 간절히 구원을 요청했다. 마오쩌둥은 스탈린에게 보낸 10월 2일자 전문에서 미국이 한반도에서 승리할 경우 갓 수립된 중국 공산당 정권을 위협하게 될 것이라면서 직접 참전 의사를 밝혔다. 그러나 스탈린은 미국과 직접 충돌을 피하고 싶었다. 스탈린은 노회한 전략가로 미국의 군사력이 극동에 묶여 있으면 소련의 유럽 경략이 수월하다는 속내를 숨긴 채 미국과 직접 맞부딪치는 걸 매우 꺼려했다. 스탈린은 철저한 국익우선주의자요, 현실주의자였다.

유엔군은 인민군의 남하보다 더 빠르게 북진했다. 그해 10월 10일에는 원산을 점령하고, 10월 17일에는 함흥과 흥남, 10월 19일에는 북한의 수도 평양까지 손아귀에 넣었다. 10월 26일에는 국군 제6사단이 압록강 초산에 이르는 등, 그해 10월 말에는 유엔군이 북한 대부분 지역을 점령했다. 유엔군의 빠른 북상은 결과적으로 인민군의 남하와 똑같은 시행착오를 범했다. 유엔군의 북진은 결국 중국군의 참전을 불러왔으며 유엔군 병력의 상당수가 결과적으로 처참한 피해를 입었다.

준기는 상주, 예천, 영주 외곽을 거쳐 풍기로 갔다. 주로 소백산맥 줄기를 따라 이동했다. 그새 달이 바뀌어 1950년 10월 초순이었다. 주로 산을 타면서 숲이나 동굴에서 잠자며 생식을 하자 체력이 떨어졌다. 10월 9일 한밤중 준기는 중앙선 희방사역 부근의 산속 호롱불이 빤한 한 외딴집을 찾아갔다. 노인 내외가 살고 있었다. 냉대치 않고 건넌방을 내주었다. 준기는 주머니의 돈을 주며 따뜻한 밥을 부탁하자 곧 할머니가 밥을 지어주었다. 준기는 시래기국에 고봉밥 한 그릇을 뚝딱 먹고 막 잠이 들 무렵 누군가 문을 두드렸다. 같은 처지의 인민군 패잔병들 셋이었다.

그때부터 준기는 패잔병 행세로 그들과 어울려 쪼그려 새우잠을 자는데 새벽 무렵 전투경찰 토벌대가 덮쳤다. 네 사람 모두 한창 깊은 잠에 곯아떨어졌을 때라 반항 한 번 제대로 못해보고 모두 연행됐다. 그들은 곧장 거기서 가까운 풍기지서로 끌려갔다. 거기서 간단한 신문을 받은 뒤 가까운 임시포로수집소인 풍기국민(초등)학교 빈 교실에 수용됐다. 그곳에는 그렇게 잡힌 인민군 패잔병들이 삼십여 명이나 됐다. 포로심문 경찰관은 날이 밝아지면 그들을 안동포로수집소로, 거기서 다시 부산포로수용소로 보낸다고 했다.

그날 자정 무렵이 되자 풍기 시가지 여기저기서 콩을 볶는 것처럼 총소리가 요란히 들렸다. 교실 바닥 가마니 위에 초점 없는 눈으로 누워 있던 인민군 패잔병들 눈에 갑자기 생기가 돌고 모두 자리에서 일어났다. 이윽고 총소리는 가까운 곳에서 울렸다. 후퇴하는 인민군들이 풍기지서를 급습했다. 경찰들은 그들과 맞서 싸우다가 중과부적 영주 쪽으로 후퇴한 모양이었다.

소좌 계급장을 단 인민군 대대장이 앞장서 풍기초등학교에 갇힌 인민군 포로들을 모두 구출했다. 준기는 그들과 함께 소백산 정상 쪽으로 도망쳤다. 그들이 희방폭포에 이르러 막 목을 축일 때 국군의 급습을 받았다. 화력이 센 국군부대의 일제 사격에 인민군 패잔병들의 대열은 금세 흐트러졌다. 준기는 뒤돌아보지 않고 그저 뛰기만 했다. 밤중에 험한 산도 넘고 가파른 고개도 넘었다. 이튿날 아침에 이른 곳은 충북 단양군 단성이라고 했다.

준기는 추풍령을 떠난 지 한 달 가까운 1950년 10월 19일에는 강원도 평창에 이르렀다. 그새 같은 처지의 인민군 패주병을 여럿 만나기도 했다. 그들은 군경들에게 쫓기며 이합집산을 거듭했다. 그새 새로 산 옷도 해지고 새 운동화도 떨어져 평창의 한 두메 오두막집 섬돌에서 헌 군화를 훔쳐 신었다. 걸망의 쌀이 떨어진 이후로는 칡뿌리를 캐먹거나 야생 날알을 생식했다. 농가 처마에 매달아둔 종자용 옥수수도 눈에 보이는 족족 훔쳐 주린 배를 채웠다. 몇 번은 주인에게 들켰지만 그때마다 잽싸게 도망하여 위기를 모면했다.

10월 20일, 저물 무렵에는 오대산으로 가고자 진부삼거리에 이르렀다. 준기가 막 진부삼거리를 지나 오대산 월정사 쪽으로 가는데 갑자기 누군가 뒤에서 이름을 불렀다.

"김준기 동무 아냐?"

준기는 순간 귀에 익은 목소리라 소스라치게 놀랐다. 뒤를 돌아보니 3사단 독전대장 남진수 상위가 따발총을 어깨에 멘 채 노려보고 있었다.

"야, 와 기러케 놀라나?"

"……."

준기는 쥐가 막다른 골목에서 느닷없이 고양이를 만난 것처럼 부들부들 떨었다.

"우리나라 속담이 아주 기가 막히게 맞디? '웬수는 외나무다리에서 만난다'는 말?"

"……."

"'뛰어야 베룩'이란 말두 있디?"

"……."

준기는 그 순간 그 자리에서 무릎을 꿇었다.

"대장 동무, 기저 죽여주시라요."

"야, 일어나라우. 기때 낙동강에서라믄 발쎄 내레 총알이 김 동무의 심장을 꿰뚫었을 기야. 하디만 지금은 서루 쫓기는 처딘데 기러구 싶디 않아."

준기는 여전히 무릎을 꿇은 채 남 대장에게 두 손을 모아 싹싹 빌었다.

"야, 날래 일어나라."

"아닙니다. 기저 죽여주시라요."

"야, 개수작하지 말고 날래 일어나라."

준기는 부들부들 떨면서 그대로 꿇고 있자 남 대장이 다가와 준기의 상체를 잡아 일으켰다.

"기래, 지금 어데 가는 길이야?"

"넹벤(영변)으로 가는 길입네다."

"머이? 넹벤!"

"디금 당장은 하룻밤 쉬어갈 곳을 찾으러 가는 중입네다."

"기래? 난 동무가 발쎄 고향에 돌아간 줄 알았디."

"찻길도 끊어디고 큰길마다 국방군 아새끼들이 좍 깔레 있기에…."

"기럼 걔네들한테 투항하디 기랬나?"

"싫터만요."

"기래? 나두 한창 쫓길 때는 배두 몹시 고프구 온천디에 깔린 투항 권유문에 눈이 뒤집혀 그걸 손에 든 채 뛰쳐나가구 싶기도 하더만…, 우리 옆 13사단 참모장 이학구 총좌도 투항했디. 기래 솔딕히 나두 상당히 흔들렸어야."

"……."

준기는 남 대장의 그 말에 자기 귀를 의심하며 그를 힐끗 쳐다보았다. 그의 얼굴에는 어떤 결기가 서려 있었다.

"긴데 어느 하루 큰길에서 가까운 오두막에 숨어 문틈으로 막 지나가는 벨판(별판)을 단 국방군 지프차가 마당에 잠시 서더만. 앞자리에 앉은 놈을 자세히 보니까 많이 닉은 얼굴이야. 기래 한참 기억을 더듬자 바로 그놈이었어. 내레 왜정 때 남만 일대에서 항일하며 위만군(僞滿軍, 괴뢰만주군) 아새끼들과 여러 번 붙어 싸웠댔디. 긴데 그 자가 바로 간도특설대 악딜 사냥개여서. 내레 투항하고 싶은 마음이 싹 달아나더만."

"네에? 기런 일두…."

"저기서 좀 쉬다가 갈까?"

그들은 걸음을 멈추고 길가에서 조금 떨어진 숲속 바위에 앉았다. 남 대장은 바위에 걸터앉은 뒤 주머니에서 담배가루를 꺼내 종이에 말아 침으로 붙이고서는 성냥불로 불을 붙였다.

"이젠 담배도 떨어지구 이참에 끊어야겠어. 밤중에는 담뱃불이 십리 밖에서두 보이고, 이 담배 냄새도 오리 밖까디 난다더만. 내레 이젠 담배 살 돈두 없구."

"내레 비상금이 좀 남아 있습네다."

"그만 돼서. 함부루 담배 사러 가다가는 국방군 애새끼들에게 붙잽혀."

8. 체포

그새 날이 어두웠다. 산속은 평지보다 한두 시간 어둠이 빨리 졌다.

"김 동무, 이 부근에 '트'(아지트의 준말, 은신처)라두 마련해서?"

"아닙네다. 내레 이곳은 첫 길이야요."

"기럼, 날 따라오라. 내레 디금 보투(보급투쟁)갔다가 '트'로 돌아가는 길인데 거기에 가믄 김 동무 아는 이두 있을 거야."

"네에?"

"가서 보믄 누군디 알아."

"……."

준기는 누군가 매우 궁금했지만 꾹 참았다.

"기래 최순희, 그 간나 동무완 어드러케 된 거야?"

"추풍넝에서 헤어뎃어요."

"기래? 김 동무가 그 여우 같은 간나한테 채엿나보군."

"기게 아니구, … 내레 최 동무의 무사 귀가를 위하여 몰래 도망해시우."

"메라구?"

"내레 최 동무를 진덩으로 사랑하기에…."

"머이?"

"전시에 남너(남녀)가 함께 도망하는 게 아주 불편하더만요. 기래 내레 몰래 최 동무를 위해 슬며시 떠나와시오."

"전쟁터에 핀 한 송이 꽃이네. 한 편의 소설 같은 아름다운 순애보로군."

"……."

"역시 김 동무는 펭안도 넹벤 순정파 청넌이야."

"……."

"기래? 둘이서 다시 만날 약속은 햇나?"

"네. 전쟁이 끝난 뒤, 8월 15일 낮 12시, 서울 덕수궁 대한문에서 만나자고."

"얼씨구 무슨 춘향이 이도령 같은 얘기로구만. 긴데 하긴 해서?"

"……."

"야, 솔딕히 사내답게 말하라. 내레 이미 다 아는 얘기디만."

남 대장은 식 웃으며 준기를 쳐다봤다.

"낙동강을 건넌 이틀날 한 기와집 행낭채에서 한낮에…."

"히히, 잘 햇다야. 이제 죽어두 둘 다 처네귀신 총각귀신은 면햇구만."

"……."

"긴데 사내가 말뚝을 박을 땐 확실하게 박아야디. 기러치 않으믄 계집이란 튀게 마련이디."

"내레 순희 동무가 꿰맨 뱃가죽이 아프도록 박앗구만요."

"히히 기거 잘 햇다야. 기럼, 그 간나 여간내기가 아냐. 내레 허벅지에서 파편 꺼내는 솜씨도, 장 상사 찢어진 귀를 봉합하는 솜씨도 됴왔고. 살짝 웃으면 보조개가 패는 게 아주 사내들 간장을 죽여주디. 내레 그 간나 말 믿구 사과서리 허락했다가 견책 먹었디. 우리 김정동 연대장님과 리영호 사단장님이 워낙 신임햇기에 망덩이디 근무태만으루 군법회의에 회부될 뻔해서야."

"기러셨구만요."

"열 길 물속은 알아두 한 길 사람의 속은 모른다는 말을 내레 기때 멩심햇디. 아무튼 김 동무두 살아가믄서 계집 조심하라구. 사내가 함부루 계집들 구멍 찾다가 신세 조지는 일이 수태 많아. 공든 탑이 하루아침에 무너디기두 하구, 총이나 칼 맞구 뒈디기두 해."

"알켸줘서 고맙습네다."

"하지만 여성을 진정으로 동등하게 대하면 기런 일은 당하디 않을 게야. 세상 인구의 절반은 여성 아냐. 긴데 봉건사회에서는 여성을 집안에만 가둬 두고 그들의 힘을 썩혔디."

"기게 기러쿠먼요."

"기럼, 동양이 서양에 크게 뒤진 리유도, 특히 우리 조선이 망한 리유도 인구의 절반인 여성의 힘을 썩힌 데두 있디. 게다가 전시 때는 여성을 정신대니 위안부니 하는 허울 됴운(좋은) 이름으루 강제로 잡아다가 한낱 성 노리개를 썼디."

남 대장은 지난날 빨치산 출신으로 그 시대를 잘 알고 있었다. 일본군대나 장개석 군대는 그런 못된 짓하다가 벼락 맞고 망했다. 특히 장개석 군대는 부대이동 때도 맨 꽁무니에다 위안부들을 데리고 다녔다. 지금도 미군들이나 국방군 가운데는 여성들을 한낱 성 노리개로 여기거나 부녀자를 겁탈하는 놈들이 많다. 특히 국군 중 일군이나 만군 출신들은 아직도 그들의 버릇을 그대로 지니고 있다. 대동아전쟁 때 일군들은 부대 밖에다 위안소를 만들어 놓고 한 여성에게 수십 명씩 달려들게 했다. 짐승도 그러진 않는다. 우리 조선 여성 가운데는 순진하게도 군수공장에 가는 줄 알고 속아가서 그렇게 성노예가 된 여성들이 많았다고 했다. 그 이야기를 한 남 대장의 얼굴도, 듣는 준기도 분노에 차 있었다.

"내레 디난 9월 초순부터 독전대장직을 기만두고 후퇴 명넝이 내릴 때까디 한 열흘 남딧 국방군 포로심문관을 했디. 긴데, 어느 하루 투항해온 자가 국방군 고급 장교로 만군 출신인 정 아무개 부대장 당번병이었대. 그 자 말이 정 부대장은 전선에서 하룻밤두 혼자 자는 법이 없었다는 거야. 자기는 매일 잠자리를 같이할 부녀자들을 직접 조달하는데 기게 사람의 탈을 쓰구 할 짓이 아니었다구 하더만."

"네에? 인두겁을 쓰구 기런 짓을 하다니…."

"길쎄 말이다. 일군이나 만군 출신 개네들은 배꼽 아래는 서로 상관치 않는다고 할 정도로 부녀자의 강간, 겁탈이 몹시 심했다."

"기래서 갸네 지나간 곳은 남아나는 게 아무 것두 없다는 말두 생겨났구만요."

"애초 중국 인민해방군이 장개석 국부군의 십분지일 정도로 군사력이 절대 열세였디. 하디만 마침내 이긴 것은 무엇보다 '물고기는 물을 떠나서 살 수 없다'는 마오쩌둥 주석의 교시 탓이었디. 인민들의 마음을 얻디 못하믄 전쟁에서 이길 수 없어."

"잘 들었습네다. 대장 동무."

"야, 너들은 남남북녀가 아닌, 북남남녀가 만나 서로 연애하구 혼인하여 가정을 이루면 기게 남북통일이야. 아무튼 김 동무가 최순희 동무를 꼭 만나서 그 멋딘 과업을 이루라."

"말씀 고맙습네다."

"긴데, 이 전쟁이 어드러케 될디?"

그들은 바위에서 일어났다. 남 대장이 앞장서고 김준기는 뒤따랐다. 그들은 월정사에는 국군이나 마을 치안대가 잠복하고 있을 것 같아 우회한 뒤 상원사 쪽 골짜기로 올라갔다. 남 대장은 성큼성큼 걸음을 떼는데 준기는 뒤따르기가 힘에 부쳤다.

"어드러케 걸음이 기러케 빠릅네까?"

"내레 왕년에 백두산을 오르내릴 때 닉힌 거디. 거기는 일본군 토벌대 아새끼조차도 근접치 못한 해방디구였디."

마침내 남 대장이 멈춘 곳은 동피골 계곡 중간 지점에 있는 천연 동굴이었다. 준기가 그곳에 이르자 윤성오 상등병이 아주 반겨 맞았다.

"오대산 산등에서 또 만나다니…."

"볼 낯이 없구만요."

"내레 기때 섭섭했던 건 사실이야. 동무들이 사과를 한 보따리 가지고 돌아오길 눈 빠디게 기대렜디. 긴데 이튿날 새벽까디 소식이 없어 국방군 아새끼들한테 붙들리디 않았으믄 도망질한 걸로 리해했디."

"용케 후퇴하셋구만요."

"내레 남 대장 동무 때문에 예까디 살아왓디. 매가두(맥아더)란 놈이 인천에 상눅(상륙)하구 난 뒤부턴 국방군 아새끼들 눈빛이 달라뎃어. 기래 기때부터 전선이 밀리는데 9월 23일인가 전선사령부에서 후퇴 명넝이 떨어젯디. 기래 나두 후퇴길에 나섯는데 남 대장 동무레 대열에서 낙오한 나를 요기까지 이끌어주시더만. 내레 부상병이라구 강원도 평창까디는 반 이상은 도락구나 우마차를 번갈아 갈아 타믄서 용케 네까디 왔어."

윤성오 상등병은 그때까지도 조금 절룩거렸다.

"다들 귀하구 아까운 사람들이디만 윤 동무는 더욱 아까운 인물이디. 아는 것두 무턱 많구 판단도 총멩(총명)하구 …."

남 대장이 윤성오 상등병을 추케 세웠다.

"부상자를 살레줘서 고맙습네다."

윤성오가 고개를 숙인 채 정중히 말했다.

"기게 내 임무엿디."

남 대장이 대수롭지 않게 받아 넘겼다.

"아넵네다. 그건 아무나 할 수 있는 일이 아니야요. 아무튼 우리를 살레줘 고맙습네다."

준기가 감격하여 무릎을 꿇고 말했다.

"야, 일어나라. 내레 김 동무를 살레줘야 나둥에 국수 한 그릇 얻어먹디."

남 대장의 말에 윤성오 상등병도 한마디했다.

"기때 나도 한 그릇…."

"그날이 온다믄 곱빼기로 드리디요."

"도와서(좋았어). 우리 살아 그 혼인잔치에 꼭 가자구."

"이 동무 아딕도 자고 있네."

준기는 그 말소리에 어슴푸레 잠이 깼다. 준기가 두리번거리며 겨우 정신을 차리자 어느 검문소 유치장 안이었다. 준기가 언저리를 살피자 윤성오 상등병과 자기와 비슷한 몰골의 청년들이 다섯 명이나 더 있었다. 준기 눈에도 그들은 인민군 패잔병으로 보였다.

"여기가 어디야요?"

"진부삼거리 검문소 유치장이우."

곁에 누워있던 윤성오 상등병이 대꾸했다. 그는 다리에 붕대를 감고 있었다. 유치장 내 포로들은 모두 같은 처지로 몰골이 처참했다. 팔다리나 한 쪽 눈을 붕대로 감은 이도 있었다. 그날 저물 무렵 스리쿼터 트럭이 오더니 무장한 국군 헌병 두 명이 검문소 유치장에 갇힌 그들 일곱 명을 뒤에다 싣고 장평의 한 초등학교 운동장으로 데리고갔다. 그곳은 유엔군 측에서 임시로 만든 포로수집소였다. 그들은 한 교실에 수용됐다. 그날 밤 포로심문관이 연행자들을 한 사람 한 사람 불러내어 신상을 캐물었다. 그는 계급장도 없는 모자를 쓴 한국인으로 미제 야전잠바를 입고 있었다.

"이름은?"

"김준기입네다."

"부대 소속은?"

"조선인민군 제3사단 야전병원입네다."

"입대 전 직업은?"

"학생입네다."

"어느 학교 다녔어?"

"펭안북도 넹벤 농문등학교 3학년…."

"야, 김준기! 넌 지금 이 시간부터 포로야."

"……."

"저기 가서 신상명세서 숨기지 말고 써!"

"……."

준기는 포로심문관이 준 신상명세서를 말없이 받아 교실 바닥에 앉아 빈칸을 다 메웠다. 포로 심문이 끝나자 늦게야 저녁밥이 나왔다. 된장국 한 그릇과 밥 한 공기 그리고 단무지 세 조각이었다. 조악한 꽁보리밥이었지만 준기에게는 환장할 만큼 맛있는 밥이었다. 준기는 꽁보리밥이나마 제대로 된 밥을 먹어본 지 일주일은 더 됐다. 그 즈음에는 감자나 옥수수 아니면 칡뿌리나 야생 열매·메뚜기·개구리·뱀 등을 닥치는 대로 잡아먹으며 주린 배를 채웠다. 그날 잡힌 포로들은 모두 같은 처지라 죄다 며칠 굶은 사람들처럼 국물 한 방울, 밥알 한 알 남기지 않고 밥그릇을 핥았다.

"오늘이 메칠입네까?"

"아마 10월 22일 거야요. 어제 삐라를 주워보니까 그새 남조선 국방군들이 벌써 평양에 진주했대요."

"발쎄?"

"그런 모양입네다."

팔에 붕대를 감은 한 사내가 말했다. 준기는 더운 국물이 입안에 들어가자 조금 생기가 돌았다. 그날 밤 포로들은 허름한 모포 한 장씩 지급받았다. 준기는 가마니를 깐 교실 바닥에 모포 한 장으로 반은 깔고 반은 덮고 눈을 감았다. 옆자리 윤성오 상등병도 그제야 기운을 좀 차린 듯 눈물을 주룩주룩 흘리며 조용히 말했다.

"내레 조금 전에 보초의 호위로 뒷간을 가면서 보니까 뒤편 가마니에 덮인 시신이 남 대장이야요."

"네에!"

"살아남은 우리는 죄인입네다."

"기렇구만요."

준기도 눈물을 주룩주룩 흘리며 소리 없이 울었다. 비로소 준기는 그날 일들이 주마등처럼 스쳤다.

준기가 동피골 동굴에서 남 대장과 윤 상등병과 함께 닷새를 보낸 다음 날이었다. 그날은 동피골을 따라 오대산 정상 비로봉에 오른 뒤 거기서 태백산맥을 타고 북행할 계획이었다. 그들은 여러 날 날감자만 먹자 입에서 구역질이 났다. 그래서 준기는 이른 새벽에 일어나 언저리에서 솔잎과 마른 소나무가지, 그리고 싸리가지를 꺾어 불을 피운 뒤 그 잿불에다가 감자를 구웠다. 그날 아침, 세 사람이 그 구운 감자를 아주 맛있게 먹었다.

"구운 감자를 먹으니까 아주 살 것만 같구만. 뱃속에서도 대환영이야. 김 동무 수구햇수."

남 대장은 흡족한 얼굴로 준기를 칭찬했다.

"긴데 국방군 아새끼들이 이 연기를 보지 않았을지 모르갓구만. 내레 빨치산 시절 위만군 토벌대 아이들은 냄새도 개처럼 잘 맡고, 연기도 귀신 같이 찾아내더라구. 기때 우리 항일동디들이 밥해 먹다가 많이들 희생됐디. 자, 기럼 이제 날래 출발하자구."

"네."

김준기와 윤성오가 막 자리에 일어나 떠날 차비를 마쳤다. 그때 요란한 총소리와 함께 빗발치는 듯 총알이 동굴 언저리에 쏟아졌다.

"내 예감이 맞았군."

준기와 윤성오는 무척 당황했지만 남 대장은 오히려 태연했다.

"내레 죽을죄를 졌습네다."

준기는 땅바닥에 엎드렸다.

"이미 엎지른 물이야. 야, 일어나라. 이럴 때일수록 정신을 차려야 살아남을 수 있어야."

남 대장은 이미 모든 걸 각오한 듯 따발총에 비상용 탄창을 끼우며 말했다. 총은 남 대장밖에 없었다. 그때 빗발치던 총소리가 잠시 멎더니 곧 앞 산등성이 쪽에서 확성기 소리가 났다.

"야, 괴뢰군 패잔병들! 너희들 목숨이 아까우면 빨리 손들고 나오라. 지금 너희들은 우리에게 완전히 포위됐다."

"머이 괴뢰!, 그럼 네놈들은…."

남 대장은 이를 뽀득뽀득 갈았다.

잠시 후 다시 확성기가 울렸다.

"지금 너희들은 독안에 든 쥐다. 빨리 손들고 나오라! 그러면 너희들 목숨은 살려주겠다."

토벌대의 손 마이크 소리가 낭랑히 이른 아침 고요한 계곡의 정적을 깨트렸다.

"지금부터 너희들에게 정확히 10분간의 여유를 준다. 잘 생각해보고 살고 싶으면 무기를 버린 뒤 두 손을 들고 동굴 밖으로 나오라."

남 대장은 잠시 생각하더니 두 사람에게 명령했다.

"야, 안 돼가서. 이러다간 우리 셋 모두 당할 것 같아. 너들은 총조차 없으니께 맞서 대적할 수도 없다. 내레 지금 멩넝한다. 내레 총을 가지고 동굴 밖으로 나가 산 아래로 후다닥 뛰어 내레가믄 국방군 아새끼들이 나를 집중적으로 추격할 거야. 기때까지 동무들은 잠자코 요기에 숨어 있다가 국방군 아새끼들이 나를 추격하느라 산 아래로 모두 사라지믄 기때 산꼭대기로 튀라."

"아닙네다. 대장님! 우리도 대장 동무와 항께 아래로 뛰겠습네다."

"야, 기건 말도 안 돼. 자살행위야. 기러구 셋이 다 요기서 이대루 죽을 순 없어야. 배가 정원초과로 침몰할 위기가 올 때는 나이순으로 먼저 뛔어내리는 게 바른 순서고, 그게 사회의 정의야."

"안 됩네다, 대장 동무. 그 총 이리 주시라요."

"머이? 내레 만주에서, 왜놈들이 물러간 뒤에두 장개석 국부군 군대와 수십 차례 전투를 치루구두 살아난 놈이야. 설사 내레 지금 죽는데도 하나도 억울치 않아. 내레 아들 둘, 딸 하나가 잇디. 기러구 내레 독전대장 하믄서 도망티려는 우리 조선인민군 동무들 수태 죽이거나 혼냇디. 내레 이 전장에서 죽어야 돼!"

"아닙네다. 대장 동무."

"사람은 죽을 때가 있다. 내레 요기서 죽어야 더승(저승)에 가서 갸네를 떳떳하게 볼 수 있어야. 내레 요기서 비겁하게 투항하여 포로수용소에 갈 수는 없디. 기게 내레 최소한 낭심(양심)이고, 자존심이야."

다시 앞 계곡에서 토벌대의 확성기가 울렸다.

"너희들은 독 안에 든 쥐다! 생명이 아까우면 총을 버린 뒤 손을 들고 빨리 뛰쳐나오라. 이제 약속시간은 지났다. 마지막으로 다시 한 번 3분간 시간을 주겠다."

금세 약속시간이 지났다. 다시 확성기 소리가 났다.

"지금 즉시 동굴 밖으로 나오라. … 열을 세겠다. 하나, 둘, 셋 …."

"야, 개수작하디 말라 쌍!"

남 대장은 동굴 안에서 맞받아 고함을 질렀다. 그러자 다시 총알이 빗발치듯이 동굴 언저리를 때렸다.

"야, 이 국방군 졸개들아! …."

남 대장은 소리치며 사격자세로 후다닥 동굴 밖으로 튀어나갔다. 그러자 동굴 언저리를 둘러싸던 토벌대들이 남 대장을 추격하며 총을 마구 난사했다. 남 대장은 계곡 아래로 비호처럼 뛰어 내려가면서도 잠깐 잠깐 뒤돌아보며 따발총을 난사한 뒤 다시 산 아래로 잽싸게 뛰어 내려갔다. 그 총에 국군 토벌대들이 여러 명 쓰러졌다. 대부분 국군 토벌대들은 남 대장을 추격했다.

마침내 남 대장은 넓적다리에 총탄을 맞고 쓰러졌다. 하지만 그는 한 아름이 넘는 전나무에 몸을 숨긴 채 추격해 오는 토벌대를 조준 발사했다. 그의 사격술은 대단했다. 만주 벌판을 누비던 신묘한 빨치산 사격술로 토벌대 여러 명을 쓰러뜨렸다. 하지만 그는 중과부적으로 온몸에 총알을 벌집처럼 맞은 채 그만 땅바닥에 큰 대자로 엎드렸다.

"사격 그만!"

토벌대장이 명령했다. 곧 추격 토벌대가 남 대장의 사망을 확인하고는 거적으로 둘둘 말아 들것에 담고는 동피골 어귀로 내려갔다. 잠시 후 동굴 언저리가 조용해지자 준기와 윤성오는 동피골 계곡 능선을 타고 오대산 지봉의 하나인 호령봉 정상으로 줄달음을 쳤다. 윤성오는 다리에 파편상을 입은 탓으로 다소 절름거렸다. 그들이 숨을 헐떡이며 막 호령봉 7부능선쯤 오를 때 길목 바위 뒤에서 갑자기 국군토벌대 다섯 명이 튀어나오면서 총구를 그들 가슴에 겨누었다.

"야, 손들어!"

"야, 이 괴뢰군 새끼들아! 손 번쩍 들어!"

준기와 윤성오가 꼼짝없이 두 손을 번쩍 들었다.

"뛰는 놈 위에 나는 놈이 있지."

"우리가 너희들을 여기서 기다리고 있었어."

토벌대 엠원 소총 개머리판이 두 사람을 마구 짓이겼다. 그때 준기는 정신을 잃었다.

준기와 윤성오가 임시포로수집소에서 하룻밤을 잔 다음날 아침이었다. 국군 토벌대장은 준기와 윤성오를 불러내고는 화장실 뒤편에 거적으로 덮어둔 시신 곁으로 데리고갔다. 국군 토벌대장은 거적을 벗겼다. 남 대장은 온몸에 벌집처럼 총알을 맞아 얼굴도 겨우 알아볼 정도였다.

"야, 이놈이 누구야?"

"……."

"너희 인민군 새끼들, 이놈처럼 죽고 싶어. 이미 상황은 끝난 거야."

국군 토벌대장이 군화발로 준기와 윤성오의 정강이를 번갈아 찼다.

"남진수 상윕네다. 3사단 독전대 대장이엇디요."

윤성오가 기어나오는 목소리로 대답했다.

"틀림없나?"

"네, 맞습네다."

준기도 작은 목소리로 대답했다.

"독전대장 새끼는 다르군. 이 새끼 총에 내 부하 세 명이 전사했고, 네 명이 중상을 입었어. 끝까지 독전대장 이름값을 하였군. 내 부하들을 생각하면 이 새끼 시신을 총으로 갈겨 가루로 만들고 싶어."

국군 토벌대장은 이를 뽀득뽀득 갈며 군홧발로 남 대장 시신을 걷어찬 뒤 거적을 덮었다.

나는 메릴랜드주 칼리지파크 볼티모어가(街)에 있는 '데이즈 인' 숙소에서 '릿츠' 비스킷과 '허쉬' 초콜릿을 안주삼아 와인을 마시며, 수길 고종형이 들려준 김준기 아저씨의 인생유전 이야기를 되새겼다. 그 뒤 김준기 아저씨는 어떻게 됐을까 갑자기 그 뒷이야기가 궁금해졌다. 나는 수첩에서 수길 형의 전화번호를 찾아 버튼을 눌렀다.

"누구신교?"

"형님, 저 상민입니다."

"반갑다, 동생. 그래 어데고?"

"미국입니다."

"뭐, 미국이라고? 그런데도 전화 감이 아주 좋네. 그래 우짠 일이고?"

"옛날 형님 앞집에 살았던 가축병원 김준기 아저씨 소식이 궁금해 전화를 드린 겁니다."

"'자다가 봉창 두드린다'카더니, 동생이 갑자기 준기 그 사람 소식은 와?"

"제가 요새 미국 국립문서기록관리청에서 육이오전쟁 사진을 살펴보는 중입니다."

"그래?"

"오늘 여기서 인민군 포로 사진들을 보니까 문득 가축병원 김준기 아저씨 생각이 나서 그럽니다."

"그래 보자, 언제 적 이야기고. 준기 그 사람이 구미에 온 때가 휴전 후 두어 해 지났으니까 아마 1956년 전훈데 벌써로 50년이 더 지났네. 그 당시 가축병원 김교문 수의사는 구미를 떠나 대전 충남대학에서 정년퇴직한 뒤 오래 전에 돌아가셨고, 그 부인도 몇 해 전에 돌아가셨다. 나는 준기 그 사람이 인민군 출신으로 반공포로로 풀려나 구미까지 온 이야기는 대충 아는데, 그 다음 이야기는 잘 모르겠다."

"저도 언젠가 형한테 거기까지는 자세히 들었지요."

"그랬던가? 김교문 교수 아들 김진우란 사람이 아래구미에서 치과를 하고 있다. 내가 몇 해 전에 치료하러 갔다가 김준기 그 사람 안부를 물었더니, 요새 미국 엘에이 어느 병원에 있다카더라. 준기 그 사람은 나보다 다섯 살이나 더 많았으니까 살아있다면 일흔 조금 넘었을 끼다. 요새는 너나없이 모두 오래 사니까 아마 십중팔구는 살아있을 거다. 준기 그 사람 인생이 참 기구하다."

"압니다. 그래서 저도 형한테 그분 안부를 묻는 겁니다."

"그래, 작가에게는 아주 좋은 글감이 될 끼다. 내 지금 바로 이 전화를 끊고, 김진우 치과로 전화를 걸어 준기 그 사람 주소나 전화번호를 알아봐줄 테니까 니 미국 전화번호 알려도고."

"형님, 제가 30분 뒤에 다시 전화하겠습니다."

"그래, 알겠다."

나는 전화를 끊고, 정확히 30분이 지난 뒤 다시 수길형 집으로 전화를 걸었다.

"응, 그래 나다. 참 세상 마이 좋아졌다. 미국에 있는 사람하고 이레(이렇게) 빨리 서로 통화하다니…. 진우 그 사람하고 통화했다. 김준기 그 사람 요새 미국 워싱턴에 살고 있다 카네."

"네에? 그렇다면 지금 제가 있는 곳과는 그리 멀지 않습니다."

"그라믄 잘 됐다. 이번 기회에 준기 그 사람 꼭 만나보고, 거기서 우째(어째) 사는지 나중에 귀국해 그 이야기 함 들려도. 그 사람 만나면 내 안부도 단디 전해라."

"그럼요, 꼭 전하겠습니다. 형님하고는 얼마나 친했습니까."

"그라이만. 그 사람 전화번호부터 받아 적어라."

"잘 알겠습니다. 부르세요."

"1-301-807-37XX이다. 정말 참 세상 좋아졌다. 그 먼 미국이 옆집처럼 이렇게 가까워지다니."

"그러게요. 귀국한 뒤 자세한 소식 전하겠습니다."

"잘 알았다. 준기 그 사람 참 진국이데이."

"형님, 잘 알았습니다. 그만 끊습니다."

나는 반가운 마음에 김준기 아저씨에게 곧장 전화를 하고 싶었다. 하지만 늦은 밤이라 참았다. 이튿날 아침시간은 아카이브에 출근 준비로 바빴고, 또 아카이브에서 오전시간은 새로 신청한 상자의 사진을 검색하는 일로 쫓겼다.

그날 점심시간 아카이브 카페에서 점심을 먹으며 고동우에게 김준기 아저씨 이야기를 했다. 나는 미국 체류 중 전화를 할 때는 가능한 한 그를 곁에 두었다. 상대방이 나를 초대하거나 내 숙소로 찾아오고자 할 경우에는 그곳 지리에 밝은 고동우에게 곧장 전화를 건넸다. 그러면 모든 게 다 해결됐다. 하지만 아카이브 구내는 손전화가 잘 연결되지 않았다. 아마도 아카이브에서 실내 정숙과 보안을 위해 이동통신 전파를 차단케 한 모양이었다. 그래서 식사 후 건물 밖 산책길에 전화를 걸었다.

"헬로우."

나는 영어를 무시하고 우리말을 했다.

"김준기 씨입니까?"

그러자 상대방도 잠시 뒤 우리말로 물었다.

"누굽네까?"

"저는 한국에서 온 박 상 민입니다."

"박 상 민?"

"네, 구미가축병원 앞집에 살았던 정수길 외사촌동생 박상민입니다."

"상민이?"

갑자기 소리가 커졌다.

"세상 참 좁아졌구만. 그래, 님자(임자)가 웬일이야?"

"마, 그래 됐습니다."

"메라구? 지금 어디서 전화하우?"

"메릴랜드 주립대학 근처에서 전화합니다."

"기래? 반갑네. 거기는 무슨 일로?"

"육이오전쟁 사진을 수집하러 여기에 왔습니다. 어제 이곳에서 그때 사진을 보다가 갑자기 아저씨가 생각나 아직도 구미에 사는 수길형한테 전화로 물어 이 번호를 알았습니다."
"그래, 정수길 그 사람 무고하신가?"
"그럼요. 아저씨 안부 단디 전합디다."
"머? '단디'라는 말 오랜만에 들으니 참 반갑네. 내레 얼투(얼추) 듣기로 님자는 서울에서 교편 생활한다고 던해(전해) 들었디."
"예, 그랬습니다. 하지만 이제는 퇴직했습니다."
"발쎄(벌써) 기렇게 됐나? 아무튼 반가워. 님자가 요기에 다 오다니."
"그래 말입니다."
"옛날 생각이 문득 나네. 가축병원 마당 평상에서 님자와 같이 장기두 여러 번 두었디, 수길이 그 사람과 겨울밤 덴지(전지, 플래시)로 초가지붕 둥디(둥지) 참새를 잡을 때 님자가 졸졸 따라다니고 그랬디?"
"네, 그랬지요."
"이번 주말 시간 괜찮아요?"
"네, 괜찮습니다."
"기럼, 우리 농문옥(용문옥)으로 오디. 우리 농문옥은…."
"잠깐 기다리세요. 저와 같이 일하는 고 선생님을 바꿔드리겠습니다."
"알았네."
나는 손전화를 곧장 고동우에게 건넸다. 그는 김준기와 잠깐 통화한 뒤 나에게 손전화를 돌려주며, 당신도 김준기 씨를 잘 안다고 했다. 그 용문옥은 미국 동부 워싱턴 D. C. 일대에서 가장 유명한 한식집으로, 당신도 이따금 가족들과 그곳을 찾는다고 했다. 우리가 토요일 점심시간에 그곳으로 찾아가기로 약속했다고 말하면서, 워싱턴 D. C. 케이(K) 스트리트에 있다고다고 했다. 곧 고동우는 아카이브 산책길을 앞장서 걸으며 영국의 시인 존 던(John Donne)의 '명상 17' 시 한 대목을 나직이 읊었다.

Any man's death diminishes me
Because I am involved in mankind,
And therefore never send to know for whom the bell tolls;
It tolls for thee.

어떠한 사람의 죽음도 나를 축소시킨다.
왜냐하면 나는 인류에 포함되어 있기 때문에.
그러므로 누가 죽었기에 조종이 울리는지 알려고 결코 사람을 보내지 말라.
조종은 너를 위해 울리는 것이니까.

"이 시에서 보듯이 좀 더 큰 눈으로 세상을 보면, 사람은 인류의 한 분자로 모든 사람의 삶이 서로 연결돼 있지요. 존 던은 심지어 낯모르는 사람의 죽음까지도 자기 삶과 관련이 있다고 말하지요. 용문옥 김준기 회장이 인민군 포로 출신으로 한때 박 선생 고향에서 살았다고 하니, 참 세상 그물코처럼 얽혀 있습니다. 김 회장은 미주 동포사회에서 매우 성공한 인물로, 우리 한인동포들에게 많은 도움을 주고 있습니다."

"아, 네. 정말 세상 좁군요. 김준기 아저씨가 미제(미 제국주의)를 타도한다고 인민군 전사로 내려와, 미국 수도 워싱턴 D. C. 한복판에서 한식집 주인으로 성공할 줄이야. 그야말로 뽕나무밭이 바다가 된 이상으로 놀라운 일입니다."

"정말 그렇구먼요. 사람의 앞날은 그 누구도 모르지요."

아카이브 경내 산책길은 우거진 숲으로 아주 쾌적했다. 아마도 이곳에서 자료조사자들이 일하다가 잠시 머리를 잠시 식히라고, 이렇게 쾌적한 산책로를 만들어 놓은 모양이었다. 아카이브에서 서류와 사진을 검색하는 일은 피로도가 몹시 심했다.

내가 3차로 아카이브를 찾아갔을 때 큰 변화가 있었다. 그새 아카이브의 구조 개편으로 문헌관리사들도 상당수 구조조정을 당해 1, 2차 방미 때 익힌 몇몇 얼굴은 보이지 않았다. 그뿐 아니라 아카이브 열람일도 주당 하루가 줄어들었고, 개관시간도 대폭 단축됐다.

2005년 11월 하순, 2차 방문 때까지만 해도 주중 3일(월, 수, 금)은 밤 9시까지 열람할 수 있었고, 토요일에도 오후 4시까지는 전날 미리 신청해둔 문서상자는 열람이 가능했다. 하지만 이번 방미 때 주중 닷새는 모두 오후 5시까지만 문을 열었고, 토요일은 아예 개관조차도 하지 않았다.

나는 이런 사실을 몰랐다. 아카이브 열람시간과 개관일 단축으로 자료수집에 절대시간이 부족했다. 하지만 주말 이틀은 어쩔 수 없이 숙소에서 혼자 우두커니 보내야 했다. 미국은 대중교통이 발달치 않아 승용차가 없으면 매우 불편하다. 나는 승용차는커녕 운전면허증도 없기에 고 선생이 오지 않는 주말은 발이 묶일 수밖에 없었다. 그래서 매번 방미 때마다 주말은 숙소 언저리를 산책하거나, NBA 프로농구 중계만 보니까 몸부림이 났다. 이런 가운데 아카이브에서 찾은 사진 한 장으로 천만뜻밖에 3차 방미 주말에는 김준기 아저씨를 만나기로 했다.

2007년 3월 3일 토요일 오전 10시 55분, 고동우는 초인종을 울렸다. 그는 시간을 늘 칼같이 지켰다. 아니 늘 5분 정도 일찍 도착했다.

"저 때문에 주말에도 쉬지 못하시고."

"이게 쉬는 겁니다. 솔직히 나이가 들면 대부분 부인은 날마다 남편이 밖에 나가는 것을 더 좋아하지요."

나도 그랬다. 그래서 답사를 핑계 삼아 남들 보기에는 팔자 좋게 국내는 물론이고 세계 곳곳을 헤매고 있다.

"요즘 한국에서는 황혼이혼이 크게 사회문제가 되고 있습니다. 그 원인은 대체로 남편이 퇴직한 뒤 한 집에서 같이 지내는 시간이 늘어나자 부인들이 그 스트레스를 이기지 못한 때문이라고도 합니다. 저희 할머니는 늘 그러셨지요. 남자들은 그저 밥 한 술 먹고 집을 나가 해거름 때 돌아와야 한다고요."

"그건 아마 한국이나 미국이나 똑같을 겁니다. 그저 남자는 늙으면 인기가 없어요. 아마 다른 동물들도 수컷은 마찬가지일 겁니다."

"병아리 수컷은 태어나자마자 대부분 살처분되지요."

나는 이날 취재용 가방에 노트북도 챙겼다. 김준기 아저씨의 6·25전쟁 체험담, 특히 포로수용소 생활 이야기를 자연스럽게 끄집어내려면 노트북에 저장된 그때의 사진을 보여드리는 게 가장 좋은 방법이 될 것 같았기 때문이다.

"준비가 철저합니다."

"그래야지요. 나에게는 오십 년 만에 만나는 대단히 귀중한 분입니다. 언젠가 제 작품 속에 주인공이 될지도 모를…."

"좋은 글감이 될 것 같습니다."

"감사합니다. 하지만 제 필력이 부족하여…."

"주말이라 워싱턴 D. C.로 가는 길이 어떨지?"

나는 그동안 이곳에 1차, 2차 두 차례 60여 일 동안 머문 탓인지 실버스프링(Silver Spring), 우드리지(Woodridge), 포토맥리버(Potomac River), 495번, 95번 고속도로 등 워싱턴 D. C. 언저리 지명도, 지형도 다소 눈에 익었다. 하지만 워싱턴 D. C. 외곽은 온통 숲이라 그 일대 전체 지리는 감이 잘 잡히지 않았다. 용문옥은 겉보기에도 고풍스럽고 우아해보였다. 우리가 용문옥에 들어가자 지배인은 두 사람을 확인하고는 곧장 특실로 안내했다. 용문옥 홀 테이블에는 대부분 미국인이 앉아 있었고, 간혹 한국인도 보였다.

"박 선생!"

"준기 아저씨, 김준기 회장님!"

"회당은 무슨, 기냥 아저씨라고 불러요. 님자와 나 사이에는 기게 더 편해."

"그럼, 저에게도 박 선생이라 하지 말고, 제 이름을 불러주세요."

"기럴 수는 없디. 환갑을 넘긴 작가 선생을 보고 어릴 때 이름을 부르다니. 작가 선생이 얼매나 훌능(훌륭)한 분이신데. 이곳 서구사람들은 작가를 최고 지성인으로 티디. 내레 박 선생이 아저씨라고 부르니까 친밀감두 있구, 듣기 더 좋아 기래. 내레 회당이란 말은 하두 많이 들어 이제 아주 신물이 나."

김준기 아저씨는 머리만 하얗게 희어졌을 뿐, 전체 모습은 옛날 그대로였다. 우리는 악수를 하다가 곧 서로 부둥켜안았다.

"무턱, 반갑네."

고 선생이 준기에게 인사했다.

"안녕하세요. 김 회장님!"

"아, 네. 고 선생님."

두 사람은 안면이 있는 탓으로 반갑게 인사했다.

"이렇게 만날 줄이야."

"세상은 참 좁고 거미줄처럼 얽혀 있네요."

용문옥 특실은 오래된 한옥 안방에 들어온 듯, 실내 장식도 한국의 야생 열매인 붉은 망개나무 열매나 꽈리, 그리고 단풍잎, 억새 같은 것으로 꾸며져 있었다.

"두 분 식성을 잘 몰라 우리 집 주 메뉴인 냉멘(냉면)과 불고기, 그리고 특벨히(특별히) 백두산 들쭉술로 준비했습네다."

"좋습니다. 그런데 웬 백두산 들쭉술을?"

"여기선 북녘 특산물이나 멩품도 중국을 통해 다 구할 수 이시오(있어요)."

식사가 시작되자 구운 불고기와 여러 가지 전이 조금씩 계속 밥상에 올라왔다. 그런데 용문옥 냉면 맛이 예사롭지가 않았다. 유난히 깨끔한 냉면으로 한 젓가락을 입안에 넣자 면발이 졸깃하면서도 입안이 행복했다.

"육수 맛이 시원하면서도 아주 구수합니다."

"기게 우리 집 냉멘 맛의 특색이야요."

"어떻게 이런 맛이 나옵니까?"

"기건 우리 집만의 영업비밀이야요. 하디만 조금 알켸드리믄 냉멘은 육수 맛이디요. 우리 집 육수는 쇠고기, 돼지고기, 닭고기를 같은 비율로 넣어 만듭네다. 내레 어렸을 때 오마니가 만들어주신 그 냉멘 맛을 그대로 살레 보았디요."

"재미동포 가운데 용문옥 냉면을 한번 먹어본 사람은 이 맛을 잊지 못해 다시 찾습니다."

고동우가 냉면을 맛있게 들며 단골이 된 까닭을 말했다.

"모든 음식은 한국에서 먹는 것이나 진배없습니다."

나도 냉면 먹은 소감을 한 마디 했다.

"기게 우리 집 특색이디요. 간장, 된장, 고추장과 각종 양님(양념)은 한국에서 바로 공수 해다 쓰디요. 북녘산은 주로 중국을 통해 수입하구요. 같은 고춧가루라 하더라도 한국산이냐, 중국산이냐에 따라 그 맛이 조금씩 다르디요. 우리 집 단골손님들은 그 맛을 아주 족집게처럼 알더만요."

"용문옥 성공의 비결이 거기에 있었군요."

"기렇디요. 음식은 좋은 재료와 손맛, 그리고 나머지는 만드는 이의 정성이야요."

"아, 네."

"박 선생은 육이오전쟁 사진을 찾을라구 미국에 오셋다디요(오셨다지요)?"

"네, 그렀습니다. 육이오전쟁 사진은 한국보다 정작 미국에 더 많습니다."

"기건 기럴 거야요. 기때 한국에는 신문사도 멧(몇) 곳 되디 않았고, 카메라도 아주 귀해 보통사람은 감히 가질 엄두도 낼 수 없었디요."

"그랬지요. 최근 디지털카메라가 나온 이후에야 대중화가 된 셈이지요."

사실 그랬다. 카메라 한 대 값이 소 한 마리 값 정도나 될 정도로 비싸고 귀했다.

"엊그제 아카이브에서 어린 인민군 사진을 보자 불쑥 준기 아저씨가 문득 생각이 나더군요."

"날 생각해줘 고마워요."

"아저씨, 구미에서 고생 많이 하셨지요?"

"기때는 너나없이 다들 고생했디."

"가축병원 가죽공장의 약품 냄새가 참 고약했지요."

"기럼, 지금도 기때 생각이 떠오르면 구역질이 나디."

"죄송해요. 음식을 앞에 두고…."

"일없어요. 기게 내 디난(지난) 인생인데."

점심식사가 끝난 뒤 나는 식탁 위에다 노트북을 펼쳤다.

"그동안 제가 아카이브에서 수집하여 여기다 저장해둔 육이오전쟁 사진을 아저씨한테 보여 드리고자 오늘 일부러 가지고 왔습니다."

나는 노트북을 켜고 바탕화면에서 6·25전쟁 파일을 찾아 슬라이드 쇼를 클릭했다. 그러자 그동안 수집하여 저장한 사진들이 나타났다가 곧 사라졌다.

"야, 이런 사진이 다 있다니…. 아주 기가 맥히고 한펜(한편) 무섭구만. 정말 이 세상에서 거딧말하군 못 살겠어야."

준기는 노트북 화면을 줄곧 뚫어지게 살폈다.

"맞아, 맞아. 기랬디, 기래서."

준기는 화면의 사진을 보면서 고개를 끄덕이기도, 때로는 눈살을 찌푸리기도, 눈을 감기도 했다.

"이 사진을 보니까 기때 일들이 바로 어제 같구먼. 유엔군 포로감시병들이 포로들에게 디디티 뿌리는 것 좀 봐, 기래서. 기때 포로들은 니(이)가 엄청 많았디. 겨울에는 날마다 낮에는 니 잡는 게 일과였다니까. 기때 내복을 벗어 난로 위에 털면 '찌찌직' 니들이 타는 고약한 비린내가 진동해서. 오죽하면 포로들은 디디티 주머니를 만들어 사타구니와 겨드랑에 차고다녔을까. 요기 사진들을 보니까 마치 어제 일처럼 떠오르는구만."

"이 사진은 '1951년 9월 21일에 찍은 사진으로, 수풀에서 기어나와 투항하는 인민군 병사'라고 설명하고 있습니다."

"더래서(저랬어). 총 앞에서는 더렇게(저렇게) 짐승처럼 기어나올 수밖에 없었디. 기래서 기때 포로는 사람이 아니었디."

그 사진으로 김준기의 포로수용소 이야기는 자연스럽게 개울물처럼 이어졌다.

김준기와 윤성오 등 일곱 명의 포로들은 강원도 평창군 용평면 장평삼거리 임시포로수집소에서 원주의 한 군부대에 마련된 포로수집소로 이송됐다. 거기서 사흘을 보냈다. 그곳은 강원도와 경기도 동부 일대에서 붙잡힌 포로수집소였다. 준기가 체포된 전후 닷새 동안 그 일대에서 붙잡힌 인민군 포로가 일백 명이 넘었다.

1950년 10월 26일 원주 포로수집소에 수용된 포로들은 트럭을 타고 다시 남쪽으로 내려갔다. 흙먼지를 하얗게 뒤집어쓰고 대구로 간 다음, 각 포로수집소에서 온 포로 오백여 명이 헌병들의 삼엄한 경비 속에 한밤중 대구역에서 남행 열차를 탔다. 이튿날 아침에 이들은 부산 거제리에 있는 포로수용소에 도착했다. 부산포로수용소에서는 포로들이 도착하자마자 그들이 입고 온 인민군복이나 사제 옷을 모두 벗기고 낡은 군복을 나눠줬다. 그리고 수용소 기간병들은 포로들에게 나눠준 옷을 입게 한 뒤 등이나 바짓가랑이에다가 검은색, 또는 흰 페인트를 묻힌 붓으로 'PW'라는 영문 글자를 썼다. 그런 뒤 수용소 기간병들은 포로들의 머리를 바리캉으로 박박 밀었다. 이빨 빠진 낡은 바리캉인데다가 기간병들이 성의 없이 마구 미는 바람에 포로들은 눈물을 질금질금 쏟았다. 포로수용소 측에서는 준기와 윤성오 상등병이 한 부대 소속임을 알고 즉시 다른 막사로 분류 배치하여 떨어뜨렸다. 그들은 헤어지기 전 서로 안고 작별인사를 했다.

"김 동무, 꼭 살아 돌아가라우."

"알갓시오. 윤 동무도 꼭 살아 돌아가시라우."

애당초 부산시내 거제리 포로수용소는 허허벌판이었다. 거기다가 철조망을 치고는 천막으로 임시 막사를 만들어 포로들을 수용했다. 처음 포로수용소 측은 한 천막 막사에 포로 스물네 명씩을 수용했다. 그런 뒤 포로심문관이 포로 한 사람씩 불러내어 인적사항을 물어 기록하며 포로번호를 부여한 뒤 한 사람씩 일일이 사진을 찍었다. 김준기의 포로번호는 '50NK106564'이었다. 그 시간 이후는 김준기는 이름보다 '50NK106564' 곧 '106564' 번으로 통하는, 새로운 세계와 그 질서 속에 살았다.

부산포로수용소에는 날마다 입소하는 포로가 부쩍부쩍 늘어났다. 유엔군의 인천상륙작전으로 인민군의 사기가 극도로 떨어져 다부동전선에서는 인민군들이 집단으로 투항했다. 1950년 9월 하순부터 10월 중순 사이에는 하루에도 수천 명의 인민군 포로가 입소하기도 했다. 그러자 스물네 명 수용하던 천막 막사에 마흔 명 이상으로 늘어나 포로들은 누울 자리조차도 비좁았다. 그때부터 동료 포로들 간에 한때 전우였다는 연민의 정은커녕 서로 증오하는 기색이 역력했다.

부산포로수용소는 날이 갈수록 수용인원 초과로 모든 물자가 점차 부족했다. 매끼 일명 '훌라라'라는 질이 나쁜 안남미 밥이 나왔다. '후' 불면 날아갈 정도로 찰기가 없었다. 그런 밥조차도 끼니마다 식판에 서너 숟갈을 담아주는데, 한 사람이 3~4인분은 먹어야 배가 부를 정도였다. 그러다 보니 포로들은 늘 굶주림에 허덕였다. 그러자 포로수용소 안에는 밥그릇 싸움이 점차 치열하게 벌어졌다.

초기 부산포로수용소 포로들은 눈에 오직 먹는 것밖에 보이지 않았다. 그들 가운데는 밥을 조금 더 얻어먹고자 동료의 전과를 고자질하거나 군사기밀을 유출하는 밀고자도 속출했다. 포로수용소에는 밥뿐 아니라 물조차도 귀하여 포로들은 밥그릇 씻은 물로 세수까지 했다. 포로들은 영양실조에다 전쟁터에서 부상당한 상처를 제때 치료 받지 못한 탓으로 하루에도 이십여 명씩 죽어나갔다.

처음에는 포로수용소 내에서 동료가 죽어나가자 같은 포로로서 연민의 정을 느꼈다. 하지만 겨울로 접어들어 날씨가 추워지자 포로들은 죽은 동료의 옷을 몰래 벗겨 껴입을 정도로 죽음에 무감각해졌다. 포로수용소 내

포로들은 그저 하루하루 '죽느냐, 살아남느냐'는 처절한 싸움이었다. 포로 수용소 초기에는 그 어느 누구도 수용소 측에 동료들이 '왜 죽었는가?' '왜 죽어나가는가?'라고 항의할 줄도 몰랐다. 그때 포로들에게 수용소 생활은 죽음의 행진과 같은 나날이었다.

9. 거제도포로수용소

그해 여름이 더우면 그해 겨울도 춥다고 한다. 1950년이 그랬다. 그해 여름은 유난히 무더웠다. 그런 속설 탓인지 그해 겨울은 예년에 없었던 강추위였다. 게다가 그해 겨울 1·4후퇴로 피란민들은 강추위 속에 봇짐을 지게에 지거나 머리에 이고 피란처를 찾아헤맸다. 전국은 강추위로 이래저래 꽁꽁 얼어붙었다. 그해 겨울 부산포로수용소 포로들은 모포 한 장으로 밤새 떨었다. 그들은 아침식사가 끝나면 그 모포를 들고 철조망 곁 양지쪽으로 가서 움츠려 앉아 내복을 벗고 이를 잡거나 햇볕을 쬐면서 하루를 보냈다. '세월이 약'이라고 하더니, 포로들은 수용소에서 여러 날을 지나자 추위와 배고픔에도 차차 익숙해져갔다. 그때부터 정작 더 큰 고통은 포로들 간 사상 대립이었다. 준기는 포로수용소 입소 이후 줄곧 벙어리처럼 입을 떼지 않았다. 준기는 포로가 된 이후, 더욱 어머니가 헤어질 때 당부한 '입이 바우터럼(바위처럼) 무거워야 돼'란 말을 되새겼다.

그는 포로수용소 내에서 일어난 일들을 보고도 못 본 척, 들어도 못 들은 척, 입을 굳게 닫았다. 준기는 포로수용소 생활을 통해, 대부분 사람들은 자기가 처한 환경에 따라 선해지기도 하고, 악해지기도 한다는 사실을 깨달았다. 대체로 '자비' '긍휼' '사랑'과 같은 거룩한 말들은 한낱 배부를 때의 이야기였다. 수용 한계를 넘긴 포로수용소는 차츰 포로들 간 서로 반목과 증오심이 이글거리는 원시 야만사회로 변해갔다. 이런 지옥과 같은 포로수용소에서 그래도 포로들이 살아날 수 있었던 것은 곧 자기 고향집으로 돌아갈 수 있다는 희망 때문이었다. 대부분 포로들은 자신이 한두 주일 후면, 늦어도 한두 달 후면, 그리던 가족의 품에 돌아갈 줄 알았다. 하지만 정전협상은 포로들의 기대와는 달리 엉킨 실타래처럼 꼬여 기약할 수 없었고, 전선에서는 지루한 전투가 계속 이어지고 있었다.

포로수용소에는 포로들이 나날이 꾸역꾸역 고무풍선처럼 자꾸만 늘어만 갔다. 유엔군 측은 포로들이 계속 폭발적으로 늘어나자 하는 수 없이 부산 거제리 포로수용소 옆에 새로 철조망을 치고는 제2수용소로부터 제6수용소까지 증설했다. 그런데도 계속 입소하는 포로를 감당할 수 없게 되자 유엔군은 부산 근교 수영에 '제1, 제2, 제3 수용소'와 부산 가야리에도 '제1, 제2, 제3 수용소'를 증설했다. 1950년 12월 말 부산 거제리, 수영, 가야리 일대의 포로수용소에는 모두 13만5천여 명의 포로가 수용되어 득시글거렸다.

유엔군 측은 포로수용이 장기화되자 마침내 제네바 협정에 따른 수용소 내 포로들의 자치조직을 허용했다. 곧 포로수용소 내에는 새로운 지배 질서가 형성되기 시작했다. 포로수용소 초기에는 친공, 반공으로 가르는 구별도 없었다. 주로 남쪽 의용군 출신들 가운데 영어를 곧잘 하는 포로들이 포로 자치조직을 장악했다. 말이 자치조직이지 사실은 포로수용소 측이 포로 가운데 일방으로 간부들을 임명했다. 그러다 보니 포로수용소 측에 고분고분하거나 협조적인 포로가 자치조직 간부로 임명되기 마련이었다. 그때 포로 자치조직의 최고위 간부는 여단장으로, 그 아래에 대대장, 중대장, 소대장, 분대장, 경찰대, 감찰대 등이 있었다.

그들 포로 자치조직 간부들은 포로수용소 내에서 온갖 특권을 누렸다. 일반 포로는 간부의 옷을 다려주는가 하면, 간부는 작업에서도 열외였다. 또 자치조직 간부는 배식도 일반 포로보다 절반을 더 받는데다가 줄을 서서 타먹지도 않았고, 취사병들이 내무반으로 가져다주는 밥을 먹었다. 이들은 일반 포로들에게 돌아갈 보급품도 중간에서 챘다. 그런 뒤 철조망 밖으로 빼돌려 대신 술과 담배, 미제 시계, 금반지와 같은 사치품도 수용소 안으로 끌어들였다. 자치조직 간부들이 찬 완장의 위력은 포로수용소 내에서 막강한 권력을 가졌다. 그래서 간부들의 완장은 일반 포로의 선망 대상이요, 또한 공포와 증오의 대상이기도 했다.

1951년 2월 초, 부산포로수용소는 포로들에게 갑자기 소지품을 지참케 한 뒤 운동장에 집합시켰다. 곧 부산부두에 정박한 상륙작전용 수송선(LST)에 실렸다. 그러자 포로들 사이에 유언비어가 난무했다. 수송선이 부산부두를 떠나 그대로 일본으로 간다고 좋아하는 포로도 있었고, 태평양 깊은 바다에 그대로 쓸어버릴 거라고 공포에 떠는 포로도 있었다. 그 수송선이 부산항을 출항하여 얼마를 항해한 뒤 곧 닻을 내렸다. 포로들은 갑판에서 뭍에 갓 쓴 노인을 보고, 비로소 거기도 한국 땅인 줄 알고 그제야 안도하기도, 실망하기도 했다. 그곳은 부산에서 그리 멀지 않는 거제도였다.

유엔군이 거제도에 새로 포로수용소를 지은 것은 여러 가지 이유 때문이었다. 그 첫째는 전장(戰場)에서 얼마 떨어지지 않는 부산에 14만 명 가까운 포로가 수용돼 있다는 사실에 대한 우려였다. 그 둘째는 유엔군의 병력이 적과 싸우기도 모자라는데 막대한 병력을 포로 경비와 관리에 쓰고 있는 데 대한 고육책이었다. 그 셋째는 10만이 넘는 포로들의 폭동이나 탈출에 대한 사전에 예방조치였다. 만일 부산포로수용소 포로들이 폭동이라도 일으킨다면 걷잡을 수 없는 소용돌이에 빠지게 될 것이다. 그밖에도 거제도는 육지에서 거리가 가깝다는 이점도 크게 작용했다. 아무튼 거제포로수용소는 부산포로수용소보다 경비하기도 쉽고, 포로수용소 관리비도 적게 든다는 이점으로 그곳에 세워지게 됐다.

1950년 10월 15일, 태평양의 웨이크섬에서 트루먼 미 대통령과 맥아더 유엔군총사령관 사이에 회담이 열렸다. 원래는 트루먼이 맥아더를 본국으로 불렀으나, 맥아더가 장기간 전장을 비울 수 없다는 그의 뜻을 존중하여 그곳에서 이루어졌다. 이 자리에서 맥아더는 트루먼에게 자신감이 찬 목소리로 말했다.

"미국은 한국전쟁에서 반드시 승리할 것이며, 추수감사절인 11월 23일까지 북한군의 저항을 잠재울 것입니다. 한국에 파병된 미군은 크리스마스 이전에 일본으로 돌아올 수 있을 겁니다."

그러자 트루먼은 반가우면서도 한편은 불안하여 맥아더에게 물었다.

"중국이 한국전쟁에 개입치 않겠는가?"

그 말에 맥아더는 대단히 거만하고 퉁명스럽게 대답했다.

"우리는 중국의 개입을 두려워하지 않습니다. 그들에게는 공군이 없습니다. 만약 중국이 한국전에 개입한다면 대량살육을 면치 못할 것입니다."

이날 맥아더의 장담은 곧 빗나갔다. 트루먼과 맥아더의 웨이크 회합이 있은 지 열흘 만에 중국군 10만 명이 압록강을 건너 대규모로 6·25전쟁에 개입했다. 그때부터 6·25전쟁은 전혀 새로운 국면으로 접어들었다. 중국은 6·25전쟁 개전 이래 소극적인 입장을 취했다. 그러다가 유엔군의 38선 돌파가 임박하자 미국에 대해 여러 차례 경고를 했다. 10월 9일 저우언라이는 북경방송을 통해 6·25전쟁 개입을 은연중에 시사했다.

"우리는 전쟁을 원하지 않는다. 하지만 적들은 우리에게 전쟁을 강요하고 있다. 북조선의 불행을 이대로 좌시하고 있을 수만은 없다. 우리 중국은 북조선을 원조하고 우리 자신을 지켜야 한다. 중국과 북조선은 순망치한(脣亡齒寒, 입술이 없으면 이가 시리다)의 관계다."

미국은 이 경고에 코웃음 친 채 계속 북진을 감행했다. 그러자 중국은 자국의 국방에 위협을 느낀 나머지 마침내 이때를 대비하여 미리 준비해둔 항미원조(抗美援朝, 미국에 대항하며 조선을 원조함) 곧 '중국인민지원군(이하 중국군)'을 한국전에 참전시켰다.

중국이 한국전에 개입한 첫 번째 이유는 그들의 대한반도정책에 있었다. 중국은 예로부터 한반도를 '순치보거(脣齒輔車)' 곧 입술과 이의 관계, 수레와 그 옆에 붙어 있는 나무인 보(輔)와 관계로 어느 한 쪽이 없어서는 안 될 만큼 중요하다고 인식했다. 중국은 한반도를 중국 안보의 완충지대로 생각하고 있었다. 그런데 유엔군의 38선 돌파로 위기를 맞자 중국은 전쟁 개입을 불사한 것이다.

그 두 번째 이유는 중국은 당시 장제스(蔣介石) 국민당 정권을 대만으로 몰아내고 중화인민공화국을 건국한 지 불과 일 년여밖에 지나지 않아 내부 혼란이 많았다. 파병은 이러한 내부 혼란의 한 수습 방안이었다. 이밖에도 중국은 국제사회에서 실추된 그들의 지위 향상과 아시아에서 맹주 노릇 회복 등, 중국의 실질적인 국익을 추구하고자 했기 때문이다. 중국군은 13병단의 4개 군, 포병 3개 사단, 1개 고사포연대, 1개 공병연대 등 25만 5천 명으로 편성하였다.

유엔군과 중국군의 첫 교전은 10월 하순에 이뤄졌다. 유엔군은 첫 전투에서 생포한 중국군 포로를 통해 중국의 참전을 확인했다. 하지만 이를 사실로 믿으려 하지 않았다. 미국은 그때까지 종이호랑이 중국이 감히 세계 최강인 자기네에게 대항한다는 것은 무모한 도전으로 매우 우습게 여겼다. 특히 맥아더는 중국군을 아주 형편없이 얕보며 설사 중국이 참전하더라도 6·25전쟁의 양상은 크게 바뀌지 않으리라고 판단했다. 그는 크리스마스 이전에 한국전을 끝내고자 최후의 대공세로 '크리스마스 공격작전'을 준비했다.

유엔군의 '크리스마스 공격작전'은 11월 초 한만국경 폭격으로 시작했다. 미군 폭격기는 2주 동안 북한 대부분 지역을 초토화시켰다. 1950년 11월 8일 한만 국경 신의주 일대는 미 B-29 폭격기의 폭격으로 도시 전체가 완전 잿더미로 변했다. 그러자 맥아더는 '크리스마스 공격작전' 사전 정지작업이 완료된 것으로 판단했다. 드디어 11월 하순, 맥아더는 유엔군 42만 명에게 크리스마스 총공격을 명령했다.

"압록강까지 진격하라! 그대들은 크리스마스에 가족과 만날 수 있을 것이다."

이 공격명령에 따라 1950년 11월 25일부터 유엔군의 '크리스마스 공격' 작전이 펼쳐졌다. 초기 유엔군은 기세 좋게 압록강까지 이르자 국군은 휴대용 군용 수통에 강물을 담아 이승만 대통령에게까지 보내기도 했다, 하지만 곧 거센 반격에 부딪쳤다. 유엔군은 당초 크리스마스 공격작전에 자신만만했다. 그러나 난데없이 나타난 복병 중국군의 고전적인 공세와 벼랑 끝 전술로 나온 인민군의 거센 반격에 몹시 당황했다. 펑더화이(彭德懷)를 사령관으로 한 중국 인민지원군은 뜻밖의 장소에서 밤낮으로 북과 꽹과리를 치거나 나발을 불며 불쑥불쑥 전투장에 나타나는 고전적인 전법을 썼다. 이에 유엔군은 중국군의 그런 작전에 제대로 대항치도 못하고 허둥지둥 퇴각하기 바빴다.

유엔군은 특히 중국군이 북과 꽹과리를 치며 야간 공격을 할 때는 혼비백산 공포감으로 벌벌 떨었다. 중국군은 마오쩌둥(毛澤東)의 16자 전법을 교범으로 삼았다.

"적군이 진격하면 아군은 후퇴하고, 적군이 근거지를 마련하면 아군은 어수선하게 하며, 적군이 피로하면 아군은 공격하고, 적군이 달아나면 아군은 추적한다(敵進我退 敵據我擾 敵疲我攻 敵退我追)."

유엔군은 중국의 이 고전 전법에 갈팡질팡 속수무책이었다. 또한 끊임없는 중국군의 파상공세로 유엔군 측은 그만 기가 질려버렸다. 게다가 날씨조차도 유엔군 편이 아니었다. 유엔군은 영하 30~40도를 오르내리는 북부지방의 강추위가 적군보다 더 무서웠다. 총 한 방 쏴보지도 못한 채 동사자가 속출했다.

유엔군 가운데 최강으로 알려진 미 해병1사단장 스미스(Oliver. P. Smith) 장군은 개마고원 깊숙한 장진호전투에서 중국군에게 포위를 당했다. 그제야 그들의 작전이 무모했다는 상황 판단을 한 뒤 과감히 후퇴명령을 내렸다. 그는 그러면서도 병사들의 사기를 위해 기지를 발휘했다.

"이건 후퇴가 아니라 다른 방향으로 공격을 하는 것이다!"

유엔군은 적의 공격보다 더 무서운 혹한 속에 중국군 참전 이후 2주일 동안 약 250킬로미터나 계속 후퇴했다. 그러자 6·25전쟁 전세는 또다시 대역전이었다. 인민군에게 중국 인민지원군 참전은 천군만마의 원군이었다. 중국군의 참전에 힘입은 인민군은 인천상륙작전 이후 후퇴 일로에서 단박에 일대 공세로 전환했다. 1950년 11월 말, 인민군과 중국군 연합공산군은 청천강과 장진호에 이르는 동해안 지역까지 진출하였고, 12월 6일에는 마침내 평양을 탈환했다. 맥아더는 마침내 중국군의 맹공과 강추위로 북진 중인 유엔군에게 흥남 철수명령을 내렸다. 당시 흥남지역에는 미 제1해병사단, 제7시단, 제3사단, 그리고 국군 제1군단 등 10만 5천 명의 병력과 수십만 명의 피란민이 몰려 있었다. 이들은 12월 10일부터 24일까지 보름간 철수작전이 펼쳐졌다. 그때 원산은 이미 공산군 측이 점령하였기에 철수는 해로밖에 없었다.

흥남 철수작전에는 미군 수송선뿐 아니라 각종 선박 132척이 동원됐다. 행선지는 부산, 마산, 울산, 구룡포, 울진, 묵호 등으로 사람은 많고 배는 적었다. 마지막 철수선인 미국 상선 메러디스 빅토리(Meredith Victory)호는 정원이 60명으로, 이미 선원 47명이 타고 있었기에 승객은 13명만 태울 수 있는 화물선이었다. 하지만 라루 선장은 부두에서 발을 동동거리는 피난민을 외면할 수 없어 배에 실려 있던 무기 대신에 피난민 1만4천 명을 태웠다. 그래도 피란민을 다 태울 수 없어 흥남 부두는 발을 동동 구르는 피란민의 눈물바다로 아비규환이었다.

1950년 12월 25일에는 공산군이 38선 이북의 거의 전 지역을 다시 장악해 오만불손한 맥아더의 코를 아주 납작하게 만들었다. 공산군은 12월 31일 밤 전 전선에서 다시 38선을 돌파한 뒤 북풍처럼 남하했다. 1951년 1월 4일에는 서울을 다시 점령했고, 1월 중순에는 37도선 이북 지역까지 점령했다. 워싱턴은 맥아더의 크리스마스 총공세가 대참패로 돌아가자 몹시 경악했다.

미군은 미국 역사상 처음으로 가장 큰 패배를 당하자 트루먼 대통령은 비장의 카드를 뺐다. 그는 기자회견을 통해 한국전쟁에서 원자탄 사용을 적극 고려하고 있다고 발표했다. 이로써 한국전쟁은 자본주의 대 사회주의 진영의 국제전으로 제3차 세계대전이 발발할 위기에 놓였다. 그러자 세계 여론은 들끓기 시작했다. 대부분 나라가 미국의 원자탄 사용 계획을 비판할 뿐 아니라, 미국 국내에서조차도 반대 여론은 높아갔다. 미국 다음으로 6·25전쟁에 많은 지상군을 파견한 영국마저도 미국의 원자탄 사용계획에 반기를 들었다. 중국 영토 내 홍콩을 식민지로 가진 영국은 마냥 중국과 적대 관계를 지속할 수 없었기 때문이다. 그래서 영국 수상 애틀리는 워싱턴을 방문하여 트루먼 대통령과 회담을 가졌다. 이들은 '한반도에서 방어선을 유지해 전쟁의 확산을 방지하면서 명예롭게 종식시키는 방안'에 대한 의견을 나누었다. 그러면서 한반도에서 결코 핵무기가 사용되지 않을 것임을 재차 확인하고, 유엔의 후원 하에 휴전을 모색하기로 합의하였다.

이러한 합의 배경에는 당시 미국의 주적은 소련이었다. 그런데 미국이 대중국전에서 힘을 소비하는 것은 곤란하다는 판단과 함께 당시 일본 방위를 위해 주한미군의 전력을 보존해야 한다는 등의 요인도 작용했다. 마침내 미국은 전 세계적인 반대 여론과 그 무렵 소련의 핵무기 보유량이 급증하고 있다는 정보에 그만 한국전에서 원자탄 사용 카드를 접지 않을 수 없었다.

한편 중국군의 제3차 공세로 37도선까지 후퇴를 거듭했던 유엔군은 다시 전열을 정비한 뒤 대반격의 작전을 펼쳤다. 1951년 3월 18일에는 서울을 재탈환했고, 3월 23일에는 38선 이남을 다시 장악했다. 그때부터 미국 내 여론은 확전보다 전쟁을 제한하는 기류로 흘러갔다. 하지만 맥아더의 의견은 달랐다. 그는 그런 기류를 '전쟁에서 싸워 이기려는 의지를 상실한 것'이라고 강하게 비판하면서 중국에 대한 강력한 보복조치로 원자탄 투하를 트루먼에게 요구했다. 그러나 트루먼 대통령은 1951년 4월 11일 마침내 맥아더 유엔군사령관을 해임으로 답했다. 이는 그 무렵 미국의 확전 반대 분위기를 대변한 조치였다. 유엔군사령관 맥아더 후임에는 미 제8군사령관이었던 리지웨이가 임명되고, 새로운 미 8군사령관에는 밴 플리트 중장이 임명됐다. 새로 부임한 리지웨이와 밴 플리트의 최대 관심사는 소련의 한국전 개입 가능성 문제로, 그들은 한국전의 확전보다 명예로운 종전에 무게를 두고 있었다.

1950년 11월부터 유엔군은 거제도 고현, 수월지구 등지에 포로수용소를 짓기 시작했다. 거제포로수용소는 대부분 포로들이 지었다. 먼저 거제도에 도착한 포로들은 수용소 울타리 철조망 설치작업부터 했다. 그런 다음 불도저로 부지 정지작업을 한 뒤 감시 망루를 설치했다. 포로들은 정지작업을 한 부지에다가 일정한 간격으로 천막을 쳤다. 잠깐 새 거제도는 온통 천막으로 뒤덮인 섬이 됐다. 초기 막사는 천막뿐이었으나, 곧 흙벽돌 막사들도 들어섰다.

유엔군은 거제포로수용소에 60, 70, 80, 90 단위의 숫자가 붙은 4개 구역과 28개 동(棟)으로 배치했다. 중앙 계곡에는 제6구역, 동부 계곡에는 제7, 8, 9구역으로 배열하였으며, 1개 단위 구역에는 6천 명을 수용할 수 있게 터를 잡았다. 그런 뒤 유엔군은 부산포로수용소의 포로들을 거제포로수용소 공사와 함께 점차로 이송시키기 시작했다.

1951년 2월 말에는 부산포로수용소의 5만여 명 포로를 거제포로수용소로 이송시켰다. 3월 1일에는 행정본부, 이어 나머지 부속기관과 잔류인원도 이송하기 시작하여 그해 6월 말에 거제포로수용소 포로는 14만여 명에 이르렀다. 그러자 그때부터 부산포로수용소는 거제포로수용소의 보조 역할을 담당했다. 곧 유엔군은 전투지에서 사로잡은 포로를 일단 부산포로수용소에 모은 뒤 거기서 분류 편성하여 거제도로 보냈다.

거제포로수용소가 문을 열자 친공포로들은 부산포로수용소와는 달리 곧장 주도권을 잡았다. 곧 포로수용소 안은 미군도, 국군도 들어가지 못하는 무법천지로 변했다. 그러자 포로수용소 내에서 포로들 사이 살육전이 벌어졌다. 친공포로들은 수용소 내 주도권을 확실히 잡고자 반공포로들에게 살인까지도 서슴지 않았다. 친공포로들은 수용소 내에서 인민재판까지 열었다. 또한 수용소 내에 인공기가 게양되고, 적기가가 울려퍼지는 사태에까지 이르렀다.

유엔군은 이러한 사태를 반전시키고자 포로수용소에 반공청년단을 들여보냈다. 그러자 포로수용소 내는 두 개의 세력으로 양분됐다. 곧 해방동맹의 친공포로와 반공청년단의 반공포로들이었다. 이들 두 세력은 팽팽히 맞서면서 수용소 내에 인공기와 태극기가 밤낮으로 바뀌 게양되는 일까지도 벌어졌다. 연일 포로수용소 철조망 안에서 두 세력 간 전선을 방불케 하는 살육전이 벌어졌다. 친공포로들은 드럼통을 잘라 만든 칼로 반공포로를 살해한 뒤 시체의 각을 떠 맨홀이나 변소에 집어넣는 야만적인 살육행위도 서슴지 않았다. 그에 맞선 반공포로들의 친공포로에 대한 반격도 막상막하였다. 포로수용소 안에서도 또 다른 전투가 연일 계속됐다. 이런 가운데 포로수용소 내 포로들은 주도권을 서로 쥐고자 친공포로와 반공포로 간 쿠데타에, 역 쿠데타로, 거의 날마다 피비린내 나는 피의 보복이 이어졌다. 이런 무법천지 속에 포로수용소장 미군 도드 준장이 포로들에게 납치되는 어처구니없는 일도 벌어졌다. 유엔군은 포로수용소 이전은 성공했을지언정 포로 관리는 치밀치 못하여 역대 포로수용소장들은 숱한 곤혹을 치러야 했다.

김준기는 1951년 2월부터 거제포로수용소에서 지냈다. 그해 7월 초는 음력 5월 그믐께였다. 거제포로수용소 일대는 초저녁부터 먹물에 잠긴 듯 캄캄했다. 밤이 깊어지자 포로수용소 철조망 위 감시초소 서치라이트는 더욱 가쁘게 좌우상하로 어둠을 갈랐다. 그날 밤 10시 무렵 짙은 바다안개 갑자기 남해안 일대를 덮었다. 그러자 포로수용소 언저리는 한 치 앞도 분간할 수 없는 짙은 어둠과 묵직한 안개로, 거제도 섬 전체가 마치 바다 깊숙이 가라앉은 듯했다.

자정이 가까운 한밤중이었다. 허름한 작업복에 해진 작업모를 깊숙이 눌러쓴 세 사내가 제73동 내무반 천막 문을 열어젖히고 불쑥 나타났다. 그들은 이미 사전 답사를 한 듯 내무반 가장자리 가마니를 깐 바닥에서 막 잠든 김준기를 잽싸게 덮쳤다. 그들은 매우 익숙하게 검은 천으로 준기의 눈을 가리고 입을 강제로 벌려 나무 막대기로 재갈을 물렸다. 그런 뒤 포승줄로 준기의 입 언저리를 묶었다. 그들 가운데 한 사내가 준기의 배에 올라타며 물었다.

"106564번, 김준기 동무지?"

"…."

준기는 재갈 때문에 입을 열 수가 없었다. 순간 준기는 그들이 소문으로만 들었던 해방동맹 소속 공작대라는 짐작이 갔다. 해방동맹 공작대는 거제포로수용소 이송 후 수용소 내 실권을 완전히 장악하고 무소불위의 권력을 행사하고 있었다. 그들은 포로들의 과거를 몰래 낱낱이 조사했다. 곧 포로들이 수용소로 온 경위, 포로수용소 입소 뒤 반공포로로 전향한 자, 유엔군 측에 군사정보를 밀고한 자들을 족족 찾아냈다. 그런 뒤 혐의자를 한밤중에 어디론가 데려가 인민재판이나 약식재판에 붙였다. 재판이 끝난 부역혐의자들은 대부분 드럼통을 잘라 만든 칼이나 곡괭이 자루, 각목 등으로 끔찍하게 처형당했다.

내무반 동료 포로들 가운데 몇몇은 잠에서 깼을 테다. 하지만 그들의 정체를 짐작한 듯 아무도 나서서 준기를 도와주지 않았다. 포로수용소 포로들 세계에서는 자신과 이해관계가 없는 일에는 나서지 않는 게 불문율이었다. 그 짧은 명재경각의 순간, 준기는 컴컴한 어둠 속에서 저승사자를 만난 가위 눌림에 천길 낭떠러지로 떨어지는 느낌이었다. 준기는 눈앞에 검은 그림자가 스멀스멀 드리워졌다. 준기의 배를 올라탄 공작원이 목에 칼을 들이댔다.

"야, 소리치거나 반항하믄 이대로 목을 따는 거야."

"…."

"김준기 동무가 맞으믄 고개를 좌우로 흔들라."

준기는 그의 말대로 고개를 조금 흔들었다. 그러자 다른 두 대원은 준기를 일으킨 뒤 양 겨드랑이를 잽싸게 끼고 막사 밖으로 끌고 갔다. 하지만 그 순간부터 준기는 본능으로 저항했다. 준기는 팔꿈치로 그들 가슴을 치거나 발을 뻗댔다. 마치 도살장에 끌려가는 소처럼. 그들에게 끌려가는 것은 곧 죽음을 의미했기 때문이다. 양 겨드랑을 낀 두 공작대원 가운데 선임이 뒤따르는 두 대원에게 말했다.

"동무, 안 돼가서. 아무래도 손 좀…."

"알갓시오."

그 말과 함께 뒤따르던 한 공작대원은 들고 있던 곡괭이 자루로 준기 어깨를 도리깨질하듯 후려쳤다. 준기는 그 한 방에 어깨가 으스러지는 아픔과 함께 바닥에 쓰러졌다. 그 공작대원은 다시 곡괭이 자루로 준기 엉덩이를 복날 개 패듯 후려쳤다. 준기는 별이 우수수 쏟아지는 충격에 그만 정신을 잃고, 회초리를 맞은 개구리처럼 땅바닥에 죽 뻗었다. 두 공작대원은 땅바닥에 뻗은 준기의 양팔을 잡고 해방동맹 본부가 있는 제77 수용동으로 질질 끌고 갔다.

그 시각 포로수용소의 서치라이트는 아무 소용이 없었다. 그믐밤 먹빛 어둠과 짙은 안개로 더욱이 감시초소에서 삼백여 미터나 떨어진 제77동까지는 서치라이트 불빛은 미치지 않는 무용지물이었다. 제77동 내부는 다른 천막 막사와 비슷했다. 통로 끝에는 초여름치고는 더운 날임에도 목이 긴 가죽장화를 신은 한 사내가 나무의자에 앉아 있었다. 그는 거제포로수용소 자치 대대장이었다. 그의 오른쪽 뺨은 깊은 칼자국이 선명했고, 수염은 텁수룩했다. 그의 얼굴 칼자국 중간 중간에는 X자로 봉합한 실밥 자국이 훈장처럼 그대로 남아 있었다. 그에게 칼자국 상처는 목이 긴 장화와 함께 포로수용소 자치 대대장의 권위를 상징했다.

대대장 옆 바닥 좌우에 두 명씩 앉아 있었다. 그들 네 명은 해방동맹 대대간부들이었다. 세 공작대원은 준기를 끌어 대대장 앞에 데려다놓았다. 준기에게 몽둥이질을 한 선임 행동대원은 의자에 앉은 대대장에게 거수경례를 한 뒤 보고했다.

"김준기 반동을 데려왔습니다. 손 좀 봤더니 기절한 모양입니다."

"알가서. 안대와 재갈을 풀어주라."

두 공작대원은 준기의 눈가리개와 입의 재갈을 풀었다. 대대장은 옆에 앉아 있는 한 참모에게 말했다.

"우리 공화국을 배반한 김준기란 도망병이 맞소?"

윤성오 감찰은 자리에서 다소 불편하게 일어났다. 그는 대대장 옆 램프등을 들고 절름거리며 두어 발자국 옮겨 통로로 갔다. 윤 감찰은 준기의 얼굴을 램프로 확인한 뒤 고개를 끄떡이며 말했다.

"맞습네다."

그러자 대대장은 공작대원에게 명령했다.

"야! 찬물을 끼얹어라."

선임 대원이 통로에 놓인 양동이에서 국자로 물을 가득 담은 뒤 준기 얼굴에 끼얹었다. 준기가 약간 꿈틀거리더니 그대로 쓰러졌다. 대대장은 다시 명령했다.

"아주 양동이째로 부어!"

"네!"

두 공작대원이 양동이를 들고 그대로 준기 온몸에 물을 부었다. 별다른 반응이 없었다.

"과하게 손을 봤군."

"죄송합니다."

선임 대원은 머리를 조아리며 말했다.

"일없어. 제놈 목숨이 길믄 깨어날 거야. 동무들 수고했어. 기럼 74동 반동을 데려오라. 그 반동은 아예 발까지 묶어 동무들 어깨에 메거나 업고 오라!"

"네! 알갓습니다."

세 공작대원은 일제히 복창한 뒤 대대장 앞 쓰러진 준기를 끌어 출입문 입구에 패대기치고 바깥으로 휭 나갔다.

얼마간 시간이 지나자 준기의 의식이 차츰 돌아왔다. 그 순간 어깻죽지와 엉덩이뼈가 으스러진 듯 아팠다. 그와 동시에 복도 멀리서 대대장과 참모들의 윽박지르는 말소리가 희미하게 들렸다. 한 포로를 꿇어앉힌 채 신문하는 소리였다. 준기는 혀를 깨물어 터져나오는 비명을 참았다. 그대로 비명을 질러봤자 그에게 다가올 것은 잇따른 신문과 욕설, 그리고 드럼통으로 만든 칼로 자기 몸뚱이를 각 뜰 것이 뻔했기 때문이다. 준기는 그대로 눈을 감았다. 그는 인민군에 입대할 때 아바지(아버지)와 오마니(어머니)가 당부하던 말이 환청처럼 들렸다.

"야, 일어나라."

한 해방동맹 공작대원이 발길로 준기의 옆구리를 찼다. 그 순간 준기는 용문중학교 때 국어선생에게 배운 오자병법의 "죽기를 각오하면 살 것이요, 요행히 살려고 하면 죽을 것이다"라는 뜻의 "필사즉생 행생즉사(必死則生 幸生則死)" 여덟 자가 문득 떠올랐다.

'그래, 내가 이대로 누워 있으면 저자들은 그대로 각을 뜰지도 몰라.'

준기는 악을 쓰며 부스스 일어났다. 그러자 공작대원은 대대장에게 큰 소리로 보고했다.

"김준기 반동, 깨어났습니다."

"데려오라."

준기는 두 공작대원의 부축을 받으며 자치 대대장 앞으로 끌려갔다. 그는 통로바닥에 꿇어앉았다.

"이름은?"

"김준깁니다."

"원대 소속은?"

"조선인민군 제3사단 야전병원 위생병이었습니다."

"동무레 작년 9월 초순 어느 날 밤에 낙동강 다부동전선에서 우리 조선인민군 반동분자 최순희란 간호전사와 도망쳤다는 고발이 들어와서. 사실인가?"

"기렇습니다."

"전선에서 도망치면 어드러케 되는지 잘 알지?"

"기저 죽여주시라요."

"알갓서. 네 말대루 해주지."

그때였다. 대대장 곁에 앉아 묵묵히 바라보던 윤성오 감찰이 나섰다.

"대대장 동무!"
"말하라."
윤성오는 여전히 자리에서 불편하게 일어나 낙동강전선에서 준기와 만난 얘기, 준기가 최순희의 꾐으로 전선에서 도망간 얘기, 준기가 추풍령에서 최순희를 떨어뜨리고 후퇴길에 오대산 들머리에서 남진수 3사단 독전대장을 만난 얘기를 했다. 그 얘기에 이어서 오대산 동피골 동굴에서 셋이 함께 지내다 남진수 대장의 영웅적인 전사 이후에 국방군에게 체포되었다는 얘기도 했다.
"김준기 동무는 최순희 간나의 꾐에 빠져 도망병이 됐지만 결코 국방군에게 투항한 자는 아닙네다."
"틀림없소?"
"기렇습네다."
대대장은 김준기에게 물었다.
"김 동무, 윤 감찰의 말이 틀림없나?"
준기는 대답 대신 고개를 끄덕인 뒤 울먹이며 말했다.
"내레 조국을 배반해시오. 기저 죽여주시라요."
김준기의 언행을 줄곧 지켜보던 대대장은 씩 웃으며 말했다.
"이 동무레 예사 놈과는 달리 솔직해서 좋아!"
"…."
"우리 조선인민군의 영웅이신 남진수 대장님께서 이미 동무를 용서했다구 하니 내레 참작은 하가서. 하지만 전선에서 도망한 죄는 면할 수 없지."
"…."
대대장의 말은 포로수용소에서는 법이었다.
"내레 김준기 동무에게 일주일간 금식조치를 내린다. 그리구 금식조치가 끝나는 대로 6개월간 변소 청소를 시켜라."
"알갓습니다. 기저 살려줘서 고맙습니다."
준기는 고개를 거듭 끄덕였다.

"내 석명을 들어주셔서 감사합네다."

윤성오가 대대장에게 거수경례를 붙이며 말했다.

그 얼마 뒤 금식조치가 풀린 어느 날 준기가 포로수용소 변소 분뇨통을 어깨에 메고 수용소 밖 분뇨저장소로 가는데 뒤에서 누군가 불렀다.

"이보라우, 김 동무!"

준기는 귀에 익은 목소리라 깜짝 놀라며 뒤돌아보니 야전병원에서 한때 같이 근무했던 장남철 상사였다. 그는 현역 때보다 더 높은 중대장 완장을 팔뚝에 두르고 있었다.

"김준기 동무 아냐?"

"아, 네. … 다시 만나 반갑습네다."

"어찌 김 동무는 여태 오마니 품으로 돌아가디 못했나?"

"낙동강에서 넹벤까지는 … 수태 멀더만요."

"기래? 그 간나는?"

"내레 잘 … 모릅네다."

"머이, 김 동무가 모르다니?"

"내레 정말루 … 모릅네다."

"최순희 동무, 아마 그 동무는 집에 돌아갔을 게야. 그 간나는 보통이 아니디. 사막에서두 살아남을 간나야. 김 동무가 그 간나한테 홀딱 홀려 리용 당한 게디."

"아, … 아닙네다. 리용 당하다니요. 절대루 기러티 않습네다."

"머가 아냐? 내레 보기엔 김 동무가 그 간나 조가비 맛 한번 보고는 기저 뿅 간 거 같더만."

"……."

"아무튼 사내들은 간나들이 살살 꼬리치면 뿅 가기 마련이디. 기게 사람 사는 세상이디. 네로부터 간나들 꼬리 티는데 놀아나 신세 조진 사내가 한 둘이 아니디. 하긴 기래야 사람 사는 역사가 이루어디는 게디."

장 상사는 준기의 얼더듬는 대꾸에 재미있는 듯 히죽히죽 웃었다.

"내레 기때 총구 앞에서두 최 동무의 당당하구 담담한 태도에 기만 기가 질려서(질렸어). 만일 기때 과수원에서 동무들이 나에게 살려달라구 비굴하게 매달렸다면 내레 총알이 동무들 심장을 꿰뚫었을 게야."

"늘 장 동무를 고맙게 생각하고 있습네다. 내레 기때 죽은 목숨이디요."

"길쎄. 아무튼 기때 내레 방아쇠를 당겼는데 어드러케 총알이 빗나가더라구. 기건 동무들 복이디. 내레 데(제)76 수용동에 있으니께 꼭 한 번 들리라."

"예, 기러디요."

준기는 대답은 했지만 그날 이후 한 번도 장 상사를 찾아가지 않았다. 수용소 포로들에게는 이 동 저 동 마음대로 이동할 수 있는 자유도 없을뿐더러, 설사 있었다 하더라도 준기는 장 상사를 찾아가지 않았을 것이다. 준기는 장 상사 앞에만 서면 도무지 오금을 펼 수 없었기 때문이다.

포로수용소의 겨울은 언제나 춥고 배고팠다. 준기도 다른 포로들처럼 겨울 낮 시간은 모포를 들고 햇볕이 잘 드는 양지쪽으로 갔다. 세상은 참 좁았다. 어느 날 옆 동의 한 포로와 철조망 곁에서 햇볕을 쬐며 이런저런 얘기를 나누었다. 서로 간 고향 이야기를 하는데 그는 경북 상주 출신이라고 했다. 준기는 자기 귀를 의심하며 혹시 '조석봉'이 아니냐고 묻자 그의 동공이 커지며 깜짝 놀랐다. 그제야 준기는 북으로 탈출하는 가운데 그의 집에서 신세를 진 얘기와 함께 부모님은 자나 깨나 막내아들을 기다린다는 간곡한 얘기를 전했다. 그는 잘 알았다는 듯이 고개를 여러 차례 끄덕였다.

1951년 3월 이후, 전선은 38선에서 거의 교착상태였다. 유엔군과 공산군 양측이 38선을 사이 두고 지루한 공방전을 거듭 펼쳤다. 하지만 피차 개전 초기와 같은 전선의 급격한 변동은 없었다. 그 무렵 전선은 서로 샅바를 거머쥔 채 상대의 허점만 노리는 씨름꾼의 형세였다.

6·25전쟁이 일어난 지 일 년이 지날 1951년 6월이었다. 유엔군과 공산군 양측은 모두 그제야 비로소 단시일 내 상대편을 군사력으로 굴복시키는 것

이 불가능함을 깨달았다. 그런데다가 장기간 전선은 북위 38도선 일대에서 교착되자 국제 외교가에서는 정전 논의가 슬그머니 수면 위로 떠올랐다. 그 신호탄을 쏜 첫 주인공은 미소 간 사전 비밀 접촉 끝에 조율한 각본대로 주유엔 소련대사 말리크였다. 그는 유엔방송을 통해 '평화의 가치'라는 제목의 연설에서 다음과 같이 말했다.

"소련 인민은 한국문제의 평화적 해결을 종용하고, 교전국 간의 정전협상 토의가 시작되기를 희망한다."

이 한 마디는 전쟁 당사자, 특히 미국에게는 대단히 반가운 말이었다. 미국이 감히 청할 수 는 없지만 간절히 바랐던, '불감청고소원'이었다. 세계 최강을 자부하던 미국은 한국전쟁에서 체면상 먼저 '정전'이라는 말을 차마 먼저 꺼낼 수 없었다. 그런 가운데 대외적으로 소련 측에서 이를 먼저 제의하자 미국은 내심 쾌재를 불렀다. 하지만 미국은 자신들의 본심을 숨긴 채 몽니를 부리며 겉으로는 말리크 소련대사의 체면을 살려주는 척, 의뭉스럽게 슬그머니 정전협상 테이블로 나갔다.

국제여론 역시 대체로 조속한 종전 방향으로 흘러갔다. 말리크 소련대사의 연설이 있은 지 얼마 뒤인 1951년 7월 10일, 개성에서 유엔군과 공산군 사이에 최초의 정전회담이 열렸다. 이에 한국 이승만 대통령은 완강하게 정전회담을 반대했다. 전국에서는 연일 휴전반대 관제 데모가 일어났다. '통일 없는 휴전은 있을 수 없다'고 여학생들까지 나섰다. 하지만 미국은 이를 철저히 묵살했다. 정전회담이 열리자 곧 유엔군과 공산군 양측은 본회담 시작 17일 만에 5개 항의 의제와 의사일정에 전격 합의했다.

한 서방 기자는 한국전쟁 정전회담 취재차 3주간의 출장명령을 받고 한국에 왔다. 그만큼 서방 대부분 나라는 한국전쟁의 정전회담은 매우 쉽게 끝나는 줄 알았다. 하지만 그것은 섣부른 판단이었다. 막상 정전회담에 참석한 양측은 서로 전장이 아닌, 정전협상 테이블에서만은 자기네가 이기고 싶었다. 특히 세계 최강을 자부했던 미국은 그들이 형편없이 깔보던 북한과 중국을 상대로 협상테이블에 마주 앉은 그 자체부터 치욕으로 느꼈다.

그래서 미국은 그들의 구겨진 자존심을 세우기 위해 정전회담에서 상대방에게 줄곧 무리한 요구를 했다.

한편 중국도 이참에 그동안 국제 사회에 '종이호랑이'로 실추된 그들의 자존심을 되살리고자 미국의 무리한 요구를 즐기면서 일축했다. 그러면서 그들은 정전회담장에서 미국과 대등하게 팽팽한 줄다리기하는 모습을 서방기자에게 보여주며, 이 기회에 중국인 특유의 만만디를 마냥 즐겼다. 세월은 언제나 자기들 편이라는 몸에 밴 느긋한 자세로. 그러자 정전회담은 전쟁을 멈추기 위한 회담이 아니라, 교전국의 체면을 세우기 위한 또 하나의 치열한 전쟁터가 됐다. 그래서 6.25전쟁 정전회담은 그 어느 전쟁의 강화회담보다 매우 지루하고도 잔인하게, 그리고 장기간 계속됐다.

유엔군과 공산군 양측이 정전협상 5개 항 가운데 가장 오랜 시일을 끈 난제는 제4의제인 전쟁포로 처리문제였다. 정전회담 제1의제는 의제 선택과 의사일정 문제로, 협상 13일 만에 쉽게 타결했다. 제2의제 군사분계선 문제는 4개월간 줄다리기 끝에 쌍방은 지상의 현 전투접촉선을 군사분계선으로 하고, 이를 중심으로 남북이 각 2킬로미터 씩 후퇴하여 비무장지대를 설치키로 합의했다. 제3 의제인 정전 감시조항과 실시기구의 구성, 권한 및 직책 문제도 협상 6개월여 만에 타결을 보았다. 제5의제인 한반도 문제의 평화적 해결방안도 협상 21일 만에 타결됐다. 사실 제4의제 포로송환 문제는 제네바협정에 따르면 가장 쉽게 타결될 문제였다.

제네바협정 제118조에는 "적극적인 적대 행위가 끝난 후에 전쟁포로들은 지체 없이 석방, 송환되어야 한다"고, 포로의 자동송환 원칙을 밝히고 있었다. 그런데 유엔군 측은 이 의제에 대해 느닷없이 포로의 일대일 교환과 포로 본인의 의사에 따른 '자유송환'을 줄기차게 주장하고 나섰다. 공산 측은 이는 제네바협정 위반으로 포로들의 전원 송환을 강력히 주장했다. 그러자 정전협상 의제 가운데 이 문제가 최대 암초로 떠올랐다.

유엔군 측이 자유송환을 계속 들고나온 것은 공산군 측 포로들이 본국으로 송환을 원치 않는다는 것을 세계 여러 나라에 보여주고 싶었다. 그리하여 자유민주주의가 공산주의보다 훨씬 우월하다는 것을 과시함과 아울러 북한과 중국의 체면을 여지없이 구김으로써 미국은 한국전쟁에서 명예로운 마무리를 하고 싶은 속내였다. 게다가 유엔군 측에 수용된 공산군 포로는 13만 명 정도인데 견주어, 공산군 측에 수용된 유엔군 포로는 1만 1천 명 정도에 지나지 않았다. 유엔군 측은 북한에 억류된 유엔군 포로가 적어도 5~6만 명은 되리라는 예상했다. 하지만 예상에 크게 미치지 못하자 포로의 일대일 교환과 '자유송환'을 줄기차게 주장했다.

유엔군은 자존심 경쟁에 따른 잔류 포로의 확보를 위하여 수용소 내에서 대대로 포로 전향공작을 펼쳤다. 유엔군은 포로들에게 민간 정보교육과 공민교육을 통하여 자유민주주의 체제의 우월성을 주입시켰다. 유엔군은 이 교육을 통하여 다수의 친공포로들을 반공포로로 전향시켰다. 또 반공포로로 전향한 자에게는 '멸공통일' '반공'과 같은 글자나 태극기 무늬를 팔뚝이나 배, 등에 문신으로 새기게 했다. 이는 나중에 반공포로들이 변심하여 고향에 가려고 해도 문신 때문에 갈 수 없게 하고자 한 아주 치졸한 조치였다.

그런 가운데 정전회담장에서 유엔군 측과 공산군 측은 포로 송환문제를 둘러싸고 팽팽한 줄다리기를 계속했다. 양측은 서로 상대를 압박하고자 무력 공세도 서슴지 않았다. 유엔군은 폭격기로 북한의 수풍, 장진댐을 비롯한 수력발전소를 폭격하였고, 그밖에 군수공장에도 폭탄을 쏟아부었다. 공산군도 이에 맞서 지상공세를 강화하자, 정전회담 기간 중 전선에서는 포로로 잡힌 병사보다 훨씬 더 많은 병사들이 죽어갔다.

1951년 8월 공산군 측은 정전회담이 열리고 있는 개성 일대에 대한 유엔군의 야간폭격에 격분하여 정전회담 결렬을 선언했다. 그러자 1951년 9월 6일 유엔군 측 리지웨이 사령관은 이를 타개하고자 회담장소를 바꾸자고 제의하여 개성에서 판문점으로 옮겼다. 하지만 양측 대표들은 회담장소가 바뀌어도 여전히 정전회담장에서 지루한 입씨름만 벌였다. 그런 가운데 전쟁 당사국들에게 정전회담을 조속히 매듭지어야 하는 사정이 발생했다.

1952년 11월에 실시된 미 대통령선거에서 아이젠하워가 당선되면서 한국전쟁 상황이 급반전됐다. 아이젠하워는 군 출신이지만, 대통령선거에서 한국전쟁 종전을 선거공약으로 내세웠다. 미국인들은 장진호전투와 1·4 후퇴의 악몽을 잊지 않고 있었던 터라, 아이젠하워의 대선 종전 공약은 설득력이 있었다.

아이젠하워 행정부는 출범하지마자 한국전쟁을 끝내고자 적극 노력하였다. 아이젠하워는 취임 전 당선자 신분으로 한국전선을 조용히 시찰하기도 했다. 그런데다가 소련은 1953년 3월에 스탈린이 사망했다. 스탈린 사망은 소련의 미국에 대한 냉전 분위기를 완화시켰다. 중국 역시 내전을 마친 지 1년 만에 한국전쟁에 참전한 터라 피폐한 국내 사정은 마냥 한국전쟁을 오랫동안 끌게 할 수 없었다. 이런 각국의 여러 긴박한 상황에서 1953년 봄, 공산군 측은 유엔군 측의 주장을 반영한 포로교환 수정안을 제시했다. 그 수정안은 송환을 원치 않는 포로는 중립국 포로송환위원회에 넘겨 처리한다는 내용이었다. 이 수정 포로교환 협정이 체결됨으로써 비로소 정전회담의 최대 난제가 해결될 실마리가 보였다.

마침내 1952년 4월 8일부터 공산군 측의 요구에 따라 거제도포로수용소에서는 포로들의 송환여부를 묻는 분리심사가 실시됐다. 그때부터 포로들은 저마다 '남이냐, 북이냐'를 선택해야 하는 갈림길에 섰다.

준기는 그 갈림길에서 깊은 고뇌에 빠졌다. 어머니와 순희 누이의 얼굴이 번갈아 어른거렸다. 준기는 고향에 돌아가고픈 마음은 굴뚝 같았다. 하지만 그는 낙동강전선에서 도망병이었다는, 군인으로서 가장 치명적인 죄를 저질렀다. 그는 북으로 돌아가면 언젠가는 그에 따른 벌을 받게 될 것이 두려웠다. 하지만 준기는 남쪽에 일가친척 한 사람도 없었다. 만일 최순희를 만나지 못한다면 그는 남쪽에서 마냥 외톨이 신세가 될 처지였다. 준기는 선뜻 북쪽으로 갈 수도, 그렇다고 남쪽에 남을 수도 없기에 여러 날 밤잠을 설쳤다. 준기는 어머니를 따르자니 순희 누이가 보고싶고, 순희 누이를 따르자니 어머니가 마냥 그리웠다.

준기는 자본주의와 공산주의에 대해서도 깊이 생각해보았다. 자본주의 사회가 시민의 '자유'를 우선시한다면, 공산주의 사회는 인민의 '평등'을 더 우선시했다. 이 두 개의 사상은 사람에 따라 좋아하거나 싫어할 수도 있다. 준기 자신은 어느 것이 더 좋은가를 냉정히 생각해보았다. 준기는 포로수용소 생활에서 자유가 그 무엇보다 더 소중함을 깨달았다. 그러면서도 장차 통일된 나라는 자유도, 평등도 다함께 누릴 수 있는 그런 나라를 꿈꾸기도 했다. 하지만 그것은 당시 한반도 정치 현실로서는 어디까지나 먼 꿈이었다.

준기는 단시간 내에 '남이냐 북이냐' 가운데에서 하나를 선택해야 하는 갈림길에 놓였다. 준기는 포로송환 분리심사 직전까지도 갈팡질팡했다. 마침내 준기는 마음속으로 기표소 현장에서 어머니와 순희의 얼굴 가운데 먼저 떠오르는 대로 송환여부 의사 표시 용지에다가 'N(North, 북)' 자 아니면 'S(South, 남)' 자를 쓰기로 작정했다. 자기만 그런 게 아니고 수용소 내 꽤 많은 포로들도 '남이냐, 북이냐' 선택의 기로에서 그들 나름대로 심각한 고민에 빠졌다.

1952년 4월 8일로부터 사흘 뒤인 4월 11일, 드디어 준기에게 결정의 날이 왔다. 유엔 포로심사관은 포로들이 기표소에 들어가기 전에 종이를 나눠주었다. 거기에 포로번호를 쓴 뒤 'N' 자나 'S' 자 중 한 자만 쓰게 했다. 준기는 포로수용소 연병장 대기 열에 섰다가 유엔 포로심사관에게 종이를 받아들고 기표소에 들어갔다. 그 순간 묘하게도 기표소 안에서 순희의 얼굴이 크게 떠오르고, 한밤중에 낙동강을 건너 도망치던 장면과 구미 형곡동 김정묵 씨 집 행랑채에서 순희가 한 말이 환청처럼 들렸다. 그리고 순희의 상큼한 체취와 부드럽고 봉곳한 젖무덤의 촉감도.

'그래 순희 누이를 만난 뒤 통일이 되면 둘이서 고향의 오마니를 찾아갈 거야.'

준기는 마음속으로 그렇게 다짐한 뒤 마침내 포로심사관이 나눠준 종이에 'S'자를 썼다. 준기는 자기의 선택을 두고두고 후회하지 않기로 맹세했다. 준기는 일단 선택의 결정을 내리자 오히려 마음이 편했다. 준기가 남쪽을 선택하자 그 순간부터 그는 반공포로로 분리수용됐다. 반공포로들은 거제도를 떠나 부산, 마산, 영천, 광주, 논산 등 5개의 별도 포로수용소로 분산수용됐다. 준기가 간 곳은 경북 영천 제14 포로수용소였다. 북쪽을 선택한 친공포로들은 거제도에 그대로 남거나 거제도 남쪽 용초동으로 갔다. 그리고 본국 송환을 거부한 중국군 반공포로들은 제주 모슬포로 갔다.

1953년 6월 18일 밤, 이승만 대통령은 일방으로 반공포로를 석방하는 조치를 내렸다. 이 대통령의 이 명령으로 전국의 포로수용소에서 약 2만7천여 명에 이르는 반공포로들은 일시에 석방됐다. 이 조치에 전 세계는 경악했다. 미국 아이젠하워 대통령은 8년 재임 중 유일하게 자다가 일어난 사건으로 "미국은 우방을 잃은 대신 적을 하나 더 얻었다"고 개탄했다. 처칠 영국 수상은 이승만 대통령을 '배반자'로 비난하며 비밀리 미국 정부에 이승만 대통령을 즉각 구속하거나 대통령직에서 쫓아내라고 요청하기까지 했다. 아무튼 이승만 대통령의 이 조치는 막 닻을 내리려던 정전회담에 새로운 암초로 떠올랐다. 하지만 정전협정 회담장에 앉은 쌍방은 이미 전쟁을 더 이상 지속하기 어려운 상황이었다. 이 돌발 사태에 유엔군 측은 한국군이 정전협정을 준수하도록 보장하겠다고 확약함으로써 마지막 암초는 곧 제거됐다.

1953년 7월 27일 오전 10시 정각, 마침내 동쪽 입구로 유엔군 측 수석대표 해리슨과 실무자가 판문점 정전회담장으로 입장했다. 그와 동시에 서쪽 입구에서 공산군 측 수석대표 남일과 실무자가 들어와 판문점 정전회담장에 착석했다. 양측 대표는 서로 목례도, 악수도 없었다. 정전회담장은 시종 냉랭한 분위기였다. 정전회담장에는 북쪽으로 세 개의 탁자를 나란히 배치해두었다. 세 개의 탁자 중 가운데 탁자를 완충 경계지역으로 양쪽 탁자에 앉은 유엔군 측과 공산군 측 대표들은 곧 무표정한 얼굴로 정본 9통, 부본 9통의 정전협정문에 부지런히 서명을 했다. 양측 대표가 서명을 마치자 양측 선임 참모장교가 그것을 상대편에 건넸다.

이날 유엔군 측 해리슨과 공산군 측 남일은 각기 서른여섯 번씩 서명했다. 정전협정 조인이 계속되고 있는 동안에도 유엔군 전폭기는 하늘에서 무력시위라도 하듯, 정전회담장 바로 근처 공산군 진지에 폭탄을 쏟았다. 그런 가운데 양측 대표는 10여 분 만에 서명을 끝냈다. 그런 뒤 그들은 정전협정서를 교환하고 아무런 인사도 없이 곧장 회담장을 빠져나갔다. 그때가 1953년 7월 27일 오전 10시 12분이었다. 이날 정전협정 조인식은 회담장 분위기조차 글자 그대로 '정전'이었지 결코 '평화'가 아니었다.

한국전쟁 정전협정은 소련이 정전협정을 제의한지 25개월 만에, 모두 765차례 회담 끝에 이루어졌다. 이날 판문점 정전협정 조인식장에는 한국을 대표하는 사람은 단 한 사람도 없었다. 심지어 기자단도 유엔군 측 기자는 1백 명 정도였고, 일본인 기자도 10명이었다. 그런데 한국인 기자는 단 두 명뿐이었다. 한국의 운명은 한국인 참여 없이 결정되는 어처구니없는 비극의 현장이었다.

그날 정전협정 서명 이후에도 전투는 계속됐다. 정전협정문에는 서명 시점에서 12시간이 지난 뒤부터 전투 행위를 중지하도록 돼 있었기 때문이다. 그날도 유엔군 폭격기들은 북한의 비행장과 철로들을 폭격했고, 유엔군 해군 전함들은 동해 바다에서 원산항 쪽으로 함포사격을 실시했다. 정전 직전 최후 순간까지 서로가 한 하늘 아래서 살 수 없는 원수처럼 상대방에게 깊은 상처를 주었다. 전쟁에서 교전국간 페어플레이나 자비를 바랄 순 없다. 하지만 한국전쟁은 그 시작인 북한의 기습남침에서부터 유엔군의 마지막 북한 폭격까지 이 나라 백성들의 생명이나 인권은 안중에도 없었다.

1953년 7월 27일 22시, 그제야 155마일 휴전선에 비로소 총성이 멎었다. 3년 1개월 남짓 지루하게 계속된 한국전쟁은 승자도, 패자도 없는(양측이 승자라고 서로 우기는) '끝나지 않은 전쟁'으로 일단 그 막을 내렸다. 이 기간 동안 양측 사상자는 민간인 포함 약 500만 명, 그리고 1천만 명의 이산가족을 만들었다. 그리고 한국인에게는 전쟁 전 일직선 38도선 대신 전쟁

후 구불구불한 곡선의 군사분계선으로, 또 다른 단장의, 원한과 통곡의 휴전선을 남겼다.

이와 반면 미국은 한국전쟁으로 제2차 세계대전 후 침체기의 경제를 부흥시킴과 아울러 서방세계 최강국으로 부상하였다. 이웃 일본은 한국전쟁을 '신이 내린 선물'이라고 할 만큼 태평양전쟁 패전의 잿더미를 재건시키는 원동력이 됐다. 또한 북한은 김일성 유일체제를 더욱 공고히 굳혔고, 남한 역시 흔들리던 이승만 정권의 기반을 튼튼히 하는 데 큰 몫을 했다.

한국전쟁은 결과적으로 남과 북의 힘 없는 백성들만 소련제, 미국제 무기를 들고 한 핏줄, 내 형제들을 한 하늘 아래 살 수 없는 원수처럼 서로 무참히 죽이는 강대국의 노름에 놀아난 가엽고도 불쌍한 어릿광대 꼴이 됐다. 하지만 한국전쟁은 완전히 끝난 게 아니라 잠시 쉬는 정전협정으로 한반도는 어정쩡한 화약고로 계속 남게 됐다.

1953년 6월 18일 새벽 2시, 영천포로수용소에 수용되었던 김준기는 국군 헌병의 안내를 받으며 수용소 철조망을 통해 바깥세상으로 나왔다. 그런데 준기는 그렇게 그리던 바깥세상에 나왔건만 아이러니하게도 막상 갈 곳이 없었다. 그때 석방된 포로들은 대부분 갈 곳이 없어 우왕좌왕하다가 다시 인근 국군 포항보충대에 수용됐다. 그들은 거기서 일주일을 머문 뒤 대부분 국군에 입대하고자 제주도훈련소로 떠났다. 그때 준기의 실망과 허탈감은 이루 말할 수 없었다. 하지만 준기는 자신의 선택을 결코 후회하지 않기로 혀를 깨물며 하염없이 흐르는 눈물을 닦았다. 그에게는 언젠가 최순희를 만날 수 있다는 희망 때문이었다.

10. 구미

6·25전쟁 전후 구미는 인구 1만 안팎의 자그마한 면소재지였다. 그래서 보통급행 열차도 외면했던 낙동강 유역의 한촌이었다. 하지만 이 고장사람들은 남쪽에 우뚝 솟은 금오산을 정신적인 지주로 삼았다. 그러면서 이 고장이 배출한 길재, 김숙자, 김종직 등의 학자와 사육신 하위지, 생육신 이맹전, 한말의병장 허위 등 우국지사의 충절에 대한 자긍심은 매우 높았다.

구미사람들은 금오산 남쪽 기슭의 '형곡동(荊谷洞)'을 별칭 '사창' 또는 '시무실'이라 불렀다. 사창이란 유래는 조선시대에 각 고을의 환곡을 저장해 두던 곳집 '사창(社倉)'이 마을에 있었기 때문이다. 또 시무실이란 '가시골'의 변형된 말로, 예로부터 이 마을에는 가시나무가 많았기 때문이다. 1950년대 구미면 형곡동은 1백 호 안팎의 꽤 큰 마을이었다.

그 무렵 이 마을도 다른 마을처럼 이른 봄이면 양식이 떨어지는 집이 많았다. 그럴 때면 이 마을 아낙네들은 금오산에서 산나물 푸성귀를 뜯어다가 알곡 반, 나물 반의 나물밥이나 국수, 수제비, 범벅 등으로 끼니를 이어갔다. 그 시절 봄이면 대부분 구미 일대 사람들은 몇 날 며칠 굶주려 피부가 누렇게 붓는 부황에 시달렸다.

1956년 8월 하순 어느 날 저물 무렵, 한 낯선 사내가 형곡동 인동댁 집 앞을 기웃거렸다. 그 시절은 전쟁 여파로 거지들이 많았다. 낯선 사내는 행색이나 행동거지로 볼 때 거지는 아니었다. 그는 대문 앞에서 집안을 계속 두리번거렸다. 안주인 인동댁이 사내에게 물었다.

"누군교(누굽니까)?"
"아, 네. 디나가는 사람입네다."
"근데, 왜 남의 집안을 그렇게 기웃거리시오?"
"내레 디난 유기오(6·25) 때 이 집에 잠시 머물고 간 적이 있어 기렵네다."
그때 집안에서 30대 후반의 한 사내가 대문 밖으로 나왔다. 주인 사내는 인동댁 아들로 구미 장터마을에서 가축병원을 운영하는 수의사 김교문이었다. 그는 낯선 사내에게 물었다.
"어디서 온 누구시오?"
"강원도 화천에서 온 김준기입네다."
"나도 김가요. 근데 말씨는 강원도 사람이 아닌데?"
"내레 군대생활을 강원도 화천 6사단에서 했디요. 원래 고향은 펭안도 녕벤입네다."
"아, 네. 그런데, 우째 우리 집을 찾아왔소?"
"내레 유기오 때 다부동 유학산까지 내려왔다가 미군 쌕쌕이 때문에 견딜 수 없어 한밤중에 낙동강을 건넸디요. 기러고는 이 집에 와 옷을 갈아입고 행랑채에서 잠시 몸을 피해 가시우(갔습니다)."
"우리 가족도 모르는, 그런 사연이 있었구먼요."
곁에서 잠자코 지켜보던 인동댁이 아들에게 나직이 말했다.
"내 본께로 마이 시장해보인다. 행랑채로 모시다가 저녁이나 대접해 보내라."
"네, 그라지요."
김교문이 앞장서 김준기를 행랑채로 안내하며 말했다.
"어쨌든 김씨는 우리 집과 인연이 있소. 나랑 저녁을 같이 먹으면서 사연이나 들려주이소."
"고맙게두 저녁까지나…."
준기는 행랑채로 들어갔다. 그는 방안을 유심히 훑어보았다. 지난날 행랑채에 떨어졌던 방문은 그새 새로 달려 있었고, 찢어진 창호지만 메워졌을 뿐 6년 전 순희와 하루 낮을 보낸 그대로였다. 김교문이 안채에서 밥상을 들고 오는데 행주치마를 입은 부인 장숙자가 따라왔다.

"손님, 찬은 없어도 맛있게 드이소. 경상도식 국시(국수)입니데이. 여기 구미사람들은 밀가루에 날콩가루를 넣고 만드는데 손님 입에 맞을지 모르겠네예. 우리 어무이 말씀을 들으니 지난 난리 때 우리 집에서 옷을 갈아입었다고 카던데 그때 벗은 옷을 안방 다락에 두고 갔지예?"

"기랬습네다."

"피란에서 돌아와 다락을 치우다가 인민군복이 나와서 얼매나 놀랬는지예."

"아딕도 기때 일을 잘 외우구 계십네다."

"그때 하도 놀래 지금도 안 잊어뿌리지예. 근데 군복이 두 벌이나 나오던데예?"

"맞습네다. 나 말구 또 한 너자(여자)두 이 집에서 머물었디요. 장농(장롱)에서 옷도 꺼내 입었고요. 그런 뒤 우리가 입은 군복은 벗어 다락에 던뎃수다."

"아, 그랬구먼요."

"아무튼 죄송합네다. 사실은 내레 그 너자를 찾으러 요기에 왔습네다. 던쟁 둥 던선(전선)에서 항께(함께) 도망가면서 추풍넝 어드메에서 서로 헤어뎃디요(헤어졌지요)."

"아, 네. 시장하실 텐데 어이(어서) 저녁 드이소."

"고맙습네다."

부인 장숙자는 총총걸음으로 안채로 돌아갔다. 준기는 처음 먹어보는 경상도 국시였다. 국수가 구수한 게 맛이 좋았다. 겸상을 한 김교문이 화제를 이끌었다.

"우리 마을은 하루 세끼 밥 먹는 집은 없습니다. 하루 한두 끼는 나물 죽 아니면 국시를 먹지요. 우리 집은 다른 집보다 형편이 좀 나아도 그렇습니다."

"제 고향 넹벤도 마찬가딥네다. 거기선 감자나 옥수수를 많이 먹습네다."

"우리 마을은 모두 가난하게 살아도 글 하나는 어느 마을에 안 빠질 겁니다."

"기런 탓인지 인심이 도터군요(좋더군요). 기때 이 집을 떠나 금오산 아홉산골짜기에서 한 보름을 더 피란한 뒤 떠났습네다."

"아, 그래요. 근데 여긴 웬 일로 또 왔습니까?"

"기때 이 집에 같이 와 옷을 갈아입구 바로 이 행랑채에서 잠시 항께 머물구 갔던 한 사람을 찾을라구 왔습네다. 혹시 스무서넛 살 되는 서울 말씨를 쓰는 너자가 이 집을 찾아온 일은 없었습네까?"

"나는 못 봤습니다. 내 집사람하고 어무이한테 한번 물어보지요."

"사실은 전쟁이 끝나면 그 너자와 만나기로 약속했디요. 기런데 그 너자가 약속장소에 나타나지 않아 이렇게 찾아다닙네다. 혹시나 이곳에 들러간 적이 있나 하여 헛걸음 삼아 왔습네다."

"아, 그런 사연이 있었구먼요. 그래서 아까 우리 집안을 기웃거렸구."

"기러습네다."

"내 상을 물리면서 안채에 가 물어보지요."

"고맙습네다."

김교문은 밥상을 들고 안채에 간 뒤 다시 행랑채로 왔다.

"그런 젊은 여자는 찾아온 적은 없다카네요. 우리 마을에 이따금씩 경남 남해에서 며루치(멸치) 장수나 전남 담양에서 대소쿠리 장수들이 찾아오는데, 그 여자들은 대부분 나이가 많은 과수(寡守, 과부)들입니다."

"아, 네."

그 말에 준기는 실망하는 빛이 아주 역력했다.

"그래 이제 어데로 갈 겁니까?"

"……."

"이남에는 가족이나 일가친척들이 있습니까?"

"… 없습네다."

준기의 대답에 힘이 없었다. 김교문은 그런 준기가 몹시 측은해보였다.

"지금 우리 고장에도 지난 전쟁으로 가족을 잃거나 피란 와서 외톨이가 된 채 머물고 있는 사람들이 꽤 있습니다."

"아마 기럴 겁네다. 남선 가는 곳마다 이북에서 월남한 동포들이 수태(숱하게) 많디요. 오죽하면 '일가친척 없는 몸이 지금은 무엇을 하나'라는 노래까지 나왔겠습네까."

"그래 그 여자를 찾으러 다니시는군요."

"네, 기랬습네다. … 언젠가는 만나게 되갓디요."

준기의 대답에는 힘이 없었다.

"그럴 날이 오기를 바랍니다. 이제 곧 날도 저무는데 어디 마땅히 갈 곳이 없으면 그만 우리 집 이 방에서 하룻밤 묵고 가이소. 육이오 전에는 머슴들이 이 방에 거처했는데 지금은 이렇게 비어 있습니다."

"고맙습네다. 이러케 방에 재워주시구."

준기는 앉은 채로 깊이 고개를 숙였다.

"그래 군에서는 주특기가 무엇이었습니까?"

"6사단 의무대에서 복무했습네다. 육군 중사로 제대했디요."

"아, 그래요."

김교문은 무척 반가운 듯 갑자기 동공이 커졌다.

"국군에 입대하기 전, 인민군 시절에는 위생병이어시오(이었습니다)."

"아, 그러면 병원 일은 잘 알겠네요."

"군대에서 부상병들 붕대 감고, 주사 놓는 일은 수태 했습네다."

"어디 마땅히 갈 곳도, 일거리도 없다면, 나 좀 도와주시오."

"……."

김교문은 진지한 얼굴로 김준기에게 도움을 청했다.

"나는 수의사요. 얼마 전에 구미 장터에 가축병원을 냈는데 일손이 마이(많이) 딸려요. 내가 일주일에 이틀은 대구에 있는 경북대 대학원 강의가 있기에 병원 운영에 어려움이 많아요."

"오늘밤 자면서 생각해보디요."

"이것도 인연인데 그만 우리 고장에서 나와 같이 삽시다. 오래 살다보면 타향도 내 고향처럼 정듭니다."

"알가시우. 오늘 저녁에 생각해보구 내일 아침에 말씀 드리디요."

"그라이소. 아무튼 나는 김씨가 우리 집 식구가 되었으면 좋겠습니다."

"깊이 생각해보디요."

그날 밤 준기는 밤늦도록 잠을 이루지 못했다. 그동안 살아온 23년의 세월이 주마등처럼 지나갔다. 지금 자고 있는 행랑채 방에 남아 있는 듯한 순희의 체취가 그날 밤 더욱 준기를 잠 못 이루게 했다. 그때 순희의 포동포동한 젖무덤은 잘 익은 백도 복숭아와 같았고, 젖꼭지는 새까맣게 익은 오디처럼 달콤했다. 준기는 그날 그 순간만 생각하면 갑자기 맥박이 요동쳤다. 준기는 자신의 운명을 뒤바꿔놓은 6·25전쟁을 생각할수록 억장이 무너지고 울화가 치밀었다.

태평양전쟁에서 일본이 패전했으면 당연히 일본이 분단되었어야지 왜 한반도가 분단이 되었을까? 분단된 우리 백성들은 왜 한 하늘에 살 수 없는 원수처럼 서로 총을 겨누어야만 했을까? 이런 싸움을 부추긴 미소 강대국이 원망스럽다가도, 들뜬 전쟁 분위기에 앞뒤 가리지 않고 불쑥 자원입대한 자신에게도, 그리고 한 여인의 말에 전선을 뛰쳐나온 자신의 귀가 엷은 데도 그 책임이 있었다. 하지만 자기가 북에 그대로 남았더라도, 지난 전쟁 중에 가족과 헤어지지 말라는 법이 없을 것이고, 그때 인민군에 자원입대치 않았더라도 어떤 구실로도 전쟁터에 끌려갔을 것이다.

만일 유학산에서 순희 말을 듣지 않고 그대로 전선에 남았다면, 아마도 십중팔구 자기는 거기서 죽었거나, 아니면 별수 없이 포로가 되었을 것이다. 곰곰이 생각할수록 자신의 삶은 홍수가 나서 어쩔 수 없이 큰 물줄기에 휩쓸려 떠내려가는 수박덩이처럼 피할 수 없었던 어떤 운명이었다.

준기가 남쪽에 홀로 남아 사는 가장 큰 의미는 순희 누이를 만나는 일이었다. 그래서 준기는 국군 복무 중에도 해마다 8월 15일이면 특별외출을 허락받아 서울로 간 뒤 덕수궁 대한문에서 순희 누이를 하염없이 기다렸다. 준기는 1954년, 55년 두 해 8월 15일 날 대한문 앞에서 군복을 입은 채 기다렸지만 순희 누이는 끝내 나타나지 않았다.

1956년 8월 15일은 제대 후 사복을 입고 대한문에서 마냥 기다렸다. 그래도 끝내 최순희의 모습은 볼 수가 없었다. 그날은 민간인 신분이라 행동도 자유롭고, 시간도 충분했다. 그래서 오후 늦은 시간에 대한문을 떠난 뒤 평소 순희가 자기네 가족이 살았다고 말하던 서울 종로구 원서동에도 굳이 찾아가 날이 저물 때까지 수소문을 해보았다. 간신히 순희의 집을 찾았으나 낯모르는 사람들이 살고 있었다. 이웃에 사는 한 할머니는 순희네가 전쟁 중 한밤중에 어디로 떠나간 뒤 그 이후로는 당신도 행방을 모른다고 했다. 준기는 아마도 순희 누이가 피치 못할 사정으로 다른 사내와 결혼을 하였기에 이날을 알면서도 나타날 수 없을 거라는 절망적인 생각도 들었다. 그러면서도 한편으로 순희 누이가 세상살이가 고달파서 올해는 그냥 넘겼을 거라고, 가능한 좋은 방향으로 생각하면서 번번이 발길을 돌렸다.

1956년 8월 15일 이후, 준기는 서울에서 순희를 찾는 걸 일단 포기했다. 그는 하늘에 방망이를 매다는 참담한 심정으로 순희와 첫 정사를 나누며 다시 만날 날과 장소를 약속했던 구미 형곡동으로 찾아왔던 것이다. 준기가 이런저런 생각으로 잠을 이루지 못하고 뒤척이고 있는데 바깥에서 인기척이 났다. 수의사 김교문이었다.

"김씨, 자요?"

"아닙네다."

"그러면 안채 대청으로 건너오시오. 방금 아버님 제사를 모셨기에 나랑 같이 음복이나 합시다."

"아, 네."

준기는 겉옷을 챙겨 입고 안마당을 건너 안채 대청으로 갔다. 이미 대청마루에는 음복상이 차려져 있었다.

"우리 동네는 이달에 제사 안 지내는 집이 거의 없어요. 음력 칠월 초사흘 날에는 동네 합동제사를 지내야 할 만큼 지난 전쟁 때 일백여 명이 한꺼번에 떼죽음을 당했지요. 육이오 때 광복절 다음날 구미 약목 일대에 B-29 폭격기의 융단폭격 때문이지요. 제 아버님도 그때 크게 부상을 입고 한 열흘 더 고생하시다가 그 후유증으로 돌아가셨습니다."

"내레 그날은 잘 외우고 있습네다. 기때 임은동 야전병원에서 복무했는데 미군 폭격기가 소나기터럼 내리 쏟는 폭탄으로 죽을 뻔했디요."

"아, 네. 그랬군요. 육이오 때 임은동 왕산가에 인민군 야전병원이 있었지요."

"내레 누구네 집인 줄은 잘 모르갓으나 왜정 때 혁명렬사 집이라는 말은 들어시오."

"그 왕산 어른은 저희 조부와도 세교가 깊었던 분으로, 조선이 망하기 전 13도 창의군 대장을 하셨지요. 그 어른은 팔도의병을 이끌고 서울 진공에 앞장서시다가 일본 헌병에게 붙들려 끝내 서대문감옥에서 순국했지요."

"말씀 듣고 보니 정말 이곳은 충덜의 고장입네다. 긴데 기때 폭격으로 그 집은 죄다 불타버렛디요."

"그럼요, 그때 하늘에서 B-29 폭격기가 폭탄을 마치 우박처럼 쏟았지요. 그걸 융단폭격이라 하더만요. 참 대단했지요."

"기럼요, 기런 가운데 살아난 게 참 용하디요."

순간 준기는 그날을 되새겼다. 준기는 그날을 회상하자 순희 누이와 자기는 서로 생명을 구한 사이로 서로의 인연은 어떤 '운명'임이 다시 느껴졌다. 김교문은 음복술을 잔에 따라 준기에게 건네면서 말했다.

"다행히 우리 가족들은 금오산으로 피란해 화를 면했는데, 그날 그때 아버지는 동네에 불이 난 것을 보고, 불을 끄신다고 내려가셨지요. 그때 그만 불발탄이 터져 그 파편을 맞고 여러 날 고생하시다가 돌아가셨습니다."

"아, 네. 기때는 정말 죽고 사는 게 한 티 한 끗 차이였디요."

그랬다. 그때 피란 가지 않고 마을에 있었던 사람은 거의 죽거나 크게 다

쳤다. 다행히 김교문 가족은 금오산 남통 골짝에서 피란한 바람에 살아났다. 하지만 그의 아버지 김정묵은 불발탄 폭발에 그만 목숨을 잃었다.

"그 시절은 사람 목숨이 파리목숨이나 다름이 없었지요."

"기럼요, 기때 유학산은 온통 시테(시체)로 뒤덮엣디요. 내레 기때 거기를 도망티디(치지) 않았더라면 아마 유학산 까마귀밥이 되었을 겁네다."

준기는 음복 술잔을 천천히 비우며 담담히 말했다.

"우야든동 그때 잘 도망쳤습니다. 왜 '개똥밭에 굴러도 이승이 좋다'고 하지요."

"길쎄요. 아무튼 선생은 유기오(6·25) 전란으로 아바님을 잃어 상심이 크시겠습네다."

"그럼요, 우리 집이 이렇게 밥술이나 먹는 것도 다 아버지 덕분입니다."

김교문의 아버지 김정묵은 근검절약이 몸에 뱄다. 겨울철 점심은 홍시 하나로 한 끼를 때웠다. 그 무렵 이 동네 저 동네를 돌아다니는 생선장수가 그 집에는 좀처럼 생선을 사지 않자 어느 겨울날 미끼로 안마당에 조기 한 마리를 던졌다. 그러자 김정묵은 밥도둑 들어왔다고 그 조기를 도로 담 밖으로 내던졌다.

"대단한 구두쇠이셋구만요."

"그렇게 사신 덕분에 우리 가족은 보릿고개에도 부황으로 고생하거나 굶어죽은 사람이 없었고, 우리 형제들은 모두 공부를 할 수 있었지요. 아버지는 자신에게는 그렇게 구두쇠라도 남에게는 후하셨지요."

"아, 네. 본받을 만한 분이십네다."

김교문은 그날이 아버지 제삿날이라 자기도 그날은 본댁에서 지낸다고 하면서 보통 때는 구미 장터 가축병원에서 숙식한다고 말했다. 새벽녘이라 준기는 마침 출출한데다가 정성스럽게 차린 제수 탓인지 음복상을 깨끗이 비웠다.

"잘 먹었습네다."

"맛있게 잡수니까 좋소."

"기럼, 건너가겠습네다."

"편히 주무시오."

준기는 행랑채로 건너왔다. 밤도 깊었고, 음복술까지 마신 탓인지 금세 잠이 들었다. 이튿날 아침도 제사 뒤끝이라 밥상이 푸짐했다. 준기는 대청에서 김교문과 겸상으로 아침밥을 먹었다.

"그래, 간밤에 깊이 생각해봤습니까?"

"……."

"어디 꼭 갈 때가 없다면 우리 고장에서 당분간 나 좀 도와주이소. 우리 가축병원에 있다가 더 좋은데 일자리 생기면 그때 떠나고. 김씨는 전생에 나하고 무슨 인연이 있으니까 그 먼데서 하필이면 우리 집을 다시 찾아온 것 아니오."

"저두 기런 생각이 듭네다. 우선 당장 마땅히 갈 곳두 없구, … 가축병원 일이라구 하니 군대에서 배운 기술을 써먹을 수두 있가시오(있겠습니다). 긴데 내레 모르는 게 많습네다."

"아, 뱃속부터 아는 사람이 어디 있소. 그럼, 아침 먹은 뒤 우리 가축병원으로 같이 갑시다."

"저를 받아주셔서 고맙습네다. 모르는 게 많으니께 잘 알퀘주시라요."

"그건 배우는 사람은 자세이고, 열정이오. 눈썰미 있게 배우시오."

"알갓습네다. 열심히 배우디요."

준기는 아침상을 물린 뒤 김교문 수의사를 따라 떠날 차비를 했다.

"아이고 얄궂어라. 간밤에 우리 영감이 귀한 사람을 보내준 모양이데이. 이게 다 영감 음덕이 아이겠나."

인동댁이 그 낌새를 알아차리고 아주 반색으로 반가워했다.

"이 고장 인심이 괘안을 겁니다. 지는 김치랑 장아찌 등 밑반찬을 마련해 자주 장터 병원으로 갈 겁니다. 또 봅시데이."

김교문 부인 장숙지가 대문 밖까지 따라나오며 살갑게 전송했다. 김교문은 자전거를 타고 김준기는 그 자전거를 뒤따르며 구미 장터 가축병원으로 향했다.

"자전거 탈 줄 알지요."

"네, 내레 학교 다닐 때 많이 타시오."

"당분간 이 자전거를 같이 탑시다. 이 동네 저 동네 왕진 갈 때 아주 요긴합니다."

"기러디요."

형곡동에서 구미 장터 가축병원까지는 십리 길 정도로 한 시간 거리였다. 장터로 가는 길에는 공동묘지도, 고갯길도 있었다. 가축병원은 상구미 원평동 방천 밑 외진 곳에 있었다. 병원 건물은 초가지붕으로 일반 가옥보다는 서너 배 컸다. 건물 내에는 한편에 도살장 겸 가죽공장도 있었고, 마당 한쪽에는 돼지와 소의 축사도 있었다. 그 돼지와 소들은 종돈(씨돼지)과 종우(씨수소)들이었다. 마침내 준기는 당분간 정착할 곳을 구미에서 마련했다.

1950년대 6·25전쟁 직후 구미는 대부분 농사꾼이 살았다. 그들은 해마다 반복되는 가뭄과 낙동강물이 넘치는 홍수로 피땀 흘려 애써 농사를 지어도 하루 세끼 밥 먹는 집은 드물었다. 해마다 봄철이면 가뭄으로 모내기가 힘들었고, 여름철에는 안동 처녀가 낙동강에다 오줌만 눠도 홍수가 진다고 할 만큼 잦았다. 그런 만큼 해마다 가뭄과 홍수가 반복됐다. 비가 며칠만 내려도 낙동강이 범람하여 애써 지은 농작물을 강물에 다 떠내려보냈다. 그러다가 가뭄이 조금만 계속 되면 논바닥은 거북 등처럼 쩍쩍 갈라졌다. 이러다 보니 농사꾼들은 늘 하늘을 쳐다보며 그해 풍년을 빌면서 살았다. 이곳 구미사람들은 먹고사는 일은 피폐했지만 충절의 고장이란 자긍심은 대단했다.

구미 면민 대부분은 의식주 가운데 어느 것 한 가지도 넉넉한 게 없었다. 입은 옷은 무명이나 삼베로 남루하기 짝이 없었다. 먹는 음식도 조악하여 하루 한두 끼니는 밥보다 죽이나 국수 등을 먹었고, 밥에도 곡물을 아끼려고 무나 콩나물을 넣거나 감자나 고구마 같은 걸 넣어 대용식으로 먹었다.

심지어 양조장에서 막걸리를 거르고 난 뒤에 남은 술찌꺼기로 주린 배를 채우는 사람도 있었다.

구미 면민들이 사는 집은 대부분 초가집이었다. 그나마 6·25전쟁으로 반 이상 불타버리거나 허물어져 전쟁이 끝난 뒤에도 오래도록 복구치도 못했다. 그 무렵 취사와 난방은 모두 나무로 하다 보니 언저리 산은 대부분 나무가 없는 붉은 민둥산이었다. 해마다 나무를 심어도, 그 나무가 자라기도 전에 뿌리까지도 캐어다 아궁이에 집어넣었다. 다행히 이 고장에는 금오산이 있었기에 그 언저리 여인들은 그 산에서 나물을 뜯어 봄철 보릿고개도 넘겼다. 또 남정네들은 그 산의 나무를 베다가 장작도 마련하여 살림에 보태거나 한겨울 추위도 견딜 수 있었다. 구미사람들에게 금오산은 먹을 것과 땔감은 주는 보배로운 산이었다.

이렇게 가난한 고장이다 보니 가축병원을 찾아오는 이는 별로 없었다. 사람이 아파도 병원을 찾지 않고 참고 견디는 시절이었다. 그러고 보니 소나 돼지가 웬만큼 아파도 찾지 않았다. 그래서 가축병원에서는 종돈과 종우를 길러 교배를 시켜주고 수입을 올리거나 인근 도축장에서 우피(牛皮)를 모아 약품처리를 하여 가죽 가공으로 병원을 운영해갔다.

가축병원에서 김준기의 일은 쏠쏠했다. 수의사 조수로 가축치료 일보다 소나 돼지 먹이는 일과 소가죽 만드는 일, 종돈과 종우 교배시키는 일 등으로 매우 바빴다. 준기는 자기 일이 고되다고 불평불만 한 마디 없이 일만 하자 언저리 사람들은 그에게 '황소'라는 별명을 붙였다. 생활력이 강한 이북 출신에다 총각인 김준기의 출현은 구미 장터 마을에 자그마한 화제였다. 특히 마을 처녀들의 마음을 설레게 했다. 처녀들 쪽에서 슬그머니 꼬리를 흔들어도 준기가 곁눈을 주지도 않자 그들은 바짝 더 몸이 달았다. 처녀들뿐 아니라 이 마을 저 마을을 돌아다니며 멸치와 대소쿠리를 파는 과수댁이 여러 차례 노골적인 추파를 던져도 이렇다 할 반응이 없었다. 어느 봄날 비 오는 한밤중에 준기가 혼자 잠자는 방문을 누군가 두드렸다.

"누기요?"

"저라예. 남해 며루치(멸치) 아지매."

"이 밤둥에 웬일이우?"

"잠 잘 데가 없어 왔다. 김씨, 하룻밤 재워도."

"딴 집에 가보시라요."

"마, 그게 아이다. 오죽이나 내 가슴에 불이 났으면 이 밤중에 김씨를 찾아왔겠노. 김씨, 오늘 저녁에 내 가슴에 붙은 불을 좀 꺼도. 서방 죽고 처음이다. 정말 미치고 환장하겠다."

"……."

"김씨, 오늘 하룻밤만."

"……."

"김씨, 그 주사 잘 놓는 솜씨로 내 사타구니에도 방맹이 주사 야무지게 한 방 나도."

"번디(번지)를 잘못 찾았구만요."

"아따, 김씨, 참 모지다. 이 한밤중에 사내가 오입 한 번 하는 건 보리밭에 오줌 누기요, 임자 없는 내는 한강에 배 지나간 자리 아이가."

남해멸치 과수댁은 준기의 방문을 다짜고짜 열고 들어갔다. 그날 밤 준기는 멸치 아주머니의 육탄공세를 견디지 못하다가 마침내 자기 방을 뛰쳐나와 창고에서 잤다. 그 며칠 후 구미 장터 마을에는 이상한 소문이 나돌았다.

"자고로 열 계집 싫어하는 사내가 없다는데, 가축병원 김 조수는 제 발로 굴러온 계집도 거들떠보지 않는 게, 아무래도 여자 밑구멍을 보고도 좆이 서지 않는 고자인 모양이데이."

그 소문은 동네 아낙들의 눈동자를 동그랗게 만들다. '발 없는 말이 천리를 간다'고 하더니 그 말은 금세 장터마을을 휘돌아 구미 면내 각 마을뿐 아니라 이웃 면까지도 돌았다. 세상인심이란 요상했다. 그 소문에 오히려 김준기에게 꼬리치는 처녀나 과수댁이 부쩍 더 늘어났다. 그러자 얼굴이 반반한 대소쿠리 장수 담양댁도 이참에 김준기에게 여러 번 추파를 던지다가 어느 날 밤 본격으로 뛰어들었지만 그도 소원을 이루지 못했다.

"오매, 뭔 사내가 그러코롬 갑갑하고 꼽꼽한지, 참말로 미치고 환장하것소잉. 내 이 마을 저 마을 싸댕겨도 그런 목석 같은 사내는 처음 보요. 내는 눈 한 번 안 줘도 먼저 사내들이 불 보고 달려드는 불나방처럼 환장하는 디…. 김씨는 내가 일부러 젖가슴도 보여주고 고쟁이를 쪼게 벗어도 아, 본체만체 외면하더랑께."

두 과수댁이 흘린 이야기로 한동안 가축병원 김 조수는 고자라는 둥, 배냇병신이라는 둥, 과장된 유언비어가 꼬리에 꼬리를 이었다. 그 이야기는 어려웠던 그 시절 고을의 아녀자들 입방아에 오르내리며, 한때 빨래터를 즐겁게 했다.

김준기가 가축병원 일에 익숙해지자 김교문 수의사는 병원 일은 조수에게 대부분 맡긴 채 박사학위 논문 순비에 골몰했다. 그는 무섭게 공부하는 늦깎이로, 쉬는 시간에는 틈틈이 동네 이웃 아이들과 장기도 두고, 때로는 중학생 아이들과 영어 단어 외기 시합도 하며, 스스럼없이 대해주는 호인이었다.

가축병원 도살장에서 돼지 잡는 날은 동네 아이들 잔칫날이었다. 그날 아이들은 고기도 한 점 얻어먹을 수도 있거니와, 무엇보다 돼지오줌통을 얻어 그것을 축구볼로 삼아 가축병원 마당에서 동네축구가 벌어졌기 때문이다. 그 무렵 장난감이라곤 구슬이나 자치기, 탄피밖에 없었던 시골아이들에게 돼지오줌통 축구볼은 가장 신나는 노리개였다.

김준기는 구미가축병원 조수 시절에도 해마다 8월 15일이면 서울에 다녀왔다. 구미역에서 용산행 군용 야간열차를 타고 밤새 서울로 갔다. 이튿날 서울시청 앞 덕수궁 대한문을 하루 종일 지키다가 그날 밤 용산역에서 다시 군용 야간열차를 타고 구미로 돌아왔다.

"김씨, 이제 그만 서울아가씨 잊자뿌리고 여기서 참한 색시한테 그만 장가가소."

가축병원 뒷집 수길 어머니를 비롯한 마을 아낙들은 준기의 전후 사정을 알고 안타까운 나머지 이따금 밥과 술대접을 하면서 아픈 마음을 위로했다. 하지만 준기는 늘 묵묵부답이었다.

1963년 봄, 초 김교문은 경북대에서 수의학 박사 학위를 받고 그 이듬해 충남대 농과대학 수의학 교수로 발령을 받았다. 김교문은 교수로 부임한 뒤 곧 충남대 농과대학에 부속가축병원을 개설했다. 그때 김교문은 김준기를 대학부속가축병원 실습과장으로 데려갔다. 김준기는 구미에서 8년을 산 뒤 대전으로 떠났다.

김준기는 대전으로 간 뒤에도 해마다 8월 15일이면 서울로 갔다. 대전에서 서울은 구미에서보다 거리도 훨씬 가깝고, 특급열차도 자주 왕래하기에 교통이 매우 편리했다. 그때 김준기는 그해 8월 15일 날 당일치기로 서울에 다녀왔다. 김준기가 덕수궁의 대한문으로 최순희를 만나고자 다닌 지 꼭 10년이 지난 다음날이었다. 그날 저녁, 김교문 교수 내외가 김준기 과장을 집으로 초대했다.

"김 과장, 어제도 서울에 다녀왔나?"

"네."

"참, 대단한 열정이다."

"……."

"이제는 마, 그만 포기해라. 내 속단일지는 몰라도 그동안 좀 험한 세상이었나. 전쟁으로 얼마나 많은 사람이 죽고 헤어졌나. 대체로 전쟁 때는 남자보다 여자 팔자가 더 기구하고 변화무쌍하더라. 내가 아는 어떤 부인은 남편이 육이오 때 인민군에 부역하다가 전쟁이 끝나도 돌아오지 않자 아이들하고 먹고살려고 술집 작부가 됐더라. 지금은 남편 붙잡으러 다니던 형사들 술 따라준다 아이가. 그게 인생이고, 여자 팔자다. 김 과장이 10년을 기다려도 그 여자가 나타나지 않는 걸로 봐서 아마 죽지 않고 살아 있다면, 십중팔구 남의 사람이 되었을 거다. 그래서 김 과장 앞에 나타나지 못하는 거야."

"늘 벼르면서도 나타나디 않을 수두. 아니면 먼발치에서 보구 있을디두 ⋯."

"사람 참 순진하구먼. 하기는 그게 김 과장 매력이지. 그래서 우리 집사람이 김 과장을 좋아한단 말이야. 우리 집사람뿐인가. 구미 장터 처녀들 죄다 울려놓고, 요즘에는 대전에서도 김 과장 인기가 치솟더구먼."

"농담이 디나티십네다."

"아이다. 참말이다. 내가 왜 김 과장한테 씰데(쓸데)없는 말을 하나."

저녁상을 차리던 교수 부인 장숙자가 대화에 끼어들었다.

"전쟁터에서 헤어진 연인을 10년이나 한결같이 기다리는 남자는 요새 세상에 드물지예. 본처가 시퍼렇게 살아 있는데도 첩을 두는 세상에. 김 과장 이야기는 한 편의 순애보라예. 우리 김 과장님 순애보는 박계주가 쓴 '순애보'는 저리 가라 아입니까."

"당신 또 그놈의 순애보 타령이다."

"당신은 맨날 소나 돼지 접 붙는 것만 봐서 그런지 뭘 몰라."

"마, 시끄럽다. 그게 그것 아이가."

"우째 그게 거기요."

"마, 고상한 사람도 별거 없더라."

"⋯⋯."

김 교수 부인은 김준기를 설핏 보고는 그만 참는 듯했다.

"김 과장, 내 단도직입으로 묻겠다. 사실은 우리 처가 쪽에서 오래 전부터 당신을 눈독들인 모양이야. 이제 그만 그 사람 단념하고 새 출발하는 게 어때?"

"저를 생각해주시는 것은 고마운 일이나 듣디 않은 걸로 하겠습네다."

"아, 사람 참 벽창호네. 언제까지 혼자 살 거야. 사내가 중도 신부도 아니고 본능적인 섹스욕은 어째 참나? 솔직히 난 사나흘도 몬 참는다."

그 말에 장숙자가 김 교수에게 눈을 흘겼다.

"마, 안 그러나. 우리 김 과장이 한두 살 먹은 어린애도 아니고⋯."

"아무리 그래도 당신 말을 골라 좀 하이소."

"마, 알았다. … 그라고 김 과장, 네 손으로 밥해 먹기 싫지도 않아?"

"괜찮아요. 이제는 이력이 나시우."

"아니야, 남자는 혼자 살면 궁상맞아. 일단 내 처조카를 우리 집으로 부를 거야. 어디가도 안 빠지는 미인이데이. 한번 보면 김 과장 마음이 확 달라질 거야. 그리 알아."

"아닙네다. 교수님."

"일단 한번 보라고. 왜 노래에도 있지. '정들면 타향도 고향'이라는. 정들면 다 내 임자야. 모르는 남녀도 서로 살을 비비대면서 살다보면 없던 정도 들기 마련이다. 더욱이 자식새끼 낳아 기르다보면 더 그렇다."

김준기는 1965년 봄, 김교문 교수 처조카 장미영과 결혼했다. 김 교수 부부가 적극 권유한데다가 남쪽에 피붙이 하나 없는 외로운 신세, 그리고 준기 자신도 오랜 자취생활을 끝내고 싶은 마음 등이 얽힌 때문이었다. 게다가 준기는 이제 그만 최순희를 잊어야겠다는 마음이 그를 결혼식장으로 향하게 했다. 결혼식 후 그들 부부는 직장 가까운 대전 유성에다 보금자리를 마련했다.

준기는 일단 결혼하면 그때부터는 최순희를 까마득히 잊게 될 줄 알았다. 그런데 오히려 새록새록 순희 생각이 더 솟아났다. 심지어 부인과 섹스를 하는 도중에도 순희의 얼굴이 떠올랐다. 그와 함께 구미 형곡동 김교문 행랑채에서 순희와 함께 지냈던 그 순간이 떠오르거나, 금오산 아홉산골짜기에서 아기자기하게 지냈던 산골 피란생활이 모락모락 피어올랐다. 준기는 그래서는 안 된다고 자꾸 다짐하면서도 마음속 깊이 연기처럼 피어나는 순희에 대한 그리움을 지울 수가 없었다. "빛과 사랑은 지울 수 없다"는 말 그대로였다.

그해 8월 15일이 다가오자 준기의 마음은 더욱 갈팡질팡했다. 8월 15일 준기는 아내에게 가축병원에 출근한다고 거짓 핑계를 댄 뒤, 대전역에서 열차를 타고 서울시청 앞 덕수궁 대한문으로 갔다. 그날도 땅거미가 질 때까지 대한문에서 하염없이 기다리다가 터덜터덜 발길을 돌렸다.

결혼 이듬해 딸이 태어났다. 이름을 영옥이라고 지었다. 딸은 백일이 지나자 방실방실 웃었다. 준기는 딸의 웃는 모습을 보면 세상만사를 잊을 수 있었다. 하지만 불을 끄고 잠자리에 누우면 또다시 순희의 얼굴이 떠올랐다.

'내레 왜 부모를 버리고 남쪽에 남았는가?'

준기는 스스로 물어보았다.

'최순희 때문이디.'

답이 저절로 나왔다. 준기는 자기의 결혼이 성급하고 경솔했다는 생각이 들었다. 그렇다면 순희 누이를 꼭 만나, 자신이 좀 더 느긋하게 기다리지 못하고 결혼한 데 대해 사과를 하는 게 바른 도리라는 생각에 미쳤다. 준기는 그 이듬해 8월 15일에도 슬그머니 덕수궁 대한문에 갔다. 그날도 대한문 앞에서 오후 내도록 하염없이 기다리다가 허탕을 치고 밤늦게 대전역에 내렸다. 그런데 어쩐지 맨 정신으로 집에 들어가기가 싫었다. 준기는 대전역 앞 대포집으로 가서 폭음을 하고는 통금 직전에야 집에 돌아갔다. 그날 아내의 표정이 예사롭지 않았다.

"당신 오늘 어디 갔다 오노?"

"……."

"왜 대답을 못하노."

"……."

"또 빨갱이 그년 만나러 갔지."

준기는 '빨갱이'라는 그 말에 술이 번쩍 깨었다. 준기는 그 말에 그만 이성을 잃었다.

"메라구? 빨갱이 그년!"

"그년이 빨갱이가 아니면 이 세상에 누가 빨갱이고! 자기 발로 인민군에 입대한 그년은 아주 새빨간 빨갱이지."

"기럼, 네 서방은!"

"……."

준기는 빨갱이라는 말에 더 이상 분을 참지 못하고 방안에 있는 물그릇을 집어던졌다. 하필이면 그 물그릇에 화장대 거울이 박살났다. 그가 남쪽에서 살아오면서 가장 듣기 싫은 것은 '빨갱이'라는 말이었다. 대한민국은 인민군 포로들에게 언젠가는 반공포로가 되라고, 북으로 돌아가는 송환을 거부하라고, 온갖 감언이설로 꾀어 붙잡아 놓았다. 그런 뒤, 늘 뒤에서 빨갱이 전력이 있다고, 이북 포로 출신들을 감시하거나 사상을 의심하는 데 준기는 진력이 났다. 왜 대한민국 정부에서는 백성들이 한때 공산주의 사상에 물들었는지 생각은 하지 않고, 공산주의자라면 무조건 죽여버리는 세상이 무섭고 싫었다.

6·25전쟁 중 많은 남과 북의 젊은이들은 북한 측이 조국을 미 제국주의로부터 해방시킨다는 말에 자의로, 타의로 붉은 머리띠를 두르고 전선으로 나갔다. 남한 당국이나 군경을 비롯한 우익들은 그들의 처지를 이해하려 하거나, 설득시키기에 앞서 잡는 족족 총살하거나 죽창으로 무자비하게 찔러 죽였다. 북한 당국이나 좌익들도 마찬가지였다. 그들은 지주나 자본가를 무조건 타도 대상으로 백안시하거나, 국군이나 경찰, 그 가족을 반동으로 몰아 인민재판에 회부하거나 즉결처분했다. 문명한 나라에서 사람들은 자기와 생각이 다르다는 이유 하나만으로 다른 이들을 함부로 죽이는 일들이 전국 방방곡곡에서 숱하게 이루어졌다. 그렇게 학살된 이가 6·25전쟁 전후 1백만 명 전후로 추산하고 있다.

이튿날 아침, 아내는 준기와 등을 진 채 일어나지 않았다. 준기는 아침밥도 먹지 못한 채 출근했다. 그날 저녁 예삿날처럼 퇴근했는데 어쩐지 집안이 썰렁했다. 아내도, 딸 영옥이도 보이지 않았다. 방안 책상 위에는 편지 한 통이 놓여 있었다.

영옥 아버지 보세요.

저는 오늘 당신 곁을 떠나갑니다. 어쨌든 부부의 인연을 맺은 이상 저는 많이 참으며 살고자 노력했습니다. 그런데 당신 가슴속에는 저는 없었고, 온통 그 여자만 있었습니다. 세월이 지나면, 아이가 태어나면, 당신 마음속의 그 여자가 지워질 줄 알았는데, 오히려 더 짙어지는 것을 느꼈습니다.
저도 여자입니다. 남자의 뜨거운 사랑을 받고 싶습니다. 살림이 가난한 것은 참고 살 수 있어도 애정 없는 부부생활은 도저히 참을 수 없어 영옥이를 데리고갑니다. 당분간 떨어져 살면서 서로의 앞날을 깊이 생각해보는 게 좋겠습니다.

1966년 8월 17일 영옥 모

준기는 편지를 다 읽자 언젠가 올 일이 닥친 듯 오히려 담담했다. 준기도 결혼 후 그동안 말은 하지 않았지만 꾹 참고 살았다. 아내는 혼전에 남성편력이 있었다. 하지만 준기는 그런 일을 일체 들추지 않고 혼자 삭이며 지냈다. 처가 쪽 집안에서도, 아내도, 자기가 이북 출신이라고 은연중 깔보는 그런 언행이 자주 있었다. 하지만 준기는 그 모든 걸 참고 살았다. 하지만 간밤에 준기가 참을 수 없었던 것은 아내의 입에서 서슴없이 나온 '빨갱이 그 년'이라는 말이었다. 하루가 지난 이튿날에도 준기는 그 말만은 도저히 그대로 삭일 수가 없었다.

준기는 그제야 사람의 정은 마음대로 되지 않는다는 사실을 깨달았다. 흔히들 모르는 남녀일지라도 서로 살을 부딪치고 살면 정이 저절로 붙게 마련이라고 했다. 하지만 준기는 사람은 감정의 동물이라 그렇게 되지 않는 사람도 있다는 것을 뒤늦게야 깨달았다. 그날 이후 한 주가 지나도록 아내는 끝내 집으로 돌아오지 않았다.

김 교수 부인 장숙자가 집으로 찾아왔다. 아내 장미영은 그때 친정에 머물고 있는데, 준기가 처가로 가서 데려오라고 권했다. 준기는 아무런 대꾸도 하지 않았다. 부인이 밤늦도록 가지 않고 안달복달 준기의 답을 듣고 싶어 애원하기에 예의상 생각해보겠다고만 대답을 한 뒤 돌려보냈다. 다시 한 달이 지났다. 이번에는 김교문 교수 부부가 찾아왔다.

"김 과장 황소고집은 내 잘 안다. 부부간 사랑싸움에는 남자가 져야 집안이 편하다. 나도 집에서 늘 지고 산다. 아무 소리 말고 내일 처가로 내려가 데리고온나."

"다 참을 수 있디만 아이 엄마가 아직도 저를 '빨갱이'라고 말한 것만은 기냥(그냥) 넘어가디디 않습네다. 빨갱이라는 말은 대한민국에서 가장 무서운 말입네다. 교수님, 더 이상 우리 부부문제에 간섭티 마시라요."

"사람이 화가 나면 무슨 말은 못하나. 자네가 좀 참아야지."

"… 아무리 기래도 빨갱이란 말만은 …."

다음 주 월요일, 준기는 대학부속가축병원에 사표를 내고 언저리를 정리한 뒤 아내에게 처음이자 마지막 편지를 썼다.

> 영옥 모 보시오.
>
> 당초부터 우리 부부는 해로할 인연이 아니었나보오. 깨진 독에 물을 다시 담을 수 없듯이 앞으로 우리가 부부로서 다시 인연을 이어가기는 힘들 것 같소. 지금 내가 가진 전 재산을 모두 당신에게 보내오. 영옥이 양육비에 보태쓰시오. 이제 나는 아무도 탓하지 않고 그저 모든 걸 내 운명으로 받아들이겠소. 그동안 고생했소. 영옥이 잘 길러주시오.
>
> 1966년 9월 26일 김준기

준기는 자기 이름으로 된 가옥대장 및 등기권리증, 그리고 부동산 양도 위임장 등 모든 서류를 갖추어 아내에게 보내는 등기편지 속에 넣었다. 대학 회계과에 자기 퇴직금은 처갓집 아내 앞으로 모두 송금토록 부탁했다. 준기는 언저리의 모든 것을 정리한 뒤 가방 하나를 달랑 들고 마지막 인사차 김교문 교수댁을 찾아갔다. 김 교수 부부는 김준기의 초췌한 표정에서 심상치 않음을 눈치 채고는 준기를 붙잡았지만 끝내 그의 마음을 돌릴 수 없었다.

"내레 구미에서도, 대전에서도 신세 많이 졌습네다. 기동안 두 분이 베풀어주신 은혜에 대한 고마움은 늘 간직하면서 살겠습네다."

"사람 참, 이렇게 매정할 수가."

"……."

"정 그렇다면 마, 가라. 난 다시 자네 안 볼란다."

그 말에 김 교수 부인도 한 마디 거들었다.

"김 과장님, 참말로 매정하고 독하오. 어린 아이를 봐서라도 참고 살아야지요."

"……."

준기는 더 이상 말없이 김 교수댁을 물러났다. 준기가 대학부속가축병원에 그대로 눌러 있자니 거의 날마다 김교문 교수를 보기가 민망했다. 그리고 집을 떠난 아내에게 뭔가 보상해주고 싶었지만 가진 돈도 없었다. 그리고 아내와 살던 집에서 혼자 살기도 싫었다. 직장 내 다른 이들로부터 별거한다는 쑤군거림도 듣고 싶지 않았다. 그래서 준기는 대전을 떠나기로 마음을 정했다.

11. 동대문시장

김준기는 김교문 교수댁을 나온 뒤 곧 대전역에서 서울행 열차를 탔다. 서울역에 내렸지만 막상 기다리는 사람도, 갈 곳도 없었다. 당장 호구지책으로 일을 해야 했다. 산 입에 거미줄을 치게 할 수는 없었다. 하지만 무슨 일을 어떻게 시작해야 할지, 아무런 대책도 없이 무작정 서울로 왔다.

준기는 서울로 오는 동안 열차 안에서 "남대문 지게꾼도 순서가 있다"는 말이 떠올랐다. 하지만 서울역 앞 남대문 지게꾼은 얻어걸리기가 만만치 않을 것 같았다. 그런데 준기가 들은바, 동대문시장에는 남대문시장보다 이북 출신 상인들이 훨씬 더 많다고 했다. 그래서 준기는 서울역에서 곧장 동대문행 전차를 탔다. 종로 5가에서 내리자 거기가 바로 동대문광장시장이었다. 마침 한일극장 앞에 한 지게꾼이 보였다. 준기는 그들에게 말을 건넸다.

"내레 동대문시장 지게꾼이 되고 싶은데 어드러케 하믄 할 수가 있갓수?"

한일극장 앞 빈터에서 늙수그레한 사내가 지게에 비스듬히 기댄 채 말했다.

"어디서 왔소?"

"대전에서 왔습네다."

"동대문시장 지게꾼은 아무나 하는 줄 아오?"

"기래서 묻딜 않수. 좀 알퀘주시라요(가르쳐주세요)."

두 사람이 주고받는 말을 곁에서 유심히 쳐다보던 한 사내가 껴들었다.

"임자! 고향이 어데디(어디지)?"

"펭안북도 넹벤이우."

"넹벤 어데?"

"농산(용산)면 구당동(구장동)이야요."

"뭐, 구당동이라구. 내레 수구동이야."

"기럼 청천강 건너 나루터마을이구만요."

"님자, 우리 마을 디리(지리)를 잘 아는구만."

"구당동에서 넹벤읍에 가려면 반다시 수구동을 디나가디요. 내레 기때마다 거기 청천강 나루터에서 매생이를 타시오(탔습니다)."

"야, 청천강 매생이를 아는 걸 보니까 진짜 우리 고향사람 맞구만. 그래 언제 내려왔디?"

"내레 유기오 때 내려와시오."

"기럼, 리승만 반공포로석방 때 남선에 주저앉았나?"

"기런 셈이디요."

"이 시장바닥에는 기런 사람이 수태야. 까마구도 고향 까마구가 더 반갑다는데…. 펭안도 사람이라두 청천강 매생이를 아는 사람은 기리 만티 않아. 내레 오수만이야. 정말 반갑수."

그가 악수를 청했다. 준기는 그에게 손을 맡겼다.

"김준기입네다."

"앞으루 우리 삼팔따라지끼리 서루 돕고 살자구."

"많이 지도해주시라요."

"기럼, 너부(여부)가 있나. 두 말 하믄 잔소리디. 날 따라오라야."

준기는 사내를 따라갔다. 그는 광장시장 안을 한참 헤집고 가더니 '광장시장친목회' 간판이 걸린 사무실로 갔다. 그는 사무실 안 회전의자에 앉아 있는 중절모를 쓴 사내에게 굽실 인사한 뒤 준기를 소개했다.

"회당님! 내레 고향 후배로 반공포로 출신입네다. 오늘부터 지게닐(지겟

일)을 하고 싶다는데….”

“임자 고향 후배 틀림없소?”

“기럼요, 청천강 매생이와 수구동을 아는 사람은 우리 고당 넹벤 사람뿐일 거야요.”

“그럼, 임자가 보증한다는 말이지?”

“아, 기럼요.”

“알았소. 그럼 입회서를 쓰게 하고, 회비는 경리한테 즉시 입금시키시오.”

“알겠습네다. 회당님!”

중절모 회장은 어깨가 떡 벌어진 게 동대문시장 주먹계 우두머리로 보였다. 준기는 그에게 공손히 인사했다.

“당신 고향 선배 덕분에 아주 쉽게 일하는구먼.”

“고맙습네다. 회당님!”

“남대문지게꾼도 순서가 있듯이, 동대문지게꾼도 마찬가지야. 여기는 여기대로 법이 있으니까 선배에게 물어 잘 지키시오.”

“알갓습네다.”

준기는 입회원서를 쓴 뒤 입회비를 냈다. 그리고는 동향 사내 오수만에게 동대문시장 지게꾼으로서 지켜야 할 자세한 교육을 받았다.

“포로수용소 지내봤수?”

“네, 부산포로수용소와 거제포로수용소도 거치고 영천포로수용소에서 풀려낫수.”

“기럼 됐수. 사람 사는 곳은 다 똑 같아. 기때 생각하믄 여기서 얼마든지 살아날 수 잇디.”

“많이 지도해주시라요.”

“별거 없어야. 기저 보구서 눈티껏 하라야.”

“고맙습네다.”

준기는 그날로 지게를 구한 뒤 일을 시작했다. 동향 오수만의 알선으로 숙소는 창신동 산동네 합숙소에 잡았다. 동대문시장 지게꾼 생활은 일한만큼 돈을 벌었다. 생각보다 수입도 쏠쏠했다. 지게꾼 생활은 몸이 고달팠지만 마음은 편했다. 준기는 동대문시장 지게꾼 생활을 하면서 다부동전투 때 전우였거나 부산과 거제포로수용소 동료들을 꽤 여러 명 만났다. 그들 가운데는 그새 동대문시장 상인으로 정착하여 이미 점포를 운영하는 이도 있었고, 그때까지 시장바닥 노천에서 장사를 하는 이도 있었다. 인민군 3사단 전 마두영 상사도 동대문시장에서 다시 만났다. 그는 광장시장에서 포목상을 하고 있었다. 준기는 그의 포목가게 단골 지게꾼으로 도움을 많이 받았다.

포로수용소에서 헤어졌던 윤성오 상등병은 준기가 거처하는 창신동 합숙소 부근에서 만났다. 그는 그새 목사가 돼 있었다. 어느 날 창신동 들머리에서 가방을 들고 가던 한 신사가 빈 지게를 지고 가는 준기를 뚫어지게 쳐다보더니 달려왔다.

"살아있었구먼."

윤성오 목사는 들고 다니던 가방을 길거리에 놓은 채 준기를 껴안았다.

"이러케 만나다니…. 잘해시오. 이남에 잘 남아시오."

그는 곧 준기를 한적한 곳으로 데리고 가더니 가방에서 성경을 꺼내 펼쳤다.

> 내가 산을 향하여 눈을 들리라 나의 도움이 어디서 올꼬. 나의 도움이 천지를 지으신 여호와에게서로다. 여호와께서 너로 실족치 않게 하시며 너를 지키시는 자가 졸지 아니하시리로다. … 여호와께서 너를 지켜 모든 환난을 면케 하시며 또 네 영혼을 지키시리로다(시121: 1~7).

윤 목사는 성경을 덮은 뒤 준기의 어깨를 짚고는 나직이 읊조렸다.

"우리의 고난을 알고 계시는 전지전능하신 하나님 아바지, 우리가 위급할 때는 늘 아바지께로 돌아가나이다. 주님의 종, 김준기에게 정신과 육체의 고통을 이길 수 있는 힘을 허락하소서. 그가 주님의 은혜를 의지하게 하시고, 자기 자신의 힘을 의지하지 않게 하소서. 도움이 필요한 이때에 그를 위하여 봉사하는 손들을 축복하소서. 우리가 우리를 위하여 고난을 당하신 우리 영혼의 감독이 되신 예수님을 의지하도록 우리 모두를 깨닫게 하소서. 우리 주 예수님의 이름을 받들어 기도합니다. 아멘."

"고맙습네다. 저를 위해 기도해주셔서."

"우린 한때 사선을 함께 넘은 동지입네다. 당신이 대한민국에 남은 것도, 또 동대문시장에서 일하게 된 것도, 내레 목사가 된 것도 다 주 하나님의 뜻입네다. 하늘에 계신 그분은 당신이 겪은 환란 이상으로 반다시 큰 복을 주실 것입네다. 도움이 필요할 때는 언제라도 우리 교회로 찾아주시라요. 더기(저기) 보이는 천막 교회야요."

윤성오는 창신동 언덕 위의 한 천막교회를 가리켰다.

"알갓시오."

"내레 거제도포로수용소에 있을 때 한 미국인 선교사를 만났디요. 그분 도움으루 부상당한 다리도 재수술 받았구, 그 뒤 내레 목회자의 길을 걷게 되시오. 그분 때문에 다시 이 세상에 태어난 셈이디요. 원래 우리 오마니가 펭양(평양)에서 아주 독실한 기독교 신자였디요."

"아, 기러쿠만요. 사람이 살다보믄 한두 번은 변신한다디요. 이제 제 길을 찾은 모습 뵈니 정말 반갑습네다."

"말씀 감사합네다. 기럼, 우리 또 만납세다."

윤 목사는 그 시간 한 교인 집에 심방 가는 길이라고 하여 거기서 헤어졌다. 준기가 그의 뒷모습을 바라보자 지난날 절름거리던 다리가 한결 나아 보였다. 이북에서 내려와 동대문시장 일대에 정착한 38 따라지 월남인들은 서로 동병상련의 정으로 상부상조하면서 어려운 현실을 악착같이 헤쳐 나갔다. 어느 날 준기가 한일극장 앞에서 서성이는데 한 신사가 어깨를 툭 쳤다.

"김 중사 아니오?"

"아, 예. 반갑습네다. 황 대위님. 그새 군에서 제대하셨구만요."

국군 복무 때 사단의무대 상사였던 군의관이었다. 그는 황재웅 대위로 외과 전문의였다.

"그렇소. 아직 점심 전이라면 어디 조용한 곳에 가서 같이 먹읍시다."

"기렇게 하디요."

준기는 지게를 동료에게 맡기고 동대문시장 안 평양 설렁탕집으로 황 대위를 안내했다.

"제대 후 줄곧 이곳 동대문시장에 있었소?"

"아닙네다. 경상북도 구미라는 시골에서 가축병원 조수로, 대전의 한 대학부속 가축병원에서 실습과장으로 있다가 다 때려티우고 요기로 왔습네다."

"왜 그 좋은 직장을 그만두었소?"

"'피양(평양)감사두 저 싫으면 기만이다'는 말이 있디요."

"하긴 그렇소. 나도 3년 전에 군에서 소령으로 제대한 뒤, 지금은 인천 송현동에다 개인병원을 냈어요."

준기가 밥숟갈을 내려놓고 손을 내밀었다.

"제대와 개업, 두 번 축하합네다."

황 대위가 그 손을 잡았다.

"축하는 무슨. 그냥 밥이나 먹지요. 김 중사, 내가 마침 사람을 구하고 있는 중인데, 나랑 같이 일할 의향은 없소?"

"내레 무슨 자격이 이시야디요(있어야지요)."

"그동안 군 의무대에서 익힌 실력이 어딘데. 그리고 그동안 가축병원에도 있었다면서?"

"한 10년 정도 이서시요(있었어요)."

"그럼 됐어요. 나는 당신과 같은 실력 있는 병원 경력자가 꼭 필요해요. 당장 우리 병원에 와서 사무장 겸 엑스레이기사 일을 맡아주세요. 김 중사라면 군 의무대 경력이 있으니까 방사선 기사 자격증도 금세 딸 수 있어요. 간호사 하나 두고 나 혼자 나머지 일을 하니까 아주 바쁘고 힘이 많이 드네요."

"생각해보겠습네다."

"생각은 무슨, 내가 김 중사 여기서 버는 것보다는 월급을 더 많이 주겠소. 우린 한때 생사고락을 함께 한 전우가 아니었소. 자, 내 명함이오. 여기 일을 빨리 정리하고 가급적 금주 내로 이 주소로 찾아오시오. 숙소는 당분간 우리 병원 숙직실에서 지내면서 천천히 구하고요."

"알갓습네다."

"자, 이거 얼마 안 되지만 이곳 일 정리하고 인천으로 이사하는 데 쓰시오."

"짐이라곤 가방 하나뿐이야요. 이사 비용은 무슨, 일없습네다."

"아니요. 그동안 신세진 이곳 동료들에게 술이라도 한 잔 사고 오시오."

황재웅은 안주머니에서 지갑을 꺼낸 뒤 지폐 한 장 만을 달랑 남기고 남은 돈은 세어보지도 않고 몽땅 준기의 호주머니에 찔러 넣어주었다. 나중에 헤아려보니 준기의 사나흘 일당이나 되는 큰돈이었다. 황재웅은 군대에서 함께 복무했기에 준기의 조수 능력을 잘 알고 있었기 때문이다.

그 며칠 뒤 준기는 동대문 지게꾼 생활을 청산했다. 그는 동대문을 떠나기 전날밤 그동안 자기를 돌봐줬던 오수만과 시장에서 만난 포목상 마두영 상사, 그리고 창신동 윤성오 목사를 동대문시장 곁 한식집으로 불러 저녁을 사면서 이별주를 나눴다. 그들은 한결같이 준기의 앞날에 덕담과 축복의 기도로 축하해주었다.

"우린 죄다 빤스(팬티) 하나만 걸티구 내려왓디. 기런 정신으로 살믄 어딜가두 반다시 성공할 거야요."

"김준기 앞날을 위하여! 건배!"

"고맙습네다. 내레 꼭 성공하여 북에 게신(계신) 부모님도 꼭 만나가시오."

그날 동석한 이들은 모두 박수로 준기의 앞날을 축복해줬다.

준기의 인천생활은 평온했다. 준기가 인천 송현병원 사무장으로 온 뒤 황재웅은 환자 진료에만 전담하고 나머지 병원의 일은 그에게 모두 맡겼다. 그러자 송현병원은 점차 환자가 늘어났다. 그와 함께 준기의 보수도 올라갔다. 준기는 한동안 숙직실에서 지내다가 곧 병원 가까운 곳에 전셋집을 얻었다. 그 사이 준기는 아내와 호적 정리도 했다. 아내 쪽에서 먼저 합의이혼을 요구했다. 그는 딸 영옥이를 친정에 맡긴 채 재혼하는 모양이었다. 준기는 마음이 한결 가벼웠다.

준기는 아내의 재혼 후에도 매달 봉급을 받으면 곧장 영옥의 양육비로 일정액을 처가로 보냈다. 아무튼 영옥은 자기 자식이 아닌가. 준기는 병원 사무장으로 있으면서 곧장 방사선 기사 자격증도 땄다. 그러자 병원장은 준기의 월급을 더 올려주었다. 송현병원은 방사선과를 새로 증설하는 등, 날로달로 번창해갔다. 인천과 서울은 한 시간 거리인지라 준기는 주말이면 이따금 서울로 와 다시 순희를 종적을 추적했다.

준기는 여러 차례 발품을 판 탓으로 원서동에 오래 산 한 할머니를 통해 순희네 이야기도 들었다. 9·28 수복 후 곧 순희 아버지 최두칠은 한 우익 청년단에게 끌려간 며칠 뒤 가족들도 한밤중에 종적을 감췄다는 얘기를 할머니는 귓속말로 전했다. 그 할머니는 거기까지만 얘기한 뒤 입을 굳게 닫았다.

준기는 해마다 8월 15일이면 만사를 제쳐놓고 서울 시청 앞 덕수궁 대한문으로 갔다. 그새 서울에는 전찻길도 사라지고, 원래 덕수궁 담도 헐리고 새 담으로 단장됐다. 준기는 해마다 8월 15일이 다가오면, 또 마음이 설레고 그날이면 어김없이 준기의 발길은 서울 덕수궁 대한문으로 향했다.

1973년 8월 15일은 준기가 순희 누이를 만나고자 정전했던 1953년부터 서울 덕수궁 앞 대한문을 찾은 지 만 20년이 되는 날이었다. 준기는 이른 아침부터 서울 갈 차비를 했다. 준기는 예년처럼 동인천역에서 경인선 열차를 타고 서울역에 도착한 뒤 덕수궁까지 천천히 걸어갔다. 서울시청 앞 광장에는 '경축 광복절 28주년'이라는 기념 아치가 서 있었다. 11시 50분, 김준기가 대한문에 이르자 한 사람이 갑자기 카메라 플래시를 터뜨렸다. 준기는 깜짝 놀랐다.

"실례했습니다. 김준기 씨 맞죠?"

"네, 기렇습네다."

"저는 대한신문 문창배 기자입니다. 한 독자의 제보에 따르면, 김준기씨는 6·25전쟁 휴전 후 해마다 8월 15일 정오면 이곳에서 누군가를 기다린다고 전해들었습니다. 올해가 20년째로 해마다 빠짐없이 대한문을 찾아온 게 맞습니까?"

"기렇습네다만…."

"좋은 사진은 피사체가 카메라를 의식치 않아야 합니다. 그래서 결례를 했습니다."

"아, 네."

문 기자는 카메라를 내린 채 고개 숙이며 정중히 사과했다.

"올해도 우선 그분을 기다려보신 뒤 만나든, 못 만나든, 저랑 인터뷰를 부탁드립니다."

"뭐 신문에 날 만큼 대단한 얘기가 아닐 거야요."

"아닙니다. 김준기 씨의 사연은 아주 흥미롭고도 가슴 아픈, 우리 겨레의 비원을 상징하는 이야기가 될 것 같습니다."

"길쎄 …."

문창배 기자는 덕수궁 안으로 들어가 대한문 앞의 준기를 향해 카메라 앵글을 잡은 채 대기했다. 그날도 준기는 예년처럼 대한문 현판 바로 아래에서 순희 누이를 초조하게 기다렸다. 그날 12시 정각, 준기는 예년과 같이 떨리는 마음으로 손목시계를 내려다보고는 언저리를 둘러봤다. 그 순간 문 기자는 플래시를 또 터트렸다. 그날도 순희는 끝내 나타나지 않았다. 그새 오후 1시가 지났다.

"올해도 그분은 나타나지 않나 봅니다."

"길쎄, 좀 더 기다려보가시오. 대체로 여자들은 행동이 굼뜹네다. 내레 해마다 최소한 두어 시간은 더 기대렛디요."

"두어 시간씩이나…."

"기럼요, 어느 해는 날이 해가 저물 때까지 기다리다가 간 적도 있습네다."

준기는 대한문 현판 밑에서 조금 떠난 매표소 언저리에서 순희를 마냥 기다렸다.

"그래서 덕수궁 수위도, 매표원도, 김준기 씨를 기억하고 저희 신문사로 제보했나 봅니다."

"아, 기랬구만요. 내레 조금 더 기다리고 있을 테니 어디 가 점심을 드시고 오시라요."

"아닙니다. 그동안 그분이 나타나면 특종을 놓칩니다. 내일 아침신문에 특종을 터트리려면 이 정도는 참아야지요. 그리고 김준기 씨의 기다리는 모습을 지켜보며 카메라에 담는 것도 제 취재입니다."

"아, 기렇습네까."

문 기자는 다시 제자리로 돌아갔다. 오후 2시가 조금 지나자 문 기자가 준기에게로 다시 다가왔다.

"아직도 더 기다리시겠습니까?"

"오늘은 기자 양반도 애꿎게 기다리는데 그만 돼시오. 우선 어디 가서 요기부터 합세다."

준기는 앞장서서 문 기자를 덕수궁 옆 한 중국집으로 데려갔다. 그들은 자장면을 먹은 뒤 다시 대한문으로 돌아왔다. 이번에는 문 기자가 앞장서 안내했다.

"기왕이면 덕수궁 석조전 앞 분수대로 갈까요."

"좋습니다. 이 더운 날 등나무 아래서 분수를 바라보면 시원하디요."

그들은 석조전 쪽으로 간 뒤 분수대 옆 등나무 밑 돌 의자에 앉았다. 문 기자는 카메라 셔터를 서너 번 누른 뒤 취재수첩을 펼쳤다.

이튿날 아침 대한신문 사회면 머리기사에 '한 여인을 20년간 기다린 순애보 – 현대판 미생지신'이라는 제목에 부제로 '해마다 8월 15일이면 덕수궁 대한문 앞을 지키는 한 사나이의 이야기'라는 기사가 나갔다. '미생지신(尾生之信)'이란 중국 춘추시대에 미생이라는 사나이가 다리 밑에서 만나자고 한 여인과 약속을 지키기 위하여 홍수에도 피하지 않고 기다리다가 마침내 익사하였다는 고사에서 유래한 말이다.

신문의 위력은 대단했다. 전국 각지에서 수백 통의 편지가 병원으로 날아 왔다. 전화도 여러 통이 걸려왔다. 하지만 최순희의 소식을 전해주는 편지와 전화는 단 한 통도 없었다. 준기의 파란만장한 인생역정에 밤새 울었다는 사연, 한번 만나고 싶다는 여성 등으로, 편지를 보내거나 전화를 건 이는 대부분 여성들이었다. 그 편지 가운데는 준기에게 구애하는 사연도 여러 통 있었다. 심지어 어떤 여성독자는 일부러 인천 병원으로 찾아오기도 했다.

2007년 3월 3일, 워싱턴 용문옥 특실에서 점심을 나누며 시작한 김준기의 이야기는 그날 저물녘에도 끝나지 않았다. 김영옥 지배인이 문을 두드렸다.

"아버지, 어머니가 곧 도착하신다고 전화가 왔어예."

"발쎄(벌써)?"

"네, 뉴욕에서 열차로 오시나 봐요."

"알가서. 지배인, 어서 들어와 인사하라."

영옥은 다소곳이 방안으로 들어왔다. 김준기는 나부터 소개했다.

"이분은 박상민 선생으로, 네 고향 분이시디. 어린 시절 구미 원평동 장터 오거리에서 살아대서. 아마 네 초등학교와 중학교 대선배가 되실 거야."

"아, 네. 저는 김영옥이라고 합니다."

김준기는 고동우도 소개했다.

"그리고 저분은 메릴랜드주 락빌에 사시는데 오래전부터 우리 집 단골 고 선생이시디."

"아, 네. 저도 우리 가게에서 몇 번 뵌 것 같아 예. 이렇게 만나다니 반갑습니데이."

"반갑습니다."

고동우도 반갑게 인사를 했다. 영옥은 나와 고동우에게 깊이 고개 숙여 공손히 인사했다.

"정말 세상 좁구먼요."

"참말로 예. 우리 집 단골 고 선생님이 이렇게 연결될 줄은 정말 몰랐어예."

영옥이가 매우 살갑게 대답했다.

"나두 외롭기도 하고, 멫 해 전 한국에서 외환위기루 어렵다고 하여 불러들였디요. 지금은 워싱턴 농문옥의 지배인 일을 보고 있디요. 더 할마니를 닮았는지 손도 야무디고 음식솜씨도 늘어납네다."

"아, 예. 부인이 뉴욕에서 오신다는데, 그럼 저희는 일어나겠습니다."

"일없어요. 기냥(그냥) 앉아 계시라요."

"아닙니다. 부인이 먼 곳에서 오시는데 두 분만의 오붓한 시간을 보내셔야지요. 제가 출국일까지 일주일은 남아 있으니까 대신 다시 한두 번 시간을 더 내주시면 고맙겠습니다. 가능하면 부인도 함께 만나 직접 살아온 얘기를 듣고 싶습니다."

"기럼, 이렇게 하자우. 내레 집사람 오면 오늘 만남 이야기를 하가시우. 본인이 좋다구 하면 이담에 같이 만나구, 굳이 싫다면 우리끼리 다시 만나 밀린 정담을 나눕세다. 이즈음은 나이가 드니께로 녯(옛) 일이 새록새록 생각나구 그리웠는데 이번에 아두 잘 됐수다래. 늘그막에는 추억에 산다고 하더만 지난 세월을 곱씹는 게 아주 도쿠만(좋구먼). 박 선생, 한국으로 떠나기 전에 우리 자주 만납세다."

"좋습니다."

"기때는 고 선생님두 꼭 같이 오시라요."

나와 고동우는 김준기 부녀의 배웅을 받으며 용문옥을 떠났다. 저녁노을

이 워싱턴 하늘을 빨갛게 물들였다. 한국에서 보는 저녁노을과 조금도 다름이 없었다.

맥아더기념관은 버지니아주 남쪽 항구도시 노퍽시에 있었다. 3차 방미 출국 전에 이호선 출판사 대표가 나에게 맥아더기념관에 6·25전쟁 사진이 많이 소장돼 있다는 정보를 귀띔해주었다. 그래서 3차 방미 기간 중 어느 하루 맥아더기념관을 찾아가기로 했다. 내가 고동우에게 부탁하자 그는 미리 인터넷으로 맥아더기념관을 검색했다. 그러자 매주 월요일은 휴관이라고 하여, 화요일인 2007년 3월 6일 방문하기로 날을 잡았다.

메릴랜드주 숙소에서 노퍽시까지는 약 200마일 정도의 거리였다. 고동우는 노퍽까지 당일로 갔다 오려면 아침 일찍 떠나야 한다고 부쩍 서둘렀다. 그날 우리는 아침도 거른 채 출발했다. 고동우가 타고 온 승용차가 새 차로 승차감이 좋았다. 우리는 이런저런 얘기를 나눴다.

"오늘은 장거리이기에 얼마 전에 딸이 새로 산 차를 빌렸습니다. 한국 차인데 성능이 미제나 일제에 결코 뒤지지 않아요."

"놀랄 일입니다. 미군이 폐차한 지프 엔진에다가 드럼통 두들겨 시발택시를 만들던 우리나라가 이제는 자동차 종주국에 오히려 수출을 하다니…. 천지개벽만큼이나."

"이곳 동포사회에서는 흔히 농담 삼아 대한민국을 '기술은 일류, 기업은 이류, 기업가는 삼류, 정치는 사류'라고 말하지요. 아직도 한국 정치계는 대한제국 때나 비슷합니다. 대통령이 청와대에서 기업가를 불러 몰래 검은 돈을 받고 있으니, 그 아래 사람들의 부정부패는 오죽이나 심하겠어요."

"그새 정권이 바뀌어도 백년하청으로 달라진 게 없더군요."

"술집마담이 그런다면서요. 접대 손님 얼굴만 바뀌었을 뿐 돈 내는 물주는 똑같다고요."

"미국시민들이 고국사정을 더 자세히 아시는군요."

"요즘은 재미 동포들도 한국과 동시에 국내 방송을 보는데다가 중요인사들이 수시로 미국으로 도피하고자 오기 때문에 오히려 더 빠른 면도 있습니다. 아무튼 한국사회는 아직도 시민의식이 부족한 탓입니다. 한 자리하면 으레 그럴 거라고 쉽게 면죄부를 주거나, 자기는 예외라고 그 부정부패를 답습하는데 문제가 있지요."

"곰곰이 생각해보면 그 원인은 바로 내 탓이더군요."

"아무튼 한국사회가 부패문화를 단절치 못하면 '모래의 성'이나 다름이 없지요."

"그렇습니다. 부정부패가 만연한 사회는 국력이 강할 수가 없지요. 항일유적지 답사 때 베이징에서 만난 한 원로 독립지사가 '남에게 업신여김을 당하지 않으려면 나라의 힘이 있어야 한다'고 눈물을 흘리며 말씀하시더군요."

"명언입니다."

고동우는 미국에 살면서도 한국 근현대사에 정통했다.

"참, 이상하더군요. 한국이 싫어서 떠났지요. 그런데 막상 미국에 오니까 한국에 있을 때보다 더 고국 뉴스에 더 귀를 기울이게 되고, 또 나라의 장래가 걱정되더라고요."

"아, 네."

우리는 도로 사정을 생각하여 부쩍 서둘러 출발했는데도 그새 노퍽으로 가는 길에는 차가 밀리기 시작했다. 워싱턴 D. C.의 외곽순환도로인 495번 고속도로를 벗어나 리치먼드로 가는 95번 고속도로로 접어들자 그제야 다소 한가했다. 미국은 온 국토가 숲으로 뒤덮였다. 넓은 국토가 마냥 부러웠다. 왜 이런 넓은 나라가 극동의 조그마한 땅덩어리에 애착을 가질까? 이는 아흔아홉 섬을 가진 부자가 백석을 채우기 위해 한 섬 가진 가난한 자의 재물을 빼앗는 탐욕과 다름이 없지 않는가. 하긴 가진 자의 처지에서는 그게 힘의 논리요, 정의라고 말하리라. 그 힘의 논리와 정의는 과연 마땅할까. 승용차 속도계 계기판의 바늘은 70마일을 넘고 있었다.

고동우는 밋밋한 고속도로를 달리기가 무료했던지 침묵을 깨트렸다.

"미국에 사는 동포들은 대체로 저마다 아픈 사연을 지니고 살고 있어요. 아마 용문옥 김준기 회장도 예외가 아닐 겁니다."

나도 아카이브 출입 관계로 이곳에 여러 날 머물며 미주 동포들과 속 깊은 대화를 나눠보니까 고 선생님 말대로 저마다 한두 가지 아픔이나 사연들을 갖고 있었다. 잠시 대화가 끊기자 고동우는 카세트테이프를 틀었다. 존 덴버의 '날 고향으로 데려다주오(Take me Home, Country Roads)'라는 노래가 흘러나왔다. 주변 경치와 분위기에 잘 어울리는 노래였다.

메릴랜드 주 칼리지파크를 출발하여 미국 동부지방의 남북을 관통하는 95번 도로를 두 시간 남짓 달리자 '리치먼드'라는 도시가 나왔다. 귀에 많이 익은 도시였다. 내가 기억을 더듬자 서부영화에 자주 등장하는 지명이었다. 마침 그곳 고속도로 휴게소에서 우리는 자동차에 주유도 하고, 아침으로 빵 한 조각에 주스 한 잔을 마셨다. 미국의 고속도로 휴게소는 한국의 고속도로휴게소처럼 요란치 않고 매우 간소했다. 우리는 화장실을 다녀온 뒤, 다시 남쪽을 향해 달렸다.

우리는 리치먼드를 출발한 뒤 줄곧 시속 70마일 이상으로 계속 달린 끝에 오전 11시 30분, 노퍽에 도착했다. 노퍽은 대서양 연안 항구로 군사도시였다. 그런 탓인지 대서양 연안에 정박한 해군 함정들이 자주 눈에 띄었다. 우리는 노퍽 중심가에 있는 맥아더기념관을 확인한 뒤 가까운 밥집에서 미리 점심을 먹어두었다.

맥아더기념관 자료실은 단층으로 조촐하게 꾸며져 있었다. 기념관 자료실에는 맥아더가 생전에 소장하였던 도서와 선물들이 진열돼 있었고, 수많은 자료 파일들도 잘 갈무리되어 있었다. 맥아더기념관에 진열된 선물들은 대부분 일본인에게 받은 것이었다. 태평양전쟁에서 패전한 일본은 그들 특유의 친절성으로 맥아더를 구워삶아 종래의 천황제를 유지하고 전범 처형의 확대를 막았다는 얘기가 틀린 말이 아닌 듯싶었다.

우리가 맥아더기념관에 들어간 뒤 자료실에 놓인 비디오를 틀자 1950년 6·25전쟁 직전 서울 근교에서 벌어졌던 좌익사범을 처형하는 장면이 약

10분 정도 동영상으로 화면에 나왔다.

1950년 4월 14일 15:00시 서울 동북쪽 10마일 떨어진 언덕에서 39명의 좌익 혐의자를 한국군 헌병대장 감독 하에 약 60여 명의 헌병들이 총살로 집행한 장면이었다. 39명의 혐의자들은 나무기둥에 묶인 채 가리개로 눈을 가린 채 원형의 사격표지판을 가슴에 붙였다. 나무기둥에서 20미터 정도 떨어진 곳에서 집총한 헌병들은 지휘관의 명령에 따라 일제히 방아쇠를 당겼다. 총살이 끝나자 권총을 빼내든 검열관이 나무기둥에 묶인 처형자들의 사망 여부를 일일이 확인하고 그때까지 미처 죽지 않은 사람에게는 그 자리에서 머리에 권총을 쏘아 확인사살하는 장면이었다. 나는 그 잔인한 장면을 차마 볼 수 없어 눈을 감았다. 그 순간 사람임이 부끄러웠다.

우리가 맥아더기념관 문헌관리사에게 6·25전쟁 사진파일을 요청하자 그가 여러 문서상자를 내놓았다. 그 상자에는 맥아더의 전 생애를 살필 수 있는 사진자료들로 가득했다. 나는 수천 장의 사진자료 가운데 6·25전쟁 관련 사진만 가려 골라 뽑은 뒤, 고동우의 캡션 번역을 들으며 다시 우리 현대사에 사료가 될 만한 것만 골라 스캔했다.

6·25전쟁 발발하자 맥아더가 도쿄에서 한국으로 날아와 시흥 일대를 시찰하는 장면(29. Jun. 1950), 마운트 맥킨리호 함상에서 인천상륙작전을 지휘하는 장면(15. Sep. 1950), 중앙청 서울수복기념식에 이승만 대통령과 나란히 참석한 장면(29. Sep. 1950), 웨이크섬에서 투르먼 대통령과 만나는 장면(15. Oct. 1950), 신의주 상공 정찰기 속에서 적정을 살펴보는 장면(24. Nov. 1950), 만주 폭격을 주장하다가 트루먼 대통령의 해임 명령을 받고 도쿄 하네다공항을 떠나는 장면(16. Apr. 1951), 등 90여 점을 수집 스캔했다.

맥아더기념관 별도의 사진앨범에는 6·25전쟁 전에 일어났던 좌익사범들의 체포와 처형장면 사진들이 다닥다닥 붙어 있었다. 문헌관리사의 설명에 따르면 그 앨범은 당시 한국에 주둔한 미 군사고문단 정보담당 한 주임상사가 만들어 맥아더기념관에 기증한 것이라고 했다. 그 앨범에는 1945년 광복 이후부터 6·25전쟁 직전까지 미군정 및 정부수립 직후의 한국 내 게

릴라들을 체포한 장면과 그들을 처형한 다음, 목을 자른 뒤 서울에 있는 육군본부로 보낸 사진들이었다. 나는 그 장면들이 너무나 잔인하고 처참하기에 그 앨범을 펼쳐보는 동안 내도록 모골이 송연하고 소름이 돋았다.

문득 그 몇 해 전, 일본 교토 도요쿠니진자(豊國神社) 부근에서 본 미미즈카(耳塚, 귀무덤)가 떠올랐다. 임진왜란 당시 왜장들이 도요토미 히데요시에게 전과를 보고하고자 조선인의 머리 대신에 귀나 코를 잘라 소금에 절여 헌상한 것을 묻은 무덤이었다.

나는 이들 처형한 사진을 모두 스캔하고 싶었다. 하지만 문헌관리사는 그 앨범에 수록된 사진은 모두 유료라면서 한 컷당 100달러를 요구했다. 주머니가 얄팍한 나는 디지털카메라에 몇 컷 담는 걸로 만족했다. 사진 검색이 끝나자 그새 오후 4시로 서둘러 맥아더기념관을 떠났다. 우리는 맥아더기념관에서 너무나 끔찍한 장면을 많이 본 탓인지 돌아오는 길에는 한동안 말을 잊었다. 사람이 이렇게도 잔인할 수 있을까? 짐승도 결코 그런 짓은 하지 않을 것이다.

우리가 노퍽 맥아더기념관에서 일을 마친 후 돌아오는 길은 채스팩만 다리와 해저터널을 거쳐 왔다. 이 길은 대서양을 가로 질렀는데 승용차가 바다 위 다리로 달리다가 갑자기 바다 밑 터널로 이어졌다. 우리가 바다 위를 달릴 때는 한창 저녁놀이 지고 있었다. 저녁놀을 배경으로 승용차를 타고 대서양 바다 위를 달리는 기분이 매우 상쾌했다. 승용차가 리치먼드 시를 벗어나자 워싱턴 D. C.로 가는 95번 고속도로는 비교적 한가했다. 핸들을 잡은 고동우가 긴 침묵을 깼다.

"아카이브 자료실에 히틀러의 두개골 사진, 베트콩의 지하통로 지도, 인민군들의 견장까지 비치된 걸 보고 놀랐습니다. 심지어 이승만 대통령의 개인편지까지 소장하고 있는 등, 미국은 자기 나라 역사는 물론 남의 나라 역사까지 시시콜콜하게 소장하고 있습니다. 그게 바로 오늘날 미국의 힘이겠지요."

"지금은 정보가 국력인 시대지요."

우리는 노퍽을 출발하여 부지런히 달렸지만 워싱턴 D. C.에 가까이 이르자 퇴근시간과 겹쳐 길이 막히고 그새 날이 어두웠다. 손 전화가 울렸다. 전화를 받자 김준기였다.

"박 선생, 오늘 저녁 시간 괜찮수?"

"저는 괜찮은데 고 선생님이 어떨지 모르겠습니다."

마침 핸들을 잡은 고동우는 곁에서 통화내용을 듣고 당신도 괜찮다고 했다.

"고 선생님도 괜찮다고 합니다."

"기럼, 일단 농문옥으로 오시우."

다행히 워싱턴 D. C. 나들목을 지나자 곧 길이 뻥 뚫렸다. 고동우는 용문옥 앞에 승용차를 세웠다. 김준기 부부는 외출준비를 하고 대기하고 있었다.

"오늘 저녁은 우리 특벨히 양식으로 합세다. 우리 부부도 오랜만에 기분 좀 내가시우(내겠어요)."

"감사합니다. 좋습니다."

"기럼, 우리 차를 따라오시라요."

지배인 영옥이가 운전했다. 용문옥에서 가까운 양식집이었다. 영옥은 운전이 끝난 뒤 인사를 했다.

"즐거운 시간 되세요."

"고맙습니다."

"수고하셨어요."

"나중에 전화하면 오라야."

"네, 아버지."

영옥이는 그 자리에서 차를 돌려 돌아갔다. 준기 부부가 안내한 양식집은 워싱턴호텔의 맨 위층으로 전망이 매우 좋았다. 자리에 앉자마자 김준기가 말했다.

"서루들 인사하시라우."

"한국에서 온 박상민입네다."

"메릴랜드 락빌에 사는 고동우입니다."

"반갑습니다. 최순희예요."

최순희는 일흔넷 나이보다 젊게 보였다. 미국 뉴욕과 워싱턴에서 사업으로 성공하자 나이보다 젊어진 모양이었다.

"박 선생은 구미 사람이우. 서울에서 교편을 잡다가 퇴직한 뒤 요즘은 소설두 쓰구, 한국현대사 자료두 수집한대서. 이번이 세 번째루 미국에 왔대요. 요기서 6·25전쟁 사진을 구해 사진집을 낸답네다."

"어머, 그러세요. 아주 귀한 일을 하시네요. 저는 작가를 가장 존경해요."

"감사합니다. 오늘밤 그동안 살아오신 귀한 이야기를 들려주세요."

"하지만 내 이야기가 소설이 되는 건 싫습니다."

"알겠습니다. 소설은 작가가 어디까지나 현실을 유추하여 꾸민 이야깁니다. 현실성 없는 이야기를 소설로 쓰면 황당한 이야기가 되기 십상입니다. 제가 호남의병전적지 답사로 전남 장성에 갔더니 홍길동의 고향으로, 『홍길동전』의 홍길동도 실존 인물이더군요. 좋은 작품일수록 실존 인물을 바탕으로 작가의 상상력을 보태 꾸민 이야기이지요."

"알겠습니다. 제가 소설 속에 주인공도 될 수 있다니 영광이네요."

"그동안 살아오신 얘기를 편안하게 들려주십시오. 이 세상에서 가장 재미있는 것은 역시 사람 사는 이야기이지요."

"하건 기래요. 남들이 살아온 얘기에서 배울 점이 많디요. 기래 오늘은 두 분이 매가도(맥아더)기념관에서 어떤 사진을 찾았수?"

김준기가 이야기의 물꼬를 트고자 맥아더기념관 다녀온 이야기를 물었다. 나는 가방에서 노트북을 꺼내 맥아더기념관에서 수집한 자료들을 테이블 위에 올려놓고 슬라이드 쇼로 보여드렸다.

"맥아더기념관 사진들입니다. 헌병들이 좌익사범들을 골짜기로 데려가서 처형하는 장면이 가장 가슴 아팠습니다. 6·25전쟁 전후로 한때 '골로 간다'는 말이 유행했는데 그 말의 유래가 실감나도록 그 현장을 촬영한 사진이었습니다."

"바로 제 아버지가 그때 그렇게 골로 가셨지요."

최순희는 자연스럽게 말문을 열었다.

1950년 9월 26일, 최순희가 추풍령 외딴집에서 이른 새벽에 잠에서 깨어 보니까 곁에 준기가 보이지 않았다. 순희는 준기가 뒷간에 간 줄 알고 한참 기다렸으나 깜깜 무소식이었다. 날이 훤히 밝아도 준기는 끝내 돌아오지 않았다. 순희는 아찔했다. 뭔가 섬뜩한 예감에 바랑 보따리를 뒤져보자 편지가 나왔다. 순희는 편지를 훑어본 뒤 후딱 밖으로 나갔으나 준기의 종적은 찾을 수 없었다. 순희는 가슴이 철렁했다. 그동안 동행하며 의지했던 준기가 종적도 없이 사라지다니…. 순희는 앞이 캄캄했다.

'삶과 죽음이 한순간에 바뀌는 전쟁터에서 순희 누이를 뜻밖에 만나 행복했습니다. 곰곰이 생각해보니까 이제 제가 순희 누이 곁을 떠나는 게 진정 사랑하는 길로 여겨집니다. …'

순희는 그 글귀를 곱씹을수록 가슴을 후볐다.

'그래, 무사히 탈출하여 굳세게 살면서 기다리는 게 그의 사랑에 보답하는 길이야.'

순희는 한동안 흐느끼다가 마음을 고쳐먹고 흐트러진 마음을 야무지게 다잡았다. 준기와 이별은 낭떠러지에서 떨어진 절망감에서, 두 사람이 함께 살아나는 희망과 긍정의 길로 생각을 바꿨다. 순희는 전쟁터에서 남녀 두 사람이 함께 도망가는 것보다 여자 혼자 도망 다니는 게 훨씬 더 수월하다는 준기의 말이 옳다고 여겼다. 순희는 할머니에게 아침밥을 얻어먹은 뒤 허름한 몸빼(왜바지) 바지도 얻어 입었다. 그때부터 순희는 철저하게 피란민으로 위장했다. 순희는 할머니에게 하직 인사했다.

"할머니, 하룻밤 신세 잘 졌습니다."

"그냥 재워준 것도 아닌데. 마, 어쨌든동 조심해서 잘 가라."

"예, 할머니."

마침내 순희는 혼자 북행길에 올랐다. 혹시나 도중에서 준기를 만날 수 있을까 하여, 서울 쪽으로 걸어가면서 사방을 두리번거려도 끝내 준기는 보이지 않았다. 서울로 가는 도로 옆에 추풍령역이 보여 들렀다. 겉보기에 역사는 멀쩡했으나 그밖에 시설들은 열차 운행중지로 어수선했다. 역사 맞은편 기관차 급수탑은 을씨년스럽게 우뚝 서 있고, 서울로 가는 선로가 아득히 펼쳐졌다. 열차는 운행치 않는 듯했다.

순희는 추풍령을 떠난 이튿날 해거름 무렵에야 영동에 닿았다. 추풍령과 영동은 하루 길도 안 되지만, 길도 모르고 밤중에 산길과 들길을 헤매며 걷다보니 꼬박 이틀이나 걸렸다. 순희는 몸과 마음이 지치고 배가 고파 더 이상 걸을 수 없었다. 땅거미가 어둑할 때를 기다려 영동 들머리 한 주막집에 들렀다.

"밥 좀 주세요."

순희는 주막집 문을 두드리며 나직이 말했다. 곧 방문이 열리더니 늙은 주모가 순희의 몰골을 훑으며 말했다.

"식은밥밖에 없슈."

"괜찮아요."

"그러면 들어와유."

순희가 집안을 살핀 뒤 얼른 들어갔다.

"그래두 국까지 식은 걸 줄 수야…."

주모는 부엌으로 가더니 국솥에 불을 지폈다. 순희도 얼른 부엌으로 들어가 아궁이에 불을 때며 산길을 걷느라 굳은 몸을 녹였다. 국솥이 끓자 주모는 국자로 뚝배기에 국 한 그릇을 담고는 식은 보리밥 한 덩이를 넣어주었다. 순희는 그 자리에서 그 국밥을 환장한 사람처럼 후딱 먹었다.

"많이 굶은 모양이네유."

순희는 입안에 밥을 문 채 고개를 끄덕였다. 두어 차례 숨을 쉰 뒤 순희가 말했다.

"할머니, 이제 살겠어요. 제가 부엌일 도와드릴 테니 여기서 한 이틀 쉬어가게 해주세요."

"난리 중인데다가 명절 뒤끝이라 장날 손님도 별로 없지만 그래유. 마침 내일이 영동 장날이네유."

"고맙습니다. 할머니."

이튿날 새벽에 일어난 순희는 할머니 국밥 만드는 일을 도왔다. 순희는 할머니가 시키는 대로 쇠고기를 넣은 국솥에 간장을 붓고 무를 썬 것을 넣은 다음 고춧가루와 파를 듬뿍 넣었다.

"아주 손이 야무지네유. 난리 끝날 때까지 그만 우리 집에 살아유."

"집에서 아버지 어머니가 많이 기다릴 겁니다."

"그렇다면 할 수 없지유."

그날 파장 무렵 순희는 영동장에 나갔다. 비상금을 꺼내 운동화도 새로 사고 쌀도 두 되 산 뒤 자루에 담았다. 그런 다음 포목점에 가서 광목도 두어 마 끊었다. 서울로 가는 도중, 잠잘 때 그 광목을 홑이불로 덮기 위함이었다. 그날 밤 주막에서 하룻밤 더 신세를 진 뒤 이튿날 새벽 다시 북행길에 올랐다.

12. 금강철교

순희는 영동을 떠나 사흘 동안 산길과 들길을 걸은 끝에 대전에 이르렀다. 대전에는 이미 국군과 유엔군이 진주해 있었다. 순희는 그동안 제대로 먹지도, 자지도 못한 채 강행군을 한 탓으로 그의 몰골은 영락없는 거지꼴이었다. 순희는 더 이상 산을 타고 북상할 수 없을 만큼 그의 몸은 이미 지쳤다. 순희는 배고픔을 더 참을 수 없어 대전에서는 아무 집 대문이나 두들겨 밥을 얻어먹거나 빈집이나 창고에서 잠을 잤다. 순희는 더 이상 걸어서 북상하기를 포기한 채 열차를 타고자 대전역으로 갔다.

대전역은 전란으로 완전 폐허가 됐다. 그때까지도 서울 영등포로 가는 열차는 운행되지 않았다. 군인과 역원들이 열차운행 재개를 위해선지 대전역 안팎을 치우느라 한창 바쁘게 움직였다. 순희가 어수선한 대전역 광장을 막 벗어나는데 '헌병'이라는 완장을 차고 'MP'라고 새긴 헬멧을 쓴 군인이 호루라기를 불었다. 그 소리에 놀라 순희는 냅다 도망쳤다. 그런데 헌병은 굳이 순희를 뒤쫓지 않았다. 아마도 순희를 보고 분 호루라기가 아닌 모양이었다. 제풀에 놀란 순희는 가슴을 쓸어내린 뒤 그대로 서울 방향으로 걸었다.

그새 10월로 달이 바뀌었다. 순희가 구미 형곡동 한옥 안방에서 구해 입은 여름 무명 한복은 그새 해지거나 찢어지고 싸늘해진 날씨로 더 입을 수가 없었다. 그래서 순희는 서울로 가는 도중 빈집에 들어가면 먼저 안방 벽장이나 장롱에서 몸에 맞는 옷을 찾아 갈아 입었다. 거기다가 추풍령 할머니에게 얻어 입은 왜바지는 겉옷으로 줄곧 입었다. 그리고 머리에는 흰 광목수건을 둘렀다.

순희는 더 이상 산길이나 들길을 걷기도 지쳤다. 게다가 대전에서부터는 산길도 마땅치 않았다. 순희는 거기서부터는 국도를 따라 계속 북으로 걸었다. 긴장도 여러 날 하다 보니 나중에는 그새 그만 배짱으로 변했다. 그러면서도 순희는 '까짓것 죽기밖에 더 하겠는가' 하는 오기까지도 생겨났다.

순희가 대전을 출발한 지 두어 시간 만에 회덕이란 곳이 나왔다. 거기서 마음씨 좋은 주민을 만나 점심 요기를 하고, 다시 두어 시간 남짓 더 걷자 신탄진이 나왔다. 가도 가도 끝없는 서울로 가는 길이었다. 이른 아침 대전에서부터 계속 걸어온데다가 그새 늦은 오후 시간이라 배도 고파 신탄진 역 앞 한 밥집에서 국밥을 청해 먹으며 서울 가는 길을 물어보았다.

"이 국도를 따라 곧장 올라가면 죽전이 나오고, 거기서 왼편 경부선 철길로 난 길을 따라 가면 부강이 나와유. 그 길 따라 올라가면 조치원이 나오고 계속 그 길을 따라 곧장 가면 서울이야유. 아마 조치원이나 천안에 가면 서울 가는 차도 얻어탈 수 있을 거유."

"고맙습니다. 잘 알았습니다."

국밥집 주모는 길눈이 밝았다. 아마도 여러 손님들에게 엿들은지라 그런 모양이었다.

"그런데 가는 데마다 검문이 매우 심할 거유. 우선 예서 현도교를 건너는 금강나루에도 헌병들이 쫙 깔려 피란민으로 위장하고 북으로 올라가는 인민군들을 잡는대유."

순희는 그 말에 찔끔했다. 하지만 자기는 서울에서 내려온 피란민이라고 천연덕스럽게 거짓말을 한 뒤 언저리 지리 정보를 캐물었다. 국밥집 주모는 별 의심 없이 그곳 지리를 자세히 가르쳐줬다. 신탄진에서 부강으로 가자면 금강을 지나는데, 지난 7월 중순에 유엔군들이 인민군 남침을 막는다고 현도교도 신탄진 경부선 금강철교도 모두 폭파하여 이즈음은 나룻배로 건넌다는데 검문이 매우 심하다고 했다.

순희는 더 이상은 캐묻지 않았다. 자칫 자신의 정체가 드러날지도 모르기 때문이었다. 순희는 밥값을 치른 뒤 조금 쉬고 다시 북상길에 나섰다. 신탄진역을 조금 지나자 곧 금강이 나오고 부서진 현도교가 보였다. 그 부서진 다리 곁 강가에는 초소가 있었고, 몇 명의 헌병들이 검문을 하고 있었다. 거기서 조금 떨어진 곳에 경부선 금강철교가 있었다.

금강철교와 그 옆 현도교는 금강 남쪽 사람이 서울로 가자면 꼭 건너야 하는 다리였다. 강가 검문소에서 길목을 지키던 헌병은 순희를 발견하고는 자기 쪽으로 오라고 손짓을 했다. 그 순간 순희는 뒷걸음질을 치다가 다시 경부선 금강철교 쪽으로 도망을 쳤다. 곧 헌병은 호루라기를 불며 소리쳤다.

"정지! 이리 와! 더 이상 도망가면 쏜다!"

순희는 그 소리에도 서지 않고 냅다 뛰었다. 그러자 헌병은 어깨에 멘 카빈총을 서서 쏴 자세로 바꾼 뒤 위협사격을 했다. 그 총알이 순희의 앞뒤에 떨어졌다. 순희는 그 자리에 엉거주춤 섰다. 한 헌병이 달려와 연행했다.

"이 쌍년이 뒤지려고 환장을 했지, 어디 총을 쏘는데도 도망을 가!"

순희가 연행된 곳은 금강 현도교 검문소였다. 현도교는 전란으로 다리가 폭파되어 그즈음까지는 복구되지 않았다. 헌병은 순희를 나루터 검문소에서 조금 떨어진 막사로 데리고갔다. 한 헌병 하사관이 순희를 인계받았다. 헌병 하사관은 막사 한쪽 구석에 있는 유치장에 그대로 입감시켰다. 그날 밤 초저녁에 헌병 하사관에게 신문을 받았다.

"어디로 가는 길이야?"

"집으로 가는 길이에요."

"집은 어딘데?"

"서울이에요."

"뭐? 서울? 이 전시에 왜 여기까지 왔나?"

"양식을 구하려고요."

"학생인가?"

"예, 그렇습니다."

"그럼, 이 조서에 인적사항을 모조리 적어."

순희는 조서를 받아 빈 칸을 메웠다. 그런 뒤 심문관인 헌병 하사관에게 돌려주었다. 그는 조서를 훑으면서 물었다.

"어디 다녀오는 길인가?"

"영동 외가에 양식 구하러 갔다가 전쟁이 끝난 것 같기에 집으로 돌아가는 길입니다."

순희는 미리 생각해둔 거짓말을 천연덕스럽게 했다.

"그런데 왜 도망갔나?"

"그냥 무서워서…."

"이 쌍년아! 무섭다고 도망을 가! 총에 맞아 뒤지지 않은 게 천만다행이야."

순희는 그 말에도 별다른 반응을 보이지 않았다. 이미 죽음까지도 각오했다는 듯 시종 담담한 표정이었다.

"일단 여기로 잡혀온 이상 너의 주소지와 학교에 신원을 조회해본 다음, 진술한 사실이 확인되면 풀어줄 거야. 일단 유치장에 들어가 있어!"

"사실 확인은 며칠 걸리나요?"

"글쎄, 전화와 현지 사정에 따라 달라."

"네에?"

"지금은 전시 중인데다가 인민군 패잔병들이 민간인으로 위장하고 북상 중이라 그래."

순희는 그 말에 뜨끔하여 더 이상 묻지 못했다. 신문이 끝나자 헌병 하사관은 순희를 다시 유치장에 가뒀다. 유치장에는 대여섯 명이 쭈그려 앉아 있는데 모두 순희보다 나이가 더 많아 보였다. 옆방 남자 유치장에는 여남은 명으로 빼곡했다. 유치장에 갇혀 있는 사람들은 하나같이 허름한 차림으로 눈에는 초점이 흐릿했다. 순희 역시 그런 몰골로 유치장에 들어온 뒤 구석으로 가서 자리를 잡고 머리를 벽에 댄 채 눈을 감았다. 여러 가지 생각들이 주마등처럼 스치다 깜박 잠이 들었다.

"최순희!"

유치장 헌병 감시병이 불렀으나 미처 듣지 못했다.

"야, 최순희!"

순희는 그제야 게슴츠레 눈을 떴다.

"너, 보따리 갖고 이리 나오라!"

"네에?"

"보따리 들고 나오란 말이야!"

감시병이 신경질적으로 고함쳤다. 순희는 담담한 마음으로 쌀과 옷을 담은 바랑을 등에 지고 밖으로 나왔다. 초저녁에 신문하던 헌병 하사관이 유치장 문 앞에 서 있었다. 하현달이 동녘 하늘에 떠 있는 것으로 보아 꽤 밤이 깊은 듯했다.

"우리 대장님께서 너를 신문하겠다고 하신다."

그는 순희를 포승줄로 묶은 뒤 지프 뒤에 태우고는 앞자리에 앉았다. 순희는 '왜 헌병대장이 한밤중에 자기를 특별신문하겠다는 걸까' 하는 의문이 들었다.

"야, 최순희. 너 우리 대장님 묻는 말에 고분고분 답하면, 현지 조회가 오기 전에도 풀려날 수도 있어."

그는 그 말을 끝내고 운전병과 함께 '씩' 의미심장한 웃음을 지었다. 지프는 검문소에서 채 5분도 되지 않는 한 민간인 집 앞에 섰다. 아마도 군 당국은 한 민가를 징발하여 헌병대장 사무실 겸 BOQ(독신장교 숙소)로 쓰는 듯했다. 헌병 하사관은 조서와 함께 최순희를 헌병대장에게 인계했다.

헌병대장 조철만은 40대 중반으로 대위 계급장과 헌병임을 상징하는 요란한 장식을 가슴과 어깨에 달고 있었다. 헌병대장 사무실 겸 BOQ는 비교적 큰 기와집이었다. 그 집 안방을 헌병대장 집무실 겸 침실로 쓰고 있는 듯, 가운데는 책상과 그 옆에는 야전침대가 놓여 있고, 군용담요 서너 장이 가지런히 포개져 있었다. 순희는 집무실로 들어간 뒤 공포감에 질려 우두커니 서 있었다.

"야, 당번병! 넌 별명이 없는 한, 이 방에 접근치 말라."

"네, 알겠습니다. 대장님!"

당번병이 크게 복창했다. 헌병 하사관이 돌아가자 헌병대장 조 대위는 방문을 닫은 뒤 순희의 포승줄을 풀어주며 능글맞게 입가에 미소를 지었다.

"아주 풋내가 나게 어리군. 야, 앉으라."

"괜찮습니다."

"어른이 앉으라면 앉아!"

순희는 그 말에 책상 앞 의자에 앉았다.

"저녁 먹었나?"

"예."

"원래 유치장 밥이란 형편없지. 특히 이 전시에는."

헌병대장은 방문을 열고 고함쳤다.

"야, 당번병!"

"네, 대장님!"

작대기 둘의 일등병 계급장을 단 한 헌병이 득달같이 달려왔다.

"야, 저녁 2인분 들여보내."

"네! 알겠습니다."

곧 당번병이 밥상을 방안으로 들고 왔다. 밥상에는 닭백숙에 밥 그릇 둘 등 여러 가지 밑반찬으로 한 상 가득했다. 당번병은 별도로 주전자도 들여놓았는데 술이 가득 들어 있는 듯했다.

"야, 이리 오라. 금강산도 식후경이라고, 우리 일단 먹고 슬슬 시작하자. 나 혼자 먹기도 그렇잖니?"

"저는 됐습니다. 어서 드십시오."

"야, 어른이 들라면 드는 거야."

"저는 속이 좋지 않습니다. 어서 드십시오."

"좋아. 너 검문소 유치장에서 한 열흘간 더 묵고 싶은가 보지."

'이 조철만이 사전에는 품안에 걸려든 계집들은 놓치는 법이 없어. 암. 그렇고말고.'

조철만은 혼잣말처럼 중얼거렸다.

"좋아. 속이 아파 먹을 수 없다면 여기 와 술이나 한 잔 따르라."

순희는 그 말은 못 들은 채 지그시 입술을 깨물고 눈을 감았다. 헌병대장 조 대위는 자기 손으로 주전자의 술을 따르고는 한 잔을 벌떡 마신 뒤 닭다리를 집어들고 우적우적 씹었다. 그는 자기 그릇 닭백숙을 다 들고난 뒤 게트림을 했다.

"이 맛있는 백숙을 마다하니…. 너 배때기가 부른 모양이지."

그는 다시 술 한 잔을 따라 들이키고는 바깥을 향해 고함을 쳤다.

"야, 당번병! 상 내가라."

"네! 대장님!"

당번병이 득달같이 달려와 상을 내갔다.

"야, 다시 주의 주는데 별명이 없는 한, 이 방에 접근치 말라."

"네, 알겠습니다. 대장님!"

당번병이 다시 크게 복창하고는 물러났다. 방안에는 두 사람만 마주 보고 앉았다. 석유램프 등불이 방안을 희미하게 비췄다. 그는 램프의 심지를 올리고는 최순희의 신문조서를 폈다.

"이름이 최 순 희…. 적십자간호학교 재학 중이라…. 서대문네거리 적십자병원 안에 있는 그 학굔가?"

"예."

"집이 원서동이라고?"

"예, 그렇습니다."

"학교도, 동네도 모두 내가 잘 아는 곳이로구먼. 학교는 경교장 옆이고, 집은 안두희 일당의 아지트가 있었던 곳과 그리 멀지 않네."

조 대위는 순희가 영문도 모르는 말을 했다.

"일단 소지품 검사와 신체검사부터 해야겠어."

순희는 눈앞이 캄캄했다. 그러면서도 호랑이 굴에서도 정신만 차리면 산다는 말이 떠올랐다.

'그래 난 구미 임은동 야전병원에서, 유학산에서, 낙동강에서, 신평 과수원에서 이미 죽었을 몸이야. 네 번이나 사지에서 살아났으면 됐지 더 이상 무슨 여한이 있으랴.'

순희는 그런 생각이 퍼뜩 스치면서도 어쩐지 이번에도 넘길 수 있다는 자신감이 솟아났다. 구미 신평 과수원에서 살아난 뒤 준기와 나누었던 대화도 생각났다.

"오늘 우리가 죽은 목숨이라고 생각하면 앞으로 무엇이 무섭겠어요."

'그래, 정신을 바짝 차리고 눈을 부릅뜨고 살피면, 저 헌병대장에게도 분명히 허점은 있을 거야.'

순희는 공포심을 가라앉히며 마음을 가다듬었다. 조철만 헌병대장은 최순희의 보따리(바랑)를 뒤졌다. 그 보따리에는 쌀과 옷가지 그리고 준기의 편지가 들어 있었다. 헌병대장은 그 보따리를 건성으로 훑은 뒤 대뜸 순희에게로 바싹 접근했다.

"여자들은 귀중품을 이런데 숨기질 않아. 더 은밀한 곳에다 숨긴단 말이야."

그는 그 말이 끝나기도 전에 순희의 앞가슴을 더듬었다. 한 번만 그런 게 아니라 여러 번 젖가슴을 만지작거렸다. 순희가 눈을 흘기며 째려봤다.

"내가 왕년 만주에서 일본 헌병들에게 배운 검색방법이지. 우리 조선 사람은 개네들에게 배울 게 많아. 그 자식들은 사냥개처럼 냄새도 귀신처럼 잘 맡지. 그때 비적년들은 젖통싸개에다 총을 넣고 다니거나 속곳 비밀 주머니나 다급하면 똥구멍이나 밑구멍에도 총알을 감췄지."

순희는 눈을 감고 이를 악물었다. 헌병대장의 손이 허리로, 마침내 속곳에 미쳤다. 그리고 그는 곧 미소를 지었다.

"야, 손에 집히는 이 둥근 게 뭐야?"

"……."

헌병대장의 손이 속곳으로 들어갔다. 순희가 울면서 몸을 돌렸다.

"이 쌍년이 신체검사를 거부해!"

"이건 신체검사가 아니라 인권유린이에요!"

"뭐? 인권유린? 이 쌍년이 빨갱이 같은 소리하네."

순희는 '빨갱이'라는 말에 움칫했다.

"이 쌍년아, 이 전시에 너 따위가 무슨 인권이 있어."

헌병대장의 손은 순희 속곳 주머니에서 금가락지를 힘껏 당기자 천이 푸욱 찢어지며 나왔다. 그러자 그는 금가락지를 석유램프 등불에 비춰고는 회심의 미소를 지으며 물었다.

"너, 이거 웬 거냐?"

"우리 어머니가 준 거예요. 목숨이 위급할 때 쓰라고."

"그래? 네 어머니 참 똑똑하다. 바로 지금이 네 위급할 때다."

헌병대장은 그 금가락지를 깨물어보고 다시 램프에 비춰보며 물었다.

"네 어머니에게 사실 확인하기 전에는 이 금가락지는 일단 내가 보관하겠어."

그는 금가락지를 곧장 자기 책상서랍에 넣었다. 그런 뒤 다시 그의 손은 순희 음부 깊숙한 곳을 손가락으로 더듬었다.

"대장님! 그건 훔친 게 아니에요. 정정당당하게 신문하고 검색하십시오."

순희는 울부짖으면서 항의했다.

"이 쌍년이 꼴에 뭘 좀 배웠다고 별 웃기는 말을 다하네. 야, 너 골로 데려갈까?"

"……."

"너, 그 말이 뭔 말인지 알아? 이번 전쟁이 일어난 직후인 지난 7월에도 이곳 대전 일대에서만도 내가 숱하게 골로 데려갔지."

순희는 헌병대장의 손을 뿌리치며 계속 울부짖었다. 그러자 헌병대장은 권총을 뽑아들고 위협했다.

"너, 아직 임자를 만나지 못했군."

"……."

"한때 대한민국에서 가장 잘나가는 여배우도 내 이 총구 앞에서 제 손으로 치마를 벗었지. 그런데 너 따위가 신체검사를 거부해."

그는 순희에게 권총을 겨누고는 방아쇠를 당겼다. 총알은 순희를 비켜 벽에 박혔다.

당번병이 헌병대장실에 난 총소리를 듣고 득달같이 방문 앞으로 달려왔다.

"대장님! 무슨 일입니까?"

"별일 아냐. 이 쌍년이 신문을 거부하기에 겁 좀 주려고 한 방 쐈어. 앞으로 내 방에서 총소리가 들리더라도 별명이 없는 한, 너는 못 들은 척 이 방에 접근치 말라! 어디까지나 신문을 위한 위협 발사니까. 알았나!"

"네, 대장님! 충성! 계속 근무하십시오."

당번병의 발자국 소리가 잦아지자 헌병대장은 다시 순희에게 접근하여 속곳 속에 손을 넣으려고 했다. 순희는 그 작태에 더 이상 참을 수 없었다.

"야, 이 쌍놈의 새끼야! 그래, 이 짓거리도 신문이고 근무냐!"

순희는 죽기로 작심을 하고 발악을 하듯 내뱉었다.

"넌 아무래도 말이 많은 게 빨갱이년 같다. 좋아, 내가 너를 아주 골로 보내주지. 너, 그 전에 일선에서 수고하는 군인 아저씨에게 보시나 하고 가라. 이왕에 죽으면 썩을 몸 아니냐!"

그 말과 함께 헌병대장의 오른손은 순희의 뺨을 갈겼다. 순희는 별이 번쩍하는 충격을 받았다. 하지만 의식이 있는 한, 그 자에게 호락호락 농락당할 수만은 없었다. 이 헌병대장의 수법으로 봐서는 숱한 여성을 농락한 솜씨가 틀림없었다. 순희는 의식이 있는 한 헌병대장에게 겁탈당하지 않으려고 몸부림쳤다.

헌병대장은 위협으로 권총도 쏘고, 뺨도 때려보아도 순희가 예사 여자와는 달리 자기 마음대로 되지 않자 후끈 달아 연신 식식거렸다. 그는 제풀에 감정을 삭이지 못하고 책상서랍에서 양주병을 꺼내더니 병째로 꿀떡꿀떡 반이나 마셨다.

그런 뒤 다시 순희에게 다가와 강제로 웃통을 벗긴 다음 속옷을 벗겼다. 순희가 악을 쓰며 몸부림을 치자 그만 순희의 팬티가 찢어졌다. 헌병대장은 찢어진 순희의 팬티를 코에다 대고 개처럼 끙끙 대더니 곧 회심의 미소를 지었다.

헌병대장은 찢어진 팬티를 바닥에 던지고는 강제로 순희를 간이야전침대 위에 쓰러뜨렸다. 그런 뒤 곧 자기 바지를 내리고는 순희에게 달려들었다. 그러자 순희는 있는 힘을 다하여 발길로 헌병대장의 고환을 찼다. 헌병대장은 '윽' 비명을 지른 뒤 왼손으로 자기 고환을 움켜잡고는 몹시 아픈 듯 인상을 찌푸렸다.

"이 쌍년이 정말 뒤지려고 환장을 하는군. 너, 골로 보내기 전에 여기서 아주 끝장내겠어."

헌병대장은 오른손으로 다시 책상 위 권총집에서 권총을 빼들었다.

"그래, 이놈아! 멀리 갈 것도 없다. 여기서 날 죽여라."

순희도 간이야전침대에서 벌떡 일어나 악을 바락바락 쓰며 고함을 질렀다.

"그래, 이 쌍년아!"

헌병대장의 손이 다시 순희의 뺨을 갈겼다. 그 순간 순희는 울음소리와 함께 항문에서 산똥이 쏟아졌다.

"이 쌍년이 별짓 다 하는군."

순희는 창피함도 없었다. 순희는 산똥이 나오는 대로 내버려두었다. 방바닥에 산똥 덩어리가 떨어졌다. 방안에는 고약한 산똥 냄새가 진동했다.

"야, 어서 변소에 가서 똥을 마저 누고 우물에 가서 밑을 깨끗이 닦고 와. 너, 만일 그새 허튼 수작하면 그 자리서 이 총으로 쏘아 죽여버리겠어."

순희는 찢어진 옷과 보따리를 챙겨 들고 밖으로 나와 변소로 갔다. 그는 변소에서 남은 똥을 마저 눈 뒤 방안에 떨어진 똥덩어리도 걸레질로 모두 깨끗이 닦아냈다.

"그만 됐어!"

헌병대장은 짜증스럽게 말했다.

"아직 다 닦지 못했어요."

"알았어. 어서 변소에 가서 마저 닦고 와! 진작부터 내 말을 들었으면 이런 일은 없었을 것 아냐?"

헌병대장은 그제야 순희가 순순히 응하는 줄 알고 입가에 미소를 지으면서 혼잣말처럼 중얼거렸다.

"하긴 앙탈하는 계집이 더 맛있지."

순희는 말없이 우물가로 가서 몸을 닦고 걸레와 속옷도 빨았다. 순희는 일부러 천천히 몸을 닦고 속옷을 빨며 시간을 끌었다. 그새 헌병대장은 못 비더워 다시 방문을 열고 우물가의 순희를 확인한 뒤 소리쳤다.

"야, 빨리 닦고 어서 들어오라. 어차피 다시 닦아야 할 걸."

그리고 그는 방문을 닫았다.

'새끼, 좋아하지 마. 내가 호락호락 너에게 쉽사리 당하진 않을 거야. 정 너의 겁탈을 막아내지 못하면 나는 논개처럼 너를 껴안고 자폭할 거야.'

순희는 몸을 다 닦은 뒤 산똥이 묻은 겉옷까지 빨며 이를 뽀득뽀득 갈았다. 그러면서 순희는 복수의 방법을 궁리했다. 순희는 되도록 시간을 더 끌고자 일부러 천천히 빨래를 다하고 난 뒤 쪽마루 위의 보따리에서 새 속곳을 꺼내 입었다. 그런 뒤에도 우물가에 우두커니 앉았다가 한참 더 시간이 흐른 뒤 방문 틈으로 안을 들여다보았다. 그새 헌병대장은 조금 전에 마신 양주에 꼴깍 취한 듯 간이 야전침대에서 아랫도리를 벌거벗은 채 윗몸을 책상에 기대고 코를 골고 있었다. 아마도 양주를 그대로 반 병 이상이나 들이켠 게 과했나 보다.

순희 눈에 책상 위의 권총이 번쩍 띄었다. 순희를 짜릿하게 유혹했다. 순희는 저절로 입가에 회심의 미소가 지어졌다. 애초 순희는 그 길로 도망하려 했다. 하지만 그 권총을 보자 갑자기 마음이 돌변했다. 조금 전 뺨을 맞고 성폭행을 당한데 대한 복수와 어머니가 준 금가락지를 찾고 싶었다. 제 놈이 그동안 저 권총 힘을 믿고 이렇게 뭇 여성들의 몸과 마음을 짓밟았을 게 아닌가. 순희는 슬그머니 방문을 밀고 들어갔다.

그런데 헌병대장은 순희가 방안에 들어온 줄도 모르고 상체를 책상에 기댄 채 그대로 드렁드렁 코까지 골았다. 순희는 시험 삼아 헌병대장의 발을 건드려 보았다. 그래도 그는 그런 상황을 전혀 모른 채 깊은 잠에 빠져 있었다. 순희는 먼저 책상 위에 풀어놓은 헌병대장의 권총집에서 권총을 잽싸게 뺐다. 순희는 임은동 야전병원 시절 문명철 병원장의 권총으로 여러 차례 사격 연습을 한 적이 있었다. 순희가 주머니 속의 권총을 빼내 램프 등불에 살펴보니 자기가 다뤄본 체코제와 조금 달랐지만 구조나 격발 장치는 비슷했다. 순희는 먼저 약실의 총알을 검사하자 아직도 다섯 발이 남아 있었다. 순희는 권총을 자기 바지 주머니에 넣으며 다시 빙긋 회심의 미소를 지었다.

'그래, 이젠 네 차례야. 세상사란 참, 이렇게도 복수의 시간이 빨리 오다니.'

순희는 여차하면 권총을 뽑을 준비자세를 취했다. 제 놈이 그동안 권총의 힘을 빌려 나에게 큰소리치고, 가슴과 음부를 마구 더듬으며 뺨을 때렸을 테지. 그래 이제 네 놈이 잠에서 깨어난 데도 빈손으로 권총을 가진 나에게 큰소리치거나 어찌 감히 손찌검을 하겠는가.

순희는 자신을 묶었던 포승줄을 들고 야전침대로 가서 먼저 헌병대장의 발목을 묶었다. 그런 뒤 다시 그 포승줄로 조 대위의 두 손도 묶었다. 그래도 그는 여전히 코를 드렁드렁 골았다. 순희는 계속 회심의 미소를 지으며 권총을 뽑아들고 총구로 조 대위의 가슴을 찔렀다. 그래도 그는 잠에 빠져 아주 이까지 뽀득뽀득 갈았다.

순희는 방문을 조금 열고 건너편 당번병 방을 바라보았다. 다행히 그 방에는 불이 꺼져 있었다. 아마도 당번병은 총소리가 나도 근접치 말라는 대장의 명령에 순종하여 자기가 먹지 않은 백숙과 대장이 남긴 주전자의 술을 들고는 단잠에 빠진 모양이다. 그는 헌병대장의 이런 고약한 겁탈하는 장면들을 자주 겪은지라, 그즈음에는 관심을 접고 아예 잠자리에 든 모양이었다.

순희는 권총을 주머니에 넣은 채 우물가로 가서 두레박으로 물을 펀 뒤 세수대야에 가득 담아 방으로 돌아왔다. 그리고는 대야 물을 그대로 헌병대장 얼굴에 끼얹었다. 그제야 헌병대장 조 대위는 얼굴을 흔들며 눈을 치켜뜨고 깜짝 놀랐다. 그리고는 순희를 쏘아보았다.

"야, 내가 누군지 알겠어?"

"최 … 순… 희…."

"이제 정신이 드나?"

헌병대장은 부릅뜬 눈초리로 순희를 바라보며 손과 발을 움직여보았다. 하지만 그의 손과 발은 포승줄에 묶인 채 꼼짝하지 않았다. 그는 큰소리를 지르려고 목을 쳐들었다. 순희는 권총 총구를 헌병대장 가슴에다 겨누고 흐드러지게 웃으며 말했다.

"너 여기서 고함을 치면 당장 이 방아쇠를 당길 거야."

그 말에 헌병대장은 얼굴빛이 금세 사색이 되어 부들부들 떨면서 말없이 묶인 손을 흔들었다. 아마도 잘못을 빈 듯했다.

"야!"

"……."

순희의 손가락이 방아쇠울 안으로 들어갔다. 그러자 헌병대장 조철만이 더욱 크게 부들부들 떨면서 빌었다.

"잘못했습니다."

"뭘?"

"신문 방법이 …. 죽을죄를 졌습니다."

"그렇다면 죽여주지."

"제발 살려주십시오."

"뭐? 나한테 살려달라고. 네 놈도 총구 앞에서는 별수가 없군."

순희는 다시 흐드러지게 웃었다.

"야! 네가 헌병대장인가?"

"… 네."

"이름은?"

"……."

헌병대장은 그제야 고개를 떨어뜨린 채 말없이 부들부들 떨었다. 순희의 검지가 다시 권총 방아쇠울 사이로 들어갔다. 그리고는 총구로 헌병대장의 고개를 쳐들었다.

"내 말이 말 같지 않다 이거지? 이 쌍놈의 새끼! 내 가슴에는 총알이 들어가지 않는다 이거지!"

순희는 발길질을 했다.

"헌병대위 조철만입니다."

"뭐? 헌병대위? 야, 이 새끼야. 헌병대위 좋아하네."

"……."

"그래, 좋아. 그럼, 헌병의 임무는 뭔가?"

"군기확립과 …군범죄 예방과 …그리고 대민봉사와…."

"그래, 넌 그 가운데 하나라도 제대로 실천했나?"

"……."

헌병대장 조 대위는 몹시 분하다는 듯 눈알을 부라리며 더욱 몸부림을 쳤다.

"너, 내가 권총을 쏠 줄 모르는 모양이라고 함부로 나대는 거지. 난 권총으로 여러 번 사격 연습을 한 적이 있어. 네 입으로 총소리가 나도 네 당번병에게 근접치 말라고 했으니까, 내가 아주 안심하고 평안한 마음으로 너에게 이 권총을 정조준하여 쏘겠다."

"제발, … 목숨만 … 살려 … 주십시오."

그 순간 헌병대장 조 대위는 갑자기 태도를 바꿔 살려달라고 애원했다. 순희는 권총으로 조 대위를 겨누다가 벽에 걸린 거울을 향해 방아쇠를 당졌다. '탕!' 하는 소리와 함께 거울 깨치는 소리가 '쨍그랑' 났다. 그 소리에 헌병대장 조 대위는 더욱 부들부들 떨며 포승줄에 묶인 두 손을 흔들며 살려달라고 더욱 애원했다.

"제발 목숨만…."

"네 목숨이 그렇게 중하니?"

헌병대장은 고개를 끄덕였다.

"그럼 남의 목숨도 소중한 거야. 너는 사람 죽이는 걸 파리 잡듯 했지?"

"……."

헌병대장은 대꾸를 하지 못한 채 부들부들 떨기만 했다.

"너, 지금부터 내가 묻는 말에 거짓이 있으면 당장 이 권총으로 네 심장을 쏠 거다. 너 언제부터 헌병이 되었나?"

"소학교 때 일본 헌병들이 가장 끗발이 좋아보였습니다. 그 시절 가장 무서웠던 일본 순사조차도 말 탄 일군 헌병의 채찍을 그대로 맞으며 슬슬 기는 걸 보았습니다. 그래서 중학교를 졸업한 뒤 헌병이 되고자 지원하였으나 막상 조선 사람은 받아주지 않아 대신 헌병보조원이 됐습니다."

"그래서."

"마침 비적 일당이 숨은 곳을 밀고하여 큰 공을 세우자 헌병으로 특채해 주더군요."

"그 비적은 일본의 사냥개들을 처단하는 우리 독립군이었지?"

"그땐 비적이라 불렀습니다."

"넌 아직도 그 시절을 살고 있군."

순희는 분에 못 이겨 발길로 헌병대장 아랫도리를 찼다. 그는 "악!" 비명을 지르며 앞으로 꼬꾸라졌다.

"야, 엄살 피우지 말고 바로 앉아!"

조 대위는 순희의 발길에 챈 낭심이 몹시 아픈 듯 인상을 찌푸린 채 침대에 걸터앉았다.

"해방 후 지난 전과를 뉘우치며 새 사람이 되려고 했지요. 근데 해방 분위기도 잠시뿐이고, 먼저 일본군에 입대한 옛 동료들이 저를 불러들이더군요."

"그래, 너는 헌병이 된 이래 밤낮 이 권총을 휘두르며 힘없는 백성들이나 부녀자들에게 공갈치며 금품을 갈취하거나 겁탈했지."

"……."

"아주 일본군놈들에게 못된 짓만 배웠군. 늘 권총을 휘두르며 기고만장하다가 이제 나한테 당한 네 기분이 어때?"

"… 죽을죄를 졌습니다. … 한 번만 …."

"살려준다면?"

"개과천선하겠습니다."

"내가 네 말을 믿어도 될까?"

"사내대장부가 일구이언하겠습니까? 살려만 주시면 내 손으로 계급장을 떼고…."

헌병대장은 포승줄에 묶인 두 손을 흔들며 순희에게 애원했다.

"너, 나한테 빼앗은 금가락지 돌려줘."

"책상 서랍에 넣어두었으니 가져가십시오."

"알았어."

순희는 헌병대장의 책상 서랍을 열었다. 현금과 금반지, 금목걸이 등, 보석들로 가득 차 있었다.

"너, 이 서랍의 돈과 보석은 누구 것이냐?"

"……."

"야! 너, 아직도 내 말이 말 같지 않아?"

순희는 권총 총구로 조 대위의 가슴을 겨누었다. 그러자 조 대위가 벌벌 떨면서 대꾸했다.

"피란민들이나 범법자들의 것을 압수해 보관 중입니다."

"뭐, 피란민들의 것도 압수해?"

"……."

"너, 계속 내 말이 말 같지 않다는 게지. 이 쌍노무새끼!"

순희는 다시 권총 방아쇠를 한 번 더 당겼다. 총알이 헌병대장 머리 위를 '휙' 지나 벽에 박혔다. 헌병대장은 그 총소리에 기겁을 하며 몸부림을 치자 간이야전침대 바닥으로 그의 몸뚱이가 떨어졌다.

"아직도 이 권총에는 세 발이 더 남았어. 서툴면 언제든지 이 총알이 네 심장을 꿰뚫을 거야."

"잘못했습니다."

"뭘?"

"그동안 동족에게 못할 짓을 많이 한 것 같습니다."

"뭐 '한 것 같습니다'고. 넌 아직도 네 죄를 진정으로 뉘우치지 않고 있어."

순희는 권총 방아쇠에 검지를 넣고 다시 소 대위의 심장을 겨누었다.

"많이 했습니다."

그 말에 순희는 다시 흐드러지게 웃었다.

"네 놈도 총구 앞에서는 별수 없군."

"제발 살려만 주신다면 새 사람으로…."

"야! 아무리 군사력이 우세해도 백성들의 마음을 얻지 못하면 그 전쟁은 이길 수 없어. 헌병대장이란 자가 피란민의 재물을 뺏고, 부녀자를 겁탈하고…. 이러고도 이 나라 백성들의 마음을 얻을 수 있으며, 이 전쟁에서 이길 수 있나?"

헌병대장 조철만 대위는 부들부들 떨었다.

"잘못했습니다. 목숨만 살려주신다면…. 앞으로는 …."

"너, 내가 누군지 궁금하지?"

"……."

"한때 인민군 3사단 간호전사였지."

헌병대장은 그 말에 얼굴이 새파랗게 질렸다. 그는 계속 고개를 끄덕이며 살려달라고 애원했다.

"인민군간호전사님, 제발 … 한 번만…."

순희는 조 대위의 처량한 몰골을 내려다보며 간드러지게 웃었다.

"야, 나는 간호사가 꿈이었던 평범한 학생이었다. 그런데 전쟁이 터지자 대통령과 방귀깨나 뀌는 고관놈들은 죄다 서울을 버린 채 도망가고, 힘없는 시민들만 남았었지. 아무것도 모르는 어린 학생들은 학교에 등교하자 붉은 완장을 두른 이들이 적십자정신으로 부상병 치료라는 말에 선뜻 의용군에 지원입대했고."

"……."

"근데 유학산 다부동전투 현장에서 우박처럼 쏟아지는 포탄과 B-29 폭격기의 융단폭격에 솔직히 살고자 도망친 거야. 너희 헌병들은 검문소를 지키면서 피란민들을 보호하거나 우리 같은 도망병을 바로 인도하는 게 임무가 아닌가. 그런데 이 권총을 휘두르며 상대의 약점을 이용하여 오히려 재물을 빼앗거나 부녀자를 겁탈하고…."

"잘못했습니다. 그저 목숨만 살려주신다면 다시 태어난 기분으로 … 바로 살도록 … 하겠습니다."

"너, 약속할 수 있지?"

"네, 한 번만 기회를 주십시오."

"너 우리나라가 왜 망한 줄 아나?"

"……."

"바로 너 같은 놈 때문이야."

순희는 울분에 찬 목소리로 다시 헌병대장을 윽박질렀다.

"너 물고기가 물을 떠나면 살 수 있나?"

"……."

"왜 대답이 없나?"

순희가 권총 방아쇠울에 다시 검지를 넣었다.

"살 수 없습니다. 그저 죽을죄를 저질렀습니다."

순희는 헌병대장의 서랍에서 어머니가 준 금가락지를 찾았다.

"네 서랍에서 우리 어머니가 준 금가락지는 내가 찾아간다."
"거기 있는 돈과 다른 보석도 다 가져가십시오."
"뭐, 너는 나를 총 든 강도로 본 모양인데, 내 금가락지만 가져가겠다. 너한테 신사협정이 이루어질지 모르겠다만 내가 이곳을 완전히 탈출할 때까지 추적치 않기를 바란다."
"살려만 주신다면…."
"나는 이 땅의 정의라는 이름으로 너를 처단한다."
순희는 권총의 방아쇠를 당겼다. 총알은 조철만 헌병대장 머리 위로 '획' 지나가 방바닥에 박혔다. 조철만은 겁에 질려 더욱 몸을 움츠린 채 부들부들 떨었다.
"총알이 빗나갔군, 하지만 나는 너를 이미 도덕적으로 죽였다. 더러운 새끼!"
순희는 조 대위의 가슴팍에 발길질을 했다.
"살려주셔서 감사합니다. 인민군 간호전사님!"
"야, 아첨하지 마! 정말 이 자리서 너를 죽여야 마땅하지만 내 손에 피를 묻히기 싫어 나는 이 길로 간다."
순희는 권총을 책상 위에 던지고 방바닥에 엎드리고 있는 조철만을 발로 다시 한 번 더 걷어찬 뒤 방을 슬그머니 나왔다. 순희가 헌병대장 숙소를 나오자 보름을 지난 하현달이 중천에 걸려 있었다. 아마도 새벽 무렵인 듯했다. 순희는 금강 현도교 나루터로 가려다가 다시 헌병들에게 붙잡힐 것 같아 거기서 왼편으로 조금 떨어진 경부선 금강철교로 달려갔다.
순희가 민가를 떠나자 잠시 후 헌병대장은 순희와 약속을 저버린 채 고함을 질렀다.
"야, 당번병! 당번병!"
그래도 대답이 없자 헌병대장은 몸을 굴러 문으로 간 뒤 머리로 방문을 받았다. 문짝이 부서지는 소리에 그제야 건너편 방에서 당번병이 달려왔다. 그는 대장의 방에서 일어난 상황을 전혀 모른 채 깊은 잠에서 깨어나 달려왔다.

"야, 이 새끼야. 내가 이 꼴을 당한데도."

그제야 당번병은 깜짝 놀라 후다닥 달려들어 손과 발의 포승줄을 풀었다.

"야, 빨리 초소로 전화를 해서 비상을 걸어. 알고 보니 그 쌍년이 아주 악질 빨갱이년이었어."

"네, 알겠습니다."

당번병이 책상 위의 군용 비상전화기를 돌렸다.

"야, 대장님의 명령이다. 비상! 대장님의 신문을 받던 그 여자가 탈출했다. 그 여자는 인민군이다. 빨리 추적하라! 상황 당번병을 제외하고 전원 출동하라!"

"잘 알았다. 전병력 즉각 출동하겠다."

순희가 막 금강철교에 이르렀을 때 헌병 초소 쪽에서 헌병 1개 분대가 '앞에 총' 자세로 집총하고는 자기 쪽으로 달려왔다.

"정지! 더 이상 달아나면 쏜다."

순간 순희는 조 대위의 입을 틀어막고 나오지 못한 게 천려일실로 후회스러웠다. 하지만 이미 엎지른 물이었다. 순희가 그대로 재빨리 북쪽으로 달아나자 헌병들은 총을 쏘면서 철교로 추적해왔다. 순희는 보따리에서 무거운 양식은 죄다 그곳 철교 위에서 버리고 남은 옷 보따리만 들쳐멨다. 순희는 총알이 날아오는 가운데 경부선 금강철교로 내달았다. 다행히 짙은 어둠으로 총알이 빗나갔다. 헌병들은 어둠으로 조준사격을 할 수 없었기 때문이다. 금강철교 어귀에는 서까래가 가로로 차단하고 있었지만 순희는 그 밑으로 빠져나온 뒤 계속 철도 침목을 밟으며 금강철교를 재빠르게 건너갔다.

순희가 금강철교 중간쯤에 다다르자 갑자기 철교가 뚝 끊어져 있었다. 지난 7월 15일 유엔군은 인민군의 남침을 저지하고자 금강철교를 폭파했기 때문이다. 금강철교 아래에는 시꺼먼 강물로 그 순간 아찔했다. 그런데

저 멀리 어둠 뒤에서 헌병 1개 분대가 계속 총을 쏘면서 순희 쪽으로 뛰어오고 있지 않는가.

순희는 어차피 죽을 것이라는 생각에 어깨에 멘 보따리를 가슴으로 돌려 안고서 눈을 질끈 감고 철교에서 뛰어내렸다. 곧 뒤따르던 헌병들이 끊어진 철교 위에서 강으로 떨어진 순희를 향해 카빈총을 난사했다. 하지만 순희가 강물 속으로 사라지자 그들은 순희가 총알을 맞고 가라앉은 줄 알고 돌아갔다.

순희는 보따리를 앞으로 내밀었다. 보따리에 든 광목 홑이불 탓인지 잠시 후 순희는 물 위로 떠올랐다. 순희는 그 보따리를 웃기로 삼아 발을 천천히 놀렸다. 조금씩 앞으로 갔다. 한참 뒤 순희가 발을 내리자 강바닥에 닿았다. 순간 순희는 살았다는 생각이 들었다. 곧 순희는 금강을 건넜다. 순희는 강가 숲으로 들어간 뒤 물에 젖은 옷을 짜 서 입고 계속 그 길로 북상했다.

아침 해가 솟을 무렵에 순희가 이른 곳은 매포란 곳이었다. 한 외딴 민가에 들러 아침밥도 얻어먹고 젖은 보따리와 옷도 말렸다. 순희는 거기서부터는 용감하게 걷다가 지치면 지나가는 자동차를 얻어타기도 하고, 날이 저물면 다시 민가를 찾아 새우잠을 자며 계속 서울로 갔다. 사람이 사선을 넘으면 두려움이 없어지는 모양이었다.

순희는 추풍령을 떠난 지 2주 만인 10월 9일 새벽에야 영등포에 도착했다. 서울로 가는 먼 길이었다. 하지만 마지막 관문인 노량진나루는 검문이 몹시 심하다는 소문을 들었다. 마침 순희는 그해 봄 봉은사로 소풍을 갔던 뚝섬나루가 떠올랐다.

순희는 그날 아침 노량진을 거쳐 동작동으로, 다시 반포로 간 뒤 압구정으로, 거기서 봉은사로 걸어갔다. 순희는 어머니가 평소 잘 아는 봉은사 스님을 통해 뚝섬나루 뱃사공을 소개를 받았다. 도강증이 없었던 순희는 그 뱃사공에게 배 삯으로 금가락지를 건넸다. 뱃사공은 그날 먹빛 같은 한밤중에 노 소리를 죽인 뒤 순희를 뚝섬 갈대숲으로 건네주었다.

13. 대한문

이튿날 새벽 순희가 뚝섬에서 걸어서 원서동 집에 도착했다. 집안은 썰렁하고 을씨년스러웠다. 식구들은 죄다 순희를 잡고 소리 없이 울었다. 예감대로 아버지는 우익 청년단에게 붙들려 미아리에서 처형당했다. 순희 아버지 최두칠은 인공치하 서울에서 붉은 완장을 두르다가 9·28수복이 되자 부역자로 수배 대상인물이 됐다. 그는 며칠 동안 집안에서 숨어지내다가 우익 청년단원들에게 잡혀 미아리로 끌려갔다. 그는 그곳 골짜기에서 총살됐다. 그 이튿날 어머니는 수소문하여 가까스로 미아리 골짜기에서 남편의 시신을 찾아 아들과 함께 공동묘지에 묻었다. 순희가 도착하기 바로 전날이었다.

순희 어머니는 남은 가족을 데리고 야반도주하려다가 큰딸이 돌아오기를 눈이 빠지게 기다렸다. 순희네 가족들은 좌익으로 찍힌 이상 아무래도 그 동네에서 살 수 없었다. 마침 순희가 구사일생으로 도착한 그날 밤 그들 가족은 야반도주로 원서동을 떠났다. 그들은 청계천변에 움막을 짓고 살았다. 순희 어머니는 날마다 왕십리나 뚝섬, 한강 건너 잠실이나 천호동 등지에서 곡식이나 채소를 떼다가 서울시민들에게 넘기면서 약간의 이문을 붙이거나, 아니면 빨랫감들을 모아 그걸 머리에다 이고 뚝섬에 가서 빨아주는 품삯으로 식구들이 근근이 살아갔다.

1950년 12월 31일 오후 5시, 중국군 6개 군단이 전 전선에서 서울을 목표로 공격해왔다. 정부는 이미 그 일주일 전인 12월 24일 서울시민들에게 대피령을 내렸다. 그 무렵 80만이 넘는 서울시민들은 꽁꽁 언 한강을 그대로, 또는 부교를 이용하여 건넜다. 지난여름 서울 잔류로 혼이 난 서울시민들은 대부분 강추위 속에 피란을 떠났다. 1951년 1월 4일 중국군이 서울에 입성하자 사람이 거의 없는 유령의 도시처럼 변해 있었다. 이날 오후 3시 무렵 서울시청에는 태극기 대신 다시 인공기가 펄럭였다. 인공기가 내려간 지 꼭 99일만이었다.

1951년 1·4후퇴 때 순희네는 일찌감치 멀리 부산으로 피란을 갔다. 부산 피란지에서 미군부대 옆 판잣집에서 미군들의 빨랫감을 세탁해주며 살았다. 1951년 3월 15일 유엔군의 북진으로 다시 서울이 수복됐다. 그해 여름 순희네는 서울로 돌아왔다. 하지만 서울에서 발붙이기가 마땅치 않아 의정부 곧은골 미군부대에 세탁 일감이 많다는 소문을 듣고 거기로 갔다. 순희네는 의정부 곧은골 미 제2사단 부대 앞 개천가의 무허가 판잣집을 얻어 미군부대에서 나오는 세탁물로 생계를 이어갔다.

순희네는 세탁만으로는 네 식구 입에 풀칠하기도 힘들었다. 그래서 미군부대의 피엑스 물품을 세탁물 속에 숨겨 받았다. 그 미제 물건들을 도매상들에게 넘겼다.

그 무렵 서울 남대문이나 동대문시장에는 미제 물건을 몰래 거래하는 도깨비시장이 성행했다. 미제 물건 암거래 수입은 세탁수입보다 훨씬 더 짭짤했다.

그 무렵 순희는 적십자간호학교에 복교하여 마침내 간호사 자격증을 땄다. 하지만 큰 병원 간호사 취업은 어려웠다. 그래서 순희는 어머니의 세탁일을 돕다가 미군부대 한국인 노무책임자의 도움으로 용케 미 제2사단 의무실 간호사로 취업했다. 순희는 의무실에서 받는 봉급도 괜찮았지만 간호사 신분으로 미군 피엑스를 드나들며 미제 물건을 빼내 도매상인들에게 넘기는 부수입이 더 많았다. 그로부터 3년 후 순희네는 곧은골 무허가 판잣집에서 벗어나 의정부시장 옆에 단독주택을 마련했다. 순희 어머니의 세탁과

순희의 간호사 월급, 그리고 피엑스 물건 판매 가외수입 등으로 동생들은 모두 제때에 상급학교에 진학할 수 있었다.

돈은 사람의 영혼을 마비시켰다. 순희가 피엑스에서 빼내는 물건의 양도 점차 커졌다. 전쟁터에서 집으로 돌아온 순희는 한때 조국해방전쟁 인민의용군 전사라기보다 가족들의 호구지책에 목맨 악착 같은 생활인으로 변해 있었다. 순희는 이따금 준기와 한 약속이 문득문득 떠올랐다. 하지만 순희는 하루하루 사는 일이 마치 전투를 치루는 것처럼 매우 힘들었다. 게다가 휴전 후 대부분 포로들이 북으로 돌아갔기에 준기는 으레 그의 부모가 사는 고향에 돌아갔을 것으로 여겼다. 준기가 자기 입으로 고향에서 어머니가 기다린다고 여러 번 말한 것을 들었기 때문이다.

순희는 정전협정 체결로 전쟁이 멈춘 그해 8월 15일 덕수궁을 찾지 않았을 뿐 아니라 그해 이후에도 찾지 않았다. 순희는 자기 입으로 준기에게 한 약속조차도 애써 잊으려 했고, 그 언제부터는 까마득히 잊어버렸다.

그 무렵 순희는 한때 자신이 인민의용군으로 참전했던 사실을 깡그리 지우고 싶었다. 더욱이 아버지가 전쟁 중에 붉은 완장을 두르고 부역했다가 미아리 골짜기에서 처형된 일도. 그래야 그들 가족은 대한민국에서 평범한 국민으로 살아갈 수 있었기 때문이다. 그래서 그는 '조국' '해방' '통일' 이런 낱말을 말하기도, 듣기조차도 싫어했다. 순희는 이념에 대한 기피증이 극단으로 심했다.

그 시절 순희는 그렇게 변신했기에 설사 준기가 남쪽에 남아 있다는 사실을 알았더라도 다시 만나는 일은 오히려 순희 쪽에서 피했을 것이다. 순희는 준기와 가졌던 정사조차도 한때 철없던 시절의 풋사랑이요, 그가 위험한 사지에서 살아나기 위한 하나의 수단으로 덮어버렸다.

환경은 사람을 변모시켰다. 그게 대부분 사람들이 살아가는 처세였다. 순희도 그런 사람이었다. 그래야만 그들 가족은 그 시절을 이 땅에서 살아갈 수 있었다. 어느 하루 퇴근길에 순희는 예사 때처럼 외투 속에 미제 피엑스 물건을 잔뜩 감춘 채 귀가했다. 거기에는 양담배, 껌, 루주, 크림, 시계, 라이

터돌 등, 별별 게 다 숨겨져 있었다. 순희는 동네 어귀에서 그의 뒤를 계속 쫓던 외래품 단속 경찰에게 연행돼 의정부경찰서로 갔다. 순희의 외투와 속옷에서 피엑스 물품이 주르르 쏟아지자 그대로 유치장에 수감됐다. 수감 즉시 자신이 미 제2사단 의무실 간호사라고 신분을 밝혀도 경찰은 그의 말을 곧이들으려 하지 않았다. 게다가 순희는 미제 물건을 잔뜩 소지한 현행범이기에 풀려날 수가 없었다.

순희가 사흘이나 유치장에서 갇혀 의무실에 출근치 못하자 미 제2사단 피엑스 담당 미군 데이비드(David) 상사가 경찰서로 찾아왔다. 그는 경찰서장을 만나 순희는 자기 부대 간호사로, 그날 순희가 소지한 물건은 모두 자기가 순희에게 준 선물이라고 둘러대면서 강력하게 석방을 요구했다. 경찰서장은 데이비드 상사의 진술이 빤한 거짓인 줄 알면서도 순희를 그 자리에서 풀어주라고 지시했다.

그 무렵 한국 군인과 경찰은 미군에게는 꼼짝 못했다. 그럴 수밖에 없었던 것은 한미군사작전권 등 거창한 명분은 그만두고라도 미군부대에서 흘러나온 휘발유로 그들 차량을 일부 운행하였으며, 피엑스 단속이 그들의 돈줄 역할을 했기 때문이다. 그 일로 순희는 데이비드와 매우 가깝게 됐다. 이따금 데이비드는 순희의 퇴근길에 지프차로 집까지 데려다주었다. 그럴 때마다 지프차 안에는 미제 피엑스 물건이 가득 실려 있었다.

어느 날 순희는 처음으로 갓 맞춘 양장에다 하이힐을 신고 데이비드의 통역 겸 안내로 의정부 가능동을 함께 지나갔다. 그때 동네 아이들이 개천에서 놀다가 지나가는 순희에게 야유하는 노래를 불렀다.

'양갈보 양갈보 / 어디를 가느냐 / 빼딱구두 신고서 / 어디를 가느냐…'

그 노래는 동요 〈산토끼〉의 가사를 고친 것이었다. 순희가 화난 얼굴로 그 아이들을 노려보자 그 가운데 한 아이가 "야, 양갈보!"라고 소리친 뒤 쌍욕을 했다. 또 다른 아이들도 조소와 야유를 보냈다. 한 아이가 던진 돌멩이가 순희 가슴팍에 정통으로 맞았다. 순희가 멈칫하자 데이비드가 감쌌다. 아이들 입에서 계속 야유가 쏟아지자 데이비드는 권총을 뽑아들었다. 그제야 아이들은 잽싸게 도망을 갔다. 데이비드는 권총을 들고 아이들을 추적했다. 그 순간 순희는 데이비드를 뒤따르며 소리쳤다.

"오, 노(No)! 노우(No)!"

순희의 적극적인 제지에 데이비드는 권총을 거두고 추적을 멈췄다. 그날 순희는 데이비드와 곧장 헤어진 뒤 집에 돌아오면서 동네 가게에서 양잿물을 한 덩이 샀다. 세상이 싫었다. 우리나라 사람들은 미제 물건이라면 아귀처럼 덤비지만, 미군부대에 근무한 노무자, 특히 여성에 대한 차별과 멸시는 매우 심했다.

순희는 그동안 쌓인 스트레스와 그날 있었던 심한 모멸감, 그리고 자신의 변신에 대한 스스로의 부끄러움 등으로 더 이상 이 세상에 살고 싶지 않았다. 어쨌든 순희는 한때 미제를 타도하는 인민군 부대의 간호전사가 아니었던가. 그날 밤 순희는 잠자리에서 가족 몰래 양잿물을 녹인 물 한 사발을 들이켰다.

"얘, 순희야!"

"언니!"

"누나!"

"순희 누나!"

어머니가 곁에서 흐느끼고 있었다. 동생들이 울부짖고 있었다. 순희는 비몽사몽간 그 소리에 눈을 떴다. 의정부의 어느 병원 입원실이었다. 순희 가족들은 눈덩이가 붓도록 울고 있었다. 순희는 가족을 보니까 과거는 모두 잊어버리고, 그들을 위해 더욱 독하게 살아야겠다는 마음이 울컥 치솟았다. 그리고 스스로 다짐했다.

'그래, 나는 이미 네 번이나 죽은 몸이야. 최순희는 이 순간부터 새로 태어나는 거다. 그래, 난 가족들을 위해 인당수에 제물이 된 심청이가 되는 거야!'

데이비드는 순희가 병원에 입원하고 있는 동안 거의 날마다 문병을 왔다. 그가 문병 올 때는 꽃다발을 가지고 오든지, 아니면 맛난 양과자나 과일·주스 등을 한 아름 안고 왔다. 그의 문병은 의례적이 아니라 매우 성실하고 진지했다. 그의 말은 늘 달콤했고, 진정성이 묻어 있었다. 순희는 병상에서 누워 곰곰이 생각하자 자기 가족에게는 돈과 함께 든든한 울타리가 필요함을 절실히 느꼈다. 순희 가족은 매번 야반도주로 몰래 이사를 다녀도 경찰은 용케 이들을 추적하고는 걸핏하면 '좌익 가족'이라고 꼬치꼬치 집안사정을 조사해 갔다. 순희는 그들의 추적은 뱀이 덤비는 것처럼 싫었다.

순희는 이번 일로 한국 경찰이나 국군도 미군은 터치하지 못할 뿐 아니라, 오히려 미군 앞에서는 그들이 알아서 절절 긴다는 사실도 알았다. 특히 한국군은 걸핏하면 미군부대로 지프차를 몰고 와서 손짓 발짓과 함께 엉터리 영어로 휘발유가 떨어졌다고 비굴하게 굴며 구걸해 갔다. 경찰들도 마찬가지였다.

순희는 일주일 만에 퇴원하고 사흘을 집에서 더 치료한 뒤 출근했다. 그 뒤 어느 날 순희는 데이비드의 끈질긴 구애를 운명으로 받아들였다. 아니 데이비드의 구애는 자기 집안을 살리는 밧줄로 오히려 순희가 그것을 기다렸다. 한때 순희는 데이비드가 미국인이라는 데 거부감도 없지 않았다.

하지만 막상 순희가 미군부대에서 근무해보니까 그들의 여성을 대하는 매너가 무척 좋았다. 그네들은 진정으로 여성을 동등하게 대할 뿐 아니라, 어린이나 약자를 보호하는, 그들 사회의 기본정서가 순희의 마음을 사로잡았다. 순희는 그게 서구 사회의 힘으로 그들이 왜 선진국인가 그 나름의 까닭을 알았다. 서구 사회는 여성도 가사에 얽매지 않고 남성과 똑같이 사회참여를 하는 그런 풍토가 좋았다.

순희가 데이비드를 사귄 뒤부터 순희네는 점차 가난에서 벗어났다. 이제 순희네는 의용군 가족도, 인공치하 붉은 완장을 두른 부역 혐의로 청년단에 처형당한 좌익 집안도 아니었다. 미군 상사가 순희네를 비호하는 피엑스 물건 도매상으로, 순희 어머니는 버터 냄새를 잔뜩 풍기는 양키 물건 아줌마였다.

1950년대 한국 사람으로 미국에 간다는 것은 극히 일부 선택받은 사람에게만 가능했다. 외교관이나 유학생 등 그 수는 아주 손꼽을 정도였다. 일반인으로서 미국에 간다는 것은 거의 불가능한 일로, 가장 손쉬운 방법은 한국 여인들이 미군과 국제결혼하여 그 남편을 따라가는 것이었다. 그러기 위해 여성들 가운데는 일부러 미군을 사귀는 일이 생겨날 만큼 미군과 국제 결혼하는 것은 일부 사람에게는 선망이 되기도 했다. 초콜릿과 츄잉검 그리고 버터와 우유·자동차의 나라 미국…. 순희에게도 미국은 아메리칸 드림을 이룰 수 있는 선망과 동경의 나라였다. 미국에서는 언제나 미제 물건을 눈치 보지 않고 마음대로 사거나 마음껏 쓸 수 있을 뿐만 아니라, 심지어 물과 공기조차도 미제가 아닌가. 한국 사람으로 그 넓은 미국 땅을 밟는 것조차도 가슴 벅찬 일이었다.

순희는 갖은 애교로 데이비드의 마음을 사로잡은 뒤, 어쨌든 미국 땅을 밟기 위해 굳이 피임도 하지 않았다. 그래서 데이비드와 동거한 지 1년 만에 피부색이 하얗고 머리카락이 검은 아들을 낳았다. 그들 부부는 아들이름을 '존(John)'이라고 지었다.

데이비드는 순희를 진정으로 사랑했고, 인종에 대한 차별도 없었다. 그는 아들 존도 극진히 사랑했다. 순희는 데이비드에게 정식 결혼을 요청하여 부대 내 교회에서 조촐한 결혼식도 올렸다. 국제결혼 절차에는 한국인 보증인과 미국인 보증인 그리고 주둔 부대장의 사인이 필요했다. 데이비드는 순희의 요구대로 그 모든 국제결혼 절차를 잘 마무리해줬다.

마침내 순희는 데이비드의 부인이 됐다. 순희는 결혼한 뒤 자기 이름도 '제인(Jane)'으로 고쳤다. 순희는 데이비드의 포드 승용차를 얻어 탈 수도 있었다. 그러다가 운전면허증을 따고는 그 포드승용차를 타고 뿌연 흙먼지를 일으키며 수양버들 흐드러진 국도도 마냥 드라이브하기도 했다. 순희는 그때부터는 데이비드가 가져다주는 피엑스 물건을 남대문이나 동대문 도깨비시장 상인에게 차떼기로 넘기며 한껏 부(富)를 누렸다. 순희네는 동생들의 학업을 위해 서울 수유리에다 새 집을 샀다. 그 무렵 수유리는 서울에서 가장 인기 있는 주택지였다. 순희 바로 아랫동생 순옥은 여상을 졸업하여 은행원이 됐고, 남동생 진욱이와 진호는 서울 소재 대학교에 진학했다.

1958년 가을, 데이비드가 먼저 귀국했다. 한국에서 미국으로 돌아온 데이비드는 곧 군에서 전역한 뒤 물류회사 창고 매니저로 취업했다. 이듬해 봄, 데이비드는 순희와 그의 아들 존을 미국으로 불러들였다. 그들은 시카고 교외의 그림처럼 아담한 집에 보금자리를 꾸몄다.

순희는 마침내 이뤄진 아메리칸 드림에 감격하며 행복한 나날을 보내던 중, 갑자기 남편 데이비드가 회사에서 해고당했다. 그 사유는 회사 물건을 빼돌린 잦은 절도 때문이었다. 데이비드가 오랫동안 한국 피엑스에서 물건 빼내던 일이 습관화로 회사에서 물건 빼돌리는 것을 쉽게 생각했다. 데이비드는 실직하자 손을 떨거나 갑자기 큰소리를 치는 등 전쟁공황장애에 시달렸다.

그는 그 고통을 이기고자 알코올을 들이켰다. 차츰 마시는 알코올의 도수가 높아지고, 그 빈도도 잦아졌다. 데이비드는 음주 때문에 미국 정부가 주는 연금만으로는 생활비가 부족했다. 그들은 하는 수 없이 시카고 교외의 예쁜 집을 처분하고, 도심 빈민가로 옮겼다. 데이비드의 전쟁공황장애는 날로 더욱 심해갔다.

1960년대 초 미국이 월남전에 개입하게 되자 파월된 미군들의 전사자가 속출했다. 그러자 미 국방성에서는 미군 전역자 가운데 희망자는 현역으로 재소집을 하는 조치를 내렸다. 그 조치는 데이비드에게 구원의 밧줄이었다. 데이비드는 다시 군복을 입자 그의 고질병인 전쟁공황장애는 거짓말처럼 사라졌다.

1964년, 데이비드는 월남전에 뛰어들었다. 순희의 통장에는 데이비드의 봉급과 전투수당 등이 다달이 꼬박꼬박 입금됐다. 순희와 존은 그 돈으로 여유롭게 지낼 수 있었다. 하지만 그런 행운은 길지 않았다. 데이비드가 월남에 간 지 18개월 만에 성조기에 덮인 운구함에 그의 시신이 담겨 고국으로 돌아왔다. 전사 통지서와 함께 편지에 그의 부대장과 동료들은 말했다.

"데이비드 상사는 가장 용맹스러운 미군 병사로 베트남전에서 장렬하게 전사했다."

순희는 데이비드가 월남 정글에서 스스로 죽음을 택했다는 믿음이 더 강했다. 그는 훈장과 많은 전사자 보상금을 순희에게 남기고 알링턴 국립묘지에 묻혔다. 순희는 전사자의 보상금으로 다시 시카고 교외의 아담한 주택으로 거처를 옮겼다.

1973년 8월 16일 저녁, 순희는 서울에 사는 동생 순옥한테 국제전화를 받았다.

"언니, 김준기라는 사람 알아?"

"얜, 생뚱맞게 갑자기 뭔 얘기니."

"오늘 아침 대한신문 사회면 머리기사에 김준기라는 사람이 덕수궁 대한문 앞에서 20년 전에 헤어진 최순희라는 여인을 해마다 빠짐없이 그 자리에서 기다린다는 얘기가 실렸어. 그래서 그 사람이 찾는 최순희가 혹 언니인가 물어보는 거야."

"그 사람 고향은?"

"평안북도 영변이래."

"나이는?"

"서른여덟. 낙동강전선에서 만나고 추풍령에서 헤어졌대."

순희는 동생이 전하는 정황으로 미루어 그 사람은 까마득히 잊고 있었던, 아니 잊어버리려고 애썼던 김준기임을 확신할 수 있었다.

"신문에는 사진까지 실렸는데."

"얘, 신문에 난 그 기사 가위로 오려 편지에 넣어 보내다오. 그리고 너 그 사람한테 절대로 연락해선 안 돼."

"알았어, 언니. 이 전화 끊고 지금 당장 신문기사 오려 오늘중 우편으로 보낼게."

"그래, 고맙다."

순희는 김준기가 대한민국에 살고 있으며, 아직도 자기를 찾는다는 사실이 도무지 믿어지지 않았다. 뭔 사람이 부모도 버린 채 전쟁터에서 헤어진 연인을 바보처럼 20년 동안 기다렸을까. 순희는 별별 생각이 다 들었다. 아무렴 20년 동안 한 해도 빠짐없이 대한문에 나오다니 …. 도무지 그런 사실이 믿기지 않는 얘기였다.

보름이 지난 뒤 순옥이 보낸 편지가 도착했다. 순희는 먼저 신문기사부터 읽었다. 가슴이 두근거렸다.

"한 여인을 20년간 기다린 순애보 - 현대판 미생지신"

"해마다 8월 15일이면 덕수궁 대한문 앞을 지키는 한 사나이의 이야기"

이 신문기사는 1950년 9월 초순 낙동강 다부동전선에서 인민군 위생병 최순희와 탈출한 이야기부터 시작하여, 낙동강을 건넌 이야기, 구미 형곡동 한옥에서 옷을 갈아입은 이야기, 거기서 전쟁이 끝난 뒤 해마다 8월 15일 덕수궁 대한문에서 만나자고 약속한 이야기, 금오산 계곡 아홉산골짜기에서 살았던 이야기, 추풍령 외딴집에서 헤어진 이야기 등이 담겨 있었다.

순희는 그 기사를 읽자 까마득하게 잊었던 지난 시절이 마치 어제 일처럼 되살아났다. 그런데 20년 동안 한결같이 단 한 번도 빠지지 않고 대한문을 지켰다는 이야기에는 감격에 앞서 도무지 그 사실이 믿어지지 않았다. 어쩌면 사람이 그토록 우직할까. 그에 대한 배신감으로 마음이 아팠다.

'남자는 첫 여자를 평생 못 잊는다고 하더니….'

이튿날, 순희는 한국 저녁시간에 맞춰 순옥에게 국제전화를 걸었다.

"얘, 편지 잘 받았고, 그 기사 잘 읽어봤다. 그 사람이 찾는 사람은 내가 맞다."

"나도 처음부터 언니라는 예감이 들었어. 언니, 어떻게 할 거야."

"글쎄다. 이제 새삼스럽게 그 사람을 만나기도 그렇고. 좀 더 시일을 두고 생각해보겠다. 너 그 사람 어떻게 사는지 몰래 한번 알아봐주렴."

"알았어, 언니. 언니는 좋겠다. 일편단심 기다리는 옛 애인을 다시 만날 수 있으니까."

"얘, … 자칫하면 뒤늦게 골칫덩어리를 만날 수도 있어. 너 그 사람한테 네가 먼저 절대로 연락해서는 안 된다. 알았니?"

"언니, 내가 뭐 어린앤 줄 알아. 걱정 마세요."

그로부터 보름이 지난 뒤 순희는 국제전화를 받았다. 동생 순옥이였다.

"그래 좀 알아봤니?"

"응, 김준기 씨는 현재 인천 송현동 한 병원에서 사무장 겸 방사선 기사로 일하고 있대. 그 사람 한 번 결혼했지만 일 년 만에 이혼했다는데, 딸 하나가 있나봐. 그 부인은 재혼을 하고, 딸은 외가에서 자라는 모양이야."

"네가 뭐 흥신소 직원처럼 아주 자세히도 알아봤구나. 혹 그 사람 낌새채게 한 건 아닐 테지."

"그럼, 세상은 넓은 것 같지만 무척 좁더라고. 그 병원 거래은행 담당이 내 고등학교 동창이었어. 걔가 김준기 씨를 잘 알더라고. 체구는 자그마하지만 사람이 아주 다부지다고 하더군. 내가 친구에게 입단속은 단단히 시켰지. 그 점은 걱정 마."

"잘 알았다. 네 친구한테 입단속을 단단히 시킨 게 오히려 화근이 될지도 몰라."

"걘 입이 무거워 괜찮을 거야."

"하기는 이제 쏟은 물이라 네 친구가 나발을 불어도 다시 담을 수는 없지. 아무튼 내 마음이 결정되면 다시 연락할게."

"언니, 너무 심각하게 생각지 말고, 한번 연락하여 일단 만나보지 그래. 20년 동안 일편단심 한 여자를 기다리는 남자는 요즘 세상에 드물잖아. 내 생각에는 부담 없이 한 번 만나보는 것도 괜찮을 것 같은데."

"그건 아니야. 그 사람 부담이 몹시 가는 남자야. 부모까지 버리고 남쪽에 남았거든. 다시 만나지 않는 게 피차 더 나을지도 몰라. 그리고 내가 미군하고 결혼한 뒤 이렇게 미국에 사는지도 모를 테고. 평생 한 여인을 아름답게 그리며 사는 게 더 나을지도…."

"아니, 언니. 무슨 순정 연애소설 쓰시오. 언니 혼자 미국 땅에서 쓸쓸히 사는 것보다 느지막이 옛 애인 만나 새콤달콤하게 살면 얼마나 좋소. 게다가 상대는 홀아비인데."

"얘, 세상은 그렇게 단순치 않아. 그렇게 쉽게 얻은 행운은 드물어. 또 그런 행운은 자칫 더 큰 화를 불러일으킬 수도."

"아무튼 산전수전 다 겪자 언니는 그새 도사가 다 됐네. 하지만 일단 한번 만나보고 결정해도 되잖아?"

"얘, 별 생각 없이 만났다가 골칫덩이로 찰거머리처럼 떨어지지 않으면 어쩔 거니. 그렇다면 차라리 만나지 않는 게 훨씬 나아. 솔직히 미국에서는 부담 없이 즐길 남자는 길거리에 널려 있다. 이곳 남자들은 매너도 좋고."

"하긴 언니 인생은 언니 몫이니까, 잘 판단하여 결정해."

"그래, 잘 알았다."

그즈음 순희는 우울증을 몹시 앓고 있었다. 남편 데이비드가 전사한 지 7년차로 미국 땅에서 혼자 살기가 외롭고 힘들었다. 더욱이 시카고 일대는 한인들도 별로 없는데다가 어쩌다가 만나도 그들이 자기를 양공주 출신으로 깔보는 태도에 순희 편에서 피해버리기 일쑤였다. 차라리 간호사 생활 초기는 일에 파묻혀, 어떻게 하든 정식 간호사 대우를 받기 위해 발버둥을 쳤기에 잡념이 별로 없었다. 하지만 그 시기가 지나 생활이 안정되자 오히려 우울증이 심해갔다. 그런데 순옥의 전화를 받고는 이상하게도 그 우울증이 사라졌다.

"어머, 그새 시간이…."

워싱턴호텔 스카이라운지에서 저녁을 먹으면서 그동안 살아온 이야기를 들려주던 최순희는 결정적인 순간에 이야기를 멈췄다.

"조금만 더 들려주세요."

내가 안달이 나서 순희에게 부탁했다.

"그만 돼시오(됐어요). 한국 텔레비전 연속극처럼 후편이 궁금해야 또 만날 게 아니야요."

곁에 있던 김준기가 대신 대답했다.

"그렇다면 다행입니다만."

"가까운 시일 내로 우리 다시 만나디요."

그동안 잠자코 듣기만 하던 고동우가 순희에게 물었다.

"최 여사님! 금강 현도교 검문소를 지키던 헌병대장 이름이 조철만이라고 하셨지요?"

"네, 분명 조철만 헌병대장이었어요."

"제가 젊은 날 한때 서울시내 한 사립학교에서 근무했는데 그 학교 이사장 성함이 조철만이었습니다."

"저도 그자가 서울의 어느 사립학교재단 이사장을 한다는 얘기를 한 동포로부터 전해들었습니다. 그 얘기를 듣는 순간, 저는 동명이인이기를 바랐습니다."

"아, … 네."

고동우도 얼더듬으면서 더 이상 얘기를 이어가지 않고 자리에서 일어서면서 화제를 돌렸다.

"우리는 내일 또 아카이브에서 일해야 하니까 이제 그만 일어나는 게 좋겠습니다."

그 말에 모두 자리에서 일어났다. 김준기가 말했다.

"좋습네다. 기럼, 목요일 저녁에 다시 만납세다. 내레 그날 저녁시간을 비워둘 테니 우리 농문옥으로 오시우. 저녁은 우리 집에서 준비하겠습네다."

우리 일행은 워싱턴 호텔을 떠났다.

2007년 3월 8일은 행운이 따른 날이었다. 20여 년 아카이브에 드나든 한 재미사학자를 1층 로비에서 만났다. 나는 그에게 북한자료 안내를 간곡히 부탁드렸다. 그러자 그는 2층 자료실 목록에서 당신이 정리한 자료목록집을 뽑아주었다. 그래서 나와 고동우는 그 목록집을 보고 6·25전쟁 당시 미군이 북한 측에서 수거한 노획물 180개 자료 상자의 일부를 신청하여 검색할 수 있었다. 사실 아카이브에 아무리 많은 자료가 있어도 정확한 검색자료의 태그를 모르면 찾기가 매우 힘들다. 이는 같은 서울에 살아도 사는 곳의 번지를 몰라 수십 년 동안 만나지 못하는 경우와 똑같다.

우리는 그가 가르쳐준 자료집 가운데 'RG 242 박스 23'을 열자 '남하(남파) 공작대원 명단'이 나왔다. 나는 이를 보자 새삼 기록의 무서움을 알았다. 이 문서는 곧 북한에서 남파한 간첩 명단이 아닌가. 또 그 상자에 들어 있는 세포수첩의 암호문에서는 공산당 비밀조직의 한 단면을 보았다. 이밖에도 전선에서 후퇴하며 한 인민군 전사가 아내에게 보낸 편지는 이념을 초월하여 눈시울을 젖게 했다.

그밖에도 당시의 처절하고 긴박했던 시대상을 짐작케 하는 문서들이 여럿 쏟아졌다. 북조선로동당 당원증명서, 동해남부전구 빨치산사령관 남도부 발행의 '원호증', 경상남도 진주시 인민위원회가 붙인 식량과 피복 원조를 부탁한 벽보, 조선인민유격대 전라남도 곡성군 유격대 대장 김훈 이름으로 만든 선전삐라 등. 또 인민군이나 중국군의 호주머니에서 나온 가족이나 전우들의 사진, 그리고 공산군 측이 노획한 미군들의 소지품 가운데서 나온 가족사진을 다시 미군이 노획한 사진도 있었다.

이날은 예삿날보다 훨씬 많은 73매의 사진과 포스터, 그리고 그림 문서를 스캔했다. 나는 한컷 한컷 스캔할 때마다 손맛이 짜릿했다. 아카이브 열람 종료시간을 알리는 음악에 맞춰 소지품을 챙긴 다음 지하 라커룸으로 내려갔다. 그곳에 보관해둔 외투를 입고 주차장으로 가는데 손전화가 울렸다. 김준기의 전화였다.

"어드러케 돼시오?"

"네, 지금 막 일 끝내고 아카이브를 나가려는 중입니다."

"알갓시오(알겠습니다). 날래 오시라요."

"예, 그러지요."

고동우는 승용차의 시동을 걸면서 말했다.

“워싱턴과 뉴욕 중심가에서 용문옥 정도의 식당을 운영하자면 매우 바쁠 텐데 여러 날 시간을 내준 것은 대단한 접대입니다.”

“저도 그렇게 생각합니다. 한편으로는 당신들의 지난 세월을 되새기는 시간일 테지요. 왜 이런 말이 있지 않습니까? ‘지나가버리면 모두가 아름답다’는….”

이날도 우리가 용문옥에 이르자 김영옥 지배인이 특실로 안내했다. 준기 부부가 매우 반갑게 맞았다.

“오늘은 만둣국으로 준비했습네다.”

“좋습니다. 원래 만두의 원조는 중국이지만, 우리나라에서는 그네와 가까운 평안도이지요.”

고동우는 만두에 일가견이 있는 양, 그 유래까지도 얘기했다. 이날도 교자상에는 만둣국 외에도 불고기와 각종 전들이 조금씩 나왔다.

“기래 오늘은 어떤 사진을 찾아시우?”

“미군들이 북한에서 수거한 자료들을 보았습니다. 그들은 북한점령지에서 별의별 것을 다 쓸어담아 왔더군요.”

“기래요, 원래 미국인들은 호기심이 많디요. 이 친구들은 돈이 될 만한 것은 세계 곳곳에서 다 쓸어담아 오디요.”

“북조선포로수용소 ‘김정안’이란 사람이 ‘포로병 국방군 20명, 미국군 7명 계 27명 상기 포로병 정히 인수함’이라는 포로인수증, 혁명군인증명서, 장증(훈장)증명서, 야전보고서, 북조선인민위원회 기획국이 만든 ‘북조선인민경제부흥 발전에 관한 대책’, 전쟁 중에 게시한 각종 벽보, 인민군의 주머니에서 나온 사진, 인민군 군복 어깨에 다는 견장, 귀순 투항권고 삐라 등, 별의별 것이 다 있었습니다.”

“지금 좀 볼 수 있습네까?”

“그럼요. 제 노트북에 다 저장돼 있습니다.”

나는 가방에서 노트북을 꺼낸 다음 교자상 한편에 올려놓은 뒤 전원을 켜고 ‘슬라이드 쇼로 보기’를 클릭했다. 그러자 노트북에 그날 저장된 사진들이 한컷 한컷 켜졌다가 사라졌다.

"정말 무서운 세상입네다. 두 분이 수집한 자료들을 보니 내레 마치 그 시절로 다시 돌아간 느낌이야요. 인민군 호주머니에서 나온 사진에 새겨진 '원족(遠足)'이라는 글자를 보니까 농문동학교 시절 해마다 묘향산, 금강산으루 원족 간 생각이 납네다."

김준기는 그 원족 사진을 보자 지난 일들이 생생히 떠오른 모양이었다.

"저는 움막에 살고 있는 오남매 사진이 가장 가슴에 찡하네요. 우리 집네 남매도 전란 중 청계천에서, 의정부 곧은골 판잣집에서 저렇게 살았거든요. 그리고 미 메릴랜드주 출신의 존 심스 상병이 6·25전쟁에 참전코자 출발에 앞서 아내와 이별의 키스를 나누고 있는 장면도 감동적이네요. 존 상병이 한국전에서 무사히 아내한테 돌아왔는지 궁금합니다."

노트북 화면을 골똘히 보던 순희의 소감이었다. 대부분 사람들은 자기 처지에서 사물을 보기 마련이었다. 나는 그 순간을 놓치지 않고 말했다.

"이제 두 분이 24년 만에 덕수궁 대한문에서 극적으로 다시 만난 얘기를 들려주시지요."

"기러디요."

그러자 두 사람의 인생역정 테이프가 다시 자연스럽게 돌아갔다.

순희는 서울 동생의 전화와 편지를 받은 이후 많이 흔들렸다. 그는 당장 순옥이가 가르쳐준 준기가 근무하는 병원으로 전화 다이얼을 돌리고 싶기도, 한국행 비행기를 타고 서울로 날아가 무작정 만나고 싶은 충동도 일어났다. 하지만 마흔을 넘긴 미망인이 철부지 소녀처럼 그럴 수도 없는 일이었다. 또 다른 한편으로 그즈음 순희는 심한 우울증을 앓으면서도 데이비드에 대한 추모의 정이 매우 깊었다.

순희는 정작 데이비드가 살았을 때보다 그가 전사한 뒤 오히려 그에 대한 사랑이 더 깊었다. 그의 헌신적인 가족사랑 때문이었다. 솔직히 순희가 데이비드와 결혼을 하고자 결심한 배경은 데이비드가 곧 미국인이라는 그

조건이 가장 컸다. 순희가 데이비드와 결혼하고 보니, 그는 어릴 때 부모의 이혼으로 상처를 많이 받고 자란 외로운 사람이었다. 그래서 그는 고교를 졸업하자 곧 군에 입대하였고, 제2차 세계대전에 참전하는 등, 오랜 전투생활로 정상생활에 적응하기 매우 힘든 전쟁 피해자였다.

1960년대 미국이 월남전에 깊숙이 개입하여 많은 전상자가 발생하자 미국 정부는 전역자 가운데 희망자를 재소집 조치를 내렸다. 그러자 데이비드는 큰물을 만난 물고기처럼, 게다가 남은 가족을 위해 자원하여 월남의 불구덩이에 뛰어들었다. 그리고 그는 전쟁터에서 장렬히 전사했다.

김준기, 그는 전선에서 자기를 살려주었고, 사지에서 탈출을 도와준 생명의 은인이다. 그런 그가 자기를 잊지 못하고 부모가 살고 있는 북의 고향도 버린 채, 남쪽에 남아 20년간 한결같이 기다린다고 했다. 순희는 그런 사실을 알고 마냥 외면하기가 양심상 괴로운 일이었다. 더욱이 그 약속 장소는 자기 입으로 말한 덕수궁 '대한문'이 아닌가.

마침내 순희는 준기를 만나기 위해 귀국하기로 결심했다. 미리 준기에게 전화를 하려다 참았다. 동생 순옥에게도 일부러 알리지 않았다. 그들이 약속한 덕수궁 대한문 앞에서 단 둘이 조용히, 그리고 극적으로 만나고 싶었다. 순희는 근무하고 있는 병원에 2주간 휴가를 냈다. 1974년 8월 14일에 김포공항에 도착하도록 비행기를 예약했다. 그날이 다가오자 순희는 마치 24년 전 야전병원에서 애송이 소년병 김준기를 훔쳐봤을 때 이상으로 설레었다.

어느 날 밤 낙동강에서 멱을 감으러 갈 때 준기한테 동행을 청했던 자신의 당돌함, 그리고 미군 폭격기의 폭탄이 우박처럼 쏟아지는 유학산 전선에서 그를 꾀어 탈출하던 그날 밤의 박진감 등이 파노라마처럼 펼쳐졌다.

1974년 8월 14일 오후 4시, 순희는 김포공항 트랩을 내려왔다. 순희가 미국으로 떠난 지 꼭 15년 만의 귀국이었다. 하지만 그는 일부러 가족에게도 알리지 않고 조용히 돌아왔다. 그것은 자기를 20년이 넘게 기다려준 김준기에 대한 조그마한 예의라고 생각했다. 순희는 김포공항에서 택시를 탔다.

"손님, 어디로 모실까요?"

"시청에서 가장 가까운 호텔로 가주세요."

"아마 반도호텔과 조선호텔이 비슷할 겁니다."

"그럼, 조선호텔로 가주세요."

순희가 택시 차창 밖으로 내다본 김포가도는 그새 몰라보게 달라져 있었다. 택시기사는 김포공항을 출발한 지 50여 분 만에 조선호텔 정문에 내려주었다. 예약하지 않았지만 다행히 빈 객실이 있었다. 순희는 널찍한 디럭스 룸으로 잡았다. 순희는 짐을 푼 뒤 몸을 닦고 가벼운 옷차림으로 저녁식사 겸 산책을 나갔다. 시청앞, 대한문, 남대문을 돌아 남대문시장으로 갔다. 시장 노점에서 오랜만에 수제비를 사먹었다. 전쟁 직후 얼마나 귀하고 맛이 있었던 남대문시장 수제비였던가.

순희는 저녁식사를 마친 뒤 어머니와 헤아릴 수 없이 많이 들락거렸던 남대문도깨비시장도 한 바퀴 둘러보았다. 그곳은 예나 다름이 없이 미제 물건이 흔전만전 넘쳤다. 남대문지하도 어귀에는 여태 달러아줌마들도 서성거렸다. 신세계백화점을 둘러본 뒤, 미도파백화점 커피숍에서 커피를 마시며, 지난 세월을 되새김질하다가 호텔로 돌아왔다.

이튿날인 1974년 8월 15일, 서울시내 거리에는 태극기가 펄럭였다. 광복절이지만 시내 분위기는 한결 차분했다. 순희는 간밤 늦게 잠들었지만 그날은 일찍 잠에서 깼다. 시차로 몸이 무거울 줄 알았는데 고국에 돌아온 탓인지 예상과는 달리 가뿐했다. 호텔 구내식당에서 아침을 먹은 뒤 사우나실, 미용실을 다녀오자 그새 11시였다. 순희는 이날을 위해 미리 맞춰 둔 크림색 투피스를 입었다. 조금 전 미용실에서 머리도 짧게 잘랐다. 거울 속 자신의 모습이 10년은 더 젊게 보였다. 그 무렵 한국 티브이 광고에서 유행한 "여자와 집은 꾸미기 나름이다"는 말이 떠올라 혼자 피식 웃었다.

순희는 자존심을 세우고자 일부러 12시를 넘겨 조금 늦게 대한문에 도착할까 생각하다가 그 역시 예의가 아니라고, 11시 40분에 서둘러 호텔을 나섰다. 다시 보는 서울에 정감이 갔다. 순희는 순옥이 보내준 테이프로 익힌 '서울의 찬가'를 흥얼거리며 덕수궁으로 향했다.

광복절은 해마다 무더웠다. 준기는 이날 아침도 예년처럼 정장으로 차비를 차린 뒤 동인천역에서 서울행 열차에 올랐다. 열차가 서울역에 도착하자 11시 30분이었다. 태극기가 펄럭이는 보도로 남대문을 지나 덕수궁으로 걸어가는데 이날따라 왠지 느낌이 야릇했다. 잠깐 새 21년 동안 대한문을 찾았던 추억들이 남대문로를 뒤덮은 태극기 물결에 주마등처럼 스쳐갔다. 그러면서 준기는 남은 인생도 순희를 만날 때까지 어쩔 수 없이, 해마다 이날이면 대한문을 찾을 수밖에 없다는 생각이 들었다. 준기는 이 일이 자기 인생의 전부라고 여겨졌다.

'그래, 사람에게 희망이 있다는 것은 축복이야.'

준기는 혼잣말로 중얼거렸다. 순희 누이가 이 세상에 살아있다면 언젠가는 자기가 한 말을 기억할 테다. 그러면 언젠가는 반드시 8월 15일 대한문에 나타날 것이라는 굳은 믿음이 준기의 마음속 깊은 곳에 자리잡고 있었다.

11시 55분, 준기는 이마에 흐르는 땀방울을 손수건으로 훔치며 대한문을 바라보는데 갑자기 심장이 멈춘 듯했다. 한 여인이 자기를 향해 손을 흔들고 있었다. 준기는 순간 눈을 깜짝이고는 다시 크림색 투피스의 양장을 한 그 여인을 뚫어지게 살폈다. 분명히 순희 누이였다. 준기는 허벅지를 꼬집어보았다. 꼬집는 감각이 있었다. 다시 눈을 껌뻑거려 보았다. 최순희는 활짝 웃으며 여전히 손을 흔들었다. 모든 게 현실이었다. 준기는 순희 누이에게 달려갔다.

"순희 누이!"

"준기 동생!"

두 사람은 부둥켜안았다. 그리고는 더 이상 말이 없었다. 순간 카메라 플래시가 터졌다. 덕수궁 수위도, 매표원도 불현듯 나타나 박수를 쳤고, 문창배 기자도 사진촬영을 끝낸 뒤 박수를 쳤다.

"제가 오늘 두 분 덕분에 특종을 했습니다."

문 기자는 흐뭇한 미소를 보냈다.

"언니이!"

"순옥아!"

"애, 순희야!"

"엄니!"

"어쩐지 오늘 언니가 대한문에 나타날 것 같은 예감에 어머니 모시고 왔어요."

대한문 뒤쪽에서 갑자기 가족들이 쏟아져나왔다. 순옥은 울먹이며 말했다.

"너도 보고싶었고, 이분도 보고싶어 왔다."

순희 어머니 오금례는 오른손에 순희의 손을, 왼손에는 준기의 손을 잡은 채 울먹였다.

"엄니, 미리 연락드리지 못해 죄송해요."

"아니다. 이렇게 본 것만도 반갑고 고맙다."

순희는 어머니를 얼싸안고 흐느꼈다. 순희는 다시 동생 순옥이를 껴안았다. 문창배 기자가 준기에게 물었다.

"다시 만난 소감, 한말씀해주세요."

"살다보니 이런 날도 있네요. 내레 이제 죽어도 좋습니다."

"최순희 씨도 한말씀해주세요."

"세상에 다시 태어난 기분이네요. 나를 잊지 않고 오늘까지 기다려준 김준기 동생에게 진심으로 감사드려요."

"앞으로 계획도 한말씀해주세요."

"내레 거기까진 생각해보디 않아시우."

"나도 마찬가지예요."

준기와 순희의 대답이었다. 두 사람에게는 오직 만남 그 자체가 중요했다. 그 다음은 미처 미처 생각지도 못했다. 한낮의 열기가 대단했다. 땀이 주룩주룩 흘러내렸다.

"우선 제가 묵고 있는 조선호텔로 가서 거기에서 이야기를 나누며 땀을 식힌 뒤 점심을 먹으러 갑시다. 일부러 넓은 객실을 구해뒀어요. 문 기자님도 같이 가요."

"초대하지 않아도 따라갈 겁니다."

덕수궁 수위와 매표원도 준기와 순희에게 다가와 축하인사를 했다.

"축하합니다. 그동안 말씀은 드리지 않았지만, 저희 덕수궁 직원들은 김준기 씨 얼굴이 매우 익습니다. 부디 즐거운 시간 되세요."

"고맙습네다."

"감사합니다."

두 사람은 감격하며 대답했다. 덕수궁 사람들이 그들의 떠나는 뒷모습을 바라보며 박수를 쳤다.

아름다움과 행복은 짧다고 했다. 그들의 재회 기간은 불과 열흘이었다. 24년 만의 만남에 대한 대한신문의 특종보도로 티브이, 잡지사 기자들이 며칠 간 두 사람을 끈질기게 쫓아다녔다. 오랜 이별 끝에 다시 만난 그들 두 사람은 이미 마흔 전후의 중년이었다. 그 사이 그들은 한 번씩 결혼을 했고, 이미 자녀까지 두었다. 더욱이 순희는 지난 16년간의 미국생활로 그새 미국인이었다. 그의 이름처럼 사고방식도 '순희'에서 '제인(Jane)'으로 변했다. 순희는 앞뒤 생각지 않고 정열을 불태우는 여인이라기보다 매우 이성적이고, 합리적인 중년여성으로 변모했다. 준기는 순희가 언뜻 홀어미로 지낸다는 말을 전해 들어도 왠지 접근하기가 어려웠다. 준기는 그런 전후 사정을 황재웅 병원장에게 얘기했다.

"사무장, 마흔이 넘은 여자를 품에 안는 게 그리 쉽지는 않을 거요. 우선 가장 좋은 방법은 두 사람만의 여행을 가도록 하세요. 가능한 두 사람의 추억이 짙게 남아 있는 장소로."

"그런 장소는 많디요. 낙동강 다부동 유학산 전투지와 구미 금오산, 김천,

추풍령… 등.”

“그럼, 내 승용차를 빌려드릴 테니 내일 아침 순희 씨를 만나자마자 먼저 드라이브 하자고 차에 태운 뒤, 무조건 경부고속도로를 타요. 그런 다음 냅다 남쪽으로 달리는 겁니다.”

“…….”

“대체로 여자들은 박력 있는 남자를 좋아하고, 명분과 분위기에 약하지요. 또 남자들은 여자 눈물에 약해요. 그래서 세상은 서로 얽혀 재미있게 돌아가는 겁니다. 피차 맨 정신으로는 일이 잘 엮어지지 않아요. 설사 여자 편에서 마음속으로는 한번 질펀하게 섹스를 하고 싶은 생각이 간절해도 체면 때문에, 언저리 여건 때문에, 게다가 맑은 정신으로는….”

“기렇다믄….”

김준기가 후끈 달아 되물었다. 황 병원장은 여성 편력이 많은 경력자답게 그에게 여자 다루는 법을 아주 자세히 강의했다.

“동서고금을 막론하고 여자한테 인기 있는 남자는 아래위로 잘 먹여주는 남자지요.”

“아니, 아래위라니요.”

“사무장, 정말 몰라서 묻소.”

“네.”

“그래서 당신은 이제까지 혼자 살아온 거요. 위는 ‘마우스(Mouth)’, 아래는 ‘벌 ….”

“아, 네.”

“그런데 먹물이 많이 든 여자나 이미 서양물을 오래 먹은 여자를 내 사람으로 만들자면 그 두 가지로도 잘 안 될 거요. 최소한 세 가지는 갖춰야지요.”

“남은 한 가지 뭐야요?”

“이건 매우 비싼 강의인데, … 사무장 처지가 하도 딱하기에 내 맨입으로 가르쳐주오. 그건 뭣이냐 하면, 그건 상대의 가슴에 ‘감동’을 심어주는 겁니다. 근데 그게 참 어려울 거요. 더욱이 마흔을 넘긴 산전수전을 다 넘긴 여자에게 감동을 주기란. 그래서 중년 남녀의 결혼이 어렵지요. 상대를 감동시키는 데는 아마 시간이 좀 걸릴 겁니다. 내가 보기에는 최순희 씨는 사무장의 순정에 조금은 감동하고 있을 거요. 그렇다고 선뜻 상대의 섹스 요구를 받아들이거나 자기가 먼저 상대와 결혼하자고 프러포즈를 하지 않을 겁니다. 그래도 인내심을 가지고 사무장의 입에서보다 그 여자의 입으로 먼저 프러포즈하게 하세요. 그래야 두 분의 결혼이 이루어질 겁니다."

"기렇갔디요."

준기는 황 병원장 말에 연신 고개를 끄덕였다.

"요즘 시중에는 '오십 과부는 축복'이라는 말도 있다는데, 상대는 마흔을 넘긴데다가 한미 양국에서 산전수전은 물론 이미 공중전까지 치른 사람이 아니오. 말은 하지 않을 테지만 그 여자는 머릿속으로 계산기를 엄청 두들긴 뒤 그 먼 미국에서 비싼 비행기를 타고 왔을 거요. 솔직히 서양에서는 결혼하지 않으면서도 외롭지 않게 살 수 있는 싱글들이 많아요. 길바닥에 널린 게 남자요, 여자지요. 그들은 섹스 파트너를 자유롭게 바꿔가면서 인생을 즐겁게 살아요. 그런 세상에 사는 그 여자가 뒤늦게 굳이 결혼이라는 굴레를 뒤집어쓰려고 하겠소."

"기럼, 어드러케 하믄 그 너자를 내 사람으로 만들 수 잇갓수?"

황 병원장은 싱긋 웃으며 즉답을 피했다.

"이러다간 눈 뻔히 뜬 채 노티갓수. 데발 나 좀 도와주시라요."

"글쎄요. 인생이란 방정식은 하도 복잡해서 남녀관계에는 더더욱 정답은 없소. 젊을 때는 서로들 눈에 콩깍지가 씌어 한두 가지 조건으로 여자를 낚을 수 있지만, 이제는 세 가지 조건을 다 갖춰도 힘들 거요. 피차 혼자 사는 것보다 같이 사는 게 더 낫다는 생각이 들면 결혼은 쉽게 이루어질 거요. 옛날 애인이라고 쉽게 생각지 말고, 진정성과 성실성을 가지고 최선을 다 하세요. 인간관계는 예나 지금이나 남녀를 불문하고 그게 제일입니다. 혹이나 아오. 김준기 사무장에게 뒤늦게 호박이 넝쿨째 굴러올지. 자, 이만하면

내 강의는 됐지요. 나머지는 스스로 부딪치며 독학하세요. 사무장은 전쟁터에서 사선도 숱하게 넘지 않았습니까?"

"고맙습네다. 이번 기회에 반드시 순희 그 너자를 내 품에 안가시오(안겠어요)."

"상대는 그렇게 호락호락하거나 만만치 않은 여자일 겁니다. 너무 오버하지 말고, 평소대로 성심껏 최선을 다하시오. 내 보기에는 두 사람이 재회한 다음, 사무장이 그동안 그 여자에게 집적대지 않은 것을 상대는 좋게 생각하면서도, 솔직히 다른 한편으로는 박력 없는 남자로 여길지도 몰라요. 그러면서도 한편 마음속으로는 이즈음 후끈 달아 있을 거요."

"기래서…."

"그 여자인들 오랜만에 고국에 와서 옛 애인 만나 스트레스를 좀 풀고 싶은 마음이 왜 없겠소. 그런데 상대가 명분과 분위기를 만들어주지 않으니 내심으로는 무척 답답했을 거요. 피차 부담이 없는 홀아비요, 홀어민데 말이오. 왜 우리 속담에도 '서방 죽고 처음'이라는 말도 있지요. 그 여자에게도 그동안 미국에서 먹었던 양키들의 허물 허물한 바나나보다 한국의 빳빳한 화끈하고 매운 조선고추 맛이 더 그리울 거요. 내가 보기에 명분은 이미 만들어졌어요. '24년 만에 만난 연인' 그보다 더 큰 명분이 어디 있소. 더욱이 상대는 생명의 은인인데야 더 이상 무엇이 필요하오. 이제는 분위기만 만들면 저절로 그 여자는 당신 품안에 안길 거요. 자, 그럼 행운을 비오."

"감사합네다. 정말 고맙습네다."

"이만한 일에 뭘 그러시오. 사무장이 그동안 성실하게 살았고, 우리 병원이 사무장 덕분에 많이 컸고, 내 마흔이 되도록 마냥 혼자 사는 게 딱하기 때문에 들려준 말이오."

"황 병원장님, 아무튼 눈물이 날 만큼 고맙습네다. 내레 죽을 때까디 이 은혜만은 잊디 안카시오."

"사무장, 그만 됐소. 자, 행운을 비오. 굿럭(Good Luck)!"

14. 추억여행

순희가 출국하기 사흘 전날이었다. 그날 준기는 아침 일찍 승용차를 몰고 순희 숙소로 갔다. 준기는 순희에게 드라이브를 하자고 차에 태운 뒤 곧장 경부고속도로를 탔다. 그리고는 남쪽으로 가속페달을 계속 밟았다.

"어머, 그새 한국에도 고속도로가 생겼네요."

"기럼, 경부에 이어 호남고속도로 개통으로 전국이 일일생활권에 접어들었디요."

"근데, 지금 어디로 가시는 거예요."

"간밤에 드라이브 코스를 잡는데 갑재기 유학산, 낙동강, 구미 일대가 떠오르더만요."

"어머, 미리 말씀하시지. 나 오늘 점심, 저녁 스케줄이 모두 다 잡혀 있는데."

"……."

준기는 그 말을 못들은 척 가속페달을 더욱 힘껏 밟았다. 순희는 더 이상 군말이 없었다. 역시 황 병원장은 여성의 속마음을 읽는 데 도사였다. 준기가 알고 있는 황 병원장의 스캔들만 해도 서너 번은 더 됐다. 한번은 유부녀와 정을 통하다가 그 남편에게 꼬리가 잡혀 한때 송사에 말려 꽤 시끄럽기도 했다. 하지만 남자나 여자나 염복이 많은 이는 대체로 팔자가 셌다. 황 병원장의 지금 부인은 세 번째로 자녀들 모두 어머니가 달랐다.

승용차가 수원을 지나자 그제야 고속도로가 한산해졌다. 그러자 준기는 카세트테이프를 틀었다. 곧 음악이 흘렀다.

"어머, '솔베지 송'이 아네요?"

"아, 네. 이 노래는 곡도, 노랫말도 도터구만요(좋더구먼요)."

"저도 이따금 즐겨 듣던 곡이에요."

"기래. 간밤에 순희 누이에게 무슨 노래를 들려줄까 고민하다가 이 노래를 골랏디."

"고마워요. 이 노래 주인공은 멀리 떠난 연인을 기다리는 여성인데…."

"아, 일없습네다. 사랑하는 사람을 기다리는데 어디 남너(남녀)가 따로 잇갓수?"

승용차가 서울요금소를 빠져나간 지 두 시간 남짓 만에 추풍령에 이르렀다. 준기는 추풍령휴게소에 잠시 머물렀다.

"어머, 그새 추풍령이에요. 그때 저는 여기서 서울까지 가는데 꼬박 열흘이 더 걸렸는데."

"기래두 용케 돌아갔구만요."

"지금도 그때 금강 현도교검문소에서 헌병대장에게 당한 걸 생각하면 자다가도 식은땀이 나요. 내가 그때 그 자를 권총으로 처치하지 못한 게 후회스럽기도 하구요."

"잘해시우. 만일 기때 그자를 처티했다믄 두고두고 살인죄로 오히려 괴로울 거야요. 이젠 니저뻬리라요(잊어버려요)."

"동생은 역시 생각이 깊은 사람이에요."

마침 준기 시야에 추풍령휴게소 멀리 국도변 외딴집이 들어왔다.

"아마 더기(저기)가 외딴 할머니집일 겁네다."

"그때 우리가 찾아간 그날 밤 할머니가 주신 토란국과 송편을 참 맛있게 먹었지요."

"기때는 춥고 배고플 때라 기랬을 겁네다."

"그 할머니 아직도 살아계실까요?"

"길쎄, 그새 24년이나 디낫기에."

"문득 그때 준기 동생이 바랑에 넣어두고 간 편지의 한 구절이 떠오르네요."

"메라구?"

"내가 받은 첫 러브레터 겸 고별 편지였잖아요."

"부끄럽습네다. 아직두 기억한 걸 기때 미리 알았더라면 좀 잘 쓸 건데…."

"잘 쓴 편지는 좋은 말을 많이 늘어놓은 게 아니라 진정성이 묻어 있는 거예요. '지금 제가 순희 누이에게 줄 수 있는 가장 귀한 선물은 당신 곁을 떠나는 것입니다. 부디 잘 가십시오.' 더 이상 어떻게 잘 써요. 그래서 오늘 우리는 이렇게 다시 만난 겁니다."

"기래요. 감사합네다. 내레 오늘부터 순희 누이가 떠날 때까지 병원에 휴가를 내시오."

"어머, 그러셨어요? 미리 귀띔을 해주시지. 나 저기 공중전화 부스에 가서 전화 좀 하고 오겠어요."

"알갓시오."

순희는 공중전화 부스로 가더니 10분쯤 뒤 돌아왔다.

"오늘 약속 모두 취소하고 왔어요."

"잘했수다."

"친구들과 가족들이 둘이서 오붓한 시간을 보내라고 오히려 응원하더구먼요."

"알갓습네다. 내레 순희 누이를 잘 모시디요."

준기와 순희는 추풍령을 출발하여 고속도로를 타고 남쪽으로 달리자 곧 직지사역이 나오고 이어 김천이 나왔다. 거기서부터는 모든 지명과 지형지물이 두 사람 기억에 아물거렸다.

"우리가 그때 잠시 묵었던 상여집이 어디쯤일까요?"

"아마, 데기쯤일 겁네다."

준기는 직지사로 가는 언덕을 가리켰다.

"아직도 그때를 자세하게 기억하시네요?"

"기땐 절박한 순간들이었기에 마음속에 깊이 새게졌을(새겨졌을) 겝네다."

"그때 상여집에서 준기 동생 품에 안긴 생각이 나네요."

"기랬던 가요."

준기는 모두 다 잊은 척 대꾸했다.

"오른편 도시가 어딥니까?"

"김천이야요."

"그때 김천 들머리 한 학교에 인민군 임시야전보충대가 있었지요. 나는 용산교육대에서 사흘간 교육을 마치고 대전을 거쳐 여기로 왔어요."

"나두 해주에서 신병교육을 마치고 바로 이곳으로 왔디요. 아마 더기 오른펜 산 아래 더(저) 학교일 겝니다."

순희는 추억어린 눈길로 준기가 가리키는 곳을 바라보았다. 김천중고등학교였다. 조금 더 달리자 김천시가지가 나왔다.

"아마 저기 산 아래 어느 집일 거예요. 그때 우리들이 탈출하면서 빈집에 들어가 막 밥을 지어 주먹밥을 만들었지요. 그런데 수상한 사람이 담 넘어 보자 그만 놀라 밥도 먹지 못한 채 봇짐을 싸가지고 도망쳤지요."

"기랬디요. 아주 기때를 똑똑히 기억하십네다."

준기는 고개를 끄덕이며 말했다.

"어디까지 가실 거예요?"

"경주 불국사를 목표로 가고 있습네다."

"너무 멀지 않아요."

"길이 도키에(좋기에) 아마 요기서 한 시간쯤 더 달리믄 도착할 거야요."

그들이 탄 승용차가 김천을 지난 지 10여 분 만에 구미라는 표지판이 나왔다.

"발쎄(벌써) 구미야요."

"어머, 구미! 오른편에 우뚝 솟은 저 산이 금오산이지요?"

"맞습네다."

"그때보다는 산이 한결 푸릅니다."

"기렇구 말구요. 그때는 사람들이 땔감으로 산의 나무를 마구 베간 탓으로 벌거숭이 민둥산이었디요."

"저 금오산을 다시 보다니 정말 반갑네요. 우리에게는 경주 불국사보다 구미 금오산이 더 의미 있는 곳이지요. 임은동 야전병원에서 복무할 때 저녁놀이 물들면 금오산이 참 아름다웠지요. 그리고 금오산 아홉산골짜기에서 숨어지냈던 산골생활도 잊을 수가 없고요."

"기럼, 이렇게 합시다. 언젠가 신문을 보니까 금오산이 경상북도 도립공원으로 되고 등산로에는 케이블카도 놓았다고 하더만요. 이번엔 요기서 쉬어갑세다."

"그래요. 그럼, 경주 불국사는 다음에 가요."

"기러디요."

준기는 휘파람을 불며 구미 나들목을 빠져나온 뒤 도로표지판을 따라 금오산 쪽으로 달렸다. 온통 논이고 과수원이었던 낙동강 구미평야 일대가 공장지대로, 시가지로 한창 바뀌고 있었다.

"바로 이 들판 어디쯤 과수원이었을 거예요. 도망병인 우리를 장 상사가 트럭에 실어 여기로 데려와 살려줬지요."

장 상사님 심성은 아두(아주) 깊은 분이야요."

곧 준기는 금오산 아홉산골짜기 들머리인 금오저수지에다 차를 세웠다. 그런 뒤 구미시가지가 잘 내려다보이는 언덕에 올랐다.

"한국이 그새 몰라보게 발전했다는 보도는 많이 봤지만 여기까지 이렇게 변할 줄이야!"

순희는 적이 놀란 표정으로 차창 밖을 내다보며 감탄했다.

"와 우리가 복무했던 임은동 야전병원 철길 건너편 금오산 기슭 상모동의 한 오두막집에서 박정희 대통령이 태어났디요."

"어머, 그래요. 어쩐지…. 그럼 우리가 탈출했던 유학산은 어디쯤인가요?"

"더기(저기) 왼쪽에 멀리 보이는 더(저) 산이야요."

"그럼, 천생산은?"

"유학산 왼편 산입니다. 이 고장사람들은 더 산을 '반티산'이라고 하더구만요."

"'반티'가 무슨 말이에요."

"내레 구미에서 살 때 마을 사람들한테 물어보니까 천생산 모양이 함디박(함지박) 같아 붙인 이름이라는데, 여기 사람들은 그 함디박을 '반티'라고 하더만요."

"그때는 참 지겨웠지만 지금 보니 산도 예쁘고, 이름도 재미있네요. 참, 그때 남자들은 양식이나 솥, 심지어는 아이나 부모까지도 지게에 지고, 여자들은 곡식을 항아리나 함지박에 담아 머리에 이고 피란을 다녔지요."

"기럼요, 온 나라 백성들이 피란을 다니누라 갈팡질팡했디요."

"지금 유학산을 보니 그때의 B-29 폭격소리와 대포소리가 들리는 듯하네요. 참 그 소리가 지긋지긋했지요."

"기럼요, 우리가 살아남은 게 기적이엇디. 시테(시체)로 산을 이루었구. 내레 순희 누이가 아니었다면 유학산 계곡에서 까마귀밥이 되었을 거야요."

"나도 마찬가지예요. 아무튼 그때 우리는 전선을 이탈한 도망병이었지요."

"내래 비겁한 죄인이디요. … 사실 우리뿐만 아니라 많은 인민군이 투항하거나 탈출했답네다."

"사람이 산다는 것은 죄를 짓는다는 말이 하나도 틀리지 않아요."

순희는 그 자리에서 잠시 기도를 한 뒤 금오산을 바라보며 물었다.

"아홉산골짜기는 어디에요?"

"더기 오른편 더수지(저수지) 위 비탈진 길로 가면 나옵네다."

"그때 어떻게 그 어두운 밤길에 저 험한 길을 갔을까요?"

"기때는 우리가 젊었고, 사정이 절박했기 때문이디요."

"지금 봐도 경사가 매우 심한 위험한 길인데. … 해평 할아버지 할머니는 살아계실까요?"

"내레 구미가축병원에 있을 때 어느 해 추석을 앞두고 쇠고기를 몇 근 사 들고 별남 할마니댁과 아홉산골째기 해평 할마니댁에 일부러 찾아갔디요. 기런데 각산 별남 할아바지는 휴전되던 해 돌아가시고 할마니 혼자 살아시오. 아홉산골째기 해평 넝감(영감)님 내외분은 그대로 사셨는데, 몹시 반가워하더군만요. 순희 누이 안부도 묻더군요. 근데 그제는 힘에 부틴다면서 곧 대구 아들네 집으로 갈 거라고 하더만요."

"참 잘하셨어요. 세상에 영원한 것은 없군요."

"기래요. 그게 세상 니치(이치)디요."

금오산 일대는 한여름의 녹음이 짙었다. 이곳은 영남팔경의 하나인 관광지지만 성수기를 넘긴데다 평일인 탓인지 한적했다. 금오산 언저리에는 온통 매미들만이 가는 여름을 아쉬워하는 양 발악하듯 '맴 맴' 울부짖었다. 준기와 순희는 금오저수지 언덕에서 내려와 다시 승용차를 타고 금오산 쪽으로 더 달렸다. 한여름의 짙은 녹음 속에 호수를 끼고 달리는 길이 무척 아름다웠다.

"날마다 B-29 폭격기 소리와 대포 포탄소리에 가슴 졸이며 살았던 이 고장이 오늘은 이렇게 아름답고 평화스러울 줄이야."

"기때 조선인민군 전사가 다부동전선에서 만난 사수 최순희 동무를 24년 만에 다시 만나 함께 이곳을 자동차로 드라이브한다니 도무디 믿어지지 않는구만요. 꼭 꿈만 같습네다."

그 말에 순희가 준기의 허벅지를 꼬집었다.

"아야! 현실이구만요."

준기의 오른손이 슬그머니 순희의 허벅지를 더듬었다.

"기사님! 안전운전합시다."

"알가시우."

금세 준기는 두 손으로 핸들을 잡았다. 금오저수지가 끝나자 야은 길재 선생을 기리는 채미정이 나타났고 곧 금오산관광호텔이었다. 준기는 순희의 의사도 묻지 않고 핸들을 호텔 주차장으로 꺾었다. 준기는 주차를 한 뒤 객실로 가지 않고 곧장 호텔 바(Bar)로 갔다. 그곳은 도선굴과 명금폭포가 빤히 바라보이는 곳으로 언저리 경치가 매우 좋았다. 두 사람은 바에서 스카치위스키를 청해 마시며 이런저런 얘기를 나눴다. 그들의 화제는 24년 전 금오산 아홉산골짜기 피란시절 이야기였다.

"해평 영감 내외분이 매일 새벽마다 정화수 떠놓고 산신령님께 빌어준 탓으로 우리가 무사히 살아왔나 봅네다."

"나도 그런 생각이 드네요. 지금 와서 생각해보니 우리가 죽을고비도 무척 많았는데 용케 다 넘긴 것은…."

"고맙습네다. 그 험한 인생길에도 꿋꿋하게 살아줘서."

"내가 동생에게 하고픈 말이구만요."

"알갓시오. 기럼, 우리 두 사람 다시 만난 것에 대한 축배를 듭세다."

"좋아요."

준기는 스카치위스키 잔을 치켜들었다.

"김준기, 최순희 두 사람이 다시 만난 것을 축하하며 건배!"

"우리들의 앞날을 위하여!"

두 사람은 한 마디씩 건배의 말을 하고 잔을 부딪친 뒤 스트레이트로 비웠다. 순희는 모든 게 감격스러운 듯, 스카치위스키를 한 잔 더 스트레이트로 비웠다. 그러더니 곧 피로한 기색을 보이며 혀 꼬부라진 말을 뱉었다.

"동생, 나 벌써 취했나봐."

순희는 슬그머니 준기에게 쓰러지며 온몸을 기댔다. 준기는 바의 직원에게 객실을 부탁하자 곧 303호 키를 건넸다. 준기는 자기의 작전이 맞았다는 듯, 마음속으로 미소를 지으며 순희를 부축하여 객실로 들었다. 순희가 말했다.

"커튼 좀 닫아주세요."

준기는 객실의 커튼을 닫았다. 갑자기 실내가 컴컴했다. 준기는 포성이 울리던 형곡동 행랑채에서 순희의 살냄새를 맡았던 그날이 떠올랐다. 순희는 그날처럼 준기의 품을 파고들었다. 준기는 그런 순희를 포근히 감싸안았다. 그런 뒤 긴 키스를 나누었다. 그런 뒤 준기는 순희의 옷을 양파껍질처럼 벗겼다. 그러자 순희도 후끈 달아 준기의 바지를 후딱 확 벗겼다. 순희가 너무 세게 당긴 탓으로 준기 바지 단추가 떨어졌다. 준기는 자기 팬티를 벗은 다음 순희의 벌거벗은 몸을 번쩍 들어 침대 위에 반듯이 뉘었다. 곧 두 사람은 실오리 하나 걸치지 않은 채 서로의 몸을 애무했다. 온몸에 짜릿한 전율이 흘렀다. 그 전율은 몽롱하고 기막히게 짜릿했다. 순희 혀가 준기 가슴을 핥았다.

"윽! 윽! 윽!…."

준기는 짜릿한 전율에 못 이겨 비명을 질렀다. 준기 혀도 순희의 가슴팍에서 차츰 아래로 옮아갔다. 이윽고 준기의 혀는 순희의 젖무덤에서 한참을 머물렀다. 순희의 육체는 40대 초반으로 한창 무르익어 있었다. 순희는 가벼운 신음을 하며 몸을 뒤척였다.

준기는 까마득한 어린 시절 어머니의 젖봉우리를 빨던 기억을 되살리며 순희의 젖가슴에 얼굴을 묻었다. 그런 뒤 준기는 짙은 오디 빛깔의 젖꼭지를 까마득한 어린 시절의 기억을 되살리며 힘껏 빨았다. 순희는 그런 준기의 얼굴을 두 팔로 지그시 감쌌다. 마치 어미가 자식에게 젖을 먹이며 흐뭇하게 바라보는 바로 그 모습이었다.

모든 여성은 모성애를 지녔다. 그 순간 순희는 잃어버린 자식을 다시 찾은 그런 어머니의 마음이었다. 순희는 준기의 등을 다독거렸다.

순희 몸에서는 우유냄새, 향수냄새 그리고 짭짤한 바다 미역냄새가 났다. 그 냄새로 준기는 더욱 황홀했다. 두 사람은 곧 한 몸이 된 채 먼 여행을 떠났다. 그들은 개울물이 졸졸 흐르는 골짜기를 지나자 곧 산새가 즐겁게 노래하는 숲이 나왔다. 두 사람은 서로 꼭 끌어안은 채 숲속에서 경쾌한 새들의 노래를 들었다. 다시 굽이굽이 비경의 산등성이를 오르자 마침내 사방이 탁 트인 산등성이가 나왔다. 멀리 멧부리들이 여울지듯 겹쳐 보였다. 그들은 다시 서로 밀고 당기면서 마지막 오르막길을 헐떡이며 오르자 더 이상 오를 수 없는 최고봉 정상이었다. 거기서 그들은 번갈아가며 "야호!"를 외쳤다.

준기 이마에서 솟은 땀이 순희 젖가슴에 떨어졌다. 순희는 머리맡 수건으로 준기 이마의 땀을 훔쳤다. 순희의 이마에도 땀방울이 송골송골 맺혔다. 준기는 그 수건으로 땀을 닦았다.

"이 땀냄새 얼마만인가요?"

"길쎄."

"그때가 1950년이니까 꼭 24년 만이네요. 그런데도 그때 땀냄새는 그대로네요."

"정말 기렇구만요. 순희 누이의 노래 솜씨도. 기때 '뜸북새' 노래를 불렀디요."

순희는 준기의 허리를 껴안고 자그맣게 그 노래를 불렀다. 24년 전 밤새 낙동강을 건넌 뒤 형곡동 행랑채에 숨어 밤을 기다릴 때처럼.

"내레 그날 그 순간을 못 니져(잊어) 거제도포로수용소에서 'S'를 쓰고 남쪽에 남앗디."

"그러고 보니 우리는 아주 질긴 인연이에요."

"질긴 인연?"

"그럼요, '이승에서 옷깃만 스쳐도 전생의 인연이 있다'고 하던데 …."

"기런가 봅네다."

"자기, 날 잊지 않고 기다려줘서 고마워요."

"당신이 그 먼 곳에서 찾아준 게 더 고맙디."

그들은 그때부터 서로 간 누이, 동생이라는 말이 슬그머니 사라지고 서로 '자기' '당신' '씨'라고 불렀다.

"내레 이제는 죽어도 좋소."

"싫어요. 자기 나에게 이런 기쁨을 가르쳐주고."

“순희 씨는 이제부턴 다시 내레 님이야요. 긴데 이제 당신이 떠나믄 앞으루 만날 수도 없구먼.”

“미국으로 오세요.”

“메라구(뭐라고), 미국으로.”

순희는 눈을 깜빡거렸다.

“그 먼 미국 땅을.”

“당신의 열정이라면 미국 땅을 밟을 수 있어요.”

“길쎄.”

“도전해보세요.”

“생각해보겠수,“

“비행기 값이 아깝지 않네요.”

“내레 여태까디 당신 기다린 보람이 이서야. 내레 당신을 잇디 못해 스무 해를 넘게 남넉(남녘) 땅에서 찾아헤맸디.”

“죄송해요. 대한문에 나가지 않아서.”

“내레 모를 사연이 있었을 테지.”

“나는 자기가 포로송환 때 북으로 간 줄 알았지요. 고향집에서 어머니가 기다린다고 하셨잖아요.”

“기랬지. 긴데 포로송환 심사대에 들어가니 끼니 불효막심하게도 오마니 얼굴보다 당신 얼굴이 먼저 떠오르더구만. 기래서 남녘에 남았지.”

“전 그런 줄을 까마득히 몰랐어요.”

“긴데 대한문에서 스무 해나 허탕을 터도(쳐도) 언젠가는 당신이 꼭 나타날 것만 같아 해마다 빠트리디 안쿠 꾸준히 나갔디.”

“바보.”

“내레 바보가 아니야요. 이렇게 만났으니 기다린 보람이 있잖수.”

“이번에 만나지 못했어도 내년에도 나갈 예정이었어요.”

“기럼, 기게 내 삶의 전분데. 나가구 말구.”

“당신은 진짜 바보.”

"메라구?"

"진짜로 바라볼수록 보고싶은 사람이라고요."

"머이?"

그들의 몸은 소나기를 맞은 것처럼 온통 땀으로 젖었다. 한바탕 폭풍우가 끝나자 순희가 품속에서 속삭였다.

"아주 시원했어요. 당신 아주 끝내주네요."

"나두 꽉 막힌 콧구멍이 뻥 뚫린 기분이야요."

순희는 히죽 웃고는 준기의 품을 빠져나간 뒤 머리맡에 놓인 포트의 물을 반이나 마시고 욕실로 들어갔다. 순희의 콧노래는 욕실 바깥까지도 들렸다. 순희가 사워를 마친 뒤 타월로 몸을 감싸고 욕실에서 나왔다. 그러자 준기도 휘파람을 불면서 욕실로 갔다. 준기가 사워를 하는 동안 순희는 객실 냉장고에서 맥주를 꺼내 탁자에 차려놓았다. 준기가 욕실에서 나오자 두 사람은 탁자에 앉아 맥주를 마셨다. 준기는 맥주잔을 비운 뒤 순희를 지그시 바라보며 말했다.

"당신, 이 좋은 솜씨, 그동안 어찌 묵히며 살았어요?"

"언젠가는 당신을 만날 줄 알고 기때 쓰려구 마냥 묵히며 기다렜디."

"네?"

"오래된 산삼일수록 좋다디요."

"고마워요. 지난날 당신은 생명의 은인이었는데, 이제는 내 삶에 새로운 활력소를 주네요."

"나두 마찬가지야요."

"사실 나. 몇 해 전부터 우울증이 심했어요. 근데 고국에서 당신이 기다린다는 소식을 듣자 거짓말처럼 사라지더라고요."

그들은 서로 다시 껴안았다. 곧 순희는 말을 탄 여인처럼 준기의 배 위에서 너울너울 춤을 췄다. 그들이 달려가는 물길에는 여울도 나오고 폭포도 나왔다. 그 강을 다 거슬러오르자 비경의 계곡이 나타났다. 순희는 그때마다 장애물을 넘는 경주마의 기수처럼 사뿐히 오르내렸다. 그들은 깊은 계곡을 거슬러 산을 오른 뒤 정상에서 다시 '야호!'를 외쳤다.

준기가 깊은 낮잠에서 눈을 뜨자 순희는 곁에서 바느질을 하고 있었다.

"어머, 깨셨군요."

"뭐하는 거야요?"

"바지 단추 달아요."

"당신 바느질 솜씨는 빈틈이 없디요."

준기는 시트를 걷고는 자기 배의 꿰맨 수술자국을 보였다. 그러자 순희가 다가와 준기 배의 수술자국을 살피며 말했다.

"어머, 아직도 그때 꿰맨 자국이 선명하네요."

"아주 확실하게 당신의 바느질 솜씨가 내 배에 새겨뎄디. 내레 이 자국을 없애려다가 기념으루 기냥 뒀수."

"……."

"내 평생 기때를 잊을 수가 없디. 당신 아니믄 기때 내레 꼼딱없이 죽었수."

"나도 생각이 나네요. 그날이 1950년 8월 하순으로 음력 보름께였는데 자정이 넘자 갑자기 안개로 캄캄했지요. 그날 밤 큰 야간전투가 있었어요. 이튿날 수색조가 절벽 아래서 대검에 찔려 창자가 쏟아진 당신을 업고 왔지요. 나는 곧바로 밖으로 쏟아진 창자를 깨끗이 소독하여 뱃속으로 집어넣고 마취도 하지 않은 채 봉합수술을 했지요."

"기때 몹시 아파 몸부림을 텟지요."

"그럼요, 수건으로 입을 틀어막았고, 윤성오 전사가 붙잡아준 탓으로 간신히 봉합수술을 마칠 수 이서시오(있었어요)."

"그 윤성오 상등병을 거제포로수용소에서, 서울 창신동에서두 만낫디. 목사님이 되었더만요."

"어머, 그래요. 사람 팔자 정말 알 수 없구먼요."

"우리는 사연도 참 많습네다."

"그래서 다시 만난 겁니다."

"말이 되네요."

"그럼요, 그런 사연이 없었다면 우리가 다시 만날 리 없지요."

준기는 잠자리에서 일어나 순희가 건네 준 바지를 입었다.

"발쎄 저녁시간입니다. 뭘 드실래요."

"이 고장의 별식은 없나요?"

"길세, 내레 구미서 지낼 때 국시를 좋아했디요. 밀가루에다 날콩가루를 넣고 홍두께로 밀어 만든 이 고장 국시가 아주 구수하디요."

"그럼, 우리 그걸 먹어요."

"알갓시오. 아까 요기로 오다 보니 채미정 앞에 식당가에 가믄 국시집이 있을 거야요."

그들은 거기서 가까운 채미정 쪽으로 나란히 걸었다. 순희는 슬며시 준기의 팔짱을 꼈다. 준기는 흐뭇한 미소를 지었다. 곧 채미정이 나왔다.

"우선 요기를 한번 둘러봅세다."

"좋아요."

곧 채미정이 나왔고 어귀 큰 바위 돌에 길재 선생의 〈회고가〉가 새겨져 있었다.

"어머, 이 시조! 나 학교 다닐 때 배웠던 시조예요."

순희는 나지막이 읊조렸다. 그들은 채미정 정자에 나란히 앉았다. 그때 준기는 주머니에서 자그마한 보석상자를 꺼냈다.

"순희씨, 이것 받으시라요."

"뭐예요."

순희가 포장지를 뜯자 상자에서 쌍금가락지가 나왔다.

"웬 거예요?"

"순희 씨가 기때 구미 형곡동 행랑채에서 출발에 앞서 나에게 금가락디를 주었디요. 그 가락디 도피자금으로 참 요긴하게 잘 썼디. 내레 순희 씨에게 무얼 선물할까 생각하다가 문득 그게 떠오르더만요. 기래서…."

순희는 그 금가락지를 손가락에 끼어보았다.

"언제 내 손가락을 쟀소?"

"눈대중으로 맞췄디."

"고마워요. 당신은 나를 또 한 번 놀라게 하네요."

"더 비싼 반디를 사려다가 기게 우리에게는 더 의미 있는 것 같아."

"그럼요, 나도 그 반지로 서울 집에 무사히 도착할 수 있었어요. 당신 그때 일을 잊지 않고 있다니. 나 평생 이 반지 고이 간직할게요."

이튿날 아침, 느지막이 일어난 두 사람은 금오산 등산에 나섰다. 등산로 들머리에서 케이블카를 타자 도선굴 어귀에 이르렀다. 거기 대혜폭포에서는 폭포수가 시원하게 쏟아졌다. 그 소리가 마치 우레 소리처럼 들렸다. 바위벽을 타고 도선굴에 이르자 구미시가지와 낙동강, 천생산, 유학산 일대가 환히 보였다. 그때가 생각났는지 순희가 말했다.

"여기서 저기 낙동강을 보니까 그 시절이 생각나네요. 당신과 함께 낙동강을 건너는데 밤 강물이 어찌나 찼던지…. 그런 가운데 미루나무 가지를 놓쳐 강물에 떠내려가는 걸 당신이 잡아주었지요. 그날 밤 낙동강 물귀신이 될 뻔했지요. 그 전 야전병원에 있을 때도 융단폭격 날 당신 때문에 살아났고."

"참 우리는 호상간 빚도, 추억도 많습네다. 추억이 많은 사람은 늙어서도 외롭디 않다디요."

"그럴 테지요."

"문득 야전병원장 문명철 중좌가 생각납네다."

"매우 훌륭한 분이었지요."

준기와 순희는 낙동강 쪽을 바라보며 잠시 고개를 숙여 그분의 명복을 빌었다. 그들은 낙동강과 유학산에서 있었던 이런저런 추억담을 나누며 다시 케이블카를 타고 하산했다. 그들은 객실로 돌아온 뒤에도 침대 위에 누워 속 깊은 대화를 나눴다.

"나 과거가 복잡한 여자예요. 내 입으로 당신을 기다리겠다고 굳게 약속까지 하고는….”

“내레 애초에는 섭섭한 마음도 있었디만 기게 곧 순희 씨 탓이 아니란 걸 알아시오. 기만 됐수다.”

“실은 나 미국에 아들 있어요.”

“우리 사이 그새 24년의 세월이 디났는데 그만한 사연이 있었을 거야요. 나두 요기서 멀지 않는 곳에 딸이 살아요.”

“부인과는 사별했나요?”

“아니오. 기낭(그냥) 헤뎃디. 왠지 그 너자에게 마음이 가디 않더만요.”

“…….”

“우리 앞으루 호상간 과거를 묻디 말구, 서루의 상처를 덮으면서 삽세다.”

“고마워요. 사실 난 당신의 믿음을 저버린 배신자예요.”

“일 없습네다. 앞으루 우리 사이 기런 말 절대루 하디 맙세다. 해방과 유기오를 겪는 동안 사람들이 살아남기 위하여 별의별일을 다 겪어시우. 더(저)마다 본의 아니게 죄도 많이 지시우(지었어요). 우리는 이렇게라두 다시 만났으니 다행입네다. 아직두 만나디 못한 가족들은 일천만이 넘는다고 하더만요.”

“당신은 북에 두고온 부모님과 가족을 만나지 못했지요.”

“길쎄, 내레 생전에 만나보기나 할디. 아직도 휴전선 철조망은 요디(요지)부동이디요.”

“당신 생전에 북의 가족을 만나보시려면 미국으로 오세요. 재미동포 가운데 이북사람은 제삼국에서 가족을 만나본 이도 있다고 하던데요.”

“기래요?”

“앞으로 재미동포들은 마음만 먹으면 북한에 갈 수도 있을 때가 올 거라고도 하더군요. 이태 전에 미국의 닉슨 대통령이 중국을 방문하였지요. 미국시민 가운데는 언젠가 북한에도 갈 날이 올 거라고 하더군요.”

“아, 기런 길도 있군요. 내레 당신을 만나자 이데는(이제는) 우리 오마니를 만나고 싶은 욕심이 불쑥 솟네요."

"그건 자식으로 당연한 욕심이에요."

"내레 고향을 떠나올 때 우리 오마니는 '기저 무사히 돌아오기를 빌가서' 라고 하셨디요."

"그게 세상의 모든 어머니 마음입니다. 꼭 고향에 돌아가 부모님 생전에 만나 뵈세요. 아마도 부모님은 지금 이 순간에도 전쟁터로 나간 아들을 기다리고 있을 거예요."

"기럴 거야요."

준기는 고개를 끄덕였다. 그의 눈에는 눈물이 어렸다. 그 눈물을 순희가 손수건으로 닦아주었다. 두 사람은 세면과 몸단장을 한 뒤 곧장 서울로 향했다. 꿈같은 1박 2일의 추억여행이었다.

순희가 미국으로 떠나기 전날 밤, 그들은 긴 이야기를 나눴다. 순희는 그 시간을 이용하여 참회의 눈물을 흘리면서 다시 한 번 자기의 배신을 사죄했다. 준기는 '그만 됐다'고 딱 부러지게 용서했다. 그 참에 준기는 순희가 한국인도 미국 시민권자만 되면 북한에도 갈 수 있을 거라는 얘기에 혹하여 자기도 미국에 이민을 가고 싶다는 소망을 얘기했다. 그러자 순희는 준기의 말에 적극 동의하면서 미국 이민생활은 한국에서 생각하는 것처럼 그렇게 장밋빛만이 아니라는 얘기를 자신의 체험으로 에둘러 그동안 살아온 이야기했다.

순희는 데이비드가 월남에서 전사한 이후 시카고 도심지에서 네일숍을 시작했다. 순희는 그때까지도 이민 초기라 언어도 서툴 뿐 아니라, 미국인 고객 비위 맞추기가 여간 까다롭지 않았다. 네일숍은 노력에 견주어 수입도 시원치 않았고, 또한 고객관리도 매우 힘들어 곧 문을 닫았다. 순희는 자기에게 익은 병원 간호사 취업을 알아보았지만 한국 간호사 자격증은 쓸모가 없었다.

순희는 하는 수 없이 초급대학에 입학하여 간호과 준학사 학위를 취득했다. 그러자 시카고의 한 대형 병원에 간호조무사로 취업할 수 있었다. 말이 간호조무사였지 사실은 환자의 대소변을 치우는 일이나 환자 목욕시키는 일과 같은 허드렛일이었다. 피부색이 다른 순희에게는 그런 일조차도 주로 주말이나 야간당번이었다. 순희는 집에서 병원에 출근하고자 승용차를 타고 고속도로에 올랐다가 교통사고가 날 위험한 순간도 여러 번 겪었다. 술 취한 젊은이들의 차가 지그재그로 순희 차를 희롱했기 때문이다. 그래서 순희는 위험한 줄 알지만 고속도로를 주행할 때는 일부러 대형 컨테이너 트럭을 뒤따라 다녔다. 순희는 병원 지하주차장에 이르고서도 동료 간호사들이 도착하기를 기다려 그들과 함께 승강기를 타고 출근을 했다.

순희는 그런 고달픈 생활을 6년이나 한 뒤에 비로소 미국에서 정식 간호사자격증을 딸 수 있었다. 그러자 그때부터 순희는 병원에서 보수도, 인간적인 대우도 제대로 받을 수 있었다. 순희는 그동안 자신이 살아온 이야기 외에도 한국문화와 미국문화의 이질감 등을 얘기했다. 그들은 그날 밤 베갯머리 이야기로 여름밤이 짧았다.

"미국 사람들은 남의 눈을 의식하지 않고 살아요. 특히 남의 사생활은 간섭하지 않지요. 한국 사람처럼 남의 일에 간섭하다가는 '당신 일에나 신경 쓰라'라는 말로 망신당해요."

"우리도 갸네들한테 기런 덤(점)은 배울 만합네다."

"미국 사람들은 생각보다 매우 검소해요. 한국 사람들은 지나친 과시욕으로 겉치레나 값비싼 명품을 추구하는데, 그네들은 우리 생각과는 달리 대단히 실용적이에요."

"갸네들은 웬만하믄 넥타이도 매디 안터만요."

"그래요. 수십 년 된 구닥다리 승용차도 몰고다녀요. 준기 씨가 미국에 이민 오려면 온갖 고생을 하겠다는 아주 독한 마음을 가지고 와야 합니다. 한 10년 정도 이민자의 설움을 잘 참고 견디면서 열심히 일하면 자리잡을 수 있어요. 그런 이민자의 성공이 가능한 나라가 미국이에요."

순희는 핸드백에서 녹색의 미국 여권을 꺼냈다.

"이건 미국 여권이에요. 이 여권만 가지면 세계 어느 나라에도 갈 수 있어요."

"북녘 땅에도?"

"곧 그럴 날이 올 거예요."

순희는 고개를 끄덕였다.

"기럼, 미국 이민은 어떻게 하믄 갈 수 있나요?"

"왜 '하늘은 스스로 돕는 자를 돕는다'는 말이 있지요. 용산이나 삼각지 미군부대 근처에는 이민대행사들이 많아요. 그 사람들은 그 일에 빠꿈이들일 거예요."

"알갓습네다. 미국 이민생활을 자세히 알궤줘서 고맙습네다."

준기는 순희의 마지막 말이 이별의 긴 키스보다 더 진하게 머릿속에 남았다.

'미국인 여권만 가지면 세계 어느 나라에도 갈 수 있다.'

'하늘은 스스로 돕는 자를 돕는다.'

이 말들은 계속 준기 머릿속을 떠나지 않았다. 준기는 마음속으로 굳게 다짐했다.

'내레 이제는 오마니를 만날 거야.'

순희는 고국에서 열흘을 머문 뒤 미국행 비행기를 탔다. 준기는 김포공항 출국장에서 순희를 배웅한 뒤 그가 탄 비행기가 사라지자 마치 꿈에서 현실로 돌아온 기분이었다. 미국행 비행기를 타고 떠난 순희도 마찬가지였다. 그들에게 재회기간 열흘, 그 가운데도 출국 전 사흘은 잃어버린 행복을 되찾은 꿀 같은 시간이었다. 하지만 현실적인 여건은 두 사람을 더 이상 한데 묶어둘 수 없었다.

준기는 순희를 만나기만 하면 이 세상 모든 소망이 다 이루어지고 여한이 없을 줄 알았다. 그런데 막상 그를 만난 뒤 다시 헤어지니까 새로운 아픔이 돋아났다. 준기는 그제야 자신의 지난 삶은 고통만이 아닌, 기다리는 기뿜 속에 산 희망의 세월이었음을 새삼 깨달았다.

'내레 미국에 가는 건 한꺼번에 두 마리 토끼를 잡는 일이야. 반다시 최순희랑 결혼두 하구 미국시민으로 크게 성공하여 고향의 오마니두 꼭 만날 거야.'

준기는 김포공항에서 돌아오는 길에 새로운 목표를 세운 뒤, 그 목표를 이루기 위한 집념을 불태우면서 혼잣말로 중얼거렸다.

"기래, 김준기에겐 불가능이 없디. 한번 야무디게 도던(도전)해보는 거디. 기럼, 사나이 두 번 죽가서."

준기는 순희가 출국한 뒤 곧장 미국이민을 준비했다. 준기는 먼저 서울 삼각지에 있는 한 이민대행사를 찾아가 상담했다. 이민 상담사는 준기가 군대와 사회의료기관에서 전문적으로 일한 경력이 20년 넘기에 숙련직 취업이민 자격은 충분하다고 매우 희망적으로 말했다. 그렇지만 막상 미 대사관에서 미국행 취업이민 비자를 받기는 하늘의 별따기처럼 어렵다는 말도 여러 번 강조했다. 준기는 이민 상담사의 조언에 따라 그날 돌아오는 길에 종로2가 영어회화 학원에 들러 회화 테이프와 교재를 한 세트 산 뒤 곧장 그날 밤부터 회화공부에 집중했다.

'내레 낙동강 다부동전선에서도, 부산과 거제포로수용소에서도 살아남았는데, 이까딧 미국 비자 관문을 뚫지 못하랴.'

준기는 그런 오기가 치솟았다. 하지만 영어회화 공부는 정말 쉽지 않았다. 외국어는 어린 시절 배워야 능률이 높은데, 이미 혀가 완전히 굳어버린 40대에 기초 걸음마처럼 새삼 영어를 배우자니 여간 고역이 아니었다. 마침 준기는 구미가축병원 김교문 수의사가 포켓 수첩에 단어를 적어 시도 때도, 장소도 가리지 않고, 중얼중얼 외던 일이 떠올라 자기도 그렇게 실습해보았다. 늘 습관처럼 보던 텔레비전도 아예 방에서 치워버리고, 대신 영어회화 테이프세트를 그 자리에 놓았다.

준기는 병원 일과가 끝나면 만사 제쳐놓고 미국인 회화학원으로 갔다. 준기는 영어회화 공부를 본격적으로 시작하면서 시간 단축을 위해 미리 미국대사관에 취업 이민비자신청서를 냈다. 그러자 곧 경찰서에서 신원조회가 왔다. 담당 형사가 준기의 미국 취업이민 이유를 꼬치꼬치 캐물었다. 그는 준기가 북에서 내려온 인민군 출신이라는 전력을 들추며 사상을 의심한 듯, 신문 태도가 사뭇 거칠었다.

"이보라요. 내레 대한민국 육군 중사로 36개월 동안 최전방에서 복무하고 제대한 사람이야요. 인민군으로 지낸 기간은 석 달두 안 되지만 국군 복무기간은 그 열 배가 넘지 않수. 부모 형제두 버리고 대한민국에 남은 사람이야요."

준기가 육군 중사 전역증을 보여주며 볼멘소리로 항의하자 그제야 형사의 신문 태도가 다소 부드러워졌다.

준기가 영어회화 공부를 시작한 지 6개월이 지나자 영어로 조금 더듬거릴 수 있었다. 준기가 미 대사관에 비자 신청을 한 지 1년 6개월 만에 대사관 측에서 인터뷰 통보가 왔다. 인터뷰 전에 미 대사관이 지정한 세브란스 병원에서 신체검사를 받아 무사히 통과했다.

첫 고비는 잘 넘겼다. 그런데 미 대사관 이민 비자인터뷰는 준기에게 바늘귀처럼 좁은 문이었다. 마침내 비자인터뷰 날이었다. 그날 준기는 긴장하지 않으려고 우황청심환까지 미리 먹고 대비했다. 하지만 막상 비자인터뷰 때는 좀체 입이 떨어지지 않았다. 몹시 깐깐해보이는 미 대사관 젊은 여성 영사가 뭐라고 묻는데, 너무 긴장한 탓인지 무슨 말이지 귀에 들리지도, 입이 열리지도 않았다. 준기는 배석 통역을 통해 묻는 말에 뒤늦게 몇 마디 대답했다. 하지만 이미 버스 지난 뒤 손들기였다. 젊은 여성 영사는 싱긋 웃으며 준기에게 회화를 좀 더 배우라고 권했다.

준기는 다시 여섯 달을 더 공부한 뒤 이민 비자인터뷰를 했다. 그런데도 이상하게도 영사 앞에만 서면 또 혀가 굳었다. 준기는 두 차례 낙방을 하고 나니까 그만 자신감도 용기도 사라졌다. 모든 희망이 물거품처럼 사라지고 하늘이 노랬다. 준기는 한동안 끊었던 술도, 담배도 다시 입에 댔다. 그런 낌새를 알아차린 황 병원장이 퇴근길에 단골 주점으로 불렀다. 술이 한 순배 돌았다.

"미국에 가서 성공하려면 철저한 미국 사람이 돼야지요. 사무장, 영어공부를 더하세요. 아주 죽고살기로. 그래야 미국에 가서 걔네들과 원활히 소통할 수 있어요. 말을 잘하는 것은 아주 큰 재산입니다. 성공의 지름길이기도 하고요. 세계 각국에서 개성 있는 이민자들이 모여든 미국이란 나라가 그렇게 허술치 않아요. 그저 이 꼴 저 꼴 안 보고 살려면 한국에서 이대로 혼자 사는 수밖에."

"……."

"사무장, 왜 포로송환 때 고향에 가지 않고 대한민국에 남았소?"

"……."

"최순희라는 그 여자 때문이지요."

"기렇습네다."

"그렇다면 그만한 일로 좌절해요?"

"……"

"미국 이민생활이 얼마나 힘든 줄 아세요. 내 친구는 서울의 한 고등학교에서 화학 선생을 하다가 미국에 간 뒤 처음에는 제약회사에서 약상자 포장을 했다고 하더군요. 그런 걸 모욕으로 알아 참고 견뎌내지 못할 바에는 아예 미국에 가지 않는 게 좋아요. 한국에서 대학을 졸업하고 미국으로 이민 간 여자들도 이민 초기에는 대부분 전공과 전혀 관계없는 봉제공장이나 식료품 가게에서 일한답니다."

"알갓습네다."

"그리고 최순희, 그 여자와 한때 잠자리를 같이했다고 쉽게 결혼할 수 있다는 생각은 아예 버려야 해요. 그 여잔 이미 미국인이에요. 걔네들은 섹스와 결혼을 별개로 치는 세상에 살고 있어요. 곧 한국에도 그런 풍조가 밀려올 거요. 정말로 그 여자를 부인으로 삼고 싶다면, 그 여자에게 꼭 필요한 남자, 그 여자의 모든 단점을 감싸주는 진정성이 있는 남자로, 아무튼 감동을 줘야 해요. 그래야 그 여자가 먼저 당신한테 결혼하자고 프러포즈할 거요."

"제가 잘 몰랐던 걸 알케(가르쳐)줘서 고맙습네다."

"미국인들은 '돈이라면 신도 웃는다'고 생각하는 사람들이예요. 미국인들은 돈을 개같이 벌어서 정승처럼 쓰는 사람들이지요. 그들은 지독한 수전노 같지만, 일단 돈을 벌면 대부분 사회에 환원하고, 대부분 저세상에 가지요. 그들 가운데는 우리나라 사람들이 거들떠보지도 않은 장애아를 입양하여 제 자식처럼 키우면서 삶의 보람을 느끼는 휴머니스트들도 꽤 많아요."

황 병원장은 그밖에도 자기의 미국 유학생활 이야기와 함께 미국인들의 습성에 대한 다양한 정보를 들려주며 준기에게 미국행 이민 준비를 다시 도전케 했다.

"고맙습네다. 감사합네다."

준기는 그 이튿날부터 다시 비자인터뷰 준비를 했다. 준기는 영어학원의 미국인 강사 '조이(Joy)'를 사귄 뒤 그를 자주 초대하여 밥을 샀다. 주말에는 그에게 이곳저곳 서울이나 인천 수원 등지의 관광이나 쇼핑 안내도 자청했다. 준기는 그를 안내하는 동안 더듬더듬 영어로 대화를 나누며 회화 실습을 했다. 그것이 준기에게는 가장 효과적인 회화 공부 방법이었다.

준기는 근무시간 외 가능한 회화 테이프를 듣거나 단어장을 보며 단어를 외우고, 때로는 미국 영화를 보며 본토 발음을 익혔다. 준기는 부엌에도, 화장실에도, 거실에도 여기저기 영어 회화 문장을 너덜너덜 붙여두고 중얼중얼 외웠다. 정말 죽기 아니면 까무러치기로 공부했다. 준기가 그렇게 독한 마음으로 공부하고 미국인 강사 조이를 사귄 지 석 달이 지나자, 조이조차도 눈을 둥그렇게 뜰 정도로 회화 실력이 부쩍 늘었다.

마침내 준기는 미 대사관 3차 비자인터뷰 날 영사 앞에 섰다. 그날은 준기가 미국 이민을 준비한 지 꼭 2년 6개월이 되는 날이었다. 그날은 준기에게 행운이 따르는지 영사의 인터뷰는 예상한 질문에서 크게 빗나가지 않았다. 준기는 영사가 묻는 말에 또박또박 영어로 대답했다. 곧 영사는 활짝 웃으며, 준기의 비자서류에 서명했다.

"Congratulations. Good luck to your life in America."

(축하합니다. 당신의 미국 생활에 행운을 빕니다.)

"Thank you."

(감사합니다.)

준기는 영어로 답한 뒤 두 손을 번쩍 치켜들며 인터뷰장을 빠져나왔다. 그러자 비자인터뷰 대기자들이 박수를 치면서 부러운 눈길로 준기를 바라보았다. 준기는 그날로 광화문 미 대사관 건너편에 있는 외무부(외교부)로 가서 여권을 신청했다. 그러자 2주 만에 대한민국 여권이 나왔다.

준기는 미국 출국에 앞서 외가에 살고 있는 딸 영옥을 주말에 인천으로 불렀다. 그새 영옥은 구미초등학교 6학년이었다. 준기는 딸에게 아버지가 미국으로 취업이민을 간다는 이야기와 함께 나중에 꼭 다시 만나자고 약속했다. 그런 뒤 준기는 미국이민 지참금 한도액 외의 돈은 딸 이름으로 만든 통장에 입금한 뒤 통장과 도장을 건넸다. 영옥은 말없이 통장과 도장을 받고는 눈물만 주룩주룩 흘렸다.

"영옥아, 아바지가 미국에 가는 대로 편지할게."

"알겠어예."

영옥은 고개를 끄덕였다. 그 모습에 준기는 속으로 울었다. 어쨌든 딸에게는 자기가 큰 죄를 지은 것이다. 준기는 이를 악물었다.

'내레 미국에서 성공하여 영옥의 앞길을 열어주는 게 속죄하는 길이야.'

준기는 딸의 측은한 모습을 바라보며 미국에서 정착하여 성공하면 꼭 그를 불러들여 같이 살겠다고 다짐했다. 준기는 생전 처음 부녀 동행으로 딸에게 인천과 서울 구경을 시키며 백화점에서 옷을 한 벌 사 입힌 뒤 서울역에서 열차로 외가에 돌려보냈다.

"아버지, 잘 가이소."

"아바지가 성공해서 너를 꼭 불러들일게."

"잘 알겠어예. 아버지 어쨌든동 미국에서 몸조심 하이소."

"고맙다. 아무튼 너두 건강해라."

"네."

1977년 8월 24일, 마침내 준기는 김포공항에서 미국행 비행기에 올랐다. 순희가 한국을 다녀간 지 꼭 3년만이었다.

15. 용문옥

준기와 순희 부부는 워싱턴 용문옥에서 그동안 살아온 이야기를 담담히 들려주었다. 그새 또 날이 저물었다. 고동우는 시계를 보며 말했다.

"오늘도 이야기가 끝나지 않겠습니다. 두 분 살아온 인생 드라마를 다 들으려면 다시 날을 잡아야겠습니다."

김준기도 시계를 보며 말했다.

"박 선생, 출국 날짜가 정확히 언제디요?"

"3월 10일 토요일 오후 1시 30분, 덜레스공항 출발 비행깁니다."

"기럼, 내일 저녁에 한 번 더 만납세다."

"좋습니다. 그런데 이번에는 제가 대접하고 싶습니다."

나는 그동안 준기 아저씨에게 세 차례나 접대를 받았다. 최소한 한 번은 내가 접대하고 싶었다. 준기는 아내와 상의하더니 내 제의를 수락했다.

"좋아요. 기러면 내레 두 분이 일 끝나는 시간에 맞춰 아카이브 앞으루 가디요."

"그러시죠."

최순희가 머뭇거리다가 입을 뗐다.

"어쩌죠. 전 내일 아침 일찍 뉴욕 본점으로 가야 해요. 세 분이 만나세요."

"부인의 흥미진진한 얘기를 더 듣지 못해 유감입니다."

내가 순희에게 아쉽다는 말을 했다.

"과찬입니다. 뉴욕 본점을 오래 비워둘 수가 없군요. 또 다른 중요한 약속도 있고요. 저의 나머지 얘기는 우리 영감님도 잘 아실 거예요."

"내레 집사람 얘기도 대신 아는 데까지는 하디요. 고 선생님은 우리 지배인한테 아카이브로 가는 길이나 잘 알퀘주시라요."

"네, 그러지요."

고동우는 영옥이에게 아카이브 위치를 메모지에 약도로 그려가며 자세하게 가르쳐주었다. 그런 뒤 나와 고동우는 김준기 가족의 배웅을 받으며 용문옥을 떠났다. 워싱턴의 밤이 꽤 깊었다.

2007년 3월 9일은 아카이브에서 3차 6·25전쟁 사진자료 수집 마지막 날이었다. 이날 내가 수집한 사진은 모두 32장이었다. 이 가운데 가장 코믹하면서도 못내 가슴 아픈 사진은 정전협정 조인 뒤 인민군 포로들이 트럭을 타고 북으로 돌아가는 장면이었다. 그들은 북행길에 입고 있던 옷을 판문점 어귀에 이르자 하나같이 죄다 벗어 길가에 버리고 팬티만 입은 채로 돌아갔다. 도로 양편에는 그들이 버린 옷들이 너절하게 널려 있었다. 이제는 그 지긋지긋한 포로생활이 끝났다는 해방감에서 나온 행동으로도 이해할 수 있을 테다. 하지만 다른 한편으로는 포로생활 중 그 골이 그만큼 깊었다는 반증과 함께 그래야만 귀환 후 당성을 보장받는 걸로 보여 씁쓸했다.

불과 몇 해 전만 해도 일제강점기 일본인에게 '조센징'으로 핍박받았던 한겨레, 한 형제들이 아닌가. 그새 무슨 사상과 이념에 그렇게 중독이 돼 서로 한 하늘 아래 살 수 없는 원수가 됐다는 말인가. 이와 같은 상대에 대한 증오심을 극복치 못한 한, 앞으로 통일의 길은 요원해보였다. 고동우는 남으로 돌아온 국군 포로도 이와 마찬가지였다고 했다.

그밖에 양쪽 다리가 모두 절단된 한 부상병은 의족에 목발로 군사분계선을 넘어가는 장면의 사진도 스캔하면서 가슴이 아팠다. 또 유엔군 측 머레이 대령과 북한 측 장춘산 군관이 한반도 지도에다 38선 대신 새로운 분단선인 휴전선 비무장지대(DMZ)를 긋는 사진도 가슴을 저미게 했다. 전쟁은 끝나도 원한의 38선은 끝내 사라지지 않고, 새로운 휴전선이라는 이름으로 나라를 두 동강낸 채 단장의 선으로 남았기 때문이다.

그날 가장 감동적이며 기분 좋았던 사진은 전란 중에도 설날을 맞아 한복으로 예쁘게 설빔을 차려입은 소녀들이 동네 마당에서 널을 뛰는 장면이었다. 구김살 없는 소녀들의 표정이 어찌나 맑은지 전란을 겪고 있는 소녀들의 모습 같지 않았다. 또 전란으로 교실이 불타버려 운동장에서 수업을 받는 한 소녀가 동생을 무릎에 앉힌 채 공부하는 장면과 다 쓰러져가는 초가집 처마 아래에서 두 소년이 정답게 이야기하는 장면의 사진을 찾았을 때도 기분이 짜릿했다. 사진 속의 어린이들은 남루한 차림이었지만 그들의 해맑은 표정과 미소는 우리 겨레의 미래처럼 보였다.

이날 마지막으로 스캔한 사진은 한 남정네가 병중인 시각장애인 아내를 지게에 지고 피란을 떠나는 장면이었다. 나는 그 성스러움에 한동안 눈을 떼지 못했다. 마지막 날이라 평소보다 30분 이른 오후 4시 반에 일을 끝냈다. 이날 자료실에서 대출한 자료 상자를 모두 반납하고 그동안 도와준 4층 사진자료실 담당 문헌관리사 제니와 브라운에게 작별인사를 했다. 나는 그동안 사진설명을 기록한 종이를 한 장도 빠짐없이 가방에 챙겨넣고 자료실을 떠났다. 우리가 아카이브 정문을 나서자 김준기가 건너편 길가에서 손을 번쩍 치켜들었다. 영옥은 아버지를 모시고 왔다.

"우리 이런 날은 대서양 바람이라도 좀…."

"좋습니다. 한국에 사는 저는 대서양 바람 쐬기가 쉽지 않지요."

나는 준기 아저씨의 제의를 흔쾌히 받아들였다.

"그럼, 여기서 가까운 볼티모어항으로 갑시다. 따님은 바쁠 테니 용문옥으로 돌려보내고 제 차에 타십시오. 저도 김 회장님 다음 이야기가 매우 궁금합니다."

고동우는 끝까지 나를 책임질 모양이었다.

"고맙습네다, 고 선생님. 왜 '남의 일을 보아주려거든 삼 년 내도록 봐주어라'는 우리 조선말이 있디요. 언제 가족과 함께 우리 농문옥으로 오십시오."

"초대 감사합니다."

나는 열흘 동안 아카이브에서 사진을 들추며 오래 된 먼지를 많이 마신 탓인지 목구멍이 컬컬했다. 마침 1차 방미 때 가본 적이 있는 볼티모어 흑맥주 생각도 간절했던 참이었다. 우리 일행이 볼티모어항에 이르자 그새 볼티모어 항구 앞바다에는 달빛이 실비처럼 쏟아지고 있었다. 볼티모어 내항은 호수처럼 물결도 잔잔했다. 부두 한 모서리에는 미 해군 최초의 군함 콘스털레이션호가 고색창연한 모습으로 볼티모어항의 수호신처럼 지키고 있었다. 참 아름다운 항구였다.

우리 세 사람은 볼티모어 내항이 환히 내려다보이는 한 맥줏집 창가에 자리잡았다. 그곳에서 그 지방 명물인 바닷게 안주에 흑맥주를 청해 마셨다. 안주가 좋았던 탓인지 흑맥주 맛이 일품이었다. 게다가 아카이브 일도 무사히 끝났다는 해방감도 술맛을 더욱 좋게 했다. 김준기가 맥주잔을 비운 뒤 다음 이야기를 시작했다. 준기의 이민 이야기는 릴 테이프처럼 다시 돌아갔다.

1977년 8월부터 미국 엘에이에서 김준기의 이민생활이 시작됐다. 준기의 취업조건은 취업이민 스폰서 역할을 해준 엘에이의 한 병원에 의무적으로 3년을 근무하는 조건이었다. 그것도 방사선 기사가 아닌 조수였다.

준기는 그 병원에서 주로 허드렛일을 했다. 병원에서 가장 힘든 일이거나 더러운 일, 자질구레한 일 등은 모두 준기의 몫이었다. 카트로 엑스레이 찍을 환자 나르는 일, 병원 각과로 엑스레이 필름 나르는 일, 방사선실 청소, 아이들을 엑스레이로 검진할 때 그들을 달래고 붙잡는 일 등은 모두 그의 몫이었다. 준기의 주급도 미국인보다 훨씬 적었다. 그가 일하는 시간도 주로 야간 아니면 새벽이었다.

그 무렵 준기의 아메리칸 드림은 그에게는 그야말로 꿈이었다. 준기는 초기 이민생활이 외롭고 너무 힘들어 어느 하루 태평양 연안 산타모니카 해변으로 가서 고국 쪽을 바라보며 눈물을 주룩주룩 쏟은 뒤 흐트러진 마음을 다잡곤 했다.

'내레 미국서 반다시 성공하여 아바지 오마니를 만나러 갈 거야.'

준기의 미국이민 생활은 시계바늘처럼 늘 팍팍했다. 준기는 미국 이민생활에서 인천 황재웅 원장이 일깨워주던 '아는 것이 힘'이라는 말이 더욱 뼈저리게 가슴에 닿았다. 그래서 준기는 여건이 어려운 가운데도 엘에이의 한 초급대학에 입학하여 무섭게 공부했다. 그러자 바쁜 일과로 모든 잡념이 다 달아났다.

준기는 미국에 오면 최순희를 자주 만날 줄 알았다. 하지만 실상은 그렇지 못했다. 일 년에 두어 차례, 그것도 추수감사절이나 크리스마스 휴가, 그리고 여름휴가 때 2~3일 정도 만날 수 있었다. 그나마 때로는 서로의 사정으로 휴가를 건너뛰기도 했다. 엘에이에서 시카고까지는 비행기로도 네 시간 거리라 항공료도 만만치 않았다. 이민 초기에는 매번 미국생활에 익숙하고 주머니 형편이 나은 순희가 엘에이로 날아왔다. 그때마다 두 사람은 영혼과 몸이 함께 대화를 나눴다. 그들의 만남은 늘 짧고도 아쉬웠다.

준기는 1980년 8월 말로 취업이민 스폰서였던 병원과 3년간 의무 근무기간이 끝났다. 그 무렵 준기는 초급대학도 졸업했다. 준기는 병원 방사선 기사 조수로는 희망이 보이지 않았다. 준기는 이를 악물고 정식 미국 방사선 기사 자격증 취득에 도전하여 마침내 이듬해 여름에는 그 자격증도 땄다. 마침 엘에이의 다른 큰 병원에서 방사선 기사를 모집한다는 광고를 보고 이력서를 냈다. 그러자 그 병원에서 정식 방사선 기사로 채용해주었다.

준기는 이민생활 4년 만에 비로소 자기 전공을 살릴 수 있었다. 그러자 주급도 껑충 올랐다. 엘에이 근교에다 자그마한 아파트도 얻었다. 준기는 저축액도 다소 늘릴 수도, 한국의 딸에게 비로소 학비도 보내줄 수 있었다. 그제야 주말이면 엘에이 근교에 관광도 할 수 있었다. 그때부터 준기와 순희는 서로 번갈아 상대 지역을 방문했다. 준기가 크리스마스 휴가 때 시카고를 찾아가면, 다음해 여름휴가 때는 순희가 엘에이로 찾아왔다. 두 사람이 만날 때는 주로 준기가 요리를 했다. 순희는 매번 준기의 요리 솜씨에 탄

복했다. 준기는 구미가축병원 조수시절부터 자취생활을 했기에 요리가 그의 손에 익었다. 그뿐 아니라 준기에게 요리는 하나의 취미생활이었다.

1981년 크리스마스 휴가 때다. 준기가 시카고로 가자 마침 순희 아들 존이 여자 친구 수전(Susan)을 집으로 데려와 자연스럽게 네 사람이 처음 만났다. 그때 준기의 요리로 네 사람은 크리스마스 휴가를 매우 푸짐하고 즐겁게 보냈다.

"당신 솜씨는 베리 굿이에요. 존도, 수전도 매우 감탄했어요."

"기래요. 내레 이참에 아주 요리사로 전업할까?"

"그거 굿 아이디어예요. 우리 한 번 그 점을 진지하게 고민해봅시다. 사람은 자기 탤런트(재능)대로 살아야 성공할 수 있어요."

1982년 여름휴가 때에는 순희가 엘에이로 오기로 약속돼 있었다. 그런데 약속 날짜가 이틀이 지나도 그는 오지 않았고, 전화도 연결되지 않았다. 준기는 불안한 나머지 다음날 곧장 시카고로 날아갔다. 천만뜻밖에도 순희는 시카고의 한 병원에 입원해 있었다. 그 닷새 전, 순희는 아침 출근길에 짙은 안개로 고속도로에서 교통사고를 당해 골절상을 입고 병원에 입원하고 있었다.

"와 연락하디 않았디요?"

"걱정할 것 같아…."

"내레 매우 섭섭합네다. 기건 내레 가족으로 생각디 않은 거야요."

"죄송해요. 내 생각이 짧았네요."

"앞으로는 기러디 마시라요."

준기는 순희를 퇴원시킨 뒤 집에서 치료했다. 오랫동안 외과의사 조수로 일해 온 준기가 아닌가. 준기는 온갖 정성을 다해 순희를 돌보았다. 순희는 준기의 간호와 물리치료를 받자 몰라보게 좋아졌다. 일주일이 지났다.

"당신이 해준 밥을 먹고, 당신의 마사지와 물리치료를 지극 정성으로 받으니까 매우 행복해요. 내 골절상이 다 낫거든 우리 이제 결혼해요."

"뭬라구?"

준기의 큰 눈이 더욱 커졌다.

"우리 이제 결혼하자고요."

"정말?"

그 말에 준기는 아이처럼 두 손을 치켜들며 펄쩍 뛰었다. 준기는 순희의 말이 믿기지 않는 듯, 다시 확인했다.

"우리 정말 결혼하는 거우?"

"그럼요."

그 대답에 준기는 너무 감격한 나머지 한동안 입을 닫지 못했다

"아, 당신 정말 고맙수."

"아니, 내가 더 감사해요. 사실 그동안 고민 많이 했어요. 나는 당신의 아내로 너무 늙었다는 생각 때문에 많이 주저하기도 했고요."

"기럼, 내레 젊었수."

"하지만 우리 이제 결혼해도 나는 당신의 아이를 낳을 수 없을 거예요."

"일없습네다. 우린 이미 두 자식을 두지 않았수. 이미 내가 딸을 낳았구, 님자가 아들을 낳았으니 둘 다 우리 자식이 아니우. 이만해도 우리는 행복하다. 아, 미국 사람들은 생판 모르는 남의 나라 피부색이 다른 아이들도 데려다 키우는데…."

"네에? 당신은 또 한 번 나를 울리네요. 솔직히 쉰을 넘긴 여자가 결혼을 결심하는 데는 상당한 용기가 필요해요. 그동안 저울질도 많이 했고요."

순희는 그간 병상에서 골똘히 고민한 뒤 내린 결론이었다. 순희는 깊이 생각한 끝에 두 사람이 홀로 사는 것보다 둘이 함께 사는 게 피차 더 행복하리라는 판단이 섰기 때문이다. 그래서 순희는 준기에게 결혼 프러포즈했던 거다.

"남은 내 인생을 당신에게 의지하며 살고 싶어요. 당신은 이 세상에서 나의 가장 성실하고 든든한 후원자이고요."

"갑재기 웬 소쿠리 비행기야요."

"아니에요. 언젠가 낙동강 야전병원에서 준기 씨가 온 종일 수술 일을 돕

고도 밤을 새우다시피 의료기구를 죄다 소독하는 성실성에 감동도 했고요. 그리고 한 여자를 20년이 넘도록 끊임없이 기다리는 당신의 그 진정성에 껌뻑하지 않을 수 없었어요. 당신에게는 남다른 성실성과 진정성이 있기에 성공할 가능성이 엿보여요. 또 그런 탤런트도 있고요. 제가 앞으로 당신의 그 탤런트를 개발하는 데 매니저가 되고 싶네요."

"메라구? 당신, 정말 고맙수다."

"존이 수전과 올 가을에 제가 다니는 교회에서 결혼한대요. 걔들 결혼식이 끝나면 우리도 한 달 뒤쯤 거기서 조용히 결혼식을 올려요."

"고맙습네다. 감사합네다. 정말 당신은 생각이 나보다 훨씬 깊습네다."

"뭘요. 한 어머니로서 최소한 양심이에요."

"내 두 가지 소원은 당신 덕분에 다 이뤘수. 이제 하나만 남는구만요."

"그 소원도 꼭 이루세요."

"내 마지막 그 소원을 이루는 데도 당신이 도와주라요."

"……."

순희는 말없이 고개를 끄덕였다. 준기는 순희를 꼭 끌어안았다.

"당신의 간호와 물리치료 덕분으로 많이 나은 것 같아요."

"알갓시오."

준기는 순희를 번쩍 안아 들고 침실로 갔다. 그들은 침대에서 두 사람만의 약혼 기념식을 뜨겁고도 길게 가졌다.

"이러다가 님자 골절상 덧나는 게 아니오?"

"일없습네다. 적당한 자극과 호르몬의 분비는 상처 회복에 더 좋을 거예요."

"님자도 이제 펭안도 사람이 다 되었구려. 펭안도 말두 다 하구."

"곧 평안도 며느리가 될 거잖아요."

"내레 마치 꿈을 꾼 것 같군."

"내 프러포즈를 받아줘 고맙습니다."

"내레 할 말이야요. 우리 남은 인생은 남보다 더 열심히 삽세다."

"그럼요. 지금 출발해도 늦지 않아요. 요즘 인생은 육십부터라고 하던데 우리는 이제 오십대 초반이잖아요. 남은 날 서로에게 진 빚도 갚고요."

"그저 고맙고, 감사합네다."

이튿날 아침 준기는 전화로 엘에이 병원에 휴가를 연장했다. 시카고에 며칠 더 머물며 순희를 돌보기 위해서였다.

"그만 돌아가세요. 그러다가 해고당해요. 이젠 저 혼자 지낼 수 있어요."

"아니오. 무슨 병이든 회복기가 중요하디요. 내레 이 세상에서 당신이 가장 소둥(소중)합네다. 직당(직장)이야 해고당하면 다시 구하면 되디 않수."

"배려해줘 고마워요."

"내레 요기 오기 전에 시민권을 신청했디. 아마 이제 곧 미국시민이 될 거야요."

"잘하셨어요. 당신 미국시민이 되는 것 미리 축하해요."

순희는 준기에게 다가가 축하의 키스를 나눴다.

"사람이 아프면 병상에서 별 생각을 다하나 봐요."

"기래 무슨 생각?"

"당신 이번에 엘에이 돌아가시거든 이참에 아예 퇴직하세요. 사실 미국에서는 직장에서 받는 돈은 아무리 모아도 부자가 되기는 힘들어요. 그동안 미국에서 살아봐서 알겠지만 이곳에서 월급으로는 큰돈을 모을 수가 없어요. 급료에서 각종 세금과 연금을 칼같이 떼어가니까요."

"정말 기렇더구만."

"이참에 내 사업을 시작하세요. 서양 사람들은 '돈을 가지고 노크하면 문은 저절로 열린다'고 했어요. 당신이 부자가 되면 아마 고향에 계신 어머니도 쉬 만날 수 있을 거예요."

"정말?"

"그럼요. 두고보세요. 내 말이 맞을 겁니다. 당신의 솜씨라면 미국에서 한인식당을 내도 성공할 수 있을 거예요. 나도 당신 덕분에 늘그막에는 여왕처럼 우아하게 살고 싶어요."

"나두 당신을 언젠가는 세상에서 잘 나가는 귀부인으로 맨들고 싶수."

"말씀 고맙습니다."

"하지만, 내레 이 솜씨로?"

"당신 솜씨로도 충분해요. 세계 일류 요리사는 모두 남자들이에요."

"사실은 우리 오마니 솜씨가 아주 도와시요(좋았어요). 어린 시절에 오마니가 만들어준 냉멘이나 만둣국 맛이 아직도 내 입에 남아이시오(남아있어요)."

"그 오마니의 맛을 되살리세요. 재료는 한국에서 비행기로 부쳐오면 돼요."

"알갓시오."

"그 음식 재료를 적어보세요. 내 순옥이한테 중부시장이나 동대문시장에서 구해 보내라고 할 테니."

"이참에 아주 냉멘 뽑는 틀도 하나 사 보내라고 하라요."

"그러지요. 쇠뿔도 단김에 빼라고 했어요. 우리 오늘 이 자리에서 아주 가게 이름도 지읍시다. 당신 고향을 정확히 말해보세요."

"펭안북도 넹벤군 농산(용산)면 구당동(구장동)이디요."

"출신학교는 어디예요."

"농산소학교와 농문중학교를 댕기시오(다녔어요). '농문'이란 학교이름은 우리 고향에 농문산(용문산)에서 땄디. 또, 고향 마을 앞에는 청천강이 흐르디."

"그럼, '영변' '용산' '구장' '용문' '청천' 이 다섯 개 지명을 후보로 좁힌 뒤 이 가운데서 하나로 결정합시다."

"좋은 생각이야요. 내레 매사 당신 아이디어를 따를 수 없구만. 당신이 결덩하시라요. 내레 기대로 따르가서(따르겠어)."

"음 … '용문옥'이 좋겠어요."

"좋습네다. 농문산(용문산)은 묘향산맥에서 우뚝 솟은 멧부리디. 이 산에는 천연동굴도 많구. 앞으로 개발만 하면 아마두 세계적인 관광디가 될 거야요."

"그럼, 우리가 '용문옥'으로 먼저 용문산을 알립시다."

"좋습니다."

1983년 가을, 마침내 준기는 엘에이에서 병원을 퇴직했다. 준기는 엘에이생활을 정리하고 추수감사절 휴가에 맞춰 아예 시카고 순희 집으로 이사했다. 준기는 순희를 만나자마자 시민권을 보여주었다.

"내레 이 시민권을 받은 건 오로디 당신 때문이다. 이걸 받을 때 기분 참 묘하더구만. 내레 소시적 한때 미제를 타도하겠다구 조선인민군으루 붉은 머리띠를 둘렀던 사람이 미국에 충성을 하겠다구 성조기 앞에서 선서를 하구 미국 국가를 부르는데 만감이 교차했디."

"왜, 억울하세요?"

"기게 아니라 내레 인생이 천박한 듯해서…."

"아직 다 산 게 아닙니다. 우리는 이제 밑바닥에서 솟아오르는 일만 남았어요. 언젠가 당신이 찰스 다윈의 말을 했지요. '살아남는 종은 변화에 가장 빠른 종'이라고요. 너무 심각하게 생각지 말아요. 건강에 좋지 않아요."

"알갓시오."

"우리가 앞으로 조국을 위해 살게 될 날도 있을 거예요. 그러기 위해 지금 우리가 열심히 살면 되는 거예요. 사람이 죽은 뒤에는 그가 한 일만 남지요."

"당신은 늘 나보다 한두 수 앞을 내다봅네다."

그들은 존과 수전이 결혼식을 올린 뒤 한 달이 지난 다음 시카고의 한 한인교회에서 조용히 결혼식을 올렸다. 증인 겸 하객은 존 부부였다. 한인교회 이용준 목사는 주례 말씀으로 행복하고 원만한 결혼생활을 하려면 "한 눈만 뜨고 살라"고 했다. 곧 상대의 장점만 보고 살라는 말씀이었다. 이웃에 사는 재미동포들이 뒤늦게 알고서 두 사람의 늦은 결혼을 축하해주었다.

결혼 후 준기가 먼저 시카고에서 뉴욕으로 갔다. 준기는 뉴욕의 지리도 익힐 겸 현지 적응을 하고자 플러싱의 한 한인식당에 허드레 일꾼으로 취업했다. 준기가 한인식당에서 일 년 남짓 일하자 그의 요리 실력을 인정받아 정식 그 가게 요리사로 승진할 수 있었다. 준기는 쉬는 날이면 일부러 뉴욕 일대를 순회하면서 지리를 익혔다. 일 년 새 준기는 뉴욕 지리와 도시 분위기에도, 식당 운영에도 어느 정도 자신감이 생겼다. 그래서 준기 부부가 이전에 계획했던 한식식당 '용문옥'을 곧장 열기로 했다. 준기 부부는 그 계획을 구체적으로 확정지은 뒤 순희도 시카고에서 아주 뉴욕 플러싱의 한 아파트로 이사해 왔다.

1985년 봄, 마침내 준기 부부는 플러싱에다 용문옥 간판을 달았다. 다행히 준기가 근무했던 한식식당 전 주인이 고령으로 한국에 영주귀국하면서 아주 싼값으로 준기에게 물려주었다. 준기는 그동안 미국에서 저축한 돈으로 그 식당을 인수받을 수 있었다.

준기는 용문옥의 주방장 일을 맡았고, 순희는 카운터와 홀의 서빙 등, 나머지 일을 맡았다. 준기는 용문옥의 주 메뉴를 냉면과 만둣국, 그리고 불고기, 비빔밥 등으로 하고, 밑반찬 하나에도 온갖 정성을 기울였다. 준기는 모든 음식의 간을 알맞게 하고, 특히 밑반찬인 김치를 맛있게 담아 손님상에 푸짐하게 내놓았다. 그러면서 용문옥의 기본자세는 음식에 대한 사랑과 정성으로, 손님상에 오르는 모든 음식은 가족이 먹는다는 자세로 요리했다. 용문옥에서는 손님상에 요리를 내놓을 때 더운 것은 더 뜨겁게, 찬 것은 더 차게, 그리고 조금씩 내놓으면서 밑반찬은 별도 값을 더 받지 않고, 손님의 요구대로 넉넉하게 드렸다. 그의 상술은 그대로 적중했다.

용문옥은 곧 손님들의 반응이 좋아 특별히 광고를 하지 않았는데도 입소문으로 미주 동부지역 동포사회에 널리 알려졌다. 용문옥을 한 번 다녀간 손님들이 또 다른 손님을 데리고 왔다. 그러자 용문옥의 고객은 재미 한인 동포뿐 아니라, 미국인과 다른 외국인으로 붐볐다. 하지만 세상사는 계속 좋은 일로만 이어지지 않았다. 준기가 용문옥이 개업한 지 얼마 되지 않았는데도 눈부시게 번창하자 여러 곳에서 방해와 견제가 들어왔다. 그 첫 시련은 이웃 동업 한인식당의 방해였다. "사촌이 땅을 사면 배가 아프다"는 우리나라 속담은 미국 동포사회에서도 통했다.

준기는 어느 날 영주권이 없는 한국인이 찾아와 일할 수 있게 도와달라고 하소연하기에 자신의 지난 처지를 생각하여 그를 고용했다. 하지만 이웃 한인식당의 고발로 준기는 상당한 벌금을 무는 곤욕을 치렀다. 더 큰 견제는 이웃 동업자들의 집단행동이었다. 플러싱의 한식식당들이 용문옥을 제쳐둔 채 자기네끼리 가격 담합을 하는 바람에 손님이 갑자기 뚝 끊어져 버렸다. 그밖에도 화재가 나는 등, 이런저런 악재가 잇따라 겹치는 바람에 용문옥은 개업 1년 만에 문을 닫을 수밖에 없었다.

준기 부부는 이런 악재의 원인을 곰곰 되짚어보았다. 골똘히 지난 일을 냉정히 되새겨보자 그 원인은 자신들에게 있었다. 그들은 불우이웃에 대한 기부에 인색했고, 돈을 한꺼번에 왕창 벌어야겠다는 과욕이 빚어낸 결과라는 것을 깨닫게 됐다. 그리고 준기는 자신이 명장 한식 요리사로서는 실력이 매우 부족하다는 것도 알았다. 명장요리사는 결코 취미로서는 될 수 없었다.

"이 시련은 하늘이 우리를 교만에 빠지지 않게, 한 단계 더 도약하라는 계시예요."

순희는 준기에게 좌절하지 말라고 용기를 북돋아주었다.

"기런 모낭(모양)입네다. 내레 이참에 한국에 가서 한 일 년 동안 한국요리를 제대로 배워 오갓시오."

"그렇게 합시다. 나도 한국요리를 제대로 배우고 싶어요. 솔직히 어린 시절 가난한 집에서 자랐기에 고급 한식을 제대로 먹어본 적도, 만드는 법도 몰라요."

준기 부부는 한국대사관을 찾아가 1년 동안 한국에서 체류할 수 있는 비자를 받은 뒤 친지들에게도 알리지 않고 조용히 귀국했다.

준기 부부는 귀국 후 먼저 서점에서 전국 맛집을 소개하는 책을 샀다. 그런 뒤 그들은 그 책을 들고 전국방방곡곡에 있는 그 요식업소들을 한 곳, 한

곳 순례하듯 찾아다녔다. 그러면서 그 음식의 맛을 하나하나 깊이 음미하면서 카메라에 담고 주방장에게 조리의 비법을 물어 배웠다.

맛집 주인이나 주방장이 그 비법을 공개하기 꺼려할 때는 솔직히 재미동포라는 신분을 밝혔다. 그런 뒤 국내에서 개업하고자 묻는 게 아니라고 말하면 대체로 친절히 잘 가르쳐주었다. 준기 부부는 순례자처럼 석 달 동안 전국의 소문난 맛집은 거의 다 돌아다녔다. 맛집은 특히 호남지방 쪽이 많았다. 전주, 광주, 담양, 남원, 목포, 영광 등지에서 비빔밥, 장국밥, 산채비빔밥, 굴비백반 등 그 본고장의 그윽한 맛을 보고 배웠다.

서울로 돌아온 뒤 황재웅 병원장을 찾아갔다. 그는 준기 부부를 대단히 반기면서 가회동에 있는 평양옥이 서울 장안에서는 가장 소문난 맛집이라고 귀띔했다. 황 병원장은 평양옥의 오랜 단골로 창업자 조혜정 여사를 오래 전부터 잘 알고 있었다. 준기 부부는 황 병원장과 함께 가회동 평양옥을 찾아가 조혜정 여사에게 성공의 비결을 물었다. 그는 평양 출신으로 뒤늦게 요리업을 시작하여 성공한 입지전적 인물이었다.

"요리는 예술입니다."

조 여사의 그 한 마디가 준기 부부에게는 복음이었다. 더 이상 군말이 필요 없었다. 조 여사는 한식 요리의 명장이었다. 준기는 명장이 되자면 끊임없는 공부와 노력, 그리고 자신의 솜씨를 예술의 경지로 끌어올리려는 열정이 있어야 된다는 것을 깨달았다. 곁에서 지켜보니까 조 여사는 요리를 단순한 밥벌이 수단이 아닌, 당신 인생의 평생 친구로, 연인으로, 삶의 보람으로 여겼다. 준기 부부는 조 여사의 요리에 대한 철학을 듣고 감동하여 그 자리에서 무릎을 꿇고 큰절을 드렸다.

"조 선생님 저희 내외를 제자로 받아주십시오."

"미국 뉴욕에다 멩품(명품) 한식 밥집을 열려고 합니다. 그 비법을 알켜주시라요."

"……."

조 여사는 그들 부부의 간청이 여러 날 진지하게 거듭되자 그제야 그 진정성을 확인한 다음에야 이를 허락했다.

"매주 수요일 오전에 이곳 평양옥으로 오세요. 그날은 서울 시내 평양옥 각 분점 주방장 교육일입니다."

준기 부부는 그때부터 석 달 동안 가회동 평양옥으로 출근하여 조 여사에게 고급 한식 요리법을 직접 배웠다. 그분은 이론보다 체험에서 우러난 실습 위주로 교육했다. 첫날은 먼저 그분의 창업 뒷이야기와 요리철학을 강의한 다음 비빔밥 요리 실습을 했다. 이후 만둣국 만드는 법, 녹두빈대떡 붙이는 법 등, 석 달 동안 매주 수요일 평양옥에서 조 여사로부터 분점 주방장들과 함께 강의와 실습을 받았다. 그래도 요리 강습이 부족하여 조 여사에게 간청하여 여섯 달 동안 평양옥 주방에서 무보수로 일했다. 6개월의 실습기간이 끝나자 조 여사가 말했다.

"그만하면 됐수. 모든 음식은 만드는 이의 사랑과 정성이 듬뿍 담긴 손끝에서 우러난 손맛이오. 아무쪼록 잔꾀 부리지 말고 성실하게 열심히 밥집을 운영하면 아마 미국에서도 성공할 수 있을 거요."

준기 부부는 조 여사에게 요리사로 합격 판정을 받자 뛸 듯이 기뻤다. 그들 부부는 미국으로 출국하기 전 항공권 예약이 순조롭지 않아 일주일 정도 여유가 있었다. 그들은 그 참에 시침을 떼고 귀국한지 얼마 안 된 것처럼 그제야 친지와 친구들을 만났다. 준기는 이 세상 많은 분에게 빚을 졌지만 그 누구보다 남진수 독전대장을 빠트릴 수 없었다. 준기는 그에게 큰 감동과 빚을 평생 지고 산다는 느낌으로 늘 마음이 무거웠다. 준기가 그 이야기를 순희에게 하자, 그 역시 그렇다고 말했다. 순희는 유학산 부대에서 한밤중에 탈출할 때 독전대 남 대장에게 사과서리를 간다고 속였다. 준기도 오대산에서 탈출할 때 남 대장의 희생으로 목숨을 부지할 수 있었다.

"우리가 남 대장 돌아가신 곳을 참배한다고 속죄할 수는 없을 테지만 요번 기회에 찾아봅세다."

"제가 미처 생각지 못했던 좋은 생각입니다. 실은 나도 이따금 그분에 대한 큰 죄의식을 지니고 있어요."

출국 사흘 전, 그들 부부는 등산복 차림으로 오대산 동피골을 찾아갔다. 그새 그 일대는 산림이 매우 우거져 천연동굴을 찾느라 꽤 헤맸다. 마침내 준기가 은신했던 천연동굴을 찾은 그들은 준비해간 과일과 부침개 그리고 남진수 대장이 좋아했던 막걸리 술잔을 동굴 앞에 두고 깊은 묵념을 드렸다.

'너들 사는 모습 보니까 내레 흐뭇하다야. 아무튼 열심히 살라.'

남 대장이 흐뭇이 웃는 모습이 그려졌다.

미국에 도착하자 순희가 제의했다.

"우리 이참에 플러싱을 떠나 맨해튼으로 가요."

"머이, 맨해튼으로? 거기서 개업하려면 돈이 수태 들 거야요."

"왜 우리 한식은 맨해튼으로 가면 안 되나요. 미국의 역사는 5백 년도 되지 않는데, 우리나라 한식의 역사는 자그마치 반만년이에요. 개업 준비자금은 제가 꾸려볼게요."

"당신은 언제나 나보다 배포두 크구, 앞날두 잘 내다봅네다. 까짓것 한번 도전해 봅세다. 죽기 아니면 까무러티기디요(까무러치기지요). 맨해튼에서 크게 시작하자면 아무래두 주방과 홀에 사람이 더 필요하디요. 우리 존 부부를 불러다 농문옥(용문옥) 매니저로 씁세다."

"네?"

"걔들이 아주 착하구 성실하더라구요."

"당신이 걔네까지 배려해줘 고마워요."

"기런 말 마시라요. 다 우리 자식이 아니우."

"하긴 요즘 걔네가 무척 힘이 드나 본데…. 그래도 그들 자존심이 허락할지."

"내레 걔들의 의사를 물어보디요."

"그러세요."

준기는 주말에 찾아온 존 부부에게 정식으로 같이 일할 것을 제의했다.

그러자 그들도 한식 레스토랑은 매우 흥미 있는 사업이라고 깊이 생각해보겠다고 하더니 그 다음 주에 만나자 쾌히 승낙을 했다.

1987년 봄, 마침내 준기 부부는 맨해튼 매디슨 가에다 한식집 '용문옥' 간판을 내걸었다. 개업자금은 대부분 순희가 끌어들였다. 순희는 그동안 미국에서 성실하게 산 까닭에 동포들뿐 아니라, 미국인에게도 많은 신뢰를 받고 있었다. 순희의 개업자금 모금에 꽤 여러 동포가 출자를 했다. 나머지 부족한 돈은 준기가 이따금 나가는 뉴욕이북도민회, 평안도민회에서 소문을 듣고 소매를 거둬줬다. 준기는 뜻밖에도 이곳 뉴욕이북도민회에서 윤성오 상등병을 만났다.

그는 1966년 동대문 옆 창신동에서 목사로 만난 뒤 꼭 21년 만이었다. 그는 1970년대 초에 미국인 선교사의 도움으로 이민 온 뒤 뉴저지주 한 한인교회에서 목회활동을 하고 있었다. 윤 목사는 준기의 개업에 축하와 함께 사업 성공을 위해 적극으로 앞장서 도와주었다. 그는 준기가 개업자금이 부족한 줄 알고 재미동포들에게 그 사정을 널리 광고하여 모금해주었다. 대부분 이북 실향민들은 미국 이민생활에서도 악착같이 산 탓인지 알부자들이 많았다. 아마도 맨주먹으로 38선을 내려왔기 때문에 그런 모양이었다. 그들은 준기의 성실성을 알고 예상 외로 큰돈을 투자했다. 준기 부부는 언저리 사람들의 도움으로 가장 큰 장애물인 창업자금 문제가 모두 해결됐다.

순희는 용문옥 실내장식을 모두 한국의 들꽃과 열매로 꾸몄다. 손님이 용문옥에 들어서면 한국의 여느 양반집 안방에 앉아 있는 착각에 빠지도록 그렇게 실내 장식을 꾸몄고, 용문옥 안팎 빈 공간에는 한국의 꽃나무로 심었다. 또 용문옥 실내는 가곡이나 가야금이나 해금 소리가 은은히 울리게 음향 장치를 했다. 미주동포들이 용문옥에 오면 마치 고향에 찾아온 느낌을 가질 수 있게 했다. 외국인이 용문옥에 오면 한국의 여염집을 찾아온 듯 이국적인 분위기로 꾸몄다. 하지만 준기 부부의 맨해튼 상륙작전은 시련의 연속이었다.

개업 초기에는 뉴욕 이북도민회, 평안도도민회, 윤성오 목사 교회의 신도회 등에서 적극 도와줘 반짝했다. 하지만 연고 손님은 한계가 있었다. 새로운 손님, 곧 미국인이나 다른 외국인들을 끌어들여야 했다. 거기에는 커다란 장벽이 있었다. 그렇다고 짧은 밑천으로 신문이나 TV방송에 광고를 할 수도 없었다. 막대한 투자에 견주어 수입이 별로 신통치 않아 개업 일 년이 지날 무렵에는 파산 직전에까지 몰렸다. 그런데 가운데 구세주는 뜻밖에도 아들 존이었다.

존은 어린 시절부터 농구를 좋아했다. 시카고 고교시절에는 한때 농구선수로 활약하기도 했다. 그래서 자신의 고향인 시카고를 연고지로 하는 미국 프로농구팀 시카고 불스의 열성 팬이었다. 존은 노스캐롤라이나대학을 다녔다. 그때 농구선수 마이클 조던은 대학 후배로 잘 알고 지냈다. 1984년 마이클 조던이 시카고 불스에 입단하여 좋은 성적을 내자 존은 그를 응원코자 일부러 비행기를 타고 원정 경기장에까지 가기도 했다. 그러자 개인적으로 마이클 조던과 식사도 할 만큼 아주 친한 사이였다. 존은 마이클 조던이 원정 경기로 뉴욕에 왔을 때 그를 용문옥에 초대하여 푸짐하게 접대했다. 그때 마이클 조던은 한국 음식, 특히 불고기 맛에 매료되어 '원더풀!'을 연발했다.

그날 이후 마이클 조던은 뉴욕 경기가 있을 때 이따금 한두 동료들과 조용히 용문옥을 찾아왔다. 그때마다 준기 내외는 정성을 다해 그들을 접대했다. 이런 사실이 한 언론에 가십으로 나가자 갑자기 손님이 폭발적으로 늘어났다. 그 조그마한 가십 기사는 백만 불짜리 광고보다 더 큰 위력을 발휘했다. 그러자 입소문으로 용문옥은 맨해튼의 명소 맛집으로 부상했다.

준기는 용문옥 실내에 장애인을 위한 특별실을 만들었다. 용문옥 바깥문에서 거기로 가는 통로는 휠체어가 지나갈 수 있게 넓히는 등, 조그마한 불편함도 없도록 세심한 배려를 했다. 그리고 용문옥 수입의 3퍼센트를 장애인 단체에 정기적으로 꼬박꼬박 기부하는 한편, 계산대 옆에 불우이웃돕기 성금 저금통을 마련하여 매월 말일에는 그 성금을 자선단체에 보냈다.

어느 하루 미8군 출신의 한 칼럼니스트가 장애인 아들과 용문옥에 와서 한식을 먹고 갔다. 그는 한국에서 먹었던 지난날 매운 한식, 곧 코리언케첩(고추장)을 토마토케첩으로 알아 잘못 먹고는 혼이 나 눈물 흘린 추억담과 함께 용문옥에 마련한 장애인 특별실에 찬사를 아끼지 않았다.

그 며칠 뒤 이런저런 용문옥 방문 이야기를 한 신문의 칼럼으로 소개하자 그런 미담을 좋아하는 미국 손님들이 계속 줄을 이었다. 그래서 용문옥은 동부 미국인뿐 아니라 다른 지역의 미국인도 뉴욕에 오는 경우 일부러 들러 가기도 했다. 유엔에 파견된 북한 대표부까지도 이따금 들렀다. 용문옥은 곧 뉴욕의 새로운 명소가 됐다. 준기 부부는 수입이 많아지는 대로 그에 비례하여 기부액을 늘렸다. 그러자 그만큼 수입도 따라 늘어났다.

개업 이듬해에는 88서울올림픽이 열렸다. 서울올림픽 열기는 뉴욕 맨해튼 용문옥에도 영향을 크게 미쳤다. 올림픽 기간 동안 용문옥은 한국인뿐 아니라 외국인 고객들로 늘 북적거렸다. 어떤 손님은 기다리다 못해 그냥 돌아가기도 했다. 이런 저런 일들이 또한 입소문으로, 가십으로 계속 보도되자 그때부터 맨해튼 용문옥은 미국 동부지방 최고의 한식집으로 알려졌다. 워싱턴 일대에 사는 동포들이 용문옥 분점을 권유했다. 그러자 순희가 제의했다.

"금오산 아홉산골짜기 해평 할머니가 '고사리도 제때에 꺾어야 한다'고 했어요. 기회는 자주 오지 않아요. 우리 워싱턴에도 용문옥 분점을 냅시다."

"기럽세다."

1993년에 개업한 워싱턴 용문옥 분점은 뉴욕 용문옥의 이름 탓인지 단시간에 궤도에 올랐다. 준기는 뉴욕 용문옥은 아들 존에게, 워싱턴 용문옥은 딸 영옥에게 지배인으로 운영 전반을 맡겼다. 그런 뒤, 그들 부부는 뉴욕과 워싱턴을 수시로 오가며 두 곳 운영을 보살폈다. 준기는 미국이민 16년 만에 아메리칸 드림을 마침내 이루었다. 하지만 어딘가 허전하고 심장이 저렸다. 그것은 두고온 고향과 어머니에 대한 그리움 때문이었다.

1988년 3월 뉴욕이산가족찾기위원회가 발족했다. 이 기구는 뉴욕에 사는 몇 동포들이 순수한 민족애로 북에 고향을 둔 이산가족들의 생사 여부를 알아보기 위해 만들었다. 이 위원회는 심재호 씨가 주도하는데, 그는 '일간 뉴욕' 발행인이었다. 윤성오 목사도 뉴욕 이산가족찾기준비위원으로 참여하고 있었다. 준기는 윤 목사에게 이 위원회의 발족 소식을 듣고 창립총회에 참석했다. 뉴욕이산가족찾기준비위원장을 맡고 있는 한 동포가 '발기 선언문'을 낭독했다.

한반도 분단의 고통은 지난날 일제강점 36년간의 고통보다 더 길어지고 있습니다. 그동안 우리는 아파도 아프다고 말도 못하고, 슬퍼도 마음 놓고 울지도 못한 채 살아왔습니다. 북에 두고 온 내 고향과 혈육을 보고싶고, 고향 땅을 밟아보고 싶어도 하늘만 쳐다보며 40여 년의 세월이 흘러갔습니다. 이산가족의 아픔과 서러움과 억울함은 바로 우리 겨레의 가슴 깊이 맺힌 한이며, 이는 우리 겨레의 비극입니다. 이산가족 재회는 우리 겨레의 한을 푸는 길이며, 민족화해와 조국통일, 나아가 세계평화로 가는 지름길입니다. 이를 위한 행동은 우리의 의무이며, 권리이며, 사명입니다. 우리는 지난날의 비극과 두려움과 불신의 구속에서 스스로 벗어나 이제부터라도 새롭게 눈을 뜨고 새로운 활동을 할 때입니다. 이러한 취지로 뜻있는 이들이 뉴욕에 본부를 두는 이산가족찾기위원회를 발족합니다.

이 발기 선언문을 낭독하지 그날 참석한 이들이 환호와 박수로 성원했다. 그날 그 자리에서 재미동포 한 교수가 뉴욕이산가족찾기위원회 발기대회 기념강연을 했다. 그의 카랑카랑한 목소리를 장내를 압도했다.

얼마 전 저는 한 월남 친구를 만난 적이 있습니다. 그는 이제 자기네들은 미국과 우편이 통하고 송금도 하고 있다. 당신네들은 전쟁이 끝난 지 40년이 지난 지금도 서로 편지도 못하고 있다니 웬일이냐고 저에게 물었습니다. 저는 그 누구를 핑계대기 전에 부끄러워서 대답을 못했습니다. 우리는 화도 낼 줄 알아야 합니다. 우리가 부모를 찾고, 형제를 만나고, 두고 온 아내나 자식을 찾아가는 것은 인간의 기본인권입니다. 이는 아무나 이래라 저래라 할 수 있는 문제가 아닙니다. 그런데 그동안 우리는 어떻게 살았습니까? 그리고 지금 우리는 어떻게 하고 있습니까? 아직도 남의 눈치를 보거나 의심하고, 등 뒤에서 색깔이 어떠니 중상모략이나 하면서 짐승보다 못한 짓을 하고 살아야합니까? 이거 우리가 반성해야 합니다. 우리는 이런 인간의 기본인권 침해에 정말 화낼 줄도 알아야 합니다. … 우리 이제 사람의 기본인권을 찾읍시다. 사람다운 사람이 됩시다. …

그의 강연이 계속되자 객석에서 별안간 "옳소!" 하는 고함소리가 터져 나왔다. 여기저기서 박수도 쏟아졌다. 창립총회장에는 참석한 이의 흐느끼는 울음소리도 섞여나왔다.

강연의 종반에 이르자 흐느끼는 소리가 큰 울음소리로 변했다. 모두들 손수건을 꺼내 얼굴을 가리고 눈물 콧물을 훔쳤다.

그 얼마 뒤 뉴욕이산가족찾기준비위원회와 북한의 이산가족찾기 기구인 해외동포원호위원회가 베이징에서 회담한 합의문 발표가 있었다. 그 요지는 두 기구는 이산가족찾기에 모든 연락을 직접하고, 두 기구가 찾은 이산가족 명단을 정기적으로 서로 알리며, 이 사업은 공개적으로 하되, 개인 프라이버시는 가능한 비공개로 한다. 그리고 이산가족의 과거는 불문에 붙이며 이 사업은 이산가족찾기에 한한다고 했다. 준기는 무엇보다 "이산가족의 과거는 불문에 붙인다"라는 뉴욕이산가족찾기위원회와 북측 해외동포원호위원회의 합의사항이 마음을 편케 했다.

준기는 뉴욕이산가족찾기위원회에 북의 가족을 찾는 신청서를 냈다. 그 서류를 접수한 지 일 년 만에 고향 옛집에는 어머니가 동생 철기 내외와 함께 살고 있다는 반가운 소식을 들었다. 하지만 아버지는 1983년 일흔다섯 살로 돌아가셨다고 했다. 뉴욕이산가족찾기위원회 실무자들이 계속 북한을 오갔다. 준기는 이들 편에 어머니에게 편지도 보냈고, 또 동생이 쓴 답장도 받았다.

1993년 10월, 북한의 영화예술인들이 뉴욕에 왔다. 준기는 윤 목사의 소개로 용문옥에 찾아온 그들에게 정성껏 만찬을 베풀었다. 준기는 그들이 돌아갈 때 푸짐한 선물과 상당액의 후원금도 기부했다. 그리고 별도로 제삼국을 통해 문명철 야전병원장의 따님이 책임자로 있는 평양의 한 병원에 의료기구와 의약품도 듬뿍 보냈다.

그 이듬해 준기 부부가 윤 목사의 권유로 고향방문을 신청하자 1995년 여름 북측에서 비자가 나왔다. 아마도 지난날 영화예술인들을 후하게 접대하고 한 병원에 의약품과 의료기구를 듬뿍 후원한 탓이었나 보다. 착한 일을 하면 좋은 일이 생긴다는 '적선여경(積善餘慶)'이라는 말은 동서고금, 공산사회에서도 통했다. 곧 준기 부부는 뉴욕에서 베이징으로 날아간 뒤 평양행 고려항공기를 갈아탈 수가 있었다. 베이징 공항에서 평양행 고려항공기에 오르자 빨간 머플러를 목에 두른 여승무원들이 활짝 웃으며 인사했다.

"안녕하십네까?"

"예. 안녕하세요."

승무원 인사말에 순희가 답례를 했다. 준기는 그 인사말에 정말 고향 가는 비행기에 오른 기분에 젖었다. 곧 기내에서는 "반갑습니다"라는 노래가 그들 부부를 새로운 세계로 이끌었다. 준기의 고향 가는 길은 참으로 긴 여정이었다. 가까운 길을 두고서 한국에서 미국으로, 다시 중국 베이징으로 간 뒤 거기서 북한행 비행기에 올랐다. 준기는 꿈을 꾼 듯 황홀하기도 하고 귀가 먹먹하기도 했으며 무척이나 조심스러웠다.

준기는 45년 전 고향 구장역에서 열차를 타고 떠나올 때 어머니 모습과 말씀이 어제 일처럼 떠올랐다.

1995년 8월 5일 11시 30분 조선민항 고려항공기가 베이징공항 활주로를 이륙했다. 여객기가 고도에 진입하자 곧 여승무원이 수레(카트)에다 여러 가지 음료수를 싣고 왔다. 준기 부부가 망설이자 승무원은 배단물을 권했다. 그것을 마시자 배 맛에 사이다 맛으로 입안이 산뜻했다. 이어 기내식이

나왔다. 오랜만에 먹는 고국의 밥이 아닌가. 기내식은 도시락으로 그 맛이 아주 담백했다. 승무원이 준기 부부의 차림과 행동이 여느 손님과 달라 보였는지 가까이 다가와 물었다.

"손님, 무슨 일로 평양에 가십니까?"

"신행 가요."

"네에?"

승무원 눈이 커지며 깜짝 놀랐다.

"휴전선 철조망 때문에 이렇게 늦었네요."

"아, 네. 기러세요. 오데서 오시는 길입니까?"

"미국에서 왔어요."

"아주 멀리서 오셨구만요."

승무원은 계속 놀란 표정이었다. 준기가 불쑥 끼어들었다.

"결혼 후 처음으로 시어머님 뵈러 가요."

"오마나! 매우 귀하신 려행이십네다."

"기런 셈이디요."

"오마니께서 아주 반가워하시겠습네다. 손님, 지금 기분이 어떠십네까?"

"비행기를 탄 기분입네다."

"지금 비행기를 타셨지 않습네까?"

"기래서 비행기를 탄 기분이라고 했디요."

"아무쪼록 두 분 즐거운 고향방문 려행이 되십시오."

기내 창으로 밖을 내다보자 고려항공기는 어느새 조중 국경선을 넘어 신의주 상공에 접어들었다. 준기로서는 자나 깨나 그리던 고국강산이 아닌가. 준기의 심장은 요동쳤다. 그러자 순희가 미리 준비한 신경안정제 약을 꺼냈다. 준기는 그 약을 입에 넣고 생수를 마셨다. 들뜬 감정이 조금 가라앉는 듯했다. 곧 여승무원이 우리말과 영어로 안내방송을 했다.

"잠시 뒤 우리 비행기가 평양공항 땅에 닿을 것이니, 손님 여러분은 지금 바로 안전띠를 매야겠습니다. 현재 평양의 기온은 섭씨 29도이고 날씨는 매우 맑습니다. 그럼 손님 여러분의 ….”

그 방송에 준기는 다시 다소 상기되어 있었다. 45년 만의 귀향이 아닌가. 준기는 북받치는 감정을 자제하고자 눈을 지그시 감았다. 마침내 고려항공기가 평양국제비행장 활주로에 닿으면서 언저리 산천이 기내 창 밖에 펼쳐졌다. 미루나무, 버드나무, 소나무, 아카시아나무… 벼가 익어가는 논, 콩밭, 옥수수밭, …. 그곳은 평양공항이 아니라 남녘 여수나 원주공항에 내리는 것 같은 착각에 빠졌다. 평양공항 청사 위에 김일성 주석의 사진만 없다면 남녘의 여느 중소도시 공항과 조금도 다름이 없는 언저리 풍경이었다.

16. 귀향

준기는 마침내 조국땅을 밟았다. 공항 청사 위에는 '평양', 그리고 대형 김일성 주석 초상, 'PYONGYANG'이라는 붉은 글씨가 일렬로 새겨져 있었다. 준기는 만감이 교차했다. 순간 울컥한 감정이 북받쳐 왈칵 눈물이 쏟아지려고 했다. 하지만 준기는 그런 감정을 극도로 자제했다. 준기는 평양국제비행장 청사로 걸어가면서 현실이 아닌 꿈만 같아 계속 언저리를 두리번거리며 크게 호흡을 했다. 준기가 내린 곳은 분명 평양이요, 현실세계였다. 준기에게는 45년 만에 다시 밟아보는 북녘 조국땅이었다. 공항청사에서 입국수속을 마치고 대기실로 나오자 두 사람이 손을 내밀며 활짝 웃고 있었다.

"김준기 선생 내외분이십네까?"

"네. 그렇습네다."

"해외동포원호위원회 리동구입네다."

"홍남표입네다."

준기 부부는 그들이 내민 손을 잡았다.

"두 분의 고향방문을 진심으로 환영합네다."

준기 부부는 북한 두 선생에게 깊이 고개 숙여 인사했다. 그들은 볕에 그을린 탓인지 얼굴도 까맣고 손도 까칠했다. 준기는 어머니나 동생들이 공항에 마중 나오지 않았을까 하여 계속 언저리를 두리번거렸다. 하지만 준기의 가족은 보이지 않았다. 부풀었던 고무풍선이 펑 터진 기분이었다. 하지만 준기는 혀를 깨었다. 45년 만의 고향방문, 부모 상봉이 그렇게 쉽게 이루어지겠는가. 그래도 자기는 선택받은 사람이다. 고향방문을 먼저 한 윤성오 목사가 미국에서 출국하기 전에 충고한 말이 새삼 떠올랐다.

"그 사람들이 하자는 대로 느긋하게 기다리시라요."

윤성오 목사는 준기 부부에게 북한에서 지켜야 할 언행에 대해 자세하게 얘기해줬다. 그는 북한에 도착 후, 불만사항이 생겨도 일단 그쪽 스케줄에 따르면서 조용히, 그리고 천천히 자기 의사를 말하라고 주의를 단단히 주었다. 그 말은 준기에게 금과옥조였다. 만일 윤 목사에게 그 말을 듣지 않았더라면 공항청사에서 준기는 불만을 터뜨렸을 것이다. 그랬더라면 자칫 평양까지 와서 가족상봉 일을 그르칠지도 몰랐다. 준기는 윤 목사가 들려준 말을 마음속으로 되새기며 북한 안내원의 처분만 기다렸다. 45년 만에 고향을 찾아오건만 어쨌든 현실적으로 준기 부부는 그들에게 손님이었다. 손님은 주인의 말에 따라야 하고, 로마에 가면 로마법을 따라야 실리를 얻는 처세일 것이다. 준기는 그 말을 곱씹으며 공항청사를 빠져나갔다.

공항청사 바깥은 더운 열기와 함께 가까운 숲속의 매미가 준기 부부의 고향방문을 환영하는 듯, 요란하게 울부짖었다. 북한 두 선생은 리동구가 해외동포위원회 선임이고, 홍남표는 그 차석인 모양이었다. 홍 선생이 준기 부부의 가방을 뺏어 승용차 짐칸에 싣고는 핸들을 잡았다. 평양국제비행장에서 평양 시내로 가는 길은 한산했다. 달리는 승용차 차창밖에는 준기가 어린 시절 눈에 익었던 붉은 흙, 소나무, 아카시아, 옥수수, 잔디. 오솔길, 콩밭, 벼가 익어가는 논들이 보였다. 승용차가 교통신호로 잠시 섰을 때는 어디선가 매미소리도 들렸다. 그리고 큰길 옆에는 자전거를 타고 가거나 보도에는 걸어가는 평양시민들도 띄엄띄엄 보였다.

준기는 갓길에서 자전거 앞 짐칸에다 아이를 태우고 지나가는 이를 바라보면서 어린 시절 아버지를 추억했다. 준기 아버지는 자주 자기를 그렇게 태워주곤 했다. 곧 학교 건물이 보였고, 그리고 산등성이 시골집 굴뚝에서는 밥을 짓는지 연기가 모락모락 피어올랐다. 준기는 소학교, 중학교 다닐 때 두어 차례 평양을 다녀간 적이 있었고, 인민군 입대 후 전선으로 가는 길에도 평양을 지나간 적이 있었다. 그때의 평양과는 전혀 딴 모습이었다. 지난날 평양의 수많던 기와집은 한 채도 보이지 않았다.

"펭양(평양)의 그 숱한 기와집들은 어드러케 된 겁네까?"

"조국해방전쟁 때 미제 쌕쌕이들이 평양을 아주 불바다로 만들었디요. 기때 모조리 불타버렛습네다. 위대한 우리 수령님과 장군님께서는 잿더미가 된 평양직할시를 오늘날 이처럼 다시 건설한 겁네다."

승용차 앞자리에 앉은 리 선생은 준기가 묻지도 않은 말까지 마치 기다린 듯 따발총처럼 들려주었다. 이윽고 준기 부부를 태운 승용차가 평양 시내 중심가로 접어들자 아파트와 같은 우람한 건물은 보였지만 역시 거리는 한산했다. 곧 텔레비전에서 이따금 보았던 개선문, 천리마동상, 만수대의 사당 등이 눈에 띄었다. 도로 옆 우람한 건물에는 '김일성 원수님 고맙습니다' '영광스러운 조선로동당 만세!' 등의 플래카드가 펼쳐 있었다. 승용차가 평양 시내를 가로지른 뒤 북한 선생이 안내한 곳은 창광거리에 있는 고려호텔이었다.

"대외연락부 부위원장께서 두 분 숙소를 특벨히 이곳으로 정해주셨습네다."

"감사합네다. 부위원장께 감사하다는 말씀 꼭 전해주시라요."

리 선생은 호텔 수속(체크인)을 도와준 뒤 열쇠를 건네주며 말했다.

"긴 려행으로 피로하실 텐데 저녁밥 시간까지는 푹 쉬시라요."

홍 선생은 객실까지 짐을 날라주었다. 준기 부부가 묵을 객실은 고려호텔 20층으로 평양시가지가 한눈에 내려다보였다. 평양은 사회주의 국가 수도답게 철저한 도시계획 아래 건설된 도시로, 건물 사이에는 드문드문 녹지도 있었지만 서구의 도시와 같은 현란함이나 다양성은 부족해보였다. 북녘 선생들은 저녁 6시에 오겠다고 약속한 뒤 떠났다.

그들이 떠나자 준기는 잔뜩 쌓였던 긴장이 풀렸다. 순희도 안도의 긴 숨을 쉬었다. 준기 부부는 객실에 짐을 푼 뒤 땀으로 끈적끈적한 몸을 씻고 간

편한 옷으로 갈아입었다. 6시 정각 초인종이 울렸다. 북녘 두 선생이었다. 준기 부부는 그 시간에 맞춰 이미 나들이옷으로 갈아입고 대기하고 있었다. 객실 문을 열자 두 선생이 활짝 웃으며 들어왔다.

"이제 조국의 품으로 돌아오셨는데 조금도 긴장티 마시라요."

"알갓습네다."

준기는 대답은 하였지만 '긴장티 마시라'는 그 말에도 긴장이 됐다. 저녁은 두 선생의 안내로 고려호텔 구내식당에서 먹었다. 저녁 밥상에는 여러 가지 음료와 술이 놓여 있었다. 평양소주, 백두산들쭉술, 룡성맥주, 탄산수, 흰 포도주 등이었다. 밥상 위의 차림표를 보니 오리향구이, 낙지깨장무침, 청포랭채, 숭어단즙튀기, 고기다짐구이 … 등 열 가지가 넘었다. 준기 부부는 그 요리들을 하나하나 맛보면서 수첩에 메모를 했다.

"뭘 그렇게 적으시오?"

"우리가 미국에서 밥장사를 합네다. 기래서 조국에서 많이 배워가려고 해요."

"기렇다믄 많이 배워가시라요."

밥상의 술병이 비워질수록 네 사람의 대화가 차츰 부드러워져갔다. 술은 동서고금을 막론하고 서먹한 관계를 이어주는 촉매제였다.

"다시 한 번 두 분의 조국방문을 진심으로 환영합네다."

몇 차례 건배가 오갔다.

평양 도착 이튿날이었다. 여독과 시차로 많이 피곤할 줄 알았으나 그래도 긴장한 탓인지 일찍 잠에서 깼다. 의외로 몸은 가뿐했다. 오랜 소망이 이루어졌다는 기쁨과 휴전선 너머 조국을 찾았다는 긴장감 등이 어우러진 때문일 것이다. 순희는 준기보다 먼저 일어나 거울 앞에서 화장을 하고 있었다. 준기도 세면을 한 뒤 부부는 아침 산책을 겸하여 평양 거리 구경을 하려고 호텔을 빠져나오자 호텔 문을 지키는 복무(종업)원이 멀리 가지 못하게 제지했다. 호텔 어귀에서 잠깐 거리 풍경을 살펴보았다.

이른 아침이라 대부분 학교로 가는 학생이거나 출근하는 직장인들이었다. 남녀 학생들은 목에 스카프를 둘렀다. 한 젊은 여성이 어린이를 데리고 호텔 앞을 지나갔다. 준기는 그 여성에게 접근하여 물었다.

"지금 어디 가십네까?"

"탁아소에 아이를 맡기레(맡기려) 갑네다."

"무슨 일을 하십네까?"

"창광 옷 공장에서 일합네다."

준기 부부는 그들 모자와 헤어진 뒤 마침 아침 식사시간이라 호텔 2층 구내식당으로 갔다. 아침밥은 자유식으로 쌀밥 외에 녹두죽, 팥죽, 흰죽이 있었다. 반찬은 주로 나물들로 고사리, 도라지, 콩나물 따위에다 남새말이 지짐, 낙지튀기, 닭고기 튀김도 있었다. 준기는 녹두죽을, 순희는 팥죽을 공기에 담고 큰 쟁반에 반찬들을 빠짐없이 조금씩 담아와 하나하나 천천히 그 맛을 보았다. 순희는 남새말이 지짐을 들고서 감격하듯 말했다.

"반찬 이름도 예쁘고 맛도 아주 깔끔하고 상큼해요."

순희는 반찬을 하나하나 입에 넣을 때마다 그 맛에 감탄했다. 준기는 그 반찬들을 모두 카메라에 담았다.

"이번 평양 여비는 매끼 음식 맛보는 것으로 뽑을 것 같아요."

"기러게 말이야요. 멫(몇) 가지 반찬은 만드는 법을 아주 배워가서 우리 농문옥 일품요리 반찬으로 씁세다."

그들이 구내식당에서 일하는 복무원들에게 반찬 조리법을 물어 배우고 있는데 북녘 두 선생이 왔다.

"안녕히 주무셨습네까?"

"네, 선생들두 잘 주무셋는디요."

"기럼요. 조금 전 방으루 전화했더니 받지 않아 복무원에게 물어 요기루 왔습네다."

"바깥에 잠깐 산책 나왔다가…. 식당으루 바로 왔습네다."

"앞으루 가급적 자유행동은 삼가시라요."

"네, 알갓습네다."

준기는 그 순간 뜨끔했다. 서로 다른 체제에 길들여진 이질감을 다시 느꼈다. 준기는 군말을 하지 않고 꾹 참았다. 만일 서울이나 서방세계라면 준기 부부의 고향방문을 요란하게 보도하며 법석을 떨었을 것이다. 하지만 북한 사회에서 이 정도로는 뉴스거리가 되지 않는 듯했다. 북녘 두 선생도 거기서 함께 아침밥을 들었다.

준기 부부는 4박5일 고향방문 일정으로 북한에 입국했지만, 세부 일정은 모른 채 왔다. 그들 부부는 첫날 공항에서 북의 가족들을 으레 만날 줄 알았고, 떠날 때까지도 가족들과 줄곧 함께 지내는 줄로 알았다. 하지만 북녘에서는 그들 부부도 다른 고향방문단의 한 일원처럼 이미 북한 당국이 정해놓은 통상의 일정에 따랐다. 그 방문일정 가운데 준기 부부에게는 특별히 하룻밤 가족상봉이 허용됨을 도착 이튿날 아침에야 북쪽 선생을 통해 비로소 알았다.

"오늘 두 분은 저희 안내로 평양을 둘러보신 뒤 내일 묘향산으로 갑네다. 거기 향산호텔에 선생 가족이 기다리구 있을 겁네다."

리 선생이 말했다.

"아, 기래요. 고맙습네다."

준기는 그 말에 고개를 숙이며 깍듯이 대답했다. 평양까지 와서 잠시라도 빨리 어머니가 보고싶었다. 하지만 아이들처럼 칭얼대며 보챌 수도 없는 일이었다. 그동안 40년을 넘게 기다렸는데 하루를 더 기다리지 못하랴.

"교통편은 무엇입네까?"

"자동차로 갑네다."

"네? 내레 열차를 타고 가는 줄 알았습네다."

준기가 아쉬운 듯 말했다. 준기는 고향 구장역에서 열차를 타고 평양으로 다녔던 만포선의 추억이 머릿속에 아련했다. 이번 고향방문에도 만포선 그 열차를 타고 가면서 지난날 추억에 대한 회포를 풀 줄 알았다.

"렬차를 타고 평양서 묘향산까지 가려믄 하루 종일 걸립네다. 기래 선생의 편의를 위해 자동차로 가는 겁네다. 자동차루 고속도로를 타믄 두 시간 남딧하믄 닿습네다."

"아, 그렇습네까? 내레 열차를 타고 싶었는데."

준기의 말에 리 선생이 대꾸했다.

"우리 조선 속담에 이런 말이 있디요. '첫술에 배부르랴' 다음에 오실 때는 립국 전에 미리 렬차로 간다고 신청하시라요."

"아니, 오히려 잘됐습니다. 새로 닦은 고속도로를 달려보는 것도 또 다른 고향방문의 추억거리를 만드는 일이지요. 시간도 절약하고요."

순희는 리 선생의 말에 얼른 자기가 나서 대답한 뒤 준기의 허벅지를 꼬집었다. 그만 잠자코 그들의 스케줄에 따르자는, 더 이상 군말하지 말라는 경고의 신호였다. 곧 준기는 입을 닫았다. 준기 부부가 평양에서 하룻밤 지내면서 느낀 점은 북녘 사회는 개인의 사생활은 사회 전체문제에 파묻혀 있다는 것을 알았다. 그래서 북녘에서는 조국을 방문하는 해외동포들에게 그들 사회와 체제의 우월성을 보여주는 데 중점을 두고 미리 선별한 극히 일부 사람에게만 가족면회를 허용하는 듯했다. 이로 미루어볼 때 김준기 부부의 고향방문은 매우 이례적인 특별대우였다.

그날 일정은 매우 팍팍했다. 준기 부부가 탄 승용차가 평양시가지를 지나자 밖은 온통 버드나무로 덮였다. 예로부터 평양을 '류경(柳京)'이라 하였다고 할 만큼 평양은 가는 곳마다 버드나무가 우거졌다. 대동강 강가에도 온통 버드나무 가지가 휘휘 늘어져 있었다. 그 버드나무 가지 사이로 대동강은 겨레의 아픔을 아는지 모르는지 그저 아무런 말없이 천천히 흐르고 있었다.

그날 오전은 만경대 고향집과 평양산원을 둘러보았고, 오후에는 개선문과 평양지하철, 그리고 만경대학생소년궁전을 살펴보았다. 특히 학생소년궁전에서 어린 소녀들이 무용을 연습하는 모습은 마치 나비들이 춤을 추는 양 마냥 깜찍하고 귀여웠다. 하기는 세계 어느 나라 어린이치고 다 예쁘고 사랑스럽지 않으랴. 그들이 공연 마지막 곡으로 부른 '우리의 소원' 노래는 준기 부부의 심장을 찌르는 듯했다. 그 순간 준기 부부도 자리에 일어나 목청껏 따라불렀다. 북녘이 한껏 자랑하는 평양산원에서 본 산모의 핏기 없는 얼굴은 두고두고 준기 부부의 마음을 아프게 했다.

평양 도착 사흘째, 마침내 준기 부부는 가족을 만나는 날이었다. 그날 아침도 두 선생이 고려호텔로 왔다. 준기 부부와 그들은 함께 아침밥을 먹은 뒤 서둘러 오전 8시 30분 승용차로 고려호텔을 출발했다. 잠깐 새 승용차는 평양시가지를 벗어나 평양~묘향산 간 고속도로로 접어들었다. 고속도로에는 오가는 차들이 드문드문 지나갔다. 준기는 비로소 눈에 익은 조국의 산하가 펼쳐졌다. 고속도로 옆 넓은 들에는 벼이삭이 한창 패고, 옥수수도 한창 여물고 있었다.

준기가 차창 밖 벼가 자라는 논두렁을 바라보자 거기에는 콩 포기가 다닥다닥 심겨 있었다. 어린 시절에 본 벼논 그대로였다. 동구 어귀에는 하늘 높이 수양버드나무가 치솟았고 그 언저리에는 고추밭이 있었다. 머리에 흰 수건을 쓴 아낙네가 밭고랑에서 붉은 고추를 따다가 도로에 지나가는 차를 향해 손을 흔들었다. 동구 밖 느티나무 아래에는 누런 황소가 되새김질을 하며 꼬리로 파리를 쫓았다. 평양 묘향산 간 고속도로 언저리 산과 강, 그리고 들판과 마을을 보니 준기는 45년의 지난 세월이 그대로 정지한 듯 눈에 선했다. 그런데 도로 옆 산은 나무가 거의 없는 벌거숭이였다. 준기는 무심코 뱉았다.

"산에 나무가 없습니다."

"조국해방전쟁 때 미제 쌕쌕이들이 폭탄을 마구 쏟아서 이러케 발가숭이가 된 거야요. 한 번 황무지가 되니까 여간해서 숲이 우거디디 않는구만요."

앞자리 리 선생이 잽싸게 대답했다.

"아, 기렇습네까? 내레 얘기 듣기로는 조국해방전쟁 때 북조선에는 남아 있는 게 아무것두 없었다 하더만요."

"기럼요, 미제 쌕쌕이 폭격, 말도 마시라요. 미제놈들이 정전회담이 지들 마음대로 되지 않자 북조선의 온 도시나 공장마다 폭탄을 마구 뿌렛디요.

게다가 매가두(맥아더)란 놈이 원자탄을 터트린다는 말에 우리 북조선 인민들은 날마다 공포 속에서 살아시오."

리 선생이 그때를 회상하며 목청에 핏대를 세웠다.

"아, 네에."

준기는 얼른 대꾸를 한 뒤 다시 차창 밖으로 시선을 돌렸다. 고속도로 이정표에 나타나는 평원, 숙천, 안주, 박천, 개천, 영변 … 이어지는 지명들이 모두가 귀에 익었고, 또한 정겨웠다. 마침내 청천강에 이르렀다. 어린 시절 여름날이면 아무 때나 달려와 벌거벗은 채 멱을 감고, 고기잡이를 하며 놀았던 강이 아닌가. 청천강 옛 이름이 '살수'다. 이 살수는 고구려 영양왕 때 을지문덕 장군이 신묘한 계책으로 수나라 백만 대군을 강물에 수장시킨 곳이었다.

청천강은 예나 다름없이 흘렀다. 강둑 언저리에는 온통 옥수수와 풀이 우거졌는데 소와 염소들이 평화롭게 풀을 뜯고 있었다. 청천강 금성다리 아래로 두 소년이 꼴망태에 풀을 한 짐 잔뜩 지고서 집으로 돌아가고 있었다. 준기는 그 소년들의 뒷모습에서 50년 전의 자신을 본 듯 눈물어린 눈으로 바라보았다. 거기서 조금 더 달리자 도로표지판에 '구장'이 나왔다. 바로 준기의 고향마을이다. 청천강에는 네댓 명의 아이들이 멱을 감다가 승용차를 향해 손을 흔들었다.

강 건너 미루나무가 우뚝 선 마을이 청천강 나루터였던 수구동이었다. 동네 어귀에는 한 농사꾼이 소를 몰고 갔고, 밭에서는 두 아낙네가 머리에 수건을 쓴 채 김을 매고 있었다. 고향마을 일대가 45년 전 모습 그대로였다. 시계바늘이 정지된 고향산천이었다. 준기는 그 산천을 바라보며 마음속으로 울고 있었다.

그날 오전 11시가 조금 넘을 무렵, 승용차는 묘향산 들머리에 닿았다. 리 선생은 곧장 향산호텔로 들지 않고 묘향산 어귀에 있는 국제친선전람관으로 안내했다. 그곳은 김일성 주석과 김정일 국방위원장이 세계 각국 지도자와 유명인사에게 받은 선물을 전시한 곳이라고 일렀다. 준기 부부가 승용차에서 내리자 전속 여성 안내원이 김준기 부부를 맡았다. 안내원은 김일성대학 역사학부 출신의 오영미라고 소개했다. 그는 빼어난 미인으로 언행이 매우 곰살갑고 해설이 유창했다. 국제친선전람관 정문 앞에는 군인들이 착검한 채 경비를 서고 있었다. 안내원이 열어준 육중한 문을 들어서자 내부는 온통 고급대리석에 샹들리에로 장식된 전람관이었다. 그곳에는 20만여 점의 선물이 전시돼 있다고 한다. 안내원은 준기 부부의 눈길이 머무는 곳을 정확히 집어내고는 그것을 보내준 인사들의 이름과 선물 내용을 유창하게 설명한 뒤 마지막으로 한껏 힘주어 말했다.

"우리 공화국 김일성 수령님과 김정일 장군님께서는 이 모든 걸 기꺼이 인민에게 바치시었습네다. 그리구 인민들은 수령님과 장군님께 모든 충성을 바칩네다."

한 시간 가량 국제친선전람관 관람을 마쳤다. 준기 부부는 오 안내원에게 감사의 인사를 한 뒤 약간의 돈을 팁으로 건넸다. 하지만 그는 한사코 거절했다.

"오루바니(오라버니), 조국통일이 된 다음에 주시라요."

오 안내원과 작별인사를 나누고 주차장으로 나오자 북녘 두 선생이 대기하고 있었다.

"갑세다. 이제쯤이면 향산호텔에서 김 선생 오마니가 기다리고 있을 겁네다."

리 선생은 싱긋 웃었다. 그 웃음 속에는 빨리 상봉시켜 드리지 못해 미안하다는 뜻이 담겨 있는 듯했다. 준기 부부는 그때까지도 마치 어려운 시험을 치르는 수험생마냥 무척 긴장하고 있었다. 하지만 줄곧 평정심을 잃지 않으려고 준기는 때때로 마음을 추스르며 이를 악물곤 했다. 국제친선전람관에서 향산호텔까지는 엎어지면 무릎이 닿을 거리인데도 먼 길로 느껴졌다. 향산호텔이 나타나자 준기는 갑자기 감정이 북받쳤다.

'오마니를 어떻게 대할까?'

준기는 평상심을 잃지 않으려고 마음속으로 다짐했다. 그러면서 자연스럽게 어머니를 맞아야겠다고 마음먹었다. 모자간 만남에 무슨 격식이 필요하겠는가. 그새 승용차는 향산호텔 주차장에 들어섰다. 향산호텔 겉모양은 산모양의 세모꼴로 산뜻하고 날렵한 현대식 건물이었다. 리 선생이 앞장서고 홍 선생이 트렁크에서 가방을 꺼내 끌며 따랐다. 리 선생이 향산호텔 2층 소연회장으로 안내했다. 거기에는 머리가 하얗게 센 할머니와 장년의 부부가 출입구를 향해 서서 준기 부부를 기다리고 있었다. 준기는 금세 어머니를 알아보았다. 그 순간 준기는 잽싸게 어머니에게 달려가 껴안았다.

"오마니!"

"준기냐?"

순간 준기 어머니도 아들을 껴안았다.

"네, 오마니! 오마니 아들 준기야요."

"먼 길 오느라구 애썼다. 우리가 이렇게 만나는 건 오로디 어버이 수령님과 장군님 덕분이시다."

그 극적인 순간에도 준기 어머니는 수령님과 장군님에 대한 감사의 인사를 잊지 않았다. 준기 어머니 강말순은 의외로 담담히 아들을 맞았다. 하지만 곧 그동안 꽉 막혔던 모자의 눈물샘이 뻥 터졌다.

"진짜로 내 아들 준기 맞니?"

"네, 오마니! 오마니 아들 준기야요."

준기는 어머니와 작별한 지 꼭 45년 만에 품에 안겼다. 어머니 품은 옛날 그대로였다. 준기 모자 눈에서는 뜨거운 눈물이 샘물처럼 솟아올랐다. 그 순간 준기는 45년간 목구멍에 걸린 가시가 한순간에 쑥 내려가는 듯했다. 준기 어머니 강말순은 아들을 안고 오른손으로는 어깨를 도닥거렸다. 이 광경을 지켜보는 가족들도 모두 눈시울을 적셨다.

"내 아들 당(장)하다. 당해. 그리구 이 늙은 오마니를 찾아줘서 고맙고 고맙다."

준기가 손수건으로 눈물을 훔치며 어머니 품에서 벗어나자 곧장 순희가 어머니 품에 안겼다. 준기가 말했다.

“오마니 메누리(며느리)야요.”

“기래? 메누리라구. 내레 이제까지 산 보람이 있구만.”

“어머니 며느리 최순희예요.”

“서울 메누리군.”

준기 어머니는 순희의 첫 마디에 서울 말씨를 알아듣고는 처음 보는 며느리를 다시 보듬어 안았다.

“어머니 절 받으세요.”

준기 부부는 그 자리에서 큰절을 드렸다.

“형님! 철기입네다. 기러구 내레 안해(아내)이구요.”

“아주바님 내외분, 먼 길 오시느라 고생하셨습네다.”

동생 철기 내외가 큰절을 했다. 준기 부부도 맞절로 답례했다.

“너들(너희들)한테 볼 낯이 없다야. 큰아들인 내레 오마니를 모시지 못하구.”

“기런 말씀 마시라요. 기게 어디 형님 탓인가요. 이러케 먼 길을 찾아오신 것만도 고맙습네다.”

“아무튼 그동안 애썼다.”

“아바지가 살아계셋으믄(살아계셨으면) 더욱 도왓(좋았)을 텐데….”

철기가 말했다.

“기래, 아바지는 어디에 모셋디(모셨지)?”

“동네 뒷산에요.”

“아주바님과 형님, 요기까지 오시느라 고생 많았디요?”

처음 보는 제수씨가 훌쩍이며 고개를 숙였다.

“제수씨가 아바지 오마니 모시느라 수고 많이 하셋구만요.”

“아니야요. 아주바님 내외분이 객디에서 더 고생 하셋디요(하셨지요).”

어머니가 준기 부부를 사랑스럽게 지켜보며 말했다.

“여기 식구들은 수령님과 장군님 덕분에 이밥에 고깃국 먹고 잘살앗디.”

“그러믄요. 오늘 점심은 눈물이 반찬이겠수다. 자, 이데(이제) 더기(저기)로 갑세다."

리 선생이 향산호텔 구내식당으로 안내했다. 식당에는 준기 가족을 위한 점심상이 이미 차려져 있었다. 조촐한 음식들이 깨끔하게 밥상 위에 놓였다. 평양에서도 그랬지만 북한 음식은 맛이 담백하고 산뜻하며 뒤 입맛이 향기롭고 개운했다.

이날 점심 주 메뉴는 산나물이었다. 그런데 나물국 맛이 어찌나 좋은지 준기 부부는 그 열띤 분위기에서도 또 여성복무원에게 그 조리법을 꼼꼼하게 물었다. 복무원은 산나물국 원재료는 고비, 고사리, 곰취, 두릅, 버섯 등 다섯 가지로 그 나물들을 살짝 볶은 다음에 쌀뜨물을 넣어 끓였다고 그 조리법을 친절하게 가르쳐주었다. 산나물국은 약간 씁쓸한 데도 깊은 맛이 있었다. 준기는 밥상에 있는 묘향산 특산물이라는 향어튀김도 맛보면서 밥그릇을 다 비웠다. 순희는 고기반찬을 찢어 시어머니 밥 위에 연신 놓아드리면서 자기 밥그릇도 비웠다.

준기 가족은 점심밥을 먹은 뒤 다시 소회의실에서 두 선생과 다음 일정을 조정했다. 애초에 북녘 해외동포원호위원회가 마련한 세부 일정은 준기 부부가 어머니를 모시고 향산호텔에서 하룻밤을 잔 뒤 다음날 아침 곧장 평양으로 돌아가게 되어 있었다.

"선상님, 우리 아들 메누리 고향집에서 밥 한 끼 해 멕이고 싶소."

준기 어머니는 두 선생에게 부탁했다. 리 선생은 다소 난처해하더니 홍 선생과 귀엣말을 나눈 뒤 말했다.

"좋습네다. 하지만 늦어도 내일 다섯 시까지는 평양에 꼭 도착해야 합네다."

"고맙습네다."

준기 어머니가 벌떡 일어나 두 선생에게 고개 숙여 인사했다. 준기와 철기 부부도, 자리에서 일어나 고맙다고 거듭 고개 숙여 인사했다. 그날 오후 일정은 보현사 관람과 묘향산 산행이었다. 묘향산은 준기가 용문중학교 다닐 때 봄가을로 자주 원족을 다녔던 곳이었다. 산행에 어머니도 따라나섰다. 어머니는 당신 평생소원이 이루어진 탓인지 원기가 되살아난 듯 북녘 두 선생을 놀라게 했다. 리 선생이 덕담을 했다.

"심청던에 아바지 심학규는 왕비가 된 딸을 만난 뒤 눈을 번쩍 떴다는 게 꾸민 이야기만이 아닌 모양입네다."

"기런가 봅네다."

준기 어머니가 활짝 웃으며 대꾸했다.

묘향산은 행정구역상 평안남도와 평안북도, 그리고 북에서 새로 만든 자강도의 접점에 있었다. 보현사에 이르자 그곳에서 대기하고 있던 여성안내원이 준기 가족을 반갑게 맞았다. 그는 매우 친절하고도 곱살 맞게 사찰에 대해 설명했다.

"보현사는 우리나라 건축물을 대표하는 문화재의 하나로, 대웅전을 비롯하여 24채의 웅장한 건물로 가득 차 있었습네다. 하디만 조국해방전쟁 때 미제들의 야수적인 폭격으로 대부분 불타버린 것을 위대하신 장군님 교시로 현재 복원 중입네다."

준기 어머니와 준기는 대웅전에 들어가 부처님께 엎드려 삼배를 올렸다. 아마도 45년 만의 모자 상봉에 대해 부처님께 드리는 감사의 불공이었다. 보현사 경내 수충사에는 임진왜란 때 의병을 일으킨 서산대사와 사명대사의 영정과 유물이 남아 있었다.

준기는 보현사를 벗어나 묘향산 만폭동 어귀 개울물에 손을 담갔다. 개울물이 부드럽기 그지없었다. 두 손으로 움켜 개울물을 그대로 마셨다. 간장까지 시원했다. 안내원이 산길에서 풀을 뜯어 준기 부부 코에 닿게 했다. 풀의 향기가 몹시 강했다. 안내원은 '묘향산(妙香山)'은 산세가 기묘하고 초목의 향기가 좋아 묘향산이 됐다고 산 이름을 풀이했다.

준기는 어머니가 더 이상 산행을 한다는 것이 무리일 것 같아 상원동 등산로 들머리에서 멈췄다. 그러자 가족들도 거기서 산행을 중단한 뒤 돌로 만든 의자에 앉았다. 준기가 말했다.

"우리는 요기서 선생의 해설 듣는 것으로 산행을 마팁시다."

"그게 좋겠네요."

순희도 그렇게 하자고 호응했다. 그러자 안내원은 산행을 멈추고 준기 가족 앞에 서서 손으로 묘향산의 여러 산봉우리와 계곡을 가리키며 거기에 얽힌 유래와 전설들을 하나하나 이야기했다. 이야기도 들어주는 사람이 열중할 때 더욱 신이 나는 법이다. 준기 가족이 모두 귀를 기울이자 안내원은 신명나게 서산대사, 사명대사, 단군굴 이야기를 구수하게 들려줬다. 젊은 여성안내원이 어찌나 유식하고 말도 구성지게 잘하는지, 준기가 어디서 배웠느냐고 물었더니 그는 평양사범대학 사적과를 졸업한 주인혜라고 자기를 소개했다.

"묘향산은 내레 농문둥학교 때 원족을 다닌 산이디요."

"기럼, 내레 공자 앞에 문자를 썼구만요."

주 안내원의 볼이 발그레해졌다.

"아닙네다. 내레 주 선생만큼 전설도, 유래담도, 모르디요. 내레 기낭(그냥) 발길만 익을 뿐이디요."

준기는 주 안내원의 체면을 살려주었다. 그러자 주 안내원은 더욱 신이 나서 만폭동, 비로봉 등의 이런저런 전설과 유래담을 청산유수처럼 해설했다. 준기 가족들은 그 이야기를 다 들은 뒤 향산호텔로 돌아왔다. 하지만 철기 내외는 향산호텔에서 잠시 쉰 뒤 곧장 고향집으로 돌아갔다. 준기 어머니는 집으로 돌아가는 철기 내외에게 뭐라고 일렀다. 아마도 다음날 점심 준비 때문인 것 같았다. 준기는 리 선생에게 침대 방 대신 큰 온돌방으로 바꿔달라고 부탁했다. 45년 만에 만난 어머니와 한 온돌방에서 자고 싶었기 때문이었다.

"기거야 어렵디 않아요."

리 선생은 곧 삼층의 한 온돌방으로 잠자리를 옮겨주었다.

"얘, 피곤하디. 한잠 자라야."

어머니는 온돌방 이불장에서 이부자리를 꺼낸 뒤 폈다. 준기는 여장을 풀고 세수를 한 다음 이부자리 위에 누웠다.

"너도 한잠 자라우."

"아니에요. 어머니."

순희와 어머니는 윗목에 마주 앉았다. 난생처음 마주 앉은 고부는 도란도란 얘기를 나누었다.

"기래, 우리 준기를 어데서 만났네?"

"낙동강 전쟁터에서요."

"머이, 전쟁터라구?"

"네, 어머니."

"참 인연 티고는(치고는) 기구하구만. 너들 부부 오래 해로하갓다."

"그래요, 어머니?"

"기럼, 세상만사 공평하디. 어렵게 만난 부부는 오래 해로하기 매런이디(마련이지)."

준기는 긴 호흡을 했다. 이제야 긴장이 풀어진 모양이었다. 준기는 모든 소원이 다 이루어진 양 흘가분했다. 공중에 붕 뜬 기분이었다. 준기는 고부 간의 도란도란 나누는 이야기 소리가 세상에서 가장 아름다운 자장가로 들렸다.

"야, 준기야. 저낙(저녁)밥 먹자구나."

그 말에 준기는 대답을 하며 벌떡 일어났다. 얼마 만에 들어보는 어머니의 그 말인가. 어머니가 곁에서 준기를 흐뭇이 지켜보고 있었다. 그 모든 게 현실이었다. 준기 곁에서 풋잠이 들었던 순희도 얼른 일어났다. 준기 부부는 양쪽에서 어머니의 손을 잡고 아래층 구내식당으로 내려갔다. 저녁 밥상에는 칠색송어튀김, 애기돼지다리찜, 조기구이에 산나물과 버섯 등이 차려져 있었다. 순희는 시어머니 밥숟가락 위에 송어튀김과 애기돼지다리찜, 조기구이를 낱낱이 찢어 놓아드렸다.

"내레 이제는 죽어두 한이 없어야. 너들 보디 못하구 죽을 줄 알았디."

"오마니, 이제 길이 트여시니(트였으니) 자주 올게요."

"너들이 남조선에서 미국으로, 미국에서 머나 먼 중국으로 돌고 돌아 요기까디 찾아오느라구 얼마나 고생이 많구 힘들었갓네. 그만 돼서야. 사람은 욕심이 과하믄 탈 나. 우리 동네에서 자식들이 조국 해방전쟁에 나갔다가 아딕까디두 소식 모르는 집이 수태 많아. 긴데, 준기 네레 어드러케 살아왔네?"

"이게 다 오마니 덕분이야요."

"머이, 내레 무슨 일을 했다구?"

"오마니가 그러셋디오. '준기야, 네레 무사히 돌아올래믄 전쟁터에서는 아무튼 입이 바우터럼 무거워야 돼'라구요. 기래서 내레 오마니 말대루 살았디요."

"그랬니? 내레 모두 니져삐렷는데(잊어버렸는데). 아무튼 내 아들 당(장)하다. 앞으로는 소터럼(소처럼) 살라."

"메라구요? 소터럼 살라구요?"

"기럼. 사람이 소한테 배울 기 많아. 소는 기저 묵묵히 일만하구 죽어서두 어디 한 가지 버릴 게 없디 않니."

"알갓시오, 오마니."

"기래. 참 아이들은 멫 남매를 두었니?"

"딸 아들 둘이야요."

준기가 얼른 대답했다.

"우리 조선 속담에 '말 타믄 종 두구 싶다'더니 내레 이제 갸들이 보구싶구나."

"다음에 올 때는 데리고오갓시오."

"내레 기때까디는 살는지 모르가서."

"오마니, 꼭 오래 사시라요."

"기게 어데 내레 마음대로 되나. 긴데 어드러케 구색을 맞춰 낳았니?"

"삼신할미가 점디(점지)해준 대로 낳았디요."

준기의 대답에 준기 어머니 강말순은 며느리의 손을 잡았다.

"네레 남덩(남정, 남편)이 속을 안 썩이든?"

"아니에요, 어머니. 오히려 제가 서방님 속을 더 많이 썩혔어요."

"네로부터 남덩들은 젊을 때 속을 썩이디 않는 이가 드물디."

"서방님은 그렇지 않았어요. 어머니."

"내레 기분 도으라구(좋으라고) 한 소리디."

"아니에요, 어머니."

준기 부부는 저녁을 끝내고 양쪽에서 어머니의 손을 잡고 호텔 마당으로 나갔다. 밤하늘의 별들이 금세라도 쏟아질 듯 반짝거렸다. 준기는 어린 시절, 이맘때면 여름밤 고향집 마당에 모깃불을 지핀 뒤 멍석을 펴놓고 가족들과 이야기를 나누거나 밤하늘의 별을 헤아렸다. 준기 가족은 호텔 마당 나무 의자에 앉았다. 개구리소리들이 요란히 울렸다. 준기 귀에는 그 소리들이 어린 시절이나 조금도 다름이 없이 들렸다. 지난 45년의 세월이 한바탕 꿈만 같았다. 준기는 어머니를 아내에게 맡긴 채 이런저런 추억에 젖으며 호텔 마당을 한 바퀴 돌았다. 깊은 산이라 밤공기가 금세 싸늘했다.

"여보, 그만 들어갑시다. 어머니는 낮잠도 주무시지 않으셨어요."

순희가 산책하는 준기를 불렀다.

"야, 오늘 하루는 자디 않아두 괜찮아."

"아니에요, 어머니. 오늘은 저희 곁에서 푹 주무세요. 건강히 오래 사셔야 저희들이 또 찾아뵙지요."

세 사람은 방으로 들어왔다. 모두 몸을 씻고는 잠자리를 폈다.

"오마니, 오늘은 가운데 주무세요."

"싫어. 난 메누리한테 미움 받기 싫어야. 가에서 잘래."

"괜찮아요, 어머니."

"싫테두. 넷날에 한 심술궂은 시어미가 아둘 메누리 가운데 누워 잠을 잤는데 메칠 후 기만 입이 삐뚤어졌대."

그 이야기에 세 사람은 한바탕 크게 웃었다.

"아니에요, 어머니. 오늘은 특별한 날이니까 꼭 가운데서 주무세요. 언제 우리가 다시 한 방에서 자 보겠어요."

준기 부부는 어머니를 가운데 모시고 한 손씩 잡았다.

"내레 오늘밤은 조선 천디(천지)에서 가장 행복한 사람이다야."

"어머니, 저도요."

"오마니, 저두요."

준기와 순희가 번갈아 말했다. 그 말에 어머니가 대꾸했다.

"우린 이제 통일이 돼서야."

"기러네요, 오마니."

"기럼. 내레 이젠 죽어두 도와(좋아). 오늘밤 너들 손잡고 아주 눈을 감았으믄 도카서(좋겠어)."

준기 어머니는 아들과 며느리 손을 당신 두 손으로 꽉 잡았다. 상현달이 창 너머로 흐뭇이 방안을 비췄다. 그날 한밤중이었다. 준기는 누군가 손을 잡는 촉감에 잠에서 깼다. 어머니가 자기의 손을 꼭 잡았다. 준기는 일부러 잠을 잔 척했다. 그런데 어머니는 자기 손을 잡은 채 조용히 흐느끼고 있었다. 그제야 준기가 잠에서 깨어난 듯 말했다.

"오마니, 어디 편찮으세요."

"아냐. 내레 그저 도쿠(좋구) 잠이 오디 않아 기래. 네레 내 옆에 누워 있다니 도무디 실감이 나지 않아. 기래 네 손을 잡아본 거디."

"네, 오마니. 나두 오마니 옆에 누워 있다니 정말 실감이 나디 않는구만요."

모자는 서로 마주 보며 두 손을 잡은 채 말없이 흐느꼈다. 옆자리의 순희도 눈을 감고는 혀를 깨문 채 눈물을 주룩주룩 흘렸다. 묘향산의 밤은 그렇게 깊어갔다.

이튿날은 준기가 마침내 고향집으로 가는 날이었다. 세 가족은 향산호텔에서 아침밥을 들었다. 이날 아침 밥상에도 고비나물국에 깨끔한 반찬들이 가득 나왔지만 준기는 그날따라 이상하게도 입맛이 없었다. 아마도 고향집을 찾아가는 설렘 때문인가 보았다. 준기 가족은 아침밥을 먹은 뒤 북쪽 두 선생과 함께 향산호텔을 출발하여 고향집으로 향했다. 준기는 승용차에서 지그시 눈을 감았다.

준기는 1950년 7월 10일, 고향 구장역에서 머리에 붉은 띠를 두르고 입영열차를 탔다. 그날 이후를 정확히 헤아려보니 꼭 45년 한 달 하루 만에 찾아가는 멀고 먼 고향 길이었다. 준기는 부모님을 비롯한 학교 선생님, 동네 사람들의 배웅을 받으며 조선인민군에 입대했던 그날이 바로 어제처럼 떠올랐다.

"어린 시절 원족 가는 기분입네다."

준기가 다소 들뜬 채 앞자리 두 선생에게 말했다.

"감사합네다. 선상님들, 우리 가족이 이렇게 다시 만난 것은 오로디 수령님과 지도자 동지, 그리고 앞에 두 분 선상님 덕분이야요."

옆자리 어머니가 두 선생에게 감사의 인사를 했다.

"오로디 수령님과 지도자 동지 덕분이디요."

리 선생의 대답이었다.

준기는 향산호텔을 출발하자 눈과 귀에 익은 산천과 지명들이 마구 펼쳐졌다. 신흥, 어룡, 구장 … 곧 저 멀리 용문산이 아득히 보이고, 그밖에 크고 작은 고향 산들이 엊그제 본 듯 눈에 익었다. 준기의 고향마을 구장동에서 영변읍으로 가자면 매생이를 타던 나루터에는 그새 고속도로가 뚫리고 큰 다리가 놓여 있었다. 준기는 승용차 차창을 열고 사방을 두리번거렸다. 리 선생이 뒷거울로 흘끗 준기를 보며 물었다.

"고향에 온 소감이 어떠십네까?"

"'산천은 의구하다'는 녯(옛) 말 그대롭네다. 긴데 고향마을 구장동이 구장군이 된 건 대단한 발전이구만요."

"1952년 행정개편 때 우리 수령님 교시로 녕벤군에서 분리 설치되었디요."

"아, 네."

준기는 계속 언저리 산천을 두리번거렸다. 이윽고 고향 '구장'에 이르렀다. 고향마을은 새로 지은 구장군인민위원회 청사 외는 옛날이나 거의 다름이 없었다. 동구 밖 미루나무나 논과 밭, 그리고 들판은 옛 모습 그대로였다. 다만 고향 마을의 집들이 준기가 어렸을 때는 초가지붕이거나 억새지붕이었는데 지금은 대부분 비슷한 모양의 콘크리트나 벽돌로 지어진 문화주택으로 변해 있었다. 준기가 타고 간 승용차가 고향 집에 들어서자 남동생 철기 부부와 박천에 사는 여동생 옥순 부부, 정주의 막내 여동생 옥매 부부, 그리고 낯모르는 조카들이 마당을 가득 채운 채 반겨 맞았다. 준기 부부는 그들과 일일이 인사를 나눈 뒤, 곧장 철기의 안내로 아버지 묘로 갔다. 아버지 묘는 가까운 마을 뒷산 공동묘지에 있었다. 준기 부부는 아버지 무덤 앞에 깊이 고개 숙였다. 문득 아버지의 얼굴이 떠올랐다.

'준기야, 와 이렇게 늦었네?'

'아바지, 남조선에서 미국으로, 중국으로, 돌아오다 보니 이렇게 늦었구만요.'

'그 먼 길을 애써 찾아줘 고맙다야.'

'아바지, 이제야 찾아봬 죄송합네다.'

'기게 어디 네 탓이네. 아무튼 요기까디 오느라고 수고 많아서.'

'아바지, 메누립네다.'

'아무튼 너들 부부 항께(함께) 찾아줘 고맙다야. 부디 해로하라.'

'네, 아바지.'

준기 부부가 동생 집으로 돌아오자 자그마한 잔치가 벌어졌다. 준기 피붙이만 열넷에다 두 선생까지 모두 열여섯, 그리고 이웃사람까지 찾아와 스무 남은 사람들로 벅적거렸다. 어머니와 제수, 그리고 누이는 마당에 임시로 마련한 큰 밥상에 점심상을 차려 놓느라고 바빴다.

"네래 도와(좋아)하는 냉멘를 만들게 햇디."

"잘하셌어요. 오마니. 내레 기게 가장 먹구 싶었디요."

동생 내외는 씨암탉도 잡아 백숙을 만들어 내놓았다. 준기가 냉면을 먹자 옛 맛 그대로였다. 준기 내외는 어머니와 제수한테 냉면을 만드는 법, 특히 담백한 육수 만드는 법을 즉석에서 묻고 일일이 밥상 위의 반찬도 카메라에 담았다.

"오마니, 내레 미국에서 밥장사루 돈을 벌구 이시요."

"잘했다. 몸으로 돈 버는 게 가장 도티(좋지)."

"미국에서 가당(가장) 번화한 뉴욕 맨해튼에서 농문옥이란 밥집을 해요."

"메라구, 농문옥?"

"네, 오마니."

"아주 잘했다. 네래 우리 고향 농문산(용문산)을 아주 빛내주는구나. 너들 정말 장하고 장하다."

준기 내외는 고향집에서 가족과의 만남 시간이 화살처럼 지나갔다. 오후 세 시가 되자 북녘 홍 선생은 그늘에 세워둔 승용차의 시동을 걸었다.

"오마니 이제 갈 시간입네다."

준기는 울먹이며 말했다.

"머이? 발쎄 …. 고향집에 와서 하룻밤 자디두 않구 … 오늘 가디 않으믄 안 되가서?"

"……."

그 순간 준기는 얼른 대답을 하지 못하고 머뭇거렸다. 그러자 준기 어머니가 다가가 아들과 며느리를 한꺼번에 끌어안았다.

"이 오마니를 두고 또 먼 길을 꼭 떠나가야 하네?"

준기 어머니는 이전과는 달리 큰소리로 울부짖었다. 그러자 곁에 있던 준기 가족들도 함께 훌쩍였다.

"와 우린 부모자식 간에 마음대로 만나디두 못하네? 이게 무슨 사람 사는 세상이냐!"

준기 어머니의 악을 쓰는 울부짖음과 대성통곡에 철기 내외가 당황하여 달려들어 떨어뜨려 놓았다. 그러자 이번에는 준기가 어머니 품에 달려들었다. 순희도 함께 시어머니에게 달려들었다.

"울고 싶을 때는 울어야 합네다. 기냥 내버려두시라요."

북쪽 리 선생은 담담히 철기 내외에게 말했다.

"들짐승도, 새들도 기러지 않는데 무슨 사람 사는 세상이 이 모냥이네!"

준기 어머니는 다시 크게 울부짖더니 그 자리에서 그만 까무러쳤다. 그러자 준기 내외가 얼른 어머니를 안고 방안에 데려다 눕혔다. 순희는 여행용 가방에서 비상약으로 가지고 온 약을 시어머니에게 먹이고 가슴을 열어젖힌 뒤 인공호흡을 시켰다. 가족들과 북쪽 두 선생은 초조하게 준기어머니를 지켜보았다.

"병원으로 날래 모십시다."

리 선생이 말했다.

"더위와 갑작스런 충격으로 정신을 잃은 것 같아요. 아마 잠시 후면 깨어나실 거예요."

"어드러케 잘 아시우?"

"우리 집사람은 서울적십자간호학교 출신으로 미국에서 오랫동안 간호사로 지냈디요."

준기가 대신 대답한 뒤 북쪽 선생에게 물었다.

"아무래도 오마니가 깨어난 뒤에 가야겠수다. 오늘 저녁 일정은 뭡네까?"

"알갓습네다. 우리 당 대외연락부 부위원장께서 두 분 선생의 고향방문 환영모임이야요. 내레 지금 이곳 사정을 보고하가시오."

리 선생은 철기 집 안방 전화를 빌려 평양에 연락한 뒤 싱긋 웃으며 말했다.

"오늘 저녁 모임을 취소했수다. 부위원장께서 김 선생 오마니를 극진히 모시라구 말씀하시더만요."

"고맙습네다."

순희는 동서에게 차가운 우물물을 가져오게 한 뒤 시어머니의 이마에 연신 물수건을 갈아댔다. 곧 준기 어머니는 잠이 들었다. 가족들은 그제야 한숨을 돌렸다. 한 시간 뒤쯤 준기 어머니는 거짓말처럼 깨어났다.

"내레 공연히 너들 발걸음만 무겁게 햇디."

"아니에요, 어머니. 곧 깨어나셔서 다행이에요."

"서울 메누리 정성으로 얼른 깨어낫디. 네 손이 약손이다."

준기 어머니는 순희의 손을 잡고 고마워했다.

"오마니, 내레 곧 아이들을 데리구 다시 오갓시오."

"알가서야. 너들, 잘 가라. 아무튼 그 먼 길을 둘러구 둘러 이 늙은 오마니를 찾아줘 정말 고맙다."

준기 어머니는 담담하게 말했다.

"네, 오마니. 부디 오래 사시라요. 기래야 우린 또 만납네다."

"알가서."

"오마니 때문에 한바탕 울고 나니까 아주 속이 시원하네요."

"네로부터 우리 조선 사람은 기래서야. 그동안 쌓였던 한이 눈물과 함께 쑥 내려간 게디. 나두 아주 시원하다."

준기 어머니는 언제 까무러친 듯 밝은 표정으로 말했다.

"어머니, 부디 건강하세요. 또 찾아뵐게요."

순희가 시어머니 손을 잡고 작별 인사를 했다.

"기래 알아서. 너들도 객디에서 부디 건강하라."

"네, 어머니."

북쪽 홍 선생이 그늘에 세워둔 승용차의 시동을 걸었다.

"오라바니 내외분, 안녕히 잘 가시라요."

"옥순이, 옥매 누이, 잘 이시라."

두 누이는 혀를 깨문 채 손을 흔들었다.

"우리 가족은 이제 통일이 되었어야. 기렇디 않네?"

준기의 그 말에 마당을 가득 메운 가족들은 모두 고개를 끄덕였다.

닫는 장

우리의 소원

준기 부부를 태운 승용차는 평양행 고속도로로 접어들었다. 준기는 차창 밖으로 멀어져 가는 고향산천을 눈물어린 눈으로 바라보았다. '평양 45Km'라는 표지판이 지나쳤다. 앞자리 리 선생이 뒤를 힐끔 돌아보며 말했다.

"김 선생, 하나 물어봅세다."

"네, 말씀하시라요."

"우리 당 대외연락부 장남철 부위원장 동무를 어드러케 아시오?"

"예? 장남철 부위원장 동무라구요?"

그 말에 준기도, 순희도 눈이 휘둥그레지면서 화들짝 놀랐다. 그러자 리 선생이 다소 의아스럽게 되물었다.

"와, 기렇게들 놀라시오."

"장 부위원장 동무 왼쪽 귓바퀴에 상처자국이 있지요?"

순희가 되물었다.

"어드러케 기것까지 아시오."

"조국해방전쟁 때 제가 그 귓바퀴를 꿰매드렸지요."

"아, 네. 호상간 인연이 대단히 깊구만요. 장 부위원장 동무가 특별히 김 선생 내외분 고향방문에 성의를 다하라구 말씀하셨디요."

"장 부위원장님께 덕분에 고향방문 잘하구 돌아간다는 감사의 말씀을 꼭 전해주시라요."

준기가 그 말을 마치고 바깥 풍경에 두리번거리는 새 승용차는 평양에 이르렀다. 준기 내외의 4박5일 고향방문이 후딱 지나갔다.

이튿날은 1995년 8월 9일로 준기 내외가 평양공항에서 베이징으로 떠나는 날이었다. 그날 아침도 북쪽 두 선생은 아침 일찍 호텔로 찾아왔다. 네 사람은 고려호텔 구내식당에서 아침밥을 같이 먹은 뒤 준기 내외는 곧장 출국준비를 서둘렀다. 오전 11시 비행기라고 하여 8시 30분 고려호텔을 출발했다. 호텔에서 평양공항까지는 미처 한 시간도 걸리지 않았다. 북쪽 홍 선생은 평양공항에 도착하자 곧장 공항사무실에서 출국 수속을 한 뒤 항공권을 준기에게 건네주었다. 항공권에는 고려항공 '자리표'라는 우리말이 적혀 있었다. 준기 내외는 공항 매점에서 북한산 몇 가지 특산물을 샀다. 들쭉주 두 병과 고사리, 그리고 곰취 등 산나물 말린 것이었다. 준기 내외는 탑승 시간이 조금 남아 공항대기실 찻집에서 북쪽 두 선생과 오랜만에 커피를 마시며 작별인사를 나누는데 갑자기 북쪽 리 선생의 표정이 굳어지며 말했다.

"장남철 부위원장 동무가 요기로 오십네다."

그와 홍 선생은 벌떡 일어나 부동의 자세로 장 부위원장을 맞았다. 장 부위원장은 준기 부부에게 온 얼굴에 웃음을 지으며 다가왔다. 준기 내외도 벌떡 일어나 깊이 고개를 숙이며 인사를 드렸다.

"이거 얼마 만이야요? 김준기 선생, 반갑수다."

장 부위원장은 준기를 포옹하면서 말했다.

"거제도포로수용소에서 만난 이후 처음이니 발쎄 40년이 넘었구만요."

"김 선생이 우리 공훈배우들에게 베푼 동포애와 문명철 중좌 따님이 책임자로 있는 병원에 보낸 의약품과 의료기구 후원도 잘 보고 받았디요."

장 부위원장은 너털웃음을 지었다.

"벨것 아닙네다."

"아무튼 고맙수다. 기런 후원은 아무나 할 수 있는 일은 아니디요."

장남철은 준기와 포옹을 푼 뒤 옆에 있는 최순희의 손을 잡고 흔들었다.

"반갑습네다. 최순희 선생!"

"저도요. 장 부위원장님!"

"늦었디만 두 분 결혼 축하합네다."

"감사합니다."

장남철은 다시 너털웃음을 지었다. 그리고 그는 고개를 돌렸다.

"내 귀를 보라요. 내레 이 귀를 볼 때마다 늘 최순희 동무를 고맙게 생각하디요."

"면목 없습니다."

최순희가 고개 숙이며 말했다.

"일없습네다. 이미 다 디나간 일이디요. 내레 기때 과수원에서 총 쏘는 솜씨가 서툴러서…."

그 말에 준기가 말했다.

"우리 내외는 기때 일을 늘 고맙게 생각하고 있습네다."

장 부위원장은 시익 웃고는 화제를 돌렸다.

"고향방문은 잘하고 가십네까?"

"네. 부위원장님 배려 덕분에 잘하구 갑네다."

준기가 대답했다.

"이제 길이 트여시니 자주 고향 방문하시라요."

"기러겠습네다."

그때 공항 안내방송은 비행기 탑승시간이라고 알렸다.

"기럼, 잘들 가시라요."

"안녕히 계시라요, 부위원장님! 두 분 선생님 고맙습네다."

"잘들 가시라요."

준기 내외는 북한 측 인사의 환송 인사를 받으며 공항 활주로로 나가 평양발 베이징행 고려항공기에 올랐다.

나는 워싱턴 D. C. 덜레스공항발 인천행 여객기에서 기내 창으로 바깥을 내다보며 지난 일들을 되새겼다. 그런 새 밤하늘의 초롱초롱했던 별들도 스멀스멀 사라지는 새벽녘으로 여객기는 어느덧 강원도 강릉 상공을 날고 있었다. 나는 그제야 창 덮개를 올린 뒤 지그시 눈을 감았다. 그때 어디선가 환청으로 어린이 합창이 들려왔다. 평양 만경대학생소년궁전에서 북녘 어린이들이 부른 노래였다. 좀 더 귀를 기울이자 나의 초등학교 시절 학예회 때 동무들과 합창했던 귀에 익은 그 노래이기도 했다.

우리의 소원은 통일
꿈에도 소원은 통일
이 정성 다해서 통일
통일을 이루자
………

□ 해설

한국전쟁을 창조적으로 넘는 문학적 상상력의 힘

고 명 철

> 한국전쟁은 결과적으로 남과 북의 힘 없는 백성들만 소련제, 미국제 무기를 들고 한 핏줄, 내 형제들을 한 하늘 아래 살 수 없는 원수처럼 서로 무참히 죽이는 강대국의 노름에 놀아난 가엾고도 불쌍한 어릿광대 꼴이 됐다. 하지만 한국전쟁은 완전히 끝난 게 아니라 잠시 쉬는 정전협정으로 한반도는 어정쩡한 화약고로 계속 남게 됐다. — 박도의 『전쟁과 사랑』 207쪽에서

1. 한국문학의 지평에서 모색된 '차원 높은' 전쟁소설

나라 밖에서 외국 작가들을 만날 때마다 그들이 한국문학에 대해 궁금한 것 중 우선 순위로 꼽는 게 있다. 한국은 현재 지구상 유일한 분단 국가로서 그 직접적인 원인이 한국전쟁인데, 한국전쟁을 본격적으로 다룬 전쟁소설이 있다면, 그것도 장편으로서 대표작은 어떤 것인가요? 고백하건대, 이 거칠지만 매우 예리한 물음 앞에서, 순간, 멈칫하지 않을 수 없었다. 한국문학사에서 한국전쟁을 다룬 소설이 분명 존재하고, 그 문학성이 외국의 전쟁소설과 비교할 때 결코 뒤처지지 않는데도 불구하고, 어떤 이유에서인지 이 질문에 대해 자신있게 말을 꺼내지 못한 이유는 무엇 때문일까?

하지만, 지금부터는 이 질문과 관련한 얘기를 당당히 그러면서도 차분히 펼칠 수 있으리라. 박도의 장편소설 『전쟁과 사랑』은 한국전쟁의 한복판에서 일어나는 전쟁의 참화를, 참전한 청춘 남녀의 생동감 있는 경험을 바탕

으로 서사를 끌어나간다.

무엇보다 이 작품은 작중 주인공들이 생사를 건 전쟁터에서 겪는 전쟁의 비극적 고통만 부각시키는 게 아니라, 그 언어절(言語絶)의 전장(戰場)에서 그들이 피워내는 그 어떤 생의 아름다운 결정(結晶)보다 숭고하고 아름다운 사랑의 정동(affection, 情動)을 주고받고 있는 삶을 이야기하고 있는바, 전쟁소설의 높은 차원을 절로 보증하고 있다. 전쟁의 충격과 전율이 세상의 뭇 존재들의 고귀한 생명을 위협하고 송두리째 앗아버리는 지옥의 현실에서도 인간 존재의 가치가 더욱 그 위엄의 빛을 스스로 밝히는 것은 바로 사랑의 정동 때문이다. 따라서 세계문학사와 한국문학사의 목록 속에서 정작 우리가 눈여겨봐야 할 전쟁소설은 존재의 절멸과 파국을 초래하는 전쟁의 복판에서, 이러한 반인간적 참상을 또렷이 응시하되, 그것의 비현실 같은 현실을 그려내는 데 자족하지 않고, 인간 존재의 사랑의 정동이 얼마나 위대하고 또 다른 현실을 창조해낼 수 있는지를 천착하는 작품이다.

이것이야말로 높은 차원의 전쟁소설이 존재하는 이유다. 그러면서 놓치지 않아야 할 것은, 작가는 전쟁을 자칫 추상화·관념화·사물화의 시선으로 다루지 않고 그가 주목하는 전쟁의 구체성과 실감 속에서 전쟁소설이 자연스레 수행해야 할 정치사회적 비판을 실천한다는 점이다. 그래서 박도의 『전쟁과 사랑』은 이 같은 점을 두루 고려할 때, 한국전쟁의 구체성을 한국전쟁의 구체적 흐름 속에서 살피되 한국전쟁에 대한 작가의 비판적 성찰을 바탕으로, 작중 주인공들의 사랑의 정동이 감동적으로 그려지고 있는 '차원 높은' 전쟁소설로서 손색이 없다. 뿐만 아니라 한국전쟁의 유산인 분단의 현실을 창조적으로 넘어 민족의 평화적 일상을 향한 통일 미래에 대한 소설적 실천을 보인다.

2. 한국전쟁의 지옥도(地獄圖)를 살아낸 '사랑의 정동(affection, 情動)'

"나는 미국에 머물렀던 열하루 동안 6·25전쟁의 포화 속에서 그려진 한

편의 순애보를 읽었다."(9쪽)는 『전쟁과 사랑』의 첫 문장은 이 소설을 이해하는 데 아주 긴요한 세 가지 요건을 함축하고 있다. 1) 작중화자 '나'는 미국에 머물면서, 2) 6·25전쟁과 관련한 어떤 일을 하던 중, 3) 6·25전쟁의 포화 속에서 사랑을 위해 모든 것을 헌신했던 이야기, 즉 '순애보(殉愛譜)'를 접한다.

사실, 이 세 가지는 작품에서 서로 긴밀히 관계를 맺고 있는데, '나'는 사진집을 전문으로 출간하는 출판사로부터 한국전쟁 관련 기록사진에 대한 자료조사 및 수집을 의뢰받고 미국 국립문서기록관리청을 비롯한 미국 내셔널아카이브 보관소를 방문하기 위해 미국을 방문하고 있었다. 아이러니컬한 일이지만, 한국전쟁 관련 주요 기록물, 특히 기록사진물의 대부분은 전쟁이 일어난 한반도보다 미국에서 체계적으로 잘 보관되고 있다. 때문에 한국전쟁에 대한 정치사회적 및 역사적 연구를 위한 실증 자료의 도움을 받기 위해서는 미국의 아카이브 보관소를 경유하지 않을 수 없다. 그만큼 미국은 20세기의 양차 세계대전을 계기로 새로운 제국으로 급부상하면서, 무엇보다 제2차 세계대전의 승전국으로서 미국 대 옛 소련, 그리고 중화인민공화국으로 분극화된 냉전체제에서 미국의 지배력을 유지하기 위해 치른 전쟁의 과정 속 유무형의 유산을 제국의 역사로 간직하고 있다. 이것은 한국전쟁을 심도 있게 이해하는 데 쉽게 간과할 수 없는 대목으로, 『전쟁과 사랑』의 작중화자 '나'가 바로 미국의 아카이브 보관소에서 발견한 한국전쟁 기록 사진을 촉매로 한국전쟁에 참전한 청춘의 아름다운 사랑의 정동을 들려주고 있다는 사실을 주목할 필요가 있다.

그렇다면, 주인공 청춘 남녀는 한국전쟁에서 어떻게 만났을까.

작중인물 준기는 평안도 영변 출생으로 한국전쟁이 일어나자 16세의 어린 나이에 조선민주주의인민공화국의 인민군으로서 자원입대하였는데, 낙동강전선 구미 근처의 임시 야전병원에서 간호병 의용군으로 있는 작중인물 순희의 조수로서 그들의 만남은 시작된다. "문자 그대로, '시산시해(屍山屍海, 시체의 산 시체의 바다)'의 전투가 거의 날마다 이어"(76쪽)진 낙동강의 다부동전선에서 북녘 태생 준기와 남녘 태생 순희는 생사고락을 함께 한다. 한반도의 운명을 좌우할 수 있는 낙동강전선에서 마주한 양측의 공방은 이 작품에서 주인공들이 야전병원에서 대면하고 있는 전쟁의 숱한 주검과 전상(戰傷)의 생생한 장면 하나하나가 증언해준다.

그중 대수롭게 간주되어서 안 될 것은 유엔군의 폭격이다. 여기서, 작가는 인민군으로서 주인공들이 유엔군의 폭격만을 주목한 채 그 폭격에 대한 두려움과 적대적 입장에만 초점을 맞추지 않는다. "미 전폭기의 공습이 무서운 것은 인민군만이 아니었다. 국군도, 피란민도 마찬가지였다. 한국 지형에 낯선 미군 조종사들은 심심치 않게 아군 전투 지역에도, 피란민 움막에도 폭탄을 떨어뜨렸다. 일부 유엔군 가운데는 인민군과 피란민을 구별치 못하고 오인 사격하는 경우도 많았다. (중략) 6·25전쟁 당시 미군 전투기 조종사들은 원 없이 폭탄을 한반도에 쏟아부었다."(81쪽)는 작중화자 '나'의 인식에서도 알 수 있듯, 비록 낙동강전선을 중심으로 한 유엔군 폭격에 한정될지 모르지만, '제국미국'의 무자비한 무력(武力) 행사를 작가가 뚜렷이 인식하고 있는 것이다.

이처럼 낙동강전선에서 한치의 양보도 없는 극한의 대치 상태에서 준기와 순희의 연정은 새록새록 싹트기 시작한다. 숨돌릴 틈새 없는 전시 속에서 그들은 낙동강 달빛 아래 알몸으로 물장구를 치며 멱을 감기도 하는가 하면, 낙동강 근처 마을로 사과 서리를 가는 길에 서로 입맞춤을 하며 사랑의 불길은 한층 거세게 타오른다. 둘의 이러한 사랑의 정동의 표출이야말로 지극히 현실적이며, 이 사랑의 정동에 대한 문학적 상상력이야말로 낮은 차원의 전쟁소설이 아니라 높은 차원의 전쟁소설을 추구한 작가의 전쟁에 대한 심미적 이성의 예술적 표현이 아닐 수 없다. 역설적이지만, 삶과 죽음이 공존하면서 순간 그 자리가 뒤바뀔 수 있는 최전선의 사위를 팽팽히 감도는 극한의 긴장 그 틈새에는 그럴수록 긴장을 순간 이완시킴으로써 최전선에서 자칫 무화되거나 휘발될 수 있는 생의 정동을 회복하고 강하게 추스를 수 있는 생명의 힘을 발견할 수 있다.

작가는 이것을 주인공들의 예의 낭만적 사랑의 정동으로 드러낸다. 다시 말해, 주인공들이 최전선에서의 사랑의 정염과 그 정동의 표출은 예외적인 것이 아니라 바로 최전선의 현장이기 때문에 한층 리얼하다. 그들의 이 낭만적이고 리얼한 사랑의 정동을 이해할 때 우리는 비로소 순희의 제안으로 함께 생존을 위한 병영 일탈이 지닌 생명의 힘을 웅숭깊게 헤아릴 수 있다.

이와 관련하여, 그들의 탈영은 『전쟁과 사랑』에서 극한의 한계상황을 벗어나기 위한 실존적 선택뿐만 아니라 한국전쟁에 대한 래디컬한 비판적 문제제기로서 반전(反戰) 평화를 바탕으로 한 분단극복의 일상을 살고 싶은 문학적 상상력의 산물이다.

이것은 각자 고향에서 가족과 함께 평화로운 일상을 살고 싶은 강렬한 염원이 목숨을 건 탈주로 그려지고 있다. 그리고 탈주의 도정에서 잠시 들른 민간인들의 탈이념 속 보호와 도움은 주인공 각자가 북녘 태생인지 남녘 태생인지 구별하지 않는, 각자의 고향으로 무사히 돌아가 가족과 함께 평화로운 일상을 살아야 한다는 지극히 자연스럽고 평화로운 삶의 정동을 공유하고 있다는 것을 작가는 주목한다. 심지어 준기와 순희가 인민군 초병에게 붙잡혔을 때 장남철 상사는 그들이 탈영병인지 뻔히 알면서도 굳이 사살하지 않고 일부러 놓아준 데에는, 전쟁이 애오라지 통제할 수 없는 반전 평화의 일상을 추구하는 그 생명의 힘을 작중인물로부터 작가가 발견하였기 때문이다.

이처럼 우리는 준기와 순희의 탈주의 모습 속에서 한국전쟁이 파괴한 평화의 일상을 회복시켜야 할 엄중한 책임과 과제를 상기하지 않을 수 없다. 그러면서 한국전쟁의 추한 면을 목도한다.

순희는 추풍령에서 준기와 헤어진 후 혼자 서울에 있는 집으로 가던 중 국군 헌병대에 체포당했는데, 지난 일제강점기 시절 조선독립군을 밀고한 공으로 일본군 헌병에 특채된 이력 때문에 대한민국 군인으로 재등용된 헌병대장의 반인권적 신문을 받는다. 한국군 창설이 친일파 군경의 재등용과 무관할 수 없듯, 순희가 국군 헌병대장에게 당하는 반인권적 신문의 적나라한 고발 장면은 그동안 한국전쟁에서 전경화(前景化)할 수 없던 음울한 후경(後景)이란 점에서, 한국전쟁에 대한 작가의 비판적 성찰이 서늘하다. 동시에 이 후경에 대한 작가의 문학적 응징을 지나쳐서 곤란하다. 순희는 우여곡절 끝에 헌병대장의 잔혹한 신문을 벗어날 기회에서 헌병대장을 향해 권총을 발사한다. 그런데 순희의 조준은 일부러 비껴나고, 순희는 "나는 너를 이미 도덕적으로 죽였다."(271쪽)고 단언한다. 순희의 이 단말마와 같은 처벌은 상징적 처벌이다. 해방공간에서 제대로 단죄하지 못한 채 탄생한 대한민국의 친일협력자들을 향한 도덕적 처벌이다. 무엇보다 38도선 이남에서 친일협력에 대한 역사 청산이 온전히 이뤄지지 못한 현실에서, 그것도 동족끼리 총부리를 겨눈 전쟁에서 남녘 젊은 여성의 이 상징적 처벌은 작가의 이러한 한국 역사에 대한 '문학적 응징'이 지닌 래디컬한 성격을 지님으로써 한국전쟁 이후 분단현실을 담대하게 살아낸 삶의 저력으로 이어진다.

우리는 순희의 이 삶의 저력이 낙동강전선에서 준기와 함께 탈영할 것을 먼저 제안하고, 탈주의 도정에서 준기와 나누는 적극적 사랑 행위는 물론, '전쟁이 끝난 뒤 8월 15일 날 서울 덕수궁 대한문 앞에서 만납시다'(112쪽)는 굳은 약속이 전제하고 있는 생에 대한 강한 애착과 전후의 현실을 능동적으로 대응하면서 살겠다는 삶의 저력에서 확인할 수 있다.

3. 한국전쟁의 상처 치유와 분단극복의 평화로운 일상을 향해

『전쟁과 사랑』은 3년 간의 한국전쟁 시기에만 머물지 않는다. 한국전쟁이 종전되지 않은 채 무려 70년 동안 휴전 상태에 있는 것은 한국전쟁과 연관된 일들이 결코 간단치 않다는 것을 방증해준다.

준기와 순희가 겪었고 겪는 전후의 현실은 이를 여실히 말하고 있다. 준기는 전쟁 당시 반공포로 석방 후 국군에 입대함으로써 인민군으로 참전한 정치적 적대의 이념과 행동을 형식적으로 지워낸다. 그리고 휴전선 이남의 한국 국민으로서 충실한 삶을 살아간다. 그러면서 그는 순희와 전쟁 중에 약속한 덕수궁 대한문 앞에서의 만남을 저버린 적이 없다. 매년 그 약속은 순희가 나오지 않음으로써 지켜지지 않았는데도 불구하고 준기는 순희와 약속을 지키기 위해 대한문 앞에서 매해 8월 15일 정오 무렵 그녀를 기다린다. 심지어 준기는 다른 여인과 결혼 생활을 하고 있지만, 순희를 향한 순정한 사랑을 잊지 못한 채 대한문 앞에서 그녀를 기다린다. 그의 이러한 소식은 미국에 살고 있는 순희에게 전달되고, 그는 순희와 극적인 해후를 한다.

그들은 헤어진 지 24년 만에 상봉하고, 준기는 순희와 함께 살기 위해 미국 이민길에 오른다. 준기가 휴전선 이남에서 산전수전을 겪었듯이, 순희도 전쟁 후 미군 기지촌 주변에서 생존을 위한 삶을 살았고, 미군과 함께 미국으로 건너가 아메리칸 드림을 실현하기 위해 안간힘을 쓰며 살고 있었던 것이다. 말하자면, 준기와 순희는 한국전쟁 이후 선쟁의 상흔을 극복하기 위해 저마다 또 다른 삶의 전장(戰場)을 살고 있었던 셈이다.

여기서, 우리가 눈여겨봐야 할 그들의 삶은 미국에서 아메리칸 드림을 이뤄낸 신화적 성공담 속에서, 한국전쟁이 송두리째 앗아간 것들에 대한 사회경제적 보상을 얼마나 잘 성취하고 있는지의 여부가 아니다. 그보다 그들이 진력하고 있듯이, 미국 사회의 미국 시민권자로서 정치적 입장을 최대한 활용한 한반도 분단의 상처를 치유하는 구체적 실천을 강구하고 있는 진정성을 작가는 포착한다. 이산가족 찾기의 노력이 그 구체적 사례다.

『전쟁과 사랑』이 한국전쟁을 총체적으로 접근하고 있는 전쟁소설의 높은 차원을 보증하고 있는데에는, 준기와 순희가 비록 미국 시민권의 정치적 신분이어서 북한을 방문할 수 있다고 하지만, 한국전쟁의 유산인 '이산가족' 문제에 대한 문학적 성찰을 비켜갈 수 없기 때문이다. 준기 부부는 4박5일 일정으로 꿈에 그리던 준기의 고향 평안도 영변을 방문하여 아버지 묘소를 참배하고 어머니와 친인척을 상봉한다.

이 소설의 말미에 해당하는 부분은 작가의 의도적 구성이 역력하듯이, 북한의 고향 방문 얘기로 채워지고 있다. "시계 바늘이 정지된 고향산천"을 우두망찰 지켜보면서 "준기는 그 산천을 바라보며 마음속으로 울고"(355쪽), 고향집을 짧은 시간 방문한 준기네를 환대하는 친인척의 잔치 한바탕에서 정겨운 것들을 추억하며, 또 다시 서로 헤어질 수밖에 없는 엄연한 정치적 적대의 현실, 즉 한반도를 에워싼 냉전체제를 상기한다.

이 냉전체제가 머리가 아닌 온몸으로 와닿는 것은, 북한을 떠나야 할 공항에 배웅 나온 북한 관료의, "이제 길이 트여시니 자주 고향 방문하시라요."(373쪽)라는 의례적 말 속에는, 준기네와 같은 미국 시민권자는 북한과 미국의 대외 관계에 따라 북한과 최소한 소통의 길을 낼 수 있는데 반해 그렇지 않을 경우 북한과 소통할 수 있는 길이 힘들고 어렵다는 것을 우리는 그동안 국제사회의 대북 관계 및 남북 교류의 경험에서 너무나 잘 알고 있기 때문이다.

『전쟁과 사랑』의 대미는 '우리의 소원은 통일'의 노랫말이 환청의 이명으로 남아 있다. 이명의 잔향 속에서 맹목적 통일지상주의를 경계할 뿐만 아니라 통일에 대한 환멸과 현실적 불가능성을 기정사실화하는, 그리하여 분단에 대한 사실수리론(事實受理論)이 팽배해짐으로써 한국사회에서 점차 분단의 일상으로 구조화하고 있는 데 대한 작가 박도의 비판적 성찰을 숙고해본다. 그래서 한국전쟁을 창조적으로 넘는 문학적 상상력은 여전히 문제적이다! (문학평론가, 광운대 교수)

작가 후기

평생 쓰고 싶었던 작품

나는 이 한 편의 작품을 쓰고자 76년을 살아왔다.

몇 해 전, 고향의 한 서점(구미 삼일문고)에서 나의 신작 북 콘서트가 열렸다. 그날 행사장에 장세용 구미시장까지 참석하여 초라한 한 귀향자를 반겨주었다. 주최 측은 행사 마지막 순서로 '작가와 대화 시간'을 마련했다. 고향의 한 후배가 나에게 질문했다.

"작가님의 희망이랄까, 앞으로 목표는 무엇입니까?"

"노벨문학상을 받는 일입니다."

그렇게 서슴없이 곧장 답변을 하자 장내에서 갑자기 박수가 쏟아졌다. 이후 나는 그 말에 족쇄가 됐다. 이미 뱉은 말을 주워담을 수도 없는 일이다. 그러면서 한편으로는 '노벨상이 별갠가' 하는 오기까지도 일어났다. 그래서 젊은 날 읽었던 역대 노벨문학상 작품들을 다시 펼쳐봤다. 결론은 '나도 그런 작품은 쓸 수 있다'는 자긍심이 불같이 일어났다. 그래서 독한 마음으로 쓴 작품이 『전쟁과 사랑』이다. 작가는 모름지기 평생을 두고 꼭 쓰고 싶은 작품이 있다. 나에겐 『전쟁과 사랑』이 그런 작품이다.

우리나라 어느 고을인들 가슴 아픈 이야기가 없으련만 내 고향에는 유독 많았다. 나는 유소년 시절 할아버지 할머니 품에 자랐다. 안방 할머니는 많은 이야기를 들려주었다. 1946년 10·1항쟁 때 한 신문지국장의 죽음, 앞집 김 목수, 오거리 고물상 공 영감, 참기름집 아들 등이 6·25전쟁 이후 실종

된 이야기를 깊은 밤 이불 속에서 들려주셨다. 그때 나는 그런 얘기들을 나중에 글로 쓰고 싶었다.

나는 대학 진학 때 상대나 법대로 가라는 집안 어른의 말씀은 아예 듣지 않고 굳이 문과대 국문학과를 선택했다. 어린 시절부터 늘 마음속에 고향을 비롯한 우리나라 산하에 배어 있는 애달픈 이야기를 써야겠다고 작정했기 때문이다. 그러면서 내공도 쌓지 않고, 세월만 보냈다. 그러다가 예순이 접어든 나이에 천만뜻밖에도 미국 국립문서기록관리청에 가게 됐다. 나는 거기서 6·25전쟁 사진을 수집하던 가운데, 한 어린 인민군 포로 사진을 보고 그가 너무 어리기에 매우 놀랐다. 아무튼 그 사진 한 장이 계기가 돼 이 작품을 썼다. 이 작품의 구상에서 퇴고에 이르기까지 여러분의 도움을 받았다.

1965년 대학 교양학부 시절 조동탁(조지훈) 선생은 강의시간이면 당신의 시집을 펼치고서 굵은 목소리로 자작시를 낭독해주셨다. 그 가운데 6·25전쟁 종군 시 '다부원에서' '너는 지금 38선을 넘고 있다' 등에서 받은 감동은 지금도 생생하다. 또 대학 3학년 때 학과장 정한숙 선생은 강의시간에 틈틈이 후배요 제자들을 담금질했다.

"한국인은 지난 6·25전쟁으로 엄청난 수난을 겪었다. 하지만 이 땅의 작가에게는 큰 축복이다. 국토분단에다 골육상쟁의 전쟁, 이보다 더 좋은 작품 제재가 어디 있느냐? 너희 가운데 누군가가 6·25전쟁을 깊이 공부하고 대작을 쓰라."

나는 1969년 전방에서 소총소대장으로 복무를 했다. 날마다 대남·대북 방송을 들으며, 매주 수요일 수색작전 때 휴전선 철책으로 넘어오거나 넘어가지 못한 대남·대북 선전삐라를 포대에 수거하면서 왜 동족끼리 이런 유치한 장난을 하는가에 대해서도 군복을 입은 사람답지 않게 몹시 분개했다.

1997년 9월, 나는 정한숙 선생의 마지막 길에 운구하면서 관 속의 고인에게 말씀을 드렸다.

"선생님, 제가 6·25전쟁을 배경으로 소설을 쓰겠습니다."

"그래, 박도! 내 말을 여태 잊어버리지 않았군. 고맙다. 작가는 바둑판(원고지)을 메울 때가 가장 행복한 거다. 통일로 가는 길에 징검다리가 되는 대작을 쓰라."

관 속의 스승님이 벌떡 일어나 내 등을 두드리시는 그런 느낌을 받았다. 2005년 평양에서 열린 남북작가대회에 참가했다. 그때 북녘 동포들과 손잡고 속 깊은 이야기를 나눠보니까 분단의 벽이 없다는 것을 확인할 수 있었다. 다만 한반도를 에워싼 강대국들과 남북의 지도층, 일부 기득권자만이 분단의 벽을 더욱 공고히 쌓고 있다는 것도 깨달았다.

이 작품은 어린 시절에 겪은 6·25전쟁 체험이 밑바탕 됐다. 게다가 항일유적지 답사로 고향에 갔을 때, 구미중학교 허호 선배가 임은동 왕산 생가는 6·25전쟁 중 야전병원이었다는 얘기, 구미 형곡동에 사는 초등학교 친구 강구휘의 당시 증언도 집필에 큰 도움이 됐다. 그리고 어린 시절 구미가 축병원 조수 김준기(본명, 김윤기) 아저씨는 아예 이 작품의 주인공으로 그렸다.

내가 이 작품을 집필하며 가장 걱정했던 평안도 방언은 고교 은사로 방언학의 대가 김영배(동국대 명예교수) 선생님의 도움을 받았다. 두 주인공은 모두 위생병 출신이다. 이 대목은 고교 동창인 이관세 박사와 이대부고 제자 송영득 박사의 자문을 받았다. 이대부고 제자 재미동포 찰스 리 선생은 순희와 준기의 미국 이민과정과 생활 전반에 관하여 자기 경험을 토대로 많은 얘기를 들려주었고, 같은 학교 제자 강승모(유동물산교역) 대표는 여전히 번뜩이는 청출어람의 혜안으로 옛 훈장 초고의 오류를 일일이 찾아주었다. 오산중 제자였던 재미언론인 진천규 〈통일 TV〉 대표는 북한을 20여 차례 드나든 대북전문가로 이민생활과 북한여행에 대한 감수를 했다. 워싱턴 근교 알렉산드리아에 사는 한 재미동포(존 황)는 6·25전쟁 전황과 무기에 대한 오류를 잡아주셨다. 최순희와 동년배로 이대부중고교장을 역임한 김영숙 선생님은 그 시대상과 본문의 영시를 번역해주셨다. 그밖에도 많은 사람들이 소매를 걷고 도와주었다. 나는 여러분들의 도움을 받아 마치 오케스트라의 지휘자처럼 이 작품을 썼다.

이 작품의 지리적 배경은 내 발로 일일이 답사했다. 국내는 빠짐없이 어떤 곳은 두세 번 답사하기도 했다. 의정부 곧은골의 미 제2사단은 여태 옛 모습 그대로 남아 있었다. 아직도 부대 앞 녹슨 철길에는 양공주들의 껌 씹는 소리가 '찍 찍' 들려오는 듯했다. 북한은 금강산을 세 차례 탐승한 것과 2005년 남북작가대회에 다녀온 게 많은 도움이 됐다. 미국은 백범 김구 선생 암살배후 진상규명을 위한 방미와 6·25전쟁 사진자료를 수집코자 3차에 걸친 추가 방미로 LA, 뉴욕, 워싱턴을 두루 살펴본바, 거침없이 쓸 수 있었다. 다만 그때 가보지 못한 시카고는 시카고대학에 근무하는 이대부고 제자 이영 박사의 도움을 받았다.

한반도 허리를 무지막지하게 자른 분단의 세월이 어느새 70년을 훌쩍 넘겼다. 하지만 휴전선 철책은 아직도 요지부동, 걷힐 기미가 전혀 보이지 않고 있다. 이 작품은 2015년 2월 『약속』이라는 제목으로 출판한바, 이를 다시 『전쟁과 사랑』이란 제목으로 대폭 개작하여 새로이 펴낸다. 세계 유수의 명작들도 여러 차례 개작 끝에 완성됐다는 사실을 알고 용기백배 젖 먹던 힘은 물론, 내 모든 경험과 지혜, 그리고 열정을 다 쏟아부었다. 이 작품이 조국통일에 물꼬를 트는 데 조금이라도 이바지했으면 좋겠다. 나는 그런 마음가짐으로 『전쟁과 사랑』이라는 카펫을 짰다. 삼가 통일제단에 이 작품을 바친다. 마침내 탈고한 원고의 글자수를 보니 30만여 자다. 내가 이 작품을 쓰고자 두드린 글자는 아마도 그보다 열 배는 훨씬 넘을 것이다.

이 작품을 출판사에 넘긴 뒤 너덧 차례 교정을 보면서 주룩주룩 눈물을 쏟았다. 저자가 울지 않고서 어찌 독자를 감동시킬 수 있으랴.

평생 평화통일론자로 어렵게 이 세상을 사시다가 하늘로 간 아버지에게 이 작품을 바친다. 그리고 무능하고 우유부단한 내가 끝내 이 작품을 마무리할 수 있도록 자극을 준 아내와 인문이 매몰돼가는 이 세태에 두 번이나 책으로 엮어준 이규상 눈빛출판사 대표에게 깊은 감사를 드린다. 아울러

이 작품 앞머리에 추천사를 써주신 염무웅 선생님, 전쟁문학 대가 김원일 선생님의 만형 같은 훈수, 자상한 해설을 붙여주신 고명철 교수에게도. 여기까지 쓰자 문득 나는 '이제 죽어도 좋아'라는 생각이 든다. 마치 실을 다 뽑은 누에처럼.

이 작품『전쟁과 사랑』은 두고두고 동족상잔의 6·25전쟁을 객관적으로 바르게 알고 싶어 하는 독자들의 갈증을 풀어줄 것이다. 또한 삶과 죽음이 교차되는 전쟁의 포화 속에서도 끝내 약속을 지킨 지고지순한 사랑 이야기는 오래도록 독자의 사랑을 받으리라 믿으면서 마침내 긴 이야기의 마침표를 찍는다.

2021년 여름

원주 치악산 밑 '박도 글방'에서

박도